中华传统文化国粹
经典文库

名家导读版

元曲三百首

立 人 ◎ 编
查洪德 ◎ 导读

中国民族文化出版社
北京

图书在版编目（CIP）数据

元曲三百首 / 立人编；查洪德导读. -- 北京：
中国民族文化出版社有限公司, 2023.11（2024.1重印）
（中华传统文化国粹经典文库：名家导读版）
ISBN 978-7-5122-1559-7

Ⅰ．①元… Ⅱ.①立… ②查… Ⅲ．①元曲—选集
Ⅳ．① I222.9

中国国家版本馆 CIP 数据核字（2023）第 055562 号

元曲三百首
YUANQU SANBAI SHOU

编　者	立 人
导 读 者	查洪德
责任编辑	赵卫平
责任校对	李文学
装帧设计	宋双成
出 版 者	中国民族文化出版社　地址：北京市东城区和平里北街 14 号　邮编：100013　联系电话：010-84250639　64211754（传真）
印　装	三河市南阳印刷有限公司
开　本	710 mm×1000 mm　16 开
印　张	37
字　数	604 千
版　次	2023 年 4 月第 1 版
印　次	2024 年 1 月第 2 次印刷
标准书号	ISBN 978-7-5122-1559-7
定　价	52.80 元

版权所有　侵权必究

中华传统文化国粹经典文库

品文化经典　通古今智慧

李继勇

策划人、出版人、北京书香文雅图书文化有限公司董事长。专业从事图书策划，儿童文学、儿童阅读推广，国内文化交流等。已成功策划"儿童文学光荣榜"系列、"爱阅读课程化丛书"系列、"文学百年·名家散文典藏"系列、"科幻文学群星榜"系列、"绘本里的世界"系列、"童诗百年"系列等多种类型出版物。

于润琦

中国现代文学馆研究员、中国作家协会会员。总主编《插图本百年中国文学史》（3卷），主编《清末民初小说书系》（10卷）、《海派作家作品精选》（16册），校、注古典小说《型世言》《金屋梦》《中国古典文学海外珍稀本文库》30余种，参与编选《明、清、民国时期珍稀老北京话历史文献整理与研究》（30册）、《中国现代文学百家》（116册），以及《北京的门礅》《老北京的门楼》北京民俗著述多种。

（按姓名音序排列）

◎ 薄克礼
文学博士，天津城建大学教授。攻文史，好四书。

◎ 陈鹏程
历史学博士，天津师范大学文学院副教授。

◎ 陈世旭
当代作家，曾任中国作家协会主席团委员、江西省文联主席兼作家协会主席。

◎ 陈喜儒
作家，著名翻译家，曾任中国作家协会外联部副主任、中国外国文学学会日本文学研究分会会长。

◎ 冯 蒸
首都师范大学文学院教授，博士生导师，北京国际汉字研究会理事、副会长。

◎ 官 铎
管子思想理论和应用资深研究学者。

◎ 关四平
哈尔滨师范大学文学院教授，博士生导师。主要从事中国古代小说及戏曲等研究。

◎ 韩小蕙
著名作家，中国作家协会会员，中国散文学会副会长，南开大学文学院兼职教授。

◎ 侯忠义
北京大学教授，曾任北京大学图书馆古籍整理研究室主任。主要从事先秦两汉文学史、文言小说研究。

◎ 李海涛
天津师范大学历史文化学院教授，天津市孙子兵法研究会荣誉会长。

◎ 李瑞兰
天津师范大学历史文化学院教授，曾任中国先秦史学会理事。

◎ 李树果
资深《易经》研究者，中国散文诗学会理事，《中华时报》记者。

◎ 李硕儒
作家，著名编剧。合著长篇历史小说《大风歌》获重庆市"五个一工程奖"。

◎ 廉玉麟
天津中医药大学第一附属医院主任医师，教授。

◎ 林海清
天津师范大学国际教育交流学院副教授，天津市红楼梦研究会副秘书长兼理事，中国三国演义学会、中国水浒学会会员。

林 骅
天津师范大学文学院教授，曾任古典文献研究所所长，天津市红楼梦研究会顾问。

马文大
首都图书馆研究馆员、北京地方文献中心主任，北京史研究会副会长。

孟昭连
南开大学文学院中国语言文学系教授，中国东方文化研究会理事。

宁稼雨
南开大学英才教授、博士生导师，2017年度国家社科基金重大项目"全汉魏晋南北朝小说辑校笺证"首席专家。

宁宗一
南开大学学术委员会委员、中国武侠文学学会名誉会长、中国儒林外史学会副会长。

牛 倩
天津大学国际教育学院副教授，硕士研究生导师。

欧阳健
福建师范大学文学院教授，曾任《明清小说研究》杂志主编。

潘务正
安徽师范大学文学院教授，教育部人文社会科学重点研究基地安徽师范大学中国诗学研究中心副主任，中国韵文学会赋学专业委员会（中国辞赋学会）副会长。

乔卉林
中国城乡金融报社记者。其作品曾多次获得奖项。

尚学峰
又名尚学锋。文学博士，北京师范大学文学院教授。

邵永海
北京大学中文系教授。主要从事汉语史方面的教学和研究工作。

石定果
北京语言大学人文学院教授，汉语言文字学博士。著有《说文会意字研究》等多部作品。

石 厉
原名武砺旺。著名诗人，文艺理论家。《诗刊》编委，《中华辞赋》杂志总编辑，中华诗词学会副会长。

石 麟
湖北师范大学文学院教授。中国水浒学会会长。

孙立仁
曾任《中国老年报》社长，发表多篇小说、诗歌、散文、报告文学等。当代篆刻家。

孙钦善
北京大学中文系教授，全国高等院校古籍整理研究工作委员会委员，中华炎黄文化研究会理事。

田秉锷
江苏省文艺评论家协会顾问，徐州市孔子学会顾问，江苏师范大学客座教授。

王建新
中国历史文献研究会理事，中原传媒集团出版部副主任。

王 蒙
著名作家、学者，文化部原部长。茅盾文学奖获得者。多年来致力于传统文化研究。2019年获"人民艺术家"国家荣誉称号。

王晓华
民国史专家，中国第二历史档案馆研究馆员。中央广播电视总台、北京电视台、湖北卫视等多个栏目主讲嘉宾。

吴 波
湖南农业大学教授、党委委员、副校长，中国儒林外史学会副会长，湖南省古代文学学会副会长。

武道房
安徽师范大学中国诗学研究中心教授。

徐 刚
诗人，作家。曾获鲁迅文学奖、郭沫若散文奖、中国报告文学终身成就奖等。

俞 前
中国作家协会会员，苏州市吴江区南社研究会会长，苏州南社文化研究院副院长。

查洪德
文学博士，南开大学中国语言文学系教授，博士生导师。内蒙古元代文学学会会长。主要从事元明清文学与文献研究。

张秋升
曲阜师范大学历史文化学院教授，主要研究儒家史学理论。

张世林
新世界出版社编审，著有《大师的侧影》等著述。

张弦生
中州古籍出版社编审、副总编辑。

郑铁生
天津外国语大学教授，原中国三国演义学会常务副会长兼秘书长，曾任中国红楼梦学会学术委员会委员、北京曹雪芹学会副会长。

周传家
北京联合大学应用文理学院教授，中国昆剧古琴研究会副会长，中国戏剧文学学会顾问，中国戏曲学会常务理事。

卓 然
原名王坤元，笔名卓然。作家，诗人。著有中短篇小说集《我记忆中的河》、散文集《天下黄河》等作品。

名家导读

  元代是中国古代文学格局形成时期，古代各种文体齐聚文坛，都取得了可观的成就。其中大放异彩的，是元曲。元人罗宗信说："世之共称唐诗、宋词、大元乐府，诚哉！"（《中原音韵·序》）这与唐诗、宋词并称的"大元乐府"，就是今天说的散曲（后王国维所谓"一代之文学"的元曲主要指杂剧）。元代散曲，是元人的歌唱，元人的时代之音。

  《元曲三百首》，初有曲学大家任中敏选编、卢前增删之本，1943年刊行，此书有多种注本流行。中华书局"中华经典藏书"《元曲三百首》，虽言另起炉灶，实于任中敏、卢前选本有所借鉴，重点在补其所短，更注重选录作品的多样性。据该书《前言》，大致有以下三点。第一，任、卢所选，注重曲与词之区别，律化近词之作基本不选，此本则一并入选。第二，就风格说，此本更注重其丰富性，力求兼容冷热庄谐、酸甜苦辣，多样风格，诸般滋味。第三，任、卢选本，注重大家，全书选作品297篇，其中马致远31首，乔吉30首，张可久40首，三人相加101首，超过总数的三分之一；此本则注重入选作家的广泛性，共选71位曲家曲作289首，无名氏作品33首。附录散曲与剧曲4套。应该说，此本更能反映元代散曲的全貌。

  近几十年，以《元曲三百首》为名的元代散曲选本有多种，其中元曲研究名家编选者，有王季思选本、隋树森选本、羊春秋选本、黄克选本、吕薇芬选本。这些选本，各有所长，体现了选家各自的眼光和曲学主张，也各具特点和价值。

一、对元散曲的基本认识

  所谓散曲是相对于剧曲而言的。元曲可分为剧曲与散曲（清曲），剧曲指舞台上演出的杂剧，更准确地说是指杂剧的曲词，散曲则是当时流行歌曲的曲词，是一种新的诗体。在讲散曲作家、作品之前，我们先要对散曲有个基本的认识。

曲是由词演变来的，先从曲和词的异同认识散曲。

从音乐方面看，曲乐和词乐是一脉相承的。从文学方面看，曲和词有同有异。我们可以从以下几方面认识曲和词的异同。

第一，曲和词都是长短句，只是曲的句子长短差别更大，短的可以只有一个字，长的可以到二三十个字，这是词中所没有的，如关汉卿【南吕·一枝花】《不伏老》："我是个蒸不烂煮不熟捶不扁炒不爆响当当一粒铜豌豆。恁子弟每谁教你钻入他锄不断斫不下解不开顿不脱慢腾腾千层锦套头。"词则大多在三字句到九字句之间。

第二，词没有衬字，曲可以使用衬字，这使得曲的语言显得更灵活通俗。比较下面两支【正宫·醉太平】：

金华洞冷，铁笛风生。寻真何处寄闲情，小桃源暮景。数枝黄菊勾诗兴，一川红叶迷仙径，四山白月共秋声。诗翁醉醒。（张可久《金华山中》）

风流贫最好，村沙富难交。拾灰泥补砌了旧砖窑，开一个教乞儿市学。裹一顶半新不旧乌纱帽，穿一领半长不短黄麻罩，系一条半联不断皂环绦，做一个穷风月训导。（钟嗣成，失题）

（带"．"号的是衬字。）

第三，曲和词用韵不同。散曲用韵比词密，有的每句都要押韵，不像词只在韵脚处押韵。但词平仄不能通押，曲中平仄可以通押。

此外，曲和词风格不同，主要表现是词雅而曲俗，也有人概括为诗庄、词谐、曲消（或俏）。早期的曲还未摆脱词的影响，俗的特征尚未形成，语言还比较雅。如元好问的【双调·小圣乐】《骤雨打新荷》：

绿叶阴浓，遍池塘水阁，偏趁凉多。海榴初绽，妖艳喷香罗。老燕携雏弄语，有高柳鸣蝉相和。骤雨过，珍珠乱糁，打遍新荷。

这样的曲，在韵味上，与词没有多大差别，不是曲的代表性风格。散曲的风格形成后，曲就摆脱了词的影响，"俗"成为重要特点。如无名氏的【中吕·红绣鞋】：

一两句别人闲话,三四日不把门踏,五六日不来呵在谁家?七八遍买龟儿卦。久已后见他么,十分的憔悴煞。

纯用口语,浅白自然,不仅语言俗,情趣也是俗的,没有尊肃高雅,更没有庄严神圣。诗讲究含蓄、蕴藉、委婉,讲究意境、韵味,讲究含不尽之意于言外。散曲则不同,它用口语白话写成,直白地表露作者的内心感受或生活体验与追求,妙处在于一泄无余,一览无余,靠风趣、讽刺取胜,让人读了顿觉痛快淋漓,或者让人发出会心的微笑。

在我看来,散曲的风格特点应该是"野逸",在中国文学史上,它属于非主流文学。"野"而不雅,"逸"则不正。典型的如无名氏【正宫·塞鸿秋】《村夫饮》:

宾也醉主也醉仆也醉,唱一会舞一会笑一会。管甚么三十岁五十岁八十岁,你也跪他也跪恁也跪。无甚繁弦急管催,吃到红轮日西坠,打的那盘也碎碟也碎碗也碎。

这是中国文学史上从未有过的放肆与癫狂,不合"风人之旨",不讲"温柔敦厚",毫无顾忌地任性发泄。

散曲的形式,有小令、套数、带过曲。

小令又称"叶儿",取其"小"的意思。它是散曲最简单的一种形式,相当于诗的一首,词的一阕,所以是散曲最小的独立单位。套数也称"散套",是散曲中结构比较复杂、篇幅较为宏伟的一种形式。它用同一宫调的若干曲子,按照一定的规则组合在一起,形成一套有头有尾的套曲,用来表现比较复杂的内容。带过曲介于小令和套数之间,它一般由同一宫调的两个或三个小令连在一起,共同表达一个内容。说一般,就是也有例外,也有不同宫调的曲子连在一起的。

元散曲具有很高的文学价值。元代孔齐《至正直记》记载诗人、文论家虞集之论:"一代之兴,必有一代之绝艺足称于后世者。汉之文章,唐之律诗,宋之道学。国朝之今乐府,亦关于气数音律之盛。"可见时人对散曲("国朝之今乐府")的推崇。

二、关汉卿等前期曲家

文学史有"元曲四大家"之称,指关汉卿、白朴、郑光祖、马致远,又有"元曲六大家"之说，是"四大家"加上王实甫和乔吉。这是就杂剧说的。若说散曲，还要加上张养浩、张可久等。

先说关汉卿。他是元代杰出的杂剧作家，也是优秀的散曲作家。关于他的生平，我们了解得太少，甚至不知道他叫什么，只知道他字汉卿，号已斋叟。学界有些说法，多是出于推测。他的散曲作品不算很多，流传下来的有小令57首，套数14套。贯云石在《阳春白雪序》中评关汉卿散曲"造语妖娇，却如小女临杯，使人不忍对觞。"其实他的散曲，豪爽而带老辣，富有激情，洞察世事，语含谐趣，言语质朴又活泼灵动。内容有写男女恋情、自抒情怀和人生感受的。

写男女恋情的，多写离别与相思。如【南吕·四块玉】《别情》：自送别，心难舍，一点相思几时绝？凭阑袖拂杨花雪。溪又斜，山又遮，人去也！用代言体写离别相思之苦，语淡而情浓，婉转而韵味悠长。

再如【双调·大德歌】《夏》：俏冤家，在天涯，偏那里绿杨堪系马？困坐南窗下，数对清风想念他。蛾眉淡了教谁画？瘦岩岩羞带石榴花。写少妇对远方情人的思念、猜疑和抱怨，深情婉转。

写闲适情怀的作品，闲适中寓激情，具有深刻的社会批判意义。如【南吕·四块玉】《闲适》：南亩耕，东山卧，世态人情经历多。闲将往事思量过。贤的是他，愚的是我，争什么！古代士人都有济世之志，但面对黑白颠倒、贤愚错位的现实，那些卑鄙而有权位的人都以"贤者"自居，又有什么办法呢？所以这看似极旷达之语，实为极愤激之语。

关汉卿散曲影响最大的是【南吕·一枝花】《不伏老》："攀出墙朵朵花，折临路枝枝柳。花攀红蕊嫩，柳折翠条柔。浪子风流。凭着我折柳攀花手，直煞得花残柳败休。半生来折柳攀花，一世里眠花卧柳。"以往的研究说此曲是他的自诉，这是无据的猜测。其实这套曲子是写给别人唱的，是代言的而非自言的，曲中的"我"不是关汉卿本人。据此推断关汉卿的生平与生活，是靠不住的，甚至可以说是荒唐的。

前期另一位重要曲家是马致远。马致远（1250？—1324？），字千里，号东篱，元大都（今北京）人。或说致远为字，名不详。早年曾有志于世，曾任江浙省务官（或说省务提举），但仕途艰难，晚年隐退，信奉道教。他是著名杂剧作家，多写神仙道化剧，被称作"马神仙"；散曲也声名卓著，被称为"曲状元"。散曲作品有《东篱乐府》1卷存世，存小令104首，套数17套，是前期作家中保存散曲作品最多者。

他的散曲多写隐居生活，描写自然景物和游子漂泊，表现愤世和厌世之情。曲词老健，疏放，宏丽。他的【越调·天净沙】《秋思》是千古名篇，被誉为"秋思之祖"（周德清《中原音韵》），王国维称之为"元曲令曲之表率"：

枯藤老树昏鸦，小桥流水人家，古道西风瘦马。夕阳西下，断肠人在天涯。

这支小令不过28个字，却把幽远的秋原暮色、寂寞的旅人和悲凉的情怀表现得尤为充分，反映了时人忧郁而又看不到出路的心境，引起了广泛的共鸣。为了能让大家有一个比较鉴别，这里引两支与这篇作品意境相似的小令，请读者比较其优劣高下。一支是白朴的【天净沙】《秋》：

孤村落日残霞，轻烟老树寒鸦，一点飞鸿影下。青山绿水，白草红叶黄花。

另一支是无名氏的【醉中天】：

老树悬藤挂，落日映残霞。隐隐平林噪晚鸦，一带山如画。懒设设鞭催瘦马。夕阳西下，竹篱茅舍人家。

这三支曲子的内容、语言如此接近，影响却相差如此之大，原因何在？

马致远散曲代表作是两首《秋思》：小令【越调·天净沙】《秋思》和套数【双调·夜行船】《秋思》。套数《秋思》表现超然出世、与世无争、旷达恬退、及时行乐之意：

百岁光阴一梦蝶，重回首往事堪嗟。今日春来，明朝花谢。急罚盏夜阑灯灭。

煞尾极精彩：

【离亭宴煞】蛩吟罢一觉才宁贴，鸡鸣时万事无休歇。争名利何年是彻？看密匝匝蚁排兵，乱纷纷蜂酿蜜，急攘攘蝇争血。裴公绿野堂，陶令白莲社，爱秋来时那些？和露摘黄花，带霜分紫蟹，煮酒烧红叶。想人生有限杯，浑几个重阳节？嘱咐俺顽童记者：便北海探吾来，道东篱醉了也。

明代王世贞《曲藻》说这套曲子："元人称为第一，真不虚也。"马致远写情爱、写景的散曲，都写得很好，这里不再介绍。

三、张养浩等后期曲家

后期散曲成就最高的是张养浩、张可久、乔吉。张养浩是一位有特色的曲家，更是一位人格高尚的为政典范。

张养浩（1270—1329），字希孟，号云庄，济南人。曾官监察御史，因上疏批评时政，触犯权要被罢官。后出任礼部尚书，参议中书省事。元英宗元宵节要在宫中张灯，张养浩上疏谏阻，英宗大怒。不久，张养浩称父亲年老，辞官归隐。元文宗天历二年（1329），"关中大旱，饥民相食，特拜陕西行台中丞。既闻命，即散其家之所有与乡里贫乏者，登车就道，遇饿者则赈之，死者则葬之"（《元史·张养浩传》）。在赴陕西的途中，写下了著名的【中吕·山坡羊】《潼关怀古》。在陕西任上，"到官四月，未尝家居，止宿公署。夜则祷于天，昼则出赈饥民，终日无少怠。……遂得疾不起"（《元史·张养浩传》），忧劳成疾，死在任上。

张养浩散曲今存小令161首，套数2套。与前边几人明显不同，他的不少作品具有强烈的评判意识，意境苍凉沉郁，语言质朴豪放。他现存散曲作于辞官闲居之后，回首官场的尔虞我诈，风波惊险，有万千感慨。所以，他对社会和官场的讽刺，更有着深于世故的锐利。他赞美田园生活的平静闲适，则是真挚亲切的。如他的【中吕·朝天曲】：

挂冠，弃官，偷走下连云栈。湖山佳处屋两间，掩映垂杨岸。满地白云，东风吹散，却遮了一半山。严子陵钓滩，韩元帅将坛，那一个无忧患？

张养浩影响更大的散曲，是他的怀古系列，特别是其中的【中吕·山坡羊】《潼关怀古》：

峰峦如聚，波涛如怒，山河表里潼关路。望西都，意踌躇，伤心秦汉经行处。宫阙万间都做了土。兴，百姓苦；亡，百姓苦！

着眼历代兴亡中的百姓，是其超越前人之处，也使这首小令具有了震撼人心力量。这首小令的特点，是以警策动人。所谓警策，是指那些精练扼要而含义深切动人的语句。与马致远的【越调·天净沙】《秋思》相比，两者各有胜处：《秋思》以意境韵味胜，《潼关怀古》以警策动人胜；《秋思》似唐人绝句，《潼关怀古》如宋人小诗；各具风味，各有千秋。

文学史家把元散曲分为豪放派和清丽派。豪放派的代表有马致远、贯云石等；清丽派的代表是张可久、乔吉等。人们概括元散曲的特点为"俗"，但以乔吉、张可久为代表的一些曲家，注重辞藻的华丽、对仗的工整、声律的谐协，使散曲走向雅化。

乔吉（1280？—1345），一作乔吉甫，字梦符，号笙鹤道人，太原人，流寓杭州。他一生潦倒，寄情诗酒，自命为"烟霞状元，江湖醉仙"（【正宫·绿幺遍】《自述》）。他的散曲风格清丽，注重字句的锤炼与音乐的和美，内容多表现厌世情绪。

他的作品，大抵围绕自己40年落拓漂泊的生涯，写男女风情、离愁别绪、诗宴酒会，歌咏山川形胜，抒发隐逸情怀，感叹人生短促、世事变迁。他以嘲讽与超脱的态度对待功名仕途、世情沧桑，表现出洒脱不羁的江湖才子之风。其【正宫·绿幺遍】《自述》说：

不占龙头选，不入名贤传。时时酒圣，处处诗禅。烟霞状元，江湖醉仙。笑谈便是编修院。留连，批风抹月四十年。

再如【中吕·山坡羊】《寓兴》：

鹏抟九万，腰缠十万，扬州鹤背骑来惯。事间关，景阑珊，黄金不富英雄汉。一片世情天地间。白，也是眼；青，也是眼。

这种对世事的浑浑噩噩，其实是饱经世态炎凉之后，对世俗的蔑视。

乔吉的【双调·水仙子】《寻梅》一向备受称许：

冬前冬后几村庄，溪北溪南两履霜，树头树底孤山上。冷风来何处香？忽相逢缟袂绡裳。酒醒寒惊梦，笛凄春断肠，淡月昏黄。

这首小令，用跌宕的笔法，写出寻梅的意趣和梅花的风韵，运词巧妙，用典精切。曲分三节，第一节三句，寻梅；第二节两句，遇梅；第三节三句，赞颂梅花神韵。

乔吉与张可久，曾被尊为"曲中李杜"，这一评价可能过高，但元代后期最重要的散曲作家，确应是张可久。

张可久（1270？—1348），字小山，或说字仲远，号小山。庆元路（今浙江宁波）人。他专攻散曲，今存小令855首，套数9套，是元代留存作品最多的散曲作家。其曲作内容比较宽泛。一些吊古伤今之作，表达了对现实的不满和文人的无奈。如其名作【中吕·卖花声】《怀古》：

美人自刎乌江岸，战火曾烧赤壁山，将军空老玉门关。伤心秦汉，生民涂炭，读书人一声长叹。

有些作品，讽刺现实，深刻而幽默，如【正宫·醉太平】：

人皆嫌命窘，谁不见钱亲？水晶环入面糊盆，才沾粘便滚。文章糊了盛钱囤，门庭改做迷魂阵，清廉贬入睡馄饨。葫芦提倒稳。

张可久散曲中咏物写景、闲适游冶之作较多。这类作品，多清丽可喜。如【中吕·山坡羊】《雪夜》：

扁舟乘兴，读书相映，不如高卧柴门静。唾壶冰，短檠灯，隔窗孤月悬秋镜。长笛不知何处声。惊，人睡醒；清，梅弄影。

另一首【商调·梧叶儿】《春日郊行》也写得很好：

长空雁，老树鸦，离思满烟沙。墨淡淡王维画，柳疏疏陶令家，春脉脉武陵花。何处游人驻马？

张可久散曲注重形式格律，喜欢雕琢字句，追求诗词般的典雅，少用俚言俗语，有不少作品又回归词的风格韵味。这代表了元后期散曲返雅的趋势。但张可久散曲并未失去清新自然本色。

元代有一大批具有突出成就的散曲作家。除以上所举，白朴、卢挚、王和卿、贯云石、薛昂夫、徐再思等也有很好的作品，在中国散曲史及中国文学史上有一定地位。他们的作品，各具特色，富有魅力。

查洪德

元好问 / 001

【黄钟·人月圆】卜居外家东园二首（重冈已隔红尘断；玄都观里桃千树）/ 001

【双调·小圣乐】骤雨打新荷（绿叶阴浓）/ 004

杨果 / 007

【越调·小桃红】（满城烟水月微茫）/ 007

【越调·小桃红】（采莲湖上棹船回）/ 009

【越调·小桃红】（采莲人和采莲歌）/ 011

刘秉忠 / 013

【南吕·干荷叶】（干荷叶，色苍苍）/ 013

【南吕·干荷叶】（干荷叶，色无多）/ 014

【南吕·干荷叶】（南高峰）/ 016

王和卿 / 019

【仙吕·醉中天】咏大蝴蝶（弹破庄周梦）/ 019

【仙吕·一半儿】题情（鸦翎般水鬓似刀裁）/ 021

【仙吕·一半儿】题情（别来宽褪缕金衣）/ 022

盍西村 / 025

【越调·小桃红】临川八景·江岸水灯（万家灯火闹春桥）/ 025

【越调·小桃红】临川八景·客船晚烟（绿云冉冉锁清湾）/ 027

【越调·小桃红】杂咏（绿杨堤畔蓼花洲）/ 028

【双调·快活年】（闲来乘兴访渔樵）/ 030

白朴 / 032

【仙吕·寄生草】饮（长醉后方何碍）/ 032

【仙吕·醉中天】佳人脸上黑痣（疑是杨妃在）/ 034

【仙吕·一半儿】题情（云鬟雾鬓胜堆鸦）/ 036

【双调·庆东原】（忘忧草）/ 038

【双调·驻马听】吹（裂石穿云）/ 040

【双调·沉醉东风】渔父（黄芦岸白蘋渡口）/ 041

关汉卿 / 044

【南吕·四块玉】别情（自送别）/ 044

【南吕·四块玉】闲适（旧酒投）/ 046

【南吕·四块玉】闲适（南亩耕）/ 047

【仙吕·一半儿】题情（碧纱窗外静无人）/ 049

【双调·沉醉东风】（咫尺的天南地北）/ 050

【双调·碧玉箫】（盼断归期）/ 052

【双调·大德歌】春（子规啼）/ 053

【双调·大德歌】夏（俏冤家）/ 055

【双调·大德歌】秋（风飘飘）/ 056

王恽 / 059

【越调·平湖乐】（采菱人语隔秋烟）/ 059

胡祗遹 / 062

【双调·沉醉东风】（渔得鱼心满愿足）/ 062

王德信 / 064

【中吕·十二月过尧民歌】别情（自别后遥山隐隐）/ 064

伯颜 / 067

【中吕·喜春来】（金鱼玉带罗襕扣）/ 067

张弘范 / 069

【中吕·喜春来】（金妆宝剑藏龙口）/ 069

严忠济 / 071

【越调·天净沙】（宁可少活十年）/ 071

姚燧 / 073

【越调·凭阑人】寄征衣（欲寄君衣君不还）/ 073

【中吕·阳春曲】（笔头风月时时过）/ 075

卢挚 / 077

【黄钟·节节高】题洞庭鹿角庙壁（雨晴云散）/ 077

【南吕·金字经】宿邯郸驿（梦中邯郸道）/ 079

【双调·寿阳曲】别珠帘秀（才欢悦）/ 080

【双调·寿阳曲】夜忆（窗间月）/ 082

【双调·沉醉东风】秋景（挂绝壁松枯倒倚）/ 083

【双调·沉醉东风】重九（题红叶清流御沟）/ 085

【双调·沉醉东风】闲居（雨过分畦种瓜）/ 087

【双调·沉醉东风】闲居（恰离了绿水青山那答）/ 088

【双调·殿前欢】（酒杯浓）/ 090

【双调·蟾宫曲】（沙三伴哥来嗏）/ 092

珠帘秀 / 094

【双调·寿阳曲】答卢疏斋（山无数）/ 094

刘敏中 / 096

【正宫·黑漆弩】村居遣兴（长巾阔领深村住）/ 096

【正宫·黑漆弩】村居遣兴（吾庐却近江鸥住）/ 098

陈草庵 / 100

【中吕·山坡羊】（晨鸡初叫）/ 100

【中吕·山坡羊】叹世（渊明图醉）/ 102

奥敦周卿 / 104

【双调·蟾宫曲】（西湖烟水茫茫）/ 104

马致远 / 107

【越调·天净沙】秋思（枯藤老树昏鸦）/ 107

【南吕·四块玉】天台路（采药童）/ 109

【南吕·四块玉】马嵬坡（睡海棠）/ 111

【南吕·四块玉】洞庭湖（画不成）/ 112

【南吕·四块玉】浔阳江（送客时）/ 114

【南吕·金字经】（夜来西风里）/ 115

【双调·拨不断】（布衣中）/ 117

【双调·拨不断】（菊花开）/ 118

【双调·拨不断】（叹寒儒）/ 120

【双调·寿阳曲】山市晴岚（花村外）/ 122

【双调·寿阳曲】远浦帆归（夕阳下）/ 123

【双调·寿阳曲】潇湘夜雨（渔灯暗）/ 125

【双调·寿阳曲】烟寺晚钟（寒烟细）/ 126

【双调·寿阳曲】（云笼月）/ 127

【双调·落梅风】（心间事）/ 129

【双调·落梅风】（因他害）/ 130

【双调·水仙子】和卢疏斋西湖（春风骄马五陵儿）/ 132

【双调·清江引】野兴（樵夫觉来山月底）/ 133

【双调·清江引】野兴（绿蓑衣紫罗袍谁是主）/ 135

【双调·清江引】野兴（林泉隐居谁到此）/ 136

【双调·清江引】野兴（东篱本是风月主）/ 137

王伯成 / 140

【中吕·阳春曲】别情（多情去后香留枕）/ 140

滕斌 / 142

【中吕·普天乐】（柳丝柔）/ 142

【中吕·普天乐】（翠荷残）/ 144

李致远 / 146

【中吕·红绣鞋】晚秋（梦断陈王罗袜）/ 146

【中吕·朝天子】秋夜吟（梵宫、晚钟）/ 148

【越调·天净沙】离愁（敲风修竹珊珊）/ 149

【越调·迎仙客】暮春（吹落红）/ 151

赵孟頫 / 153

【仙吕·后庭花】（清溪一叶舟）/ 153

冯子振 / 155

【正宫·鹦鹉曲】山亭逸兴（嵯峨峰顶移家住）/ 155

【正宫·鹦鹉曲】野渡新晴（孤村三两人家住）/ 157

【正宫·鹦鹉曲】赤壁怀古（茅庐诸葛亲曾住）/ 159

【正宫·鹦鹉曲】农夫渴雨（年年牛背扶犁住）/ 161

刘致 / 163

【中吕·山坡羊】燕城述怀（云山有意）/ 163

【中吕·朝天子】邸万户席上（柳营）/ 165

【中吕·山坡羊】侍牧庵先生西湖夜饮（微风不定）/ 167

白贲 / 169

【正宫·鹦鹉曲】（侬家鹦鹉洲边住）/ 169

张可久 / 171

【越调·凭阑人】江夜（江水澄澄江月明）/ 171

【黄钟·人月圆】山中书事（兴亡千古繁华梦）/ 173

【黄钟·人月圆】春晚次韵（萋萋芳草春云乱）/ 174

【黄钟·人月圆】雪中游虎丘（梅花浑似真真面）/ 176

【黄钟·人月圆】客垂虹（三高祠下天如镜）/ 178

【黄钟·人月圆】春日湖上（小楼还被青山碍）/ 180

【正宫·醉太平】怀古（翩翩野舟）/ 182

【正宫·塞鸿秋】春情（疏星淡月秋千院）/ 184

【南吕·金字经】感兴（野唱敲牛角）/ 185

【中吕·普天乐】秋怀（会真诗）/ 187

【中吕·普天乐】秋怀（为谁忙）/ 189

【中吕·朝天子】闺情（与谁）/ 191

【中吕·朝天子】山中杂书（醉余）/ 193

【中吕·满庭芳】客中九日（乾坤俯仰）/ 194

【中吕·红绣鞋】天台瀑布寺（绝顶峰攒雪剑）/ 196

【中吕·红绣鞋】春日湖上（绿树当门酒肆）/ 198

【中吕·卖花声】怀古二首（阿房舞殿翻罗袖；美人自刎乌江岸）/ 199

【中吕·卖花声】客况（十年落魄江滨客）/ 202

【中吕·普天乐】西湖即事（蕊珠宫）/ 204

【中吕·喜春来】金华客舍（落红小雨苍苔径）/ 206

【中吕·迎仙客】秋夜（雨乍晴）/ 207

【中吕·山坡羊】闺思（云松螺髻）/ 209

【中吕·齐天乐过红衫儿】道情（人生底事辛苦）/ 210

【越调·小桃红】寄鉴湖诸友（一城秋雨豆花凉）/ 213

【越调·天净沙】鲁卿庵中（青苔古木萧萧）/ 215

【越调·天净沙】湖上送别（红蕉隐隐窗纱）/ 217

【越调·凭阑人】湖上（远水晴天明落霞）/ 218

【越调·寨儿令】次韵（你见么）/ 220

【商调·梧叶儿】春日郊行（长空雁）/ 222

【商调·梧叶儿】感旧（肘后黄金印）/ 223

【双调·水仙子】次韵（蝇头老子五千言）/ 225

【双调·水仙子】归兴（淡文章不到紫薇郎）/ 227

【双调·水仙子】秋思（天边白雁写寒云）/ 229

【双调·折桂令】九日（对青山强整乌纱）/ 230

【双调·折桂令】西陵送别（画船儿载不起离愁）/ 232

【双调·折桂令】村庵即事（掩柴门啸傲烟霞）/ 234

【双调·殿前欢】客中（望长安）/ 236

【双调·殿前欢】爱山亭上（小阑干）/ 238

【双调·殿前欢】次酸斋韵（钓鱼台）/ 240

【双调·殿前欢】离思（月笼沙）/ 242

【双调·清江引】秋怀（西风信来家万里）/ 244

【双调·清江引】春思（黄莺乱啼门外柳）/ 245

【双调·清江引】春晚（平安信来刚半纸）/ 247

【双调·落梅风】春晚（东风景）/ 248

【双调·庆东原】次马致远先辈韵（诗情放）/ 250

【双调·庆东原】次马致远先辈韵（山容瘦）/ 251

张养浩 / 253

【中吕·山坡羊】潼关怀古（峰峦如聚）/ 253

【中吕·红绣鞋】警世（才上马齐声儿喝道）/ 255

【中吕·红绣鞋】（那的是为官荣贵）/ 257

【中吕·喜春来】（路逢饿殍须亲问）/ 258

【双调·水仙子】咏江南（一江烟水照晴岚）/ 260

【双调·雁儿落过得胜令】（云来山更佳）/ 262

虞集 / 264

【双调·折桂令】席上偶谈蜀汉事，因赋短柱体（銮舆三顾茅庐）/ 264

周德清 / 267

【正宫·塞鸿秋】浔阳即景（长江万里白如练）/ 267

【中吕·满庭芳】看岳王传（披文握武）/ 269

钟嗣成 / 271

【正宫·醉太平】（风流贫最好）/ 271

乔吉 / 274

【中吕·山坡羊】寓兴（鹏抟九万）/ 274

【中吕·山坡羊】冬日写怀（朝三暮四）/ 276

【中吕·山坡羊】冬日写怀（冬寒前后）/ 278

【中吕·满庭芳】渔父词（吴头楚尾）/ 279

【中吕·满庭芳】渔父词（湖平棹稳）/ 281

【中吕·满庭芳】渔父词（携鱼换酒）/ 283

【中吕·满庭芳】渔父词（秋江暮景）/ 284

【中吕·满庭芳】渔父词（活鱼旋打）/ 286

【中吕·朝天子】小娃琵琶（暖烘）/ 287

【越调·天净沙】即事（莺莺燕燕春春）/ 289

【越调·凭阑人】金陵道中（瘦马驮诗天一涯）/ 290

【越调·小桃红】效联珠格（落花飞絮隔朱帘）/ 292

【正宫·绿幺遍】自述（不占龙头选）/ 294

【双调·水仙子】游越福王府（笙歌梦断蒺藜沙）/ 296

【双调·水仙子】寻梅（冬前冬后几村庄）/ 298

【双调·水仙子】为友人作（搅柔肠离恨病相兼）/ 300

【双调·水仙子】怨风情（眼中花怎得接连枝）/ 302

【双调·水仙子】咏雪（冷无香柳絮扑将来）/ 303

【双调·水仙子】赋李仁仲懒慢斋（闹排场经过乐回闲）/ 306

【双调·水仙子】重观瀑布（天机织罢月梭闲）/ 307

【双调·折桂令】丙子游越怀古（蓬莱老树苍云）/ 309

【双调·折桂令】登姑苏台（百花洲上新台）/ 311

【双调·折桂令】赠罗真真（罗浮梦里真仙）/ 313

【双调·折桂令】七夕赠歌者（崔徽休写丹青）/ 315

【双调·折桂令】七夕赠歌者（黄四娘沽酒当垆）/ 317

【双调·折桂令】秋思（红梨叶染胭脂）/ 319

【双调·折桂令】荆溪即事（问荆溪溪上人家）/ 321

【双调·折桂令】毗陵晚眺（江南倦客登临）/ 323

【双调·折桂令】客窗清明（风风雨雨梨花）/ 325

【双调·折桂令】寄远（怎生来宽掩了裙儿）/ 327

【双调·殿前欢】登江山第一楼（拍阑干）/ 328

【双调·雁儿落过得胜令】忆别（殷勤红叶诗）/ 330

【双调·雁儿落过得胜令】自适（黄花开数朵）/ 332

【双调·清江引】有感（相思瘦因人间阻）/ 334

【双调·卖花声】悟世（肝肠百炼炉间铁）/ 335

周文质 / 338

【正宫·叨叨令】自叹（筑墙的曾入高宗梦）/ 338

【双调·折桂令】过多景楼（滔滔春水东流）/ 340

贯云石 / 342

【正宫·塞鸿秋】代人作（战西风几点宾鸿至）/ 342

【中吕·红绣鞋】（挨着靠着云窗同坐）/ 344

【南吕·金字经】（蛾眉能自惜）/ 345

【双调·寿阳曲】（新秋至）/ 347

【双调·清江引】（竞功名有如车下坡）/ 348

【双调·清江引】惜别（若还与他相见时）/ 350

【双调·殿前欢】（隔帘听）/ 351

【双调·殿前欢】（楚怀王）/ 353

卫立中 / 355

【双调·殿前欢】（碧云深）/ 355

鲜于必仁 / 357

【越调·寨儿令】（汉子陵）/ 357

【双调·折桂令】卢沟晓月（出都门鞭影摇红）/ 359

【双调·折桂令】诸葛武侯（草庐当日楼桑）/ 361

阿里西瑛 / 363

【双调·殿前欢】懒云窝自叙（懒云窝，醒时诗酒醉时歌）/ 363

【双调·殿前欢】懒云窝自叙（懒云窝，客至待如何）/ 365

曾瑞 / 367

【正宫·醉太平】（相邀士夫）/ 367

【南吕·四块玉】叹世（罗网施）/ 369

【南吕·骂玉郎过感皇恩采茶歌】闺中闻杜鹃（无情杜宇闲淘气）/ 371

赵禹圭 / 373

【双调·折桂令】题金山寺（长江浩浩西来）/ 373

阿鲁威 / 375

【双调·蟾宫曲】（问人间谁是英雄）/ 375

【双调·蟾宫曲】（动高吟楚客秋风）/ 377

薛昂夫 / 380

【中吕·朝天子】（沛公）/ 380

【中吕·朝天子】（卞和）/ 382

【中吕·朝天子】（董卓）/ 384

【中吕·朝天子】（老莱）/ 386

【中吕·朝天子】（杜甫）/ 387

【中吕·朝天子】（伯牙）/ 389

【中吕·山坡羊】（大江东去）/ 391

【中吕·山坡羊】西湖杂咏·春（山光如淀）/ 393

【中吕·山坡羊】西湖杂咏·夏（晴云轻漾）/ 394

【正宫·塞鸿秋】凌歊台怀古（凌歊台畔黄山铺）/ 396

【正宫·塞鸿秋】（功名万里忙如燕）/ 397

【双调·楚天遥过清江引】（花开人正欢）/ 399

【双调·楚天遥过清江引】（屈指数春来）/ 401

【双调·楚天遥过清江引】（有意送春归）/ 403

【双调·庆东原】西皋亭适兴（兴为催租败）/ 405

【双调·蟾宫曲】雪（天仙碧玉琼瑶）/ 406

吴弘道 / 409

【双调·拨不断】闲居（泛浮槎）/ 409

赵善庆 / 411

【中吕·普乐天】江头秋行（稻粱肥）/ 411

【双调·沉醉东风】秋日湘阴道中（山对面蓝堆翠岫）/ 413

【双调·庆东原】泊罗阳驿（砧声住）/ 415

马谦斋 / 417

【越调·柳营曲】叹世（手自搓）/ 417

【双调·沉醉东风】自悟（取富贵青蝇竞血）/ 419

邓玉宾 / 422

【正宫·叨叨令】道情（一个空皮囊包裹着千重气）/ 422

【正宫·叨叨令】道情（白云深处青山下）/ 424

孙周卿 / 426

【双调·沉醉东风】宫词（双拂黛停分翠羽）/ 426

【双调·沉醉东风】宫词（花月下温柔醉人）/ 428

吴西逸 / 430

【越调·天净沙】闲题（长江万里归帆）/ 430

【越调·天净沙】闲题（楚云飞满长空）/ 431

【越调·天净沙】闲题（江亭远树残霞）/ 433

【双调·清江引】秋居（白雁乱飞秋似雪）/ 434

【双调·寿阳曲】四时（萦心事）/ 436

【双调·雁儿落过得胜令】（春花闻杜鹃）/ 437

任昱 / 440

【双调·清江引】钱塘怀古（吴山越山山下水）/ 440

钱霖 / 443

【双调·清江引】（梦回昼长帘半卷）/ 443

【双调·清江引】（恩情已随纨扇歇）/ 445

顾德润 / 447

【中吕·醉高歌过摊破喜春来】旅中（长江远映青山）/ 447

【南吕·骂玉郎过感皇恩采茶歌】述怀（蛛丝满甑尘生釜）/ 449

徐再思 / 452

【中吕·阳春曲】皇亭晚泊（水深水浅东西涧）/ 452

【中吕·普天乐】垂虹夜月（玉华寒）/ 453

【中吕·普天乐】西山夕照（晚云收）/ 455

【中吕·朝天子】西湖（里湖）/ 456

【中吕·朝天子】常山江行（远山）/ 458

【商调·梧叶儿】春思（芳草思南浦）/ 459

【越调·凭阑人】春情（髻拥春云松玉钗）/ 461

【黄钟·人月圆】甘露怀古（江皋楼观前朝寺）/ 462

【双调·蟾宫曲】春情（平生不会相思）/ 464

【双调·殿前欢】观音山眠松（老苍龙）/ 465

【双调·水仙子】夜雨（一声梧叶一声秋）/ 467

【双调·清江引】相思（相思有如少债的）/ 469

【双调·沉醉东风】春情（一自多才间阔）/ 470

曹德 / 472

【失宫调·三棒鼓声频】题渊明醉归图（先生醉也）/ 472

【中吕·喜春来】和则明韵（春云巧似山翁帽）/ 474

【双调·庆东原】江头即事（低茅舍）/ 476

【双调·折桂令】江头即事（问城南春事何如）/ 477

高克礼 / 479

【越调·黄蔷薇过庆元贞】（又不曾看生见长）/ 479

李伯瞻 / 481

【双调·殿前欢】省悟（去来兮）/ 481

吕止庵 / 483

【仙吕·醉扶归】（频去教人讲）/ 483

查德卿 / 485

【仙吕·寄生草】感叹（姜太公贱卖了磻溪岸）/ 485

【仙吕·寄生草】闲别（姻缘薄剪做鞋样）/ 487

【中吕·普天乐】别情（鹧鸪词）/ 489

赵显宏 / 491

【黄钟·昼夜乐】冬（风送梅花过小桥）/ 491

李德载 / 494

【中吕·阳春曲】赠茶肆（茶烟一缕轻轻飏）/ 494

杨朝英 / 496

【双调·水仙子】自足（杏花村里旧生涯）/ 496

汪元亨 / 499

【正宫·醉太平】警世（憎苍蝇竞血）/ 499

【中吕·朝天子】归隐（长歌咏楚词）/ 501

【中吕·朝天子】归隐（荣华梦一场）/ 503

【中吕·朝天子】归隐（风俗变甚讹）/ 504

【双调·沉醉东风】归田（远城市人稠物穰）/ 506

张鸣善 / 508

【中吕·普天乐】（雨儿飘）/ 508

【中吕·普天乐】咏世（洛阳花）/ 510

【双调·水仙子】讥时（铺眉苫眼早三公）/ 511

【双调·落梅风】咏雪（漫天坠）/ 513

倪瓒 / 515

【越调·凭阑人】赠吴国良（客有吴郎吹洞箫）/ 515

【黄钟·人月圆】（伤心莫问前朝事）/ 517

【双调·折桂令】拟张鸣善（草茫茫秦汉陵阙）/ 518

刘庭信 / 521

【中吕·朝天子】赴约（夜深深静悄）/ 521

【双调·折桂令】忆别（想人生最苦离别，唱到阳关）/ 523

【双调·折桂令】忆别（想人生最苦离别，雁杳鱼沉）/ 525

【双调·雁儿落过得胜令】（懒栽潘岳花）/ 527

汤式 / 529

【越调·柳营曲】听筝（酒乍醒）/ 529

【中吕·山坡羊】书怀示友人（羁怀萦挂）/ 531

刘燕哥 / 533

【仙吕·太常引】饯齐参议归山东（故人送我出阳关）/ 533

宋方壶 / 536

【中吕·山坡羊】道情（青山相待）/ 536

兰楚芳 / 539

【南吕·四块玉】风情（我事事村）/ 539

邵亨贞 / 541

【仙吕·后庭花】拟古（铜壶更漏残）/ 541

周浩 / 543

【双调·蟾宫曲】题《录鬼簿》（想贞元朝士无多）/ 543

无名氏 / 546

【正宫·醉太平】（堂堂大元）/ 546

【正宫·醉太平】讥贪小利者（夺泥燕口）/ 548

【正宫·塞鸿秋】（爱他时似爱初生月）/ 550

【正宫·塞鸿秋】山行警（东边路西边路南边路）/ 551

【正宫·叨叨令】（黄尘万古长安路）/ 553

【正宫·叨叨令】（绿杨堤畔长亭路）/ 555

【小石调·归来乐】（动不动说甚么玉堂金马）/ 556

【失宫调牌名】大雨（城中黑漆）/ 558

【双调·清江引】咏所见（后园中姐儿十六七）/ 559

【双调·水仙子】喻纸鸢（丝纶长线寄天涯）/ 561

〔作者小传〕

元好问,金末元初著名诗人、史学家。他是宋金对峙时期北方文学的重要代表,又对金元交际时期的文学起着承上启下的作用。金朝灭亡后选择隐居不再当官,专心著述,致力于保存金代文化,编成《中州集》。他是一代文宗,在诗文词曲方面均有造诣,以诗的成就最高。他的诗歌学习杜甫,沉郁浑厚,以"丧乱诗"最著名。著有《遗山集》,词集《遗山乐府》。他的散曲现存九首小令,虽存篇不多但影响巨大。

【黄钟·人月圆】卜居外家东园二首[1]

元好问

重冈已隔红尘断[2],村落更年丰。移居要就[3],窗中远岫[4],舍后长松。十年种木,一年种谷,都付儿童。老夫惟有,醒来明月,醉后清风。

玄都观里桃千树[5],花落水空流。凭君莫问[6]:清泾浊渭,去马来牛[7]。谢公扶病[8],羊昙挥涕[9],一醉都休。古今几度,生存华屋,零落山丘[10]。

【字词注解】

①卜居:择定住处。外家:外公家。

②重冈：重重叠叠的山冈。红尘：此处喻指繁华的社会。

③要就：要去的地方。就，靠近。

④远岫：远山。

⑤"玄都"句：唐代刘禹锡《元和十年自朗州召至京戏赠看花诸君子》："紫陌红尘拂面来，无人不道看花回。玄都观里桃千树，尽是刘郎去后栽。"诗作表面上写看花之人，实际上是讽刺曲意逢迎的当朝权贵。元好问此处借用，亦有对金朝衰亡的反思与慨叹，但又不愿点明反思的结果，因而有"莫问"句缀于其后。玄都观，唐代长安城郊的一座道观。

⑥凭：请。

⑦"清泾"二句：语本唐代杜甫《秋雨叹》："去马来牛不复辨，浊泾清渭何当分。"泾、渭皆是河水之名，在陕西西安高陵区汇合，相汇处清浊分明。成语"泾渭分明"即源自此处。

⑧谢公：东晋政治家谢安，在桓温谋篡以及苻坚南侵的重要关头制乱御侮，成为保全东晋王朝的中流砥柱。后因受会稽王司马道子的排挤而抑郁成疾，不久病故。

⑨羊昙：谢安之甥，东晋名士。

⑩"生存"二句：典出三国魏曹植《箜篌引》："生存华屋处，零落归山丘。"言人寿有限，虽富贵者也逃不过死亡。

【精彩解说】

身处重重叠叠的山冈，已与繁华的社会隔绝，更加觉得我们这个小村庄是人寿年丰。我移居要去的地方人迹罕至，那里从窗口能看到碧绿的山峰和房屋后面的一棵棵茂密的松柏。 在这里种植十年成材的树木，耕作那一年收获的谷物，都交给年轻人打理吧。我这个老头子要做的只是在清晨醒来之后，观赏那将要落下的明月，酒醉之后沐浴那山间的清风。

玄都观里曾经种了很多桃树，无数朵桃花灿烂盛开，现在早已水流花谢，不复存在了。请你不必去追问：奔流着的是清泾还是浊渭，在苍茫之中是马儿去了还是牛儿来了。 谢安重回故地已经生病，羊昙为他的离世流泪痛苦，感到悲哀，这样存殁的感受，在我一场酩酊酒醉之后便淡然忘怀了。从古至今的感慨有多少是一样的，活着时居住在豪华的房屋，到头来也免不了死去埋在荒凉的山丘。

【赏析】

金哀宗天兴二年（1233），蒙古军包围金朝的都城南京（今河南开封）。金哀宗出逃，南京守将崔立投降蒙古，金朝自此灭亡。蒙古军攻破元好问故乡忻州，元好问不得已逃离故乡。这首曲写于他二十余年后偕家人回归故里之时。此时的元好问约五十岁，虽然说是落叶归根，却并没有回归故里居住，而是卜居外家东园。

首先面对的就是到何处居住的问题："重冈已隔红尘断，村落更年丰。移居要就，窗中远岫，舍后长松。"作者选择了外家东园。这里处于远离繁华红尘的崇山峻岭之中，几乎与世隔绝。开窗便眺望远山，屋后长着苍翠的青松，环境清幽，还有良田美池，连年丰收，没有衣食之忧。

接下来作者叙述自己在东园的生活情景："十年种木，一年种谷，都付儿童。老夫惟有，醒来明月，醉后清风。"元好问没有像陶渊明那样亲自耕种，而是将种树、种谷之类的活儿都交给家中的晚辈，他只与清风明月做伴，喝着美酒度日，十分悠闲。元好问并非尘外高士，东园的隐居生活虽然看似悠闲，可一句"醒来明月，醉后清风"，隐隐透露出元好问对国家覆灭、江山破碎而自己却心有余而力不足的忧愤，自己只能醒而复醉，醉而复醒。

后曲追述元好问面对国家危难束手无策的缘由。"玄都观"句，用唐代刘禹锡"玄都观里桃千树，尽是刘郎去后栽"的诗意，隐约影射了金朝灭亡，江山易主。"花落水空流"句，用南唐后主李煜《浪淘沙》中"流水落花春去也，天上人间"的句意，透露出无力挽救国家于危难的无奈，流露出对国家覆灭的无尽伤感。"凭君莫问"三句，化用了《庄子·秋水》中"秋水时至，百川灌河，泾流之大，两涘渚崖之间，不辨牛马"以及唐代杜甫《秋雨叹》中"去马来牛不复辨，浊泾清渭何当分"的句意，来发泄他身逢国难，不得不随缘而适的悲凉心境。"谢公扶病"后几句，用谢安、羊昙之典。据《晋书·谢安传》记载，谢安是东晋的重臣，淝水之战时他力挫前秦，东晋因他而得以安宁。后来，谢安受到猜疑，被排挤出朝，后受诏还都，没过多久便病故了。平日里受到谢安爱重的羊昙悲痛万分，"以马策扣扉，诵曹子建诗曰：'生存华屋处，零落归山丘。'恸哭而去"。作者在此用这个典故，透露出自己卜居东园的无奈，并归结到"一醉都休"的自我麻醉。末尾三句"古今几度，生存华屋，零落山丘"，元好问虽然是自解自嘲，却又在其中流露出渴望"东山再起"的志向。

这两首曲子前曲轻松，后曲凝重，看似风格不一，实则感情交融相通，有异曲同工之妙。前曲轻松欢快中包含悲凉愤慨，以乐写悲；后曲凝重沉郁，末尾突然高扬一笔，透出东山再起之志。散曲由词演化而来，早期散曲还留有词的某些特点。元好问正是处在这一时期，他的散曲兼具词与曲的特点。由于他是金元交际之时最早创作散曲的代表作家之一，所以对散曲的形成与发展有不可忽视的奠基之功。

【双调·小圣乐】骤雨打新荷

元好问

绿叶阴浓，遍池塘水阁①，偏趁凉多。海榴初绽②，妖艳喷香罗。老燕携雏弄语，有高柳鸣蝉相和。骤雨过，珍珠乱糁，打遍新荷。　　人生有几③，念良辰美景，一梦初过。穷通前定④，何用苦张罗？命友邀宾玩赏⑤，对芳樽浅酌低歌⑥。且酩酊⑦，任他两轮日月，来往如梭。

【字词注解】

①水阁：临水的楼阁。
②海榴：石榴，因从海外移植而得名。
③几：几许，此处指多长时间。
④穷通前定：意为失意、得意、命运的好坏，由前生而定。
⑤命友：邀请朋友。
⑥芳樽：美酒。樽，酒杯。
⑦酩酊（mǐng dǐng）：酒醉的样子。

【精彩解说】

绿叶一片浓荫，池塘里有很多水台楼阁，这里是最凉快的地方。石榴的花朵刚刚绽放，长得妖娆艳丽，散发着扑鼻的香气。老燕子携带着小燕子叽叽喳喳地叫着，像在说话，在高高的柳树上有鸣叫的蝉声与它相和。骤雨刹那间下过，珍珠般的雨滴洒下来，敲打着池塘里一片片新荷。人生能有多少光阴，想念良辰美景，就像一场梦一样刚刚过去。人的不得志和得志都由前生决定，还用得着苦苦张罗操劳吗？邀请朋友和嘉宾一起玩赏，举杯小酌，低吟浅唱。且喝个酩酊大醉，任它日月轮转，来往如梭。

【赏析】

元好问的这首《骤雨打新荷》是散曲中的名篇佳作，元代时广为流传，众多名姬曾歌舞此曲，极为流行。曲子的大意是赏景劝饮。作品以独到的笔法尽绘夏季的美景，表达了作者的人生感慨。

上阕叙写盛夏美景，声色皆俱，动静结合。繁茂的绿荫、初绽的石榴、燕语蝉鸣、骤雨后的新荷，一个个清新明丽的意象透露出当时正值盛夏时节。夏季本是非常炎热的，甚至会让人产生烦躁之感，但在作者的笔下，夏季是这样的舒爽而富含诗意。池塘旁是浓密的树荫，火红的石榴花绽放了，燕子和蝉不住地鸣唱，池塘里荷花初放，一场骤雨过后，雨滴如珍珠一般散落在荷叶之上……清新明快的色彩，美妙的声响，既清凉舒适又不乏夏季特有的热烈气氛。最妙的是那一场骤雨，让气氛顿时变得灵动活跃了起来，一幅崭新的画卷呈现在读者面前。"打遍新荷"的"打"字如此生动，和燕语蝉鸣的声响融和，看似有些喧闹，却有"蝉噪林愈静，鸟鸣山更幽"之妙，更显现出了夏日的安宁。也因为元好问"骤雨过，珍珠乱糁，打遍新荷"这一句非常脍炙人口，所以后来人们习惯性地将【小圣乐】这一曲牌叫作【骤雨打新荷】。

唐诗中也不乏描写夏日的作品，如孟浩然在《夏日南亭怀辛大》中写道："……散发乘夕凉，开轩卧闲敞。荷风送香气，竹露滴清响。……"再如韦应物在《郡斋雨中与诸文士燕集》讲道："兵卫森画戟，宴寝凝清香。海上风雨至，逍遥池阁凉。……"两诗都和元好问的这首曲子一样，格外强调夏季的"凉"，真可谓有异曲同工之妙。这似乎是文人们特有的情致，想要在这艳阳高照的夏日里构建一个清凉的世界，得以"诗意地栖居"。

作者在勾勒出一幅安静宁和的夏日图景之后，在曲的下阕叙写了自己心中的感慨：人生如此短暂，想到良辰美景，仿佛大梦初醒；人生困窘还是得志，在前世早已注定，又何必再去苦苦操劳？邀请朋友和宾客一同玩赏这美妙的景致，细细品尝这杯中的美酒，低吟浅唱；不妨喝得酩酊大醉，任凭那天上的日月变幻。在品读作品时将上阕对自然景物的描写与下阕所说的日月轮转、人世变迁联系起来，便可以体会到作者听凭命运、顺适自然、及时行乐的思想。这种及时行乐与宿命的说法在表面上十分旷达，却无法掩饰作者内心的苦闷。因此，可以说下阕是既旷达又低沉的。

这首散曲中所描绘的景致独特、情怀脱俗，景中生情，情景交融，除了在艺术上带给读者以美的享受外，还激发了读者对人生的思考与共鸣，加之对散曲创作有开山之功，影响深远，的确是一篇不可多得的佳作。

杨果

〔作者小传〕

杨果,金元之际著名词人。金哀宗正大元年(1224)中进士。进入元朝之后,他担任参知政事,为官清廉,办事干练。工文章,善乐府,著作有《西庵集》。现存十一首小令,五套套曲,数量不多,风格偏向于典雅。从他的作品中可以看出传统诗歌创作由词向曲转变的迹象。

【越调·小桃红】

杨果

满城烟水月微茫①,人倚兰舟唱②。常记相逢若耶上③,隔三湘④,碧云望断空惆怅。美人笑道,莲花相似,情短藕丝长⑤。

【字词注解】

①烟水:水上升起的如烟雾气。微茫:若明若暗,模糊不清。

②兰舟:用木兰树做的船。后用作对船的美称。

③若耶:小溪名,位于会稽(今浙江绍兴)若耶山下,相传是西施浣纱之地,因而又名"浣纱溪"。

④三湘:湖南沅湘、资湘、潇湘三水的合称,也泛指湘江流域一带。

⑤丝:谐为"思"。

【精彩解说】

整个城里烟水朦胧，月色迷蒙，有美人斜倚在兰舟低声吟唱。曾记得我们在若耶溪边相遇，隔着三湘江水，把碧水云天望断只落得失望惆怅。那位美人笑着说："莲花和我们多相似啊，虽然情缘很短，但思念和牵挂却像藕丝一样长。"

【赏析】

《元史》上记载，杨果"工文章，尤长于乐府"。《太和正音谱》称他的曲"如花柳芳妍"，赞其散曲文采优美。作为早期的散曲作家，杨果的作品中流露出这一时期特有的特点：由于散曲刚从乐府民歌和宋词演变过来，所以它掺杂着浓厚的民歌与词的色彩。这支【小桃红】正是这样。

这支曲子主要追忆了之前与恋人的相会，赞扬了男女恋情。它是从南朝乐府《采莲曲》逐渐发展而来的。如曲中使用的"兰舟""若耶""莲花""藕丝"等意象，都继承了那时乐府作品中的意象。梁元帝就曾创作过"莲花乱脸色，荷叶杂衣香"的名句。在这支曲子的开头，作者先构建了一个恬淡幽静的场景：水烟缭绕，月色朦胧，其间依稀有人倚在兰舟上低吟浅唱。这样的夜晚让作者不禁回想起了曾经在若耶溪畔相会的心上人。从对眼前景色的描绘转到对过去的回忆，作者运用跳跃的镜头使时空发生了转移，却丝毫不显生硬，反而十分自然，前后的意境也非常和谐，营造出一种朦胧又幽远的氛围。

接下来的几句是作者对过去的追忆。作者曾经和心上人相会的地点是若耶溪——据说那是西施浣纱之地。这样一个有美好传说的地方，让读者看到后就很容易联想到美人西施，从而给作者的恋人增添了几分国色天香的色彩。"隔三湘，碧云望断空惆怅"两句，道尽了空间的辽阔和时光的久远，表现了作者心中深切的爱慕和深重的相思。作者仅仅用了寥寥几个字便实现了千山万水的跨越，不仅使曲子的层次更加丰富，也深化了曲子的意境。因此这两句不仅成功地表达了作者的情感，也成功地做了时空设计。

对于最后三句"美人笑道，莲花相似，情短藕丝长"，有人觉得那位"倚兰舟唱"的美人就是作者心心念念的心上人，因而末尾的话是作者与心上人重逢后美人所说的；有人觉得兰舟上低吟浅唱的人和最后的"美人"并不是同一个人，而末尾这句话是作者回忆中的那位心上人曾经的一句调笑之语。

但无论是哪种说法,有一点是没有争议的,那就是末尾的话是作者思慕的那位美人说的。美人说话时是"笑道",那么这嫣然一"笑"中包含着怎样的情感呢?她把自己的爱情比作莲花,"莲"与"怜"是谐音,所以在诗词作品中,"莲花"的意象大多带着一种怜惜的意义。接着美人说,我们的爱情和莲花多相似啊!我们之间情缘虽然很短,为万水千山所阻隔,为悠远的时空所冲淡,但心中的相思之情却如同藕丝那样长。美好的情感之中又夹杂无奈与惆怅,令人感动。曲末这几句话间似乎可以隐约看见一个静默惆怅的倩影,在使读者倍感惆怅之外又留下了广阔的想象空间,让人去品味,去思考。

作者在寥寥数语中寄托了感人至深的情怀,比喻动人,谐音双关,充分展现了语言的美感。这也是这支曲子有着不朽的艺术生命力的原因。

【越调·小桃红】

杨果

采莲湖上棹船回①,风约湘裙翠②。一曲琵琶数行泪,望君归,芙蓉开尽无消息③。晚凉多少,红鸳白鹭,何处不双飞。

【字词注解】

①棹(zhào):桨,作动词用,犹"划"。
②约:束,裹。这里指翻卷,皱褶。湘裙翠:用湘地丝织品制成的翠绿色的裙子。
③芙蓉:荷花的别名,谐"夫容",一语双关。

【精彩解说】

荷花开满湖面,采莲女划动船桨正要掉头回去,晚风翻卷着翠绿的湘裙。湖面上传来的琵琶声婉转哀怨,引得采莲女流下几行思念的眼泪,盼望着夫君回来,可是荷花都凋谢了也没有他的消息。傍晚袭来凉意,无限的心事涌上心头,看那红鸳白鹭,到处都在双飞。

— •【赏析】

  这首小令描述了采莲女对丈夫的思恋,是一曲怀远的哀歌。
  曲子的开篇勾勒出了一个绰约多姿的采莲女形象。"采莲湖上棹船回,风约湘裙翠",采莲女掉转船头正要返回,此刻轻柔的晚风吹拂着她那翠绿的衣裙,将裙摆吹得左右飘动。这个女子的形象清新秀丽,蕴含着一种不醒目却又难以忽略的美。接着,作者将笔墨都集中在描写这位女子对远行丈夫的怀念上。"一曲琵琶数行泪"用白居易《琵琶行》之典,既是一个细节描写,又是一处感情的宣泄,暗示了采莲女的伤心与孤独。采莲女在琵琶声中联想到自己的命运就如同那位琵琶女,美人迟暮,漂泊无依,又怎能忍住不落泪呢?"望君归,芙蓉开尽无消息",作者没有停留在普通的抒情上,而是通过生动的细节来提高描写的深度。采莲女盼望丈夫归来,等到荷花的花期都过了,却还没有任何消息传来。这一句"芙蓉开尽无消息"含有丰富的意蕴:一是说明时节已是深秋,秋季本就有着悲凉凄清的氛围,而远行人音讯全无,不知她已经等了多长时间;二是丈夫原定的归期延误,她心中的担心、忧虑、离恨、愁绪不知多么沉重。此外,"芙蓉"与"夫容"谐音,含蓄地表达了采莲女对丈夫的思念。寥寥数语便将采莲女细腻曲折的内心活动生动地描写了出来。在曲子最后,作者以景抒情、以物喻人,在物我对比、情景交融中,将全曲的情感与韵味都推向更加深远的意境之中。"晚凉多少"一句是对上一句的补充与阐释。"多少"偏义在"多",表明当下秋已深,凉意已重,正如采莲女心中的感受。在这样凄清的时刻,她的心中涌出了多少凄凉的心事。末两句"红鸳白鹭,何处不双飞"用"红"来形容"鸳",用"白"来形容"鹭",构成了鲜明的色调,使曲子有了一种绘画美;又用双飞的鸟儿来反衬自己的孤独,"何处不双飞"一句,用反问的语气,传达自己心中深重的寂寞和孤苦,更是透露着一种深深的无奈与惆怅,令人读来不禁为之动容。末尾三句,言有尽而意无穷,篇终而神远,引得读者展开无尽的联想,使曲子的意蕴更加深远了。
  元代初期,散曲刚从乐府民歌和宋词中独立出来,尚且带有浓厚的民歌和宋词的色彩。这首抒情小曲既流露出了文人雍容典雅的艺术风格,又显示出了民歌清新自然的艺术特色。而曲子中包含的情感更是令人万分感动。只要作品情感真挚,就能获得打动人心的艺术效果,这首小令所抒发的感情,仿佛句句都从肺腑中吐露出来,因而易于引起读者的共鸣,具有震撼人心的艺术力量。

【越调·小桃红】

杨果

> 采莲人和采莲歌①，柳外兰舟过。不管鸳鸯梦惊破，夜如何②，有人独上江楼卧。伤心莫唱，南朝旧曲③，司马泪痕多④。

【字词注解】

①和（hè）：唱和，应和。采莲歌：泛指我国南方地区妇女采莲时唱的歌曲。

②夜如何：现在是夜里的什么时辰？犹言"夜已深"。

③南朝旧曲：南朝陈后主所制《玉树后庭花》，由于"绮艳相高，极于轻薄，男女唱和，其音甚哀"而被后人称为"亡国之音"。

④司马：州刺史的辅佐官，在唐代实为闲职。唐宪宗元和十年（815）白居易被贬为江州司马。

【精彩解说】

采莲人相互应和唱采莲歌，一叶小舟从杨柳岸边轻轻划过。那一片欢声笑语毫无顾忌，把静静的夜里的鸳鸯梦惊醒了，夜色如何？此时有人独卧江楼。不要唱那些让人伤心的南朝旧曲了，以免引得失意的人流泪。

【赏析】

这首小令语言婉曲而隐讳，含蓄地传达出了作者对于朝代兴亡更替的深沉感慨。

作者杨果是由金入元的诗人，金朝灭亡五年之后才出来做官。这样的人生经历，使得作者心中藏着深切的兴亡之感，而这番感慨通过这首曲子抒发得淋漓尽致。曲子开头就散发着民歌的芬芳："采莲人和采莲歌，柳外兰舟过。"简单平凡的两句便将一幅有声有色的画面描绘了出来：柳外荡舟、莲歌相和，充满了诗的韵味。接下来的两句，"不管鸳鸯梦惊破，夜如何？"告诉了读者原来时间已是夜晚，这一片欢声笑语却丝毫不顾虑会不会惊扰了夜间的美梦。《诗经》中已有"夜如何其？夜未央"的名句，这里作者问一句"夜如何"，更是增添了曲子纯朴的民歌风味。在夜晚一片欢乐的氛围中，却"有人独上江楼卧"，一下子转到了凄凉的气氛中。在夜晚的一片欢歌中独自走上江楼，多么清冷，多么孤独，与前面那一派热闹和欢笑形成了强烈的反差。冷热相间，悲喜交错，使悲凉更显悲凉，孤独更显孤独，正如王夫之所说的"以乐景写哀，以哀景写乐，一倍增其哀乐"（《姜斋诗话》）。

那个独上江楼的孤独人心中有着什么惆怅？在曲子结尾，如画龙点睛一般地交代了出来，同时也点明了曲子的真正意蕴。"伤心莫唱，南朝旧曲，司马泪痕多"。南朝旧曲指的是陈后主所制的《玉树后庭花》，这首曲子往往被称为"亡国之音"。在这里，作者以陈后主暗喻金宣宗、金哀宗的荒淫无道，也暗中令读者从现实回溯到那个已逝的朝代。于是，金朝的腐败、元代的黑暗都包含在这寥寥数语之中。"司马泪痕多"一句化用白居易《琵琶行》中"座中泣下谁最多？江州司马青衫湿"诗句。但白居易抒发的是沦落天涯的感慨，杨果抒发的却是故国黍离的哀思。这样一个化用，正是作者为了更深地隐藏自己的见解，由此来调动读者展开想象。末尾三句令曲子的意味进一步延展开来，作者心中深沉的叹息也在这里得以抒发。

诗歌要求以最简短的篇幅，表现最丰富的内涵；以最婉曲的语言，抒发最深沉的感情。这首曲子通篇没有刻意修饰的辞藻，也没有过于平直浅露的话语，却获得了极好的艺术效果。作者将自己的见解隐藏在这几句看似平凡实则婉曲的词句中，含蓄曲折地将复杂深沉的情感传达了出来，使得曲子余味环绕，引发读者无穷的想象。

刘秉忠

〔作者小传〕

刘秉忠,初名刘侃,元代著名政治家、书法家、曲作家。十七岁为官,后辞官隐居,在武安山为僧。元世祖忽必烈登基前接受召见,留侍左右,自此改名为秉忠。后官至太保,参领中书省事,为开国重臣。他从小勤奋好学,到了老年好学之心仍不衰竭,擅长诗、词和书法,著作有《藏春诗集》,现存有十二首小令。

【南吕·干荷叶】

刘秉忠

干荷叶,色苍苍①,老柄风摇荡②。减了清香,越添黄。都因昨夜一场霜,寂寞在秋江上。

【字词注解】

①苍苍:深青色。
②老柄:干枯的叶柄。

【精彩解说】

干枯的荷叶颜色苍苍,枯老的叶柄被风吹得不住地摇晃飘荡。清新的香气已经一点点消减,颜色已经一点点枯黄。都是因为昨夜下了一场霜,使得秋季江面上的荷叶显得更加萧瑟、寂寞。

• 【赏析】

　　这支小令是刘秉忠【干荷叶】组曲八首中的第一首，开篇便从曲牌名的立意出发，描写了荷叶干枯后在风中摇荡的情态。"干荷叶，色苍苍，老柄风摇荡"，"干""苍""老"几个字形象地描述出荷叶的特征，着墨不多，没有运用过多修饰语，却成功烘托出一种冷寂、萧条的氛围。接下来，作者又描写道："减了清香，越添黄。"这两句是对荷叶描绘的补充，既写其叶干，又写其柄老，既写其色苍，又写其香减，从颜色、气味、形态多方描画，层层涂饰，将荷叶在秋风中的憔悴之状，生动地呈现在了读者面前。末尾两句揭示了导致荷叶如此残败的原因，"都因昨夜一场霜"，风霜无情，夜间的一场浓霜使本来已由翠绿变为深青的荷叶，更由深青转为枯黄。真是"风刀霜剑严相逼"！曾几何时，江上还是一片"莲叶何田田"的繁盛景象，而如今荷叶却已在秋季风霜的摧残下枯萎了，一如美人迟暮的寂寥、凄凉。曲子的最后一句更是将这份凄凉之情推向更为幽深的意境之中："寂寞在秋江上。"短短六个字，却将所描绘的场景延展开来，一种寥廓之感更加深了残败、萧索的氛围，使全曲更加意味深长。作者以我观物、寄情于景，把自己的感受融入笔下所描绘的物象之中，使原本无情的残荷也变得有知有情，似乎和作者有了契合点，为彼此如此凄凉的晚景感到落寞惆怅。

　　这支曲子包含着作者什么样的惆怅？是韶华易逝、青春不再的感慨，还是世事变迁、繁华消歇的叹息？两者兼而有之。作者从人生和世事中生发出感慨，而荷叶就是他的一个投影。干枯的荷叶和垂暮的自己，在寒冷的秋风中忍受着无边的凄婉寂寥。尽管这支小令篇幅短小，却在简短的字句中描绘出了一幅萧条凄凉的秋风残荷图。曲中展现的意象，和南唐中主李璟的词《摊破浣溪沙》很相似："菡萏香消翠叶残，西风愁起绿波间。还与韶光共憔悴，不堪看。"而就写法而言，刘秉忠的【干荷叶】语言明快，形容尽致，不以含蓄蕴藉取胜，显示了元曲的本色。

【南吕·干荷叶】

刘秉忠

　　干荷叶，色无多①，不奈风霜挫②。贴秋波③，倒枝柯④。宫娃齐唱采莲歌⑤，梦里繁华过。

【字词注解】

①色无多：暗淡无色。
②挫：摧残，折损。
③贴秋波：枯叶在水波中沉浮。
④枝柯：枝条，指荷叶柄。
⑤宫娃：宫女，吴楚间称美女曰"娃"。

【精彩解说】

干枯的荷叶，暗淡无色，禁不住风霜的摧残、折损。枯叶在水波中沉浮，荷叶柄都已经折断倒下了。宫女们还在齐声唱着《采莲歌》，可是繁华盛大的景象已经像梦一样消逝了。

【赏析】

这首曲子是刘秉忠的【干荷叶】组曲的第四首，写的是残荷终于经不住风霜的侵袭，最终枯死在秋江之上，结束了短暂的一生。

"干荷叶，色无多，不奈风霜挫"，和组曲第一首的描绘相比，第一首的残荷虽然随风摇荡，并且在风霜的摧残下枯黄了，但老柄尚未折断倒下，叶色也只是苍中带黄；而在这一首中，在风霜的打击下，荷叶已经无法支撑，叶片已经暗淡无色，叶柄也因枯萎而折断倾倒，"贴秋波，倒枝柯"，倒伏在秋天的水面上。至此，残荷的悲惨命运已被写得淋漓尽致。接下来，作者笔下一转，在后两句里追溯昔日的繁华："宫娃齐唱采莲歌，梦里繁华过。"宫女们还在齐声唱着采莲曲，这番景象不禁让读者联想到杜牧的名句："商女不知亡国恨，隔江犹唱后庭花。"这样的对比衬托，更使当前的情景显得倍加凄凉。宫女的歌声让人不禁联想起曾经的江南，"江南可采莲，莲叶何田田"，曾有"秋江岸边莲子多，采莲女儿凭船歌"的热闹景象，更有"吴姬越艳楚王妃，争弄莲舟水湿衣"的盛况。而如今，这样的繁华景象已经一去不返了，眼前的江南已是如此悲凉。曲子末尾，作者不说"繁华如梦"，而说"梦里繁华过"，仔细比较就可发现作者用笔的曲致、心思的深沉。就题意而言，荷叶从露出水面到枯死水中，它的一生就如同一场梦，那一段繁华的日子固然是在这场梦中度过的，但其悲凉的晚景，何尝不是在这场梦中度过？这正如苏轼在一首《西江月》中所说，"世事一场大梦"，世态的炎凉、朝代的兴亡，也都是在这场大梦中过去的，这怎能不让人慨叹！

　　这支小令延续了组曲的语言风格。语言简洁却将荷叶的残败景象描绘得丝丝入扣，在末尾更是运用逆挽之笔，通过采莲歌和残荷的对比，追溯往日繁华，点明了曲子的主题。作者由荷叶的命运联想到南宋王朝的命运，以昔日的繁华来对比今朝的衰败，寥寥数语更是包含着"万事万物一场梦"的佛理。对世事变迁、朝代更替的慨叹，在秋江残荷之景的衬托下，更显深沉了。不得不说，作者构思之巧妙、抒情之动人、示理之深刻，使这支小令成为不可多得的成功之作。

【南吕·干荷叶】

刘秉忠

　　南高峰，北高峰①，惨淡烟霞洞②。宋高宗③，一场空，吴山依旧酒旗风④。两度江南梦⑤。

【字词注解】

　　①南高峰，北高峰：杭州西湖有南北两座高峰，遥遥相对，称"双峰插云"，为"西湖十景"之一。

　　②烟霞洞：在南高峰下的烟霞岭上，为西湖最古的石洞，洞很深。传说曾是宋高宗的避难之所，后被其封为"南山第一洞天"。

　　③宋高宗：赵构，宋徽宗第九子。初封康王，1127年，金人攻下汴京，徽宗和钦宗被俘，赵构南逃至南京（今河南商丘），即位称帝；后又于临安（今浙江杭州）建都，史称"南宋"。赵构在位时对金屈辱称臣，以求和平。

　　④吴山：在西湖东南面，俗称"城隍山"。宋元时此地酒肆林立，十分繁华。酒旗：也叫"酒帘"，旧时酒家标志。杜牧《江南春绝句》："水村山郭酒旗风。"

　　⑤两度江南梦：五代吴越和南宋两个建都杭州的王朝都相继灭亡。

【精彩解说】

南边的高峰，北边的高峰，凄凉惨淡的烟霞洞。宋高宗的统治，到头来是一场空，吴山上的酒旗依旧随风飘舞。五代吴越和南宋两个建都杭州的王朝都相继灭亡。

【赏析】

这首曲子是刘秉忠【干荷叶】组曲的第五首。不同于前几首曲子通过描绘残荷景象来抒发情怀，这首曲子离开了对荷叶本身的刻画，而把笔触转向作为南宋都城的杭州。

曲子开头三句点出杭州，"南高峰""北高峰""烟霞洞"皆是杭州名胜。在形容烟霞洞时作者用了一个"惨淡"，点明了全曲的基调，是悲戚、萧索的。而第一、第二句"南高峰，北高峰"中的"高"字起穿针引线的作用，与第四句"宋高宗"中的"高"字一线相连，把地点、人物连接起来，点出了南宋偏安一隅的历史。但接着，作者以"一场空"三字把这段历史一笔抹去。南宋在江南一隅苟延残喘了百余年，最终还是落了个亡国的命运，只剩下西湖边上的南北两座高峰和烟霞岭上的烟霞洞凄凉地存在着。由历史回到现实，只有吴山上的酒旗依旧在风中招展。"吴山依旧酒旗风"一句中的"酒旗风"出自杜牧《江南春绝句》"水村山郭酒旗风"，也是化用王安石《桂枝香·金陵怀古》一词中的"背西风、酒旗斜矗"句。杜牧诗是写南朝，游目于烟雨中南朝遗留下来的寺庙楼台；王安石词则是在感叹"六朝旧事随流水"。在这里，作者运用"酒旗风"的着眼点也是那些曾在江南繁盛一时而最终灭亡的王朝。而句中的"依旧"二字，更是含着物是人非、世事变迁的感慨，这与韦庄《台城》诗"无情最是台城柳，依旧烟笼十里堤"的用意非常相似。作者在曲末以一句"两度江南梦"作结，是站在一个北人的立场写到南方历史时所生发的双重慨叹。和【干荷叶】组曲的第四首相比较，第四首的末尾两句"宫娃齐唱采莲歌，梦里繁华过。"是由眼前的残荷之景追溯到当年的繁华，是由今写到昔；而这首曲子的末句则是由当年南宋立国之事回到当前酒旗风的景象，是由昔写到今。

作者刘秉忠曾隐居武安山为僧，后来受到元世祖忽必烈的召用，一度官至太保，是元朝的开国元勋，但始终过着斋居蔬食的生活。从这样的经历来看，作者在曲中所表露的情感并不是一位遗民悼念亡国、回忆前朝之情，而是在更广泛的意义上抒发对生命短促、世事无常、朝代更迭的慨叹。这支小令展现了一位参与了新王朝的缔造、饱经世事沧桑又曾皈依空门、深受佛家思想洗礼的作者对人世的观照和感慨。

王和卿

〔作者小传〕

王和卿,金元之际散曲作家,性格滑稽幽默而俏皮,才高名重,因为创作小令【仙吕·醉中天】《咏大蝴蝶》而声名鹊起。现存二十一首小令,风格滑稽尖酸而俏皮,有的流于油滑。明代朱权在《太和正音谱》中将他列入"词林英杰"一百五十人之中。

【仙吕·醉中天】咏大蝴蝶

王和卿

弹破庄周梦①,两翅架东风。三百座名园一采个空。难道风流种②,唬杀寻芳的蜜蜂③。轻轻飞动,把卖花人扇过桥东。

【字词注解】

①弹:一作"蝉",一作"挣"。庄周梦:庄周,即庄子,战国时思想家,道家学派代表人物之一。《庄子·齐物论》中记载庄子曾梦见自己化为蝴蝶。后以"庄周梦蝶"比喻虚幻的事物。此处王和卿用此典故,极度夸张蝴蝶之强大,从庄周的梦中挣脱出来,乘风而起。

②风流种:一作"风流孽种",风流才子,名士。

③唬杀:犹言"吓死"。唬,吓唬。杀,用在动词后,表程度深。

──●【精彩解说】

从庄周的梦境里挣脱出来，两只硕大的翅膀架着浩荡的东风。把三百座名园里花朵的花蜜都采空了。难道它是天生的风流种，把寻找花朵采蜜的蜜蜂吓坏了。它轻轻地扇动翅膀，把卖花的人都扇到了桥的东边。

──●【赏析】

蝴蝶千姿百态，色彩斑斓，或流连于花丛之中，或起舞在草木之间，这样美丽的小生灵，令诗人陶醉，令画家着迷。蝴蝶，一个屡见不鲜的意象，和文学也早已结下了古老而神秘的不解之缘。

这首曲子所描绘的就是蝴蝶这个意象，是一篇非常独特的作品。作者的描绘，夸张得几近荒诞：一只大蝴蝶从庄周的梦中挣脱出来，乘风而起，腾云驾雾，颇有庄子在《逍遥游》中所描绘的大鹏"其翼若垂天之云"的气势。这样一只独具气势的大蝴蝶，三百座名园的花朵，怎么能满足它采足花粉的需要？于是，"三百座名园"竟然被"一采个空"！那可怜的寻芳采蜜的蜜蜂见了这只大蝴蝶又怎能不害怕得要死呢！接着，作者描写道："轻轻飞动，把卖花人扇过桥东。"这又是令人震惊的一笔！大蝴蝶只是轻轻一扇翅膀，就把卖花人扇到桥东去了！南宋谢无逸有一首《蝴蝶》诗："江天春暖晚风细，相逐卖花人过桥。"诗中的蝴蝶追随着卖花人的担子翩翩飞舞，轻盈曼妙。而这首曲子中的大蝴蝶，却轻轻将卖花人扇到桥东，这不得不令人对它的巨大身躯和力量瞠目结舌。显然，作者是在用极度夸张的语言和隐喻的手法，突出"大蝴蝶"的专横和贪婪。

曲中的大蝴蝶明显被赋予了象征意义，然而究竟象征什么，作者没有直接明了地告诉读者。有人推测说这首曲子的用意"可能是借咏大蝴蝶，对关汉卿寻芳采花的风流生活进行善意的戏谑"，这一看法可以在元末明初人陶宗仪的《辍耕录》中找到依据。还有一种极端的理解：哪有这么大的蝴蝶呢？这不过是给当时那些任意侮辱妇女的"花花太岁"、权贵人物画像罢了。联系元杂剧中的某些作品，这种见解也有道理。然而，一篇文学作品尽管是由某一具体人物或事件而产生，但广泛流传后，它的思想内涵就不再拘泥于事件原型，变得深刻而广阔。这首曲子的象征内容，读者可以自己去体会理解，说得太实太满或太死板，曲子本身的韵味反而会被冲淡。

这首曲子语句滑稽俏皮，幽默感十足，读来别有一番情趣，鲜明地体现了王和卿的作品特色。作品用语极其大胆，紧扣蝴蝶之"大"，甚至夸张到了怪诞不经的程度。然而却不失有趣，使人在忍俊不禁之后反复寻味、思索。从语言上看，这首小令通俗质朴，更像是随手之作，却意味无穷。这正是这首小令的成功之处。

【仙吕·一半儿】题情

王和卿

鸦翎般水鬓似刀裁，小颗颗芙蓉花额儿窄①，待不梳妆怕娘左猜②。不免插金钗，一半儿髼松一半儿歪③。

【字词注解】

①小颗颗：也作"小可可"，形容很小。
②左猜：猜疑，猜想。
③髼（péng）松：头发松散的样子。

【精彩解说】

鸦翎般的水鬓像刀裁剪过一样，小巧玲珑的芙蓉花戴在窄窄的额头上，想不梳妆了却害怕娘猜疑。免不了插上金钗，结果头发还是髼松散乱、歪歪斜斜的。

【赏析】

【仙吕·一半儿】《题情》是王和卿创作的组曲，一共有四首小令。这组曲子选取了一位独守空闺的女子从早到晚的照镜、接信、看信、脱衣四个生活片段，将她的愁苦、思念、担心、生气等种种复杂心理表现得惟妙惟肖，把复杂而又含蓄朦胧的男女之情描写得简单明白。这首曲子是四首中的第一首，写女主人公照镜梳妆。

首两句"鸦翎般水鬓似刀裁，小颗颗芙蓉花额儿窄"，细致地刻画了女主人公的形象。女子在对镜梳妆时，瞧见自己黑如乌鸦羽毛的鬓发湿润发亮，像刀裁一样整齐地贴于双鬓；本已消瘦的脸庞配上用小巧芙蓉花串起的饰链坠于额间，更是显得额头窄窄的。一般描绘人物形象往往从刻画其眉眼入手，而在这首小令中，作者却没有落入窠臼，而是从少女的头发和额头下笔。作者将少女的头发比作乌鸦的羽毛，一来写出了发之"黑"，二来也写出了发之"亮"。"似刀裁"三字，更加表现了少女头发的齐整和美观，令读者不禁暗想，拥有如此秀发的自然会是一位秀美的女子，再加上额间一颗颗小巧的芙蓉花坠，更衬得女子面庞精致。

这样一位美丽的少女，到底怀揣着怎样的心思呢？"待不梳妆怕娘左猜。不免插金钗，一半儿髻松一半儿歪。"俗语道"女为悦己者容"，因心上人不在，她实在无心打扮，但是又怕引起细心的母亲的猜疑追问，不得不漫不经心地梳妆，勉强插上金钗，结果金钗插歪了，没有固定住发型，弄得头发一半儿髻松一半儿歪。这两句将女子心中的矛盾心思展现了出来：不愿梳妆，却又害怕娘亲猜疑，于是不情愿地将金钗插进了秀发。女子为什么没有心思梳妆，还怕娘猜疑呢？稍作推敲，原来是因为和心上人分别了。面对母亲，少女心中又有一丝羞赧和不安，不愿让母亲知晓自己的心思。也正是在这心思的支配下，她最终将金钗插得斜斜歪歪的，连头发都髻松了。

这首小令在描绘女子形象时，并没有使用描写相思之苦的字眼，却成功地刻画了女主人公的内心世界，清晰、自然，毫不矫揉造作。作者通过女子看镜梳妆的细节描写生动传神地展现出女子的形象。作品情调活泼，风格诙谐，有极强的艺术感染力。

【仙吕·一半儿】题情

王和卿

别来宽褪缕金衣①，粉悴烟憔减玉肌②，泪点儿只除衫袖知③。盼佳期，一半儿才干一半儿湿。

【字词注解】

①缕金衣：金线缝制的衣衫。也称"金缕衣"。

②粉悴烟憔：形容面容憔悴。粉，水粉。烟，应作"胭"，胭脂。此处借胭脂水粉指代女子容颜。

③除："除非是"之省。

【精彩解说】

自从分别之后，金缕衣宽松多了，面容憔悴，身体消瘦，流了多少眼泪只有衣衫的袖口知道。盼望着和心上人相见的好日子，袖口的眼泪才干了一半，另一半又被眼泪打湿了。

【赏析】

这首小令是王和卿创作的组曲【仙吕·一半儿】《题情》的第四首，主要勾画了女主人公期待与爱人早日相聚的心情。

不同于一般词曲描写闺怨离情时较多地借助自然风物作为比兴，这首曲子是用白描手法加以铺陈，只写女主人公自身，而略去了自然背景。以自然风物作为比兴，衬托黯然销魂的情绪自然很好，因为有背景的烘托使得形象丰满，有助于移情式的感发。但王和卿的手法却形成一种别样的利落风格。"别来宽褪缕金衣，粉悴烟憔减玉肌"，道尽了离别之苦。《西厢记》中崔莺莺和张生分别，也吟唱出了相似的词句："听得道一声'去也'，松了金钏；遥望见十里长亭，减了玉肌。此恨谁知？"这样一番"为伊消得人憔悴"的相思，实在令人动容。接着，作者仍以女主人公的口吻说道："泪点儿只除衫袖知。"相别之后，流了多少眼泪，只有衣袖知道。这句的意味和《西厢记》长亭送别一幕很是相似。崔莺莺唱道："从今后衫儿、袖儿，都揾做重重叠叠的泪。"眼泪有多少，思念就有多少。这里的意境令读者不禁会想到《红楼梦》中的那几句——"想眼中能有多少泪珠儿，怎经得秋流到冬尽，春流到夏"。自古真挚的离情总是动人的。

在这样的相思之苦中，女子心中仍有期盼，她期盼着和心上人再次相聚的佳期，末尾道："盼佳期，一半儿才干一半儿湿。"然而，"柔情似水，佳期如梦"，这个日子什么时候才会到来？女子的期盼是无尽的，她能等到结果吗？这无疑又给曲子增添了一分惆怅和叹息。末尾两个"一半儿"又巧妙地刻画出女子泪流不止的形象。沾满泪水的衣袖才干了一半儿，另一半儿却又被泪水打湿，一刻不停地牵起衣袖擦去脸上泪痕，满怀惆怅和思念的女子形象跃然纸上。

  这首曲子中，作者站在女主人公的角度进行构思，以女子的立场述说相思，呈现了多维式的网络形态，展开了深沉的内省，通过不同侧面突破"离情"这一感情结构的整体。尽管描写闺怨离情的作品在散曲中数不胜数，但王和卿这首作品却以其独有的特色，取得了杰出的成就。

盍西村

〔作者小传〕

盍（hé）西村，元代散曲作家。元代钟嗣成创作的《录鬼簿》中没有载录他的名字，只是有"盍志学"的记载，此人或许就是盍西村。他的散曲多描写自然景色，反映隐逸生活，清新活泼，自然流畅。明代朱权在《太和正音谱》中评价他的词"如清风爽籁"。他的散曲作品现存十七首小令和一套套数。

【越调·小桃红】临川八景·江岸水灯

盍西村

万家灯火闹春桥，十里光相照。舞凤翔鸾势绝妙①，可怜宵②，波间涌出蓬莱岛。香烟乱飘③，笙歌喧闹，飞上玉楼腰。

【字词注解】

①舞凤翔鸾：凤形和鸾形的花灯在飞舞盘旋。鸾，传说中的神鸟，样子像野鸡，长着五彩羽毛。

②可怜宵：可爱的元宵佳节。可怜，可爱。

③香烟：此指灯火的光辉及烟火。

【精彩解说】

万家的灯火使春桥十分热闹，十里江岸灿烂的灯光互相照耀。凤形和鸾形的花灯在飞舞盘旋，气势非凡绝妙，元宵节的夜晚很可爱，波浪翻涌间升起一座蓬莱仙岛。灯火的光辉和烟火纷乱飘舞，笙歌在喧哗吵闹着，一起飘向云空，飞上了华丽的高楼。

【赏析】

此篇为盍西村现存组曲《临川八景》中的第三首，咏元宵节水上灯船。在众多描绘元宵盛况的作品中，其选材比较新颖，写法也别具一格。

首两句"万家灯火闹春桥，十里光相照"大笔渲染，总写元宵灯节盛况。"万家""十里"，从广阔的空间背景起笔描绘出人流如潮、灯火闪耀的盛大场景。一个"闹"字，不仅烘托出灯火的繁盛、色彩的缤纷，营造出极其喧闹欢乐的节日气氛，有画龙点睛的作用。"春桥"是江岸观灯的最佳地点，也是灯火人流最集中之地，它和"十里光相照"正好构成一幅点、面结合的滨江长街的元宵灯节胜景的画卷。

接下来的"舞凤翔鸾势绝妙"三句着重写水上灯火的奇妙景观，将"闹"字进一步具体化。元宵花灯中有扎成凤、鸾及各种动物形状的。凤、鸾彩灯升腾舞动，是元宵盛事中最欢腾、最激动人心的一幕。十里江岸，灯火通明；水上浮灯，五光十色；船上花灯，龙飞凤舞。灯火倒映江中，随着水波闪动变幻，多么美丽可爱的良宵啊！就在作者热烈赞叹"万家灯火"的人间胜景之际，"波间涌出蓬莱岛"，在江面上仿佛突然涌现出一座蓬莱仙岛。这句是写灯船，但写得新颖不落俗套。由于是在夜间，这茫茫江面上浮现的辉煌璀璨的灯船确实给人以宛如仙山楼阁之感。它以虚托实，以幻写真，生动地表达了发现仙岛般的灯船的人们那种惊讶赞赏、疑幻疑真的感受。

结尾三句"香烟乱飘，笙歌喧闹，飞上玉楼腰"再写灯船的热闹景象：香烟缭绕，随风飘扬，笙歌齐发，热烈喧闹。这袅袅香烟与悠扬笙歌似乎要飘然而上，飞绕天上的玉楼。前两句是写实，后一句则是由实入虚，写出想象中的天上宫阙，从而淋漓尽致地表达了人们对元宵节热闹景象的感受。全篇也就在幻觉般的境界中结束了。

这首小令重点写江中船,却先写江岸的万家灯火,以岸上衬托江中,以人间胜景衬托幻想中的蓬莱仙境,构思新巧。作者描绘元宵节盛况,特意选取了"闹、照、舞、翔、涌、乱飘、喧闹、飞上"等一系列具有动感的词语,着意渲染热烈欢快的节日气氛。小令句句押韵,更加强了这种欢快通畅的气势,传达出了跃动的心潮。

【越调·小桃红】临川八景·客船晚烟

盍西村

绿云冉冉锁清湾①,香彻东西岸。官课今年九分办②,厮追攀③,渡头买得新鱼雁。杯盘不干,欢欣无限,忘了大家难。

【字词注解】

①绿云:此指烟霭汇聚成的如云烟团。冉冉:上升貌。
②官课:上缴官家的租税。九分办:免去一成赋税,按九成办理征收。
③厮追攀:相互追赶。

【精彩解说】

烟霭汇聚成的云团冉冉上升,笼罩住了清澈的河湾,花草的香气飘满了东西两岸。上缴官家的租税今年免去一成,按九成办理征收,在这个好时节正好可以去游玩,你追我赶,乘船到那渡口去买鱼虾和野味,准备做一桌丰盛的饭菜,杯盘摆得满满的,人们都尽情欢乐,欢欣无限,忘记了各家艰难的事情。

【赏析】

本篇系《临川八景》组曲之一,描写了临川江湾一带船上人家的生活情景。

开头两句写江湾美丽的自然景色:缓缓上升的碧云,笼罩着清澄的江湾,阵阵沁人心脾的花草香味,传遍了东西两岸。一个"锁"字将碧云笼罩下的这自成天地的江湾更鲜明地凸显出来，使人感受到它那优美而静谧的气氛。一句"香彻东西岸"则是为下文的"欢欣"营造了氛围。

接下来两句，由自然景色转向人事，写江岸人家听说减税消息后的欢欣：官家课税今年只按九分征收，能减一分课税，对于生活艰难的村民来说已算是难得的大喜事了！故"厮追攀，渡头买得新鱼雁"，抢着到渡头去买新鲜的鱼鸟野味。前两句写自然景色，优美静谧，仿佛世外桃源；后三句写人事，却让人感到桃源中也不免"官课"的追索。从口吻看，似乎是轻松喜悦的，但在它背后却隐藏着沉重和辛酸。"今年九分办"，就值得如此庆幸，往年为赋税所苦的情景自不待言。

最后，"杯盘不干"等句，将"厮追攀"的轻松欢悦气氛推向高潮。"杯盘不干"，回应开头的"香彻"句；而结句却出人意料地在无限欢欣中平淡道出"忘了大家难"。这个结尾，似不经意，却耐人寻味。它透露出，所谓"厮追攀""杯盘不干""欢欣无限"只不过是在暂时的喘息中姑且作乐而已。相对于去年、前年，"今年"也许暂可温饱。眼前"杯盘不干"的"欢欣"只不过让人暂时忘却过去和将来的艰难。"欢欣无限"的另一面，正是无限艰辛。

这首题为《客船晚烟》的小令，一反俗套，不以描绘自然景色为主，而着重写船上村民的生活情景。在风俗画式的描绘中，透露出淳朴的村民在暂时温饱与欢欣后的艰辛。取材、用笔都有新意。开头写自然界的优美景色，是反衬村民生活艰辛；结尾处重意轻点，反而更耐人寻味。

【越调·小桃红】杂咏

盍西村

绿杨堤畔蓼花洲①，可爱溪山秀，烟水茫茫晚凉后。捕鱼舟，冲开万顷玻璃皱②。乱云不收，残霞妆就，一片洞庭秋③。

【字词注解】

①蓼（liǎo）花洲：水中绿洲。蓼，蓼科中部分植物的泛称，花淡红色或白色，穗状花序或头状花序。

②玻璃皱：比喻水浪。

③"乱云不收"三句：天空中飘着残留的云朵，天边抹着晚霞的余晖，更点缀了洞庭秋色。

【精彩解说】

江堤上栽着绿杨柳，小洲上开满蓼花，小溪和青山的景致可爱秀美，烟水茫茫一片，傍晚以后，天气宜人。捕鱼的小舟凌波而出，冲开了万顷玻璃般的水面。天空中飘着残留的云朵，天边抹着晚霞的余晖，更点缀了洞庭秋色。

【赏析】

盍西村的小令中有组曲【越调·小桃红】《杂咏》，共八首。这首是其中之一。此曲是一首寄情山水、乐道隐居之作。《太和正音谱》称盍西村之曲"如清风爽籁"，这正是本篇特点。

首句"绿杨堤畔蓼花洲"，带有普遍性，又有典型性。绿杨、蓼花，随处可见，但一写堤畔，一写洲，傍水而更得生机，绿杨与红蓼相映，美景与野趣顿现眼前。次句"可爱溪山秀"，着意点明景色之美，且将目光从近处的绿杨堤、蓼花洲纵送至远处。

接下来的第三、四、五句则是以时写景，以动破静，使山水更具有生命力，更为人所爱。"烟水茫茫晚凉后"，时近黄昏，蓝天丽日下的青山、碧水、绿杨、红蓼、白苇……都消去了它的色彩，苍烟、落照、暮霭、湖水……在晚凉中一片茫茫，正当人们为这寥落、苍茫的入暮景色微觉惆怅，被傍晚的轻风吹得肌肤生凉之时，只见捕鱼的轻舟凌波而去，冲开万顷玻璃般的水面，漾起不绝的波纹。这捕鱼小舟，冲破了湖水的平静，也冲走了作者与读者心中淡淡的哀愁、微微的怅惘。

在这湖面渐归沉静而又涟漪微动之时，随着情绪的振起，抬起的目光从低处的水移向了高处的天：只见夕阳的余晖之下，乱云未收，残霞似锦，妆点洞庭秋色，一片茫茫，无际无涯，与湖波相映，更加美丽、壮阔。

作者在这支小令中，不仅倾注了热爱自然、钟情河山之意，而且以善作丹青的妙手描绘出一幅充满诗情的风景画。他写洞庭秋色，并非广为铺排，而是寥寥几笔,即得神髓。他笔下的洞庭烟波,虽不似王勃的落霞孤鹜、秋水长天那样善作点染,但也不带有渔舟唱晚之逍遥与雁阵惊寒之萧瑟。而"乱云不收,残霞妆就"虽不及李清照《永遇乐》"落日熔金,暮云合璧"那样工丽,但"妆就""一片洞庭秋"的同时,也写出了心中的欣喜、热爱,虽未言情,但情从景出。

【双调·快活年】

盍西村

> 闲来乘兴访渔樵,寻林泉故交①。开怀畅饮两三瓢。只愿身安乐,笑了重还笑,沉醉倒。

【字词注解】

①林泉:借指退隐的地方。

【精彩解说】

闲来趁着兴致去山林泉石胜境,在渔夫樵夫中寻访旧时的朋友。和朋友开怀畅饮两三瓢美酒。只愿身心安乐,过着笑了还笑、沉醉在酒中的日子。

【赏析】

这首曲子意思很显豁,即赴林泉寻访故友。

首二句直叙:闲来之时,即公务闲暇之时,乘兴去往山林泉石胜境,在渔夫、樵夫中寻访往日的朋友。此时,抒情主人公仍在任上,故说"闲来",而他的朋友,即故交,也许就是往日的同僚。第三句说相会时的情景:"开怀畅饮两三瓢。"老朋友见面,因一在官场,一在林泉,处于两个不同的世界,彼此间可免除人与人之间的种种戒备猜忌之心,所以得以"开怀畅饮",并以一"瓢"字(而不用"盅"或"杯")见其开怀程度。可知老朋友相见仍然十分融洽。最后三句写故交的生活状况及心理状况:"只愿身安乐,笑了重还笑,沉醉倒。"这也是直叙,直接剖明故交的最高追求,即心愿。同时,这当中也带有抒情主人公的祝愿,并寄寓了某种理想。这三句也许是针对官场、针对世俗社会尔虞我诈的丑恶现实而说的。在山林泉石间,与渔夫、樵夫为伍,无有名利之争,无有荣辱之辩,身心安乐;在山林泉石间、渔樵之中,只有歌酒为伴。所以,这里连用两个"笑"字,极写其"乐",并以一"倒"字,照应上文的"瓢"字,可见安乐的程度及沉醉的程度。至此,林泉故交及其内心世界已呈现在读者眼前。

此小令短短六句三十二字,篇幅甚短小,所用又都为寻常词语,但所写人物及活动却甚有情味,令人玩赏不已。从艺术表现手法上看,作者是费了心机的。曲子由"闲来乘兴"说起,从寻访到会晤,三言两语,本无多少说头,但着一"访"字及一"寻"字,却将过程说复杂了,说明在山林泉石间寻访故友,必须费一番周折。因为这一位老朋友,退居林泉之后,可能已隐姓埋名,与一般渔夫、樵夫没有多大区别,所以并不那么容易寻访。以下说会晤,"开怀"句双方合写,"只愿"三句,表面上看专写对方,实际上兼写我方,二者已融为一体。所写故交的渔樵生涯,其中又寄寓了"我"的理想意愿。因此,这首内容很显豁、语言很平直的小令,就显得并不怎么简单也并不怎么平直了;仔细吟咏,有无穷韵味在其中。

白朴

〔作者小传〕

白朴,原名恒,字仁甫,后改名朴,元代著名戏曲作家。其父与元好问交好,蒙古侵金时,白朴七岁,和母亲失去联络,幸好得到元好问的救助,他的学问和教养是在元好问的指点和教导下养成的。金朝灭亡后他不愿意出来当官,过着放浪形骸、随性自适的日子。后来迁徙到南京和诸位遗老交往,寄情在山水和诗酒之间。有词集《天籁集》传世。他也擅长创作元曲,和关汉卿、马致远、郑光祖并称"元曲四大家"。他曾创作十六种杂剧,现存有《墙头马上》《梧桐雨》《东墙记》三种。他的杂剧散曲绮丽婉约,王国维在《宋元戏曲史》中说:"白仁甫、马东篱,高华雄浑,情深文明……均不失为第一流。"

【仙吕·寄生草】饮①

白朴

长醉后方何碍②,不醒时有甚思。糟腌两个功名字③,醅淹千古兴亡事④,曲埋万丈虹霓志⑤。不达时皆笑屈原非⑥,但知音尽说陶潜是⑦。

—•【字词注解】

①饮:本曲一说系范康(字子安)所作,曲题《酒》。

②方何碍:却有什么妨碍,即无碍。方,却。

③糟腌：用酒糟浸渍。腌，这里有玷污的意思。

④醅（pēi）淹：用浊酒淹没。醅，未经过滤的酒。

⑤曲埋：用酒曲埋掉。曲，酒糟。虹霓志：气贯长虹的豪情壮志。

⑥不达时皆笑屈原非：不识时务的人都笑屈原不应投江。屈原（约前330—约前278年），我国战国时的伟大诗人。为了实现以民为本、举贤授能、修明法度的"美政"，他与楚国的反动贵族统治集团进行了坚决的斗争，宣称"亦余心之所善兮，虽九死其犹未悔"（《离骚》），终于自投汨罗江以身殉国。然自班固以来，就有指责屈原"露才扬己，竞乎危国群小之间，以离谗贼"（《离骚序》）的。

⑦但知音尽说陶潜是：知己的人都说陶渊明归隐田园是正确的。陶潜，即陶渊明，东晋著名诗人，曾任彭泽县令。因不愿"为五斗米折腰"而辞官归隐，以诗酒为伴。

【精彩解说】

长长地醉去之后没有什么挂碍，没醒来时有什么可思虑的呢？用酒糟腌渍了功名这两个字，用劣酒淹没了千年来兴亡的多少事，用酒曲埋掉了气贯长虹的豪情壮志。不识时务的人都笑屈原不应投江，知己都说陶渊明归隐田园是正确的。

【赏析】

这首小令以《饮》为题，而在多方歌颂饮酒的背后，寓藏对现实的全面否定。此曲句句不离饮酒，其实"意不在酒"，不过是借题发挥以抒写其身世之恨、家国之痛，以表达其对现实的极端不满而已。最后两句讥笑屈原、赞美陶潜，其实也是无奈之语。

国家灭亡，家庭破灭，作者对自己身历目睹之事深感痛苦。这就使他在曲的一开头就表示宁愿长醉不醒。在他看来，只有长醉，方可无碍；只有不醒，才能无思。无思则无忧。当然，这只是无可奈何的愤激之词。人不可能长醉不醒。

此曲中间三句也是愤激之词。"糟腌两个功名字，醅淹千古兴亡事，曲埋万丈虹霓志。""糟腌""醅淹""曲埋"巧妙地与饮酒挂上了钩，恰是这三个词让我们又感受到作者何尝忘却个人功名，何尝不关心国家兴亡，又何尝要否定凌云壮志。其之所以要把这一切掩埋在酒之中，只因他背负着沉重的国恨家仇，不愿出仕新朝，而在那样一个政治环境中本来也不可能取得什么功名；同时他己身为亡国之民，又不能投身于抗元斗争中，自觉已无资格关心兴亡大事，而在当时对他、对多数士人来说，纵有壮志，也难以实现。这都是时代使然，真个旷达，本应淡然置之。曲里还要提到这些，还要借助于酒去排除这些，正说明其未能忘情，真是"强为旷达"！

最后，这首曲的结尾两句讥笑了自沉于汨罗江的屈原，赞美了深知饮酒乐趣的陶潜，树立了有关饮酒的一反一正的两个形象。其所肯定的陶潜，因"公田之利，足以为酒"（《归去来兮辞·序》）而就彭泽令，弃官归田后"偶有名酒，无夕不饮"（《饮酒·序》），并写了大量饮酒诗。这当然是本曲中应提到的人物。其所讥笑的屈原，本与饮酒无关，但因他在《渔父》中曾以"众人皆醉我独醒"自喻为世所遗的苦闷，而又不听从渔父提出的"众人皆醉，何不餔（bū）其糟而啜其醨"的劝告，这里就喻以为真，把他作为陶渊明的对立面来写，也是不离题的。但是，萧统曾在《〈陶渊明集〉序》中指出："有疑陶渊明诗篇篇有酒。吾观其意不在酒，亦寄酒为迹者也。"其实，作者未必不同情那位竭智尽忠的屈原的处境之苦；而作为知音，当然也知陶渊明弃官归田，是"欲有为而不能者"（《朱子语类》）。

【仙吕·醉中天】佳人脸上黑痣

白朴

疑是杨妃在[1]，怎脱马嵬灾[2]？曾与明皇捧砚来[3]。美脸风流杀[4]。叵奈挥毫李白[5]，觑着娇态[6]，洒松烟点破桃腮[7]。

── • 【字词注解】

①杨妃：杨贵妃，字玉环，道号太真，得唐玄宗恩宠，封为贵妃。

②马嵬（wéi）灾：唐天宝十五年（756），安禄山叛军逼近长安，唐玄宗仓皇奔蜀。至马嵬驿站（今陕西兴平西），将士杀死杨贵妃之兄——权臣杨国忠，逼迫唐玄宗赐死贵妃，葬于马嵬坡。

③明皇：唐玄宗谥号"至道大圣大明孝皇帝"，故后人习称"明皇"。捧砚：相传李白为唐玄宗挥毫写诗时，杨贵妃为之捧砚，高力士为之脱靴。

④风流杀：风流极了。杀，用在谓语后面，表示程度深。

⑤叵奈：叵料，不料，没来由。犹言"可恨"。

⑥觑：本意指伺视或窥视，这里是"看"的意思。

⑦松烟：墨。旧时墨多用松脂烧出的烟灰制成。

【精彩解说】

怀疑杨贵妃还在，她是怎么脱离马嵬坡灾难的呢？曾经代替唐明皇捧砚，供李白挥毫写诗。美丽的脸庞风流极了，让所有妇人都失了颜色。不料挥毫的李白，看娇态出了神，竟然笔头一歪把墨点到了桃花般艳丽的脸颊上。

【赏析】

这首小令的题目在诗词里就很少见。用这样的题目来写美人，很容易堕入恶道，写得庸俗轻薄。但本篇短短三十九字，有故事，有情节，有悬念，写得生动活泼、妙趣横生，充分体现了散曲的艺术特色。

小令里提到了两个历史人物，一个是杨妃，一个是李白。杨妃，即杨贵妃，唐明皇的宠妃。天宝十五年（756），唐明皇带着杨贵妃出逃长安，躲避"安史之乱"，行至马嵬驿，"六军不发"，万般无奈，唐明皇顺应军心处死杨贵妃。据文献记载，天宝初年（741）李白应诏到长安后，曾被召进宫中，在沉香亭畔当着唐明皇和杨贵妃的面写成了《清平调》三首。在一般情况下几乎不会有人把这些历史事件和佳人脸上的黑痣联系起来。然而作者却能通过奇特的构思、精巧的创作，描绘出一幅形象鲜明的画面，显出了佳人脸上黑痣的美。

作者在表现"黑痣"时，不是直接介绍它有着何样的特征，而是寓形象于比喻。而使用比喻也非开门见山，而是借用故事，迂回深入。小令起首就用上一句："疑是杨妃在，怎脱马嵬灾？"冲口而出，怀疑这位佳人是杨妃再现，她是怎样脱逃马嵬驿的灾难的呢？这两句惊异之语，突出了这位佳人之美，确属惊人之笔，当得起乔梦符所说的"凤头"。但这位佳人脸上的黑痣，和杨贵妃有什么关系呢？且看作者下边的安排："曾与明皇捧砚来。"这可不能理解为杨妃为明皇捧砚，否则就说不过去了。唐宫里有许多的太监和宫女，明皇如果要提笔写字作文，还用得着贵妃为他捧砚吗？据记载，李太白在御前挥毫时，贵妃曾为之捧砚，高力士曾为之脱靴，所以这句曲词本来应该作"曾为李白捧砚来"，但李白是奉明皇之命写歌词，所以换个说法，它的实际意思是曾代替明皇捧砚，供李白挥毫。这样使得明皇和杨妃世俗化、平民化了，并使得杨妃和黑痣的联系有依据了，这是非常巧妙的安排。

杨妃是"美脸风流杀"，这还用说吗？君不见"回眸一笑百媚生，六宫粉黛无颜色"。这么一位绝代美人捧着砚台在旁边侍候着，李太白不觉看走了神，笔头一歪，点在她的脸上。"觑着娇态，洒松烟点破桃腮"，黑痣出现了！容华绝代的美人的粉面上长着一颗才华盖世的诗人点成的黑痣，相互映衬，益增娇态，恐怕是古今罕有的了。在这里，作者并没有把李白写成好色之徒，却借他的举动，为佳人的黑痣"增重身价"，同时也委婉地表现出脸部黑痣的特征。"叵奈"二字，兼有惋惜与无奈的意味，可见作者构思之新巧，且无轻薄嘲弄之意。

白朴这首小令在借用历史故事的基础上，采用想象与夸张的艺术手法，以一个故事的形式来表现某种事物。试想，李白竟敢对贵妃望呆，并且还点墨到其脸上，这在实际生活中是绝不可能的。李白不管多大胆、多放纵，也不敢对贵妃有如此行径，然而唯其做如此想象与夸张，所创作的艺术作品才更具魅力；否则，这个黑痣怎么会这般别具诗意呢？

【仙吕·一半儿】题情[1]

白朴

云鬟雾鬓胜堆鸦[2]，浅露金莲簌绛纱[3]，不比等闲墙外花[4]。骂你个俏冤家[5]，一半儿难当一半儿耍[6]。

【字词注解】

①此曲后属于关汉卿名下，原来选归白朴，现仍归其旧。

②云鬟雾鬓：形容女子头发浓密蓬松。堆鸦：比喻女子头发乌黑而有光

泽。鸦，乌鸦。

③簌（sù）：小步走动时衣裙发出的声音。绛纱：深红色的纱裙。

④等闲：一般。墙外花：喻指迎人卖笑的风尘女。

⑤俏冤家：对情人的昵称。

⑥难当：赌气，元人俗语。

【精彩解说】

女子云雾一样的乌黑而有光泽的鬓发好像堆积的乌鸦的羽毛，微露出来的小脚小步走动时，深红色的纱裙发出簌簌的声音，不能和等闲的卖笑女子比较。笑骂你一声俊俏的小冤家，是一半赌气一半玩耍。

【赏析】

这首曲子描写一个少年看到那个"俏冤家"时所激起的感情波澜，表现了男主人公与少女欢聚之后的喜悦之情。曲子描写了少女外形的美艳，并通过外形展示了其内在"不比等闲墙外花"的秀美，通过其嗔怒而多情的神态烘托其娇美，既表现了静态美，又表现了动态美，并逼真地表现了男主人公的内心活动。

曲的第一、二句先是连用了"云鬓""雾鬓"和"堆鸦"三个形象的比喻，来赞美她的头发的茂密、松散和乌黑。在中间用一个"胜"字，表示这样"宝髻松松绾就"（司马光《西江月》），未经认真梳理，却有一种潇洒的羞态，是静态的美。再用微微露出的"金莲"，以及挪动"金莲"时那"绛纱"的裙儿发出的簌簌声响，表现动态的美。云鬓松绾，步履轻盈，从头部到足部，从静态到动态，都是那样的娇艳，那样的轻盈，那样的千娇百媚，那样的与众不同，怎么不让人陶醉，不让人春心荡漾呢？

可他猛然想起那使人陶醉的玉人儿，不是路柳墙花，可以随便任人攀折的；而是深闺丽质，是一个有品德的人。由外形美到内在美，人的不同，是为了说明情之不同。她既然不是那样的人，那么男子只能"发乎情，止乎礼"。于是在希望和失望、爱怜和懊恼交织的情感中，骂了一声"俏冤家"。冤家，本为爱极的反语，这里加了一个"俏"字，比通常所说的"小冤家"情更深。可他又想到"冤家"乃是男女相互的爱称，他有什么资格这么渎犯人家呢？

于是又自我解嘲地说:"一半儿难当一半儿耍。"这不过是一半儿赌气一半儿玩笑罢了。"难当",是由于爱之至深,感情负荷过重,以至禁受不住。"耍",调笑,调情,充满着欢乐。说是"一半儿"相对,其实是两者矛盾而统一,相反而相成。因此,有"骂你个俏冤家"这样爱极亲极的话。几句话,把个"多情多绪"的少年一刹那的内心活动十分生动地表现了出来,真是此中有人,呼之欲出。

【双调·庆东原】

白朴

忘忧草①,含笑花②,劝君闻早冠宜挂③。那里也能言陆贾④,那里也良谋子牙⑤,那里也豪气张华⑥?千古是非心,一夕渔樵话⑦。

【字词注解】

①忘忧草:萱草,可食,食后如酒醉,故有"忘忧"之名。

②含笑花:木本植物。日入则开花,花开常不满,宛如含笑,故名。

③闻早:趁早。冠宜挂:宜辞官不做。本于《后汉书·逢萌传》逢萌解冠挂东都城门的故事。

④那里也:犹言"哪里去了""如今安在"。陆贾:汉高祖谋臣,颇有辩才。

⑤子牙:姜子牙,曾辅佐周文王。武王时又为谋士,帮助周武王伐纣灭殷。

⑥张华:字茂先,西晋文学家。曾劝谏晋武帝伐吴,虽为文人而有武略,故称"豪气张华"。

⑦渔樵话:渔夫樵客的闲话。

【精彩解说】

看着忘忧草,想着含笑花,劝君趁早辞官不做,这样最好了。有辩才的陆贾哪里去了,有良谋的姜子牙哪里去了,有豪气的张华哪里去了?千秋万代的是非曲直,都成了渔夫樵客一夜的闲话。

【赏析】

　　本曲系叹世之作。从表面上看,曲子写得非常平心静气、悠然洒脱,但细品,又令人感受到这冷静与潇洒都不由衷。曲中并未专指某人某事,只是奉劝仕途中的朋友辞官归隐,过无忧无虑的生活。曲中列举了三个典型的历史人物,尽管才华横溢,尽管功高权重,尽管显赫一时,而今不过成了渔人、樵夫夜晚闲谈的话题。作者的心情是矛盾复杂的,谈笑间蕴含着颇多感慨,一方面劝人摒弃功名仕途,另一方面也流露出对世道不公、怀才不遇的愤慨。

　　"忘忧草,含笑花,劝君闻早冠宜挂。"小令以两种植物起兴,劝人忘却忧愁,常开笑口。岂知要从根本上摆脱人生的烦恼,宜及早挂冠。挂冠,即辞官,本于《后汉书·逢萌传》逢萌解冠挂东都城门的故事。作者在此间着一个"宜"字,意谓抛弃功名、脱离官场宜早不宜迟。白朴在此曲以忘忧草与含笑花作劝,并非是专指某人某事,而是在更广泛、更彻底的意义上否定功名之途。

　　接下去,曲子以一组鼎足对(三个互为对偶的句子组成的对联),提及三个历史人物:汉代陆贾,颇有辩才,曾从汉高祖定天下,并曾出使南越,游说南越赵佗归汉,故称"能言陆贾";太公姜子牙,曾辅佐周文王,武王时又谋划伐纣灭殷,故称"良谋子牙";张华,晋人,博学能文,曾作《鹪鹩赋》自喻豪志,为阮籍所激赏,故称"豪气张华"。按【庆东原】调式共八句,其中四、五、六句为四字,故一连三次用"那里也"做衬字。这三处衬字极为有用,拉长了叹息的语调,加重了叹息的语气,大有"言之不足故嗟叹之"的意味:历史上确有过这些能人英才,但如今安在?

　　在对天连连发问长叹之后,以"千古是非心,一夕渔樵话"作结。言千古之是非曲直,都成了渔夫、樵客们一夜闲话的谈资。作者在这里用渔樵闲话来感慨兴亡,同时也回答了前面"那里也"三个自问:若一定要追踪的话,可以发现,陆贾、子牙、张华并非荡然无存,他们还"活"在渔樵们的饭后谈资之中。这就是他们仅存的价值。作者的言外之意就是他们本无甚价值可言。

【双调·驻马听】吹

白朴

裂石穿云①,玉管宜横清更洁②。霜天沙漠,鹧鸪风里欲偏斜。凤凰台上暮云遮③,梅花惊作黄昏雪。人静也,一声吹落江楼月。

─●【字词注解】

①裂石穿云:比喻笛声高亢、激越。

②玉管:笛的美称。横:横吹。清更洁:形容格调清雅纯正。

③凤凰台:故址在今天的南京西南方向,六朝宋时所建。相传建造之前该处有凤凰飞集,故称。

─●【精彩解说】

笛声高亢激越,就像裂开了石头、穿透了云层,笛子应该横吹,格调更清雅纯正。就像下了霜的天气里的沙漠,连鹧鸪都想在风中飞舞。凤凰台上晚云遮蔽,梅花竟然被惊动,纷纷飘落似黄昏的雪。人喧闹的声音安静下来了,笛声把悬在江边楼上的明月都吹落了。

─●【赏析】

这首小令,通过对笛声的描绘表现了吹笛人的高超技艺。

作者运用通感的手法,借助想象和比喻,立体地再现了悠扬清雅的笛曲。这笛声可听——"裂石穿云""清更洁";这笛声可见——从苍凉、悠远、凄清的笛声中,听者似乎看到了"霜天"的凄清、"沙漠"的旷远、"鹧鸪"的低回翻飞;这笛声可感——笛声具有"感天地,泣鬼神"的艺术魅力,使得因为美妙的笛曲而停止的行云把凤凰台遮住,满树梅花感动得纷纷飘落,化作黄昏的片片飞雪,送来阵阵幽香。

全曲虽然很短,但内涵十分丰富,层次分明且衔接得浑然天成。一、二句写笛声响起,如裂石穿云一般高亢嘹亮。"苦调凄金石"的音响效果和"石破天惊逗秋雨"的形象效果充分调动了读者的听觉和视觉,使之高度集中于这支响彻云霄的笛曲上。

中间四句写笛曲吹奏,作者用了"霜天""沙漠""鹧鸪""暮云""梅花"等视觉形象,让读者通过联想感受笛曲苍凉、旷远、凄清的意境以及摄魂夺魄的艺术魅力;以凤凰台上萧史、弄玉的历史典故暗示吹奏者具有仙人一般非同凡响的高超技艺。结尾两句写曲终,以极度夸张的"落月"效果收束全篇。在万籁俱寂之中,悠悠笛曲竟将挂在楼头的江月悄悄吹落。月落无声,映衬出笛声的魅力无穷,仿佛世界万物都深深地沉浸于乐声的感动之中。神思绵邈,意境悠远,余音绕梁,完成了对笛声艺术魅力的刻画和渲染。

全曲构思巧妙而富有想象力,语言夸张,形象突出。写笛声之优美悦耳,不是直接说出,而是用具体形象着力渲染。这一连串的形象比拟是别具匠心、富于艺术感染力的。白朴这首小令,描写角度也十分新颖,它没有写吹笛的艺人,也没有写诗人的思想感情,而是着力于笛声的描写,这也表现出作者对生活观察细致,感受深刻。

【双调·沉醉东风】渔父

白朴

黄芦岸白蘋渡口①,绿杨堤红蓼滩头②。虽无刎颈交③,却有忘机友④。点秋江白鹭沙鸥,傲杀人间万户侯⑤,不识字烟波钓叟⑥。

【字词注解】

①黄芦:与绿柳等均为水边生长的植物。白蘋(pín):多年生草本植物。生于浅水之中,叶柄顶端生小叶四片,又名"四叶菜""田字草"。

②红蓼:一种水边生的草本植物,开白色或浅红色的小花。

③刎颈交:生死之交,愿以性命相许的朋友。源自司马迁《史记·廉颇蔺相如列传》:"卒相与欢,为刎颈之交。"

④忘机友:泯除机诈之心的朋友,即知心朋友。

⑤傲杀:鄙视。万户侯:古代贵族的封邑以户口计算。汉时分封诸侯,大者食邑万户,后以万户侯指代高官、显贵。

⑥烟波钓叟：在烟雾迷蒙的江边垂钓的渔翁。烟波，形容水面浩渺、波光粼粼，像被烟雾笼罩着。叟，老头。

【精彩解说】

在江岸上有黄芦摇曳，在渡口水面上有无数白蘋飘荡，长堤上绿杨扶疏，滩头上一大片红蓼摇摆。虽然没有生死之交，却有泯除机诈之心的朋友。就像秋天的江水上星星点点的白鹭和沙鸥。鄙视那些人间高官显贵的，正是那不识字的在烟雾迷蒙的江边垂钓的渔翁。

【赏析】

读者首先被作者精心描绘的色彩鲜明的渔父生活场景吸引——"黄芦岸白蘋渡口，绿杨堤红蓼滩头"。黄芦、白蘋、绿杨、红蓼，都是江南水乡常见的景观。黄、白、绿、红交织出一片灿烂的秋光，岸、渡、堤、滩则尽述了渔父徜徉出没的场所，合在一起，便显示了渔父在水乡自然美景中自在、恬淡的日常生活。这种生活意境固然不错，但若老是一个人，就未免寂寞，所以还该有朋友。三、四两句，便给那位"渔父"找来了情投意合的朋友。"虽无刎颈交"是故作反跌，目的是表现"却有忘机友"。而这忘机友竟是"点秋江"的"白鹭沙鸥"。古代隐士多视鸥鹭为友，这让我们窥视到作者对这种朴拙恬淡、毫无心机的生活的肯定和赞美。这一笔也进一步表现了渔父与大自然在精神上的契合无间。

其次，结尾的两句则让我们感受到了作者寄托在渔父身上的情怀。同沙鸥白鹭交上朋友，这只有毫无机巧之心的赤子才能办得到。这样的人应是"傲杀人间万户侯"的，这样的人就是那江上的钓鱼翁，这样的人自然不屑参与世间的争斗与纷扰。然而，元代社会中的渔父不可能那样悠闲自在，也未必敢于傲视统治他的"万户侯"。不难看出，这支曲子所写的"渔父"是理想化了的。白朴幼年经历了蒙古灭金的变故，家人失散，跟随他父亲的朋友元好问逃出汴京，受到元好问的教养。他对元朝的统治异常反感，不肯入朝为官，却仍然找不到一片避世的净土。因此，他把理想投射到"渔父"身上，赞赏那样的"渔父"，羡慕那样的"渔父"。他说"渔父""傲杀人间万户侯"，正表明他鄙视那些"万户侯"。他说"渔父""不识字"，正是后悔自己做了读书识字的文人。古话说："人生忧患识字始。"在腐朽黑暗的社会里，正直的知识分子会比"不识字"的渔父遭受更多的精神磨难，更何况在等级制度森严的元代，儒士的社会地位处于第九等，仅仅高于乞丐。这句的"傲"字，既有坚决不向黑暗社会妥协，保持高风亮节之意，又有不愿在宦海中"风波千丈担惊怕"，希图逃世的思想，虽有其消极避世的一面，却也曲折地反映了元代知识分子的骨气和那个时代投射在他们心灵上的暗影，抒发了他们的不平之慨。

这首小令意境阔大，感情明快。景物的描写，以及"虽无"与"却有"、"万户侯"与"不识字烟波钓叟"的对比，都醒人耳目，寥寥数笔，成功地描摹出了渔父傲然自得的形象，又表达了当时备受压抑的知识分子所追求的理想。

〔作者小传〕

关汉卿,元代著名戏曲作家,一生主要在大都创作戏曲。他不仅能编写剧本,还能当导演、演员,是一位全能戏剧家。他和马致远、郑光祖、白朴并称为"元曲四大家"。他创作了六十多种杂剧,现存十八种,其中不乏《窦娥冤》《单刀会》等脍炙人口的名作。他的散曲作品现存五十七首小令,十几篇套数。风格活泼自然,清新疏放,题材多种多样,语言本色当行,通俗生动有个性,卓然不群,有大家风范。王国维《宋元戏曲史》赞曰:"关汉卿一空倚傍,自铸伟词,而其言曲尽人情,字字本色,故当为元人第一。"

【南吕·四块玉】别情[1]

关汉卿

自送别,心难舍,一点相思几时绝?凭阑袖拂杨花雪[2]。溪又斜[3],山又遮,人去也!

【字词注解】

①别情:标题。此曲用代言体,以女子的口吻写男女离别之情。

②杨花雪:如雪花般飞舞的杨花。

③斜:此处指溪流拐弯。

【精彩解说】

　　自从那天送你远去,我的心里总是对你难分难舍,什么时候才能与你再见面,断了这无尽的相思?记得我斜倚着杨树下的栏杆目送你远行,用衣袖拂去如雪的飞絮,以免妨碍视线。然而你的身影已看不见,只见弯弯的小溪向前流去,重叠的山峦遮住了你远行的道路,心上的人,真的走远了!

【赏析】

　　这是首描写离情别绪的小令,表现了多情的女主人公送别爱人的依依不舍之情和爱人走后的相思之情。小令用准确、凝练的文字写已别、刚别的相思之情,入木三分地写出一位深情女子送别心上人时的情态和意绪,给人以言有尽而意无穷的艺术感受。

　　"自送别,心难舍,一点相思几时绝?"曲从别后说起,开端就点明了所描写的时间、内容:送别情人之后难以割舍的心境。起首口气看似较平和,比起宋代欧阳修的"寸寸柔肠,盈盈粉泪"、关汉卿自己的"咫尺的天南地北,霎时间月缺花飞",在情感的表达上似乎没那么浓郁。但别后之情和别时之情是不一样的,别后之情看似平淡,看似只有"一点",却是无休无止,缠绵悱恻。"一点相思几时绝",是这首小令的重心,它强调了别离的缠绵,使之成为全篇描写和抒情的基调,也使前三句显得十分形象。关汉卿在这里以"一点"与"几时"对举,表明一种相思却能惹起长久的万种离愁,留下永久的、难以消失的伤痛。这位女子爱她的情人,爱得深挚,爱得真切,爱得缠绵,由这几句话得以充分体现。

　　"凭阑袖拂杨花雪。溪又斜,山又遮,人去也!"这四句寄情于景,描绘了一幅令人心痛欲碎的画面。倚着栏杆伫立,凝望着情人远去,如雪的杨花纷纷飘落在身上,也全然不觉。情人走远了,她还在凭栏远眺,频频招手,在招手拂袖间杨花才被拂下去。这一句把送别时的情景写得非常真切。作者用杨花飞絮来设障,与下文的"斜""山"构成多重障碍,加深缠绵的愁思。"袖拂杨花",一个看似随便的动作,细细咀嚼,却包含着思妇的无限愁闷,有苏轼《水龙吟》"细看来,不是杨花,点点是离人泪"之意。

　　然而,杨花虽被拂去了,但"溪又斜,山又遮"。情人沿溪而行,渐行渐远,想再看一眼情人,但是小溪曲曲折折,高山重叠阻隔,挡住了女子的视线,终于无法再看到情人远去的身影。那种离别的沉痛之情,全凝聚在"人去也"这一声撕心裂肺的长叹之中。至此,一位多情而又憔悴的女子,似乎就站在我们的面前,令人不禁联想起王实甫《西厢记·长亭送别》的名句:"听得道一声'去也',松了金钏;遥望见十里长亭,减了玉肌。此恨谁知?"

【南吕·四块玉】闲适

关汉卿

旧酒投①,新醅泼②,老瓦盆边笑呵呵③,共山僧野叟闲吟和④。他出一对鸡,我出一个鹅,闲快活!

【字词注解】

①投:通"酘(dòu)",二次酿酒。

②泼:倾倒,此处指斟酒。

③老瓦盆:粗陋的盛酒器。杜甫《少年行》:"莫笑田家老瓦盆,自从盛酒长儿孙。"

④和(hè):吟诗唱和。

【精彩解说】

老酒重新酿过,新酒刚刚蒸熟,老瓦盆边几个好友围坐在一起,喜笑颜开,和山僧野叟一起饮酒唱和。今天他拿来一对鸡,我带来一只鹅,悠闲的日子好快活!

【赏析】

这是关汉卿小令组曲【南吕·四块玉】《闲适》(共四首)中的第二首,描写作者同好友把酒言欢的动人场景。

在一个风和日丽的日子里,作者村居的房舍里充溢着闲适和舒畅的气氛。旧酒重新酿过,新酒刚刚蒸熟,满屋都散发着醉人的酒香。主人呼朋引伴,围坐在老瓦盆边,喜笑颜开,意气风发。原来是诗人同山僧野叟在一起饮酒唱和。今天，他拿来了一对鸡，我带了一只鹅，你一杯，我一盏，你一言，我一语，你一唱，我一和。大家在这里自在消受一番，好不快活。

这是一个充满诗情画意，富有浓厚生活气息的欢宴场景。这宴会上既无达官贵人迎宾娱客、妙舞笙歌的奢华场面，也没有文人雅士宾主饮宴、推杯换盏的繁文缛节，一切是那么自然、简朴，那么融洽、和谐，那么真挚、热烈。

虽然酒是自家酿的，酒具是简陋的老瓦盆，食物是大家凑的，客人也不是什么有身份的人——山僧、野叟，但菜肴却相当丰富——有酒、有肉、有鸡、有鹅，大家笑呵呵，乐陶陶，还吟诗唱和地闲快活。总之，情绪是欢乐的，志趣是高雅的，气氛是真挚友好的。这种纯属友人间"打平伙"式的真诚欢聚，无拘无束，率性而行，彼此尊重，平等相待，和睦友好，真实体现了田园生活的乐趣和山野隐逸的高洁。诗人不慕荣利、鄙视官场的高尚情操充分表现了出来。"闲吟和""闲快活"式的逍遥自在的"闲适"生活的确也只能在"山僧野叟"中存在，而在尔虞我诈、钩心斗角的黑暗官场中是绝对没有的。诗人用质朴的文笔，描写了这一乡间生活的场景，既是对"闲适"自由的赞颂又无疑是对现实社会与黑暗官场的不满与否定。

本色的语言、鲜明的形象是这首小令的显著特点。整首小令全用通俗易懂的民间口语，朴实自然，毫无雕琢的痕迹，信手拈来一般。"他出一对鸡，我出一个鹅"，这样的句子自然贴切而又似毫不经意，却很好地表现了这些自食其力而并不富有的山林隐士彼此之间亲密无间的感情。"老瓦盆边笑呵呵""共山僧野叟闲吟和"，亦是平常口头语，然而诗人与"山僧野叟"饮酒赋诗、欢乐无穷的动人场景却是历历在目，形象鲜明生动、传神感人。

【南吕·四块玉】闲适

关汉卿

南亩耕[1]，东山卧[2]，世态人情经历多，闲将往事思量过。贤的是他，愚的是我，争什么！

【字词注解】

①南亩耕：此指务农。此处用东晋陶渊明归居田园躬耕的典故。

②东山卧：此指隐居。此处用东晋谢安隐居东山（今浙江绍兴上虞区西南），屡辞征召，高卧不起的典故。

【精彩解说】

在南边田地上耕作，在东边山上安卧，经历的世态人情那样多，闲暇时把往事一点点再想一遍。贤明的是他，愚蠢的是我，还争个什么呢！

【赏析】

这是关汉卿小令组曲【南吕·四块玉】《闲适》中的第四首。此曲借用东晋陶渊明和谢安的典故，来倾诉自己过闲逸的隐居生活的苦衷。这首小令，从贤愚颠倒的角度，表现了对黑暗现实的不满，对功名利禄嗤之以鼻的态度，充分显示了作者傲岸的风骨和倔强的个性。

小令的开头借用了两个典故。"南亩耕"用陶渊明典故。陶渊明不愿为五斗米折腰，弃官归田，"开荒南野际，守拙归园田"（《归园田居·其一》），高风亮节，世所钦仰。"东山卧"用谢安典故。谢安曾在东山隐居，屡辞征召，高卧不起。这两位古人都是作者心目中的榜样。然而，诗人为什么会产生归隐山林之想呢？这绝不是因为诗人不关心世事，恰恰相反，他也曾像陶渊明、谢安等人一样有过治国平天下以济苍生的抱负。但在亲身经历了纷繁万象的"世态人情"后，他对自己所面对的现实有了清醒的认识。

是什么"世态"？是何等"人情"？作者在这里没有明言。但联系作者的其他作品，不难想象他指的是"为善的受贫穷更命短，造恶的享富贵又寿延"（《感天动地窦娥冤》）的善恶颠倒；"红尘万丈困贤才""十谒朱门九不开"（《山神庙裴度还带》）的人才悲剧；"利名场上苦奔波""蜗牛角上争人我"（《包待制智斩鲁斋郎》）的奔波钻营；"浮云世态纷纷变，秋草人情日日疏"（《包待制智斩鲁斋郎》）的浇薄世风。

往事历历，引人深思。在"闲将往事思量过"后，作者终于发出鄙夷的一笑："贤的是他，愚的是我，争什么！"既然那些争名于朝、争利于市者以"贤"自居，并且他们之间也会以"贤"相许，那么我倒愿意以"愚"自居，藏拙守愚，怡然自乐，何必去和那班小人争长较短，自贬身份。作者把对于黑暗社会的不满以旷达之语说出，嬉笑怒骂皆成文章，其激愤的程度不在慷慨激昂的作品之下。作者反语道"贤的是他，愚的是我"，一"他"一"我"，泾清渭浊，了了分明，那傲岸倔强的骨气可见一斑！

【仙吕·一半儿】题情

关汉卿

碧纱窗外静无人①，跪在床前忙要亲②。骂了个负心回转身。虽是我话儿嗔③，一半儿推辞一半儿肯④。

【字词注解】

①碧纱窗：用绿纱做的窗帘。
②亲：亲吻。
③嗔（chēn）：生气。
④肯：答应，许可。

【精彩解说】

碧纱窗外安静得一个人都没有，那冤家跪在床前着急要亲吻。骂了一句负心汉后转过身躺着，不理他。虽然话里嗔怪他，其实是一半儿推辞一半儿答应。

【赏析】

这是一支从女子的角度来写男子鲁莽行为的小令，充满着浓郁的生活气息。

"碧纱窗外静无人"，这是作者设置的一个极其幽静的环境，碧纱笼着窗棂，周围连一个人影也没有，给男子提供了一个求情寻欢的好条件。"跪在床前忙要亲"，一个"跪"字显示了男子为了求欢，不惜做了"矮人"。同时，"负心"二字让人不由得猜想到多少恼人的往事，把他背着她在外攀柳折花的负心行为完全浓缩在里面。所以他忙着要亲，忙着弥补年少无知给爱人带来的伤害，忙着抚慰爱人的心。而这一"跪"一"亲"，却和下文的一"骂"一"嗔"相对应上了。

一个是"要亲"，一个是"转身"；一个是真情，一个是假意的。他越装得可怜，越显出忏悔的真诚；她越假生气，越显示出内心的甜蜜。这"一半儿推辞一半儿肯"恰好说明"嗔"是假的，是表面的，是做戏的，而接受他的"亲"才是内心的，是真的。这"推辞"和"肯"的矛盾，充分说明了女子表面上拒绝，心里还是愿意的。这把女子的内心世界显露无遗。她既有羞涩和矜持的一面，又有深情和大胆的一面。一个女子的半嗔半羞、半推半就的神态，活脱脱地展现在我们面前。写到这里，两人濒临破裂的感情，完全弥合起来了，一切恩怨都涣然冰释了。

这首曲子语言通俗自然，刻画细腻，对女子的神态、心理描摹得尤其惟妙惟肖，在同类作品中是极其难得的。

【双调·沉醉东风】

关汉卿

咫尺的天南地北①，霎时间月缺花飞②。手执着饯行杯，眼阁着别离泪③。刚道得声保重将息④，痛煞煞教人舍不得⑤。好去者望前程万里⑥。

【字词注解】

①咫尺：周制八寸。此指距离近。
②霎时间：一会儿。此指时间短暂。月缺花飞：古人常以"花好月圆"喻男女美满相聚，此则以"月缺花飞"喻离别之痛。
③阁：同"搁"，噙着，含着。
④将息：调养，休息。
⑤痛煞煞：痛苦得很。
⑥好去者：安慰行者的套话，犹言"走好着"。

【精彩解说】

相隔咫尺的人就要天南地北远远分离,转眼间花好月圆的欢聚就变成了月缺花飞的悲戚。手里拿着饯行的酒杯,眼中噙着惜别的泪水。刚说一声"保重身体",就心痛难当,难以割舍。好好去吧,祝你前程万里。

【赏析】

这首小令是关汉卿写爱情的名作,描写女子在为情人饯行时的离愁别绪,情深意切,哀婉动人,却又不乏一种积极向上的美感。

诗的前两句点出主题:饯行。"咫尺的天南地北,霎时间月缺花飞",虽眼下近在咫尺,但即刻便要各分南北了。"咫尺",指出了在空间上的距离,而与之对仗的"霎时间"则表明了时间上的短暂。虽说月有阴晴圆缺,花亦有开谢盛衰,自然现象的变化本在人的意料之中,但"霎时间"就"月缺花飞",让人情何以堪!可见此处的"月缺花飞"并非眼中之景,实为心中之情。作者以虚写实,用自然现象的变化写离别瞬间的悲哀,显得空灵洒脱,奠定了全曲的情感基调。

三、四句以对句的形式具体写女主人公的送别,充实一、二句的内容。"手执着饯行杯,眼阁着别离泪",勾勒出了送行女子的神态:面目戚戚,眼中含泪。酒杯里的酒迟迟不肯喝下,早一刻饮完意味着早一刻离别。眼眶中勉强噙住的泪珠儿,几乎要滚落到杯中去;眼中物与杯中物一样微颤,那眼中物不比杯中物少!

最后三句尤为生动传神。送行女子最终强忍泪水,吐出了临别赠言。但这短短数字的嘱咐却被几番哽咽之声打断,吐得多么艰难!如果说柳永"执手相看泪眼,竟无语凝噎"句,讴歌的是一种无声之别的话,那么关氏笔下描写的则是有声之别。虽说柳词的千言万语竟无从说起,写尽了分别之苦,所谓"此时无声胜有声"是也;但关氏笔下的"有声"却毫不逊色于"无声",且令人读来"别是一番滋味在心头"。"保重将息"与"好去者望前程万里"中间夹着一句"痛煞煞教人舍不得"的叙述。这一断一续的话语,表现出了女主人公的悲痛心情难以平复。而"痛煞煞"又"舍不得"的何止她一人啊?送别的场面正是这样,送行人"眼阁着别离泪",而离人又何尝不是热泪盈眶地凝望着恋人呢?也许正是因为意识到"保重将息"过于缠绵而又可能会加重对方的离别之痛,送行女子这才提高嗓音补了一句勉励之语:好好去吧,愿君前程万里。她控制住自己的情绪,她让自己显得爽朗、自然。这种有意转移情绪的行为,这样的强颜欢笑,进一步地揭示了她内心的痛楚。

全曲在送行女子的殷切寄语中戛然而止。或许她让情人跨马扬鞭,自己又在马背上加一巴掌,令马奋蹄而去?抑或是在寄予厚望之后,径自先回了?好一个爽利的女子!好一幅爽利的饯行图!拖沓于夫君无益,更何况夫君是去追赶前程的!

【双调·碧玉箫】

关汉卿

盼断归期,划损短金篦①。一搦腰围②,宽裼素罗衣③。知他是甚病疾?好教人没理会④。拣口儿食,陡恁的无滋味⑤!医,越恁的难调理。

—•【字词注解】

①金篦(bì):一种金制的梳头工具,又可作女子头饰。

②一搦(nuò):一握。此处形容腰细。

③宽裼:喻指身体消瘦,衣服变得宽松。

④没理会:不明白。

⑤陡:突然。恁(nèn)的:如此的,这样的。

—•【精彩解说】

一天天地盼望,也不见你回来,金篦梳也磨短了。腰已经瘦得盈盈一握,素衣变得宽松了。不知道得了什么病?让人想不明白。挑着东西吃,怎么突然感觉那么没滋味呀!这病呀,特别难治啊。

—•【赏析】

此曲写思妇的离愁。全曲写了思妇盼望离人回家却总不见离人身影而产生的痛苦心态以及可怜情状,主要以思妇的日常生活与内心感受来表现思妇盼君归的情景以及她身心脆弱的可怜之状。

全曲的闪光之处正是直抒胸臆。开头便直言"盼断归期,划损短金篦"。对夫君的归来之日盼了又盼,那梳头的金篦都已经有划损了,而所盼望的日子——夫君归来之日,则迟迟没有到来。一位对镜梳妆、苦等离人的思妇形象跃然纸上。也许这有所划损的金篦还不够,还有"一搦腰围,宽褪素罗衣"。那瘦得盈盈不堪一握的小腰,那变得宽松的素衣,大有"衣带渐宽终不悔,为伊消得人憔悴"之意,提供了思妇为思念所累的最好证据。划损的短金篦、变细的腰身、宽松的素衣,这些都是肉眼可见的,这是把思念融入了生活,把那远去的离人刻进了心里的结果。人虽远去,但两人之间的绵绵情意则化作浓浓的相思折磨着等待离人的女子。

第五、第六句承接上四句的内容,生活上的变化让女子疑惑——"知他是甚病疾?好教人没理会"。这样的疑惑让人觉得理所当然,这样生活化的语句让人觉得她的思念是那么真实。突然消瘦,不知道是得了什么病,让人想不明白。其实她是能想明白的,这病不就是相思病吗!

紧接着两句"拣口儿食,陡恁的无滋味"则是让女子加深了自己有"甚病疾"的认识。连吃东西都感受不到其滋味了,怎么说是没有病呢?

末尾两句"医,越恁的难调理"则暴露了女子知道自己的"病"的真相。不知道是"甚病疾",又怎知道这病"越恁的难调理"呢?毫无疑问,这病就是所思之人久久不归的惆怅,是镜前梳妆时默数归期的煎熬,是想见而不得见的折磨。从人渐消瘦、衣带渐宽,到食不知味,这病愈加严重,严重到她自己也意识到难调理。固然世间难解是相思,但她又怎会不知道医治她自己这病的药正是那离人的归来。

全曲文字朴实,没有任何雕琢的痕迹,感情真实纯朴又不乏炽热之感。平易普通的词语把一位饱受相思之苦的思妇刻画得深刻而又细致。这类曲子在元代很少见,这也是关汉卿不同寻常之处。

【双调·大德歌】春

关汉卿

子规啼①,不如归,道是春归人未归。几日添憔悴,虚飘飘柳絮飞。一春鱼雁无消息②,则见双燕斗衔泥③。

【字词注解】

①子规：杜鹃鸟的别名，又名蜀魄、蜀魂、催归。传说蜀帝杜宇的魂魄化为子规鸟，常夜鸣，声音凄切。

②鱼雁：喻指书信。

③则见双燕斗（dòu）衔泥：只见一对燕子争相衔泥筑巢。

【精彩解说】

春天的杜鹃叫了，好像在说不如归去。你走的时候说是春天就回来，而今春天已经到来，却不见你的踪影。因为思念你，日渐憔悴，柳絮轻轻地飘落，惹得我心绪不宁。等了整整一个春天，却一点儿消息也没有，只见一对燕子争相衔泥筑巢。

【赏析】

《春》这支小令，首二句"子规啼，不如归"，既状景物，兼点时令。春天的杜鹃鸟啼叫了，啼声好像在说"不如归去"。子规鸟的啼叫声，声声都响在闺中少妇的耳旁，声声都敲在闺中少妇的心上，因而深深地触动了她怀念离人的情怀。

第三句落笔道"道是春归人未归"——你走的时候对我说过春天就归来，而今春天已到，却不见你的踪影。话语之间，似乎已微露出少妇对离人的不满。正由于盼人不至，心烦意乱，精神饱受折磨，才又引出第四句对少妇愁苦的描写。"几日添憔悴"，是说她近日的面容已枯槁憔悴了许多。这是从外貌上描写少妇的愁苦。接着又进一步从内部揭示少妇心灵上的创伤。"虚飘飘柳絮飞"，表面写的是景，实际是借喻少妇的心理状态。少妇因爱人久去不归，其在外情况无法得知，而心绪不宁，一颗心如虚飘飘的柳絮，漫天飞舞，无所适从。作者这样从外而内地刻画，便把一个愁苦的少妇写得真实感人。

柳絮杨花，又是一个漫长的春天。作者从中又巧妙地暗示少妇在等待中度过了一个漫长的春天，同时也使下句的"一春"二字有了依据。纵使等不到人归，寄回一封信报平安也是好的，多少也能缓解一下她的焦虑，奈何"一春鱼雁无消息"。不用说，这时的少妇痛苦已极，凄迷纷乱，百无聊赖。妙的是，作者却并未从正面写出这种感情，而是宕开一笔，用"则见双燕斗衔泥"

加以反衬。显然,"燕"为"双燕",它们又为筑巢而比赛着衔泥。入目皆是触动人心之景,这和孤居独处、郁郁寡欢的少妇形成鲜明的对照。真是"这次第,怎一个愁字了得"!原来春天真是撩人愁思的季节!

本曲以春季到来而离人未归,抒写女主人公的哀怨情愫。此曲开头以子规鸟的啼叫引起少妇的思念,用的是比兴手法;中间写少妇的离别之苦,由表及里,层层深入;最后用双燕衔泥反衬少妇的孤独之苦。全篇围绕一个"春"字,从不同侧面进行描绘,突出了少妇的思念,行文惜墨如金,不蔓不枝。

【双调·大德歌】夏

关汉卿

俏冤家①,在天涯②,偏那里绿杨堪系马③?困坐南窗下,数对清风想念他④。蛾眉淡了教谁画⑤?瘦岩岩羞带石榴花⑥。

【字词注解】

①俏冤家:女人对所爱之人的亲昵称呼。
②天涯:天边,指极远的地方。
③"偏那"句:偏偏只有那里留得住。此系怨词,恨她爱人久离不归。
④数(shuò)对:屡次对着,频频地对着。
⑤蛾眉:女子弯弯的长眉毛。此处暗用汉代张敞为妻画眉的典故。
⑥瘦岩岩:瘦削的样子。石榴花:泛指红色的花。

【精彩解说】

心中所爱的人哪,在那极远的地方,偏偏只有那里留得住他?我坐在南窗下,屡次对着吹拂而来的清风思念他。弯弯的长眉淡了谁来给我画?我瘦削的样子让我无心戴红花了。

—•【赏析】

　　这支小令，是写少妇对远方情人的思念、猜疑和抱怨。远方的情人是怎样一个人呢？开头一句便写道：他是个"俏冤家"。"冤家"是妇女对情人的昵称，已经够可爱了，又在其前面加个"俏"，传神至极，把爱与恨交织在一起，这种复杂的情感更令人深陷其中。如今那让少妇牵肠挂肚的他远走天涯，一去不归，怎能不叫人猜疑？"偏那里绿杨堪系马"，更是明显地由猜疑流露出抱怨的情绪。"偏"在这里作副词用，表示发生的事情与所期待的恰好相反。故一个"偏"字把少妇爱极而怨深的感情表现得淋漓尽致。"偏那里绿杨堪系马"，一语双关，既点明夏日的时令，又比喻负心郎滞留异地、拈花惹草。其实，在远方作客的情人未必如她所猜想的那样，这或许是少妇的多虑吧。而多虑也正是情深爱笃的一种表现。故虽抱怨，却并未弃绝。

　　因此，接下来的"困坐南窗下，数对清风想念他"，又表现为万般慵懒、无所事事，只能一次次面对清风倾吐自己对爱人的情思，大有摆不脱、丢不开之苦。故这两句看似平淡无奇，实则大有深意，清风和美，情思更浓，进一步刻画出少妇对爱人思之弥深、爱之弥笃的感情。而少妇"想念他"什么呢？下文就给了我们答案："蛾眉淡了教谁画？"

　　少妇借汉代张敞为妻画眉的故事来表达她对夫妻恩爱生活的回味和渴望。然而好事难成，希望终无由实现，以致让她"瘦岩岩羞带石榴花"。"瘦岩岩"，瘦骨嶙峋，它比憔悴之状、瘦弱不堪之状更具体、更形象。"羞带石榴花"中的"羞"字，尤为传神之笔，它既含戴花与体貌不相称的自惭之意，又表露出自己戴花无人欣赏的寂寞，活画出少妇难以言状的复杂心理状态。

　　曲中首句"俏冤家"是统领全篇的关键句。少妇的思念、怀疑及抱怨都由此而发；少妇对过去美满生活的回味和对未来生活的憧憬，以及"为悦己者容"的心理，也是以此为依据。

【双调·大德歌】秋

关汉卿

　　风飘飘，雨潇潇，便做陈抟睡不着①。懊恼伤怀抱，扑簌簌泪点抛②。秋蝉儿噪罢寒蛩儿叫③，淅零零细雨打芭蕉④。

【字词注解】

①便做：即使。陈抟（tuán）：五代末、北宋初的著名道士。字图南，自号扶摇子，曾修道于华山。宋太宗赐名"希夷先生"。传说他能酣睡百日不醒。这里借陈抟典故，写少妇的思念煎熬之深。

②扑簌（sù）簌：眼泪直流的样子。

③寒蛩（qióng）：蟋蟀，又名"促织"，俗名"蛐蛐"。

④淅零零：形容雨声。细雨打芭蕉：出自李煜《长相思》："秋风多，雨相和，帘外芭蕉三两窠（kē）。夜长人奈何！"

【精彩解说】

寒风吹，冷雨落，就是陈抟那么能睡的人也睡不着了。说不完的烦恼和愁苦伤透了心怀，伤心的泪水扑簌簌地掉下来。秋蝉噪声完了蟋蟀又叫起来，淅淅沥沥的细雨打着芭蕉。

【赏析】

这首小令所描写的少妇的烦恼，是因为"人未归"而引发的，故"懊恼伤怀抱"便成为此曲表现的重点。"风飘飘，雨潇潇"，是说风雨交加，突然而至，声势咄咄逼人。"飘飘""潇潇"双声叠韵，音韵和谐，意味悠长，倍增空寂之情。这开头两句，就给脆弱的少妇带来很大压力。秋天本来就是令人多愁善感的季节，更何况又逢风雨交加的天气。"秋风秋雨愁煞人"，忧心忡忡的少妇值此闷人时候，又如何不愁思百绪呢？

"便做陈抟睡不着"，该句借用了五代时在华山修道的陈抟的故事，据说陈抟能一睡百日不醒。这里是说，在凄风苦雨的夜里，即使是陈抟也是难以入眠的，由此衬托出少妇被思念愁绪煎熬，夜不能寐之状。忧思如此之深，以至于烦恼悔恨，伤心落泪。

所以四、五两句又写道："懊恼伤怀抱，扑簌簌泪点抛。"如果说在【双调·大德歌】《春》《夏》两支小令里，女主人公尚局限于忧思而形容憔悴、瘦骨嶙峋的话，那么在【双调·大德歌】《秋》这支小令里，她的忧思就势如潮涌，终于冲决感情的堤坝，化作伤心的泪水滚滚而下了。"扑簌簌泪点抛"，就是对这位女主人公悲凉心境的具体展现，并在准确地捕捉这一典型细节以后留下空间,让读者用想象补充,其闺房幽情在充实中越发空灵。

最后两句"秋蝉儿噪罢寒蛩儿叫,淅零零细雨打芭蕉",作者又借外界的景物衬托女主人公的孤独寂寞和难以言喻的久别之苦,进一步凸显女主人公愁苦的心境。此时此刻,窗内枕冷衾寒,思妇形单影只;窗外秋蝉寒蛩,轮番聒噪。窗内的人儿泪如泉涌,揩不干,擦不净;窗外细雨敲打着芭蕉,声声不绝。"一切景语皆情语"(王国维《人间词话》语),情和景完全融合在一起,物我不分,从而使女主人公的离思之苦得到了充分的表现,大有"但闻四壁虫声唧唧,如助余之叹息"(欧阳修《秋声赋》)和"梧桐树,三更雨,不道离情正苦。一叶叶,一声声,空阶滴到明"(温庭筠《更漏子》)之境界。

本曲从秋景写起,又以秋景作结,首尾照应,结构完整,中间又由物及人,由人及物,情景相生,交织成篇,从而加强了人物形象的真实感,大大地提高了艺术感染力。

〔作者小传〕

王恽（yùn），元代著名学者、文学家、书法家。一生历任多个官职，有经纶之才，刚正不阿，清贫守职，勤奋好学，任监察官有弹击平反之誉，是著名的谏臣。善写文章，作文章不蹈袭前人，雄深雅健，辞古而意不晦。精于书画，书法遒劲婉约，为世称誉。《元史》有传，著有《秋涧先生大全集》一百卷。他的散曲作品现存四十一首小令。

【越调·平湖乐】

王恽

采菱人语隔秋烟①，波静如横练②。入手风光莫流转③，共留连，画船一笑春风面。江山信美，终非吾土④，问何日是归年⑤？

【字词注解】

①秋烟：笼罩在水上的如烟轻雾。

②练：白色的丝织品。

③入手风光：映入眼帘的风景。

④"江山"二句：化用东汉王粲（càn）《登楼赋》："虽信美而非吾土兮，曾何足以少留。"表达强烈的思乡之情。

⑤问何日是归年：引用杜甫《绝句二首》其二中的诗句："今春看又过，何日是归年？"

──●【精彩解说】

　　隔着秋日的烟雾传来了采菱姑娘的喧闹声，秋江澄静有如横铺的白绢。眼前的风景不要流逝呀，且让我们一起尽情观赏流连，画船上美人笑意盈面。江山的确美好，可是这里终归不是我的故乡，而哪一天又是我归乡的日子呢？

──●【赏析】

　　这支小令是一首感情浓郁的思乡曲，是作者客居他乡秋日游江时写就的。前五句写他乡之美，但"终非吾土"，紧接三句抒写自己内心的思乡之情，并以疑问的语气结束全篇。作者把一种深沉、浓郁的思乡情怀写得极为别致。

　　思念故乡，总要叨念故乡的好处，诉说故乡的可爱，而本篇却完全不是这样。作者一开头就尽力描摹他乡风光、他乡生活之令人心醉神迷："采菱人语隔秋烟，波静如横练。"秋天的湖面上，清风徐来，水波不兴，一眼望去犹如白练铺展，千里横陈。隔着轻纱般的烟雾，传来了采菱姑娘们的喧哗声。李白诗云："若耶溪旁采莲女，笑隔荷花共人语。"（《采莲曲》）本曲首句化用李白句意，遂使意境之中融入了姑娘的柔声笑语；又易"隔荷花"为"隔秋烟"，复使意境之中平添了一层朦胧之美。"波静如横练"，似由谢朓诗"澄江静如练"（《晚登三山还望京邑》）化出。只是谢诗写春江，此写秋湖；谢诗正面烘托眷恋京邑，此篇写异乡景却反衬思归故乡。虽化用名句，却别有一番情趣。短短两句，不仅描绘出了水乡的风景之美，还写出了水乡姑娘的可爱和水乡生活的宁静欢乐。

　　处此风光旖旎妩媚的水乡环境，让原系北方人的作者一度感到十分新鲜可意，故言"入手风光莫流转，共留连"。作者见到如此美好的风光，内心油然而生热爱怜惜之意，故希望风光不要匆匆流转，以便让人共同流连玩赏。"画船一笑春风面"，则进一步将"共留连"三字的意思补足，以见"留连"之中，寓有无限柔情和意兴。"春风面"，比喻美女姣好的面容。在那湖光秋色中，坐在画船上的美女满面春风地嫣然一笑，那情景，是足以使天涯游子忘掉自己故乡的。

　　然而，对作者而言，眼前的一切虽然可以爱赏流连，却不能使他乐而忘返。恰恰相反，作者的归思反而更加浓烈起来："江山信美，终非吾土，问何日是归年?"江山虽美,可终究不是自己日思夜想的那片故土,于是作者不由得自问:什么时候才能回去呢?前两句化用王粲《登楼赋》"虽信美而非吾土兮,曾何足以少留",结句直接借用杜甫诗句"今春看又过,何日是归年"(《绝句二首》其二),借以表现自己强烈的旅思和乡愁,可谓恰到好处。

胡祗遹

〔作者小传〕

胡祗遹（zhī yù），元代著名学者、文学家。历任多个官职，为官刚正不阿，精明干练，因触犯有权势的奸臣被贬到外地担任地方官，在地方任职时，抑制豪强劣绅，扶助贫弱孤寡，敦促教化，官声极佳。晚年被征召拜为翰林学士，托病不去。著述较丰，著有《紫山大全集》二十六卷。现存十一首小令，多为遣兴抒怀之作，格调清远，语言通俗。明代朱权在《太和正音谱》评其词"如秋潭孤月"。

【双调·沉醉东风】

胡祗遹

渔得鱼心满愿足，樵得樵眼笑眉舒①。一个罢了钓竿，一个收了斤斧②。林泉下偶然相遇③，是两个不识字渔樵士大夫，他两个笑加加的谈今论古④。

【字词注解】

①渔、樵：分别指渔夫和樵夫，都是隐士。

②斤斧：斤即斧头。斤、斧同义。

③林泉：山林与水泉。

④笑加加：笑哈哈。

【精彩解说】

捕到鱼的渔夫心满意足，砍到柴的樵夫眼笑眉舒。一个收起钓竿，一个收起斧头。两个人在林下水边相遇，原来是两个"不识字"的打鱼砍柴的士大夫，他们两个笑呵呵地谈今论古。

【赏析】

这是作者在路过渔村时所作。此曲形象生动地描绘出渔夫、樵夫谈今论古的画面，歌颂了渔夫、樵夫自由喜悦的精神面貌，表达了那个时代文人隐逸的普遍愿望。同时，在这喜剧性的描写中也蕴含着作者对现实的不满和讽刺，更蕴含着诗人无限的悲叹。

归隐渔樵，是在元蒙统治者的高压统治下，文人寻觅的一个不得已的去处。渔夫钓到鱼，"心满愿足"；樵夫打到柴，"眼笑眉舒"。于是，"一个罢了钓竿""一个收了斤斧"，偶然相遇于林边水畔。这本是极平常的事。但关键是他们"是两个不识字渔樵士大夫"。士大夫，是古代有地位有声望的读书人的通称，也指古代官僚阶层。渔樵与士大夫是不同的阶层，如今奇怪地集于一身，而且是"不识字"的！这个矛盾混合体表现出作者强烈的不满：本是"士大夫"，不得已成了"渔樵"，那么识字又有何用？岂不同不识字一样？俗语说："学成文武艺，货与帝王家"。但"如今凌烟阁一层一个鬼门关，长安道一步一个连云栈"（查德卿【仙吕·寄生草】《感叹》）。仕宦不可得或从仕宦沦落为渔樵，在当时读书人看来，都是莫大的悲哀。

所以上面的"渔得鱼心满愿足"几句，似乎得其所哉了，究其实，不过是故作旷达；而下面的"他两个笑加加的谈今论古"，更是"伤心人别有怀抱"了！古既不可得，今亦不可攀，只有口头上的"谈"而"论"之。此时的"笑加加"（即笑哈哈）不过借笑聊以自慰罢了。而这"笑加加"中更是包含着那不知几何的无奈和苦闷。

〔作者小传〕

王德信,字实甫,元代著名戏曲作家。约与关汉卿同时。早年为官,晚年弃官归隐。作杂剧十四种,今存《西厢记》《破窑记》和《丽春堂》三种,另有《贩茶船》《芙蓉亭》二种,各传有一折曲文。《西厢记》是其代表作,也是最著名的元杂剧作品之一。另外,他还有少量散曲流传。他的作品继承了唐诗宋词语言艺术的精美,又吸收了元代民间生动活泼的口头语言,创造了文采璀璨的元曲词汇,在中国戏曲史上是"文采派"的杰出代表。

【中吕·十二月过尧民歌】别情

王实甫

【十二月】自别后遥山隐隐,更那堪远水粼粼①。见杨柳飞绵滚滚,对桃花醉脸醺醺②。透内阁香风阵阵③,掩重门暮雨纷纷④。【尧民歌】怕黄昏忽地又黄昏⑤,不销魂怎地不销魂⑥?新啼痕压旧啼痕,断肠人忆断肠人。今春,香肌瘦几分,搂带宽三寸⑦。

【字词注解】

①粼(lín)粼:形容水波清澈流动的样子。

②醺醺:形容醉态。

③内阁：深闺，内室。

④重门：一重又一重的门，言富贵之家庭院之深。纷纷：形容雨之多。

⑤怕黄昏：因黄昏容易引起寂寞孤独之感。

⑥销魂：因过度用情而呈现出来的痴呆之状。

⑦"香肌"二句：形容为离愁而憔悴、消瘦。搂带，当作"缕带"，即裙带。

【精彩解说】

自从和你分别后，望不尽远山层叠隐约迷蒙，更难忍受清澈的江水奔流不回。看见柳絮纷飞绵涛滚滚，对着璀璨桃花痴醉得脸生红晕。闺房里透出香风一阵阵，重门深掩到黄昏，听雨点敲打房门。　怕黄昏到来黄昏偏偏匆匆来临，不想失魂落魄又叫人怎能不伤心失魂？旧的泪痕还未干透，又添上新的泪痕，断肠人常记挂着断肠人。要知道今年春天，我的身体瘦了多少，看裙带都宽出了三寸。

【赏析】

以《西厢记》著称于世的王实甫，散曲创作也颇负盛名。尽管他流传下来的作品不过三五篇，却有脍炙人口的名作【中吕·十二月过尧民歌】《别情》。这首曲子属于带过曲，由两首小令【十二月】和【尧民歌】组成，描写了闺中女子思念远离家乡的心上人的情形。

关于男女别情，在历来的诗词歌赋中，可以说是老而又老的题材了。那么，王实甫是怎样把传统的题材写得别有情趣的呢？"自别后遥山隐隐，更那堪远水粼粼。"曲子开头便开门见山，把写"别情"的主旨和盘托出。主人公望"遥山"，遥山层峦叠嶂，遮挡了视线；看"远水"，远水波光粼粼，触动主人公的离情。这两句不仅点明离人相隔之远，更渲染出一种气氛。人是有情的，于是青山绿水似乎也随之变得有情有义，并促使主人公的思念之情达到不堪忍受的痛苦境地。"见杨柳飞绵滚滚，对桃花醉脸醺醺。"如果说"遥山""远水"是远距离的描写，这二句便是近景。杨柳堆烟，飞絮滚滚，桃花盛开，醉脸醺醺，主人公无一不触景生情，见物伤心。"杨柳""桃花"二句，不仅与"遥山""远水"构成抒情主人公的空间环境，而且点明了思念之情的时间背景是春天。人们常说"女悲春，士悲秋"，面对美好的春光，主人公不禁心生红颜渐老，而爱人不在的感伤。"透内阁香风阵阵，掩重门暮雨纷纷。"在这春雨绵绵的傍晚，主人公在"内阁""重门"中，掩饰不住内心的寂寞和悲愁，发出无可奈何的声声叹息。

【尧民歌】的首句紧接上文"暮雨纷纷"。"怕黄昏忽地又黄昏，不销魂怎地不销魂？"这两句显然是从李清照"梧桐更兼细雨，到黄昏、点点滴滴"（《声声慢》）和江淹"黯然销魂者，唯别而已矣"（《别赋》）两句而来。这两句化用得极为巧妙，惟妙惟肖地刻画出抒情主人公矛盾而复杂的心理活动。一个"怕"字，就细腻地表现出思念之苦，而"忽地又黄昏"，说明经历这种情感煎熬并非一朝一夕，甚至想要抛开这种念头也是身不由己。因此，主人公不禁潸然泪下。"新啼痕压旧啼痕，断肠人忆断肠人。"天天思念啼哭，那"衫儿、袖儿，都揾做重重叠叠的泪"（《西厢记·长亭送别》）。正因为主人公在离别之苦中度日如年，所以"今春，香肌瘦几分，搂带宽三寸"。《古诗十九首》有"相去日已远，衣带日已缓"。柳永《蝶恋花》词："衣带渐宽终不悔，为伊消得人憔悴。"因相思而人瘦，衣带也宽了。结句用形体消瘦进一步衬托出相思之深，离别之苦。

至此，作者代主人公尽情抒发了心灵深处因离别而起的浓烈情感。为了表达这种情感，在写作中特意安排前一支曲子写景，句式多用叠字，景中寓情；后一支曲子抒情，句式多用连环，情中又带景。这种方式有如词的上下片，并且上下联贯，一气呵成，把主人公的深情宣泄出来，把司空见惯的离情别绪写得十分富有情趣。全曲大量运用叠字、叠词，含情脉脉，如泣如诉，情致哀婉动人，是一首不可多得的佳作。

伯颜

〔作者小传〕

伯颜,元代著名的政治家、军事家。蒙古族人,生长于西亚的伊利汗国。因入朝奏事,被元世祖留用,曾以中书左丞相任大元帅。现仅存小令一首。

【中吕·喜春来】

伯颜

金鱼玉带罗襕扣①,皂盖朱幡列五侯②,山河判断在俺笔尖头。得意秋,分破帝王忧③。

【字词注解】

①金鱼:形状如鲤鱼的金符,元代标志官阶的一种配饰。玉带:用玉装饰的官服腰带。罗襕(lán):绮罗袍。元朝以丝罗制的官服。

②皂盖朱幡:黑色车盖红色旗帜。高官出行的仪仗。列五侯:位与五侯同列。五侯,指公、侯、伯、子、男五等爵位。

③分破:分减,减少。元人口语。

【精彩解说】

手持鱼形玉符,腰扎白玉腰带,罗袍扣得庄严齐整,黑色车盖,红色旗帜,位居五侯,指点万里山河在我笔尖头。正是建功立业得意之秋,要为帝王分忧。

【赏析】

伯颜此首小令，抒发宰辅气度，用直抒胸臆的手法淋漓尽致地展现了自己为国效力的心志，语言自然流畅，质朴无华，在元代厌世遁世之感喟成风的散曲之中，实在可称独树一帜。

"金鱼玉带罗襕扣，皂盖朱幡列五侯。"起唱二句，无疑为作者的自我描绘，写出了其作为中书左丞相之气概。自己身着罗袍，腰扣玉带，佩了金鱼符，出行皂盖朱幡，气派雍容庄严，位尊如列侯。"山河判断在俺笔尖头"，判断即掌管，为元人口语，此句意为"一统之山河，掌管在俺笔尖头"。曰"俺"，曰"笔尖头"，粗豪，遒劲。只此一句，便直逼出元朝统治阶层横决一世之气概。"得意秋，分破帝王忧。"结句亦佳。"分破"即"分减"，为元人口语。作者功居开国元勋，正当得意之秋。分减帝王之忧，乃不忘宰辅之职志，结笔得体。细玩后三句，虽称得上有励精图治、恢宏大度之气魄，却略缺少如履薄冰、小心翼翼之精神，近似于汉家传统良相之型范，毕竟又不全然似之。这才是这一元代"佐命开济功臣"的独特形象吧。

伯颜是蒙古灭宋的第一人，其功过是非，俱在历史，此可不论。就此曲而言，则可称佳作。在元代散曲一片厌世遁世声中，此曲唱出了一代政治家的气派，犹如北方大草原上的风，着实给人以振奋之感。此曲文辞精练，风致天然，明朗、豪迈、俏皮，且音节合度。身为蒙古人，作散曲而能本色当行，独具一格，又可见作者之汉学素养，实非寻常。

张弘范

〔作者小传〕

张弘范,元大将,曾从伯颜攻宋,任前锋渡江,长驱直入建康(今南京)城。后又任蒙古汉军都元帅,南取闽广,俘文天祥。南宋亡,不久病亡。《金元散曲》录存其小令四首。

【中吕·喜春来】

张弘范

> 金妆宝剑藏龙口①,玉带红绒挂虎头②,旌旗影里骤骅骝③。得志秋,名满凤凰楼④。

【字词注解】

①金妆宝剑:用黄金做装饰的宝剑。金妆,又作"金装"。龙口:有龙形纹饰的剑鞘。

②虎头:此指虎头金牌。元帝颁发给大臣用以便宜行事的金牌。

③骅骝(huá liú):此处泛指骏马。

④凤凰楼:宫内的阁楼。这里指代宫禁、朝廷、都城。

【精彩解说】

用黄金做装饰的宝剑,锋利的刀刃藏在剑鞘里,束玉带,附红绒,虎头金牌挂在腰际，在旌旗飘扬的光影里，骏马如飞，银光闪耀。秋高气爽志气豪迈，建功立业，名声满都城。

【赏析】

这首曲子展现了得胜归来的场面，声势浩大，情思激昂。

"金妆宝剑藏龙口，玉带红绒挂虎头"二句为并列对句，写装束，塑造一位威武的将军形象。前一句写宝剑，金妆，谓以黄金为宝剑的装饰，而剑鞘又以龙形为装饰，所以有"龙口"；后一句写玉带，谓其上以红色绒线悬挂着金牌——虎头。玉带，乃唐、宋时代官员所用的带有玉饰的腰带，用以区别官阶之高低。将军所服当次。宝剑及玉带均为人物身份的象征，其上再以龙、虎为装饰，就更显得着装者威风凛凛。

"旌旗影里骤骅骝"，这是一个波澜壮阔的场面。骅骝，周穆王八骏之一，此处泛指骏马。旌旗，旗帜的通称，此谓战旗。曲子描绘骏马，将其置于旌旗影里，并着一个"骤"字，极写其声势。这一个"骤"字，一说骏马众多，二说其奔驰迅速，颇见其无坚不可摧、无敌不可破的英雄气概。

"得志秋，名满凤凰楼"二句描写胜利归来满城喧闹的欢跃情景。"得志秋"，即得志之秋，说明打了胜仗，正是得意时。"凤凰楼"，指宫内的楼阁，在这里指整个都城。在这深秋里，军队凯旋，全城奔走相告，都城沉浸在一片欢欣之中。一个"满"字既指庆贺的人多，又指人们情绪的饱满高亢。

这首小令篇幅甚短，仅五句二十九个字。但所展现的场面却无比壮阔，而且还塑造了人物形象，体现了人物情绪，显得有声有色，无比壮观，读之令人奋起。在众多元曲作品中，这首小令堪称绝妙。

严忠济

〔作者小传〕

严忠济,元代散曲作家。其仪表不凡,长于骑射,承袭父职任东平路行军万户。元世祖忽必烈攻宋,严忠济奉诏率骑兵进军,所战多捷。因有人上书言其威重一方,被召还京。至元二十三年(1286)特授资德大夫、中书左丞、行江浙省事。因年老,辞不就。能曲,《太和正音谱》列其为"词林英杰"。现存小令二首。

【越调·天净沙】

严忠济

宁可少活十年,休得一日无权,大丈夫时乖命蹇①。有朝一日天随人愿,赛田文养客三千②。

【字词注解】

①时乖命蹇(jiǎn):时运不顺,命运不好。乖,相背,不合。蹇,不顺利。

②田文:孟尝君,战国时齐国贵族,以好客重才著称,门下养食客三千。

──●【精彩解说】

　　宁可少活十年，也不可一日无官权，大丈夫时运不济，命运多舛。如果有朝一日天遂人愿，一定要超过养了三千门客的田文。

──●【赏析】

　　作者的前半生是辉煌显赫的，任东平路行军万户时，抑制豪强，颇有政声。然而命运之神一下子把他抛入深渊，使他在失去权势的痛苦中倍感世态的炎凉、人生的艰辛。此曲浅显自然，直抒胸臆，淋漓尽致地写出了作者对"权"的看法，同时也表现了他对强权社会的愤怒谴责，对命运、对现实不屈服的精神。

　　"宁可少活十年，休得一日无权"，突出了一个"权"字。"权"者，"官"也。元朝当权者推行中央集权制，对无权者——平民百姓，横征暴敛，百般压榨。据《元史》记载，严忠济在攻打南宋时颇有功绩，结果朝中大臣向皇帝进谏，说他权威过盛，因而被免官。严忠济在任东平路行军万户时，曾向一些有钱人借贷，为他的部下臣民缴纳官税。到他免官后，债主纷纷前来讨债。这件事使作者感触颇深，他从自己当官掌权到免官失权的巨大变化中，深感无权之苦，无权之悲，世态炎凉皆以"权"为准绳，遂发出了"宁可少活十年，休得一日无权"的感叹。

　　他慨叹自己虽是大丈夫，但时运不济，仕途受阻。"有朝一日天随人愿，赛田文养客三千"，说出了作者的抱负。田文，战国时齐国贵族，人称"孟尝君"，门下食客甚众。他们为孟尝君出谋划策排忧解难。作者在落魄之后，也希望有朝一日东山再起。也许他无法真的养三千食客，但他期许的是能重新得到皇上的重用，让自己的一腔热血不致空洒。

　　小令作者从为官到免官的经历中，深深体会到权的重要，提出了"不可一日无权"的观点，这是一种失意官吏的情绪反映，就这点来讲，谈不上什么进步意义，但从中可想象广大人民在元朝廷统治下的悲惨生活。

姚燧

〔作者小传〕

姚燧,元代文学家。三岁丧父,为伯父姚枢所抚养。及长,为国子祭酒许衡赏识。三十八岁时为秦王府文学,旋即授奉议大夫,兼提举陕西、四川、中兴等路学校,除陕西汉中道提刑按察司副使。入为翰林直学士。元大德五年(1301),出为江东廉访使,后拜江西行省参知政事。元武宗至大元年(1308),征为太子宾客,进承旨学士,寻拜太子少傅。次年,授荣禄大夫、翰林学士承旨、知制诰兼修国史。时共推为名儒,文章宗师,世人比之唐之韩愈、宋之欧阳修。曾主持修撰《世祖实录》,有《牧庵文集》。他的散曲里有不少关于儿女风情的描写。

【越调·凭阑人】寄征衣[1]

姚燧

欲寄君衣君不还,不寄君衣君又寒。寄与不寄间,妾身千万难[2]。

【字词注解】

①征衣:远行在外者的衣服。
②妾身:旧时妇女的谦称。

── ●【精彩解说】

想给你寄冬衣,怕你不想把家还,不给你寄冬衣,又怕你过冬要受寒。是寄还是不寄,让我十分为难。

── ●【赏析】

这首小令在构思上的主要特点,是通过对闺妇在寒冬到来时给远方征人寄征衣的矛盾心理的刻画,表现了妇人复杂微妙的心理,寄与不寄都饱含深情。作者以浅白的口语把少妇思念与体贴丈夫的心情表达得极其婉曲与深刻。文字直白,感情丰厚,平中见奇,堪称大家手笔。

此曲题目为《寄征衣》,通篇也只是在寄与不寄上做文章。征衣做就,寄给远方征人,是顺理成章的。这位征人的妻子偏会想到丈夫得了征衣就不会想着回家了:这一笔构思新巧,颇出人意料。既然寄征衣不宜,那么就不寄吧,可是且慢,这一来"君又寒",也是行不通的。这"不寄君衣"的后果,早在读者想象之中,但经过女主人公的这一"倒腾",仍使人觉得言之有理,感到这问题既新鲜又为难。三、四句写女子在寄与不寄间反复权衡,还是犹疑不决,"千万难"。这就引起了读者对她处境的关注与同情,掩卷细思,韵味无穷。

其实,答案是很明白的。女主人公因为"君不还"的现实才制作冬衣,目的是让远方的丈夫得以御寒,显然征人的"不还"与征衣的有无无关。征人掌握不了自己的命运,无论"寄与不寄",女主人公实际上都面临着"君不还"的冷酷结局。女子也明知这一点,故意在寄衣上生出波澜,是为了表达长期独守空房的怨恨。当然这种怨恨是基于团圆的愿望,含着对丈夫的无限深情。又恨又爱,以恨示爱,这是闺妇的一种特有心态。这正是这首小曲情味的动人之处。

情歌小曲常以"熨帖细微"及"匪夷所思"取胜,如唐代金昌绪《春怨》诗"打起黄莺儿,莫教枝上啼。啼时惊妾梦,不得到辽西"。本篇则属于元散曲中具有这种乐府风味的佳作。又全曲二十四字中,"寄""君""衣""不"四字占了一半以上,用字寥寥而能包含如此丰富曲折的情节和意蕴,这也是本篇难以超越之处。

【中吕·阳春曲】

姚燧

笔头风月时时过①,眼底儿曹渐渐多②。有人问我事如何。人海阔③,无日不风波④。

【字词注解】

①笔头风月:笔下描绘的清风明月,此指用文艺形式描摹的美好景色。
②儿曹:小儿辈,指年轻的晚辈。
③人海阔:这里指人事纷纭复杂。
④风波:这里用来比喻人事的纠纷和仕途的艰险。

【精彩解说】

一次次描绘良辰美景,时光流逝很快,眼底下儿孙小辈日渐增多。有人问我生活如何。世间万事,纷繁复杂,没有一天无杂事烦扰。

【赏析】

此曲是老翁自述,回味平生。一次次描绘良辰美景,时光易过,转瞬已是儿女成群,我也垂垂老矣,有人问我怎得此生平安,他们哪里知道,这些年来,我每天都是在风浪尖上度过。此曲结构严谨,无衬字,语意平和而有深意,是典型的文人曲。

这首【中吕·阳春曲】是从感叹时光流逝开始的。句中的"风月",即清风明月,也就是美好的时光、景色。时光在不同人的生活中有不同的内容,而在一个以著作为生的文人眼里,自己的一生就是在写文章中度过的。所以作者写来,不由得喟然叹道:笔尖下,清风明月,美好的时光,一点一滴、不知不觉地消失了。

在时光的流逝中又有什么变化呢?作者在第二句写道:"眼底儿曹渐渐多。"自己眼前,儿孙辈渐渐多了。视线从自己转到家庭。一、二两句是一组对句,读者很容易看出两句的结构、词性和平仄搭配都很工整妥帖。这两句从不同侧面来表现作者的生活情境，构思精巧。它以简洁的文字勾画的这种平静、安稳的生活情境，实际上是为下面的转折做铺垫。

　　转折由第三句的设问引起。"有人问我事如何"，问的是仕途的命运、家事的前途。问题是"有人"提出来的，实际上表现了作者对世事的惊觉和对前途的忧虑。作者回答的是："人海阔，无日不风波。"人事纷纭，世情辽阔，每天都有纷扰，不尽如人意。在回答这个问题时，作者把视线投向了无边的人世、广阔的社会。眼界更开阔，笔力更简劲。作者自问自答：自己像颠簸在无边无际的惊涛骇浪间，不知何日遭忌，所以每日都面临着风险，随时都可能被卷进黑暗的深渊。这就是作者对现实的不满，从中可见元朝一代士大夫的苦闷。

卢挚

〔作者小传〕

卢挚,元代散曲作家。至元五年(1268)进士,是元世祖即位后较早起用的汉族文人之一。后官至翰林学士。元初较有影响的作家之一,与白朴、马致远、珠帘秀均有交往;其诗、文分别与刘因、姚燧齐名,世称"刘卢""姚卢"。散曲作品成就更高,代表了元代前期杨果、刘秉忠等一批达官文人的创作成就。《全元散曲》收其小令一百二十首,数量在前期散曲作家中仅次于马致远。今人李修生编有《卢疏斋集辑存》。

【黄钟·节节高】题洞庭鹿角庙壁[1]

卢挚

雨晴云散,满江明月。风微浪息,扁舟一叶。半夜心[2],三生梦[3],万里别,闷倚篷窗睡些。

【字词注解】

①鹿角:鹿角镇,在今湖南岳阳,位于洞庭湖滨。
②半夜心:子夜不眠时生起的愁心。
③三生梦:人的三生如梦。三生,佛家指前生、今生、来生。

——•【精彩解说】

骤雨过后，天色初晴，乌云散尽，江面上洒满了月光。微风吹拂，江浪平息，一叶扁舟荡漾在浩渺的江上。夜深了，心里充满愁思，想到人生如梦，亲朋相距万里，胸中顿生烦闷，倚着篷窗，但愿能小睡片刻。

——•【赏析】

元成宗大德年间（1297—1307），卢挚被外放湖南，这首小令正是在此次赴任途中所作。

此时被外放的卢挚心情很不愉快。从元大都到达湖南后，他写下了不少抒发内心情感的散曲作品，如【蟾宫曲】《长沙怀古》。在该首曲子中，作者以古代被贬逐到这里的屈原、贾谊自比，可知其心中是怅惘的。而从长江进入洞庭湖以后，又遇上了阴雨天气，这更加深了作者内心的愁闷。但入夜之后，阴云散去，雨也停了，正是在这时，作者写下了这首【黄钟·节节高】《题洞庭鹿角庙壁》。

小令首先描绘了四周的景象：阴云散尽，雨过天晴，八百里洞庭湖一望无垠，整个湖面都沐浴着明月柔和的光辉。晚风习习，一叶扁舟荡漾在雨后平静的湖面上。短短的四个四字句，就勾勒出了一个澄静而光明的世界。而在这一叶扁舟中的作者，心境是不是和周围景物一样宁静呢？并不是如此。在湖上微微吹拂的晚风中，作者心里百感交集，于是写道"半夜心，三生梦，万里别"，试图用"半""三""万"三个数词，表现出此刻自己心中的离愁别苦。"半夜心"是夜深难眠时油然而生的愁心。"三生梦"的含义可能有两种。其一，是诗人联想到自己的命运，若人真的有三生，那么曾经被贬谪到这里的屈原、贾谊是否就是自己的前生？而在曲子中作者没有明说，但从作者同时期所作的散曲中我们可以窥测一二。其二，作者可能用了唐代圆泽禅师的典故：圆泽禅师圆寂前，曾与友人李源相约十二年后在杭州天竺寺重见，后转世为牧童和友人在三生石畔重逢。作者也许想借这个典故表明自己与亲友恐怕今生都不能重逢，只能相约来生再见了。不论解释为哪一种内涵，都不影响"三生梦"这三个字给小令平添的一丝感伤。此外，还有"万里别"，离别总是让人感到悲伤，《西厢记》中说"想人生最苦离别"，卢挚也曾在一首【寿阳曲】《别珠帘秀》中写道"才欢悦，早别离，痛煞煞好难割舍"。

而作者用"万里"来形容"别",遥不可及的距离感更给曲子增加了几分悲愁。此时此刻,面对着"满江明月",种种复杂的感情一齐涌上作者心头。身世浮沉、离愁别恨、思乡怀人,万千思绪无处排遣,于是作者只有"闷倚篷窗",希望小睡片刻能得到一丝安宁。而独处异乡的漫漫长夜,作者恐怕是难以入梦了——小令展示给读者的,正是这样一个悲苦的灵魂。

通观全篇,月夜江景和作者内心形成了两组对比:雨后天晴、明月光辉和作者心中的阴云;平静的湖面和作者内心的动荡。通过层层的对比,不仅展现了作者愁闷怅惘的内心感受,更加深了这首小令所蕴含的感情容量。全曲没有直接提到任何愁绪,而情感却在字里行间自然流露出来,颇具意境,引人入胜。

【南吕·金字经】宿邯郸驿

卢挚

> 梦中邯郸道①,又来走这遭,须不是山人索价高。时自嘲,虚名无处逃。谁惊觉,晓霜侵鬓毛②。

【字词注解】

①邯郸道:邯郸(在今河北南部)。这里用了"邯郸梦"典故。
②晓霜:比喻白发。

【精彩解说】

有过黄粱美梦的邯郸道,我又来到了这里,一定不是因为山中人索价高我才不去归隐。所以我时常嘲笑自己,实在是摆脱不了对功名富贵的追求。谁知突然惊觉,年华老去,两鬓已斑白。

【赏析】

这支曲子是卢挚第二次就任燕南河北道提刑按察使后写下的作品,描写他再度夜宿邯郸道驿舍的感触。

"梦中邯郸道，又来走这遭"，曲子开头就点明这是作者又一次来到邯郸道。这里作者巧妙地运用了"邯郸梦"典故。唐代沈既济的小说《枕中记》中记述了卢生在邯郸道遇吕翁，吕翁给了卢生一个瓷枕。卢生入睡后，梦中历尽富贵荣华，醒来主人蒸的黄粱饭还没熟，卢生因此领悟穷通得失都不过是一场梦的道理。卢挚的一生，从皇帝的侍从开始，历任按察使、廉访使、路总管、翰林学士等要职，也可以说是享尽荣华了。此时他又一次来到邯郸道——"黄粱梦"故事发生的地点，故事主人公的姓氏又恰好与他相同，于是他在曲子中巧妙地利用了这个典故，表达了自己对富贵荣华就如一场梦的领悟，自嘲为功名奔波，就算今日再次出任要职也不过是旧梦重温罢了。接下来的几句承接了上文的意思，继续自嘲。"须不是"三句大意是指自己之所以至今仍奔走在仕途中，不是因为归隐有什么困难阻碍，而是摆脱不了功名之念的缘故。接着作者延续了前面的意思，用"虚名无处逃"一句来说明功名之念难断，加上"时自嘲"三字，自嘲自讽的味道就十足了。这样风趣的表达方式，体现了散曲这种体裁的特色。曲子最后，"谁惊觉，晓霜侵鬓毛"，作者惊讶地发觉年华老去，自己的鬓发已经斑白了。和上文联系起来，末尾的两句其实是作者对自己到老还在为功名奔波劳碌、不能大彻大悟的感慨。

纵观全曲，作者的自我嘲讽之意非常明显。古人对于"仕"和"隐""入世"和"出世"本就常有矛盾，再加上元代特殊的政治环境，作者在经历了长期的仕宦之途后，产生这种思想是很自然的。而也正是作者的自嘲，使他在曲中塑造了一个与众不同的人物形象，不同于清高隐士的高风亮节带给人高不可攀的感觉，这位自我反思、自我嘲讽的仕人反而更容易令读者感到真切现实，从而更好地表达出了作者的矛盾心理和人生感慨。全曲一气呵成，读来酣畅淋漓。

【双调·寿阳曲】别珠帘秀[①]

卢挚

才欢悦，早间别[②]，痛煞煞好难割舍[③]。画船儿载将春去也[④]，空留下半江明月。

【字词注解】

①珠帘秀：元初著名的杂剧女演员，与当时的多位元曲作家有很好的交情。《青楼集》说她"杂剧为当今独步，驾头、花旦、软末泥等，悉造其妙"。

②早：有"已经"的意思。间别：离别，分手。

③痛煞煞：非常痛苦的样子。

④将：语气助词，无义。春：春光，美好的时光。一语双关，亦暗指珠帘秀。

【精彩解说】

才欢聚在一起，刹那间又离别，心里痛苦难分又难舍。画船载走了春天，也把你一同载去，只留下半江月影在江面摇晃，令人惆怅。

【赏析】

这是一支描写离别的小令，是作者在和友人珠帘秀分别时所作。珠帘秀是元代著名的杂剧演员，和卢挚颇有交情，两人多有词曲唱和。这支小令以直白朴实的语言、强烈而真实的感情抒发了作者心中的离愁别恨。

曲子开头三句，全是人们日常的口头语言："才欢悦，早间别，痛煞煞好难割舍。"清人金圣叹曾说："诗非异物，只是人人心头舌尖所万不获已，必欲说出之一句说话耳。"（《与家伯长文昌》）意思是感情的真挚是诗歌艺术生命之所在。而这首曲子的开端，正是作者的"心头舌尖""必欲说出"的一句话。大概是作者当时心潮澎湃，不可遏抑，于是没有过多推敲，不加粉饰地道出了这三句。不加推敲、去掉粉饰，反而更显真情实意而不做作。也正是因为作者的"真"，使得曲子在感情色彩上显得特别强烈而深刻，更容易叩开读者的心扉。在几句饱含真意的口语之后，作者在曲末写道："画船儿载将春去也，空留下半江明月。"这两句是从宋代俞国宝的词《风入松》中的"画船载取春归去，余情付、湖水湖烟"化用而来，但却比俞国宝的词句更有韵味。"画船儿载将春去也"，好像珠帘秀一走，春季的温暖、生机和美好都被那只画船载走了，于是作者心中的寂寞和惆怅便在字里行间强烈地透露出来。船走了，人去了，而送别的人还伫立在江畔，目送着那渐渐消失在远处的船影,只有那映在江心的明月无声地伴着他。这不是李白的《送孟浩然之广陵》里"孤帆远影碧空尽,唯见长江天际流"的诗意吗?这不是关汉卿【南吕·四块玉】《别情》里"溪又斜,山又遮,人去也"的曲境吗?由此句便可知,作者和珠帘秀之间的感情是何等深厚、何等真挚。

这支小令前三句运用白描的手法,不做渲染粉饰,以质朴的口语直抒胸臆;后两句则用象征的手法,通过具体的形象,以婉曲含蓄的语言表达别情。"化俗为雅""变熟为新",是作曲必须遵循的原则,而这首曲子在前后语言的转化上成功地做到了这一点。这样把雅与俗结合起来,使之互相依存、互相映衬,正是曲的一个重要的艺术特征。

【双调·寿阳曲】夜忆

卢挚

窗间月,檐外铁①,这凄凉对谁分说②。剔银灯欲将心事写③,长吁气把灯吹灭。

——【字词注解】

①檐外铁:此指檐马。房檐下挂的风铃,风吹时会发出声响。
②分说:把实情说清。
③剔银灯:将灯挑亮。

——【精彩解说】

向窗外望去看到一轮孤月,耳边是檐马被风吹动发出的声响,这无限的凄凉该向谁细细倾诉。把灯挑亮打算将心事书写,却又长长吁气将灯吹灭。

——【赏析】

此曲题为《夜忆》,描写作者夜间苦思冥想的凄凉。那么,究竟是什么使得作者这样牵肠挂肚,以至于辗转反侧、长夜难眠呢?是官场的烦恼冗事,还是对有情人的苦苦思念?也许二者兼有,我们不得而知。小令的字里行间透着那种百感交集、难以解释的情感，使这支曲充溢着一种感人的艺术魅力。

"窗间月，檐外铁，这凄凉对谁分说。"曲子一开始就呈现出一幅悲凉凄苦的画面：深夜，一轮残月透过窗户照进室内。月光本来是美好的，但在作者看来，它是那样的苍白、凄冷。室外屋檐下的风铃在夜风的吹动下，发出阵阵响声。这风铃发出的响声，在一般人听来，好像一曲曲美妙的音乐。但它传进屋内，却让屋内的人感到那样的揪心和烦躁。这里，景物的描写衬托出主人公无比痛苦、悲切的心境。"窗间月"是写静景，"檐外铁"是写动景，这一动一静、动静结合的夜间场景，深深渗进了人的情感，和人的心理活动交融在一起。对于一个内心怀有无限痛苦和思念的人来说，重重心事已无法摆脱，夜间寂寞的环境使他更添愁情，也难怪他会发出"这凄凉对谁分说"的哀叹了。而这一哀叹，把作者愁思难解的悲凉心情推到了一个高峰。

思绪难断，愁情难解，作者是断然难以入睡了。曲子写到这里，笔锋一转，由景物描写转向对人的动作描写："剔银灯欲将心事写，长吁气把灯吹灭。"作者翻身起来，剔亮银灯，把纸铺在桌子上，想把那挥之不去的心事与烦恼写出来。很明显，作者实际上是想借此排遣自己内心的愁思。表面看，这里是在写人的动作，实际上是作者痛苦至极而急于排解的心理活动的外现。读到这里，我们为主人公的痛苦而悬着的心也许可以平静下来了，因为他毕竟为自己找到了释放痛苦的方法。而出人意料的是，他没有写下去，而是"长吁气把灯吹灭"。他想写的太多了，但又不知道写什么好，那萦绕在内心的痛苦总是剪不断，理还乱。最后，他只好长叹一声，吹灭银灯，继续去承受那痛苦的煎熬。其无可奈何的内心情感在这里表达得淋漓尽致。

这首小令在艺术上很有特色，特别是在心理描写上手法多样，精湛细致。前半部分以景物描写衬托人物心理，后半部分以动作描写表现人物心理。特别是末尾两句，既细致入微地表现出人物内心的心理活动，又给人留下无限的想象空间。

【双调·沉醉东风】秋景

卢挚

挂绝壁松枯倒倚①，落残霞孤鹜齐飞②。四围不尽山，一望无穷水，散西风满天秋意。夜静云帆月影低③，载我在潇湘画里④。

── •【字词注解】

①"挂绝"句：此句化用李白《蜀道难》："连峰去天不盈尺，枯松倒挂倚绝壁。"

②鹜（wù）：野鸭。本句化用王勃《滕王阁序》："落霞与孤鹜齐飞，秋水共长天一色。"

③云帆：白云似的船帆。这里指船。

④潇湘画里：宋人宋迪有《潇湘八景图》，是一组著名的山水画，共八幅。潇、湘，湖南境内的两大水名。湘水流至零陵和潇水合流，世称"潇湘"。这里极言潇湘两岸风景如画。

── •【精彩解说】

弯曲的枯松倒挂在悬崖绝壁上，残留的片片晚霞和孤零零的野鸭在天上齐飞。四周是数不尽的青山，秋水一望无际，西风萧萧，天地间一派浓浓的秋意。夜深人静，低低的月亮映照着高挂云帆的船儿，载着我行进在湘江上，恍如置身于潇湘画之中。

── •【赏析】

这首曲子写于元成宗大德初年（1297），当时的卢挚正在湖南做官。湖南古称"潇湘"，宋代的宋迪绘有名作《潇湘八景图》，以山水画的形式展现潇湘美景；而在这首曲子中，卢挚通过文字描绘出了潇湘别样的秋景。

开篇前两句都是化用前人的作品。"挂绝壁松枯倒倚"描写悬崖之上一棵枯松倒挂着，既写出了枯松的奇姿，又衬托出了山势的险峻。这句化用李白的《蜀道难》："连峰去天不盈尺，枯松倒挂倚绝壁。"作者略加改造，放在小令的开头，开篇便营造出不凡的气势。"落残霞孤鹜齐飞"一句化用王勃的《滕王阁序》里的名句"落霞与孤鹜齐飞"，描写了秋天黄昏江上的景物：在渺茫的江面上，天边残留的晚霞好像与孤单的野鸭在齐飞。寥寥数字便将场景之辽阔明丽很好地表现了出来。以上两句，一苍劲，一明丽，构成了一幅色彩鲜明的画面。

接下来，作者继续描绘视野中的景色，在意象上扩大和补充。"四围不尽山，一望无穷水"，四围有数不尽的山、无穷尽的水，视野一下子更加开阔了，读者的心胸也变得开阔起来，同时一种苍茫的心绪也暗暗涌出。这两句描写为下面写"秋意"做了心理上的铺垫。"散西风满天秋意"，"西风"和"秋意"都是无形无迹的，这两个意象也总是带着萧瑟悲凉的感觉，而作者在这里用"散"和"满天"将这两个意象联系起来，不仅写出了萧瑟的感觉，更加表现出秋意散漫在天地之间的辽阔清远。

如果曲子到此结束，那不过就是一幅秋景图而已，而且构图不够丰富。可贵的是作者接着进行了时间的转移——从黄昏移到了晚上，展现出了一幅新的画面："夜静云帆月影低，载我在潇湘画里。"静静的夜晚，静静的湘水，一艘高挂云帆的船在悠悠前行。"月影低"说明月亮刚刚升起，在月光的映照下，船帆的影子显得又低又长。在这里，作者自己也成为画面中的一员，人物的出现使画面顿时活了起来。此刻船里的作者仿佛置身在那著名的《潇湘八景图》中一般。

整首曲子写的都是潇湘行舟所见之景，前五句写黄昏之景，后两句写夜晚之景，特点在于作者运用时空的转换，对景物做出动态的描写，使画面有所移动。这在绘画里是难以做到的，但文字却能实现，于是黄昏和夜晚两幅景象在作者笔下有机地构成一幅动态推移的画面，传达出了作者悠闲宁静的心境和略带萧瑟的情意。曲子虽然仅有四十五个字，但蕴含的"意"和"境"都十分丰富。

【双调·沉醉东风】重九[1]

卢挚

题红叶清流御沟[2]，赏黄花人醉歌楼。天长雁影稀，月落山容瘦，冷清清暮秋时候。衰柳寒蝉一片愁，谁肯教白衣送酒[3]。

【字词注解】

①重九：农历九月初九重阳节。

②题红叶清流御沟：化用唐代红叶题诗配佳偶的传说。唐代有一宫女在红叶上题诗，经御沟流出宫外，为一士子所得。后宫中遣放宫女，题诗的宫

女得嫁一人，正是拾得红叶诗的士子。

③白衣送酒：江川刺史王弘派小吏在重阳节给陶渊明送酒。典出南朝宋檀道鸾《续晋阳秋》："陶潜九月九日无酒，于宅边东篱下菊丛中摘盈把，坐其侧。未几，望见一白衣人至，乃刺史王弘送酒也，即便就酌而后归。"白衣，古代官府衙役小吏着白衣。卢挚活用此典故，意为希望有人与己共饮。

【精彩解说】

题诗的红叶顺着御沟的流水漂走，观赏菊花的人醉卧在歌楼。万里长空雁影稀疏，月亮落山了，远山变得狭长而清瘦，暮秋时节到处都是冷冷清清的景象。衰败的杨柳、寒秋的鸣蝉，天地间一片哀愁，这时节，有谁肯送酒来和我一起共饮？

【赏析】

九九重阳节正值暮秋时节，天高气清，又带有萧飒的气象，也因为如此，古代文人常常在这个时节生发出悲凉之感。卢挚的这首题为《重九》的曲子，表现的基本也是这样的思想感情。

曲子开头通过"红叶""黄花"两个带有季节特征的意象点出了时令。"题红叶清流御沟"化用一个美丽的爱情故事。故事讲述的是唐代一位宫女在红叶上题诗，红叶经御沟流出宫外，被一位士子拾得。后来宫女得以遣放出宫，巧合地嫁给了拾得红叶的那位士子。但在卢挚的这首曲子里却没有这个故事本身的意思，只不过是取"题红叶"三字，一来有赏红叶的意思，二来也与下句的"赏黄花"构成了对仗。同样地，"赏黄花人醉歌楼"也是一种泛指，不一定就是作者自己在歌楼上赏菊。秋天的枫叶、菊花是赏心悦目的，作者精心勾勒出这两句，不仅展现了秋季的美景，也传达了作者的雅兴。

接下来的几句在前两句的基础上续写秋景。"天长雁影稀，月落山容瘦"，秋季天高云淡，因此人的视觉上感到"天长"，连南归大雁的影子也显得稀疏了；月亮落在山间，斜照的光线使山影变得狭长，呈现出清瘦的姿态。稀疏的雁影、冷清的月色、清瘦的山容，无不烘托出"冷清清暮秋时候"的氛围。写到这里，形象具体的画面与一句抽象的概括相结合，景色的清冷寂寥完全展现了出来，同时也为下面情感的抒发做好了铺垫。

最后两句，写因秋景而触发的淡淡哀愁。"衰柳寒蝉"是打上主观色彩的秋景，文人抒发愁思时往往会采用，宋词中就有很多这类句子。作者睹"衰柳"之状，闻"寒蝉"之声，心中"一片愁"油然而生。在这番寂寥凄清的境况下，作者不禁发出了"谁肯教白衣送酒"的感叹。"白衣送酒"又是一处用典，来自王弘在九月九日遣人给陶渊明送酒的故事。作者在这里活用这个典故，是盼望有朋友送酒来共饮，但最终却没有人来。

这是一篇触景生情的作品。曲子描绘的景是清冷的秋景，情是淡淡的愁情。作者在遣词造句、用典、对景物的描摹以及意境的营造等方面，都显示出了不俗的艺术功力。

【双调·沉醉东风】闲居

卢挚

雨过分畦种瓜①，旱时引水浇麻。共几个田舍翁②，说几句庄家话，瓦盆边浊酒生涯。醉里乾坤大，任他高柳清风睡煞。

【字词注解】

①畦（qí）：田埂。
②田舍翁：种田的人。

【精彩解说】

雨过之后就分畦种瓜，天旱时就引来水浇麻。几个种田的老汉在一起，说一些种植庄稼的话，用瓦盆盛酒来过日子。醉的时候就感觉天地如此之大，任凭他高柳清风，我也一样酣眠。

【赏析】

卢挚用【沉醉东风】《闲居》这个题目写的小令共三首，写的都是隐居之乐。这是其中第一首，描写了日常生活中的农家乐趣。

"雨过分畦种瓜,旱时引水浇麻。"小令一开篇就展现了作者对雨旱农时的准确把握,暗示作者对田园生活的熟悉。分畦种瓜、引水浇麻,有清静无为的悠闲,却无农忙奔走的辛苦,这个隐居田间的主人公,显然不是做惯了日常庄稼活计的地道农夫。

"共几个田舍翁,说几句庄家话。"和几个种田的老翁说种植庄稼的话,自然而然地抖搂出作者内心的真实体味。"瓦盆边浊酒生涯。醉里乾坤大,任他高柳清风睡煞。"作者向往农家大碗喝酒的粗拙生活,清风高柳、天大地大的意兴,幻化出的却是淡淡的物外之趣和包含文人情结的陶渊明精神。"瓦盆边浊酒生涯"一句是曲意的起转,勾画出一道"在官言隐"、别有韵味的风景,烘托出一个放任而又有所敛迹的乐隐君子的清雅形象。

种瓜与浇麻,关心生产,关心老农与庄稼,既有生活情调,又有社会内容,显示出作者积极向上的生活态度,也表现出他不满时局,不愿与浊世中的政治交涉,宁可到醉梦中去寻找心灵的栖息地。作为一代名儒,卢挚的这种精神格调既区别于关汉卿这般市井浪子之流,也不同于曾瑞这种悠然洒脱之徒,更与贯云石的流宕风致大异其趣。其实,卢挚的这种心态是相当有代表性的。在元代,选择用散曲来表达入世与出世的矛盾心态的,在官僚重臣中大有人在。"在官言隐"不是博取终南捷径的噱头,不是言不由衷的附庸风雅,也不在于个人功名的得意失意,而在于自觉疏离混沌的环境。卢挚是元代曲坛上开典丽一派先河的名家,风格含蓄婉妙、简淡疏朗,充满文人气味。本曲很好地体现了他的这一特色。

【双调·沉醉东风】闲居

卢挚

恰离了绿水青山那答①,早来到竹篱茅舍人家②。野花路畔开,村酒槽头榨③,直吃的欠欠答答④。醉了山童不劝咱,白发上黄花乱插。

— 【字词注解】

①恰:刚才。那答:元人口语,那边。

②早来：已经。
③槽头：酿酒的器具。
④欠欠答答：迷迷糊糊，痴痴呆呆。形容醉态。

【精彩解说】

刚刚离开了自己居住的绿水青山之地，便已来到了这竹篱茅舍人家。路边野花开得正盛，村头酒家的槽头正流着酒，直喝得我酩酊大醉、迷迷糊糊。山童也不管，我摘下路边的菊花，胡乱插进白发。

【赏析】

本首是【沉醉东风】《闲居》组曲中的第二首，写的是饮酒的意趣。

"恰离了绿水青山那答，早来到竹篱茅舍人家"，开篇便展现出主人公信步闲游的悠然姿态，从自己居住的山水间走到了竹篱茅舍边的人家。"恰离了""早来到"两个词语，在时间上衔接紧密，写出了主人公轻快悠闲的步履和流连山水的闲趣。"绿水青山"和"竹篱茅舍"都是对村野美景的笼统描写，使全曲构图上平添几分模糊而有意蕴的美，引导读者去想象和体会。接着作者描写一路所见的风景："野花路畔开，村酒槽头榨。"野花在路边盛开，在这里作者没有用绮丽的辞藻加以描绘，却在读者面前展现出了一幅充满缤纷色彩的野花图；村边有一间小酒家，酒正从槽头榨出，格外诱人。于是，主人公走进了酒家，痛痛快快地喝起了酒，醉得迷迷糊糊，踉踉跄跄。"直吃的欠欠答答"一语，勾画出主人公将一切置之脑后的酩酊醉态，一个放达无拘的主人公形象生动地展现了出来。然而他的表现还不止于此，"醉了山童不劝咱，白发上黄花乱插"，山村童子任他喝得大醉，也不去管他；醉中的主人公甚至大发酒狂，摘下了路边的菊花，胡乱地插在自己的白发上。发间插花原本是一件雅事，但是人老了还要插花，就难免为人所笑了。如苏东坡所说："人老簪花不自羞，花应羞上老人头。"而曲末主人公插花的举动，反而更加表现出主人公狂放不羁的性格特点。"醉了山童不劝咱"一句，是对山村稚子顽皮情态的刻画，极富动态美，使全诗洋溢着欢快活泼的气氛。

这首小令描绘了一幅理想的山村隐居图。全篇语言皆为口语，无一生僻字，无一句直接抒情语，明白如话，形象生动。绿水青山、竹篱茅舍的景色，构成了生动活泼的田园生活图景，使人赏心悦目；野花路开，村酒糟榨的画面，充满田园情趣，画面清晰，又富有流动感，充满生机。

【双调·殿前欢】

卢挚

酒杯浓，一葫芦春色醉山翁①，一葫芦酒压花梢重。随我奚童②，葫芦乾兴不穷。谁人共，一带青山送。乘风列子，列子乘风③。

【字词注解】

①葫芦：状如葫芦的酒器。春色：此处喻酒。宋代安定郡王用黄柑酿酒，名为"洞庭春色"。山翁：晋人山简，字季伦。晋时镇守襄阳，好酒，常外出饮酒，酩酊大醉而归。此处是作者以山简自比。

②奚童：小童仆。奚，古代对奴仆的一种称呼。

③列子：列御寇，战国时郑人。《庄子·逍遥游》称其能"御风而行"。此处作者用列子典，言自己如列子般怡然自得。

【精彩解说】

酒浓烈，一葫芦酒醉倒了山翁，一葫芦酒挂在树梢上，压弯了花枝。跟着我来的小童仆，喝干了葫芦里的酒，兴致仍无穷。还有谁和我共赏同游，只有那连绵不断的青山把我迎送。古有乘云御风的列子，我今天要学他一样乘风遨游。

【赏析】

这首散曲描写了春日郊游饮酒的雅兴，展现出了一个独具特色的"醉翁"形象。

在前人以饮酒为主题的作品中，我们曾领略过各类"醉翁"的风采。陶渊明在《连雨独饮》中写道："试酌百情远，重觞忽忘天。天岂去此哉，任真无所先。"李太白也曾写下"对酒不觉暝,落花盈我衣。醉起步溪月,鸟还人亦稀"的诗句;苏东坡则在《水调歌头》中写有"起舞弄清影,何似在人间"……卢挚笔下的这位"醉翁"同样卓而不群。"酒杯浓,一葫芦春色醉山翁,一葫芦酒压花梢重",曲子一开头就以新奇的构思展现出了醉翁的形象,首句以"酒杯"指代饮酒,"酒杯浓"即酒意已浓,开端之句便给全曲笼罩了一层浓浓的醉意。"一葫芦春色"中的"春色"有两层含义:其一,指名为"洞庭春色"的酒;其二,实指春天的景色。于是在短短八个字中,既有作者以晋代嗜酒的山简自比的意味,又有酒兴不在酒而在春色之中的超脱。这就不由得让人想起"醉翁"欧阳修在《醉翁亭记》中的名句:"醉翁之意不在酒,在乎山水之间也。山水之乐,得之心而寓之酒也。"后一句,"一葫芦酒压花梢重",展现出一幅酒葫芦挂在树梢,压弯了花枝的情景。在花的映衬下,酒意更浓了,这也为前句"春色醉山翁"做出一个轻灵而绝妙的点染。把酒葫芦挂在花枝上,又展现出率直而真性情的醉翁之态。多么有趣而又超然的醉翁!接下来的几句,作者将曲子意境更翻进了一层:"葫芦乾兴不穷。"酒的有无已不在乎了,作者和童仆心旷神怡地徜徉在大自然的怀抱中。"一带青山送"一句尤其精妙,作者在没有世俗尘嚣侵扰的酒醉世界里感受到青山仿佛也有知有灵,要陪醉翁一同走进一个与自然融为一体的无我之境中,就像传说中御风而行的列子一样。末句引用列子御风的典故,更加表明了醉翁的境界,进一步塑造和完善了醉翁的形象。

这首曲子中,作者以恬然飘逸的笔调,展现出了一个无拘无束、任情恣性的"醉翁"形象,没有"为赋新词强说愁"的无病呻吟,有的是独立世外的超然、心无杂念的纯净。这位醉翁的"超然"不是陶渊明那般追求桃花源的理想主义,也不似欧阳修在超然中暗藏着一丝失意。卢挚一生高官厚禄,一帆风顺,没有现实人生的深沉忧痛,也没有仕途失意的不平感慨,而是在纯粹追寻精神的陶冶和超脱。这首【殿前欢】语言清丽而纯净,境界悠远而超然,集中体现了卢挚的曲风。

【双调·蟾宫曲】

卢挚

> 沙三伴哥来嗏①，两腿青泥，只为捞虾。太公庄上②，杨柳阴中，磕破西瓜。小二哥昔涎剌塔③，碌轴上淹着个琵琶④。看荞麦开花，绿豆生芽。无是无非，快活煞庄家。

─●【字词注解】

①沙三伴哥来嗏（chā）："沙三""伴哥"，以及下文的"小二哥"，都是元曲中经常用来称呼农村少年的。嗏，语尾助词，类似"呀"或"着呀"。

②太公：元曲中对农村大户人家老主人的习称。

③昔涎剌（là）塔：元人方言。形容垂涎贪吃的样子，指小二哥吃不到西瓜而口水直流。剌塔，肮脏。也有人将"昔涎剌塔"解释为水淋淋的样子。

④碌轴：碌碡（liù zhou），旧时农家用来滚压土地、碾脱谷粒的大石磙子。琵琶：指代前文的小二哥。农村孩子往往身材较瘦，肚子凸出来，形如琵琶。

─●【精彩解说】

"沙三、伴哥来呀"，他们两腿带着青泥，因为刚从河里捞完虾。进了太公的庄上，在杨柳的树荫下，砸开个西瓜。小二哥躺在碾子上馋得口水直流，像碾子上泡个琵琶。看那荞麦开着花，绿豆正生芽。远离尘世的是非，庄户人家的生活真是快活极啦。

─●【赏析】

这首曲子生动地描绘了农家生活的一个剪影，全曲充满了轻松诙谐的趣味。

首先是主角的出场："沙三伴哥来嗏，两腿青泥，只为捞虾。"两个农家少年，一个叫沙三，一个叫伴哥，他们刚刚从河里捞虾回来，两条腿上还沾满了青泥。这里作者运用了农村日常的口语，"沙三""伴哥"，以及后面的"小二哥"，都是当时北方农村对小孩的一般称呼。"嗏"字则是口语中的语气词，除了曲中使用以外，是不见于诗词文赋中的。简单字句间显露出十足的乡村情味。接着作者写道：这两个刚捞完虾的少年来到了太公的庄上，腿上的泥巴也顾不上洗干净，就在绿荫掩映的杨柳树下磕破了西瓜，准备大吃一顿。而另一位少年"小二哥"却因为吃不到西瓜而馋得口水直流，躺在碌碡上活像个琵琶。作者在写两个捞虾的农家少年分开西瓜的动作时用了一个"磕"字，这是相当精彩的，一个字便把少年迫不及待地要吃西瓜的心情和随性马虎的生活习惯刻画出来了。描写小二哥的语言更是形象，"昔涎剌塔"是元代民间口语，指口水直流、身体邋遢的模样。这个词语在书面语言中非常少见，因而给人以新鲜感。乡村的孩子往往身体较瘦，肚子凸起的样子像个琵琶，"碌轴上淹着个琵琶"一句把这个农村少年的形象逼真地展现了出来。

　　写完人物的姿态之后，作者还宕开一笔，将笔锋转向农家田野："看荞麦开花，绿豆生芽。"面对农村的自然风光和农家少年的纯朴率真，作者在曲末不禁赞叹道："无是无非，快活煞庄家。"身为朝廷命官，一生周旋于名利场中的卢挚，到了农村，身边环境完全改变，让他感受到无比的轻松愉快。农村生活虽然辛劳，但没有钩心斗角、尔虞我诈，与险恶的官场相比，这儿简直就是桃花源。当然，这里的描写对乡村有点儿美化，但从曲子所表现的意境来看，作者的感叹仍是合乎情理的。

　　这支曲子主要有三个特点。其一，人物描写生动。曲中刻画的三个农家少年，用词精准形象，又带有滑稽感和戏剧性，使人物显得栩栩如生。其二，语言生动活泼。曲中多处使用了乡间口语，使曲子的乡土气息十分浓厚，烘托出了浓郁的乡村情调，令读者感到扑面吹来了一股乡土气息。其三，通过环境描写来渲染气氛、烘托人物。"太公庄上，杨柳阴中"和"看荞麦开花，绿豆生芽"，展现出典型的乡间环境，在这样的环境中活动，人物的一举一动都显得十分真实，同时也丰富了画面的色彩，使得农村风光与人物活动相映成趣。正是由于这三个特点，曲子才显出别样的趣味，令读者不禁为这农村的淳朴生活而会心一笑。

珠帘秀

〔作者小传〕

珠帘秀,元代著名歌伎、杂剧演员。珠帘秀是其艺名,原姓朱,排行第四,人称"朱四姐"。珠帘秀主要活动在至元、大德年间(1264—1307)。早年在大都,后下江淮间。与当时著名曲家胡祗遹、卢挚、冯子振、关汉卿等多有往来。

【双调·寿阳曲】答卢疏斋

珠帘秀

> 山无数,烟万缕,憔悴煞玉堂人物①。倚篷窗一身儿活受苦②,恨不得随大江东去③。

——【字词注解】

①玉堂人物:卢疏斋,即卢挚。宋以后翰林院称为"玉堂"。这时卢挚官居翰林,故曰"玉堂人物"。

②倚篷窗:倚着船窗。

③大江东去:借用苏轼《念奴娇·赤壁怀古》成句。字面意思是说自家痛苦不堪,欲纵身东流之水以解脱,实则为戏谑之语。

【精彩解说】

眼前是重重青山，弥漫着千万缕烟雾，看不到你憔悴的容颜。分别后我独倚篷窗活活地受苦，恨不得跳进大江，随着东流的江水一块儿逝去。

【赏析】

珠帘秀是元代著名的杂剧伶人。这首曲子是她存留至今的唯一一首小令，是为赠答著名散曲作家卢挚（号疏斋）而作的。卢挚的原作如下："才欢悦，早间别，痛煞煞好难割舍。画船儿载将春去也，空留下半江明月。"据曲意推测，他们俩分明有一段情缘，但最终还是分手了，可能是因为双方的社会地位悬殊，感情得不到社会的承认，于是含恨而别。珠帘秀的这支曲子充满深情与怨恨，表现了对卢挚的一腔深情。

这支曲子以写景起，境界十分开阔，"山无数，烟万缕"二句，一方面是直道眼前景色，渲染分手时的气氛；另一方面也有起兴与象征的意义。那言外之意是说：无数青山将成为隔离情人的障碍，缕缕云烟犹如纷乱的情丝，虚无缥缈而绵绵不绝。第三句由景到人，说出送别之人的悲凉意绪，实也反衬出自己的感伤。卢挚曾为翰林学士，而翰林院在宋代后往往被称为"玉堂"，"玉堂人物"即指卢挚。"憔悴煞"正与卢作"痛煞"相呼应，表现出卢挚对她的一片深情，同时也形象地道出了别离的痛苦。

四、五两句又从卢挚写到了自己，根据卢挚原作中"画船儿载将春去也"一句可知，珠帘秀将乘船离去，也许这是一次长久的分离，也许是一去不返，成为永别，因而双方的心情都很沉重。行舟将发，作者想到等待自己的是寂然一身，独倚孤眠，只有那滔滔的江水与悠悠的离恨与自己做伴。这样的处境实在难以忍受，因而说是"活受苦"。由此想到了死，一死了之，岂不万事都得到了解脱。"恨不得随大江东去"一句就是这种心愿的表白。至此，作者的情感达到高潮，全曲也在悲慨沉痛的调子中结束。可贵的是，作者以死殉情的愿望不是用哀怨低沉的调子写出，而是以慷慨悲凉的词语表现。这不仅体现了珠帘秀的一腔热情和愿为爱情献身的勇气，还可看作珠帘秀对等级森严的社会制度的控诉。

全曲语言质直，感情强烈，冲口而出，一泻无余。作者是长于歌咏的伶人，所以此曲节奏明快，声调高朗，可以想见当日江岸的离别之情。

〔作者小传〕

刘敏中,元代文学家。自幼卓异不凡,曾任监察御史、陕西行台治书侍御史、山东宣慰使等职。至元年间,因弹劾奸臣未被受理,辞职归乡。后再起,官至翰林学士承旨。刘敏中一生为官清正,以时事为忧。能诗、词、文,散曲仅存小令二首。著有《中庵集》。

【正宫·黑漆弩】村居遣兴

刘敏中

长巾阔领深村住①,不识我唤作伧父②。掩白沙翠竹柴门③,听彻秋来夜雨。闲将得失思量,往事水流东去。便宜教画却凌烟④,甚是功名了处。

── 【字词注解】

①长巾阔领:代指古代隐士的简朴衣着。巾为古代平民戴的便帽。阔领,指阔领的上衣。

②伧父:晋、南北朝时,南方人用以讥讽北方人粗鄙的蔑称。后泛指粗俗、鄙贱之人,犹言"村夫"。

③掩白沙翠竹柴门:意为关起柴门,不再看白沙清江、翠绿疏竹。

④便宜教:即便,即使。画却凌烟:被画到凌烟阁上。凌烟,即凌烟阁,唐朝为表彰功臣而建筑的绘有功臣画像的楼阁。

【精彩解说】

　　穿着平民的衣裳居住在僻远的乡村，不认识我的人称我是粗鄙的村夫。关起柴门，不再看远处的白沙清江、翠绿疏竹，而听一整夜秋雨绵绵的声音。闲暇时将平生的得与失思量一遍，往事像那东逝的流水般一去不回。即便是把图像画到了凌烟阁上，那里果真是功名了却之处吗？

【赏析】

　　《全元散曲》中，刘敏中仅留下两首【黑漆弩】《村居遣兴》，本首是第一首。这首曲子大约写于作者第一次由于弹劾奸臣受到排挤压制而辞官回家之时，表达了作者的牢骚忧愤。

　　前四句写"村居"，后四句写"遣兴"。首句便紧扣题旨，"长巾阔领深村住"，衣着简朴的隐士、幽僻宁静的山村，点出了"村居"二字。联系作者辞官归乡的背景，这种抛却官职、富贵而甘愿跑到偏僻村落居住的举动，自然不能被那些"戚戚于贫贱""汲汲于富贵"的世俗之流理解，因而"不识我唤作伧父"。前两句包含着作者的自嘲之意，但其傲然独立、不流世俗的志愿也溢于言表。三、四句借景抒情。白沙清江、翠绿疏竹，这番美景在眼前，作者此刻却无心观赏，于是"掩白沙翠竹柴门"，一个"掩"字，突出了作者幽闭的心境。关起柴扉，作者独自倾听一整夜秋雨落下的声音。绵绵秋雨，如烟如织，响在耳边，打在心头，往事历历浮现在脑际，更触发了作者无边的愁绪。"听彻"一词活画出作者那辗转反侧、彻夜难眠的情状。末尾两句是作者的叹息："便宜教画却凌烟，甚是功名了处。"前一句中的"凌烟"指凌烟阁。唐代贞观年间，唐太宗李世民为怀念当初和他一同打天下的众位功臣，命阎立本在凌烟阁内描绘了二十四位功臣的图像，皆真人大小，时常前往怀旧。作者在这里感慨道，在这贤愚颠倒、天下无道的时代，纵然得使画像列入凌烟阁的"功臣"榜上，那果真就是功名了却之处吗？回答无疑是否定的。当时，作者刘敏中所弹劾的奸臣桑哥还得到了忽必烈批准刻下的"颂德碑"。这样的"功臣"，作者显然是鄙弃的。

　　作者在这首曲子中用简单的笔触、朴素的文字，勾勒出了深居村野、不问功名的洒脱情怀，表达了对时事的忧虑，曲调沉郁悲凉。元曲中乐道隐居的一类作品，大都在批判追逐功名的同时流露出及时行乐的消极情调，而刘敏中这首曲子却不落窠臼，抚今追昔，感情跌宕，承转自然，结尾二句，先退让，再反诘，有着"余音绕梁不绝"的效果。

【正宫·黑漆弩】村居遣兴

刘敏中

> 吾庐却近江鸥住，更几个好事农父。对青山枕上诗成，一阵沙头风雨。酒旗只隔横塘①，自过小桥沽去②。尽疏狂不怕人嫌③，是我生平喜处。

【字词注解】

①酒旗：亦称"酒帘""酒望""青旗"。古代酒店悬挂于路边用以招揽生意的旗子。这里代指酒店。横塘：堤坝。

②沽：买。

③尽：任凭，听凭。疏狂：狂放不羁。

【精彩解说】

住处靠近江滨，得以与无心机的江鸥做邻居，还有几个热心肠的农夫做伴。对着青山，躺在枕席上，一首诗作出来后，沙头上袭来一阵风雨。横塘对面飘扬着酒旗，独自走过小桥去买酒喝。只管自己疏狂洒脱，而不怕世俗的眼光，这是我生平最喜欢的。

【赏析】

这首曲子是刘敏中所作的两首【黑漆弩】《村居遣兴》中的第二首，沿袭了上一首曲子的情怀，但不同于上一首的沉郁悲凉和忧愤叹息，作者在这首曲子中将笔触更多地转向对村野生活的描述，从而表达了心中的志愿。

开篇两句，作者首先介绍了自己的邻居："吾庐却近江鸥住，更几个好事农父。"作者的邻居是江上的鸥鸟和几个热心肠的农夫。在古诗文中，鸥鹭这个意象总是象征着没有巧诈之心、与世无争的情怀。作者把江鸥当作自己的邻居，也象征着自己心境的恬淡。

接着，作者开始描绘村居生活的内容。"对青山枕上诗成，一阵沙头风雨。"对着青山绿水，倚在枕边写诗，将自己心中之志寄托在其中。诗写好后，沙头上袭来一阵风雨。简单字句烘托出了恬然宁静的氛围，自然地承接了前两句的意境。"酒旗只隔横塘，自过小桥沽去。"此处的"酒旗"指代酒家，一个"只"字写出了酒家离作者住处之近，"自"字不经意地传达出作者幽闭孤独的心境。

在描述完"村居"之后，作者在曲末点出了所遣的"兴"："尽疏狂不怕人嫌，是我生平喜处。"无拘无束、狂放不羁地去做自己想做的事，不去管世俗的眼光和评价，这正是作者平生的志愿。

作者用朴素的语言表现"村居"的美好，看似恬淡的情怀中暗藏着对充斥着权利争斗的黑暗官场的厌恶。《元史》中记载刘敏中"敏中平生，身不怀币，口不论钱，义不苟进……每以时事为忧，或郁而弗伸，则戚形于色，中夜叹息，至泪湿枕席"，说明作者是一个为官清正、不求富贵、忧国忧民的人。而当时奸臣桑哥拼命增加赋税，搜刮民财，卖官收贿，贪赃枉法，种种劣行，刘敏中怎不愤怒？他弹劾桑哥，却又遭到了压制，无法上报，于是忧愤之下决然辞官回乡，正是在这样的背景下，写下了此曲。联系这首曲子的背景，作者隐藏在曲中的情感就不难看出了。

整首曲子没有华丽的辞藻，却展现出乡村的恬淡与和谐。作者的"村居"，不是陶渊明式的隐居，而是疏狂放达的隐居，洒脱中包含着忧愤，这份情怀很值得细细品味。

陈草庵

〔作者小传〕

陈草庵，元代散曲作家。生平事迹不详。钟嗣成《录鬼簿》列为"前辈已死名公，有乐府行于世者"，说其曾为中丞。孙楷第《元曲家考略》谓其名英。大德七年（1303）三月曾奉使宣抚江西、福建，延祐初以左丞往河南经理钱粮，寻拜为河南行省左丞。今存小令二十六首。

【中吕·山坡羊】

陈草庵

> 晨鸡初叫，昏鸦争噪，那个不去红尘闹①。路迢遥，水迢迢②，功名尽在长安道③，今日少年明日老。山，依旧好；人，憔悴了。

【字词注解】

①红尘：飞扬的尘土，形容都市的繁华热闹。

②迢迢：形容流水长长的样子。

③长安道：入京求官之路。

【精彩解说】

清晨公鸡啼鸣，黄昏乌鸦争相聒噪，哪个人不愿意到繁华热闹的地方去呢。路又长又远，河水源远流长，那些渴求功成名就的人奔波于京都的大道，结果还不是由少年变成了白发老者。山河依旧，人却变得憔悴了。

【赏析】

陈草庵这首小令，是嘲讽追逐功名之徒的作品，主题虽老，却有其新意。

"晨鸡初叫，昏鸦争噪。"起笔二句，切入人们为功名朝夕奔波不休的情景。"晨鸡初叫"，"初"字用得精切，从人们启程之早，便见其求功名之切。"昏鸦争噪"，转眼又是黄昏，乌鸦归巢，争噪不休。"争噪"二字，写出黄昏群鸦归巢之热烈，实则讽刺人们轻易抛家之荒谬。同时，此句还不妨联想为另一种形象，即人们竞相追逐功名时的丑态。从早到晚，疲于奔命，"那个不去红尘闹？"红尘，既指路途上之仆仆风尘，亦指名利场中乌烟瘴气。"闹"字用得尤妙，众士人趋之若鹜、追名逐利之状，如在眼前了。

"路迢遥，水迢迢，功名尽在长安道。"长安道，此指入京求官之道路。陆路是如此遥远，水路也是如此迢递，这都为的是奔向京中去求功名啊。"路迢遥"，实一语双关，是用空间之具象，隐喻抽象之时间；用入京道路之漫长，暗示求官之渺不可期。"今日少年明日老。"功名无日，而白首有期，多少人，为求功名，等闲白了少年头，岂不可悲！句中"今日""明日"二语，极言少年易老，人生短暂。"山，依旧好"二句，掉转笔锋，赞美大自然，显得突如其来，细细玩味，则从容有致。山，自是青山，青山不失其自然的本色，永远是那么葱茏，那么美好。可是人呢？——"人，憔悴了"。人生有限，容易憔悴，为了外在的功名，失掉了自己的青春年华，甚至失掉了自己的本性。如此人生，其生命价值又何在？结笔是意味深长的。

这首小令，富于发人深省的情趣，富于冷隽的艺术魅力。全篇大半皆嘲讽追逐功名者的丑态与可怜，而在"今日少年明日老"与"人，憔悴了"之间，则突显"山，依旧好"二句，使之与上下文形成鲜明对照。用大自然的永恒与美好，反衬人生的短暂与荒谬，便觉格外冷隽清新，益人神智。

【中吕·山坡羊】叹世

陈草庵

> 渊明图醉①，陈抟贪睡，此时人不解当时意。志相违，事难随，不由他醉了齁睡②。今日世途非向日。贤，谁问你；愚，谁问你。

──•【字词注解】

①渊明图醉：据萧统《陶渊明传》记载，陶渊明爱喝酒，任彭泽县令时，让公田都种上高粱来酿酒，说："吾常得醉于酒，足矣。"

②齁睡：打着鼻息酣睡。齁，鼻息声。

──•【精彩解说】

晋代的陶渊明以酒买醉，而陈抟极为贪睡，现在的人不理解他们当时做法的用意。现实的情况违背了自己的志向，所想之事难以实现，也只能任由陶渊明酒醉、陈抟嗜睡。今朝的世态并非昨日。是贤人还是愚人，都无人过问。

──•【赏析】

本曲起笔就用一个对偶句，写出两个著名历史人物的酣睡图：一个是酒醉的陶渊明，一个是贪睡的陈抟。"图醉"和"贪睡"，既各有侧重，又互文见义，极力渲染出他们醉了即睡、睡醒又醉的狂态。他们这种放浪形骸的狂态，无法为元代那些追名逐利之徒所理解。"此时人"与"当时意"用"不解"二字连接起来，形成对比强烈的"句中对"。这就使读者急于知道为什么"不解"，"当时意"又是指何意呢？从而吸引读者往下看。

"志相违，事难随"，用句短音促的对偶句，不加雕饰地对上述问题做出了回答。渊明酒醉，在于他那高洁的志趣与世俗的现实相矛盾。昭明太子就说："有疑渊明诗篇篇有酒。吾观其意不在酒，亦寄酒为迹者也。"（萧统《〈陶渊明集〉序》）陈抟贪睡，在于他难以在政治污浊的乱世同流合污，只好走他隐居避世的道路。他们都对现实不满，又都无力变革现实，于是以醉消愁，以睡抗世，"不由他醉了齁睡"就成为必然了。这句不仅用"醉"

和"睡"照应开头两句，为他们洁身自好而甘于寂寞合写一笔，而且用"不由"二字将志事难合的必然情态一语道尽，从而点明了"当时意"的内涵，解开了"此时人"从追名逐利的角度无法理解"当时意"之谜。

曲意至此，本已豁然，但作者还不满足，他更用"今日世途非向日。贤，谁问你；愚，谁问你"再推进一步，使"叹世"的这一主题鲜明而又尖锐地摆在读者面前。如果说，"向日"（即"昔日"）陶渊明、陈抟采用"醉""睡"的方式鄙弃世俗，终于赢得贤者、高士的美名，那么，"今日"的"世途"（指社会状况）更非昔比，无论你贤也好，愚也好，竟达到无人过问的地步。昔已不堪，何况今不如昔，已到了贤愚不分、正邪颠倒的程度，这是什么样的世道啊！

作者先用"今日"与"向日"这两个"句中对"做今昔对比，再用"贤，谁问你；愚，谁问你"这两个"合璧对"做正反对照，并且在整体上用前面六句对后面三句进行反衬，从而将愤世嫉俗的一腔怨气喷发净尽，使全曲逐层推进的波澜涌向了高潮。从对封建社会的一个侧面进行辛辣的讽刺和具有直爽、明白如话的民歌风格来看，此曲的确不失为一支出色的散曲。

奥敦周卿

〔作者小传〕

奥敦周卿,元代散曲作家。姓奥敦(汉译又作"奥屯"),女真族人。周卿历官怀孟路总管府判官、侍御史、河北道提刑按察司事、河南道提刑按察司事。为元散曲前期作家,与杨果、白朴有交往,相互酬唱。今存小令二首,套数三套。《太和正音谱》将其列为"词林英杰"。

【双调·蟾宫曲】

奥敦周卿

西湖烟水茫茫,百顷风潭,十里荷香①。宜雨宜晴,宜西施淡抹浓妆②。尾尾相衔画舫③,尽欢声无日不笙簧④。春暖花香,岁稔时康⑤。真乃上有天堂,下有苏杭。

【字词注解】

①十里荷香:化用宋代柳永《望海潮》词:"重湖叠巘(yǎn)清嘉,有三秋桂子,十里荷花。羌管弄晴,菱歌泛夜,嬉嬉钓叟莲娃。"

②宜西施淡抹浓妆:化用宋代苏轼《饮湖上初晴后雨》"欲把西湖比西子,淡妆浓抹总相宜"诗意。

③"尾尾"句:意谓画船很多,首尾衔接,连绵不断。

④笙簧:这里代指各种吹奏之声。笙,管乐器,常见的有大小数种,用

若干根装有簧的竹管和一根吹气管装在一个锅形的座子上制成。簧，吹奏乐器里用铜或其他质料制成的发声薄片。

⑤岁稔（rěn）时康：年成丰收，天下康乐太平。稔，庄稼成熟。

【精彩解说】

西湖烟波浩渺，波光荡漾，在百顷微风飘拂的水面上，方圆十里荷香飘溢。雨也适宜、晴也适宜，更像西施那样淡妆浓抹都艳丽无双。一只只画船首尾相接，船上欢声笑语，笙歌弹唱，没有哪一天不热闹非常。春暖时节百花吐露芬芳，庄稼丰收四季安康。真的是"上有天堂，下有苏杭"。

【赏析】

这是支描景小曲，描写西湖之美。作者眼中的西湖，有如"天堂"，曲融宋代苏轼、柳永状西湖诗词为一体，绘出西湖碧波荡漾、荷花飘香、晴阴皆美的自然风光，令人神往。同时此曲于自然之景中有游船、笙乐等人的活动，展现了一派欢歌笑语、天顺民昌的盛世景象，赞美了西湖的生机盎然、甜美和煦、胜似"天堂"。

小曲以西湖之水开头，"烟水茫茫"，湖面一片苍茫，在视觉上给人一种空间上的无限感。这种无限感在无形中把西湖的壮阔水面印进了人的心里。而下一句描写则瞬间把这种无限空间缩小到"百顷风潭"了。"潭"字前加一个"风"字，含义极丰富。它使静景有了动态，令人想象到微风吹拂、静水生澜、波光潋滟的景象。它还连接着下句，"荷香风送远"（梁元帝萧绎《采莲曲》），正是风吹动着湖边浅水处的荷花，使清香远播。"十里"虽是泛指，但也可以想象到整个西湖的空气中充盈着荷花的香气，让人心醉。有波澜壮阔的湖面，有清香十里的荷花，还有清风、绿柳。作者也许大胆地猜想这种景物的搭配无论在哪种情况下都是极具美感的吧，所以就借苏轼的名诗《饮湖上初晴后雨》"水光潋滟晴方好，山色空蒙雨亦奇。欲把西湖比西子，淡妆浓抹总相宜"来赞颂西湖"宜雨宜晴，宜西施淡抹浓妆"的美的资质。三个"宜"字，极尽颂赞，真是无时不美，无处不美。

景色如此美丽，人们当然不能错过。湖上笙歌悦耳、游船如织，和着这美丽的景色显得好不热闹。"尾尾相衔"，从空间上极写画舫的络绎不绝；"无日不笙簧",从时间上极写歌声的不绝于耳。这让人脑中浮现出一幅和谐的西湖美景图:烟水茫茫的西湖湖面上画舫不停地穿梭,人们闻着空气中淡淡的荷香,演奏乐器,唱着悦耳的春之歌。"春暖花香,岁稔时康"虽是歌功颂德的套话,却也不负前几句的美景,只有这样的话语才能与那样和美的画面相配。前面描绘了这般美丽的景色、快乐的心情、美好的季节、富庶的生活,从而推出"上有天堂,下有苏杭"。最后作者引用这句民间谚语,有"果然如此"之感、"名不虚传"之叹,这更是无形中坐实了西湖的美名。

此曲运用古诗句入曲,了无痕迹,非常自然。在语言雅俗与淡浓的处理上,也很妥帖。同时,它以自然的真实为基础,又无不着眼于自己的主观审美理想和情感愿望,这正是元代名公兼逸士的性格、心境的写照。

马致远

〔作者小传〕

马致远,号东篱,元代著名戏曲作家,"元曲四大家"之一。他少年时追求功名,未能得志。曾出任江浙省务提举官。晚年退出官场,隐居杭州郊外。他曾参加元贞(1295—1296)书会,与李时中、红字李二、花李郎等合写《黄粱梦》杂剧。明初贾仲明为他写《凌波仙》吊词,说他是"曲状元""万花丛里马神仙"。《太和正音谱》将其列为元曲众家之首。作杂剧十五种,今存《汉宫秋》《青衫泪》《荐福碑》等七种,以《汉宫秋》最为著名。散曲小令一百一十五首,套数十七篇。王国维《宋元戏曲史》谓:"白仁甫、马东篱,高华雄浑,情深文明……均不失为第一流。"

【越调·天净沙】秋思

马致远

枯藤老树昏鸦①,小桥流水人家,古道西风瘦马②。夕阳西下,断肠人在天涯③。

【字词注解】

①枯藤:干枯的藤蔓。昏鸦:黄昏时归巢的乌鸦。

②古道:已经废弃不用的老旧驿道或年代久远的驿道。张炎《念奴娇》词:"老柳官河,斜阳古道,风定波犹直。"西风:寒冷、萧瑟的秋风。

③断肠人：形容伤心悲痛到极点的人，此指漂泊天涯、极度悲伤、流落他乡的旅人。天涯：天边，极远的地方。

【精彩解说】

枯萎的藤蔓，衰老的古树，夕阳下无精打采的乌鸦，扑打着翅膀，落在光秃秃的枝杈上，小桥下溪水哗哗作响，桥边庄户人家炊烟袅袅，荒凉的古道上，一匹瘦马，顶着西风艰难地前行。夕阳渐渐落山了，凄寒的夜色里，只有孤独伤心的游子漂泊在远方。

【赏析】

这首小令很短，一共只有五句二十八个字，全曲无一"秋"字，却描绘出一幅凄凉动人的秋郊夕照图，并且准确地传达出旅人凄苦的心境。这首被赞为"秋思之祖"（周德清《中原音韵》）的成功曲作，从多方面体现了中国古典诗歌的艺术特征。

小令中有景有人，人和景都是作者精心选择的，表现了秋思。秋思指的是一种萧条、寂寞、悲凉的情思，这种情思之所以冠以"秋"字，就是因为秋是其触媒。秋思是秋景触发的，那么要写好秋思，就得选好秋景。这首小令选择了"枯藤""老树"等最有特征性的秋景，最有利于表现秋思。不同心境的人对同一景物有着迥然不同的反应。志得意满的人即使看见萧条秋景，内心仍然充满春天的阳光。所以要写好秋，还得选好抒情的主人公。这首小令就选择了愁思满腹的主人公——沦落"天涯"的"断肠人"。王国维《人间词话》云："不知一切景语，皆情语也。"作者精心选择的这些景物都是情语的表达，而在景物前加上"枯""老""昏""瘦"等字眼则使浓郁的秋色之中蕴含着无限凄凉悲苦的情调。最后一句"断肠人在天涯"则是曲眼，具有画龙点睛之妙，使前四句所描之景成为人活动的环境，成为天涯人内心悲凉情感的启发物。曲中景物既是"断肠人"旅途所见，同时又是其情感载体，乃心中物。以景衬情，寓情于景，在情景交融中构成了一种悲凉的意境。

这首小令在意象的塑造上也是极有韵味的。今天有人称马致远的这首【天净沙】《秋思》为"并列式意象组合"，其实并列之中依然体现出一定的顺序来。全曲十个意象，前九个自然地分为三组。藤缠树，树上落鸦，这第一组是由下及上的排列；桥、桥下水、水边人家，这第二组是由近及远的排列；古驿道、道上西风瘦马，这第三组是从远方到眼前的排列，中间略有变化。由于中间插入"西风"写触感，变换了描写角度，因而增加了意象的跳跃感，但这种跳跃仍是局部的，不超出秋景的范围。最后一个意象"夕阳西下"，是全曲的大背景，它将前九个意象全部统摄起来，从时间上营造出一种萧条的气氛。因为它本身也是放远目光的产物，所以作品在整体上也表现出由近及远的空间排列顺序。从老树到流水，到古道，再到夕阳，作者的视野层层扩大，步步拓开。这也是意象有序性的表现之一。

从词句上看，马致远是善于加工提炼的。他用极其简练的白描手法，勾勒出一幅游子深秋远行图。前三句十八个字中，全是名词和形容词，无一动词，各种景物的关系以及它们各自的动态与形状，全靠读者根据意象之间的组织排列顺序以及自己的生活经验去把握。这种奇妙的用字法，实在为古之所罕见。马曲用字之简练已达到不能再减的程度，用最少的文字来表达丰富的情感，这正是【天净沙】《秋思》这首小令艺术上取得成功的原因之一。

【南吕·四块玉】天台路[1]

马致远

采药童，乘鸾客[2]，怨感刘郎下天台[3]。春风再到人何在。桃花又不见开。命薄的穷秀才[4]，谁教你回去来[5]。

【字词注解】

①天台：山名，在今浙江天台县北。传说是东汉末年刘晨、阮肇（zhào）遇仙女并与仙女结为夫妻的地方。

②采药童，乘鸾客：均指刘晨，即下文的刘郎。

③怨感：感伤。

④穷秀才：此指刘晨、阮肇。

⑤教：让，使。来：句尾助词，无义。

【精彩解说】

本来是采药童子的刘晨，在天台山遇见了仙女，便成了乘鸾驭鸟的仙客，可惜的是他又因思念凡世从天台山下来。如今春风再次吹来，当年遇到的仙人在哪里？桃花也不再开放了。唉，这个薄命的穷秀才，谁让你回去了。

【赏析】

这首小令是咏刘晨入天台事。传说东汉末年，剡县人刘晨、阮肇入天台山采药，遇二仙女，结为夫妇，共居半年，及至归乡，子孙已历七世（此事出自南朝宋刘义庆所撰《幽明录》，原书已佚，今见《太平御览》卷四十一和《太平广记》卷六十一引《神仙传》）。

魏晋南北朝"篡""乱"频繁，战争不断，人们处于水深火热之中，厌恶这种社会现实，向往安定幸福的生活，于是出现了一些描写无君无臣、和平美满的桃花源境界的作品，以寄托理想和愿望。刘晨、阮肇的故事便是其中具有代表性的作品之一。这首小令借咏刘晨之事，表达了作者对没有压迫的神仙世界的羡慕。

"采药童，乘鸾客，怨感刘郎下天台"，开头三句写刘晨入天台山，由采药童得遇仙女，结为夫妇，变成"乘鸾客"。本来十分幸福美好，但他却留恋污浊的人世，竟然置神仙美眷于不顾，下山归家。结果如何？"春风再到人何在。"回乡后看到的是"亲旧零落，邑屋全异，无复相识"的萧条凄凉景象。人世和仙界相比，真有天壤之别。"人何在"既是作者对刘郎下天台山的遗憾，更是作者对现实的不满和对神仙生活的企慕。诗人最后奚落说："桃花又不见开。命薄的穷秀才，谁教你回去来。"调侃、嘲讽刘晨不应下天台，表明对现实的不满，并暗中以刘晨与陶渊明做比较。陶弃官回家，怡然自乐，弃暗就明；而刘晨离天台，则是弃明就暗，至悲至切。如此作比，使曲之意蕴显得深沉。

对比的手法是这首小令的主要特色。"采药童，乘鸾客"写仙界的美好；"春风再到人何在"写人世的变迁，两相对比，相得益彰。末句之暗比，则使全曲大生神采。衬字的应用则使这首小令显得活泼生动。"穷秀才"加上"命薄的"三字，似强调刘晨不能交好运，实乃作者自叹命薄，写来幽默诙谐；"谁教你"三字衬在"回去来"之前，使不满之意外溢，有力地表达了作者胸中的激愤。

【南吕·四块玉】马嵬坡

马致远

睡海棠①，春将晚，恨不得明皇掌中看②。《霓裳》便是中原患③，不因这玉环④，引起那禄山⑤，怎知蜀道难⑥。

【字词注解】

①睡海棠：杨贵妃。
②明皇：唐玄宗。
③《霓裳（cháng）》：《霓裳羽衣曲》，相传杨贵妃善舞此曲。
④玉环：杨贵妃字玉环。
⑤禄山：安禄山。
⑥蜀道难：此指安禄山攻入潼关，唐玄宗仓皇逃往四川之事。

【精彩解说】

杨贵妃如暮春时的睡海棠那般娇媚美艳，唐明皇恨不得将她时时放在掌上赏玩。《霓裳羽衣曲》便是中原的祸患，不是因为有了这个杨玉环，引起了那个安禄山的起兵造反，唐明皇又怎会向四川逃难，怎会知道蜀道之难，难于上青天。

【赏析】

马嵬坡又名马嵬驿，在今陕西省兴平市西北。唐玄宗宠爱杨贵妃，荒淫误国，酿成"安史之乱"。安史叛军攻破潼关，唐明皇仓皇向四川逃难。路过马嵬驿时，扈从的禁卫军哗变，求诛杨氏以谢天下。玄宗为了稳定军心，被迫赐死杨贵妃。这首小令以曲写史，意在总结历史的经验和教训。

"睡海棠，春将晚，恨不得明皇掌中看"，首先点出杨贵妃的美貌娇姿和唐明皇的纵情声色。杨贵妃如暮春时节的睡海棠一样娇态妩媚，唐明皇则恨不得将她捧在掌心。此处以花喻人，并着一"睡"字，既表明杨贵妃的美艳动人，又突出她的娇态妩媚，再点明时间是花将衰的暮春时节，更显得其珍贵可爱。"恨不得"三字精练、扼要，写尽唐明皇对杨贵妃的宠爱，传神逼真。然而后果如何呢？"《霓裳》便是中原患"，《霓裳羽衣曲》又名《婆罗门曲》，据《新唐书·礼乐志》所载，为河西节度使杨敬忠进献。这种舞曲常用来表现仙境和仙女的形象。据传说杨贵妃尤擅此舞。这句揭露了唐明皇与杨贵妃在深宫内苑轻歌曼舞，尽情寻欢作乐，仿佛是生活在与世隔绝的神仙世界里，毫不理会国家安危和人民疾苦。正是这种政治上的昏庸和生活上的腐朽，给了野心家安禄山可乘之机，于是安禄山发动了祸国殃民的叛乱，使中原沦丧，人民饱受战争之苦。

最后作者由历史引出教训，愤怒地指出："不因这玉环，引起那禄山，怎知蜀道难。"不是因为有了这个杨玉环，引起了那个安禄山的起兵造反，唐明皇又怎会向四川逃难，他又哪里会知道"蜀道之难，难于上青天"呢？诗人将"安史之乱"的主要责任归于杨贵妃，乃是此类话题的传统偏见，固不足取；古人对"皇上"总是极力维护，即便讽刺针砭之，亦多为旁敲侧击，不失温柔敦厚。其实诗人何尝不知道祸首是谁。"恨不得"一句已经透尽个中消息，只是碍于忠君之道，不便明言罢了。

这首小令以精练见长。前半部分叙事，用两个生动的比喻，道出唐明皇与杨贵妃的荒淫享乐生活，后半部分议论，点出"安史之乱"的根源，发出了兴亡之叹。全曲虽只有三十六个字，但融叙事、议论、抒情于一体，挥洒自如，一气呵成，体现了作者高超的艺术才能。

【南吕·四块玉】洞庭湖[1]

马致远

画不成，西施女[2]，他本倾城却倾吴。高哉范蠡乘舟去[3]，那里是泛五湖？若纶竿不钓鱼，便索他学楚大夫[4]。

【字词注解】

①洞庭湖：太湖的别名，亦称"五湖"。因湖内有洞庭东山、洞庭西山，所以又叫"洞庭湖"。非湖南境内的洞庭湖，在江苏境内。

②画不成，西施女：赞叹西施的美丽绝世无双，连画工都无法画出她的绝色姿容。

③范蠡（lí）：字少伯，春秋时越国大夫。

④便索：就得。楚大夫：楚国人文种，在越国任大夫。

【精彩解说】

西施本有倾城之美貌，是画工施尽才华也难以再现其姿容的绝世美女，然而她却使吴国倾覆灭亡。高明的是范蠡成功后就乘舟归去了，难道真的是想泛舟在五湖上？如果他不是拿起钓竿去钓鱼，就会像那楚大夫文种一样落个被杀的下场。

【赏析】

相传春秋之时，吴败越人于会稽，越王勾践命范蠡求得美女西施，进献于吴王夫差，吴王许和。越王吸取失败教训，卧薪尝胆，奋发图强；而吴王迷恋西施，听信谗言。越终灭吴。西施亦随范蠡游泛五湖而去。这支曲子即以此为题材，揭露统治者的残酷无情，赞扬范蠡功成身退、归隐五湖的高洁行为。

"画不成，西施女，他本倾城却倾吴"。前三句写出西施本有倾城之貌，是画工施尽才华也难以再现其姿容的绝色美女，然而她却使吴国倾覆灭亡。两个"倾"字，前指美色，后指倾败，意义不同，用在同一句中，却颇见机巧。"高哉范蠡乘舟去"，紧接上文，由西施转写范蠡，赞扬他辅佐勾践灭吴之后，不恋功名，不慕荣利，功成身退，实在是识时务的高明举动。"高哉"二字，既是作者对范蠡的推崇称许，也是作者高洁情怀的自我流露。

"那里是泛五湖？若纶（lún）竿不钓鱼，便索他学楚大夫。"纶竿，即钓鱼竿，指范蠡渔隐于五湖。索，讨取，落得之意。楚大夫，当指楚人大夫文种，他与范蠡同入越国辅佐勾践灭亡吴国，灭吴后，不听从范蠡劝告继续留下为臣，最后为勾践所不容，受赐剑自刎而死。作者用一个反问和一个假设，做正面的肯定，指出范蠡并不是真的想要泛舟于五湖，隐居不仕。如果他不急流勇退，归隐经商，泛舟五湖，就会落得像文种一样被勾践杀害的下场。可见范蠡泛舟五湖，实在是为了避祸远害的不得已之举。"那里是""若纶竿""便索他"几个衬字，指出范蠡离越而去的真正原因，揭露越王勾践的刻薄寡恩和残酷无情，表达对统治者的不满和愤懑之情，贴切恰当，感情浓烈。

【南吕·四块玉】浔阳江

马致远

送客时，秋江冷①。商女琵琶断肠声②。可知道司马和愁听③。月又明，酒又酲④，客乍醒⑤。

【字词注解】

①冷：凄冷，萧条。
②商女琵琶：此处暗指唐代诗人白居易的《琵琶行》。商女，歌女。
③司马：这里指唐代诗人白居易，曾任江州司马。和：连，连同。
④酲（chéng）：喝醉了神志不清。喻指酒醉。
⑤醒：醒悟，觉醒，清醒。

【精彩解说】

送走客人的时候，正是秋天，江面凄冷。歌女边弹琵琶边唱着送别的歌曲，让人分外感伤。她可曾知道我和白居易一样在和着愁绪倾听。月亮已经挂上了天空，酒意已浓，客人猛然惊醒。

【赏析】

在马致远现存的散曲中，有一组【四块玉】曲，共十首，抒写怀古伤今、羁旅游宦的情怀。这里的《浔阳江》便是其中词句清淡、韵味深长的一首。

自从《琵琶行》问世后，凡是路经浔阳江的文人墨客都会情不自禁地怀念起一度贬谪江州的唐代诗人白居易。这种身临其境的氛围，更使久滞下僚、游宦他乡的马致远产生了真切的共鸣。四五百年前，谪居江州的白居易在浔阳江头送客，巧遇"漂沦憔悴"的原"长安倡女"，并产生了"同是天涯沦落人，相逢何必曾相识"的深切感触。与《琵琶行》相比，《浔阳江》篇幅小得多，叙事成分也少得多，其中打动人心之处，却是一脉相通、略带忧伤的羁宦失意情怀。

同是瑟瑟秋江，同是皎皎明月，同是送客江滨，同是华宴相饯，歌伎弹唱着送别的歌曲，作者为离愁别绪所拘牵，无心欣赏歌伎的弹唱。时间仿佛倒流回四五百年前，当主客都感到醉意，分别时刻已在眼前，酒宴正好进行到高潮。酒意已浓，离别的愁思更浓，就在这时，客人突然醒来。"客乍醒"是小令的结笔，也是它的高潮，"客乍醒"其实是主客皆醒——既是从醉意中醒来，更是从宦游生涯里醒来，产生了无可排遣的归隐之思。这"醒"字所表述的，正是"醒悟"了的马致远曲中常见的"恬退"意味：猛然意识到久无升调的仕途已经走到尽头。这样，马致远才从白居易《琵琶行》的字里行间站立起来，结合自己的生活实际，提炼出自己真切、独特的体会，给我们留下了深刻的印象。

张可久有一首题为《江夜》的【凭阑人】，几乎可以看作对《浔阳江》做的注释："江水澄澄江月明，江上何人搊（chōu）玉筝？隔江和泪听，满江长叹声。"这首《江夜》与马曲同样含蓄又克制，都表达出那种为宦情所羁绊而产生的无奈又矛盾的心情，可见《浔阳江》所表现的情感又是一种元代下层文人的普遍情绪了。

【南吕·金字经】

马致远

夜来西风里，九天雕鹗飞①，困煞中原一布衣②。悲，故人知未知，登楼意③，恨无天上梯④。

【字词注解】

①九天：九重天，极言天高。雕：一种大型的猛禽。鹗（è）：猛禽，通称"鱼鹰"。孔融《荐祢衡表》："鸷鸟累百，不如一鹗。"后世因以推贤

荐能为"鹦荐",这里是作者以雕鹦自喻。

②中原:泛指黄河中、下游地区。布衣:此指没有做官的读书人。

③登楼意:汉末王粲以西京丧乱,避难荆州,未能得到刘表的赏识,于是作《登楼赋》以明志抒怀。

④天上梯:登天的梯子,暗指被朝廷任用。范成大《奠唐少梁晋仲兄墓下》诗:"青云何处用丹梯?"

【精彩解说】

深夜的睡梦里,自己像展翅高飞的雕和鹦,乘着强劲的秋风,翱翔在九天之上,然而,梦醒之后,自己仍是一个困居中原的平民百姓。可悲啊,这境况不知道故人知不知道,我心里有登楼的意愿,但可恨没有上天的梯子。

【赏析】

这首小令以极其豪迈的语言,抒发了作者积极进取的雄心壮志、潦倒困顿的悲愤以及不屈不挠的抗争精神,流露出一种明知会失败却仍去追求、奋斗的心理状态。

起首由梦境说起,在梦中,作者仿佛化作展翅高飞的雕和鹦,挟着强劲的秋风,翱翔于九天之上。这是渴望飞腾的理想在梦幻中的反映,是美丽而又诱人的。然而梦毕竟是梦,梦醒过后,依然是报国无门、天涯沦落的悲哀现实。如果马致远自认晦气,承认自己不过是做了一个荒唐的梦,情况自当别论。问题是碰了钉子以后,他还是在苦苦地追寻和回味那个动人的九霄驻足的幻影。他渴求高飞,而眼前的现实却根本不允许他展翅高飞,这就是马致远悲哀的所在。因而"困煞中原一布衣"的呼号,简直是为自己不能实现高飞梦的撕心裂肺的哀鸣。以下"悲"字诸句,都由这里生发而出。在极度失望之余,他只好寄希望于故人,希望与故人对话,借以把自己从眼前的困境中解脱出来。我们无法得知对话结果,但就其当时的处境来说,可能并不乐观。

"登楼",用汉末王粲的故事。王粲因避董卓之乱,曾离开中原,投靠故人荆州牧刘表,始终未得其重用,因而作《登楼赋》以明其志。马致远青年时期,正当蒙古统一南北之际,他是亲身经历了这一动乱的历史的。在朝代更替的时期,有的知识分子有大好的机遇参与政事,爬到社会的上层,但更多的人却屈沉下僚，流寓在远离权力交锋的地带。马致远大概是属于后面一类。他可能到过汉江，登过当阳的城楼，吊古伤今，由当年王粲的失意不遇，想到自己的天涯落魄，这是很自然的事情。

马致远的散曲，以豪放见长。其词多冲口而出，几乎要把郁积的全部情感，都倾泻在散曲的写作中，可以说是豪放杰出、无所顾忌了。本篇格调高亢激昂、沉郁悲壮，章法富于变化，是马致远"叹世"小令抒情方式的典型代表。

【双调·拨不断】

马致远

布衣中①，问英雄，王图霸业成何用②。禾黍高低六代宫③，楸梧远近千官冢④，一场恶梦。

【字词注解】

①布衣：布制作的衣服，借指平民，也指没有官职的读书人。
②王图霸业：成王的宏图，称霸的大业。
③禾黍：泛指各种农作物。六代：此指东吴、东晋和南朝宋、齐、梁、陈四个朝代，它们均立国于江东地区，以今南京为国都。
④楸（qiū）梧：墓地上的树木。楸，落叶乔木。梧，梧桐，落叶乔木。冢（zhǒng）：坟墓。

【精彩解说】

在平民百姓中，问历史上曾出现过多少英雄，可是成就了王霸事业又有什么用。登高望远，高高低低的庄稼地里，还看见六朝残宫，高大的树下，远近到处都是达官贵人的坟墓，真是一场噩梦。

【赏析】

这首小令，化用了唐代诗人许浑的名作《金陵怀古》。许浑原诗是这样的："玉树歌残王气终，景阳兵合戍楼空。松楸远近千官冢，禾黍高低六代宫。

石燕拂云晴亦雨,江豚吹浪夜还风。英雄一去豪华尽,唯有青山似洛中。"

化用前人诗句、诗意,本是诗、词、曲的常法。曲对此尤为自由,不受拘束。然而许诗写六代兴亡,气象宏阔,涵盖一切,是久有定评的名作,化用这样的名篇,是有相当风险的。而且,律诗和曲中的小令,在形式上的差异也很大。这些都是摆在马致远面前的难题。

通过对比,读者可以感受到马致远对原诗做了高度的浓缩和精练,该留者留,该去者去。这样才不至点金成铁、流为笑柄。马致远基本上一字不动地保留了许诗的颔联两句。这两句是诗人登临时所见之景:千官废冢,六代颓宫,掩映于松楸禾黍之中。它是历史的见证,诗人对前朝史事的追忆以及由此而来的兴废存亡之感,概由此出。没有这两句,览古凭吊之情就失去了根据,这是必须保留的。而诗中其他各句,由于律诗和小令毕竟差异很大,保留的余地很少的。在这种情况下,马致远舍弃次要成分而把主要精力集中于收尾两联兴亡之感的抒发上。

同样是怀古,许浑原作是由景及情,由登临之所见,多方渲染,说明江山如故而人事已非,最后归结到"英雄一去豪华尽,唯有青山似洛中"的感叹。他所要表达的情意,隐含在形象里,让读者自己去体会。马致远的新作,却逆转过来由吊古之情出发,而且情急语迫,直欲起亡灵于地下而问之。南朝宋、齐、梁、陈四代开国之君,都是出身微贱而登上皇帝宝座的,都是所谓的布衣中的"英雄"。和许浑一样,马致远蔑视他们,认为他们的王霸事业,到头来不过是一场噩梦而已。不同的是,马致远的感慨完全由自己口中说出。曲中虽然保留了原诗写景的两句,但那是情中必有之景,是为了更好地抒情才用景的,和许浑笔下的景中之情是有所区别的。这样的化用,就有新意,有更多的创造性,而不是随手去拾前人牙慧。由于此曲具有自己的精神和风格,遂能与原作并峙,为人们所传诵。

【双调·拨不断】

马致远

菊花开,正归来。伴虎溪僧、鹤林友、龙山客①,似杜工部、陶渊明、李太白②,有洞庭柑、东阳酒、西湖蟹③。哎!楚三闾休怪④。

【字词注解】

①虎溪僧：晋时高僧慧远住庐山东林寺，影不出山，迹不入谷。寺前有虎溪，送客例不过溪。一日，与诗人陶潜、道士陆静修共话，不觉过溪，虎大鸣，三人相视大笑而别。鹤林友：镇江鹤林寺有杜鹃花，天下奇绝。五代时道士殷七七至此，时方重九，应镇帅周宝之请，作法花开，烂漫如春，人以为异。龙山客：晋时孟嘉为桓温的参军，九月九日随桓温登湖北江陵之龙山，风吹其帽落地，泰然不以为意。

②杜工部：唐代诗人杜甫，曾为检校工部员外郎。

③洞庭柑：江苏太湖洞庭山盛产柑橘，故称。东阳酒：金华酒。西湖蟹：杭州西湖所产之螃蟹，肥美异常。

④楚三闾：此指屈原，其曾任楚国三闾大夫。

【精彩解说】

在菊花开放的时候我正好回来了。伴着虎溪僧、鹤林友、龙山客，又好像杜甫、陶渊明和李白，还有洞庭山的柑橘、金华的名酒、西湖的肥蟹。哎，楚大夫你可不要见怪呀！

【赏析】

在仕途中挣扎了大半辈子的马致远，晚年时还没有飞腾的机会，一直沉浮于风尘小吏的行列中。二十年的小吏生涯，留给他的，该有多少辛酸的回忆！马致远后期散曲中，不止一次地提到宦海风波，时时准备退出官场，而这首小令就写于马致远归隐之后。

归隐，是马致远历尽仕途艰辛后选择的人生之路。去忙就闲，和难堪的小吏生涯告别，和龌龊的官场决裂，开始新的、理想的生活，自然会使诗人为之鼓舞，为之欣悦。起首"菊花开，正归来"二句，用陶渊明归田的故事。他确实像陶潜那样，感到以往生活之可厌，是误入了迷途，而现在的归隐，才算是走上了正道。接下来的三句为鼎足对，将三组美好之事、高雅之人聚集在一起，极力装点，说明归隐生活的乐趣：虽然闲居野处，并不谢绝人事，不过所交往的，都是虎溪的高僧、鹤林的道友、龙山的佳客；就像他最崇拜的杜甫、陶潜、李白这些古代杰出的诗人那样，在草堂之中、菊篱之旁、青山之间饮酒斗韵，消闲自适。何况，还有洞庭的柑橘、东阳的美酒、西湖的螃蟹！这样的田园生活，自然使人为之陶醉、乐在其中。对于马致远的归隐，有些人可能不太理解，因而在小令的最后，他才用诙谐调笑的口吻，做了回答："楚三闾休怪。"这里，一点儿也没有否定屈原本人的意思在内，也不是完全忘情于天下，而是含蓄地说明当权者的统治太糟，不值得费力气去为其卖命；这是他归隐的原因所在。

本曲用典较多，但并不显堆砌。由于这些典故都比较通俗，为人们所熟知，以之入曲，抒写怀抱，不仅可以拓展作品的思想深度，而且容易在读者中引起强烈的共鸣，收到更好的艺术效果。

【双调·拨不断】

马致远

叹寒儒①，漫读书②，读书须索题桥柱③。题柱虽乘驷马车，乘车谁买长门赋④？且看了长安回去。

【字词注解】

①寒儒：贫穷的读书人。

②谩（màn）：徒然，枉然。

③题桥柱：用汉代司马相如典。司马相如未发迹时，从成都去长安，出城北十里，在升仙桥柱上题云："不乘赤车驷马，不过汝下。"

④长门赋：据说陈皇后失宠于汉武帝，退居长门宫，闻司马相如善作赋，以黄金百两请其作《长门赋》，以悟主上。武帝看后心动，陈皇后复得宠。

【精彩解说】

可叹那贫寒的读书人，白白地读了这么多的书，读书必须要题字在桥柱。即便题柱后乘坐了驷马车，可乘了车又有谁能遇上陈皇后重金求买《长门赋》的机会呢？到长安看看就回乡去吧。

【赏析】

　　这首小令有个特点，即用了"顶针续麻"（接龙）的手法，也就是将前句的结尾，用作后句的开头，一句一转，直到推出个"读书无用"的结论来，反映了元代特定背景下的读书人的失落与无奈。全曲流露出一种对理想的人生既渴望又失望的情绪，进取不成便故作旷达，旷达之中又透露出某种追求的愤慨。

　　封建时代，文人有两种可能的出路：或是在布衣中物色英雄人物，辅佐他图王称霸；或是像司马相如那样，学成文武艺，货与帝王家。这首曲虽未点出汉文学家司马相如的名字，但却是以他的遭遇来"叹寒儒，谩读书"的。司马相如是文人中凭借真才实学而得青云直上的典型。作品将他题桥柱、乘驷马车、作《长门赋》的发达经历分为三句，一一作为"寒儒"的比照；后者终究有所不及，只得"且看了长安回去"。言下之意，于今即使有司马相如一样的高才，最终也得不到应有的赏识。作者欲擒故纵，一步步假设退让，最后还是回到了"寒儒"的原点。末句亦是一声叹息，以叹始，以叹终，感情色彩是十分鲜明的。

　　严格地说，本曲在逻辑上是不很周密的，比如"读书须索题桥柱"就不是"谩读书"的必要条件，乘了驷马车，碰不上"谁买《长门赋》"，与"看了长安回去"的结局也成不了因果关系。但前面说过，本曲在形式上具有"顶针续麻"的特点。这一特点造成了邻句之间的紧密接续，从全篇来看，则产生了句意的抑扬进退。文势起伏，本身吸引了读者的注意力，在论点的支持上未能十分缜密，也就不很重要了。

　　"且看了长安回去"，似乎也有典故。桓谭《新论》："人闻长安乐，则出门西向而笑。"唐代孟郊中了进士，得意非凡，作诗云："春风得意马蹄疾，一日看尽长安花。"曾被人讥为外城士子眼孔小的话柄。"寒儒"们还没有孟郊中进士的那份幸运，"看了长安"后不得不灰溜溜打道"回去"，"长安乐"对他们来说真成了一面画饼。这种形似寻常实则冷峭的语句，是散曲作家最为擅长的。

【双调·寿阳曲】山市晴岚[1]

马致远

> 花村外，草店西，晚霞明雨收天霁[2]。四围山一竿残照里[3]，锦屏风又添铺翠[4]。

— 【字词注解】

①山市：山区小镇。晴岚：雨过天晴，山间散发的雾气。
②天霁（jì）：雨过天晴。
③一竿残照：太阳西下，离山只有一竿子高。
④屏风：像屏风一样的山峦。

— 【精彩解说】

山花烂漫的村外，山野酒店之西，雨过天晴，晚霞是那样的明丽。太阳就快要落山了，四周的山岭都在霞光的映照里，像锦绣的屏风又添了一层翠绿。

— 【赏析】

这是马致远写的《潇湘八景》（八首）小令中的一首。据记载，宋代宋迪以潇湘风景画平山远水八幅，时人称为"潇湘八景"，或称"八景"。这八景是：平沙落雁、远浦帆归、山市晴岚、江天暮雪、洞庭秋月、潇湘夜雨、烟寺晚钟、渔村夕照。马致远所描写的八景名称与之完全相同，由此可知，他描写的八景也是潇湘八景。

"花村外"，首句暗点题面中的"山"字。"花村"一词点明了描写对象是山花烂漫的山村。一个"外"字，将景物描写的边界扩大，表明此曲着眼点是山村外景。接着"草店西"，暗扣题面"市"字。店指酒店，因是山野酒店，故曰草店。"西"字与"外"字相呼应，进一步表明此曲描写的是草店外的自然风光。花村、草店，虽非作者落墨之所在，但恰如古人山水画的"点睛"，使一幅宁静、恬淡的山水画平添一丝生气，使人想起"结庐在人境，而无车马喧"的意境。这样，全曲的风景描绘便有了一种既在人间，又超凡脱俗的意味。

　　第三句"晚霞明雨收天霁",又扣题面中"晴"字。"晚霞明"为一顿,这三字将山市上空写得清新通明,灿烂多彩,且又点明所写的是晚霞。"雨收天霁"又一顿。霁,本指雨止,引申为天气放晴。此句最妙在一"明"字,它恰到好处地表现了雨后晚晴给人的视觉印象和心理感受。下文的描写则无不由一"明"字生出,此可谓全曲风景描写之"眼"。

　　第四句"四围山一竿残照里",将视线进一步移向"花村外,草店西"的四周之山。"一竿残照"与前句"晚霞"巧妙衔接,曲意流畅自然。"一竿残照",本为"一竿照"之意,指夕阳距山仅一竿之遥。然若照应上文的"草店",似亦可指草店上空的一竿酒旗。本曲为"山市晴岚",实谓买卖之地;岚,一指山风,又指山中雾气。本曲又可解为——小酒店上空,有一面酒旗在雾气中若隐若现,在微风中悠悠飘拂,绮丽的大自然风光中渗透着人间生活气息。这岂不是更富有诗意?

　　末句"锦屏风又添铺翠",锦屏风,比喻四周的山岭,是对"四围山"的进一步描绘。山色青青,在淡淡雾气中连成一片,再加上夕阳晚霞的辉映,就像锦屏风立在"花村外,草店西"。这个比喻极其形象。这里化用了唐代王维《送方尊师归嵩山》中"夕阳苍翠忽成岚"句的意境。夕阳照射雨后的青山,水蒸气上升,产生雾气,锦绣的青山好像添铺了一层苍翠,这景致何其绚丽多彩。

【双调·寿阳曲】远浦帆归[1]

马致远

> 夕阳下,酒斾闲[2],两三航未曾着岸[3]。落花水香茅舍晚,断桥头卖鱼人散。

【字词注解】

①这是马致远写的八首《潇湘八景》中的一首。浦(pǔ),水边。

②酒斾(pèi):酒旗,俗称"酒望儿",挂在酒店门前招揽顾客的幌子。闲:安静。

③航：船只。

【精彩解说】

夕阳西下，酒旗静静地低悬在门前，江面上还有两三只小船没有靠岸。落花纷纷，水面飘香，岸边的茅舍被幽静的暮色笼罩，断桥头的卖鱼人也都回家了。

【赏析】

此曲犹如一幅夕阳水村帆归图，显示出一片幽静美，颇有一种诗情画意的韵味。全曲境界清淡闲远，酒家旆闲、船未着岸、落花晚舍、卖鱼人散，远景近景，闲适幽静，相得益彰，显得清疏又淡雅，同时也透露出隐士追求世外桃源的恬淡心境。

开头的"夕阳下"点明了时间。全曲情境由此而生。"酒旆"，酒店的旗子，既点明了地点，又表示这是小镇所在。一个"闲"字显示出临江小镇的宁静气氛，为全曲奠定闲适的情调。"两三航未曾着岸"，视角放远，将场景由小镇扩展到江滨。"航"，此处指船只。江上只有两三只未曾靠岸的船，"两三"二字的存在进一步突出了小镇的宁静。"未曾着岸"四字隐含着"帆归"之意。船是向岸边驶来的，只是尚未靠岸罢了，这同扬帆远去或航行中流的情景是不同的。本句摄取了渔船欲归而未归那一刹那的情景。酒旆，是近景，酒旗也看得清，这是写近距离的视野。两三航，是远景，远远望去，只见江上有船，船上人看得不甚分明，这是写远距离的视野。以上三句是一个层次，写远浦。

接下来的"落花水香茅舍晚，断桥头卖鱼人散"则转入另一个层次，写帆。曲的构思与诗的构思有共同的特点，容许思想情感的跳跃。此曲略去了渔船靠岸、渔人卸鱼的场景，直接写渔人在镇上卖鱼和归家休憩的生活场面。作者不用"人群熙攘"形容小镇，而用"断桥头"代指小镇，是有意突出小镇的幽寂。傍晚时分，断桥旁曾有过鱼市交易，但这集市很快结束，卖鱼人散去，小镇又重归平静。小镇一天的生活总是以长久的宁静开始，在傍晚时穿插一小会儿热闹，最后以更漫长的平静来作结。"落花"句写出渔船晚景的秀美，衬出渔人生活的悠闲自适。从断桥到茅屋，无繁华可言，他们远离尘嚣，与世无争，怡然自得。

【双调·寿阳曲】潇湘夜雨[1]

马致远

渔灯暗[2],客梦回[3],一声声滴人心碎[4]。孤舟五更家万里,是离人几行情泪。

【字词注解】

①这首小令是作者《潇湘八景》(八首)中的一首。

②渔灯:渔船上的灯火。诗词中往往用"渔火",如唐代张继《枫桥夜泊》诗"月落乌啼霜满天,江枫渔火对愁眠"。

③客梦回:游子的梦醒了。回,苏醒。

④"一声声"句:这是说雨声唤起离人的无穷烦恼。温庭筠《更漏子》:"梧桐树,三更雨,不道离情正苦。一叶叶,一声声,空阶滴到明。"

【精彩解说】

江中的渔火若明若暗,我从梦中醒来,是声声夜雨滴得人心碎难眠。深夜,在这孤零零的小舟中离家万里,仿佛那不是雨滴,是远离故乡的人思乡的涟涟清泪。

【赏析】

这是一支表达身处天涯、心系故园的"断肠人"羁旅乡愁的小令。曲中描写了特有景色中的特定氛围:雨夜、孤舟,渔灯中离家万里的旅人在点点滴滴的雨声里情不自禁流下"几行情泪",将雨、泪、情、景融为一体,使读者也不由得产生强烈的共鸣。

"渔灯暗,客梦回"这两句写的是在水上过夜的情景。潇湘自古为鱼米之乡,故以"渔灯"二字开头,巧妙地抓住了"潇湘夜"的特点。同时,一"暗"字又奠定了全曲暗淡感伤的气氛。"客梦回"的"客"字系自指,此字为下文的思家做了铺垫。"梦回",梦醒。梦到什么,作者未写,却给了读者无限想象的空间。也许是"梦里不知身是客,一晌贪欢"(李煜《浪淘沙》);

也许是"想佳人,妆楼颙望,误几回、天际识归舟"(柳永《八声甘州》)。但是梦回人醒,却是孤舟夜雨,故下面紧接"一声声滴人心碎"。这句写对深夜雨声的感受。雨点滴在船舱上,一声声传来,像滴在人的心上。"心碎"两字,直接切入主题,为全曲之"眼"。前两句何以有暗淡情调,于此揭出其因。以上三句为一个层次,紧扣题面,写潇洒夜雨及作者触景生情。

"孤舟五更家万里",写离家之远,孤身之苦。"孤舟"照应"渔灯","五更"照应"梦回","家万里"照应"客"。五更,言夜之深;万里,言离家之远。这句从时间与空间两个方面写出了远离家人的旅客,在深夜的孤独寂寞之感,是"心碎"的第一层烘托和具体内容的揭示。"是离人几行情泪",再写思家的痛苦。它是"心碎"的第二层烘托。"孤舟"句暗点离人之苦,此句则直揭离人之情,反复回环,"心碎"之情之状,虽无过多言辞渲染,却表现得淋漓尽致。这里作者又采用比喻手法,把大自然的声声雨滴比作离人眼中滴出的伤心之泪。夜雨无边,人泪如斯,离人"心碎"之深,可以想见。

闻雨伤心,离情顿生,乃是古代诗词常用的手法,马致远将这种诗词中常见的意境和手法引入本曲,语简意深。

【双调·寿阳曲】烟寺晚钟[1]

马致远

寒烟细,古寺清,近黄昏礼佛人静[2]。顺西风晚钟三四声,怎生教老僧禅定[3]。

【字词注解】

①本首是马致远《潇湘八景》(八首)中的一首。
②礼佛:顶礼于佛,拜佛。
③禅定:佛家语。佛教修行的方法,静坐敛心,专注一境,止息一切杂念。

【精彩解说】

清寒的炊烟袅袅上升,古寺里十分清幽,时近黄昏,拜佛的人已经离去，四周一片寂静。随着西风传来三四响晚钟声，这怎么能让老和尚坐禅入定。

【赏析】

《烟寺晚钟》写古寺清幽和古寺老僧的孤寂，借以表现诗人内心的凄苦。

全曲共五句，可分为两层，前三句写古寺，写古寺寒烟缭绕，笼罩在清幽寂寞的氛围之中。"寒烟细，古寺清，近黄昏礼佛人静"，先写寒烟，次写古寺，后写拜佛的人，分别用了"细""清""静"三个字来描写，突出了古寺的清幽冷寂。

后两句"顺西风晚钟三四声，怎生教老僧禅定"，说从西风中传来了三四响钟声，天色已晚，这钟声怎么能使想要禅定的老僧心灵安定呢？从上三句描写古寺，转入到描写晚钟，钟声顺着西风飘来，打破了沉寂的气氛，也打破了人们内心的平静。这冷冷清清，死一般沉闷的环境，怎么能使人忍耐啊！钟声冲破了夜的沉寂，冲破和尚的坐禅，也冲破了诗人归隐和不求功名的平静。这是一个反问句，意为这晚钟声，激起了人们多少希望、追求、苦痛、悲愤，以及对往事的回忆，对未来的展望，等等。这死一般的沉静，不但老僧不堪忍受，更是诗人所不能忍受的，真是言有尽而意无穷啊！

这首曲写景，情景交融，在写古寺的清静、古寺老和尚孤寂的心情中，也描绘出现实的沉闷黑暗，透露出诗人的愤懑情绪。写景总是寄托着作者的感情的，为写景而写景是没有多大价值的，正因如此，我们必须透过作品中的景物描写，窥见作者所寄托的思绪感情，把握作品的主题。此外，作者对古寺的描写，对老僧的心理描写，着墨不多，使用了白描的手法，风格质朴，也是这首曲的艺术特色之一。

【双调·寿阳曲】

马致远

云笼月，风弄铁①，两般儿助人凄切②。剔银灯欲将心事写③，长吁气一声欲灭④。

—•【字词注解】

①铁：铁马，悬挂在檐角下的风铃。
②两般儿：此指"云笼月"和"风弄铁"。凄切：十分伤感。
③剔银灯：挑灯芯。银灯，即锡灯，因其色白而通称"银灯"。
④吁气：叹气。

—•【精彩解说】

月亮被层云笼罩，阵阵晚风吹动着悬挂在屋檐下的铁马铜铃叮当作响，这使得人感到更加悲凉。起身挑开灯芯，铺开信纸，想把心事一一对你诉说，但长叹一声，几乎把灯吹灭。

—•【赏析】

元散曲表现思妇的凄苦，往往设身处地，曲尽其致。这首小令，就有着这种熨帖细微的特点。

这首小令最出色的地方就在于它的意境绝妙。"云笼月，风弄铁"，寥寥数语就描绘了一幅凄凉暗淡的画面：月亮被层云所笼罩，阵阵晚风吹动悬挂在画檐下的铁马铜铃，叮当作响，撞击有声。前者为色，造成昏暗惨淡的效果；后者为声，增添了凄清孤寂的况味。夜深人静，室内灯光昏昏欲灭，诗中这位女主人公辗转难眠，透过窗棂久久地遥望那在云层中出没的月亮，思念着、抱怨着远在天涯、杳无音讯的恋人。"助人凄切"一句，更透出思妇早已是凄凉不堪、愁苦难耐了，再加上"云笼月，风弄铁"这等恼人的景况，更是平添了她心中的阴影，使她更烦躁不安，难以忍受。

这种凄切的况味难以忍受，亟须排遣，于是就有了四、五两句的情节。银灯燃烧多时，灯芯变长，思妇挑起灯芯，将银灯剔亮——这也说明她在黑夜中确实已挨守了好多时候。剔亮银灯是为了把自己所有的思念、所有的悲苦、所有的怨恨都写来诉于知己。但不知是千头万绪无从说起，还是一想到那个冤家就气上心头，"长吁气一声欲灭"，自己不由得一声长叹，又恨不得把灯吹灭，发誓不写了。这两句针线细密："剔银灯"回应"云笼月"，云蔽月暗，光线昏暗，加上银灯又不争气，灯芯将尽，故需要"剔"；而"长吁气"则暗接"风弄铁"，窗外的风儿足以掀弄铁马，毕竟未能影响室内银灯，如今居然"一声欲灭"，足见长吁的强烈。这个小小的片段，既出人意料，又使人觉得极为真实。女主人公自己的心事和愁情虽没有直接写出，却一清二楚地展现在读者面前。

本曲结尾堪称出色，作者以长长的一声叹息作结，包含了思妇多少思念、多少怨恨、多少忧愁，读来耐人寻味。卢挚的【双调·寿阳曲】《夜忆》中有一首小令与此曲大半相同，其末句作"长吁气把灯吹灭"，虽然用语明确，但本曲"一声欲灭"则蕴藉含蓄，意味殊深。灯究竟吹灭与否，作者未明言说破，这就使读者自然去想象曲中之女主人公欲吹不忍，不吹又于心难平的矛盾心理和复杂表情，揣摩此曲所包含的爱恨交织的情韵。此可谓"含不尽之意，见于言外"（欧阳修《六一诗话》引梅尧臣语）。

【双调·落梅风】

马致远

心间事，说与他。动不动早言两罢①。罢字儿碜可可你道是耍②，我心里怕那不怕？

【字词注解】

①早言：先说，就说。两罢：谓双方分手，断绝恋爱关系。
②碜（chěn）可可：令人不舒服的，可怕的。耍：开玩笑。

【精彩解说】

心里的事，说给他听。动不动你就先说分手吧。"罢"字实在让人听了难过，你又说是在开玩笑，可你知道我心里怕不怕？

【赏析】

这首小令，作者截取了青年男女恋爱生活中的一个断面描写，拟一个女子的口吻诉说她的内心忧虑，极富情趣。

"心间事，说与他。动不动早言两罢。"这个女子对她的恋人爱得非常真诚，把心里话全都掏出来告诉他，希望她的恋人也能像她一样。可是，那个男子却"动不动"就说要分手。是男子薄情，还是他与曲中女主人公说笑逗趣（"你道是耍"）？曲中未予说明。但女主人公把爱情看得十分圣洁，容不得半点沙子。"罢字儿碜可可你道是耍，我心里怕那不怕？"碜，本指食物中杂着沙子，此处比喻令人不舒服的感觉。碜可可，即给人的刺激确实很大。全句意思是说，我听了"罢"字实在是心惊胆战，你以为可以随便说着玩吗？你可知道我心里是多么害怕啊！听了恋人一句难定真假的话语，便吓成这个样子，这就非常生动地衬托出这个初恋女子对爱情的认真态度，极其传神地表现了她的天真、纯洁。

"我心里怕那不怕？"末句语气娇嗔、温存，既包含了对恋人的善意责备，又包含了对恋人的温情和期望。她希望她的恋人今后再也不要说出这样让人捉摸不透的傻话，再也不要开这样的玩笑。她希望她的恋人和她一样对爱情有着一颗真挚的心，让他们的爱情生活永远美好。或许，这场有趣的小波澜只是他们爱情生活中富于情味的插曲。然而在封建社会，"痴情女子负心汉"屡见不鲜，如果那位男子真要"罢"的话，痴情的女主人公又怎能经受得住呢？这就不由得使人对这位女子可能面对的爱情危机深感忧虑了。元曲篇幅虽小，但容量极大，此曲即是一例。

【双调·落梅风】

马致远

> 因他害，染病疾，相识每劝咱是好意①。相识若知咱就里②，和相识也一般憔悴③。

【字词注解】

①相识每：相好的朋友们。每，即"们"字，元人口语。

②就里：内情，内心。

③和：连。一般：一样。

【精彩解说】

因为想他害了相思，得了一身的病，朋友们劝我都是一番好意。可朋友们要是知道我的内心，一定会和我一样憔悴。

【赏析】

这首小令写一个女子的相思之苦，但写得很含蓄，没有说明怎样受害、染的是什么病、相识劝她的内容、憔悴的情况等。不过从总的内容看是十分明白的：因为男子的负情，她害了相思之病，憔悴得"人比黄花瘦"，朋友们劝她从今以往，勿复相思，却不了解她内心的苦楚。

开头三句"因他害，染病疾，相识每劝咱是好意"，是用女子的口吻说明她被遗弃了，内心十分痛苦，因此病了，朋友劝她，她很感激，知道友人是善意。头两句是对薄情郎的谴责，第三句是对友人劝告的回答。通过这三句话，已经刻画出一位用情专一，深陷相思之苦，而又隐忍大度的女子形象。她坦率纯真，把自己内心的秘密和盘托出。

劝告的相识者，毕竟不能像那位女子那样感同身受，要隔开一层。所以尽管是劝，她被遗弃之苦还是无法从根本上解除。因此，最后两句就做了进一步说明："相识若知咱就里，和相识也一般憔悴。"朋友们如果知道我所受的痛苦，也会和我一样憔悴。这就进一步说明了"因他害，染病疾"之深、之重。这里"和相识也一般憔悴"与"衣带渐宽终不悔，为伊消得人憔悴"（柳永《蝶恋花》）不同，前者是被损害而憔悴，后者是自愿为之憔悴；前者含有怨恨，后者心甘情愿。

这首小令的语言特色是质朴直率、纯用口语，反映了元曲口语化的风格，又用反射之法，以相识若知道"就里"也会为之憔悴说明自己内心的离情痛苦，更加突出了女主人公的断肠之痛。这比直白地说出来，有更好的艺术效果。

【双调·水仙子】和卢疏斋西湖

马致远

春风骄马五陵儿①,暖日西湖三月时,管弦触水莺花市②。不知音不到此,宜歌宜酒宜诗。山过雨颦眉黛③,柳拖烟堆鬓丝,可喜杀睡足的西施④!

── 【字词注解】

①五陵:汉朝五座皇帝陵墓,即长陵、安陵、阳陵、茂陵、平陵。立陵时曾将富家豪族移居陵区,故以"五陵儿"借指豪贵子弟。如杜甫《秋兴》诗"同学少年多不贱,五陵衣马自轻肥"。

②管弦触水:管弦演奏的乐声在湖上飘荡。管弦,管乐和弦乐。莺花市:莺啼花开的春色迷人之处。

③眉黛:黛眉。形容远处的雨后春山,好像西施皱起的青黑秀眉。

④可喜杀:非常高兴,喜气洋洋。杀,语气助词,也写作"煞"。

── 【精彩解说】

春风轻拂,五陵子弟骑着马儿游逛,正是西湖三月风和日丽之时,到处莺啼花开,管弦演奏的乐声在湖上飘荡。不是知音不要到这里来,在这里尽情地唱歌、饮酒、吟诗。阵雨过后,春山好像西施颦眉,柳絮纷飞,远看垂柳托着烟霭如西施蓬松的鬓发,美丽的西湖啊,就像睡足初醒的西施那样娇柔妩媚!

── 【赏析】

自古以来,不少文人骚客吟咏西湖。自从北宋苏轼以西子比喻西湖后,在人们心中西湖就成了中国古时绝代佳人的化身。马致远用【水仙子】曲牌写了四支小令,歌咏春、夏、秋、冬四季的西湖景色,也用它们比作西子姑娘的四种不同风格。"春风骄马五陵儿"是其第一首,写西湖春景。

作者入手就避开了直接描绘湖光山色的熟路,先写游人、游兴,渲染了一片热闹欢腾的气氛。春天是西湖最宜游赏的季节，车马喧闹，游人如织。尤其是那些锦衣绣裳、前呼后拥的公子王孙，他们骑着高头大马，沐浴着春风昂首而来，在游人中分外引人注目，于是曲作者捕捉了这一形象。第二句进一步补出时间、地点和天气状况：三月西湖一个风和日丽的日子。以下写众多游人的活动。游赏的方式有很多，或行，或坐，或楼阁饮宴，或湖上荡桨，不能尽写。作者于此剪裁，只是撷出最能表现游乐的方式——奏乐，这便给画面配上了音乐，使之平添更多的生气。"触"字很传神。奏乐者或在画船，或在水滨，丝竹声定然不是直入云霄，而是先掠过水面，然后再迸射四周，飘散在街市的莺声花丛中。

四、五两句承上以议论抒情，赞叹西湖美景最能激发游人诗酒吟唱之兴。"不知音不到此"是说非知音不能至此乐境。"宜歌宜酒宜诗"，仿辛弃疾句"宜醉宜游宜睡"，两句境界相近，虽系仿拟，却不失谐调。六、七两句方实写西湖本身景色。万千气象，作者只抓住以西子喻西湖的命题要求，描绘那远处一抹青山，正像美人深翠的眉毛；近处如烟的柳丝，正像美人蓬松的头发。

最后一句点破：这不活像刚从浓睡中醒来，神采焕发、喜气盈盈的西施姑娘吗？"山过"两句用语极工巧。是雨后之山，故云"过雨"，如非雨后而是雨中，则山色空蒙，是不能现出翠眉般的清晰线条的；"颦"是皱眉，西施不是因捧心蹙眉之态最为妍媚才引得东施效仿的吗？下句以烟喻柳虽非独创，但加一"拖"字，画出了和风吹拂、柳枝斜长的动态，却是新颖别致的。"堆"字使人想见美人乌发之浓密，似乎高耸的发髻就在眼前。这两句音律对仗很严密，但仔细推敲，句法又不尽相同。"过雨"实则是"雨过"，"拖烟"却非"烟拖"，而是"柳拖"。"眉黛"是"黛眉"，因音律要求而倒装，"鬓丝"却是不能颠倒成"丝鬓"的。如此工稳中求变化，非功力极深的作者是不易做到的。

【双调·清江引】野兴

马致远

樵夫觉来山月底①，钓叟来寻觅②。你把柴斧抛，我把鱼船弃。寻取个稳便处闲坐地③。

—●【字词注解】

①樵夫：砍柴人，此指隐士。
②钓叟：渔翁，此指隐士。
③稳便处：妥当方便的地方。坐地：坐一下。

—●【精彩解说】

山中砍柴的樵夫一觉醒来月亮已经落下去了，渔翁上山来找他。他对樵夫说：你把那砍柴的斧子扔了，我把那渔船丢弃。一起去找个安安静静、没人打扰的地方闲坐着。

—●【赏析】

像许多元代散曲作家一样，隐逸情怀也是马致远反复吟唱的主题。在现存的马致远小令里，有一组题为《野兴》的【双调·清江引】颇为引人注目。这八首同题小令并非一时一地写就，但在表现忘情物外、避祸全身的思想和抒发恬适的隐居情怀上却完全一致，它们都真实地披露出作者复杂、矛盾的内心世界。本曲抒写渔樵生活的乐趣，作者在这里描绘的是渔夫和樵夫劳动之余闲谈的场景。樵夫、渔夫是元曲中经常写到的人物，已经成为一种象征。所以此曲并非实写，而是作者心中的一种美好想象，表达了作者不愿受官场束缚，向往自由隐逸的情怀。

山月渐落，丛林寂寞。渔人弃舟登岸，到山中来探访迟迟未曾还家的樵夫。在这远离尘嚣的荒野，樵夫卸下柴担，放下利斧，与渔人相约席地而坐。万籁无声，山野寂寥，除了这两个心曲相同的山野之士，再没有任何人来打扰，也没有任何琐事相烦。

渔人入山找樵夫有什么事情吗？樵夫入夜而不归家是为生计所累吗？他们谈了什么话题，以至于忘情坐地？是谈世态炎凉、官场黑暗，还是谈古说今？或许，他们什么也没有说，什么也不必说，就这样与林泉朗月相对，直坐到东方欲晓，在静默中获得了彻底的灵魂上的解脱。这里的渔夫、樵夫当然并非现实生活中的渔樵者，他们不过是作者自托身形、自寓心迹的幻影化身罢了。

这首小令采取了叙事的手法，一开始就把读者引入一个特定的环境、一种朦胧的氛围和超尘拔俗的意境之中。作者有意让"樵夫""渔夫"处在这种没有开始,也没有结局的"永恒"中,既鲜明又含蓄地表达了忘情物外的心志情思,而这种心情和怀抱正是作者从坎坷、漫长的仕途中亲身体会出来的。

【双调·清江引】野兴

马致远

绿蓑衣紫罗袍谁是主①,两件儿都无济②。便作钓鱼人③,也在风波里。则不如寻个稳便处闲坐地④。

【字词注解】

①绿蓑衣:渔樵、隐士的代称。用唐代张志和《渔歌子》"青箬笠,绿蓑衣,斜风细雨不须归"典。紫罗袍:入仕当官的代称。
②无济:无用,无益,无济于事。
③便:即使,纵使。
④稳便处:安稳、方便、适宜的地方。

【精彩解说】

不管你穿绿蓑衣还是紫罗袍,这两种人都没用。就是做个钓鱼人,也颠簸在风波里。还不如找一个安安静静、没人打扰的地方闲坐。

【赏析】

此曲抒发了作者的归隐思想。上一首写的是渔樵生活的乐趣,而这一首写的是渔夫生活的艰辛和无奈,由此作者提出归隐的思想。这首小令蕴含了作者惯有的隐逸思想,他就想过一种完全没有人管束、彻底自由的生活。

唐代张志和在《渔歌子》中以"青箬笠,绿蓑衣,斜风细雨不须归"来描写渔隐生活,此后,"绿蓑衣"便成为渔夫、钓叟和隐士的代称。"紫罗袍"则是贵官,此处代指当官的。渔人与官吏本不相干,但马致远在这首小令里劈头便一句"绿蓑衣紫罗袍谁是主",似乎奇怪。"主"是主宰的意思。"谁是主",通俗说便是"谁是主宰者"。钓鱼的,当官的,谁是主宰者?作者以此设问提领全曲,颇令人寻味。作者的回答是两者"都无济",都无济于事。马致远经过长期仕途坎坷,逐渐领悟到"风波梦,一场幻化中",于是产生了"且向江头作钓翁"(【金字经】)的归隐之意,对"紫罗袍"已不抱任何幻想。

但是,本曲题为"野兴",意在抒发恬退之意,为什么还把"绿蓑衣"与"紫罗袍"并列,并说"两件儿都无济"呢?下句"便作钓鱼人,也在风波里"便道破其机。这里的"风波"是元散曲常用来隐喻政局变幻、升沉无定数的。这样,所谓"钓鱼人"指的就是"渭水垂钓",以期明主的姜太公式"隐士"了。姜太公之路是历来失意文士十分羡慕的"终南捷径"——先当隐士,以博高名;日后登龙门,紫袍加身。这是古代所谓"隐士"的真面貌。马致远一语揭穿其机密:暂时没有当官的"绿蓑衣"和已当官的"紫罗袍"都是为了什么?还不都是为了利禄奔忙!他们的"主"都是名利!看穿了世态炎凉的马致远,既无意于"紫罗袍",也不要做一个假隐士,他要彻底地超脱,彻底地远离"红尘百丈波",这就是结句"则不如寻个稳便处闲坐地"的真谛,也是绿蓑衣、紫罗袍"两件儿都无济"的真正命意。

【双调·清江引】野兴

马致远

林泉隐居谁到此?有客清风至。会作山中相[①],不管人间事。争什么半张名利纸[②]!

【字词注解】

①会作:善做,真正懂得做。山中相:南朝梁代陶弘景。他隐居于句曲山(即茅山,在今江苏西南部),梁武帝多次请他出山都不就。于是,每当有国家大事,皇帝就派人去咨询,人称"山中宰相"。

②名利纸:指代功名利禄。

【精彩解说】

在深山林泉隐居,谁能到这里来呢?只有清风是这里的客人。真正懂得做山中宰相，就要完全不去管人间的闲事。何必去争那半张名利纸呢！

【赏析】

作者在此小令中对陶弘景的隐居产生了疑惑。他主张做真正的隐士，不要再管人间琐事，不要再争夺名利，林泉与清风才是隐居者的乐趣所在，拥抱大自然才是隐居者的美好归宿。

这是一个十分幽雅的处所。作者结庐于山水奇佳之地，远离市井红尘。由于他潜心归隐，平常没有闲人来打扰，唯有清风徐来，使他时时感到新鲜与快意——权且把清风视为常客吧。在这人迹罕至、林泉为伴的僻静山野，只有大自然是唯一伙伴，他就是大自然唯一的主人——一个"不管人间事"的"山中相"。"山中相"用南朝梁陶弘景事。据《南史·陶弘景传》载，陶弘景隐居山中，梁武帝手诏请其出山为官，不就，"国家每有吉凶征讨大事，无不前以咨询"，时人谓为"山中宰相"，此处仅取其隐士意。荣辱皆忘，名利双抛，澄心静虑，作者不仅身居山中，而且心与万物相合，结成一体。

以上就是这首曲所表达的内容。令人深思的是作者本幻想着有朝一日成为"人间相"的，但现实却使他只能成为"山中相"，而这山中相又绝非是得到圣上青睐、操纵人间大事的陶弘景式的"山中相"，他所能主宰的只是自己的心灵、山中的草木。然而，正是在作者失去了"人间"的一切后，他才得到了真正的一切，得到了一个不为任何外物所役的纯粹自身。这是作者对人生的深刻反思，是一种老庄式的大彻大悟。"山中相"是对命运嘲弄的回答。解嘲也罢，彻悟也罢，赞颂大自然也罢，它们都是"野兴"。它与金殿庙廊毫无关系，与世俗之心不相凉热，这是马致远对社会现实的回答。

【双调·清江引】野兴

马致远

东篱本是风月主^①，晚节园林趣。一枕葫芦架^②，几行垂杨树^③，是搭儿快活闲住处^④。

【字词注解】

①风月主：大自然的主宰者。风月，代指整个大自然。
②一枕：一排、一行之意。
③垂杨：垂柳。
④搭儿：处，地方。

【精彩解说】

我本来是大自然的主人，晚年的爱好、志向在于寄趣园林。在院子里种一排葫芦，在门前栽几行垂柳，这真是一处快乐悠闲的住处。

【赏析】

作者深知做人的乐趣在于融入大自然中，做一些自己喜欢做的事情，这样有一种世外桃源的感觉，真是一个快乐的境地。这是作者《野兴》组曲的最后一首，作者借对自己隐居处所颂扬性的描写，为组曲主题做了归结。

"东篱本是风月主"，起句用一个判断性语句对自己的情趣、爱好及人生追求做了概括，从而为全曲的思想内容定下了基调。"东篱"，是作者自号，取自陶渊明的诗句"采菊东篱下，悠然见南山"。不难看出，作者是倾心于陶渊明的怡然自乐的隐居生活的。因此，这两个字就不仅仅是作为作者的代称出现，还会唤起读者丰富的联想。"风月"，这里是借代，代指整个大自然。作者一开始就十分自得地宣布，他就是大自然的主人。"本"字用得十分恰切，它不仅使这个陈述句的语气显得更加肯定，而且表明自己过去热衷功名，乃是误入歧途，现在才恢复自然本性。这一句是对自己的自然本性、情趣爱好的总写。

"晚节园林趣"，点明自己晚年的志向、爱好在于寄趣园林。正因如此，他对隐居的园林做了苦心的经营。第三、四句用白描的手法勾勒出园林的概貌。"一枕葫芦架，几行垂杨树"。作者只选取了葫芦架、垂柳两种景物，就将他园林的景色呈现在人们的眼前。可以想见，这是一个远离尘世、野兴盎然的处所。绿荫之中掩映着一座农舍。院内，搭着一排葫芦架；门前，长着几行垂柳，微风拂来，柳枝翩翩起舞。这里没有尘世的喧扰，没有官场的纷争，一切显得那么平和、宁静而又充满生机，真是一处世外仙境。我国古典诗词讲究神形兼备,并且往往是以形传神。这两句不仅写出了园林的形貌,而且写出了园林的神韵。"是搭儿快活闲住处"将这种神韵进一步点染了出来,而作者对自己园林的喜爱之情也溢于言表。正是在对园林的这种赞美性的描写中,作者对隐居生活做出了毋庸置疑的肯定。

此曲不讲藻饰,不事雕琢,造语平淡,但情真意切,关键在于作者对生活有深切的感受,加之高超的艺术造诣,才能以平淡出之。

王伯成

〔作者小传〕

王伯成,元代散曲作家、杂剧家。明初贾仲明为《录鬼簿》补写的吊词中说他为"马致远忘年交,张仁卿莫逆交"。散曲现存套数三套,小令二首。有《天宝遗事诸宫调》见称于世,今残。另著杂剧三种:《贬夜郎》《泛浮槎》《兴项灭刘》。前一种今存,后两种今不存。

【中吕·阳春曲】别情

王伯成

> 多情去后香留枕,好梦回时冷透衾①,闷愁山重海来深。独自寝,夜雨百年心②。

— 【字词注解】

①衾:被子。
②百年心:愁闷既深且重,似有百年那样长。

— 【精彩解说】

情人离去以后余香还留在枕边,好梦惊醒时被褥冷气袭人,苦闷忧愁像大山一般重,像大海一样深。独自入睡,夜雨滴滴敲打在心头,勾起百年长的思念之情。

【赏析】

这支曲子写心爱的人离去后的孤独感受。这是古代诗歌中常见的题材，在重情恋的元曲中更为普遍。而本曲却独具特色。

"多情去后香留枕，好梦回时冷透衾"，开篇两句，忽往忽来、纵横往还间说尽相思之情。"多情"充当主语很有趣，不表身份只言情分，"多情"是摇曳的姿态，更是旖旎的气氛和情调。多情故有香留，有香故惹好梦。只说梦"好"而没有更多刻画形容，正是"不著一字，尽得风流"。梦有醒时，醒来一人独对青灯，枕畔萦绕着情人留下的暗香，耳边是凄风苦雨的声响。这里"冷透衾"的"冷"不同于杜甫"布衾多年冷似铁"（《茅屋为秋风所破歌》）那样的冷，更多的是一种心理感觉。不仅"冷"，更曰"透"，可知这相思之深了。

多情去，好梦回，去还留香，梦醒心凉，在这样回环往复的心情下，"闷愁山重海来深"便水到渠成，自然流出。"闷愁"，是不能宣泄言说之愁，只能闷在心里去翻江倒海。

最后，"独自寝，夜雨百年心"。"独自寝"在这里似乎重复多余了，关键在于对"夜雨百年心"的理解。"夜雨百年心"可解为两层含义：一指夜雨滴滴敲打着内心，勾起浓重的思念之情，而这思念恰如百年那样长，让人难熬；二指夜雨敲打百年，仍对爱情忠贞不贰。此取第一层含义。

本曲的特色体现在三个方面。首先，传统写法中这个题材主人公多为女性，往往是男性作家模仿女子的口吻来写，无论怎样惟妙惟肖终不免有越俎代庖、隔靴搔痒之感。这支曲子却是男性作家"我手写我心"，直截了当，自然天成。其次，元曲中这类曲子大都写得粉泽香软，泼辣露骨，而这支曲子偏重表现心理感受，在含蓄和表露间开合有度，蜜意浓情之外更蕴含深刻的骨力和气度，独标高格。最后，多层面的意蕴是此曲的第三个特点。作者在用词和表达上恰到好处，含蓄地为我们预设了无限的解读和阐释空间。曲中的"多情"是谁？这一去是暂别还是永别？这"夜雨百年心"究竟是何滋味？这一切都只藏在那永夜无眠的听雨之人心里。

滕斌

〔作者小传〕

滕斌,元代散曲作家。至大年间(1308—1311)任翰林学士,出为江西儒学提举。后弃家入天台山为道士。有《玉霄集》。现存小令十五首,多写归隐生活,风格苍凉,《太和正音谱》称之为"如碧汉闲云"。

【中吕·普天乐】

滕斌

柳丝柔,莎茵细①。数枝红杏,闹出墙围。院宇深,秋千系。好雨初晴东郊媚,看儿孙月下扶犁,黄尘意外②,青山眼里,归去来兮③。

—•【字词注解】

①莎茵:像毯子一样的草地。莎,莎草。茵,垫子、席子等的通称。

②黄尘:比喻俗世、尘世。唐代聂夷中《题贾氏林泉》:"岂知黄尘内,迥有白云踪。"

③归去来兮:归去吧。来兮,语气助词。

—•【精彩解说】

新发的柳条柔如丝,莎草细密如茵。几枝红杏热闹地开在围墙之上。院子深深,系着秋千。想等到好雨初晴,在东郊明媚的春光中看儿孙们月下扶犁春耕，世俗黄尘不在我意愿之内，青山却在我眼中相看不厌，归去吧。

【赏析】

滕斌有【普天乐】小令十一首，主题都是写隐逸之乐，作者通过对自然风光的描绘或对官场名缰利锁的批判，表现了对隐逸生活的倾慕。这首小令是其中的第一首。作者从描写春景入手，以细腻的文笔，用柳丝、莎茵等富有特征性的景物，描摹春天景象，秀淡、明丽、远近交映、动静相宜，生机和情趣暗寓其中。

"柳丝柔，莎茵细。"柳对于春的消息特别敏感，最占春光之先。莎，草名，俗称"香附草"，生于初春，丛丛茸茸，如翠茵铺地。柳丝如线，莎草成茵，正是春回大地的景象；"柔"与"细"，正是初春的写照。

"数枝红杏，闹出墙围。"这两句描绘了满园春色的又一景。此句是从宋代叶绍翁《游园不值》化用而来："春色满园关不住，一枝红杏出墙来。"此外还有宋祁《玉楼春》词："红杏枝头春意闹。"总之，作者化用前人名句，转为新作。句中改"一枝"为"数枝"，似拙而实巧，既免去了孤标独傲，又与"闹出墙围"意境相应。这两句气氛热烈，是这首小令中唯一的热闹景。这幅景象使得全曲在秀淡之中见绚丽，沉静之中见热烈，增加了色调层次美。以上皆是自然之景。

接下来诸句，虽然仍在写景，但笔触已渐渐转为写人事，作者的主观抒情成分也逐笔加重。"院宇深，秋千系。"这两句写作者理想的居住环境，静谧而安逸。"好雨初晴东郊媚，看儿孙月下扶犁"，这两句写作者设想在"好雨初晴"的明媚春光之中，在东郊闲看儿孙们月下扶犁春耕。作者写"月下扶犁"，主旨不一定在于表现春耕之忙，而是要为全曲增加一层静美。"看"字之中蕴含着恬淡、闲适和作者的无限喜悦，这是作者追求的理想境界。

"黄尘意外，青山眼里，归去来兮。""黄尘"，借指官场之气，作者年事已高，厌弃官场，毫无留恋之情，故曰"意外"，而"青山"（借指归隐）相看不厌，对作者有着很大的吸引力，这样就自然引出了"归去来兮"的结句，把作者的归隐思想表露无遗。

这首小令仅四十六个字，却能以轻浅、凝练之句，多层次多角度地写景，罗织画面，佳境迭现，如真如幻；而景物之中，皆渗透着作者的主观感情，景愈美而情愈深，无不引发归隐的想法，最终水到渠成，引出了"黄尘意外，青山眼里，归去来兮"的结句。可见作者写景，全是为了抒情言志，这是一种以景见志的极好笔法。

【中吕·普天乐】

滕斌

翠荷残，苍梧坠①。千山应瘦，万木皆稀。蜗角名，蝇头利②，输与渊明陶陶醉。尽黄菊围绕东篱，良田数顷，黄牛二只，归去来兮。

【字词注解】

①苍：深绿色。梧：梧桐树。坠：此指落下树叶。
②蜗角、蝇头：表示对世俗名利的鄙视。

【精彩解说】

翠荷凋残，苍梧坠叶。千山应当也消瘦了，万木都凋零稀疏了。我仍被蜗角般的虚名、蝇头一样的小利束缚，与陶渊明的归隐相比，我是不如的。展望归隐后的田园景象，当有黄菊开满的东篱，有良田数顷、黄牛两头，归去吧。

【赏析】

这首小令是【普天乐】小令十一首中的第三首，作者通过对秋景的描绘和对官场名利的批判，表现了归隐田园的志趣。此曲在构思上也颇有佳处。

曲子从写景入手，前四句写秋景。"翠荷残，苍梧坠"二句描写眼前之景：翠荷凋残，深绿色的梧桐坠叶。"千山应瘦，万木皆稀"两句中，一个"应"字耐人玩味，仿佛山是有情的，也应当憔悴消瘦。作者将无情之物（山）人格化，这是移情入景的手法。这四句写景，由近及远，意象由真切具体到苍茫博大，层次分明。作者连用"残""坠""瘦""稀"四字，写出了百花凋零、草木摇落的萧瑟秋景,再加以"千山""万木",将空间范围描摹得更为阔大,于是秋季的肃杀之气塞空而下,颇有气概。其实,秋天正是橙黄橘绿时,秋本身是没有悲伤的,但由于作者有感于岁月流逝中自己渐渐老去,犹如草木凋零,故而觉得秋景凄怆悲伤。

作者回首人生旅途,大半生已经过去,却仍然碌碌无为,被名利所束缚,于是接下来由描写景物转入感慨人事:"蜗角名,蝇头利,输与渊明陶陶醉。"蜗角,典出《庄子·则阳》,说蜗牛左角上有触氏国,右角上有蛮氏国,"时相与争地而战,伏尸数万"。苏轼在《满庭芳》词中又有"蜗角虚名,蝇头微利"句。这里用"蜗角"和"蝇头"来表现作者对名利的鄙视。然而作者身处官场,虽然想归隐,但一直没能实现。于是作者承认自己在这一点上输给陶渊明了。一个"输"字,表现了作者对隐士陶渊明的倾慕和对自己未能及早归隐田园的悔恨。

"尽黄菊围绕东篱,良田数顷,黄牛二只,归去来兮。""黄菊围绕""良田数顷""黄牛二只"是作者预想归隐后田园生活的蓝图。一想到躬耕田亩、远离官场风波的自由自在,作者不禁欣然神往,于是在曲子末尾写下一句"归去来兮",表明自己的浩然归志。

这首曲子以景起兴,以情作结,皆统一于远离名利场、归隐田园这一主旨上。中间虚实交错,景与情,古与今,人与我,眼前与未来,时空跌宕转换,有对比、有反思、有展望。全曲曲折而放达,语调苍凉而激愤。

李致远

〔作者小传〕

李致远,元代散曲作家。一生不得意,但固穷忘忧,孤傲清高。与文学家仇远相交甚密。明代朱权《太和正音谱》列其为"曲坛名家",评其词"如玉匣昆吾"。散曲今存小令二十六首,套数四套。

【中吕·红绣鞋】晚秋

李致远

梦断陈王罗袜①,情伤学士琵琶②,又见西风换年华③。数杯添泪酒,几点送秋花。行人天一涯④。

—•【字词注解】

①梦断:梦被截断。指从梦中惊醒。陈王:三国魏文学家曹植。罗袜:丝袜。

②学士琵琶:唐代大诗人白居易作《琵琶行》诗,诗中对琵琶女寄予深切的同情,并有感于自己与琵琶女"同是天涯沦落人"而格外伤感。

③西风换年华:秋风萧瑟,一年将尽。

④天一涯:天的一方。

【精彩解说】

从与洛神相会的梦中醒来,犹如白居易作《琵琶行》那样感伤,秋风又起流年易逝。几杯酒下肚勾出伤心的眼泪,黄花几朵送走了秋光。我独自一人浪迹在天的一方。

【赏析】

此曲以《晚秋》为题,描写送别时的伤感。晚秋本身有一种凄凉萧瑟的气氛,更衬托出伤感离别之情,反映出作者与"洛神"失之交臂的无限痛苦。曲中大量引用前人离别伤感的诗句,表现作者的离愁别绪。

第一、二句是一组对句,各用了一个典故。前句,"陈王"指曹植,因曹植最后封地是陈郡,谥号"思",故后人称他为"陈王"或"陈思王"。曹植写过一篇著名的《洛神赋》,写洛神的体态步履:"体迅飞凫,飘忽若神,凌波微步,罗袜生尘。"意思是说,这位女神身体轻盈如飞鸟,姿态飘逸若神仙,她在水波上细步行走,美丽的罗袜处处留下她的风流余韵。了解这个典故,便可知本曲的首句是说:离别前,主人公刚从一个思念美人的梦境中惊醒。

第二句说白居易的故事。白居易曾官至翰林学士,所以这里简称"学士"。白居易因上书言事,触忤朝廷,元和十年(815)被贬为江州司马,次年秋,送客湓浦口,闻舟中夜弹琵琶,而作《琵琶行》,把自己的悲愤感情与琵琶女的不幸遭遇融合于诗。诗最后写道:"凄凄不似向前声,满座重闻皆掩泣。座中泣下谁最多?江州司马青衫湿。"这就是"情伤学士琵琶"的出处。散曲在这里提及白居易失意伤情的事,并以此比拟自己的情怀,这就让人不禁想到作者也有类似的牢骚与不平。

第三句"又见西风换年华"感叹岁月流逝,年华更换,衬托了作者的哀伤。西风又起,离别经年,相思之情不是淡了而是更浓了。这一句是写景抒情之笔,但也只是一个过渡,真正抒发作者一片深情的是过渡后的两句——"数杯添泪酒,几点送秋花"。这里的"酒"不是为了解愁,而是为了"送秋"。可是对着几朵黄花,端起面前的酒杯时,不觉数行相思的眼泪早已"添"在这酒杯里了。一个"点"字,显示了花之少,更衬出秋意萧瑟,尤为新巧、贴切。

末句"行人天一涯"总叙自己此后为行旅之客,行无定所,天涯海角,独自一人。凄切哀婉之情,溢于言外。

【中吕·朝天子】秋夜吟

李致远

> 梵宫、晚钟①。落日蝉声送。半规凉月半帘风②,骚客情尤重。何处楼台,笛声悲动?二毛斑③,秋夜永。楚峰几重④?遮不断相思梦。

●【字词注解】

①梵宫:佛寺。

②半规:圆形为规,半规即半圆。

③二毛斑:鬓发斑白,黑白间杂。

④楚峰:重庆与湖北交界处的巫山。巫山有十二峰,其中神女峰最奇。

●【精彩解说】

寺庙里传来傍晚的钟声。阵阵蝉鸣送走了落日。半轮凉月升起,半帘夜风吹来,触发诗人的满怀愁绪。从什么地方的楼台上,传来悲怆的笛声?我鬓发已斑白,秋夜这样漫长。虽与巫山神女相隔重重山峰,也遮断不了对她的相思梦。

●【赏析】

这首小令从写景到寄情,每个意象都极富韵致。晚钟、笛声与凄切的蝉鸣,在落日、梵宫、凉月等具体的景物之外,造成一种清冷凄绝的氛围,其艺术效果在于衬托出"骚客"(即作者)落寞苦寂的情思。

前三句着眼点集中于两种景物——梵宫、落日。梵宫,即佛寺,在古诗词中有时也被称作"梵刹"或"梵宇"。山寺佛门,本来就是清修寂寥之地,悠悠晚钟在夕阳下的空谷间回荡,那沉重的钟声仿佛在撞击羁旅骚客的心灵,使他在茫然之中顿生"日暮途穷"之感。同时寒蝉也正在为客子吟诵着别离的悲歌。

　　下句"半规凉月半帘风，骚客情尤重"写骚客投宿山寺，正是"月明古寺客初到，风度闲门僧未归"的情景。"半规凉月半帘风"，从意境上看，两个"半"字用得格外含蓄。前者"半规凉月"应系客人未归之情，总是不得团圆；后者"半帘风"，又有客身孤单、无限萧瑟之意。身在寒寺，易生感慨，所以"骚客情尤重"，便是近写情怀的重重一笔了。

　　此时此刻，秋宵夜永，远处传来袅袅凄婉的笛声，如泣如诉，牵动骚客的相思之情。那悲凉的笛声，也许来自寂寞清冷的楼台之上，难道吹笛人也有同样的哀怨，要在笛声中诉说吗？为什么笛声是这样悲凉动人啊？自古吹笛与闻笛之间往往有幽情相通。"楼台"虽出自想象，但听到"笛声"却如见其人。接下来"二毛斑，秋夜永"。哀怨的笛声引起了作者内心的共鸣，他想到自己头生白发，已成黑白二毛，岁月蹉跎，今日还孤独地栖守在漫漫的秋夜中，内心充满了隐痛。"二毛"原意是指老年人头发斑白。但元人以此入曲，多指因愁苦而早生华发。

　　结尾"楚峰几重？遮不断相思梦"，言所思之人正在远山处，重重楚山隔人不见，但相思魂却萦系千里。虽然这只是一种心理对现实的超越，但却以生动的语言，将相思之情表达得更有韵味。

【越调·天净沙】离愁

李致远

敲风修竹珊珊①，润花小雨斑斑，有恨心情懒懒②。一声长叹，临鸾不画眉山③。

【字词注解】

①敲风修竹：高高的竹子在风中相互敲击。珊珊：象声词，形容玉、铃、雨、钟等发出的声音，此处形容竹子相互碰击的声音。

②恨：离恨。

③临鸾：临镜，照镜。鸾，指背面铸有鸾凤图案的镜子。眉山：眉毛。

──●【精彩解说】

高高的竹子在风中互相敲击，发出了珊珊的声响，湿润的小雨落在竹子上留下斑斑水印，看到这小雨淅沥，怨恨自己慵懒的心情。一声长长的叹息，不再对着镜子梳妆打扮了。

──●【赏析】

这支小令通过对一个生活细节的描写，生动地反映出曲中女主人公孤寂苦闷的心情。此曲以"离愁"为主题，写微风细雨勾起闺中女子的离情别恨，因而心意懒懒，唉声叹气，无心梳妆，将"女为悦己者容"的心事表现得恰如其分。

"敲风修竹珊珊"，这一句写春夜风竹相敲，时时送来徐缓的雨声，聒得人不能入睡。"珊珊"是拟声词，这里指的是竹子相互碰击的声音。疏落徐缓的雨点洒落在竹叶上，像珠子落玉盘一样疾徐有致。这样的雨声不能不说带着些令人神往的美感，但在离人的心上唤起的却是一片春愁。

"润花小雨斑斑"是从春夜闻雨的听觉形象过渡到春朝见雨的视觉形象上。"斑斑"是形容词，意思是点点。小雨点点滋润着春花，这在诗词里被称作"催花雨"。春花得了微雨自然容易怒放。这样的景象应该会给人带来慰藉，但在离人眼里唤起的却又是无限惆怅。

"有恨心情懒懒"，正是由于春光明媚而人远在千里，才使这位满怀离愁的女子，怕听见春雨，怕看见春花，心情懒懒的，感到百无聊赖。"心情懒懒"是对大好的春色而言，春色不能给她带来慰藉，却只能给她增添离愁，因此使她心情十分慵懒。

"一声长叹，临鸾不画眉山。"离愁使思妇无心饰容，但晨起之后又不能不临镜梳洗，"一声长叹"正表现了这种欲行又止的矛盾苦闷心情。"鸾"是鸾镜的省称。古代妇女所用铜镜的背面常铸有鸾凤祥纹的图案，故称"鸾镜"。"不画眉山"是说梳洗之后再没有心情用黛画眉。女为悦己者容，良人远行未归，画了眉也无人欣赏，故懒得画眉了。

这首小令写得声情并茂，十分传神。写法上能以少胜多，小中见大，以有限的笔墨表现出无限的情思，颇耐人寻味。

【越调·迎仙客】暮春

李致远

吹落红,楝花风①,深院垂杨轻雾中。小窗闲,停绣工,帘幕重重,不锁相思梦。

【字词注解】

①楝(liàn)花:楝树开的花。楝,生长于北方的落叶乔木。果实味苦,所以俗称"苦楝子"。

【精彩解说】

清风吹落了花瓣,夹杂着淡淡的楝花香迎面而来,薄雾弥漫在深院中,轻轻地笼罩着院中的杨柳。夜深人静,停止了绣工,帘帐重重低垂,却挡不住她对远方心上人的相思之情。

【赏析】

这支小令写暮春时节,在一个看似十分幽静、闲适的环境里,一位少女的内心世界里掀起的剧烈的情感波澜。她依靠着小窗闲坐着,停下了手中的绣工活儿,痴痴地思念着意中人。曲中以寥寥数语就刻画出这个少女形象,可谓栩栩如生。

"吹落红,楝花风,深院垂杨轻雾中。"楝花盛开时,清风吹来,吹落片片花瓣,大有李煜《相见欢》词"林花谢了春红,太匆匆"的语言境界。春花已尽,只有深院中的垂柳,笼罩在轻雾之中摇曳多姿。就语言景象而言,"落红""楝花风""垂杨轻雾"这些表现环境的景致都相当有暗示性。花开花落,暗示红颜易老;杨柳依依,暗示离人未归。

接下来,"小窗闲,停绣工,帘幕重重,不锁相思梦"是从上面自然环境的暗示,过渡到人物心态的描写,但暗中却有一情相牵,那就是在写"落红""垂杨"之时,已经透露出闺中思妇对离人的思念了。正是因为远别的意中人春尽不归，致使红颜空老，所以"小窗"之下才寂静无声，听不到人语应答，只有孤单一人陷入沉思之中。比较之下，唐代顾敻《河传》的"小窗屏暖，鸳鸯交颈"，自然别是一番情境。一"闲"一"暖"，情味大变。就鉴赏而言，这个"闲"字正应与顾词中的"暖"字对读，方能领悟其中深味。以下"停绣工"三个字，写得非常细腻生动。如果分解成几个镜头的话，首先看到的是闺中女子的一只纤手正在绣绣停停，接着应是另一只纤手支颐沉思。这些想象应该说都在情理之中。唐代韩偓《雨中》云："鸟湿更梳翎，人愁方拄颊。"可见人在愁时，是容易出现这种潜意识的动作的。

最后两句"帘幕重重，不锁相思梦"，意远情深，余味不尽，确是言情妙手。重重帘幕遮不断魂牵梦萦，昼思夜想，只是不见良人归来。因此，推想明日小窗之下，又是孤独一人，这相思之情何时了断！所谓"意远情深"正可由此思而得之。

赵孟頫

〔作者小传〕

赵孟頫（fǔ），元代著名书画家。中年曾作孟俯，吴兴（今浙江湖州）人。赵孟頫博学多才，能诗善文，懂经济，工书法，精绘画，擅金石，通律吕，解鉴赏；书法和绘画成就尤高，开创元代新画风，被称为"元人冠冕"。散曲今仅存二首，有《松雪斋文集》十二卷。

【仙吕·后庭花】

赵孟頫

清溪一叶舟，芙蓉两岸秋①。采菱谁家女，歌声起暮鸥②。乱云愁，满头风雨，戴荷叶归去休③。

【字词注解】

①芙蓉：荷花。
②鸥：水鸟。
③休：语气助词。

【精彩解说】

清澈的溪水之中漂荡着一叶小舟，在靠近两岸的秋水里开满了荷花。一群美丽纯洁的农家少女唱着渔家歌谣，歌声飞入荷花丛中，惊起了一群栖息的水鸟。突然风雨欲来，而采菱少女从容不迫地采下荷叶戴在头上，返舟归家。

── 【赏析】

此首小令，纯然写景，不着情语，别具一种神韵。

整首小令，宛如一幅水乡图。"清溪一叶舟，芙蓉两岸秋。"一湾清溪，荡出一叶轻舟，两岸荷塘，盛开满目荷花。这一层境象，以幽静胜。"秋"字还带出了一抹淡淡的秋意。"采菱谁家女，歌声起暮鸥。"采菱女乘一叶轻舟而来，暮鸥乘两岸芙蓉而来。谁家采菱女，唱起一曲清歌，歌声飞扬，惊起了栖息的白鸥。这一层境象，以生动取胜。"暮"字亦暗承上文"秋"字，透出一份迟暮之感。以上半幅，境象极幽美，虽说静中有动，可这清歌之妙发，暮鸥之飞起，皆有天然之韵律，愈增幽美之感。接下来"乱云愁"一句，笔势陡然直转。霎时间，乱云密布，预示着大风雨即将来临。"愁"字上承"秋"字、"暮"字，用得颇有分量。不过采菱女倒并不愁风雨，这个"愁"字，实是透露出作者自己心灵中一刹那的悸动。"满头风雨，戴荷叶归去休"。密布的乱云，霎时化作扑面的风雨，水天暮雨茫茫，采菱女呢，这时摘了荷叶，戴在头上，划桨归去了。这一情节，在采菱女自己，不过是寻常小事，而在作者心中，却别有一份真趣。这显然是为作者所神往的。

这首小令可谓诗中有画。清溪、芙蓉、暮鸥、小舟、采菱女，皆水乡景色、水乡风情。造境得力于水，故灵秀清逸。这风格特色正与赵孟頫的山水画风相通。由于全篇纯是写景，不着情语，故含蓄淡远，尤有神韵。在元代散曲众多的言情必尽之作中，这首小令确实有独到之处。

冯子振

〔作者小传〕

冯子振,字海粟,元代散曲作家。官至承事郎、集贤待制。为人博闻强记而才华横溢,文思敏捷,诗、文、曲皆工,所作散曲较多。今存小令四十四首。著有《海粟诗集》,今人王毅辑有《海粟集辑存》。

【正宫·鹦鹉曲】山亭逸兴

冯子振

嵯峨峰顶移家住①,是个不唧溜樵父②。烂柯时树老无花③,叶叶枝枝风雨。【幺】④故人曾唤我归来,却道不如休去。指门前万叠云山,是不费青蚨买处⑤。

【字词注解】

①嵯峨:形容山势高峻。

②不唧溜:不伶俐,不精明。元人口语。父(fǔ):古代对老年男子的尊称。

③烂柯:围棋的代称。《述异记》载:晋时王质入山砍柴,见二童子下棋,他便放下斧子在一旁观看,看完一局,他的斧柄已经腐烂,他回家后才知已过一百年了。柯,树枝做的斧柄。后世以"烂柯"一词代称围棋,意为林中下棋,逍遥快乐似世外神仙。

④【幺】：原曲音乐的扩展，不是另加一个曲牌，元代不将【幺】视作单独曲牌。

⑤青蚨（fú）：传说中的水虫名，喻金钱。据《搜神记》描述，若偷取青蚨的子虫，无论远近，母虫都会飞来；用其血涂在钱币上，用钱买东西后钱必飞回。

—●【精彩解说】

樵夫迁居到这嵯峨险峻的峰顶，对于采樵的营生并不精通，是个笨拙糊涂的樵夫。他如神仙一般，在深山老林中的亭子里整日下围棋来度日，陪伴他的只有无花老树，还有在风雨之中飘零的落叶枯枝。【幺】他的故人曾召唤他回到朝廷，他却说不如归隐。他指着门前层层叠叠的万里云山说，这里有无限的山林之趣，是不必用金钱去买的。

—●【赏析】

大德六年（1302）冬，冯子振留寓京城，与几位朋友在酒楼听歌女御园秀演唱白贲的【鹦鹉曲】，曲辞优美，旋律动人，只可惜没有人能和韵作新曲，因为这支曲子的韵律要求很严。在友人的鼓动下，冯子振一时兴发，按原韵和作，即景生情、抒怀写志、吊古伤时，顷刻写就三十八首曲子，其才气为古今所罕见。

这首《山亭逸兴》是这三十八首和曲的第一首。山亭，山中之亭，是隐逸之士游赏休憩的地方，以"山亭逸兴"为题，醒目地突出了抛弃仕宦道路、啸傲山林的隐逸之志。

"嵯峨峰顶移家住，是个不唧溜樵父。"曲子的主人公是一位老樵夫，但不是土生土长的樵夫。"唧溜"，是伶俐、精明的意思。这位樵夫中途迁居到这嵯峨险峻的峰顶，对于采樵这营生并不精通，显得有点儿笨拙糊涂，但他确是一位受人尊重的长者。

他名义上是樵夫，实际上并不从事辛苦的砍柴工作。"烂柯时树老无花，叶叶枝枝风雨。"他像神仙一样，在深山老林中的亭子里整日下着围棋来消磨岁月、打发时光。烂柯，是围棋的代称，意指林中下棋，快乐逍遥有如世外神仙。当然，老樵夫的生活并不像神仙那样美好，伴随他的只是无花老树、落叶枯枝,飘飘在风雨之中。

"故人曾唤我归来,却道不如休去。"这使人联想起《招隐士》诗。汉初的王孙公子厌倦了统治集团内部的倾轧争斗,于是隐遁山林之中。为了招回隐居的王孙,淮南王的门客淮南小山写下《招隐士》,呼喊"王孙兮归来,山中兮不可以久留",而王孙们不管山中有多少凶禽猛兽,不管山林多么阴森恐怖、触目惊心,都不愿回到豪华的贵族之家。本曲中隐居峰顶的老樵夫,可能有不少老朋友仍在朝廷,得知樵夫山林生活异常凄苦,便去山中召唤他归来,然而老樵夫却说"不如休去"。留在山林,固然清苦,而回到朝廷,前途叵测,也许更加痛苦。

"指门前万叠云山,是不费青蚨买处。"他指着门前所望见的万叠云山,对着来到山中招隐士的故人说:"你看,这里有无限的山林乐趣,不必用金钱去买,而且用金钱也不可能买到。"在他看来,山林之乐远远胜过富贵荣华。读到这里,我们便会发现,这位老樵夫的艺术形象饱含了作者遗世弃俗、超然物外的思想情操。

这支散曲只有八句,却刻画了一个生动而丰满的艺术形象,关键是作者抓住了"樵父"的形象特征。为了突出这一形象特征,散曲中用了"烂柯"与"招隐士"两个典故,暗寓了老樵夫的隐士生涯及其遗世弃俗的情怀。这支散曲的感人之处,不仅在于语言的精练生动、丰富多彩,还在于给了读者一种审美感受,为读者树立了一个不满现实、遗世弃俗的美好榜样。

【正宫·鹦鹉曲】野渡新晴

冯子振

孤村三两人家住,终日对野叟田父。说今朝绿水平桥,昨日溪南新雨。【幺】碧天边云归岩穴,白鹭一行飞去。便芒鞋竹杖行春①,问底是青帝舞处②。

【字词注解】

①便:随便,随意。芒鞋竹杖:草鞋和竹手杖,为古人野外出行的装

备。行春：古时地方官员春季时巡行乡间劝督耕作，称为"行春"。此处则为春日行游之意。

②底是：哪里是。青帘舞处：酒旗招展的地方。

──•【精彩解说】

小小的村落里只有两三户人家，和我朝夕相处的，是淳朴的乡村父老。他们说今天溪水猛涨，水面齐平了小桥，说昨日溪南又下了一阵大雨。【幺】碧空如洗，云朵飘回了远山岩穴，一行白鹭飞上蓝天。我随意地穿上草鞋，拄着竹杖，乘兴观景游春，就是不知挂着青帘的酒店，上哪儿才能找到。

──•【赏析】

《野渡新晴》这支散曲，仅题目四字，便勾勒出一幅画面，引发读者丰富的想象。曲子描绘了如画的自然美景，这种自然之美，对于久住城市的人来说，具有一种清新之感；而对于饱经忧患的隐士来说，则更具魅力，正好契合了隐士的内心向往。

曲子所描画的景物和场面中有一个感受主体，这个主体自然不是村里的"野叟田父"，也不会是过路人，因为匆匆过客不可能"终日对野叟田父"。这个主体当是迁居到此的隐者，也是这支散曲所刻画的主人公。曲中没有写主人公身份外貌如何，短短五十四字，通过他的所见、所闻、所感与所为来展现他的内心世界。

"孤村三两人家住，终日对野叟田父。"主人公迁居之地是一个渡口孤村，只有三两户人家。在这里，终日所见的是纯朴的农村老人，或者是厚道的受人尊敬的农夫。

"说今朝绿水平桥，昨日溪南新雨。"主人公进一步感受到，这里的人安居乐业，见面不谈人间是非，所关心的只是农事。主人公一早出门便遇见从田间归来的野叟田父，说昨日溪南下了一阵大雨，今天一早，溪水已经平了桥面，是一次不小的春洪。这里不像官场、朝廷那样相互倾轧，钩心斗角，没有潜伏的祸端与杀机，只有一片纯朴、一片自然、一片真诚。

"碧天边云归岩穴，白鹭一行飞去。"主人公来到村外，放目原野，映入眼帘的是雨后新晴、碧空如洗，天尽头是远山岩穴，飘着一缕浮云；近处，一行白鹭飞上蓝天。这些描写，使人联想起陶渊明的《归去来兮辞》："云无心以出岫，鸟倦飞而知还。"主人公的胸怀如归穴的白云，又如飞天的白鹭，向往的是远离是非、退隐山林，孤高而自由。

"便芒鞋竹杖行春，问底是青帘舞处。"主人公无忧无虑地穿上芒鞋，拄着竹杖，信步踏青游赏，兴之所至，打听何处有酒旗飘舞的酒家。陶渊明《饮酒》诗云："山气日夕佳，飞鸟相与还。此中有真意，欲辩已忘言。"这位隐者的游春买醉，正是饱经忧患的隐者浮云归穴、倦鸟知还的心情的充分表露。

这支散曲，前六句写"我"之所见、所闻、所感，描绘出一个环境，末二句写"我"之所为，表现出主人公的心情。对于环境，作者没有直接描述，而是通过主人公的观照来描写。对于心情，主人公虽有直接的表露，却没有脱离所处的环境。环境与心情，二者叠合，情景交融。散曲中所描绘的境界正是主人公个性的外化，也是作者思想的投影。

【正宫·鹦鹉曲】赤壁怀古[1]

冯子振

茅庐诸葛亲曾住，早赚出抱膝梁父[2]。笑谈间汉鼎三分[3]，不记得南阳耕雨[4]。【幺】叹西风卷尽豪华，往事大江东去。彻如今话说渔樵[5]，算也是英雄了处。

【字词注解】

①赤壁：地名，在今湖北赤壁市长江南岸。三国时孙权、刘备合兵在此大破曹操的军队。

②赚出：骗了出来。抱膝梁父（fǔ）：此指隐居的诸葛亮。抱膝，手抱住膝盖，安闲的样子。史书记诸葛亮隐居时，"每晨夜从容，常抱膝长啸"。梁父，本指《梁父吟》，相传为诸葛亮所作，这里代指诸葛亮。

③汉鼎：比喻汉朝天下。传说夏禹铸九鼎，象征九州，被夏、商、周三代视为传国重器，后世以鼎喻国家。

④南阳：汉代郡名，包括今湖北襄樊及河南南阳一带。诸葛亮早年曾在南阳隐居耕作。

⑤彻：直到。

【精彩解说】

诸葛亮曾亲自以草屋为家，抱膝长啸，从容潇洒，可惜早早被刘备骗出山来。他谈笑间轻而易举地奠定了三分汉室的格局，忘却了在南阳雨中耕作的旧日生涯。【幺】那西风卷尽了历史的风流繁华，往事随着大江滚滚东去。到如今渔夫樵子还谈起诸葛亮在赤壁大战中的传说和佳话，大概也算是英雄的一种结局吧。

【赏析】

历代以"赤壁怀古"为题的作品，多以周瑜为歌颂对象，并且总要正面写到赤壁战争，譬如杜牧的《赤壁》诗、苏东坡的《念奴娇》词等。而冯子振这支散曲则立意翻新，撇开周瑜，以诸葛亮为追怀对象；不写赤壁战争，而只着重评价诸葛亮。历代以诸葛亮为追怀对象的作品，又多数是抱着歌颂的态度，因为诸葛亮鞠躬尽瘁、死而后已的忠贞品质以及运筹帷幄的卓绝才智确实感动了古往今来许多的墨客骚人。譬如杜甫就在《蜀相》诗中追怀诸葛亮，并做出了很高的评价："三顾频烦天下计，两朝开济老臣心。"而冯子振这支散曲则不同。

"茅庐诸葛亲曾住，早赚出抱膝梁父。"诸葛亮二十七岁以前隐居在南阳郡，抱膝长啸，好为《梁父吟》。《梁父吟》讽刺齐国晏婴阴谋杀贤之事，表现出感时伤乱、清高厌世的隐士风度。建安十二年（207）刘备三顾茅庐，请出诸葛亮共谋汉室复兴大业，这种君臣遇合，一向是被人们所称道的，但本曲中却用一"赚"字，意味深长。"赚"的本义是卖物而盈利，引申为诓骗。元曲中"赚"多使用"诓骗"这个意思。作者将刘备的三顾茅庐看作一种骗术，认为诸葛亮是上当被其利用。对诸葛亮采取非议、嘲笑的态度，在元曲作家中不只冯子振一人，但是将刘备三顾茅庐看作一种骗术却是冯子振的独创。作者对诸葛亮的非议之意表现出作者是崇尚道家思想、摒弃儒家思想的。

"笑谈间汉鼎三分"是作者赞叹诸葛亮作为政治家、战略家的伟大风度。

但作者对诸葛亮"不记得南阳耕雨"的思想境界不以为然,认为诸葛亮的全部精力都用在政治斗争上,忘记了曾经的隐士生涯,对此不无惋惜。这与前句的"赚"字一对照,就更为清楚。

【幺】篇则拓展视野,从诸葛亮推而广之,对历史长河中的一切英雄人物发出感慨:"叹西风卷尽豪华,往事大江东去。"岁月无情,青春易逝,一切英雄豪举、锦绣功名,都将被历史的波涛吞没。"彻如今话说渔樵,算也是英雄了处。"彻,即从头贯穿到底的意思。诸葛亮的功名业绩及其处世为人,自从他初出茅庐开始,流传到如今,一直是渔夫、樵夫谈论的话题。往日的英雄豪举,能被传为佳话,说明英雄还没有被历史忘怀,还能在人类前进的脚步声中留下一点余响,这也可以算是英雄们所应得的结局和报偿吧!这里既有对诸葛亮悲剧性一生的同情,又有对朝代兴亡、功名成败终归虚幻的感叹。

【正宫·鹦鹉曲】农夫渴雨

冯子振

年年牛背扶犁住①,近日最懊恼杀农父②。稻苗肥恰待抽花③,渴煞青天雷雨④。【幺】恨残霞不近人情⑤,截断玉虹南去⑥。望人间三尺甘霖,看一片闲云起处⑦。

【字词注解】

①扶犁住:把犁为生。住,过日子。

②最:正。懊恼杀:心里十分烦恼。

③恰待:正要。

④渴煞:非常渴望。

⑤残霞:晚霞。预示后几天为晴天。

⑥玉虹:彩虹。

⑦"望人间"二句:由于盼雨心切,甚至对一片无用的闲云也抱着微茫的希望。

●【精彩解说】

年复一年在牛背后耕作扶犁，近来农夫正懊恼至极。稻苗肥壮正等着吐穗，苗都要枯死了，却是响晴的天不下一丝雨。【幺】可恨苍天不顾人们渴雨的急切心情，让残霞把要下雨的白虹冲断，云朵向南飘去。农夫们注视着那片闲云，盼望它能在人间降下一场好雨。

●【赏析】

这支【正宫·鹦鹉曲】，写稻子抽穗时节农夫盼雨的急切心情，字字句句，都用农夫的口吻来写，把农夫的所见、所感表达了出来。这种直接反映农家生活与农人思想情绪的作品，在整个元人散曲中并不多见，实属难能可贵。

前篇写农夫盼雨。"年年牛背扶犁住，近日最懊恼杀农父。"农夫年复一年辛勤耕种，近日却懊恼不已，为什么呢？三、四句给出了答案："稻苗肥恰待抽花，渴煞青天雷雨。""渴煞"二字写出了农夫渴盼下雨的急切心情。农民对风云雨雪最为敏感，他们一年四季勤耕苦作，总希望风调雨顺，能有一个好的收成。而眼下稻苗肥壮，正等着扬花吐穗，偏偏遇上久旱不雨。眼巴巴看着一年的辛苦将要付之东流，农夫怎能不焦虑欲绝呢？

【幺】篇写天公无情。"恨残霞不近人情，截断玉虹南去。"久旱不雨，阴阳失序，只有几片残霞，隔断彩虹，飘然而去。古农谚有"朝霞暮霞，无水煎茶"之说，农民盼望的是及时雨，而天公偏不作美，天空中只见预示着晴朗的晚霞，真是令人恨悠悠，望也休。"望人间三尺甘霖，看一片闲云起处。"农夫遥望着天空，看见有一片云飘了过来，希望这片闲云能降下甘霖。唐代诗人来鹄有首绝句《云》："千形万象竟还空，映水藏山片复重。无限旱苗枯欲尽，悠悠闲处作奇峰。"本曲中的"闲云"就是此意。由于诗人对事物观察细致入微，对农夫的情感体会真切，所以状物抒情无须多加修饰，极为自然真切，绝无忸怩作态之迹。

在手法上，作者以对立的两方架构全曲——农夫的急切盼雨和天公不遂人愿，从而展示了农夫的愿望与现实的矛盾，读来牵动人心。终年勤苦的农民，本来就承受着朝廷对他们的种种盘剥，难以维持温饱，遇上灾年，他们又将怎样活下去呢？因诗人体察农夫生活的艰辛，理解他们的心愿，才能对他们有如此真诚的同情，自然也就能震撼读者。

刘致

〔作者小传〕

刘致,元代诗人、散曲作家。大德二年(1298),翰林学士姚燧游长沙,颇赞赏刘致的文章,荐其为湖南宪府吏。后任永新州判、翰林待制、太常博士、江浙行省都事等职。诗今存八首,题为《时中集》。小令今存七十余首。

【中吕·山坡羊】燕城述怀

刘致

> 云山有意,轩裳无计①,被西风吹断功名泪。去来兮②,便休提!青山尽解招人醉③,得失到头皆物理④。得,他命里;失,咱命里。

【字词注解】

①轩裳(cháng):轩冕,古代卿大夫的服饰。此借指入仕取得功名官位。

②去来兮:归去来兮,辞官退隐故乡。兮,语助词,无义。

③尽解:完全懂得。

④物理:事物之常理。

【精彩解说】

云山有情有义，可没有办法得到官位，被西风吹断了功名难求的伤心泪。归去吧，不要旧事重提！青山善解人意让人沉醉，得和失到头来都是由于天理。得，是人家命运好；失，是我命运不济。

【赏析】

元代的知识分子地位低下，得不到朝廷的重用，于是产生一种怀才不遇、生不逢时的悲叹。作者置身燕城，不由得怀古伤今，追慕起了当年燕昭王在此筑黄金台招贤兴国的盛举，于是作了这支深沉的曲子。

"云山有意，轩裳无计，""云山"，本指高耸入云之山，在诗、词、曲中，则常常被赋予某种感情色彩。与作者同时的另一散曲家张养浩的【双调·雁儿落过得胜令】中有"云霞，我爱山无价。看时行踏，云山也爱咱"。所谓"云山有意"，便包含了这一意蕴。"轩裳"，大夫之服，喻有高位的人。这起首二句，既有隔断红尘的云山在召唤，又有功名无计的烦恼在困扰；既有陶潜"驱役无停息，轩裳逝东崖"的意念，又有朱熹"始怀经济策，复愧轩裳姿"的感慨。

"被西风吹断功名泪"，承前而来，表现了作者对追求功名的悲苦与厌倦，同时也隐含着对古代贤君的推崇与思慕。因为作者并非绝对的超脱，只是生不逢时，英雄无用武之地而已。"去来兮，便休提"，这个果断的决定是前面的感情基础上的自然发展。"去来兮"，就是陶渊明"归去来兮，田园将芜胡不归？"之意；"休提"，主意已定，不必再言。这里，从权衡到决断，从沉吟到直抒，可以看出作者感情发展的层次。

"青山尽解招人醉，得失到头皆物理。"青山，在诗、词、曲中也常被拟人化、抽象化。此处的"青山"与"云山"呼应，即有情之山，有如辛弃疾的"我见青山多妩媚，料青山见我应如是"；更深一层的意思是与"世事"相对，人间沧桑，变幻无常，唯有"青山"不管人间得失兴亡，山自常青，草自常绿，而人间的得与失、成与败、损与益，一切都是事物之理，都是命中注定。这是作者故作达观之语，感情比较平静。

可是最后写道："得，他命里；失，咱命里。"在平静的背后又包含着深深的不平，这几句似可分两层理解：一是以历史上得到燕昭王礼遇的乐毅诸人与自己相比,"他"得"咱"失,因为"他"生逢其时,"咱"生不逢时,这是命中注定;二是以现在的官场中人与自己相比,"他"还在热衷名利,"咱"却已归隐云山,"他"日后可能有得,那算"他"的命好,"咱"却看穿了这个虚幻的"得",以"失"而自安。但宦海风波难以预测,"他"的得中未尝不包含着失;云山适意,"咱"的失中又何尝不包含着"得"!

在当时社会中,人们不能掌握自己的命运,于是,他们感叹,他们怨命,这是可以理解的。作品的这种情调和人生观反映了那时的人们不能掌握自己命运的悲哀,可以说是一种"弱者的抗议",虽然无力,却能引起读者的思索。

【中吕·朝天子】邸万户席上[1]

刘致

柳营[2],月明,听传过将军令。高楼鼓角戒严更[3],卧护得边声静。横槊吟情[4],投壶歌兴[5],有前人旧典型。战争,惯经,草木也知名姓。

【字词注解】

①邸(dǐ)万户:作者的好朋友。万户在元代是三品世袭的官职。

②柳营:"细柳营"之省称。细柳,古地名,在今陕西咸阳渭河北岸,汉代名将周亚夫曾在此驻军,军纪严明。

③严更:警戒夜行的更鼓。

④槊(shuò):长矛,古代的一种兵器。

⑤投壶:我国古代宴会上的一种娱乐活动。

【精彩解说】

邸万户治理的军队纪律严明,月光明朗,听到将军的命令传过。高楼上的鼓声号角警戒夜行,将边塞的治安维持得很好。你文武双全,又有投壶雅兴,大有古人的风范。打仗百战百胜,就连草木也知道你的大名。

── •【赏析】

　　元人散曲多以吟风弄月和叹世归隐为主要内容，这支小令以军旅生活入曲，在元曲中可谓凤毛麟角。它对元代的军营、军人生活做了状物传神的描写，在题材和风格上都给人耳目一新之感。

　　这支曲是写作者在邸万户戍守的杭州城外军营中夜宴时所见的情景。"柳营"即"细柳营"，是军营的别称。汉将周亚夫屯军细柳（今陕西咸阳西南），汉文帝因无军令而被挡驾在外，不由得称赞"真将军矣"。作者将邸万户的军营比作"柳营"，可见其治军严整，大有周亚夫之遗风。作者在此月明之夜赴挚友之宴，只见主人发出夜深戒严的命令，营中的戍楼立刻传出禁夜的更鼓，喧哗的人声顿时肃静下来。短短几句话，就把主人令行禁止、治军有方的气度和所率部伍整肃森严的情景生动地描写了出来。

　　写到这里，作者的笔锋一转，由军营外部环境转入对宴会场面的描写。"横槊吟情，投壶歌兴"两句是以古喻今。前一句是借三国曹操、曹丕作比，"曹氏父子鞍马间为文，往往横槊赋诗"（唐代元稹《唐故工部员外郎杜君墓志铭》），赞主人像曹氏一样，"横槊赋诗，固一世之雄也"（宋代苏轼《前赤壁赋》）；后一句则以宋将岳飞相比，《宋史·岳飞传》说岳飞"雅歌投壶，恂恂如书生"。而后的"有前人旧典型"也是语出有典——《诗经·大雅·荡》："虽无老成人，尚有典刑。"在这里，作者没有对邸万户进行正面的、直接的描写，而是连用几个含义深刻的典故，对主人公进行了非常巧妙的比喻、衬托，写出邸万户既有周亚夫那样的治军威严，又有曹氏父子那般的高才远志，还有岳飞那样的儒雅风流，毕具前人典型之美。这几个典故连引得如此贴切、生动、自然，一方面可以看出作者知识之丰富渊博，另一方面可以看出作者构思之精巧细致。"战争，惯经，草木也知名姓"写邸万户既文武齐备、深怀韬略，又有丰富的战争经验。"草木也知名姓"句，暗引了宋代黄庭坚《送范德孺知庆州》诗中"乃翁知国如知兵，塞垣草木识威名"之典，对邸万户所享有的威名进行了巧妙的夸张，使这一支小令的结尾生动含蓄，深沉有力。

　　小令虽是在饮宴酬酢时所写，其内容却是描写军营、军人生活。曲子再现了一幅有背景、有人物，有动、有静，有声、有色的军营全景图画。

【中吕·山坡羊】侍牧庵先生西湖夜饮[1]

刘致

微风不定,幽香成径,红云十里波千顷[2]。绮罗馨[3],管弦清,兰舟直入空明镜。碧天夜凉秋月冷。天,湖外影;湖,天上景。

【字词注解】

①牧庵:姚燧。元武宗至大四年(1311),七十四岁的姚燧"为中子圻娶焦氏妇",于闰七月来到杭州。身为姚牧庵先生高足的刘致,也追随陪侍一同抵达。他们在这里一直逗留到秋十月姚燧"买舟西归"武昌为止。就在此行中,刘致写下了这首描写西湖秋夜景色的令曲。

②红云:这里指荷花。因为荷花盛开的时候远望去像一朵朵红色的云,所以称其为"红云"。

③绮罗:各种丝织品的总称。这里借指身穿绮罗的女子。

【精彩解说】

清风微吹不停,小路上散发出花草的香气,湖上的荷花连片盛开似红云,碧波千顷。身穿绫罗衣衫的美丽女子发出脂粉香气,管弦乐器奏出清亮悦耳的声音,高雅精美的游船直接摇进明净如镜的西湖里。碧空一片清凉,秋天的月色已显得有点儿寒冷。天,仿佛是湖影;湖,倒映着天上美景。

【赏析】

这是一首描写西湖秋夜景色的令曲。

令曲伊始,作者即对西湖夜饮的环境和景色做了非常凝练生动的描写:"微风不定,幽香成径,红云十里波千顷。"湖面上吹拂着一阵阵令人舒心惬意的凉风,丹桂的清香从远处飘送而来,铺引出一条幽远的小径。十里荷花好似一片朝霞,千顷湖面上闪烁着粼粼的波光,这样的湖光和景色是多么迷人啊!作者仅用短短的三句十五个字,便描绘出一个色彩明媚、气味芬芳、令人陶醉的美景,使我们不得不为作者高超的表现功力击节赞叹!

在刘致之前、之后也有不少文人在诗、词中描述西湖的秋景，但像刘致这首语言如此凝练生动、画面如此色彩鲜明的，却极为罕见。

前三句写了黄昏之际所见的湖山景色。紧接着，作者又写姚牧庵先生一行人湖上饮宴的情景："绮罗馨，管弦清，兰舟直入空明镜。""绮罗"即细绫，是一类高贵华美的丝织品的总称。"兰舟"即构造讲究、雕饰精细的画舫。这三句，写陪同夜饮的歌伎们穿着华贵艳美的衣服，散发出清新淡远的香气，她们演奏的管弦乐器传出悠扬清越的旋律。在这种令人神驰心醉的情境中，他们乘坐的画舫兰舟向着空明如镜的湖中驶去。句中"兰舟""空明镜"的遣词、意境非常优美贴切，非常成功地营造出一个充满诗情画意的世界。

末了几句，写出作者对西湖夜饮的感受："碧天夜凉秋月冷。天，湖外影；湖，天上景。"由于作者一行沉醉在令人陶醉的仙境之中，在不知不觉之间，已经夜深人静。一叶荡漾着弦乐笙歌的画舫轻舟，漂游在碧天冷月之间。在明月照耀下，澄碧明净的蓝天，好似一泓湖水，闪烁着点点灯火的湖水，又好似繁星点缀的蓝天。二者交相辉映，使人分辨不出哪里是人间，哪里是天上。寥寥数笔，就把享有"上有天堂，下有苏杭"盛誉的西湖秋夜的美丽景色，淋漓尽致地描写了出来。

刘致是生活在元代中期的一位重要散曲家。他既写过风格粗犷豪迈的作品，如《邸万户席上》；也写过风格细腻、雅丽的作品，如本首小令。从这些作品中我们可以看出刘致散曲创作风格的多样性和丰富性。同时，他的散曲创作，也是元代散曲创作风格由前期的粗犷豪放向后期的典雅明丽转变的过程的缩影。

白贲

〔作者小传〕

白贲，元代散曲作家。四十岁左右出仕。延祐（元仁宗年号，1314—1320）中，出任忻州太守。至治三年（1323）为温州路平阳州教授，后为南安路总管府经历。他是南宋遗民诗人白珽的长子。善画，工散曲。是元散曲史上最早的南籍散曲作家之一。《全元散曲》录存其小令二首，套数三套。其小令《鹦鹉曲》传诵甚广。

【正宫·鹦鹉曲】

白贲

侬家鹦鹉洲边住①，是个不识字渔父②。浪花中一叶扁舟，睡煞江南烟雨③。【幺】觉来时满眼青山④，抖擞绿蓑归去。算从前错怨天公，甚也有安排我处⑤。

【字词注解】

①侬（nóng）：吴语方言，即"我"。鹦鹉洲：在今武汉汉阳西南长江中。

②父（fǔ）：对老年男子的称呼。

③睡煞：此指睡得沉酣香甜。煞，表示极度之词。

④觉来时满眼青山：醒来时感到满眼青山都染上了暮色。

⑤甚也有安排我处：天公安排他做了渔夫。甚，此处作"是"讲。

【精彩解说】

我家就在鹦鹉洲旁边居住，我是个不识字的渔翁。乘一叶扁舟任它在浪花里漂流，在江南烟雨蒙蒙中酣然睡去。【幺】醒来时满眼青山更加苍翠，抖动着蓑衣回去。从前错怨了老天爷，老天爷还是安置了我的去处。

【赏析】

这首小令写渔父的自得其乐。

前四句侧重描写渔父生活。首二句是渔父的自我介绍：第一句交代住处在"鹦鹉洲边"；第二句交代身份是个老渔翁，且不识字。次二句展示了渔父生活的两个典型场景：大江之上，白浪滔滔，一叶小舟出没风浪中，这是写渔父生活的艰辛和风险；江南烟雨，风光秀美，酣然而睡，这是写渔父生活的自在与闲适。这宛如两幅山水泼墨画，生动而贴切地表现了渔父生活的动静相间、险夷相伴。

【幺】篇侧重抒发渔父情怀。前二句承上"睡煞"，描写了渔父醒来以后的一个精彩动作：面对"满眼青山"的美丽风光，没有驻足留恋，而是抖一抖蓑衣，驾起小舟归去。次二句抒怀：过去也曾埋怨过老天爷不公，其实错了，现在看来，"生死有命，富贵在天"，做个渔父也是一种极好的命运安排，是老天爷对我的眷顾。

此篇在形式结构上分作上下两篇，但在内容上浑然一体：前二句是渔父的自我介绍，次四句展示渔父生活，末二句抒发渔父情怀。此曲描写的多是秀丽生动之景，如浪花、扁舟、江南烟雨、满眼青山、绿蓑等，都是与渔父生活紧密相关的特定意象，但景中有人，如驾舟捕捞、睡煞、觉来、抖擞、归去等，都是"渔父"的特定动作。更重要的是全篇从第一人称出发，是"渔父"的所见、所感、所思，因此景中寓情，情景交融。

由于《楚辞·渔父》的影响，"渔父"已经成为后代隐逸高士的传统意象。在元代散曲中，以"渔父"借喻隐士的现象十分普遍。全曲表层写一个目不识丁的渔父，深层写一个托身渔父的隐逸山水之人，蕴含了作者怀才不遇或抱负无法实现的感慨，同时也表达了作者对自在闲适、自得其乐的隐逸生活的钦羡和向往。全曲语言明白晓畅，蕴藉悠长，声调谐美，历来被推为曲中上品，深受人们喜爱。

张可久

〔作者小传〕

张可久,元代散曲作家、杂剧家。曾多年出任下级官吏,仕途上坎坷不得志,时官时隐,曾漫游江南,晚年居于杭州。足迹遍及江、浙、皖、闽、赣等地。他是元代散曲清丽派的代表作家,与乔吉齐名,与张养浩合称"二张"。现存作品有小令八百五十五首,套数九套,是元代传世散曲数量最多的作家,占现存全元散曲的五分之一。其散曲在元代广受欢迎,多为欣赏山光水色、抒写个人情怀和应酬怀古之作。作品讲究格律音韵,着力于炼字炼句,对仗工整,字句和美典雅。明清以来颇为文人推重,《太和正音谱》誉之为"词林之宗匠"。有《小山乐府》传世。

【越调·凭阑人】江夜

张可久

江水澄澄江月明①,江上何人挡玉筝②?隔江和泪听③,满江长叹声。

【字词注解】

①澄澄:形容江水明净的样子。

②挡:拨动,弹拨。玉筝:古筝的美称。

③和泪:带泪。

──●【精彩解说】

　　江水清澈，江月空明，江上是谁在弹拨玉筝？隔着江带泪倾听，满江一片长叹声。

──●【赏析】

　　【凭阑人】是元人常用的曲牌，而张可久的这支【凭阑人】《江夜》尤为著称。明代朱权《太和正音谱》中记录知音善歌者的事迹时曾说："蒋康之，金陵人也。其音属宫，如玉磬之击明堂，温润可爱。癸未春，渡南康，夜泊彭蠡之南。其夜将半，江风吞波，山月衔岫，四无人语，水声淙淙。康之扣舷而歌'江水澄澄江月明'之词，湖上之民，莫不拥衾而听，推窗出户是听者，杂合于岸。少焉，满江如有长叹之声。自此声誉愈远矣。"这段文字可以说明这支曲子的感人力量和流传情况。本曲记述了作者夜晚在江边偶然听到动人的筝曲，并由此引发无尽感叹之事。

　　"江水澄澄江月明"，曲子的第一句先写江景月色，着重写江水和月光的清明，营造出一种澄澈宁谧的氛围。时间正当夜晚，这便更加形成幽静的气氛。第二句写突如其来的筝声打破了四周的寂寥，增添了神秘幽婉的韵味。"江上何人挡玉筝？"这里的设问是听到筝声后自然发出的，正说明听者已被筝声打动心弦。

　　后两句从听者的反应来写江夜筝声。"隔江和泪听，满江长叹声。"从"和泪听""长叹声"可知筝声的哀伤动人。在这种如痴如醉的状态下，作者甚至觉得连江水也好像被筝声勾起深沉的叹息，尽是一片长叹声。这样全曲就形成一种意境，虽然没有写出具体的事件和人物，但它达到了一种自然而充满感情的境界，从而具有更强的感染力。

　　音乐是人类灵魂的吟唱，所以欣赏者不仅要用耳朵去"接受"音乐，更要用心灵去"拥抱"音乐，这才会产生心灵的共鸣。这首小令中的听筝者，正是这样一位真正用"心"去感知音乐的欣赏者。这支小令有着类似诗词的意境，但它仍是曲，而不是诗词。这是因为它有着曲的艺术特色，语言明白如话，毫无朦胧的感觉，言浅而意深，通过描写哀婉的筝声，让读者想象并领略其中的意蕴。

【黄钟·人月圆】山中书事

张可久

兴亡千古繁华梦,诗眼倦天涯①。孔林乔木②,吴宫蔓草③,楚庙寒鸦④。数间茅舍,藏书万卷,投老村家⑤。山中何事?松花酿酒,春水煎茶。

【字词注解】

①诗眼:诗人的观察力。
②孔林:孔子及其后裔的墓地,在今山东曲阜。
③吴宫:吴王夫差为西施建的宫殿,名曰馆娃宫,故址在今江苏苏州灵岩山上。
④楚庙:楚国的宗庙。
⑤投老:临老,到老。元人口语。

【精彩解说】

自古以来朝代的兴衰如梦一般虚幻,诗人已看倦了天涯海角。孔林里松柏参天,吴国的宫殿已是蔓草一片,楚国的宗庙也成了寒鸦栖息的地方。几间茅草屋,藏万卷书,可以在村庄终老。山居的岁月有什么特别的事呢?用松花酿成新酒,用春水煎成香茶。

【赏析】

这首小令是作者寓居西湖山下时所作。小令通过感慨历史的兴亡盛衰表现了作者看破世情、厌倦风尘的人生态度,以及放情山水、诗酒自娱的恬淡情怀。

"兴亡千古繁华梦,诗眼倦天涯",开篇二句气势宏大。"千古"是纵观古今;"天涯"是阅历四海。作者从历史的盛衰兴亡和现实的切身体验,即时间与空间、纵向与横向这样两个角度,悟出了社会人生的哲理:一切朝代的兴替,一切的得失荣辱,都不过像一场梦幻,转瞬即逝。作者平生足迹遍及湘、鄂、皖、苏、浙等江南各省,浪迹天涯,奔波一生,仅做过一些卑微杂职而已。一个"倦"字，饱含着风尘奔波的劳苦、落魄不遇的愁怨、世态炎凉的心酸。如此坎坷艰辛，怎能不令人厌倦思归呢？

"孔林乔木，吴宫蔓草，楚庙寒鸦"，这三句鼎足对具体写千古繁华如梦的事实，同时也是作者"诗眼"阅历"天涯"所得。孔子的墓地只剩下苍翠的乔木，吴国宫殿故址上也长满了荒芜的蔓草，楚国的宗庙只看到栖息的寒鸦而已。三句鼎足成对，具体印证世事沧桑、繁华如梦的哲理：不管是孔子那样的圣贤，还是吴王成就的霸业，又或者是楚国那样的社稷，经过岁月洗礼，如今又何在呢？不过只剩下乔木、蔓草以及寒鸦数只而已。

接下来的几句，写归隐山中的淡泊生活和诗酒自娱的乐趣，同时照应了题目"山中书事"。寥寥数语勾勒出隐居环境的幽静安宁，这里没有车马红尘的喧扰，有数间茅屋可以栖身，万卷藏书可以怡情，还有那取之不尽的松花、用之不竭的春水，可以酿酒，可以煎茶，多么怡然自得。

这是一首追求心灵归宿的曲子，作者历尽沧桑，只见孔林乔木、吴宫蔓草、楚庙寒鸦，悠悠千古，盛衰兴亡，原不过是一场梦幻，这一切都只能使人厌倦。那么，心灵的归宿究竟在何处？作者在山水间找到了自己的归宿。此曲和作者多数典雅清丽的作品有所不同，风格更近于豪放一派，语言较为直白质朴，直抒胸臆。结构上以时间顺序为线索，感情由浓到淡，由激愤逐渐趋于平静。作品展现出来的恬淡情怀，在人们心中留下一份清香，使人们回味无穷。

【黄钟·人月圆】春晚次韵

张可久

萋萋芳草春云乱，愁在夕阳中。短亭别酒①，平湖画舫，垂柳骄骢②。一声啼鸟，一番夜雨，一阵东风。桃花吹尽，佳人何在，门掩残红③。

—•【字词注解】

①短亭：离城五里的亭子。旧时城外大道旁，五里设短亭，十里设长亭，供行人休憩或送行饯别。

②骄骢（cōng）：泛指骏马。骢，青白杂毛的马。

③"桃花"三句：化用唐代崔护《题都城南庄》："去年今日此门中，人面桃花相映红。人面不知何处去，桃花依旧笑春风。"

【精彩解说】

芳草萋萋，天上的春云凌乱，夕阳西下的景象令人愁绪满怀。来到昔日送别之地，在短亭里的饮酒话别，平湖中的画船，系在垂柳下的骏马，那时的情景依旧历历在目。耳边传来鸟儿的啼鸣，夜里下了一场雨，刮了一阵东风。桃花被吹得残留无几，我的佳人又在哪里，门掩上遮住了那满地的残红。

【赏析】

次韵是古体诗词写作的一种方式，即按照原诗的韵和用韵的次序来和作。张可久这首小令系和何人之作，已不可知。作者在暮色降临之时来到送别之地，睹物思人，触景生情，遂写作此曲。

曲子首两句，分别点出春与晚。"萋萋芳草春云乱，愁在夕阳中"，芳草萋萋，夕阳斜晖下，春云缭乱，作者独立斜阳之中，一丝淡淡的哀愁袭上心头。暗淡的景色表现心情的惆怅，是情景交融的写法。芳草年年绿，野火烧不尽，恰似作者心中的愁恨难以排除。在很多古诗词中，芳草与离愁常常联系在一起，如《楚辞·招隐士》"王孙游兮不归，春草生兮萋萋"，汉乐府《饮马长城窟行》"青青河畔草，绵绵思远道"，白居易《赋得古原草送别》"又送王孙去，萋萋满别情"，等等。本曲起首一句里虽没有写离情，而离情已经寄寓其中，再加上一抹暗淡的夕阳笼罩，便构成了一片凄迷的情境。

"短亭"三句，是对过去送别情景的回忆：那时举杯送行，依依惜别，水陆分途，各奔前程。平湖、画船、垂柳、骏马，历历在目，而伊人却已不见踪迹。曲中逐一指出回忆中的景，以此表明思念之深。

"一声啼鸟"三句，既是写春晚实景，又是深化意境。啼鸟声打断了诗人的沉思，使他从迷惘中回到现实，而春晚的风雨，也是分别以后所经历的人生波折的写照。叠用三个数量词，不仅对偶巧妙，音律上也形成反复咏叹、回肠荡气之感。在意境上也是独具匠心，鸟鸣、风雨再三催促，才把沉醉在回忆中的作者拉回到现实中，足可见其眷恋之深；同时"夜雨""东风"又为下文"桃花吹尽"埋下伏笔。

"桃花吹尽，佳人何在，门掩残红"，这结尾三句化用了唐代崔护《题都城南庄》"去年今日此门中，人面桃花相映红。人面不知何处去，桃花依旧笑春风"的诗意，但比崔护的诗更为凝练。"吹尽""残红"象征着爱情的花朵遭到狂风骤雨的摧残，狼藉凋零，青春也在这无情岁月中流逝。"佳人何在"，正是作者在春晚时分愁思起伏的原因。面对寂寥门户，满地残红，作者心中不禁又涌起桃花人面之感，对于佳人今日的行踪充满了挂念。

此曲结构曲折别致，由眼前的景象转入对过去的回忆，由啼鸟风雨又转回眼前写实，时空跳跃，感情跌宕，虚实相生。转折过渡自然，极具匠心，典故化用得不着痕迹。这首曲子很好地体现出张可久散曲清丽典雅的风格。

【黄钟·人月圆】雪中游虎丘[1]

张可久

梅花浑似真真面[2]，留我倚阑干。雪晴天气，松腰玉瘦，泉眼冰寒。兴亡遗恨，一丘黄土，千古青山。老僧同醉，残碑休打[3]，宝剑羞看[4]。

【字词注解】

①虎丘：山名，在江苏苏州西北。据《史记》记载，吴王阖闾葬于此，传说葬后三日有白虎踞其上，故名。

②真真：美女名。

③残碑休打：残碑休拓（tà）。拓碑，将石碑上的字用墨拓下来，以便阅读。

④宝剑：据《吴越春秋·阖闾内传》记载，吴王阖闾有干将、莫邪、湛卢等宝剑。

【精彩解说】

梅花真像美女真真的容貌，挽留着我倚靠栏杆观赏。雪后初晴，松树宛如袅娜细腰的美人，玉洁清瘦，泉眼上结着一层薄冰，晶莹凛冽。朝代兴亡更替遗留了多少恨，空余一丘黄土，只有青山依旧在，千古不朽。老和尚与我一同醉饮，残碑莫要去拓，宝剑羞于去看。

【赏析】

虎丘山是江南名胜之一，相传春秋吴王阖闾埋葬在此，三日有白虎踞其上，因而称之为"虎丘"。这首曲子通过记述雪中游虎丘之事，抒发兴亡之感、失意之叹以及壮志难酬的羞愧悲怨之情。

全曲可分为三层。开头五句写冬季虎丘的动人景色，是第一层。"梅花浑似真真面，留我倚阑干"，起首二句用了拟人的手法写梅花，说梅花像美女真真的容貌一样迷人，多情地挽留着我倚靠栏杆观赏。真真，典出《太平广记》。唐代有一个进士赵颜得到了一张美女图，非常高兴。画工告诉他，画上的女子叫真真，如果昼夜呼唤她的名字，一百天以后她就会应声从画里出来。赵颜照做，过了百日后美女果然从画里走了出来，赵颜与真真成了婚，一年后生下一个儿子。又过了一年，一位朋友告诉赵颜，真真是妖精变化而来，赵颜起了疑心，竟想要杀死真真。真真伤心地告诉赵颜自己本是南岳地仙，语罢抱着孩子回到了画上。从此画上就多了一个孩子。曲子用美女真真来比喻梅花的素淡雅致。以人拟物，使无情之物活化为有情之人，更显得顾盼多姿。不写作者眷恋赏花，偏说梅花挽留自己，更加婉约动人。接下来的三句"雪晴天气，松腰玉瘦，泉眼冰寒"，一句一景，分别写雪、松、泉三种景物：雪后初晴，红装素裹，一片洁白如银的世界；棵棵苍松上覆盖着白雪，亭亭玉立，宛如无数披着素锦的美人，更显得袅娜清瘦；那山泉的泉口，泉水与雪片已融合凝起一层薄冰，晶莹而凛冽。以上五句紧扣"雪"字，雪中的梅花，雪晴的天气，雪中的松树、山泉，组成一幅玉洁冰清的虎丘冰雪图。

六、七、八三句为第二层，抒发对人世沧桑、朝代兴亡的感慨。"兴亡遗恨，一丘黄土，千古青山"。春秋霸主吴王阖闾，可谓是显赫一时的人物。传说"千古一帝"秦始皇曾来到虎丘寻找阖闾殉葬的宝剑。然而，无情的历史长河把这些风云人物都变成了一丘黄土，只有青山常在，千古不朽。

结尾三句是第三层，抒发作者仕途失意、壮志难酬的悲叹。"老僧同醉，残碑休打，宝剑羞看。"既然历史上的风云人物最终也不过是一抔黄土，千古兴亡终究是一场虚幻，那么，何必去拓下残存的碑文以供诵读呢？历史上的兴亡遗恨与我何干，还是和"老僧同醉"，借酒消愁吧！

这首曲子触景生情，由雪中游虎丘所见的景色引发，抒发了对古今兴亡的感慨，怀古伤今，脉络清晰、章法严谨。用典虽多，但恰到好处。遣词考究，清丽自然。

【黄钟·人月圆】客垂虹[1]

张可久

三高祠下天如镜[2]，山色浸空蒙。莼羹张翰[3]，渔舟范蠡[4]，茶灶龟蒙[5]。故人何在，前程那里[6]，心事谁同。黄花庭院[7]，青灯夜雨，白发秋风。

——•【字词注解】

①垂虹：桥名，在吴江（今属江苏）东，一名长桥。桥上有垂虹亭。

②三高祠：在垂虹桥东，吴江人于宋代所建，以纪念范蠡、张翰、陆龟蒙三位乡贤。这三人均在官高位显之时急流勇退，是为高士。

③莼羹张翰：张翰是晋代吴郡人，字季鹰，曾被齐王司马冏召为大司马东曹掾，因为思念吴中的莼羹、鲈鱼，毅然辞官回乡。莼，一种圆叶的水生植物。

④渔舟范蠡：范蠡是春秋越国大夫，辅佐越王勾践兴越灭吴称霸后，知道勾践只可共患难不可同富贵，"乃乘扁舟浮于江湖，变名易姓"。

⑤茶灶龟蒙：陆龟蒙，晚唐人，曾任苏、湖二郡从事，后隐居松江浦里，以茶酒自娱。

⑥那里：哪里。

⑦黄花：菊花。

——•【精彩解说】

三高祠下水面如镜，倒映出天空，那朦胧的山影也同样浸在水中。张翰因为思念家乡的莼羹，辞官回到吴中；范蠡功成身退，驾一叶扁舟遨游太湖，自在从容；陆龟蒙整日伴着煮茶的灶炉，甘做江湖上的隐翁。故人不知何处，我的前途不堪想象，更无人理解自己心中的苦衷。庭院里菊花又开了几丛，我在昏暗的灯下听着夜雨，任秋风把新添的白发吹动。

【赏析】

　　这首小令是作者客居吴江时，凭吊古代三位高人隐士所作，表达了对坎坷人生的伤感，抒发了前途渺茫、知音难觅的悲凉心境和孤寂情怀。

　　开头两句写景。"三高祠下天如镜，山色浸空蒙。"三高祠是为纪念吴江历史上三位高士——范蠡、张翰、陆龟蒙而建的祠堂。"空蒙"，形容雨中雾气迷茫。前一句写近景：秋季天高云淡，太湖水面清澈如镜，晴朗的天空倒映在水中。后一句写远景：远处苍翠的群山，被朦胧的雨雾笼罩着，一片迷茫的景象。两句明写天空、山色，暗写太湖水光，一远一近，一晴一雨，勾勒出了一片别样的天地。"天如镜"开启下文对古代先贤高风亮节的追怀；"浸空蒙"又和后文前途渺茫的惆怅之情相互关联。首两句只十二字，不仅将眼前的风景生动地描绘了出来，而且暗含着作者的情怀，和后文有密切联系，堪称"凤头"。

　　接下来的三句分别写了三高祠所纪念的三位古代高士。"莼羹张翰"，莼，即莼菜，一种多年生水草，其嫩叶可以做汤菜。据《晋书·张翰传》记载，吴郡人张翰在洛阳做官时，因为秋风勾起思乡之情，想念吴中的菰菜、莼羹、鲈鱼脍，感慨人生"贵得适志"，不应为了名爵而远行千里做官，于是辞官回乡了。"渔舟范蠡"，范蠡是春秋时越国的谋臣，辅佐越王勾践灭掉吴国称霸后，功成身退，隐姓埋名，乘一叶扁舟游于太湖。"茶灶龟蒙"，指唐代文学家陆龟蒙，苏州人，曾任苏、湖二郡从事，后来隐居在松江浦里。据《新唐书·隐逸列传》记载，陆龟蒙不喜欢和流俗之人相交，即使他们登门造访也不肯相见，"不乘马，升舟设蓬席，赍束书、茶灶、笔床、钓具往来，时谓江湖散人……后以高士召，不至。"三句鼎足成对，分别用了三个典故，表达了作者凭吊古迹、追慕先贤的情怀。

　　三位先贤淡泊名利、隐退山水的高风亮节，引发了作者的反躬自问："故人何在，前程那里，心事谁同。""故人何在"是一句过渡，作者由对古人的凭吊转入自伤：古代贤人已经一去不复返了，而自己却还为生计不得不在他乡飘零，前途又在哪里呢？仍是黯淡渺茫。这种欲进不能、欲归不得的矛盾、苦闷心情,谁能同情理解呢？作者连发三问,与前三句不仅在修辞上显出变化,在感情上也由缓变急,作者心中的不平之鸣和失意惆怅之情也强烈地传达了出来。

结尾三句客观地描写自身的孤寂凄凉,将曲子的氛围渲染得更为悲戚。"黄花庭院,青灯夜雨,白发秋风。"菊花已经开满庭院,而自己却独居异乡,无法与亲朋共赏;夜晚伴着暗淡的青灯,听着窗外绵绵秋雨,作者心中生出无边的愁绪;肃杀的秋风凄切呼号,草木摇落,而作者自己也已是白发丛生。此情此景,不禁令人断肠。这三句仍是鼎足成对,"黄花"一句以乐景衬哀情,是反衬;"青灯""白发"则是以哀景衬哀情,是正衬。黄花、青灯、白发,色泽对比鲜明;庭院、夜雨、秋风,意象组合独具匠心。动静结合,有声有色,活画出一幅秋风夜雨游子飘零图。

本曲以写景开头,又以写景结尾,中间怀古伤今,感情由淡趋浓,由缓变急。对偶工巧,修辞极富变化,跌宕起伏,摇曳生姿,清丽华艳中又有一分老辣豪气的味道。

【黄钟·人月圆】春日湖上

张可久

小楼还被青山碍,隔断楚天遥①。昨宵入梦,那人如玉,何处吹箫。门前朝暮,无情秋月,有信春潮②。看看憔悴,飞花心事,残柳眉梢③。

【字词注解】

①隔断楚天遥：因为青山隔断了视线,不能看到遥远的楚天。

②"门前朝暮"三句：意为门前朝朝暮暮与我相对的只有毫无情意的秋月和按时而至的春潮。

③"飞花心事"二句：意为心事忧愁不定,似飞花一般,双眉紧锁不展,恰如残柳。

【精彩解说】

在小楼上远望却又被四周层叠的青山阻碍了视线，不能看到遥远的楚天。昨晚，那位如花似玉的女子进入我的梦乡，但现在却不知她在何方吹箫。朝朝暮暮，与我相对的只有无情的秋月和有信的春潮。看看这暮春的残景，飘零无定的飞花正像我的心境，残破的柳叶如同我的双眉。

【赏析】

这是张可久春日寓居西湖时写下的一首抒情小令，通过描绘日暮景色抒发了怀念远人的愁思。

"小楼还被青山碍，隔断楚天遥"，小令前两句写从小楼远望所看到的景象。春秋战国时楚国据有长江中下游地区，故吴越一带的天空被泛称为"楚天"。西湖一带到处是青山，因而作者在楼上远望时，被层层叠叠的青山隔断了视线，不能望见遥远的"楚天"。这两句，情调有些惆怅，不但通过意象来表现，而且通过一个"还"字强调出来。"还"字有"又""仍"的意思，就是说，本来想遥望远方，不料又被青山妨碍，这就显出了懊恼之意。小令一开头就笼罩了一层低沉的情绪，从而为下面具体的叙事抒情定下了基调。

"昨宵入梦，那人如玉，何处吹箫"，这三句是叙事，说那位如花似玉的美人，昨天晚上进入自己的梦境中了，但她现在不知在什么地方。这里借用了杜牧《寄扬州韩绰判官》诗中"二十四桥明月夜，玉人何处教吹箫"两句，展现了一个美丽又惆怅的意境。这位步入作者梦境的美人，或许就是他曾经爱恋过的一位女子吧？至此，联系开头两句，原来，所谓"隔断楚天遥"指的就是和那人的两地分离，而阻碍的"青山"则寓意着使两人分离的真正原因。作者借景抒情的技巧，于此可见。

"门前朝暮，无情秋月，有信春潮"，这三句叙述分离的日子里自己的生活：朝朝暮暮和自己相对的，只有秋月和春潮而已，这是多么寂寞，多么孤苦！然而还不止于此，月儿是"无情"的，春潮又是"有信"的，这就更增加了感伤色彩。宋代苏轼《水调歌头》中写月"转朱阁，低绮户，照无眠。不应有恨，何事长向别时圆"，埋怨秋月的无情。这里的"无情秋月"就是化用其意。唐代李益《江南曲》说"嫁得瞿塘贾，朝朝误妾期。早知潮有信，嫁与弄潮儿"，埋怨潮来有信，而人归无期，这里的"有信春潮"即用其意。

因此，这三句在叙事写景中蕴含的感情色彩也是浓厚的。

"看看憔悴，飞花心事，残柳眉梢"，这末尾三句结合暮春景物的特征，借"飞花"和"残柳"来比喻心绪的惆怅。飞花飘飞无定，正像心境的摇曳不定；残败的柳叶又像双眉的皱损。这说明作者很善于形容。

这首曲子借暮春景物抒发怀人的愁思，重在抒情而不是写景。在情感的表达上形象而含蓄，正体现了张可久散曲典雅蕴藉的风格。

【正宫·醉太平】怀古

张可久

> 翩翩野舟，泛泛沙鸥[1]。登临不尽古今愁，白云去留。凤凰台上青山旧[2]，秋千墙里垂杨瘦[3]，琵琶亭畔野花秋[4]。长江自流。

—•【字词注解】

[1]泛泛：漂浮、游动的样子。

[2]凤凰台上青山旧：化用李白《登金陵凤凰台》"凤凰台上凤凰游，凤去台空江自流"句。

[3]秋千墙里垂杨瘦：化用苏轼《蝶恋花》"墙里秋千墙外道，墙外行人，墙里佳人笑"句。

[4]琵琶亭畔野花秋：白居易被贬九江时曾作《琵琶行》，其中有"枫叶荻花秋瑟瑟"诗句。后人在九江筑琵琶亭以表纪念。

—•【精彩解说】

来往不停的小舟，漂浮不定的沙鸥。登临远望，生发出无尽的怀古伤今的愁思，白云任意来去。诗仙李白曾登临的凤凰台，如今只有青山依旧；苏东坡笔下的秋千、围墙，人已不在，垂杨柳稀疏生长；白居易来过的浔阳江畔，琵琶亭外野花凋零。只有长江仍然奔流。

【赏析】

这首曲子抒发了对古人的缅怀和对自己漂泊人生的伤感之情。

"翩翩野舟,泛泛沙鸥。"这两句里的"野舟""沙鸥",既是作者眼前所见的真实景物,又是作者自己的化身,形容自己好似来往不息的野舟,又像漂泊不定的沙鸥。"翩翩"和"泛泛"两个形容词将静态变为动态,更加形象地写出了天涯飘零之感。

"登临不尽古今愁,白云去留。""登临"一句起着抒情线索的作用,一方面,用"登临"二字交代怎样见到的首句描写的景色,另一方面,"不尽古今愁"也开启了下文的感慨。一个漂泊天涯的游子,在登临高处、远望山水时,难免触景生情,怎么能不发出无穷的忧思呢?"白云去留"一句,出自陶渊明的"云无心以出岫"(《归去来兮辞》),以通达的气势改变了那种灰色的感情,真有回肠荡气的妙趣、移山倒海的笔力。

"凤凰台上青山旧,秋千墙里垂杨瘦,琵琶亭畔野花秋。"一组"鼎足式"的对偶句,充满了缅怀和景仰的感情,概括了历史上三位伟大的诗人——李白、苏轼和白居易在失意时写下的一些诗作,化用他们的诗句来抒发自己同样的感情,显得格调高昂、气势磅礴。李白在天宝年间被变相放逐以后,漫游金陵(今南京),写下了脍炙人口的"凤凰台上凤凰游,凤去台空江自流"(《登金陵凤凰台》),吊古伤怀,以抒发自己政治上的失意心情。可登上凤凰台的诗仙早已故去,只有那远处的"青山"还像过去一样屹立在那里。苏轼也曾在被贬途中写过"枝上柳绵吹又少,天涯何处无芳草。墙里秋千墙外道,墙外行人,墙里佳人笑"(《蝶恋花》)那样深远的词,比喻自己的报国之心无人了解。特别是句末的"瘦"字,把苏词的"枝上柳绵吹又少"更加形象地表现了出来。白居易被贬九江后,在浔阳江畔听了琵琶女的弹奏,写下了"同是天涯沦落人,相逢何必曾相识"的《琵琶行》,后人便在浔阳江口修建了琵琶亭来纪念他。这三句字里行间流露出作者多么复杂的情感,多么深沉的悲哀!作者这里的化用,含意深刻,抒发了仕途失意、才华难展的惆怅。作者从自己的漂泊无依,想到李白三人虽然出类拔萃,也已经逝去,只留下一些供人凭吊的往事,不由得发出繁华易逝、功名难就的感叹。作者既流露出自命不凡的感情,也表现出积极入世的态度。

中间写得如此浩荡,如此壮阔,结语如何把读者引向更广阔的天地呢?

作者举重若轻地用"长江自流"四字非常简洁漂亮地作结，不但高度概括了全部的曲意，而且巧妙地化用了王勃《滕王阁诗》中"阁中帝子今何在？槛外长江空自流"的诗句，给人们留下了广阔又充满韵味的联想空间。时光的流逝是不以人的意志为转移的自然规律，有什么值得悲叹的呢？这简单的一句，把年华易逝的感慨转化为顺其自然的心理状态，不仅提高了曲子的意境，给人的启示也更深远了。

作者在曲中化用了许多前人的诗句，把它们都化为自己的思想、自己的语言，营造出了新的意境，别有一番韵味，给人以极大的美感享受。

【正宫·塞鸿秋】春情

张可久

疏星淡月秋千院，愁云恨雨芙蓉面①。伤情燕足留红线，恼人鸾影闲团扇。兽炉沉水烟②，翠沼残花片。一行写入相思传。

—●【字词注解】

①"愁云"句：意谓女子美丽的面容上满是忧愁和泪水。
②兽炉：兽形的金属香炉。沉水烟：沉水香，俗称"沉香"，一种名贵香料。

—●【精彩解说】

疏疏的星，淡淡的月，冷冷清清秋千院，愁如云，恨似雨，布满芙蓉般的脸庞。寂寞伤心，深情在燕足上系红线，对镜照芳容，形影孤单好烦恼，百无聊赖摇团扇。香炉里烟气低沉，池塘中落花成片。这些景物都像一行行字句写入了相思传。

—●【赏析】

这首小令描写一位女子的相思之情，十分沉痛感伤。

"疏星淡月秋千院，愁云恨雨芙蓉面。"小令开篇两句奠定了全篇的情感基调。"疏星淡月"勾画出庭院清冷、暗淡的环境，"愁云恨雨"展现了主人公的愁苦心境，而用"芙蓉面"写女子的娇美，又让人倍生怜惜。

随后两句着力表现女主人公内心孤单、寂寞之情："伤情燕足留红线，恼人鸾影闲团扇。"前句从室外飞燕着眼，后句从室内鸾影、团扇落笔，从使用的典故来看，相爱的人已经撒手尘寰，永无相见之日了。"燕足留红"的典故出自宋人曾慥《类说》所引《丽情集·燕女坟》。宋末娼女姚玉京嫁后夫亡，玉京守志奉养公婆。常有双燕筑巢梁上。一日，其中一只被鸷鸟捉去，另一只孤飞悲鸣，到秋天飞到玉京臂上，似要与她道别。玉京在燕足上系了一根红线，嘱咐燕子明年再来做伴，次年燕子果然来到，此后相伴六七年。到玉京病死那年，燕子飞到坟地悲鸣而死。"鸾影"指镜中孤独的鸾，比喻失偶，典出南朝宋范泰《鸾鸟诗序》。"燕足留红"和"鸾影"两个典故都包含失偶的悲痛，这在曲中的喻义比较清楚。如此，主人公的相思就尤为可悲，孤单与寂寞只怕要相伴终生。

随后三句，"兽炉沉水烟"明写室内香炉青烟袅袅的寂静，暗写主人公内心相思的无奈与痛苦；"翠沼残花片"以水塘残花比喻青春消逝、红颜凋残之悲；"一行写入相思传"，是说室内缕缕香烟、塘中片片残花，皆是相思的证物，正所谓"眉间心上，无计相回避"，其情可感可怜。

在这首简短的小令中，作者将相思之情写得浓郁沉厚。前六句室内与室外交错展开，相互映衬，反复渲染离别之情。最后一句，议论兼抒情，既写出了女子的心声，也传达了作者的感慨。全曲语言清丽典雅，含蓄蕴藉，值得反复品味。

【南吕·金字经】感兴

张可久

野唱敲牛角①，大功悬虎头②，一剑能成万户侯③。愁，黄沙白髑髅。成名后，五湖寻钓舟。

【字词注解】

①敲牛角：典出宁戚饭牛事。一次，齐桓公夜出迎客，宁戚正在喂牛，

他敲牛角而唱悲歌，引起了齐桓公的注意，齐桓公重用了宁戚。这是一个明主纳贤才的典故。

②虎头：此指虎头金牌，皇帝授予大臣的令牌。这里暗指汉朝名将班超。

③万户侯：古代的官职，泛指高爵显位。

【精彩解说】

敲打牛角悲伤地唱着歌，身上悬着象征大权的虎头令牌，一剑横行天下终成万户侯。但是，到头来让人愁，千古英雄最终也成黄沙白髑髅。成名后，也得在五湖小舟上垂钓。

【赏析】

这首曲子通过追忆历史上建功立业、进退行藏的英雄事迹，抒发了作者渴望功名、推崇功成身退的人生理想。

"野唱敲牛角，大功悬虎头"，开头两句用两个典故表现了两种建功立业的类型。据《淮南子·道应》：春秋时齐国宁戚在牛车下喂牛，扣牛角而歌，齐桓公听到后认为他是贤人，拜为上卿。这是贱民一鸣惊人、飞黄腾达的典型。"大功悬虎头"的典故出自《后汉书·班超传》：班超曾经去看相，看相的人说他"生燕颔虎颈，飞而食肉，此万里侯相也"，后来班超投笔从戎，出使西域，屡建奇功，果然封侯。这是书生以边塞战功而封侯的典型。作者举这两个典型，其中隐含着自己也渴望有宁戚、班超那样的机遇，从而能大展宏图、建功立业。

"一剑能成万户侯。愁，黄沙白髑髅。"接下来几句一笔宕开，泛说古今，从正反两面评价荣辱得失。古往今来，不少人渴望从军立功，一剑横行天下，博得万户侯的高位。但到头来还是让人发愁：君不见，千古英雄最终不也成为黄沙掩埋的白骨骷髅了吗？且不说有多少老将像飞将军李广那样最终也未能封侯，也不说"古来征战几人回"的残酷现实，就算像班超那样被封为食邑千户的定远侯，但他在西域长达三十一年，年将七十的时候上疏请求归老，不也是怕老死塞外，成为"黄沙白髑髅"吗？翌年班超回到洛阳，三个月就病死了。一心想要建功立业，却又有各种担忧，曲子写到这里，显然流露出作者"应出仕还是应归隐"的矛盾心理。

结尾二句表达出作者对人生理想的最终选择:"成名后,五湖寻钓舟"。要解决上述矛盾,就要效仿范蠡功成身退。范蠡为越王勾践雪耻复国,饱尝艰辛,但吴国被灭后,勾践正要论功行赏,他却飘然遁去,泛舟五湖,隐姓埋名经商,号陶朱公。因为他知道,帝王只可共患难,不能共安乐,正所谓"狡兔死,走狗烹",这是历代帝王的共性。

这首曲子言简意赅,开头并列两个典型,中间从正反两个角度评议,结尾表明自己的选择,层次井然,颇具说服力。曲子通过运用典故议论,议论中又具有清韵,因此并无枯燥之感。

【中吕·普天乐】秋怀

张可久

会真诗①,相思债。花笺象管②,钿盒金钗③。雁啼明月中,人在青山外。独上危楼愁无奈,起西风一片离怀。白衣未来④,东篱好在,黄菊先开。

【字词注解】

①会真诗:唐代诗人元稹有《会真诗三十韵》,写了一对青年男女自由结合的故事。他又创作传奇《莺莺传》叙写同一内容。

②花笺:精致华丽的信纸。象管:象牙制的笔管,亦代指珍贵的毛笔。

③钿(diàn)盒:也作"钿合",指用黄金珠玉嵌成花纹的盒子。白居易《长恨歌》:"唯将旧物表深情,钿合金钗寄将去。"

④白衣未来:这里借用江川刺史王弘派人在重阳节给陶渊明送酒的故事。典出南朝宋檀道鸾《续晋阳秋》:"陶潜九月九日无酒,于宅边东篱下菊丛中摘盈把,坐其侧。未几,望见一白衣人至,乃刺史王弘送酒也,即便就酌,而后归。"白衣,古代官府衙役小吏着白衣,也代指给官府当差的人。

【精彩解说】

看到那《会真诗》,便勾起了相思债。眼前就是毛笔花笺和那定情的钿盒金钗。大雁啼飞伴着一轮明月,情人远在青山外。独自登上高楼,愁绪万千,西风吹起心头一片离别的情怀。送酒的白衣人没有来,好在东篱下黄菊已经盛开。

【赏析】

这是一首描写闺中怀人的小令。

通常写闺怨闺情的词曲多以写景起兴,而这首小令却以咏物开篇:"会真诗,相思债。"会真,意为同神仙相会。会真诗即游仙诗,也就是情词。唐代元稹曾写下《会真诗三十韵》,讲述了一对青年男女自由相恋、幽会缠绵的故事。因此,人们便将情词称作"会真诗"。闺中女子看到会真诗,便勾起了她心中的相思之情。元人的小令中经常将相思说成欠债一样,如徐再思【双调·清江引】《相思》里道:"相思有如少债的,每日相催逼。"因此有了"相思债"一说。

相思之情既涌上心头,眼前的几件东西更让这位闺中女子睹物思人:"花笺象管,钿盒金钗。"精美的信笺、象牙制的笔,可能让这位深情女子想起曾经与情人往来相寄的词曲书信;"钿盒金钗"指的是两人的定情信物,用的是白居易《长恨歌》中的典故:"唯将旧物表深情,钿合金钗寄将去。"这两句短短八个字,没有写景,也没有对人物内心活动的描述,表面上只是罗列出几样东西,然而这些东西都是两人爱情的凭证,这些具体的物件最容易勾起人的思念。这样的写法颇为别致,富有独创性。

"雁啼明月中,人在青山外"一联,似乎是在描摹景致,实际上是以景喻人。大雁飞在一轮明月之中,以澄黄透彻的月亮作为背景,大雁啼鸣,烘托出了绝美的意境。大雁是到了秋天就南归的候鸟,一轮明月象征着圆满,而"雁啼明月中"含有"归还""团圆"之意。月圆雁归,而自己的情人却远在青山之外,怎不叫人格外思念呢?这一句"人在青山外"化用了欧阳修《踏莎行》中的"平芜尽处是春山,行人更在春山外"。

接下来两句继续渲染女主人公的离怀别愁:"独上危楼愁无奈,起西风一片离怀。"句中的数量词组"一片"用得十分巧妙,既承接了"起西风",

又将无形的离愁具体化，更加形象可感，写出了愁思之深、之切。这两句的意境和晏殊《蝶恋花》中的"昨夜西风凋碧树，独上高楼，望尽天涯路"的意境非常相似，登高远望，西风吹拂，相思之愁油然而生，意境开阔又深切。

小令末尾，"白衣未来，东篱好在，黄菊先开"，写愁绪无从排遣，于是想到了酒，却没有白衣人送酒来，只好欣赏东篱下盛开的菊花，聊以排遣相思之情。这里用了白衣送酒的典故，言外之意是，陶渊明尚有王弘差遣衙役为他送酒，而眼下却没有白衣人来。这一处用典写尽了这位闺中女子的孤独和惆怅，连东篱畔的黄菊似乎也染上了一层惨淡的色彩。

这首小令语言简洁朴素，真实细腻地传达出了一个闺中女子复杂而微妙的情怀。全曲色彩清淡，情绪惆怅寂寥，带着一种不动声色的含蓄之美，非常耐人寻味。

【中吕·普天乐】秋怀

张可久

为谁忙，莫非命？西风驿马[1]，落月书灯。青天蜀道难[2]，红叶吴江冷[3]。两字功名频看镜，不饶人白发星星。钓鱼子陵[4]，思莼季鹰[5]，笑我飘零。

【字词注解】

①西风驿马：在萧瑟西风中驱马奔忙。

②青天蜀道难：出自李白的《蜀道难》"蜀道之难，难于上青天"。这里是喻奔波之苦。

③吴江：松江，为太湖最大的支流。

④钓鱼子陵：拒绝汉光武帝征召、隐居垂钓的严光，字子陵。

⑤思莼（chún）季鹰：西晋张翰，字季鹰，"因见秋风起，乃思吴中菰菜、莼羹、鲈鱼脍，曰：'人生贵得适志，何能羁宦数千里以要名爵乎！'遂命驾而归"（《晋书·张翰列传》）。莼，莼菜。

【精彩解说】

究竟是为谁这样辛苦奔波，莫非是命中注定？西风萧瑟驿马颠簸，落月下书卷伴着一盏孤灯。蜀道之难难于上青天，红叶满山吴江凄冷。为那功名两字，岁月匆匆不饶人，镜中人已白发苍苍。垂钓的严光，思恋莼羹的季鹰，定会笑我一世飘零。

【赏析】

这首散曲是写仕途失意的作者自觉岁月流逝而功名难遂的悲叹。

在曲子开头，作者便自怨自艾："为谁忙，莫非命？"我这样风尘仆仆地奔波劳碌，到底是为谁，莫非这一切都是命中注定？一身才华却在仕途上郁郁不得志、不能施展抱负的张可久，心中定是非常失意沉郁的，这一句"莫非命"，表面上似乎是感慨一切都是命运安排，其实正展现出其心中的愤懑难平。

接下来的四句，"西风驿马，落月书灯。青天蜀道难，红叶吴江冷"，作者抛出一系列意象渲染出了一派萧索凄怆的气氛："西风""驿马""落月""书灯""红叶"等几个意象，和题目"秋怀"联系起来，秋色的清冷便从字里行间透露出来，同时也烘托出了作者的心情。"驿马"指代奔波劳碌，"书灯"暗示自己夜以继日地潜心求学，这两句非常具有概括性，表明了自己年年岁岁的辛勤劳苦。但这样的辛苦得到的是什么结果呢？作者巧妙地化用前人的诗句给出了回答，"蜀道之难，难于上青天"是李白《蜀道难》中的名句，作者用一句"青天蜀道难"道出了求取功名之路的艰难。作者又化用崔信明的名句"枫落吴江冷"，形容自己无人赏识的落寞，非常切合。前面"西风"二句是实写，而"青天"二句则是通过比喻、象征的手法进行的虚写，虚实结合使笔致更显空灵，含意隽永。

接着，作者又顺势而下，进一步抒发功名未就而老已至的感叹："两字功名频看镜，不饶人白发星星。""频看镜"出自杜甫诗句"勋业频看镜"；"不饶人"三字表达了时不我待的无可奈何之感。两句一张一弛，形成对照。至此，一个富有才华却无所成就、落寞失意的自我形象已经比较完整地勾画出来了。

最后，作者笔势一转，以一个自嘲的"笑"结束了全曲："钓鱼子陵，思莼季鹰，笑我飘零。"拒绝皇帝征召而在富春江垂钓的严光，见秋风起而思念故乡莼羹、鲈鱼脍的张翰，都是历史上著名的抛却功名富贵的高士，与他们相比，作者觉得自己热衷功名却一事无成十分可笑。这最后三句转笔，引人遐想，正是作者艺术手段的高明之处。

在元朝由于不重科举，读书人金榜题名的梦想便成为虚幻。张可久就是这种时代背景之下的一个始终沉抑潦倒的仕途失意者。这首《秋怀》传达出了作者年华老去之后的凄凉心境和对功名未成的慨叹。曲子用典较多，文辞工巧婉约，非常能体现《小山乐府》的特色，值得细细品味。

【中吕·朝天子】闺情

张可久

> 与谁，画眉①，猜破风流谜。铜驼巷里玉骢嘶②，夜半归来醉。小意收拾③，怪胆禁持④，不识羞谁似你。自知，理亏，灯下和衣睡。

【字词注解】

①画眉：用汉代京兆尹张敞为其妻描眉的典故，表示夫妻恩爱。

②铜驼巷：为汉代洛阳的一条街巷，是贵族子弟经常游玩的地方。玉骢：泛指好马、名马。

③小意收拾：小心服侍。

④怪胆禁持：意谓放胆纠缠。禁持，指折腾、纠缠不休。

【精彩解说】

给谁在画眉，猜破了风流谜底。铜驼巷里玉骢马在嘶鸣，你夜半回来喝得烂醉。小心地服侍你，你还违情背意，任意折腾，不知道害羞，谁像你！你还知道自己理亏，在灯下和衣而睡。

【赏析】

这支曲子以一个女子的口吻，叙述了自己爱情生活中的一个小插曲，颇有生活情趣。

从曲子的内容和手法来看，它似乎是从唐代无名氏《醉公子》一词脱胎而来。《醉公子》词是这样写的："门外猧儿吠，知是萧郎至。刬袜下香阶，冤家今夜醉。扶得入罗帏，不肯脱罗衣。醉则从他醉，还胜独睡时。"相较之下，张可久的这首《闺情》的描写，显得更为曲折和细腻。

起首一句写夜已深，闺中少妇一直在等着丈夫回来，等了很久也不见丈夫的身影，她不由得生出疑窦，猜想他莫非在外面有什么风流韵事，已觅新欢："与谁，画眉，猜破风流谜。""画眉"包含着一个典故：汉代的张敞和他妻子的感情很深厚，甚至给他的妻子描画眉毛。后来就以"画眉"表示夫妻恩爱。这位闺中少妇心中猜测，他是不是在和谁效仿张敞画眉的故事，另结良缘了啊？这风流韵事又让我猜破。简单的一句猜疑就把一个典型的少妇形象展现了出来。

"铜驼巷里（一作陌）玉骢嘶，夜半归来醉。"三、四两句是叙述女主人公听到巷陌中马儿的嘶叫声，知道是她的丈夫深更半夜喝醉酒回来了。铜驼巷在今河南洛阳。陆机《洛阳记》中记载"铜驼街，在洛阳宫南，金马门外，人物繁盛。俗语云：'金马门外聚群贤，铜驼街上集少年。'"。铜驼巷是贵族子弟经常游玩的一条街巷，这就从侧面暗示女主人公的丈夫喜好游乐，可能常常出入铜驼巷的酒肆之中。

"小意收拾，怪胆禁持，不识羞谁似你。"六、七、八三句写丈夫回来后，醉意醺醺，可女主人公还是小心为他拾掇、殷勤照料，而她的丈夫还装模作样摆架子，不好好配合，任意折腾。女主人公不由得责备他"不识羞"。丈夫于是"自知，理亏，灯下和衣睡"。一个"不识羞"将妻子埋怨丈夫的心态表现得生动有趣，让读者仿佛亲耳听到了小两口的低声私语一般，有身临其境之感，而丈夫"自知，理亏"的举动又让人忍俊不禁。

本曲篇幅虽短小，但写得颇为生动，极具趣味。女主人公的猜忌、埋怨，丈夫先硬后软又不肯认错的神态，均写得颇有情致，与前面所引的《醉公子》词相比，确实更为曲折、细腻。

【中吕·朝天子】山中杂书

张可久

醉余，草书，李愿盘谷序①。青山一片范宽图②，怪我来何暮。鹤骨清癯③，蜗壳蘧庐④，得安闲心自足。蹇驴⑤，和酒壶，风雪梅花路。

【字词注解】

①李愿盘谷序：唐代韩愈有《送李愿归盘谷序》一文，言盘谷"泉甘而土肥"，是"隐者之所盘旋"的地方。此处用以指代自己追求的隐居生活。

②范宽：字中立，北宋著名山水画家。宋代陆游《初冬杂题》诗："身在范宽图画里，小楼西角剩凭阑。"

③鹤骨清癯（qú）：清瘦如鹤骨嶙峋。清癯，清瘦。

④蜗壳：比喻狭小如蜗牛壳的圆形屋子。三国时焦先和杨沛作圆舍，形如蜗牛壳，称"蜗牛庐"。蘧（qú）庐：用竹子或苇子搭成的简陋房屋。

⑤蹇（jiǎn）驴：劣驴。唐孟浩然、贾岛、李贺等著名诗人，都有策蹇驴、踏风雪的典故。

【精彩解说】

我喝醉酒后，草书韩愈的《送李愿归盘谷序》。看青山重重就像范宽的山水图，责怪我为什么迟暮才来。一身清瘦，在小小的陋室里安身，得到了安闲心里就满足。骑一匹劣驴，带一只酒壶，迎风冒雪走在梅花路。

【赏析】

这首曲子以图画般的景物描写，表现了作者隐居生活的悠闲舒适。曲子题作"山中杂书"，点出了写作环境和心境。全曲分为三个重要意象段落：第一段，乘酒醉兴高，书写韩愈《送李愿归盘谷序》；第二段，山中风景如画，用移情手法说出身处其间的感受；第三段，描写清闲的山居生活，展现高尚的精神世界。

"醉余，草书，李愿盘谷序。"韩愈的《送李愿归盘谷序》描述了美好的山居生活和中国传统退隐官吏的心理,这篇序对决定急流勇退的士大夫或官途坎坷的读书人来说,具有安慰和支持作用。作者趁着酒醉微醺,草书这篇文章,以文章为媒介走进前贤的理想世界,走进他们建立的精神家园,使自己的情绪得以酣畅淋漓地释放。

"青山一片范宽图,怪我来何暮。"北宋画家范宽擅画山水,作者眼前的一片青山就如同出自范宽之画一般。写"青山"与"我"的关系最经典的,应是辛弃疾脍炙人口的"我见青山多妩媚,料青山见我应如是"了。青山美丽而且多情,似乎责怪作者归隐得太迟。这里若是作者说"我来晚了"就落了俗套,于是作者运用艺术手法说成青山怪我来晚了。

"鹤骨清癯,蜗壳蓬庐,得安闲心自足。"这三句直写作者心中的快乐。本来身躯瘦弱,又肩负着命运的坎坷曲折在路途中奔波,这并不是一件快乐的事。眼看青春岁月就此消磨掉,理应苦不堪言,然而作者却处之泰然,心安自足。

"蹇驴,和酒壶,风雪梅花路。"末尾写踏雪寻梅,来自孟浩然骑驴携酒、雪中寻梅的典故。安贫乐道的思想主旨在这里更加明显地体现出来。踏雪寻梅本是文人雅事,"蹇驴""酒壶"更是成功地突出了雅士形象。梅花象征冰清玉洁,在中国传统文化中有深刻的象征意义。由此,一个清白、高雅的隐士形象就完整地展现在读者面前了。

全曲主题是安于现状、自得其乐,歌颂了隐居生活的悠闲清雅,表达了作者保持高贵心灵的志愿。

【中吕·满庭芳】客中九日[1]

张可久

乾坤俯仰,贤愚醉醒,今古兴亡。剑花寒[2],夜坐归心壮[3],又是他乡。九日明朝酒香,一年好景橙黄。龙山上[4],西风树响,吹老鬓毛霜。

—•【字词注解】

①客中九日:寓居他乡过重阳节。九日,农历九月九日重阳节。

②剑花寒：剑如霜花，寒光闪闪。
③归心壮：谓思归心情强烈。
④龙山：山名，在今湖北江陵西北。山势蜿蜒似龙，故名。

【精彩解说】

看乾坤大地上，清醒的贤者和昏醉的愚人共同生活，从古到今多少变幻兴亡。在他乡深夜独坐，拔出宝剑，剑如霜花，寒光闪闪，自己归乡之心是如此强烈。明天就是重阳节，想来一定是黄酒飘香，一年的好景色就在这橘绿橙黄的时光。龙山上，西风在树丛中呼呼作响，吹得人老白发如霜。

【赏析】

此曲是作者在外地为官时所作。题目"客中九日"表明在他乡过重阳节。全曲表达了作者沉抑下僚、壮志难酬、老大无成的悲愤之情和决心归隐的志愿。

"乾坤俯仰，贤愚醉醒，今古兴亡。"开头三句用六组反义词组成鼎足对，不但结构工巧，而且铿锵有力、掷地有声，有囊括四海、勘破世情的大气，也有悲愤填胸的气势。俯仰天地乾坤，广大无穷，竟无我立足用武之地；面对贤愚不分的世道，只好借酒浇愁，醒来却仍是悲愤难平；阅尽古今兴亡、盛衰荣辱、穷通得失，终究不过是一抔黄土而已。曲子前三句的感情从排遣激愤到勘破了悟，透露出作者矛盾的心理状态。

"剑花寒，夜坐归心壮，又是他乡。"这几句交代了以上感慨原来是作者于重阳节前夕独坐室内发出的，因而有承上启下的作用。"剑花寒"化用隋明余庆《从军行》："剑花寒不落，弓月晓逾明"句意，但此处是作者酒后拔出宝剑，看着剑如霜花，寒光闪闪，发出了以上慨叹，与辛弃疾《破阵子》中"醉里挑灯看剑"的举动一样，想到自己十年磨一剑，却无用武之地，漂泊他乡，还不如归去。"归心壮"表现归隐心切。"又是他乡"，说明已多次在异乡度过重阳佳节。

接下来五句是因情造景。作者预想明天重阳登高宴饮的情景："九日明朝酒香，一年好景橙黄。龙山上，西风树响，吹老鬓毛霜。"登高赏菊，美酒飘香，观赏漫山橘绿橙黄的斑斓秋色，这固然不失为一种乐趣，但是萧瑟的秋风不仅吹尽无边的萧萧落叶，也会吹老自己的鬓毛，使之由乌黑变为白霜。"一年好景橙黄"是化用苏轼《赠刘景文》诗"一年好景君须记，正是橙黄橘绿时"句意。看着秋风扫落叶，自然触景生情，作者想到自己行将年老，哪里还能经受这种年年秋风白发、蹉跎岁月的折磨呢！言外之意还是及早归隐吧。这正与前面的"归心壮"相呼应。

此曲气势磅礴，苍凉悲壮，极为沉郁。结构富于变化，开头破空突兀而来，第四句才交代缘由是夜间看剑，最后五句又因情造景，以秋色乐景反衬。结尾三句悲秋之情格外摇曳生姿。

【中吕·红绣鞋】天台瀑布寺[1]

张可久

绝顶峰攒雪剑[2]，悬崖水挂冰帘[3]，倚树哀猿弄云尖[4]。血华啼杜宇[5]，阴洞吼飞廉[6]，比人心山未险！

— 【字词注解】

①天台：山名，在浙江天台北。

②攒（cuán）：聚集。雪剑：寒光闪烁的宝剑，喻群峰。

③冰帘：喻瀑布。

④哀猿：叫声凄厉的猿猴。弄云尖：在白云缭绕的山巅啼叫，嬉戏。

⑤"血华"句：同"杜宇啼血华"。用"望帝啼鹃"典故。传说古蜀国王望帝屈死而化为杜宇鸟（即杜鹃鸟），啼声悲切，泣出皆血。

⑥飞廉：风伯，神话传说中的风神，这里指风。

— 【精彩解说】

陡峭的山峰像闪着寒光的宝剑聚集在一起，悬崖上挂着一张张冰帘，猿猴倚着树哀鸣飞跃戏耍在云间。杜鹃鸟凄厉鸣叫，吐着血华，阴洞里狂风在怒吼，比起人心的险恶，山算不上危险！

【赏析】

这首散曲题为《天台瀑布寺》，天台山在浙江天台北，山中有方广寺，寺旁有瀑布，奔腾直下数十丈，被宋代米芾题为"第一奇观"。这首曲子以刚硬的笔触生动展现了这一奇观的险峻。

"绝顶峰攒雪剑，悬崖水挂冰帘"，首句便在"奇""险"上落笔。前句写"山"之险。天台绝顶名为华顶峰，崔嵬峻峭，冬天积雪，远远望去如同寒光闪烁的宝剑，仿佛要刺破青天，此所谓"峰攒雪剑"。用"剑"来比喻山，前人也多有运用，如柳宗元《与浩初上人同看山寄京华亲故》诗"海畔尖山似剑铓"。本曲作者用一"雪剑"，更显得寒气逼人。次句写飞瀑。"冰帘"二字展现出瀑布的情状，写得寒气凛凛。一"雪"一"冰"，更让人觉得寒光四射，寒气逼人。"倚树哀猿弄云尖"一句，进一步烘托天台山之险。从那上摩云天的高树上，不时传来猿猴哀戚的长啸，它们攀缘在山顶的树上，仿佛在摘弄云尖。这起首三句点题，写出了天台山和飞瀑的奇险。

"血华啼杜宇"一句，用望帝啼鹃的典故。传说古蜀国君王望帝屈死后化为杜鹃鸟，啼叫的声音十分悲切，连鲜血都泣了出来。这里指天台山中杜鹃鸟的叫声凄厉。"阴洞吼飞廉"，飞廉是传说中的风神，这里是写惨淡的阴风从阴森的山洞中咆哮而出。以上五句，极力写天台之险，剑锋、冰瀑、哀猿、啼鹃，这一系列的形象形成了统一的氛围，使人悚然心惊。

"比人心山未险"，结句笔锋陡转，令人惊异。作者前五句笔墨着力描述天台山的"险"景，最终的目的正是逼出这结尾一句。这天台山是如此险峻，然而和人心的险恶比起来，天台山算不上危险！这最后一笔才是全篇主旨所在。全曲到此戛然而止，留给人们丰富的想象余地。以山之险来比喻人心之险，常见于古书中。《庄子·列御寇》中有"凡人心险于山川，难于知天"的句子，雍陶的《峡中行》里也有"楚客莫言山势险，世人心更险于山"。张可久这首曲子的立意正是源自此。

本曲作者抓住天台山的景物特征，用浓墨重彩极力刻画，设喻新奇，有声有色，生动地表现了山川的奇险。末句突然转折，揭示出人心之险，意味深长。全曲既富有哲理性，又有强烈的艺术感染力。张可久的散曲作品，多典雅蕴藉，风格清丽。而本曲用笔刚健瘦硬，格调冷峻，在《小山乐府》中的确是别具一格。

【中吕·红绣鞋】春日湖上

张可久

绿树当门酒肆①,红妆映水鬟儿②,眼底殷勤座间诗③。尘埃三五字,杨柳万千丝④,记年时曾到此。

【字词注解】

①酒肆:酒店。肆,商店。

②红妆:盛妆的美女或美女的盛妆。鬟(huán)儿:少女的一种发型,在两侧梳成两个环形发髻。

③眼底殷勤:眼光里流露出深厚的情意。

④杨柳万千丝:喻思念之深。

【精彩解说】

绿树环绕的酒店里,梳着环形发髻的女子浓妆艳抹,情意殷勤斟杯劝酒,席座间诗友即兴赋诗。可是,当年题写的三五诗句都已化为尘埃,眼前只有杨柳枝条千缕万丝,只记得少年时曾经在这里停留。

【赏析】

张可久的【红绣鞋】《春日湖上》共有两首,写的是其赏咏最多的苏杭风光。本曲为第二首,所写时令是春天,地点是西湖,事情是回忆昔日的诗酒之会,感慨如今时过境迁,青春年华早已不在。

"绿树当门酒肆,红妆映水鬟儿,眼底殷勤座间诗。"首句点出"酒",第三句点出"诗"。小山散曲,用字多有出处。本曲开篇三句暗用司马相如和卓文君的典故,目的是将人文感情融入自然景物之中。第一句写西湖边有绿树、水岸、酒肆——这是现实环境。作者渐次把眼前的酒肆推向遥远的汉代,再从古典世界里撩起文君当垆的身影,但他巧妙地用婀娜多姿的柳枝借代卓文君。作者巧用联想和语言修饰,丰富了曲子的意蕴。第二句转写女性人物,梳着双鬟的少女的影子浮映湖上。这里暗用乐府《木兰诗》"阿姊闻妹来,当户理红妆"句意。第三句"眼底殷勤座间诗"用《史记·司马相如列传》中"相如乃使人重赐文君侍者，通殷勤"文意。这位殷勤传诗的应该就是上句中梳着两鬓的可人儿了。

"尘埃三五字，杨柳万千丝，记年时曾到此。"第四句"尘埃三五字"写往日题在壁上的字蒙上了灰尘。唐代鲁收《怀素上人草书歌》一诗中有"观尔向来三五字，颠奇何谢张先生"句，其中的"三五字"指的是墙壁上蒙着灰尘的怀素上人的字，整首诗写怀才不遇。张可久曾当过路吏、典史等卑小官职，以其绝世才情对比其仕途际遇，不能不说作者是怀才不遇，这也是作者在此处用此典故的深层内涵。

壁上题字，岸边柳丝，无不惹起对往事的追忆。追怀往事是古典诗词常写的题材内容。追忆者通过随着时间洪流从过去走到眼前的事物，回想它们在过去曾经和某些人物、某些历史时段的联系，这些事物，文学批评中叫作"断片"。曲中"三五字"和"杨柳"是联系今昔的断片。"尘埃"和"万千丝"突显时间的威力。最后一句点出了追忆的内容。忆什么呢？忆"年时曾到此"的事，也就是前文的"绿树当门酒肆，红妆映水鬟儿，眼底殷勤座间诗"。

曲子描绘了一幅令人怀念的热闹景象，可是当年的盛况都已经化为尘埃。最后一句抒情，表现了对时间流逝的无奈与对当年盛景的怀念。

【中吕·卖花声】怀古二首

张可久

阿房舞殿翻罗袖①，金谷名园起玉楼②，隋堤古柳缆龙舟③。不堪回首，东风还又，野花开暮春时候。

美人自刎乌江岸④，战火曾烧赤壁山⑤，将军空老玉门关⑥。伤心秦汉⑦，生民涂炭⑧，读书人一声长叹。

【字词注解】

①阿房（旧读ē páng）：阿房宫，秦朝的宫殿。公元前212年，秦始皇征发刑徒七十余万修阿房宫及骊山陵。阿房宫仅前殿即"东西五百步，南北

五十丈；上可以坐万人，下可以建五丈旗；周驰为阁道，自殿下直抵南山"（《史记·秦始皇本纪》），至秦亡时也没有完工。

②金谷名园：在河南洛阳，是晋代大富豪石崇的别墅，其中的建筑物和陈设异常奢侈豪华。

③隋堤古柳：隋炀帝开通济渠，沿河筑堤种柳，称为"隋堤"，即今江苏以北的运河堤。缆龙舟：此指隋炀帝沿运河南巡江都（今扬州市）事。

④"美人"句：美人指西楚霸王项羽的爱姬虞姬。楚汉相争项羽战败，在垓下（今安徽灵璧东南）被汉军围困。夜里，项羽在帐中悲歌痛饮，与虞姬诀别，虞姬自刎。后项羽乘夜突出重围，在乌江（今安徽和县东）又被汉军追及，自刎而死。

⑤"战火"句：此指三国时的赤壁之战。208年，周瑜指挥吴蜀联军在赤壁用火攻击败曹操大军。

⑥"将军"句：此指东汉班超垂老思归。班超因久在边塞镇守，年老思归，给皇帝上了一封奏章，上面有两句是"臣不敢望到酒泉郡（在今甘肃），但愿生入玉门关"（《后汉书·班超传》）。

⑦秦汉：泛指前代。

⑧涂炭：比喻受灾受难。涂，泥沼。炭，炭火。

【精彩解说】

阿房宫内罗袖翻飞，歌舞升平；金谷园里玉楼拔地而起，再添新景；隋堤上古柳葱郁，运河中龙舟威武。往事难回首，东风又起，暮春时一片凄清。

美人虞姬自尽在乌江岸边，战火也曾焚烧赤壁万条战船，将军班超白白老去在玉门关。伤心秦汉，生灵涂炭，读书人一声长叹。

【赏析】

这是两支咏史怀古的曲子。

前一首先陈述了三个历史事件：一是秦始皇在骊山建造阿房宫以及在宫中宴乐；二是西晋的富豪石崇在洛阳建造金谷园；三是隋炀帝修大运河下扬州游乐，筑堤植柳。这三个事例都是穷极奢靡最终败亡的典型。但作者仅仅点出事情的发端而不说其结局。"不堪回首"表达了对始盛终衰的感慨。"东风还又，野花开暮春时候"，是以"兴"结束全篇的常见写法。同时，春意阑珊的凄清景象又与前三句的繁华盛事形成强烈对照，一热一冷，一兴一衰，一有一无，一乐一哀，感慨无限。这与刘禹锡的《乌衣巷》"朱雀桥边野草花，乌衣巷口夕阳斜。旧时王谢堂前燕，飞入寻常百姓家"有异曲同工之妙。

在句式上，曲子长短参差，奇偶间出。另一方面，一开篇便列出不在一时、不在一地且没有关联（但属于同一类）的三个事件，这和常见的怀古诗词也有所不同，算是有新意了。

后一首的新意则更多一些。同样也是先列举三个历史事件，不过这三件事不仅不同时不同地，而且不属于同一类。"美人自刎乌江岸"，是霸王别姬的故事；"战火曾烧赤壁山"，是赤壁之战的故事；"将军空老玉门关"，则是班超投笔从戎、垂老思归的故事。看起来似乎三件事彼此毫无逻辑联系，拼凑得很是生硬，然而紧接两句却是"伤心秦汉，生民涂炭"，笔锋一下子转到了普通老百姓上，到这里才显示出前三句内容的共通之处。作者追怀古人，想到项羽兵败乌江，虞姬自刎而亡，何等哀艳；周瑜火烧赤壁，樯橹灰飞烟灭，何等惨烈；班超投笔从戎，至老但愿生入玉门关，何等悲壮！然而不管是英雄美人还是名将勇士，他们轰轰烈烈的事迹、赫赫的战功都被记载流传，名垂青史，而在历朝历代的争斗中，不知有多少不知名的老百姓饱受疾苦。作者揭示了一个严酷的现实，即不管哪个朝代，民生疾苦更甚于英雄美人的穷途末路。张养浩说"兴，百姓苦；亡，百姓苦！"（【山坡羊】《潼关怀古》），袁枚说"石壕村里夫妻别，泪比长生殿上多"（《马嵬》），都在表达：历史的长河中最值得同情的应该是苦难的百姓，最让人痛心的是天下的百姓。实际上，秦亡汉兴，朝代更替，哪一次不是建立在老百姓的尸骨之上。

有鉴于此，这最后的"读书人一声长叹"，也就百感交集，意味格外深长了。这里的"读书人"可泛指当时有文化的人，也可特指作者本人。最后的"叹"字含义丰富，一是叹国家遭难，二是叹百姓遭殃，三是叹读书人无可奈何，反映了作者作为知识分子忧国忧民的情怀。

这首曲子在形式上，对比的运用产生了显著的艺术效果。初读前三句，令人感到莫名其妙，读到四、五句，才知作者别有深意。在语言风格上，此曲和前曲又有不同，前曲偏于典雅，而这一首更多运用平直的白话，结句"读书人一声长叹"的写法更是传统诗词中见所未见、闻所未闻的。作者将用典的修辞与俚俗的语言结合，使得作品更显出元曲的本色来。

总的说来，这两首怀古元曲，无论是抨击社会现实，还是审视历史，都堪称上乘。

【中吕·卖花声】客况

张可久

十年落魄江滨客[①]，几度雷轰荐福碑[②]，男儿未遇暗伤怀。忆淮阴年少，灭楚为帅，气昂昂汉坛三拜[③]。

— 【字词注解】

①落魄江滨：流落江湖，遭遇困顿。

②雷轰荐福碑：书生张镐十分穷困，范仲淹想拓唐代大书法家欧阳询所写的《荐福碑》一千张给张镐换路费，不料半夜里一声炸雷把荐福碑给轰碎。事见《冷斋夜话》。后世借此故事来指命运多舛。

③"忆淮阴年少"三句：韩信是淮阴的少年，后来被刘邦登坛拜为大将，指挥汉军，打垮项羽，立下了不朽的功业。最后却被吕后设计斩于长乐钟室。事见《史记·淮阴侯列传》。

— 【精彩解说】

流落江湖、遭遇困顿已经有十年，几次碰到失意的事，大丈夫怀才不遇，只能暗自悲伤。想到韩信年少时，登坛拜将，辅佐刘邦灭楚兴汉。

— 【赏析】

这首曲子抒发了作者怀才不遇、壮志难酬的情怀，表达了渴望受到统治阶级的赏识，全力施展自己才华的迫切心情。

曲子前三句里，作者概括叙述了自己流浪江湖的落魄。"十年落魄"，化用杜牧的《遣怀》诗"落魄江湖载酒行，楚腰纤细掌中轻。十年一觉扬州梦，赢得青楼薄幸名"，表达了流落不遇的失意之感。"十年"并不是一个确切的数字，重点在于突出时间的漫长。"江滨"指长江之滨，张可久一生多辗转在赣、苏、浙等长江沿岸一带做小官吏。"十年落魄江滨客"，七个字完整地交代了作者的身份、当时的处境和精神面貌。古人在诗歌中说"作客"时经常指这样的情况：由于在远离故乡的地方做官，所以不得不碌碌于旅途；由于任职常常变动，羁旅飘零就成了常情。本曲说的也正是这样的情况。下面作者又用了"雷轰荐福碑"的典故进一步含蓄地说明他"落魄"的情况。雷轰荐福碑，是宋元时流传甚广的故事，据《冷斋夜话》记载，范仲淹在鄱阳做官时，穷困书生张镐来投奔他，为了帮助张镐去京赶考，范仲淹要拓印一千张《荐福碑》送给张镐，让他卖了作为路费，不幸一夜之间，碑被雷击碎。后人便常借这个故事指命运多舛。"几度雷轰荐福碑"，作者的落魄生涯里"几度"遭遇这样的命运捉弄和挫折，心中的失意就可想而知了。接着，"男儿未遇暗伤怀"一句承上启下，由"客况"的诉述转入内心情感的抒发。男儿怀才不遇，长年落魄，无处可以倾诉，一个"暗"字，写出了作者的孤寂落寞，也写尽了人情冷暖、世态炎凉。

　　接下来的三句是作者内心世界的进一步展开，但作者并没有直抒胸臆，而是用一个"忆"字，宕开一笔，巧妙地通过对历史人物的回忆来说明自己的壮志胸怀："忆淮阴年少，灭楚为帅，气昂昂汉坛三拜。"韩信登坛拜将是人们熟知的故事，他少年时家里贫穷，曾乞食漂母，还在淮阴市上受过胯下之辱，后成为刘邦麾下大将，灭楚兴汉，成为赫赫有名的一代英雄。作者所向往、所追求的正是这样一种轰轰烈烈的壮举和人生。至此，全曲由开头的悲哀之调变为昂扬的旋律。这正是作者心灵深处"兼济天下"之志向的喷发。然而，现实是残酷的，实现理想抱负的是古人，这样，作者便不动声色地将耐人寻味的古今对比摆在我们面前。在元朝黑暗的政治背景下，作者又怎么可能像韩信那样得到施展抱负的机会呢？

　　整首曲子处处交织着对比：作者的十年落魄对比韩信的年少得志；"雷轰荐福碑"对比"灭楚为帅"；"暗伤怀"对比"气昂昂"。这些对比使正反两面更加鲜明，使主题更加深入而耐人寻味。对一个胸怀壮志的人来说，做地方官往往意味着仕途失意，这样的"客况"便容易使人感慨万千了。本曲题为"客况"，抒发的正是这样一种壮志难酬的感慨。作者含蓄地诉说了落魄江湖的坎坷经历，充满了生不逢时的悲哀，表达了对建功立业的渴望。

本曲直抒胸臆，前半曲曲折哀婉，后半曲酣畅豪放，很好地体现了张可久的散曲在曲风变化中不失曲之本色的优点，是其散曲作品中的佳作。

【中吕·普天乐】西湖即事

张可久

蕊珠宫①，蓬莱洞②。青松影里，红藕香中③。千机云锦重④，一片银河冻。缥缈佳人双飞凤⑤，紫箫寒月满长空⑥。阑干晚风，菱歌上下⑦，渔火西东⑧。

【字词注解】

①蕊珠宫：道教教义中的天宫，亦称"蕊宫"。

②蓬莱洞：传说中的海上仙山。

③青松影里，红藕香中：这两句写的是"钱塘十景"之中的"九里云松"和"西湖十景"之一的"曲院风荷"。

④千机云锦重：形容晚霞就如千百张机织出来的云锦那样。

⑤缥缈：隐隐约约的样子。

⑥紫箫：古人多截紫竹制箫，故称"紫箫"。

⑦菱歌：采菱人所唱之歌。

⑧渔火：渔船上的灯火。

【精彩解说】

西湖如天上的蕊珠宫，又如海上仙山蓬莱。行走在青松的影子里、荷花的清香中。云锦般的晚霞散尽后，天空中剩下银河一片清冷的光辉。隐隐约约中恍惚看见萧史、弄玉双双骑着凤凰，吹着紫箫向寒月、长空飞去。晚风轻拂着栏杆，只听见到处都在唱菱歌，只看见四面渔船上的盏盏灯火。

【赏析】

在张可久漂泊羁旅的一生中,西湖是他流连时间最长、吟咏最多的胜地。这首【普天乐】《西湖即事》在众多描绘西湖美景的散曲中,称得上佼佼者。

曲子一开头就以天上的宫殿比喻西湖的美好。"蕊珠宫"本是道教教义中的天宫,"蓬莱"则是传说中的海上仙山。天宫和仙山都是人们对极乐世界的想象,当然是美不胜收的。此外,用传说中的天宫、仙山作比,增添了一份奇幻的色彩,为全曲奠定了基调。

"青松影里,红藕香中"二句,转入现实描写。这两句分别描写了"九里云松"和"曲院风荷"的风光。从行春桥到灵隐寺、天竺寺,有一片松林,为唐代刺史袁仁敬在杭州做官时所种,左右各三行,苍翠夹道,"青松影里"写的就是这里的风景。"曲院风荷"在行春桥南段的湖面上,南宋时这里有一家酿造官酒的院子,院中种植荷花,花开时香飘四方,"红藕香中"写的就是这里的景象。从审美角度来看,这两句的景观描绘,一青一红,相互映衬,高低结合,令人陶醉。

"千机云锦重,一片银河冻"二句,写天上景观。前句是形容晚霞之多之美,就像千百张机织出来的云锦一般。晚霞逐渐散去,天空中只剩下银河一片清冷的光辉了。此时不但镜头已有变换,而且在时间上也有了推移。

"缥缈佳人双飞凤,紫箫寒月满长空"二句,写作者美丽的遐想:隐隐约约中仿佛有两位佳人双双骑着飞凤,吹着紫箫向寒月、长空飘逸而去。这里用了萧史、弄玉的典故。传说萧史善于吹箫,能使孔雀、白鹤起舞,秦穆公将喜爱吹箫的女儿弄玉嫁给他,萧史每日教弄玉吹箫作凤鸣,后来凤凰集于房屋之上,秦穆公筑造凤台给萧史夫妇居住,数年后,弄玉乘凤,萧史乘龙,升天而去(见《列仙传》)。这两句,如幻如真,有虚有实,构成了一个奇妙的境界。

最后三句又回到地上,"阑干晚风,菱歌上下,渔火西东",晚风吹拂着栏杆,耳边传来采菱人的歌声,四面是星星点点的渔船灯火。这是音乐的世界,诗的世界。在作者的笔下,西湖的夜晚多么美啊。

这首曲子用清丽的语言描绘了西湖黄昏和月夜的美景,有现实的描绘,有奇异的想象。空间和时间的转换,视觉、听觉、嗅觉、触觉和幻觉的交错,光线色彩的变化搭配,无不妥帖和谐、摇曳多姿,把西湖写得仿佛神仙世界,给人以美的享受。格律上音调和谐,对仗工整。此曲不愧为清丽派的杰作。

【中吕·喜春来】金华客舍[①]

张可久

落红小雨苍苔径,飞絮东风细柳营[②]。可怜客里过清明。不待听[③],昨夜杜鹃声。

─●【字词注解】

①金华:元代称"婺州",为婺州路治所,是浙江西南的交通枢纽。

②细柳营:汉代周亚夫将军当年驻扎在细柳的军队,以军纪严明著称。后泛称严整的军营为"柳营"。这里借指春风杨柳生气勃勃的景象。

③不待听:不忍听,不能听。

─●【精彩解说】

落红点点,细雨绵绵,小径上长满青苔,飞絮飘飘,春风习习,细柳军营好景致。可怜我在异乡度清明,不忍心去听昨夜杜鹃的啼鸣声。

─●【赏析】

这首小令描绘了一幅清丽的春景图,色彩鲜明而不浓艳,玲珑别透又意境开阔。

春季万物复苏,充满生机。面对大好春光,每个人的感受是不同的,即使是同一个人,其感受也会由于情绪和境况的不同而出现变化。作者张可久善于捕捉这种极为微妙的差异,因而他描绘春景的作品也就有其独特之处。这首《金华客舍》写于作者客居金华之时,写景中更蕴藏着一丝隐约的哀愁。

小令开篇便勾勒出了一片美好的春景:"落红小雨苍苔径,飞絮东风细柳营。"细雨蒙蒙,落英缤纷,小径上青苔苍翠欲滴;飞絮轻扬,柳枝飘动,东风阵阵送暖。细雨将落花洗得更艳,将苔径滴得更绿;柳絮、柳枝在春风的吹拂下飘飞、生长。整个画面色彩鲜明,动静结合,灵动而充满生机。"细柳营",原指汉文帝时的大将周亚夫驻守细柳的军营,以军纪严明著称。此处借用"细柳营",实指春风杨柳的景致,以此来与上句中的"苍苔径"相对,用来装饰曲子。

紧接着一句"可怜客里过清明",流露出一种漂泊他乡的凄凉感受。在这般如诗如画的春景中度过清明,为何会感觉"可怜"?关键就在于"客里"二字。作者客居金华,适逢清明,不免要踏青赏春,外出游览一番。而面对一派美好的春色,作者心中却产生了惆怅之感:如此美景,却不是在家乡与亲朋好友共赏。这简短的一句中不仅满含遗憾之意,同时还透出油然而生的孤独感。

前面几句所表现出来的愁绪是淡淡的,而在结尾处,那愁绪在杜鹃的啼鸣中更显得浓重了。"不待听,昨夜杜鹃声。"杜鹃又名子规、杜宇、布谷鸟,由于啼叫的声音和"不如归去"相似,很容易勾起客居他乡的游子思念故乡的情怀,因此在许多诗词作品中常常被用来寄托思家、离别的伤感之情。在这首小令中,作者用一句"昨夜杜鹃声",表明自己的思乡情绪并非看到春意盎然的景象之后才生起,而是在昨夜依稀听见杜鹃鸟声声"不如归去"的催促时,就已经惆怅满怀了。"不待听",意为不忍听,是指作者不忍听那一声紧接一声"催归"的啼鸣,怕更引出无尽的哀愁。至此,漂泊他乡的凄凉况味便被逐步深入地传达出来了。

这首小令落笔轻盈,风格潇洒飘逸,宛如一幅充满生机的水彩写生画。简短的字句间包含了丰富的情思,体现了小山曲清丽婉转、情深味厚的格调和风格,非常值得玩味。

【中吕·迎仙客】秋夜

张可久

雨乍晴①,月笼明。秋香院落砧杵鸣②。二三更,千万声,捣碎离情。不管愁人听。

【字词注解】

①乍:忽然。

②砧杵(chǔ)鸣:砧杵敲击作响。砧,捶或砸东西时垫在底下的器具。杵,一头粗一头细的圆木棒,用来在臼里捣碎粮食或洗衣服时捶衣服。这里

写砧杵作响，应是指闺中思妇为远征的丈夫准备寒衣，暗含相思离别之意。

【精彩解说】

秋雨停了，月光笼罩着大地，一片澄明。秋香飘散的院落里，传出了砧杵的声音。深夜二三更，声响仍没有停。捣衣的声音捣碎了离人的情思，也不管愁人愿不愿听。

【赏析】

这首小令写了一位闺中思妇对远征丈夫的思念之情。

"雨乍晴，月笼明。"雨停了，月色朦胧，笼罩着大地，一片澄明。首两句淡淡写景，只点出雨后初晴、月光隐约迷蒙，没有在景物描绘上多费笔墨，仅勾勒出了清淡的意境。

以下从"砧杵鸣"起，一路将砧杵之声写到了底。"秋香院落砧杵鸣"一句，不直接写思妇，而写砧杵的声响，"砧杵鸣"暗示闺中思妇在夜里捣衣，为远征的丈夫准备冬天御寒的衣服。在有着秋季花香的院落里，一位闺中女子怀着对丈夫的思念捣衣，这从侧面写出了李白在《子夜吴歌·秋歌》中正面写出的"长安一片月，万户捣衣声。秋风吹不尽，总是玉关情"的幽怨，同时与下文"捣碎离情"联系了起来。"二三更，千万声"，直到深夜二三更了，思妇仍在捣衣。这两句再将包含着离愁别绪的捣衣声加以渲染，"二三""千万"两个数词的形容，使下文中的"捣碎"两字更有分量，也使小令所包含的情感更加凝重。"捣碎离情"一句，在上文的铺陈下，更使人闻之断肠。

末尾一句"不管愁人听"，不仅包括作者自己，而且暗藏这样一个意思：旁人听到这夜里的砧杵声尚且愁闷不堪，更何况当事的捣衣妇人，她心里的愁怨更甚于旁人万倍。这从侧面将闺中思妇的离情渲染得淋漓尽致。

在元代散曲作家中，张可久是传世作品最多的一人。他的作品不仅数量最多，而且艺术上也独具特色，不仅有"曲"的本色，更有清丽高雅的风格特点，标志着散曲这一抒情诗体的成熟。明代朱权《太和正音谱》称其为"词林之宗匠"。明人李开先更将他与乔吉并推为"曲中李杜"。他的作品题材广泛，尤其以写景和怀古居多。写景的散曲也不拘于即景状物，常常深有寓意，具有耐人寻味的曲折含义。比如这首【迎仙客】，曲题作《秋夜》，表面上是写秋色秋声,其实却是一首闺怨曲,写因秋夜捣衣声而引发的离愁,将捣衣声与"愁人""离情"联系起来,别具意境。小令语言清丽,曲辞通俗,意境蕴藉,极富艺术感染力。

【中吕·山坡羊】闺思

张可久

> 云松螺髻①,香温鸳被②,掩春闺一觉伤春睡。柳花飞,小琼姬③,一声雪下呈祥瑞,团圆梦儿生唤起④。谁,不做美?呸,却是你!

【字词注解】

①云松螺髻:女人发髻高绾,蓬松如乌云,盘旋如螺壳状。
②香:体香,这里代指身体。鸳被:绣有鸳鸯图案的被子。
③琼姬:传说中芙蓉城的仙女,后多指美女。这里指女主人身边的小丫鬟。
④团圆梦儿生唤起:生生将人从团圆梦中吵醒。

【精彩解说】

发髻高绾,蓬松如云,身体的馨香温热了绣着鸳鸯的被子,掩上闺门,带着伤春的情怀沉睡。柳絮漫天飘飞,小丫鬟惊喜地叫了声"雪下呈祥瑞",生生将人从团圆梦中吵醒。谁,不作美?呸,却是你!

【赏析】

这首小令写闺中少妇与侍女之间一场富于戏剧性的小小冲突,极为生动传神。

小令题为《闺思》,可知少妇是作品中的主角,描写便先从少妇落笔。首三句描写少妇的睡态,"云松螺髻",写少妇发髻高挽,盘旋如青螺、蓬松如云;"香温鸳被",香,原指体气的馨香,此处指代身体,"鸳被"指绣有鸳鸯的被子,表明她已是有丈夫的少妇,而鸳鸯被下少妇一人独眠,正是引起她"闺思"的原因。作者先含蓄地暗示一笔,紧接着以"掩春闺一觉伤春睡"一句加以点明。"伤春"二字乃全曲曲眼,下文有趣的小冲突正是由此引起。原来那女子由于思念丈夫,对于姹紫嫣红的春色丝毫不感兴趣,正躲在房间里闷闷沉睡,在梦中与丈夫团圆呢。以上三句,作者将叙事、描写融为一体,极为精练,创造了一种慵懒、寂静的情景。这是描写静态的美。

"柳花飞,小琼姬,一声雪下呈祥瑞。"接下来的三句陡生动态,将笔触突然转向侍女。这是一位活泼天真的小丫鬟,看到满天柳絮飘飞的景象,误以为在下雪,不由得惊喜万状,也不顾女主人正在睡觉,欢呼雀跃:"下雪了!下雪了!祥瑞呈现了!"只一笔便将小丫鬟写得活灵活现。这是描写动态的美。

然而小丫鬟的一声喊叫生生将少妇从团圆梦中吵醒了:"团圆梦儿生唤起。"作者再次将笔触移向了伤春的少妇。她的好梦被吵醒,对梦境的留恋和对扰梦人的气愤,一齐涌向心头。"谁,不做美?呸,却是你!"这八个字全是口语,毫无雕饰却极其传神。"谁,不做美?",是刚被惊醒的反应,少妇的懊恼之情已显;短暂寻觅之后发现,原来是不懂事的小丫鬟,于是生气地骂了一句:"呸,却是你!"对一个小丫鬟能说什么呢?她哪懂伤春情怀啊。少妇只得无可奈何地长叹一声。寥寥几字,将少妇娇嗔恼怒的神情和心理表现得淋漓尽致,堪称传神之笔。

这首曲子在张可久八百多首小令中独具一格,在所有元人小令中也是一首不可多得的佳作。明代王世贞评价此曲为"情中悄语"。

【中吕·齐天乐过红衫儿】道情

张可久

【齐天乐】人生底事辛苦①,枉被儒冠误②。读书,图,驷马高车③,但沾着者也之乎④。区区⑤,牢落江湖⑥,奔走在仕途。半纸虚名,十载功夫。人传《梁甫吟》⑦,自献《长门赋》⑧,谁三顾茅庐? 【红衫儿】白鹭洲边住,黄鹤矶头去⑨,唤奚奴⑩,鲙鲈鱼⑪,何必谋诸妇⑫。酒葫芦,醉模糊,也有安排我处。

【字词注解】

①底事：何事。

②儒冠：古时读书人戴的帽子。杜甫《奉赠韦左丞二十二韵》："纨绔不饿死，儒冠多误身。"

③驷（sì）马高车：古代显贵者所乘的车。驷，一车四马。

④者也之乎：古汉语中的常见虚词，这是嘲讽知识分子爱咬文嚼字。

⑤区区：通"驱驱"，尽力奔走的样子。

⑥牢落：四处奔走的样子。陆机《文赋》："心牢落而无偶。"

⑦《梁甫吟》：乐府楚调曲名。《三国志·诸葛亮传》："亮躬耕陇亩，好为梁父吟。"

⑧《长门赋》：相传司马相如曾为居长门宫失宠的陈皇后作《长门赋》，献汉武帝。

⑨白鹭洲、黄鹤矶：黄鹤矶在武昌蛇山上，白鹭洲在南京水西门外。这是写作者游览长江流域的名胜古迹。

⑩奚奴：仆童。

⑪鲙（kuài）鲈鱼：把鲈鱼细切烹调。

⑫谋：商量，研究。诸：之于。

【精彩解说】

人的一生到底为了什么才如此辛苦，徒然被头上这顶儒冠误了自身。古往今来的读书人，图的不过是乘着驷马高车，不过学了些"之乎者也"罢了。四处奔走劳碌，在仕途上奋斗拼搏。十年寒窗苦读换得的不过是那半纸虚名而已。遥想那吟诵《梁甫吟》的诸葛亮，写下《长门赋》的司马相如，不禁想问一句，谁来我这里三顾茅庐？不如找个白鹭洲、黄鹤矶那样的好地方做个隐士，唤仆童来把鲈鱼细切烹调，纵情饮酒，又不必与妇道人家商量家务。以酒为伴，酩酊大醉之中，自有安排我的去处。

【赏析】

张可久的《道情》共二首，这是第一首。所谓"道情"就是"道家之情"，元散曲中有很多以此为标题的作品。《太和正音谱》中说："寄傲宇宙之间，慨古感今，有乐道徜徉之情，故曰'道情'。"本曲也是如此。这首带过曲由【齐天乐】和【红衫儿】两曲构成。

【齐天乐】着重写读书人仕途的奔波之苦和功名不遂的满腹牢骚。"人生底事辛苦"，作者以疑问的口气开头，回答却让人惊讶："枉被儒冠误。"中国的知识分子自古以来以读书为上品，以头上的那顶儒冠作为进身仕途的阶梯，而作者却说自己"被儒冠误"了，强烈而深沉的人生感慨充溢于字里行间，如果不联系元代社会现实和作者的人生经历，是很难理解的。元代科举考试被停废数十年之久，知识分子追求功名的出路被堵塞，社会地位一落千丈。张可久一生奔波于仕途，却始终潦倒沉抑。所以作者的这一感慨呼喊出了他自己以及其他所有元代失意士子的辛酸与悲苦。

"读书，图，驷马高车，但沾着者也之乎。区区，牢落江湖，奔走在仕途。"这几句写读书人的抱负。"驷马高车"用司马相如的典故，司马相如当年离蜀北上宦游，经过成都升仙桥时，曾发誓"不乘赤车驷马，不过汝下"，意思是一定要立功扬名，衣锦还乡。世世代代的读书人也都以司马相如为学习的榜样，唐诗里就有"应学相如志，终须驷马回"句（许浑《将赴京师，留题孙处士山居·其一》）。六至九句，写读书人的苦况。一旦"沾着者也之乎"，走上读书应举之路，就注定了一生的悲惨命运。不停地奔走尽力，度过无数孤寂的岁月，而十年苦读换得的只不过是"半纸虚名"。

后三句借用诸葛亮和司马相如的典故来表达自己空有一腔政治抱负而怀才不遇的感慨："人传《梁甫吟》，自献《长门赋》，谁三顾茅庐？"《梁甫吟》所表现的是渴望得到君主的任用，诸葛亮隐居隆中时经常吟诵，后来果然遇到刘备这样的明主，得以实现自己的政治抱负。司马相如为失宠的陈皇后写了一篇《长门赋》，感动了武帝，使陈皇后重新得宠。而作者却没有这样的际遇，不免喟叹"谁三顾茅庐"。以问句结尾，却没有答案，表达的是自己空有抱负却无人赏识的内心痛苦。作者在抒发自己内心愤懑的同时，也道出了古往今来大部分知识分子，尤其是元代知识分子的真实心声。

接着【红衫儿】一曲回转笔头，为读书人"安排"了另外一条出路："白鹭洲边住，黄鹤矶头去，唤奚奴，鲙鲈鱼，何必谋诸妇。"找个白鹭洲、黄鹤矶那样的好地方做个隐士，既可以纵情诗酒，又不必与妇道人家去商量家务，无拘无束地尽享自然之美，何其快哉！"酒葫芦，醉模糊，也有安排我处。"

最后三句写隐士以酒为伴，整天酩酊大醉，大有"但愿长醉不复醒"的姿态与旷达。联系上一曲，作者的感情似乎从牢骚愤懑一下子跳跃到了悠然自适的放逸情怀，实际上是以景语反衬读书人的无奈选择与归宿，反映了作者逃避现实、消极避世的思想，但其中何尝没有读书人怀才不遇的悲叹！这给曲子末尾增添了一层凄切悲凉的色彩。

此曲化用典故妥帖自然，有诗的凝练，也有词的蕴藉，有杜甫的沉郁，也有陶潜的旷达，这说明他的作品风格并非一味"清丽"，也正因为他作品风格的丰富性与多样性，才使得他在创作上自成一家，并与乔吉齐名，成为元代中后期曲坛的翘楚。

【越调·小桃红】寄鉴湖诸友[1]

张可久

一城秋雨豆花凉[2]，闲倚平山望[3]。不似年时鉴湖上[4]，锦云香[5]，采莲人语荷花荡。西风雁行，清溪渔唱，吹恨入沧浪[6]。

【字词注解】

①鉴湖：又称"镜湖"，位于浙江绍兴西南，故又作为绍兴别称。
②秋雨豆花：民俗将农历八月秋雨称为"豆花雨"。
③平山：江苏扬州西北蜀冈的平山堂，为宋欧阳修所建。
④年时：从前。
⑤锦云：如锦的彩云，比喻盛开的缤纷荷花。
⑥吹：传。恨：遗憾。沧浪：本指青苍色，此处暗用《楚辞·渔父》"沧浪之水清兮，可以濯吾缨；沧浪之水浊兮，可以濯吾足"之意。

【精彩解说】

满城潇潇的秋雨中一朵朵豆花瑟瑟清凉，闲来倚在平山堂上眺望。眼前的景象已不像当年鉴湖的风光，那时荷花艳丽如锦云，风中飘荡着莲香，采莲姑娘欢歌笑语荡漾在荷塘。看眼前，阵阵西风中大雁南飞，清溪上渔歌声声,将心中的悲恨吹到沧浪之水中。

【赏析】

浙江绍兴的鉴湖是作者喜爱游赏的胜地,曾给他留下了许多美好的记忆,作者在这里还结交了许多良朋俊侣。这支《寄鉴湖诸友》曲是作者浪迹扬州时所作,既寄托了对朋友的思念,又吐露了自己厌倦漂泊生活的苦痛情怀。

曲子从写景入手:"一城秋雨豆花凉。"满城秋雨潇潇,其间点缀着一朵朵豆花,清凉中透着一丝萧瑟。"凉"是作者此时的主观感受,这一句景色描写烘托出了格外凄清冷落的氛围。豆花,是秋日郊野特有的景物,李郢的诗《江亭晚望》中就有"秋馆池亭荷叶后,野人篱落豆花初"的描写。曲子第二句"闲倚平山望"是倒叙,点明了主人公所在之地与眺望景色时的心情。平山指平山堂,由于伫立在堂上,遥望江南诸山,山和堂齐平,故而得名。由此可知,曲子第一句描述的景致应该是在平山堂上远眺所见。

尽管作者在倚栏眺望时带着一种悠闲的心境,然而情随物迁,望着眼前的景色,作者的心绪也已经发生了变化,不禁由眼前的凄冷之景转向了对过去欢乐场面的回忆。那时的鉴湖,荷艳花香,采莲姑娘的欢歌笑语荡漾在湖面上。虽然作者没有直接描写和朋友们的游乐经历,但一切已尽在不言中。"不似"二字统摄"年时鉴湖上,锦云香,采莲人语荷花荡"三句,明显地含有对照的意思,即把眼前的"秋雨""豆花"的清秋之景和当年的莲花飘香、莲歌悠荡的生气勃勃的景象进行对比,景物不同,情怀各异,往昔的欢乐更反衬出今日的孤独飘零。

结尾"西风雁行,清溪渔唱,吹恨入沧浪"三句,将作者心中郁积的怅恨之情再向前推进一层。"西风雁行",既是对眼前之景的描述,又含有比兴之意,即以大雁南来比况自己行踪的飘忽无定。同时,这句还隐含着心随大雁南飞之意,寄托了对友人和故乡的怀念之情。作者为何浪迹扬州,曲中并没有说明,但联系作者的其他作品看,恐怕与谋取前程有关,如【红绣鞋】《洞庭道中》中作者写道"逐名利长安日下,望乡关倦客天涯",又如在【卖花声】中作者也曾发出过"功名两字几飘零"的感叹。作者为名利前程而长年累月奔波漂泊,这样的生活已经让他感到十分厌倦。当他听到清溪上传来的渔歌,更强烈地产生了归隐的念头。沧浪本指水青色,在本曲中含有更深的意蕴：一方面，历来有许多隐者和沧浪之水有关，如宋人苏舜钦削职为民后筑沧浪亭以自娱，严羽自号"沧浪逋客"等；另一方面，联系"清溪渔唱"一句来看，又可知是暗用《楚辞·渔父》"渔父……鼓枻而去。乃歌曰：'沧浪之水清兮，可以濯吾缨；沧浪之水浊兮，可以濯吾足'"的语意。"吹"字与"西风"相应，"恨"是作者历尽人生艰辛之后凝结于心的悲愤之情。这结尾三句表现了作者要驱散悲恨、摆脱尘世的情怀。

张可久的散曲作品素以蕴藉见长，在这首曲子中，作者借景物描写表现出两种不同时空下的不同氛围和心境，飘零之感、孤独之情、归隐之思都一一流露出来。通观全曲，其所表现的内容已经超出了一般怀人思归题材作品的范围，更是曲折地反映了元朝统治下的知识分子艰辛不得志的悲苦境遇。全曲清丽、蕴藉、超逸，给人以独特的美感。

【越调·天净沙】鲁卿庵中[1]

张可久

青苔古木萧萧[2]，苍云秋水迢迢[3]。红叶山斋小小，有谁曾到？探梅人过溪桥[4]。

【字词注解】

①鲁卿：一位隐居山寺的鲁姓隐者。
②萧萧：风吹树木摇动的声音。此处形容冷清幽静。
③迢迢：遥远的样子。
④探梅人：作者自己。梅，比喻高士。

【精彩解说】

满院青苔之上一株株古树萧萧，片片苍云之下秋水迢迢。红叶掩映着小小的山斋，有谁曾经来到？探梅人已走过溪桥。

【赏析】

这首曲子描绘了友人鲁卿隐居之地的美好景致，宛如一幅淡远幽雅的山水画，表达了对友人隐居山中的礼赞，同时流露出自己对隐逸生活的向往之情。

曲子前三句描写隐居环境。"青苔古木萧萧"，起句写友人隐居的环境，突出幽静的特点。青苔通常生长在人迹罕至的地方，暗指隐居之地的偏僻清静。青苔、古木，意味着时间的悠长，又隐含着主人隐居时日的长久。萧萧古木，卓然挺立，象征着主人的品格。"苍云秋水迢迢"，次句展开来描绘隐居处的远景，意境颇为悠远。"苍云"，写高远处的景；"秋水迢迢"，写平远处的景。作者在写云水时非常讲究，如【普天乐】《暮春即事》中写西湖的云水，是"娇云嫩水"；此处写隐士居住之地的云水，是"苍云秋水"。青苍色的云，迢迢的秋水，这一片景色都非常贴近隐者古朴、悠然、明净的心怀。从结构看，一、二两句，一近一远，具有"尺幅千里"的效果。第三句"红叶山斋小小"，又回到了眼前，写友人居住的房屋，突出雅致的感觉。"红于二月花"的枫叶，色调热烈，别具风光。在这一片红叶的掩映之下，坐落着隐者小小的书斋，也就是曲子题目里的"鲁卿庵"，曰"庵"，曰"斋"，都意味着住处的简朴，而简朴中又见雅致。这三句句末分别用了"萧萧""迢迢""小小"三个叠音词，工整并且巧妙。

"有谁曾到？探梅人过溪桥。"这里将曲子的幽情进一步展现了出来。"有谁曾到"，言外之意就是几乎无人到此，而唯独我今天造访——"探梅人过溪桥"。作者不用"寻梅""访梅"，而用一"探"字，含有探望之意，仿佛把梅花当作友人一般珍视，体现了真挚诚恳的情感。然而此时正是深秋，何来梅花？这一句实际上是写意之笔，梅树疏朗有姿，梅花清绝，作者是以梅花喻高士，探梅就是探望这位隐居深山的高人鲁卿。

本曲如同一幅山水画卷，上半幅是静态描写，极写隐者居住之地的清幽雅致，同时写出了隐者的品格风致；下半幅是动态描写，写探梅人一路行来，经过溪桥，正满怀情谊走来，表现了真挚的友情。曲子笔墨简淡，风格高远，字里行间都是对友人隐逸生活的赞美，亦流露出对友人的敬意，以及作者对隐逸生活的真诚向往。欣赏这首曲子，应当领会到其艺术之美，也应领会到其中所体现的精神之美。

【越调·天净沙】湖上送别

张可久

红蕉隐隐窗纱①,朱帘小小人家。绿柳匆匆去马②。断桥西下③,满湖烟雨愁花。

【字词注解】

①红蕉:美人蕉,一种观赏植物。
②去马:骑马离去。
③断桥:西湖白堤处的桥,为西湖景点之一。

【精彩解说】

盛开的红蕉花间隐隐约约透出窗纱,朱帘掩映着小小的人家。湖岸边是茂密的绿柳,我匆匆骑马而去。西湖上烟雾空蒙,百花如泣如愁。

【赏析】

这首曲子乍看题目《湖上送别》,似乎是写作者送人,实际上是写作者自己远行,与送别者惜别时的离情别绪。

"红蕉隐隐窗纱。"红蕉即美人蕉,多生长于我国南方。白居易在忠州(今属重庆)时,曾写下《东亭闲望》一诗,诗中道:"绿桂为佳客,红蕉当美人。"范成大在《桂海虞衡志·志花》中写道:"红蕉花,叶瘦,类芦、箬,心中抽条,条端发花。叶数层,日拆一两叶。色正红,如榴花、荔枝,其端各有一点鲜绿,尤可爱。春夏开,至岁寒犹芳。"由此可见红蕉花在文人眼中的形象甚美,品格也高。透过一片红蕉,隐隐显出纱窗,在一片热烈的色调中又不失一份恬静。曲子一开头便营造出了一种温柔旖旎的意境。

"朱帘小小人家","朱帘"写出了雅致之感,"小小"则表现出了可爱的形态。小小人家,口吻亲切,赞叹依恋的情感溢于言表。家住西湖畔,本来就极美,更有红蕉掩映、窗纱朱帘,便更显典雅。以上二句写自己所留恋的人家,从"红蕉""朱帘""小小人家"来看,这家的主人似乎是一位女子。这位女子灵动娴雅的品格,从环境的描写中就可想而知。

"绿柳匆匆去马"。从这句起,作者的笔锋转向写自己即将上路远行。西湖的春天,柳色如烟,正当大好春光,自己却不得不告别心上人,匆匆策马启程。在离人的眼中,那湖岸千丝万缕的青青柳枝,毫无疑问正如自己千丝万缕的离情别绪一样。"匆匆"二字将作者心中的惜别之情表达得哀婉曲折。

"断桥西下,满湖烟雨愁花。"断桥,在西湖白堤,作者也许是上路经过白堤,也许是特意绕到白堤,与西湖惜别。雨中西湖,一片烟雾空蒙;雨中百花,仿佛正含着泪,满是哀愁。这里的"愁花",既可以理解为实指湖畔的花朵,也可以理解为作者即将告别的女子,雨中之花,恰如女子含泪的愁容。张可久曾在另一首曲子【中吕·满庭芳】《春思》中写下"鲛绡帕,泪痕满把,人似雨中花",正好可以与本曲相互印证。结句蕴藉哀婉,极为凄美。

作者在这首曲子中写离别之情,而对所别之人究竟是谁,并没有道破,只是以"红蕉""愁花"暗示所别之人是一位女子。这首曲子含蓄蕴藉,将缠绵悱恻之爱、依依不舍之情曲折地表达了出来,在元代散曲中,可谓别具一格。

【越调·凭阑人】湖上

张可久

远水晴天明落霞。古岸渔村横钓槎①。翠帘沽酒家。画桥吹柳花。

【字词注解】

①钓槎:钓舟,渔舟。

【精彩解说】

远望去水天一线,晚霞满天。古老的湖岸边坐落着一个小渔村,一只渔舟停靠在湖边。酒家的翠色酒帘飘扬。小桥边飞舞着柳花。

【赏析】

这支小令以寥寥几笔描绘出了一幅赏心悦目、独具特色的湖岸风景图。作者在全曲二十四字中,勾画了远水、晴天、落霞、古岸、渔村、钓槎、翠帘、酒家、画桥、柳花等十样景物,并把这十样景物以四句分为四组,每一组展现的都是一幅和谐而优美的画面。

首句"远水晴天明落霞"是一幅由天空与湖水组成的画面。画面下方是深邃的湖水,上方是晴碧的长空,落霞则遍布上下,既飘浮于天空,又倒映在水中,而一个"明"字更为这幅景象辽阔的画面涂上了一层绚丽夺目的色彩。

次句"古岸渔村横钓槎"是由湖边与湖岸的景色组成的画面。渔舟停靠在湖边,渔村坐落在陆上,一段古老的湖岸横穿其间。渔舟横在岸边,暗示着在这夕阳西下的时刻,打鱼的渔夫已经回村。

第三句"翠帘沽酒家",是对乡村酒店的特写。从画面中翠色的酒帘飘扬招展的情景来看,不难想象:渔船靠岸、渔夫回村,经过了一整天的辛苦劳作,此时正是酒家门前人来人往、人们沽酒回家之时。由此,曲子展现出来的是一个富有生活气息的场面。

末尾一句"画桥吹柳花",展现的则是一处暮春小景。可以想见:在这座湖边的渔村中,不仅有翠帘飘扬的酒家,在酒家附近还有小桥流水,水边桥头柳树环绕,柳絮轻盈地飘飞着。

这支小令,就内容而言是一首写景之作,就艺术特点而言是一首在意象组织上以密集见长的作品。曲中密集地呈现了数种景物,并且各有突出的特征,作者分别以不同的形容词与之搭配。水是远水,天是晴天,霞是落霞,岸是古岸,村是渔村,槎是钓槎,帘是翠帘,家是酒家,桥是画桥,花是柳花。这就使所展示的意象不仅十分密集,而且特征鲜明。小令题为《湖上》,作者将所见景物以四句组成四幅画面,从而展示了"湖上"的全景。这四句,分开来看是四幅恬静的图画,合起来看则是联系密切、融为一体的画卷。它的整体布局是由远到近,由大到小。"远水"句首先从远处落笔,所写的是一望无际的远景;"古岸"句则从远方回到近处,把视线移到湖边的钓槎和岸上的渔村。这里所显示的景物都是"大景",而"翠帘"句和"画桥"句则是在特写"小景",对渔村中的一家小店、一座小桥做了局部细致的特写,使得布局上层次丰富、错落有致,成就了一幅"湖上"的一览图。

【越调·寨儿令】次韵

张可久

你见么,我愁他,青门几年不种瓜①。世味嚼蜡②,尘事抟沙③,聚散树头鸦。自休官清煞陶家,为调羹俗了梅花④。饮一杯金谷酒⑤,分七碗玉川茶⑥。嗏⑦,不强如坐三日县官衙。

【字词注解】

①"青门"句:用西汉邵平在长安城东门种瓜的典故。邵平在秦亡后于长安城东门种瓜,味甜美,时称"青门瓜"或"东陵瓜"。

②嚼(jiáo)蜡:味同嚼蜡,比喻毫无味道。

③抟沙:捏沙成团。

④"为调羹"句:梅子味酸,古人常用为调味品。《尚书·说命》:"若作和羹,尔惟盐梅。"后常用盐梅喻宰相或职权相当于宰相之人。这里是说梅花本是清雅之物,如作调羹之用,就显得俗了。此句意为保持隐士的清高品格,不愿做官。

⑤金谷酒:金谷园中的酒,泛指美酒。晋代石崇建金谷园,在里面宴请宾朋,饮酒作诗,诗不成则罚酒,后以金谷园酒代指有风雅意味的美酒。

⑥玉川茶:唐代诗人卢仝,号玉川子,有《走笔谢孟谏议寄新茶》诗:"一碗喉吻润,两碗破孤闷,三碗搜枯肠,唯有文字五千卷。四碗发轻汗,平生不平事,尽向毛孔散。五碗肌骨清,六碗通仙灵。七碗吃不得也,唯觉两腋习习清风生。蓬莱山,在何处?玉川子,乘此清风欲归去。"此指好茶。

⑦嗏:语气词。无义。

【精彩解说】

你看见了吗,我替他发愁啊,愁邵平多年不种瓜。品尝世情的滋味如同嚼蜡,俗事就像抟沙,人间聚散就好比那树头的群鸦。辞官后的陶渊明生活多么清闲自在啊,梅这样的高雅之物,一旦被当成了调味品,也便成了俗物。饮一杯金谷园中的酒,沏七碗玉川子的好茶。嗏,总比做三天的县令强得多。

【赏析】

　　这是一首唱和之作，内容是对官场生活的厌弃和对田园生活的向往。张可久终生为小吏，怀才不遇的抑郁与哀伤、沉居下僚的愤懑与落魄，常常使他发出叹世归隐的感慨。这首小令中，作者仿佛是在醉酒的状态下，看世事却越发清醒豁达，将对世事的感叹写得淋漓尽致，寄托了高洁的情怀。

　　曲子一开头便直抒胸臆。"你见么，我愁他，青门几年不种瓜。"这里用了邵平青门种瓜的典故。邵平是秦朝的东陵侯，秦亡后他在长安城东青门种瓜，后来被奉为隐逸典范。"我愁他"，"他"字其实是指作者自己，也泛指那些追求功名利禄终日辛苦奔波的人们。表面上，作者写得很直率，其实情意曲折，饱含深沉的叹世之感。开篇言"愁"，其实是在"愁"自己，嘲笑自己热衷仕途，却又壮志难酬。

　　"世味嚼蜡，尘事抟沙"，蜡怎么嚼也没有滋味，沙怎么也抟弄不成团。元人常用嚼蜡抟沙比喻世态炎凉、人情冷暖。"聚散树头鸦"用的是西汉翟公的典故：西汉翟公任廷尉时，宾客盈门，而当他不再做官，宾客如鸦散尽。想到这里，作者不由得摇头感叹：连乌鸦都这般势利世故，更何况人呢！作者连用"青门种瓜""聚散树头鸦"两个典故，表达自己对官场生活的厌弃。

　　接下来写自己对逍遥自在田园生活的向往。"自休官清煞陶家"指曾做彭泽县令的陶渊明不为五斗米折腰而辞官的故事。"清煞陶家"，是说辞官后的陶渊明生活可谓清闲自在。"为调羹俗了梅花"，梅常和盐合在一起，称为"盐梅"。《尚书·说命》："若作和羹，尔惟盐梅。"像梅这样的高雅之物，一旦被当成了调味品，也便成了俗物。意指一入俗世，人就很难保持高洁的品质。作者用陶渊明辞官和盐梅的典故，表达自己对高洁品质的追求，劝告沉迷于名利的那些人不要变得俗不可耐。最后，作者用"饮一杯金谷酒，分七碗玉川茶"的逍遥闲适与"坐三日县官衙"的羁于名利地位相对比，认为前者大大强于后者。这里巧妙而工整地使用典故，写出了忘却名利后的自由与潇洒。远离俗世的生活比做几日窝囊的县令强多了！人生无常，自在潇洒的生活才是人的真正归宿啊。

　　这首曲子连用数个典故，妥帖恰当，毫无生涩之感，借古人古事抒发了自己的内心情志，大大增强了思想内涵和艺术张力。作者由官场的黑暗无常，写到休官后的逍遥自得，前后形成鲜明的对比，给人以极强的感染力。曲子语言直白通俗，与作者清丽典雅的一贯作风相比可谓别具一格。

【商调·梧叶儿】春日郊行

张可久

长空雁，老树鸦，离思满烟沙①。墨淡淡王维画，柳疏疏陶令家②，春脉脉武陵花③。何处游人驻马？

—•【字词注解】

①烟沙：云雾弥漫在沙滩的上空。

②陶令：陶渊明，曾任彭泽县令。

③脉（mò）脉：含情凝视的样子。武陵花：陶渊明《桃花源记》中描写到武陵的桃花，这里借指春色。

—•【精彩解说】

长空里飞过北归的大雁，老树上栖息着乌鸦，满怀的离思如烟雾般弥漫在沙滩上空。淡雅的山水如同王维的画作，河岸边杨柳依依，如五柳先生陶渊明的家，多情的春日让人联想起落英缤纷的武陵桃花。这样美好的春色里，何处能让牵着马的游子驻足？

—•【赏析】

这是一首对春伤怀之作，表达了游子思乡之情。

"长空雁，老树鸦，离思满烟沙。"开头三句，作者先用"长空雁""老树鸦"起兴，再以"离思满烟沙"勾勒，这正是睹物兴悲的手法。就景物而言，"雁""鸦"乃抬头所见，"烟沙"是平视、俯视所见，而"烟沙"与"离思"相连，中间嵌入一个"满"字，表现出离思无穷尽之意。

随后三句，作者并没有具体表现离思，而是将笔锋宕开，描绘出多幅既明快清新又生机盎然的春景图画。"墨淡淡王维画，柳疏疏陶令家，春脉脉武陵花",周围清丽山水如同王维的画作,河水两岸杨柳依依,如五柳先生陶渊明的家,江边春花烂漫更让人联想起落英缤纷的武陵桃花。三句连用多个典故。盛唐诗人王维,诗画双绝,北宋苏轼评价王维"诗中有画,画中有诗"。陶令即陶渊明,宅边有五棵柳树,曾作《五柳先生传》自喻,又有《桃花源记》写武陵源桃花之美和作者的隐逸之乐。

面对如此景色,主人公应当流连忘返才是,然而作者并没有欣喜流连周围的景色,最后用一句"何处游人驻马?"戛然作结,以马儿的无处驻足从侧面写自己孤独无依的漂泊情怀。作者是一个长期离家远行的游子,此时正愁思满怀,这诱人的春意不仅没有增加他的乐趣,反而使他觉得美景与自己并不协调,更添忧伤,以至于感到天地之大,竟无自己落脚驻足之地了。景色再美再好,和我这个"游人"又有什么关系呢?

小令在结构章法上颇有"顿挫"之致,开头三句以"离思"奠定忧伤基调,随后三句景物描写,又给人明朗清新之感,结句笔锋陡然又一转。全篇短短七句,两次转折,篇幅虽小,却跌宕多变。在写作手法上,中间三句以乐景写哀情,明朗清新的景色,反而激起了主人公心中的浓烈乡愁。

【商调·梧叶儿】感旧

张可久

肘后黄金印①,樽前白玉卮②,跃马少年时。巧手穿杨叶③,新声付柳枝④,信笔和梅诗⑤。谁换却何郎鬓丝⑥?

【字词注解】

①肘后:腰间。黄金印:这里比喻显赫官位。
②白玉卮(zhī):白玉制的酒杯。
③穿杨叶:百步穿杨。在百步之外射穿事先选定的某一片杨树叶子。
④柳枝:《杨柳枝》曲。本为汉代乐府横吹曲之一,唐白居易翻作新歌。此处指谱新曲。
⑤和梅诗:南朝梁诗人何逊的咏梅诗,对后世影响很大。

⑥何郎：何逊。

【精彩解说】

腰间挂着黄金印，酒樽前摆着白玉卮，回想起那跃马驰骋意气风发的少年时代。巧手飞箭射穿杨叶，一曲新歌付柳枝，信笔挥毫唱和咏梅诗。是谁换去了何郎的黑发丝？

【赏析】

这首小令题为《感旧》，或与作者的往日生活有关。作者在曲中回忆少年时期的英姿勃发，感叹年华的老去，表达了青春易逝、功业难成的沉重感慨。

全曲可分两层。前六句为一层，结句为一层。开头二句"肘后黄金印，樽前白玉卮"写少年时代的理想，即对功名富贵的渴望。黄金印，即用黄金制作的印章，为古时公侯将相所佩，是权力的象征。唐代李白《别内赴征》诗有"归时傥佩黄金印，莫学苏秦不下机"句。"肘后"，即腰间。宋代丘崈《洞仙歌》词："看肘后、黄金印悬如斗。""樽"和"卮"都是酒器，不同的是，前者多用来盛酒，后者多用来饮酒。曲子开头两句突兀而起，写富贵荣华，颇有不可一世、功名唾手可得之意。

随后四句写少年文武全才。"跃马少年时。巧手穿杨叶"写其武功不凡，你看他跃马纵横驰骋，射箭可以百步穿杨。后两句写其艺术才能："新声付柳枝，信笔和梅诗。"前一句写其音乐造诣，能创新调、作新声。《杨柳枝》是中唐时期流行的曲调，刘禹锡有词云："请君莫奏前朝曲，听唱新翻杨柳枝。"新翻，即新创乐曲。"信笔和梅诗"说其文学才能。梅花为历代文人所喜爱，从六朝到元代，咏梅诗比比皆是。"信笔"一词说明写诗时不加雕琢、自然天成。写到这里，一方面是少年的理想，一方面是他杰出的才能，两相对照，这样的人要实现理想应该不是什么难事，然而结果却并不如此。

最后一句"谁换却何郎鬓丝"，笔锋陡转，又将读者带回到残酷的现实中。何郎，即南朝梁何逊，曾写过《咏早梅》诗。作者援引何逊的典故，感叹何逊再来到扬州时已经是青丝变白发，至此，我们仿佛看到一位两鬓斑白的老人对年轻时光的回忆，对人生一事无成的怨叹。

这首小令与宋代辛弃疾《破阵子·为陈同甫赋壮词以寄之》一词的立意

和结构非常相似，两首作品前面都是写慷慨激昂的斗志和雄心，只是最后一句慨叹韶光易逝、英雄迟暮，前后落差极大。张可久年少读书万卷，有自己的理想抱负，但元代科举制度长期停废，以致他后来在仕途上一直郁郁不得志。此曲最后一句里"谁换却"三字很值得体味，其中既有光阴易逝的感叹，也有对社会不公、人才被压抑的怨愤之情，与唐代李白"不知明镜里，何处得秋霜"（《秋浦歌》）中的"何处"有异曲同工之妙。

【双调·水仙子】次韵

张可久

蝇头老子五千言①，鹤背扬州十万钱②，白云两袖吟魂健③。赋庄生秋水篇④，布袍宽风月无边⑤。名不上琼林殿⑥，梦不到金谷园⑦。海上神仙。

【字词注解】

①蝇头：小字。老子五千言：春秋时期的思想家老子所著《道德经》，全书约五千字。

②"鹤背"句：喻指幻想中的财富。

③白云两袖：除了天上的白云，一无所有。白云，喻洁白无瑕、纤尘不染。吟魂健：作诗的灵感勃兴，诗兴浓厚。吟魂，作诗的灵感。

④赋：这里指诵读。庄生秋水篇：《庄子·外篇》中的一篇，阐述了"人的认识有限"的思想，告诫人们"天外有天，人外有人"，要宏观地看待问题。

⑤风月无边：无限美好的景色。

⑥琼林殿：古代宴请新及第进士的场所。

⑦金谷园：晋富豪石崇的园林，极豪华富丽，旧址在今河南洛阳。

【精彩解说】

每日用蝇头小楷书写《老子》五千言，幻想自己腰缠万贯，骑鹤升仙，两袖白云，诗兴勃发。诵读庄周《秋水》篇，布袍宽松，眼前风光月色美无边。名不上琼林殿,梦不到那富豪的金谷园,就做一个海上神仙。

【赏析】

这支小令以豪放的笔调表现了不求功名富贵的思想和闲适放逸的生活情趣。

全曲共分三段。头三句为一段。"蝇头老子五千言"指老子所著的《道德经》一书。书中内容十分丰富,而后世的道家人物往往发展《道德经》中的"自然""知足""寡欲"思想,作为处世做人的原则。作者张可久提到这本书,也正是这个原因。作者不明言自己读《道德经》,而是通过描叙客体来反映主体,传达自己的意思。这也是诗词中常用的手法之一。"鹤背扬州十万钱"一句典出南朝梁殷芸《小说》:"有客相从,各言所志,或愿为扬州刺史,或愿多赀财,或愿骑鹤上升。其一人曰:'腰缠十万贯,骑鹤上扬州。'欲兼三者。"作者在曲中运用这个典故,意在表达自己要抛弃功名富贵去做神仙,追求逍遥自在的境界。"白云两袖"的意思和"两袖清风"相同,形容一无所有、无所牵累。作者达到了这样的境界,写诗的灵感当然特别健旺了,"吟魂健"三字十分形象,将诗才健旺的神态表现得活灵活现。

接下来两句为第二段。前句"赋庄生秋水篇"意思是诵读《庄子》中的《秋水》篇。庄子是继老子以后道家另一位重要的思想家,《庄子·秋水》篇主要阐述了"万物齐一"的思想,认为人应听天由命,一切都不应该强求,尤其不应争名夺利,才能获得自由。张可久曾写下"题姓字列仙后传,寄情怀秋水全篇。玲珑花月小壶天"这样的词句。由此可以看出作者对于道家思想境界的偏爱和向往,而这首【水仙子】将这种向往发展得淋漓尽致。"布袍宽风月无边"一句,更是展现出了作者如出尘高士一般的风骨,其中"风月无边"由于极尽清丽风雅,被后世的文学作品多次借用。

曲子最后三句为第三段。作者先用两个齐整而又形象的句子描述了不求功名富贵的行为:琼林殿是宴请新及第进士的地方,"名不上琼林殿"即不要功名的意思;金谷园是晋代富豪石崇所建,"梦不到金谷园"即不羡富贵的意思。曲末"海上神仙"意在说明不求功名富贵的人才能获得绝对的自由,做一个逍遥自在的神仙。

曲子三段都表达了同一思想,即摆脱了功名富贵的欲念,人就能够在肉体和精神两方面都获得自由,在大自然中享受无拘无束的生活。作者一生坎坷,在仕途上不得志，但他没有郁郁寡欢，而是转向了大自然，在无限美好的自然风物中找到了更为宽广的天地。本曲正是表达了作者这种思想，在形式上，曲子句式参差错落，构成了整齐中有变化的美。

【双调·水仙子】归兴[1]

张可久

淡文章不到紫薇郎[2]，小根脚难登白玉堂[3]。远功名却怕黄茅瘴[4]。老来也思故乡，想途中梦感魂伤。云莽莽冯公岭、浪淘淘扬子江，水远山长。

【字词注解】

①归兴：归乡后的感触。

②淡文章：平淡浅薄的文章。紫薇郎：唐代对中书郎的别称，在此泛指文职高官。

③小根脚：犹言"根底浅"，指出身贫寒微贱，门第不高。白玉堂：玉堂，宋代以后对翰林院的别称。

④黄茅：茅草中的一种，多生长在无人居住的荒僻之地。瘴：瘴气，热带森林中的湿热之气，从前被认为是恶性疟疾等传染病的病源，古人对此畏如狼虎。

【精彩解说】

因为文章浅薄无味，不能做紫薇郎这样的文职高官，出身卑贱、门第不高，更难登上富贵之门。想远离功名去偏远的地方，又怕那黄茅丛生的荒野之地和那森林里的瘴气。如今年事已高，对故乡无尽思念，归乡的途中又魂牵梦绕、无限感伤。看那冯公岭云雾缭绕、扬子江白浪滔滔，江水远去，山脉绵长。

【赏析】

这支小令是作者离开官场归乡时所作。从曲子标题《归兴》可以看出，这首曲子抒发的是作者归乡之后的感触。在众多描述归乡之情的词曲作品中，大多都饱含着作者兴致勃勃的情感，而张可久的这首曲子却不是这样。

曲子前两句是说自己既没才学，又无门第，因此仕途堪忧，追求功名无望。"淡文章不到紫薇郎"意思是说写的文章平淡浅薄，做不了文职高官，作者在这里用"紫薇郎"来代指高官要职，突出了"淡"与"紫"在色彩上的对比。此外，"淡文章"并不全是自谦，还是一种詈辞（《西湖游览志余》："余杭人有讳本语而巧为俏语者……胡说曰扯淡。""淡"实是一种骂人话），因为元代长期废除科举，文人入仕大多通过引荐，所以文才再高、文章再好也是不顶用的。"小根脚难登白玉堂"，"根脚"本是底细、来历的意思，如睢景臣《哨遍·高祖还乡》有句"把你两家儿根脚从头数"。这里的"小根脚"一词，一是突出了"脚"字，与"难登白玉堂"形成联系，二是说明自己出身贫贱，没有背景，无人引荐。这样就对"淡文章不到紫薇郎"做了进一步诠释。

接下来的一句作者转换了角度，"远功名却怕黄茅瘴"，说自己想远离险恶的官场和名利的追逐，想要隐居深山，却害怕黄茅丛生的荒野之地和山林间的瘴气、疫病。这一句表现了作者在功名道路上踌躇不前的矛盾心理。以上三句将作者对仕途不平的种种感慨用曲折而辛辣的自嘲方式表达了出来，饱含着作者心中的隐痛。这些正是"归兴"产生的缘由。

"老来也思故乡，想途中梦感魂伤。"因为一个"老"字，作者最终下决心放弃追逐功名，回到故乡。而在归途中的作者，没有喜悦激动，而是"梦感魂伤"，充满了无限感伤。云雾缭绕的山岭、波浪汹涌的江水，更把作者的心境烘托得令人神伤。"云莽莽冯公岭、浪淘淘扬子江，水远山长"，这末尾三句如同作者的一声声喟叹，老而无成、黯然回乡的感伤不禁使读者产生强烈的同情和怀想。"水远山长"四字，将曲子的伤感之情引向了更为深远的意境之中。

这首曲子感情深沉、语言老辣，对仗工整、用词巧妙。曲中所表达的老来功名不遂的感伤和归乡的黯然心情更是令读者为之动容。

【双调·水仙子】秋思

张可久

天边白雁写寒云①,镜里青鸾瘦玉人②,秋风昨夜愁成阵。思君不见君,缓歌独自开樽③。灯挑尽,酒半醺,如此黄昏。

【字词注解】

①天边白雁写寒云:白雁在空中或排成"一"字,或排成"人"字,像在写字一般。白雁,似雁而小的一种白色候鸟。

②镜里青鸾瘦玉人:女子对镜自怜,犹如青鸾对镜一般。鸾,传说中类似凤凰的一种鸟,喜欢对镜起舞。故后世称镜为"青鸾"。

③开樽:举杯饮酒。樽,古代盛酒的器具。

【精彩解说】

天边南归的白雁,一会儿排成"一"字,一会儿排成"人"字,像在空中写字一般,闺中女子犹如青鸾对镜自怜,为自己的憔悴而伤感,昨夜的秋风让人陷入愁阵不能自拔。思念着你却见不到你,缓缓唱出一支凄婉的歌,举杯独酌。灯芯燃尽,酒喝得半醉了,却还是黄昏时候。

【赏析】

这是一支妻子怀念远别丈夫的闺怨小令。作者以独特的感受别开生面地写出了一位闺中女子细腻曲折的情怀。

曲子开头通过对客观景致的描绘使全曲笼罩上一层凄凉的氛围。"天边白雁写寒云",正值秋季,白雁南迁,在云间一会儿排成"一"字,一会儿排成"人"字,像在空中写字一般,因此作者在这里用了"写寒云"来描述。"寒"字突出了秋天的苍凉寂寥。这里以天边的白雁暗喻远方的丈夫。

"镜里青鸾瘦玉人","鸾"是传说中凤凰一类的鸟,喜欢对镜而舞。南朝的刘敬叔在《异苑》中记载"鸾睹影悲鸣,冲霄一奋而绝",后世便将镜子称为"青鸾"。这里是说闺中女子对着镜子,为自己的憔悴而伤感,犹如青鸾顾影自怜。这里把女子憔悴和青鸾的顾影自怜作比,意味无穷。曲子前两句一写景,一写人,天上的白雁象征着远人,青鸾喻对镜自怜的闺中女子,两句既是映衬,也是对照,并且都写得不同凡响。

  第三句猛一回首,说到了昨夜秋风,自然而然点出"愁"字:"秋风昨夜愁成阵。"愁也罢了,偏又"成阵",可见愁绪之深,不能自拔。"思君不见君"一句,化用宋代李之仪《卜算子》中的"日日思君不见君,共饮长江水",点明了题旨,道出了"愁"的原因。女子思念着自己的爱人,却又无法见到,于是寻求排遣,"缓歌独自开樽","缓"字透露出歌的节奏,一定是凄婉哀怨的歌曲。继而女子又借酒浇愁,举杯独酌,希望得以摆脱愁苦困扰。

  "灯挑尽,酒半醺,如此黄昏。"灯已经燃尽,女主人公已经喝得半醉了,然而此时此刻却才到黄昏时候。接下来的漫漫长夜,将如何熬过啊。结尾三句令人黯然伤神,特别是"如此黄昏"一句,为读者留下无尽的联想余地,意味悠长。

  张可久是元代为数不多的专门从事散曲创作的作家,他的作品大多取材于平凡的现实生活,往往是有感而发。他善于通过对生活的细微观察,写出自己独特的感受,这首《秋思》小令,就有这个特点。闺怨、悲秋,是屡见不鲜的传统题材,要写出新意不容易;而首句一个"写"字,已足见作者的才情;"愁成阵",又是一奇。"思君不见君",何等率直明净!作者善于精雕细琢,并且雕琢得十分精巧、自然,不露一丝痕迹。

  这首《秋思》值得细细品味。

【双调·折桂令】九日[1]

张可久

对青山强整乌纱,归雁横秋[2],倦客思家。翠袖殷勤[3],金杯错落[4],玉手琵琶[5]。人老去西风白发,蝶愁来明日黄花。回首天涯,一抹斜阳,数点寒鸦。

【字词注解】

①九日：特指农历九月初九重阳节。古人素有在重阳节登高怀乡的习俗。

②归雁横秋：南归的大雁在秋天的空中横排飞行。

③翠袖殷勤：歌女殷勤劝酒。

④金杯错落：各自举起酒杯。

⑤玉手琵琶：歌女弹奏琵琶助兴。

【精彩解说】

面对这青山勉强整理头上的乌纱，归雁横越秋空，困倦游子思念故乡。回忆起歌女殷勤劝酒的情形，酒杯错落频举，玉手弹奏琵琶。而今人已老去，萧瑟的西风吹动满头白发，蝴蝶为快要凋谢的黄花发愁。回头看茫茫天涯，只见一抹斜阳，几只寒鸦。

【赏析】

这支小令通过描述重阳节的所见所感，抒发了作者暮年的愁怀。

起首三句作者直抒胸臆："对青山强整乌纱，归雁横秋，倦客思家。""对青山强整乌纱"，用了孟嘉"龙山落帽"的典故。晋孟嘉曾为征西大将军桓温的参军，九月九日游龙山，群僚聚集，风把孟嘉的帽子吹落，他竟像什么都没发生一般，照样饮酒应酬。这里是说作者面对着青山想到隐居，于是觉得头上的乌纱帽很是难堪，却又感到弃之可惜，表现了作者厌倦官场而又舍不得离开的矛盾心理。九月九日重阳，正是秋高气爽的时节，同时万物也开始萧疏，大雁南归，这样的情景很容易勾起游子对故乡的思念。"横"字巧妙地写出了一行大雁的萧瑟之感，"倦"字加深了沉重感。

接下来的"翠袖殷勤，金杯错落，玉手琵琶"三句，突然转入对富贵生活的描写，似乎有切断文意的嫌疑，显得有些生硬；但仔细体味便可知，这是作者回忆做官时欢乐生活的一些片段：美人殷勤劝酒，金杯频举，更有纤纤玉手弹奏琵琶助兴。这里化用了宋代词人晏几道《鹧鸪天》中的"彩袖殷勤捧玉钟，当年拚却醉颜红"，写尽了宴客场景的繁华热闹，和开头三句形成了强烈的对比。

但是那些生活已经过去了。官场倾轧，黑暗险恶，纵有短暂欢乐，也不堪回首了。如今人已是垂垂老矣，"人老去西风白发，蝶愁来明日黄花"一联流露的正是这样的心情。这里化用了苏轼的诗句："相逢不用忙归去，明日黄花蝶也愁。"萧瑟的西风吹着满头白发，作者醒悟到，人有衰老之时，花有凋谢之日，面对快凋谢的黄花，蝴蝶也发愁，何况人呢。

结尾"回首天涯，一抹斜阳，数点寒鸦"三句，勾勒出了一片凄凉的秋景。茫茫天涯，夕阳西下，几只远飞的寒鸦，一切景语皆情语，此景此情，怎能不令人伤感？"点"字很有意味，写出了乌鸦和人的距离，化用了宋代秦观《满庭芳》"斜阳外，寒鸦数点，流水绕孤村"句。

元人散曲中，写隐居乐道和纵酒放达题材的作品相当多，这和时代的大氛围有关。元人的隐居，和魏晋时期的文人饮酒、吃药（如五石散）一样，几乎成了当时的一种社会风气。张可久的散曲作品中，归隐田园一类占了相当大的比例。据记载，张可久一生仕途非常不如意，后来隐居西湖，过着诗酒自娱的生活。他在不少作品中一方面抒发牢骚和愤懑，另一方面又向往着隐逸闲适的生活，这都传达出了他矛盾痛苦的心情。因为对于那时的知识分子来说，入仕是唯一的出路，隐居不过是一种暂时的解脱，在他们表面的旷达背后潜藏着无法排解的痛苦。张可久的这首【折桂令】《九日》正是这种矛盾心情的真实写照。

这首小令语言清丽，巧妙化用前人诗词佳句，用典化句都十分自然。中间插入对往昔生活的回忆，使全曲有了变化，同时形成一种对比，丰富了作品的色彩，凸显了凄凉和哀愁。小令首尾贯通，情感深沉，堪称张可久令曲中的佳作。

【双调·折桂令】西陵送别[1]

张可久

画船儿载不起离愁[2]。人在西陵，恨满东州[3]。懒上归鞍，慵开泪眼[4]，怕倚层楼[5]。春去春来，管送别依依岸柳。潮生潮落，会忘机泛泛沙鸥[6]。烟水悠悠，有句相酬[7]，无计相留。

【字词注解】

①西陵：元代没有这个地名，可能指西陵渡，在今浙江杭州萧山区。
②画船儿载不起离愁：化用李清照《武陵春》"只恐双溪舴艋舟，载不动、许多愁"句。画船，装饰华美的游船。
③东州：此指琅琊（今山东临沂北）一带，或作者友人即将远赴之地。
④慵：困倦，懒得动。这里指黯然伤神之时，泪眼模糊，双眼难睁。
⑤层楼：高楼。
⑥忘机：毫无巧诈之心，淡泊名利，与世无争。
⑦相酬：酬和，唱和，用诗词作答。

【精彩解说】

画船载不起那沉重的离愁，和友人在西陵渡相别，但离愁别恨却弥漫在友人即将远行的东州。黯然神伤，无奈上马回去，泪眼模糊，又怕独倚高楼远望更令人断肠。春去春又来，唯有岸边杨柳依依。潮起潮又落，唯有水上忘机的沙鸥相对。江水如烟，悠悠流淌，我虽有诗句与友人酬和，却无法挽留他离去的脚步。

【赏析】

这是一首描写送别的名作，抒发了与友人相别后深切的思念和深重的离愁。

首句化用李清照的词《武陵春》"只恐双溪舴艋舟，载不动、许多愁"，虽然已经有名句在前，但张可久的这句"画船儿载不起离愁"依然非常动人。舴艋舟是春游时划的小舟，画船是行驶在江河上的大游船，这里用夸张的手法形容离愁，使无形的"愁"变得形象可感：连游船都载不起离别的愁绪，这离愁该是多么沉重！由此也可以看出两人的友谊之深了。

"人在西陵，恨满东州。"这两句的意思是，作者和友人在西陵渡口相别，但离愁别恨却将跟随友人的步伐，弥漫东州。前人常以西陵渡指代送别之地。东州指琅琊（今山东临沂北），这里的"东州"指友人即将去的山东某地。作者双管齐下，将与友人从此天各一方的离愁别恨写得淋漓尽致。

"懒上归鞍，慵开泪眼，怕倚层楼。"这三句写的是送别之后送行人的情状。江上的画船已经走远了，送行的人不得不上马回去，"懒"字写出了送行人无可奈何的情态。俗话说，"男儿有泪不轻弹，只是未到伤心处"，和挚友分别，再见不知何年何月，送行人也不禁落下泪来，模糊了视线。"慵"字生动地写出了黯然神伤的样子。船影已经望不见了，只好上高楼远眺，却又怕独倚高楼让人伤心断肠。这三句将别离后的伤心写得丝丝入扣，细致入微，打动人心。

"春去春来，管送别依依岸柳。潮生潮落，会忘机泛泛沙鸥。"这里的上二句与下二句骈俪成文，写出了别离后的凄凉寂寞。岁岁年年，春去春来，唯有岸上杨柳依依；朝朝暮暮，潮生潮落，唯有水上沙鸥点点。"柳"谐音"留"，而友人却已经离去，岸边柳树依依，仿佛含情脉脉，更加令人伤心。沙鸥自在逍遥，毫无机巧之心，虽然可爱，但是日日只有沙鸥做伴，孤身一人在这天地之间，有多么寂寞凄凉，也就可想而知。这四句充分体现了作者的离愁别恨不可解脱，以及与挚友的深切情谊。

结尾三句，一气呵成，将全曲愁苦的情怀写到了极致："烟水悠悠，有句相酬，无计相留。""烟水悠悠"，一笔将上四句描绘的自然景色全部包揽其中：这江水之畔如烟如画的悠然景色也解不了愁，反而增添心中的寂寞。下两句写道，我虽有诗句与您相酬和，却无法挽留您。质朴的两句话，却表达出了作者的真心。

这首散曲描写自然，融情于景，情感深沉执着，意境十分蕴藉深远。

【双调·折桂令】村庵即事[1]

张可久

掩柴门啸傲烟霞[2]，隐隐林峦，小小仙家。楼外白云，窗前翠竹，井底朱砂[3]。五亩宅无人种瓜[4]，一村庵有客分茶[5]。春色无多，开到蔷薇，落尽梨花。

【字词注解】

①村庵：农村中的小屋。旧时文人的书斋亦称"庵"。即事：当前事物。

②柴门：用树枝、柴木做的门，借指简陋的屋子。烟霞：云烟彩霞之境，一般指郊野美景或仙境。

③井底朱砂：炼丹井底的朱砂。道家炼丹，需要用朱砂、铅汞和其他药物配制，在炉中烧炼而成。古代隐士多信奉道教，故而炼丹成为隐士生活的标志。井，即丹井，或称"丹鼎"，用来装药炼丹的井状容器。

④五亩宅：古人心中的普通之家。出自《孟子》："五亩之宅，树之以桑。"种瓜：用秦东陵侯邵平故事，秦亡后，他隐居长安城东种瓜。

⑤分茶：古代待客礼仪，后又成为与"煎茶"不同的饮茶之法。

【精彩解说】

掩上柴门，对满天云烟彩霞放歌长啸，隐隐约约的树林和山峦之中，有一座小小的仙人居所。楼外白云飘浮，窗前翠竹成行，丹井中朱砂沉淀。五亩之宅，无人种瓜，一间村庵，有客分茶。春色已经不多了，蔷薇花开了，梨花早已落尽了。

【赏析】

这是一首描写村居生活的小令。晋陶潜《癸卯岁始春怀古田舍》："虽未量岁功，即事多所欣。"南朝沈约《游钟山诗应西阳王教》："即事既多美，临眺殊复奇。"后来人们就把以当前事物为题材的诗称作"即事诗"。

起首三句，写村庵所在的环境和庵中人的生活。"啸傲烟霞"，即面对着云烟彩霞的美景放歌长啸，傲然自得。"隐隐林峦，小小仙家"描绘了居住之所的大环境。从内容上看，这三句的顺序是倒装的，意思是说：隐隐约约的树林和小山之中，有一座小小的屋舍（"仙家"），屋中人关起用树条编制的门（"柴门"），在里面无拘无束，过着神仙般的生活。这里，"掩柴门"一句交代了主人公生活的总的情况；"啸傲烟霞"的具体内容是什么呢？这就得由下文来补充了。

"楼外白云，窗前翠竹"二句，进一步描写这座村庵：楼外有白云，窗前有翠竹，恰如一幅恬静而富有诗意的幽居图，色彩柔和，构图淡雅。这是从庵内往外望所见的景色。而庵内则另有一番情趣："井底朱砂。"原来主人公在炼丹呢！道家炼丹，需要用朱砂、铅汞和其他药物配制，在炉中烧炼而成。北宋道士张伯瑞《悟真篇》云："偃月炉中玉蕊生，朱砂鼎内水银平。只因火力调和后，种得黄芽渐长成。"说的就是这种情况。"井"指丹井，即用来装药炼丹的井状的容器。隐士们多少都信奉道家思想，炼丹也就成为隐士生活的标志了。

"五亩宅无人种瓜，一村庵有客分茶。"这两句写的是小庵的主人没有在家里"种瓜"，而在庵中与客人"分茶"。"种瓜"是秦东陵侯邵平的故事，秦亡后，他隐居长安城东种瓜。"分茶"是古代待客礼仪，源自宫廷豪门。此处借以写村庵主人与其客人的高雅，从而进一步突出了村庵主人逍遥自在的生活乐趣。

"春色无多，开到蔷薇，落尽梨花。"末尾三句写暮春景色。这时候，花事已经开到蔷薇，而梨花则早已落尽了。梨花在早春盛开，而蔷薇科植物中的荼蘼（mí）则在春花中开得最晚。王琪《春暮游小园》诗中写道："开到荼蘼花事了。"所说的就是这种情况。这三句的意思是说，日子不知不觉就过去了，人生苦短，何不悠闲自得、无忧无虑地度过呢。

这首小令自始至终贯穿着淡泊、恬静的情调，带着浓厚的隐士色彩。这种生活情趣是元代文人所共有的，反映了他们对自由、宁静生活的追求。在艺术上，这首曲子最大的特征是对仗工整，圆润精巧。此外，曲子构图优美，颜色鲜明，用字典雅，体现了张可久作曲清丽和善于运用诗词手法的特色。

【双调·殿前欢】客中

张可久

望长安，前程渺渺鬓斑斑。南来北往随征雁，行路艰难。青泥小剑关[1]，红叶满江岸[2]，白草连云栈[3]。功名半纸，风雪千山。

【字词注解】

①青泥：青泥岭，在今陕西略阳县西北，古为由陕入蜀要道，道路崎岖

曲折，坎坷难行。小剑关：剑阁，在今四川剑阁县北，大、小剑山之间，有栈道叫"剑阁"，亦称"剑门关"。

②湓（pén）江：河名，在今江西西北部。

③白草：枯草。连云栈：栈道名，在陕西汉中地区，为古代川陕地区栈道。

【精彩解说】

眺望长安，前程一片渺茫，鬓发早已斑白。长年累月奔波在外，追随那南来北往的征雁，经历了多少风险。青泥岭泥泞路滑，还有蜀中天险小剑关，湓江岸红叶飘落，连云栈白草纷飞。为了得到那微不足道的一点儿功名，只得穿越了风雪千山。

【赏析】

此曲表现了作者对仕途、功名的厌倦和否定，流露出对社会不平的感慨。

"望长安，前程渺渺鬓斑斑。"这里借用了李白《登金陵凤凰台》中"长安不见使人愁"的诗意，李白以长安比朝廷，感叹自己报国无门，此处张可久是借长安比喻元朝，抒发了两鬓斑白而前程渺茫的悲愁之情。句首一个"望"字，既表示作者渴望得到朝廷重用，同时又表明了距离之遥远，暗藏可望而不可即的意思。

"南来北往随征雁，行路艰难"两句概括写出了奔波仕途的艰苦。大雁在春天北去，秋季南归，用"随征雁"描写自己的行踪，展示出空间的广大与时间的漫长；一个"随"字又暗示身不由己的伤感。"行路艰难"则是作者对自己天南地北、春夏秋冬的辗转飘零人生的概括。

接下来的三句具体而形象地描绘了这段行路如何艰难。"青泥小剑关"，青泥岭是古代由陕入蜀的要道，据记载那里"悬崖万仞，上多云雨，行者屡逢泥淖，故号青泥岭"。李白《蜀道难》中有"青泥何盘盘，百步九折萦岩峦"的描写。剑关指今四川境内的剑门关，地势险要，张载《剑阁铭》中有"一夫荷戟，万夫趑趄"的夸张描写。此处"青泥小剑关"既写出青泥岭、剑门关的险峻，又暗合李白《蜀道难》的诗意，可谓是"双合"妙语。"红叶湓江岸"一句化用白居易《琵琶行》中的"浔阳江头夜送客，枫叶荻花秋瑟瑟"

和"住近湓江地低湿"。一来表达天涯漂泊之感，二来抒发对官场险恶的感慨，因为白居易正是由于触怒权贵才被贬谪到偏远的湓江的。"白草连云栈"，白草是北方所生，成熟时是白色，故名。岑参有"北风卷地白草折，胡天八月即飞雪"的名句，在这里主要取其苦寒之意。连云栈是古时川陕间的栈道，全长四百七十里，这里用来比喻道路的险峻。这三句里，既包含一年四季，又有空间的延伸："青泥"句为蜀地，"白草"句为西北，"红叶"句则是江南，这样便将前面的"南来北往"更加具象化，把"行路艰难"形象化了。

结尾两句，是作者对自己追求功名的一生所做的总体评价。"功名半纸，风雪千山"，作者运用了一个对偶句，使奔波仕途的艰难曲折与最终追求的目标形成了强烈的对照。"半纸"表示无足轻重，体现了作者对功名的价值评定，流露出作者内心深处对功名富贵的否定和轻视。

元代统治者轻视知识分子，处在这样的社会中，才华横溢的作者内心充满了矛盾。他曾反复讴歌归隐生活，可是又摆脱不了名利的羁绊，以致长年累月在外奔波。他一生仕途坎坷失意，这其中有无穷的隐衷酸楚，有无限的感慨不平。而这首小令正凝聚了他的这种感受。曲子多处借用前人诗作，自然通达，并具有丰富的内涵。在艺术技巧上，既有时间的交织，又包含空间的延伸，是全曲最精彩的部分。

【双调·殿前欢】爱山亭上[1]

张可久

小阑干，又添新竹两三竿。倒持手版搘颐看[2]，容我偷闲。松风古砚寒，藓土白石烂，蕉雨疏花绽。青山爱我，我爱青山。

【字词注解】

①爱山亭：在德清县（今属浙江），建在青山上。

②倒持手版：把手版倒着拿。手版，即笏，古代官员上朝时用来记事的狭长板子，用竹、木或象牙制成。搘（zhī）：同"支"，支撑。颐：面颊，腮。

【精彩解说】

小栏杆外一片生机盎然,竹林里又新长出了两三竿竹子。倒拿着手版,支着脸颊欣赏着眼前的美景,且容许我偷得半日闲。静听松涛,不觉古砚也生寒意,长满苔藓的石头上,颜色鲜艳,雨打芭蕉,疏花悄然绽放。青山爱我,我也爱这美好的青山。

【赏析】

爱山亭在德清县。作者张可久在德清县任属吏期间,闲暇之余常常前往爱山亭游览休憩。这首曲子描绘了作者在爱山亭上所见到的美好景色,表达了作者游赏时的欢快心情。

"小阑干,又添新竹两三竿。倒持手版揸颐看,容我偷闲。"曲子开头就写得颇有趣味,作者倚着栏杆欣赏美景,发现山林里又新长出了两三竿竹子,说明作者经常到这里游玩,而且心情悠然闲适,以至于对林子里长出两三竿新竹这种细微的变化都能发现。接着作者又写自己倒拿着手版,支着脸颊,欣赏亭外景色。"倒持"两字写得很细致,"手版"是官员用来记事的物品,而倒持手版这一动作,意味着这时的自己不是作为一个官员,而是像一个普通人一样自由自在地观览美景。这正是对自己忙里偷闲、身心愉悦状态的形象写照。

接下来的三句是对爱山亭上迷人景色的细致描绘。"松风古砚寒,藓土白石烂,蕉雨疏花绽",这三句从动、静、远、近的各个角度来写青山景物的可爱。清凉的山风吹过松林,静静聆听松林发出的声响,不觉古砚也似乎生出一丝寒意。砚台象征着作者作为文人的本色,这里从松风联想到古砚,从动到静,从外到内,写得很有趣。白石上长满了青苔,色彩烂漫,也衬托得很自然。至于雨打芭蕉、疏花初放,则又别有一番情趣了。

曲子末尾,作者不禁感叹道:"青山爱我,我爱青山。"青山给了作者这么多美景,足以见"青山爱我";作者为青山流连忘返,可见"我爱青山"。在郁郁不得志的仕途之路上,有这样一片清静幽雅的游赏之地,作者发出这样的心声是很自然的了。

张可久是一个有才华有抱负的文人,但一生仕途坎坷,长期只能担任小吏一类的小官职,可想其内心是很痛苦的。在德清县做小吏期间,爱山亭对于作者来说是一个最好不过的游赏的去处。这里吸引作者的，是那生机盎然的新竹、使人神清气爽的松风、石上碧绿的苔藓、雨中的芭蕉和绽放的花朵。这里的美景使作者苦闷的心情得到暂时的缓解和慰藉。人和自然的关系如此和谐统一，真是一种美好的理想境界。

【双调·殿前欢】次酸斋韵[1]

张可久

钓鱼台[2]，十年不上野鸥猜。白云来往青山在，对酒开怀。欠伊周济世才[3]，犯刘阮贪杯戒[4]，还李杜吟诗债。酸斋笑我，我笑酸斋。

【字词注解】

①酸斋：元代散曲作家贯云石号"酸斋"。这首曲子是张可久唱和贯云石的【双调·殿前欢】《畅幽哉》所作。

②钓鱼台：东汉严子陵隐居的钓台，在今浙江桐庐县富春山。

③伊周：伊尹和周公。伊尹是商朝开国名臣。周公姓姬名旦，是周朝的辅佐大臣。

④刘阮：刘伶与阮籍，同是"竹林七贤"中人物，两人都嗜酒如命。

【精彩解说】

严子陵隐居的钓鱼台已经十年都没去了，野鸥鸟都在猜想我到哪儿去了。白云来往飘飞，青山依旧屹立，我对着美酒开怀畅饮。虽没有伊尹、周公的济世之才，但却和刘伶、阮籍一样嗜酒，像李白、杜甫那样吟诗抒怀还诗债。酸斋在笑我，我也笑酸斋。

【赏析】

本曲是一首唱和之作。贯云石（酸斋）曾经是一名显贵，后来称病辞官，隐居在江南一带，在钱塘卖药为生。他的原作【殿前欢】《畅幽哉》是这样写的:"畅幽哉,春风无处不楼台。一时怀抱俱无奈,总对天开。就渊明归去来,怕鹤怨山禽怪,问甚功名在。酸斋是我,我是酸斋。"张可久的这首【殿前欢】《次酸斋韵》正是读了贯云石这首曲子之后的和作。

"钓鱼台,十年不上野鸥猜。"张可久很羡慕贯云石归隐之后的闲适生活,他向往像东汉的严子陵隐居钓台那样与鸥鹭为友的隐逸生活。可是由于身居官位,作为一名小吏,每天处理着各种杂务,已经很多年没有到钓台了。"野鸥猜"一句用了拟人化的手法,巧妙含蓄地传达出作者对隐逸生活的向往和愿望难以实现的无奈感慨。

"白云来往青山在",见到无牵无挂、来往飘飞的白云,对着一片葱茏的不老青山,想到自己的身世浮沉,作者感慨倍增,索性拿起酒杯畅饮,"对酒开怀"。

接下来的三句,作者进一步申述了自己有这番情怀的缘由。"欠伊周济世才",为了生活不得不从政,做个小官吏,可是自己却没有伊尹、周公那样的济世之才,不能像他们那样辅佐朝政、安邦定国。这句看似自谦的话其实隐藏着作者的愤懑不满,因为元代废止科举,知识分子即使很有才华也很难在官场上有所施展。作者说自己没有济世之才,实际上也是抒发无人赏识、抱负和才能被埋没的不平愤慨。"犯刘阮贪杯戒",是讲自己和竹林七贤里的刘伶、阮籍那样,好酒贪杯。"还李杜吟诗债"是说自己像李白、杜甫那样喜好吟诗。这三句都包含着戏谑自嘲的味道:自己"欠"济世之才,又"犯"了酒戒,还有不少要"还"的诗债,衡量一下,如果能像酸斋那样退隐下来,就最合适了。

"酸斋笑我,我笑酸斋",这笑,是会心的笑。贯云石已经归隐,这当然值得开怀一笑;张可久虽不得不仍在官场上追名逐利,心却是向往着田园。对此,贯云石想必是非常理解其中的无可奈何的。他们同样地喜爱隐逸闲适的生活,同样地追求自己的志愿,这笑里更包含着"相视而笑,莫逆于心"的默契。

张可久一生仕途不顺,对隐居生活一直保持着向往,却不得不在官场上追名逐利。这首曲子以自嘲戏谑的笔调,抒发了作者无人赏识、屈居低位的感慨,也表达了自己对归隐生活的向往和热爱。

【双调·殿前欢】离思

张可久

月笼沙①,十年心事付琵琶。相思懒看帏屏画②,人在天涯。春残豆蔻花③,情寄鸳鸯帕④,香冷荼蘼架⑤。旧游台榭⑥,晓梦窗纱。

【字词注解】

①月笼沙:月色笼罩在沙滩上面。化用杜牧《泊秦淮》"烟笼寒水月笼沙,夜泊秦淮近酒家"。

②帏屏:帷帐和屏风。

③豆蔻(kòu):一种草本植物。夏初开花,因此作者在这里说春残。

④鸳鸯帕:绣有鸳鸯图样的巾帕。

⑤荼蘼(tú mí):一种草本植物,花瓣较大,蕊紫色,枝条甚长,春末夏初开花,凋谢即表示春季结束,故有完结的意思。亦作"酴醾"。

⑥旧游台榭:化用晏殊《浣溪沙》"去年天气旧亭台"。

【精彩解说】

月色笼罩河沙,十年的心事付与琵琶。想念心上人懒得看那帷屏上的画,心上人远在天涯。春天过去豆蔻才开花,一片深情寄去鸳鸯帕,百花凋谢后荼蘼独开显得冷清肃杀。梦中重游旧时楼台亭榭,梦醒时旭日映照窗纱。

【赏析】

这是一首描写闺中女子思念远在天涯的情人的小令,以凄美婉约的笔调道出了一位女子的心思。

曲子一开头就营造出了清冷唯美的意境,"月笼沙"化用杜牧《泊秦淮》中的"烟笼寒水月笼沙,夜泊秦淮近酒家",三个字便点明了人物活动的背景。夜色深沉,柔美的月光笼罩着河沙,而那位闺中女子却无心赏月。"十年心事付琵琶",女子心事重重,却不知向谁倾吐,只得寄情于琵琶演奏上。

是什么心事？接下来两句点出了意旨："相思懒看帏屏画，人在天涯。"原来是她思念着相隔千山万水的情人，相思之苦不堪忍受，于是无心赏月，更无心去看帷帐和屏风上的画了。这短短几句，意境多么优美，情调又是多么凄凉，语言凝练，意味深厚。

"春残豆蔻花，情寄鸳鸯帕，香冷荼蘼架。"作者又写了三个意象，每个意象都包含了与闺中女子情怀相关的意义。"豆蔻"是一种草本植物，因为在夏初开花，故诗人谓"春残"。杜牧的《赠别》诗中有两句广为流传的句子："娉娉袅袅十三余，豆蔻梢头二月初。"后来便称少女十三四岁为"豆蔻年华"，又用"豆蔻"比喻未嫁的少女。"春残豆蔻花"将女子比为"豆蔻"，指代这位闺中女子青春年华的流逝。"情寄鸳鸯帕"，写这位女子将自己的情意和思念都寄托在绣有鸳鸯图样的巾帕上。鸳鸯总是成双成对地游在水面上，被人们认为是一夫一妻、相亲相爱、白头偕老的表率，甚至认为鸳鸯一旦结为配偶，便相伴终生，即使一方不幸死亡，另一方也不再寻觅新的配偶，会孤独凄凉地度过余生。所以人们常将鸳鸯的图案绣在各种各样的物品上送给自己的爱人。这里的"鸳鸯帕"或许就是这位女子和情人的定情信物，而鸳鸯的相守更是会勾起女子心中对离别的伤感。"荼蘼"是在夏初开花的植物，苏轼诗云："荼蘼不争春，寂寞开最晚。"荼蘼往往象征着寂寞、冷落。"香冷荼蘼架"是在感叹韶光流逝。荼蘼虽香，但却没有赶上大好春光，只好寂寞"香冷"了。这三个短句，将女子心中的寂寞、凄婉通过三个意象曲折地传达了出来，曲子的意境更显悲凉凄美。

曲子末尾，"旧游台榭"化用晏殊的《浣溪沙》中"去年天气旧亭台"的词意，讲述闺中女子看到曾经与情人并肩共游的楼台亭阁，相思之情更为深重，想要与情人相会却无法实现，只好到梦中去追寻那美好的记忆了。

全曲意境凄清幽美，情韵缠绵隽永，令人感到一种谐美与悲凉相交错的复杂况味。从韵律看，句子长短参差，始缓慢，后急切，读来令人觉得跳荡有致。

【双调·清江引】秋怀

张可久

西风信来家万里,问我归期未?雁啼红叶天①,人醉黄花地②,芭蕉雨声秋梦里。

―•【字词注解】

①红叶天:秋天。红叶,枫叶。
②黄花地:菊花满地。

―•【精彩解说】

西风送来万里之外的家书,问我何时归家?鸿雁在红叶满山的季节鸣啼,而离人在黄花遍地的景色中醉饮,听着雨打芭蕉的声音,但愿能梦回家乡。

―•【赏析】

这是一首抒写游子思乡之情的小令。

小令起首便直奔主题:"西风信来家万里,问我归期未?"萧瑟的西风,很容易引起"志士悲秋"的感慨,更何况收到自万里之外寄来的家书。面对亲人饱含深情的殷切询问,而自己的归期仍在未定之中,这位游子心中必是有一段难言之隐,其痛苦之深可以想见。这里将西风拟人化,说西风送来家信,使凛冽的西风也显得多了一丝人情味。"问我归期未",一句平实的询问却将"一行书信千行泪"的离愁别恨烘托了出来。曲子的第一、二句,把时间和空间的跨度巧妙地表达了出来,西风表现的是时间的跨度,"万里"则写出了距离的遥远。

妙在作者并没有正面回答"归期"是否已定,却描述眼前层林尽染的景色,北雁在长空中鸣啼,而离人对着满地黄花醉饮。虽然一字不提"归期",却把深沉的思乡之情做了出色的表达,游子有家难归、借酒浇愁的情态得到了形象的表现,令读者感到"君问归期未有期"(李商隐《夜雨寄北》)的无奈和哀愁。"雁啼红叶天,人醉黄花地"一联极为精巧,形式工整,构图富丽,造成曲意上的回环往复,余味无穷。末尾"芭蕉雨声秋梦里"一句,写夜里的芭蕉雨声伴着游子入梦,希望在梦里能够回到家乡。芭蕉在古代很多文学作品中象征着孤独、离愁别绪,而秋雨打芭蕉更深化了这份哀愁。这末尾的三句,句句是写景,句句又是抒情,用"含蓄不露,意到即止"的艺术手法达到了情和景的高度统一交融。在色彩上,三句又形成了浓淡、明暗的对比:"红叶天""黄花地"是浓墨重彩的图景,是客观外在的自然环境;而"芭蕉雨声秋梦里"是用烘云托月的手法表现出来的,朦胧而隐蔽,是主观感觉的投影。由此三句反衬出了人物内心的悲苦。

这首题为《秋怀》的小令,作者用寥寥数语,紧紧把握题意,写了西风、北雁、红叶、黄花、芭蕉雨声等意象,点染出一幅萧瑟的秋景。同时,作者在这样的秋景中抒发了功名未就、漂泊异乡、有家难回的愁思。句句写秋景,字字扣秋怀,情融于景,情景相生。

【双调·清江引】春思

张可久

> 黄莺乱啼门外柳①,雨细清明后②。能消几日春,又是相思瘦。梨花小窗人病酒。

【字词注解】

①门外柳:暗寓见柳伤别。古人每每以折柳枝指代为友人或情人送别。

②雨细清明:化用杜牧《清明》"清明时节雨纷纷,路上行人欲断魂"句意。

【精彩解说】

黄莺在门外柳树梢上啼唱,清明过后细雨纷纷飘落。还能再有多少天呢,春天就要过去了,春日里害相思,人儿憔悴消瘦。梨花小窗里,佳人正借酒消愁。

【赏析】

这首曲子描写了春日里一位痴情女子对远行在外的心上人的相思之情。

开篇照应题目"春思",勾勒出一幅春景图。作者不着痕迹地化用了唐金昌绪的诗句"打起黄莺儿,莫教枝上啼。啼时惊妾梦,不得到辽西"。原诗写的是思妇对远行人的相思之情无处排遣,正想通过寻梦让思念和情思在梦里得到满足,可偏偏有那"不作美"的黄莺,在门外的柳树上不住地乱啼,搅扰了思妇的美梦,无法在梦里补偿现实生活中失去的甜蜜。"雨细清明后"一句写的是远行人,也就是思妇思念的对象。这一句是从杜牧的"清明时节雨纷纷,路上行人欲断魂"(《清明》)两句浓缩出来的。妙在思妇被黄莺吵醒之后,不是埋怨行人误了归期,而是关心他在清明雨后泥泞的道路上黯然销魂的境况,这就进一步深化了曲子的意境。

"能消几日春,又是相思瘦",这两句承接了上面两句的曲意,写春天就要过完了,这位痴情女子不堪相思之苦,每过一天都在受折磨。前一句是从辛弃疾的"更能消几番风雨,匆匆春又归去"(《摸鱼儿》)的词意中化用而来,借春意阑珊来衬托主人公的哀怨。后一句,写无尽的相思令人憔悴,让这位女子的面容也逐渐消瘦了。这里作者用了一个"又"字,说明这样的两地分离和相思意境不是第一回了,更加深了"春思"的哀婉,令人怅然神伤。

古人非常重视"诗头曲尾",诗的开头和曲的结尾都关系到一篇作品的成败。就一首曲子来说,结语要写得精彩,才能有"余音绕梁"的艺术效果。这首《春思》的结句"梨花小窗人病酒",既照应了前文的"清明后"和"几日春",又概括了"相思瘦"的种种原因,还给读者留下了充分的想象空间。梨花是春光将尽的象征,正所谓"更落尽梨花,飞尽杨花,春也成憔悴"(宋代汪元量《莺啼序》),思妇隔着小窗,看到庭院里的梨花飞落,知道春天已经快过去了,然而那位远行人还没有归来,于是只好借酒浇愁,纾解胸中的愁苦。"病酒"的意思是由于饮酒过量而生病。读到这里,很容易联想到李清照的"新来瘦,非干病酒,不是悲秋"(《凤凰台上忆吹箫》),作者正是在这样的意境基础上,在曲子末尾对全曲的意境做了很好的概括和总结。

这首曲子风格婉丽清新,语言自然,词句典雅,不事雕琢,写出了思妇心中的相思和哀愁,使人感到余味无穷。

【双调·清江引】春晚

张可久

平安信来刚半纸,几对鸳鸯字①。花开望远行,玉减伤春事②。东风草堂飞燕子③。

【字词注解】

①鸳鸯字:传达相思爱恋之情的文辞。
②玉减:玉容消瘦。
③草堂:古时文人谦称自己的住所为"草堂"。

【精彩解说】

报平安的信传来,刚半张纸,已经写上好几对鸳鸯字了。花开时节盼望着远行人,玉容消损满怀伤心事。东风漫吹,草堂上空燕子在飞舞。

【赏析】

这首小令写了一位女子对远行人的思念之情。

"平安信来刚半纸,几对鸳鸯字。"恋人相隔千山万水,书信就成了传递思念的载体。小令开篇写女子接到情书的欢乐情景。"刚半纸"就已经是"几对鸳鸯字",信才刚开头,男子已经在热烈地表达着相思之情。可以想象或许信中写到了两人在一起的美好时光,写到了相识相知的点点滴滴,或许还有男子的思念牵挂和山盟海誓。接到信,女子或许为他心里惦着自己而欢乐,为他长久不回来而埋怨责备,为他容颜憔悴而无心梳妆,为他衣带渐宽而承受着相思的煎熬。

"花开望远行,玉减伤春事。"这两句写离别后女子的相思。诗词中写春天离愁别恨的作品有很多,如南唐后主李煜《清平乐》"离恨恰如春草,更行更远还生",又如北宋欧阳修《踏莎行》"草薰风暖摇征辔,离愁渐远渐无穷,迢迢不断如春水",都写了悠长的离愁别绪。"花开望远行",多少次在繁花满树的春天送你远行,每次都恋恋不舍。刚开始或许感觉还有很多时间团聚，但渐渐地，站在送别的地方，心中多了莫名的忧愁。在无数次的送别、盼望、团聚中，韶光流逝，容颜苍老。暮春的残景，如女子久经沧桑的身心一样。"玉减伤春事"，写女子面对暮春的惆怅。她惆怅的不只是灿烂的花朵在暮春凋零，更惆怅那随春光流逝的青春，还有美人迟暮的深深感叹。

"东风草堂飞燕子。"末句写女子看到春燕衔泥，筑就温馨的家，不禁触景伤情。燕子自由翱翔的快乐，反衬出女子的孤独寂寞。

这首小令通过"信纸""花""东风""燕子"等意象，巧妙地把叙事、写景、抒情结合起来，在看似平静的描写中暗藏着女子波澜起伏的心事，生动含蓄地表现了主人公的情思，一个忧愁满怀的思妇形象呼之欲出。小令用白描手法，文字浅显易懂，简洁凝练，鲜明生动。

【双调·落梅风】春晚

张可久

东风景，西子湖①，湿冥冥柳烟花雾②。黄莺乱啼蝴蝶舞，几秋千打将春去③。

【字词注解】

①西子湖：杭州西湖。苏轼有"欲把西湖比西子"句，故称"西子湖"。
②湿冥（míng）冥：湿气弥漫的样子。冥冥，模模糊糊、昏暗的样子。
③打将春去：把春天赶跑。将，语助词，无义。

【精彩解说】

东风浩荡，西子湖上湿气弥漫，一片烟岚笼罩着繁花绿树。黄莺喳喳乱啼，蝴蝶翩翩起舞，几回秋千飞荡将春天赶跑。

【赏析】

这首小令描写的是西湖暮春景色，应当是作者寓居西湖时所作。作者以独特的视角描绘西湖春景，字里行间流露出一种惜春、伤春之情，表达了对韶光易逝的感叹。小令题作《春晚》，暗示春天将尽，仅从题目就不难体会到一丝淡淡的春愁。

"东风景，西子湖"，篇首点明季节和地点。张可久对西湖似乎有一种难舍的情结，从《全元散曲》里他的作品中可以读到和西湖有关的小令共有几十首。作者以其独特的人生经历和审美视角，用心诠释着西湖，《录鬼簿》中说他"水光山色爱西湖"。

跟随作者的脚步，江南春景映入眼帘："湿冥冥柳烟花雾。"江南的春天多雨，此刻或许春雨初歇，漫步湖滨，但见烟雾蒙蒙，水天一色，画桥烟柳，美得令人神往。然而在作者眼中，这片朦胧景致却是"湿冥冥"的，他只觉得潮湿、阴暗，心生压抑。仅三字，便道出作者的惆怅情怀。

"黄莺乱啼蝴蝶舞"，莺啼细柳、蝶舞花丛，这是春日常见的景象。此句与上一句一静一动，动静结合，画面感很强。人留恋大好春光，黄莺、蝴蝶也不例外。春天来去匆匆，面对即将逝去的春光，莺蝶也像作者一样心怀不舍，所以一个"乱啼"，一个"舞"，既写出了莺蝶闹春之景，又隐含作者的惜春之情。无论黄莺的歌声多么婉转、蝴蝶的舞姿多么动人，都不能阻挡春天逝去的脚步。作者借莺蝶表现自己的伤春之情，但无论心中有多不舍，终究还是"无计留春住"。

小令的结句很是巧妙，立意新颖。正当我们沉醉于西湖春景，感受作者的愁思之时，作者笔锋一转，以"几秋千打将春去"结束全曲。也许是作者听见了湖边谁家花园里少女们嬉戏的笑声，看到她们正在悠闲地荡着秋千，享受着大好春光。此情此景，无疑让作者感慨万千，一方面感叹韶光易逝，岁月无情，另一方面则有些许的埋怨和责怪，叹息"少年不识愁滋味"。春天来去匆匆，伴随着少女们的嬉笑，在秋千摇摆飞荡中悄然逝去。四季更替本是自然规律，但作者却将春去的责任归咎于玩秋千的少女，真是无理而奇妙。

此曲借景抒情，情景交融，动静结合，作者借写西湖春景表达内心感受，流露出惜春之情，结句叹中有怨，字字含情。全曲呈现含蓄蕴藉之美，风格清丽而不失自然，体现了他的散曲清丽雅致的特点。

【双调·庆东原】次马致远先辈韵

张可久

诗情放，剑气豪①，英雄不把穷通较②。江中斩蛟③，云间射雕④，席上挥毫⑤。他得志笑闲人⑥，他失脚闲人笑。

─●【字词注解】

①剑气：宝剑的光芒，比喻人的才华、勇气。

②穷通：人生际遇的穷困和显达。较：计较。

③江中斩蛟：晋代周处入水斩蛟，为民除害的故事。

④云间射雕：北齐斛律光随君主行猎，射落云中大雕的故事。

⑤席上挥毫：酒席上即兴赋诗。

⑥闲人：世俗庸人。

─●【精彩解说】

诗情激越奔放，剑气豪迈直冲云霄，英雄不计较一时的穷困或显达。勇猛威武的周处江中斩蛟龙，武艺高强的斛律光射落云间大雕，文采焕发即席赋诗挥毫。那些小人，得志时嘲笑别人，失意时被别人耻笑。

─●【赏析】

此曲是马致远【庆东原】《叹世》的和曲。马致远的原作已佚。张可久的和曲有九首，此曲是其中的第五首。马致远比张可久大二十来岁，故张称马"先辈"。元代大戏剧家、大诗人马致远的散曲作品在中国文学史上享有盛誉。他的散曲作品被明人朱权列为"群英之上"，风格"典雅清丽"。马致远的活动年代比张可久早，无论是人品还是文风都对张可久产生了一定影响，张可久这九支【庆东原】就流露出了钦敬之意。张可久的九支和曲多为抒写隐居之乐，而这首曲子却不同。

曲子开篇便气势宏大，韵调轩昂："诗情放，剑气豪，英雄不把穷通较。"

作者首先写出了一位英雄人物的胸怀气魄,他能咏诗、会舞剑,可谓文武双全;此外,他从不计较个人一时的穷困失意或显达得意,思想境界也是不同凡响。

接下来的四、五、六句鼎足相对,用三个意象,具体描写这位英雄的文武之才:"江中斩蛟,云间射雕,席上挥毫。"他能像勇猛威武的周处那样,无畏地在江中斩杀蛟龙,和北齐的斛律光一样箭法高超,能射中云中的大雕,更有超凡的文才,能在大庭广众之下挥毫写诗作文。至此,一位气概非凡的英雄形象已经塑造出来了。

末尾两句"他得志笑闲人,他失脚闲人笑"是作者对世俗小人的嘲讽,他们得志时嘲笑别人,等到他们失脚后别人都笑他们。作者塑造一个英雄的形象,目的就是为了讽刺现实生活中的势利小人。这结尾两句,对比强烈,力透纸背。

作者在这首曲子里着意刻画了一位性格豪放、不计穷通得失的旷达之士,武功超凡,文才出众。这与张可久经常描写的隐士稍有不同。这说明张可久心中的理想人物,未必全是纵情诗酒、放浪山水的隐逸之士。这首曲子写出了英雄人物应有的气度和胸怀,感情豪迈旷达,笔力雄健奔放,文辞间尽显英雄本色,在《小山乐府》中独树一帜。

【双调·庆东原】次马致远先辈韵

张可久

山容瘦①,木叶凋②。对西窗尽是诗材料。苍烟树杪③,残雪柳条,红日花梢。他得志笑闲人,他失脚闲人笑。

【字词注解】

①山容:山的姿容。

②木叶:特指秋天的落叶。

③杪(miǎo):树梢。

【精彩解说】

秋日的山峰清瘦峻爽，树枝上秋叶凋零。对着西窗所见全是诗的素材。山岚笼罩树林，春柳上还留着残雪，阳光照着花丛。那些小人，得志时嘲笑别人无能，失意时被天下人耻笑。

【赏析】

这支小令是张可久《次马致远先辈韵》中的最末一首。作者以生花妙笔为读者描绘了一幅幅赏心悦目的美景。

开篇两句写秋日里山的姿容。"山容瘦，木叶凋"，山之所以"瘦"，正是因为秋风萧瑟、树叶凋零，显得山的形象清瘦了。山瘦，本身就具有一种美感，古诗词中有许多写"山瘦"的名篇，如宋代张耒的《初见嵩山》"日暮北风吹雨去，数峰清瘦出云来"，杨万里的《题黄才叔看山亭》"春山华润秋山瘦，雨山黯黯晴山秀"等。此外，"木叶"二字又描绘出了秋叶凋零、空留树枝的萧条情态。这短短六字，以十分简练的笔触，描绘出了秋山清瘦峻爽的特征。

第三句"对西窗尽是诗材料"指出了前面所描绘的秋山景色是诗人从书斋里透过西窗见到的。这一大发现触动了诗人的灵感，令诗人浮想联翩：这西窗对于诗人来说不正如画家的取景框吗？窗外一年四季的风花雪月，全是可以写进诗里的材料。接下来的四、五、六句里，作者描绘了三幅风景画："苍烟树杪"是山间的雾岚笼罩在树梢；"残雪柳条"是残雪覆盖在春季正返青的柳条上；"红日花梢"是艳阳下绽放的花丛。三幅风景画美不胜收，哪一幅不可入画，哪一幅不可入诗！这景色，都是作者透过西窗观察所得，它们不仅充满画意，而且饱含诗情，正是吟咏诗篇的绝好材料。

七、八两句重复对世俗庸人的讽刺，"他得志笑闲人，他失脚闲人笑"，作者感叹，那些小人，得志时嘲笑别人无能，失意时却被他人耻笑。如此美好、如诗如画的风景，那些在"得志"与"失脚"之间苦苦挣扎、心力交瘁的"忙人"又如何有福消受呢？

这首小令通过精致凝练的文字、严谨工巧的对仗描绘出了如诗如画的自然美景。山岚笼罩的树林、返青柳条上的残雪、明媚阳光下的花丛，在作者笔下美不胜收。末尾两句作者又感叹，这种江山风月之美非世俗庸人可以享受，只有我辈"闲人"能领略。本曲反映了作者对自然美的感觉，称得上写景名篇。

张养浩

〔作者小传〕

张养浩,元代散曲作家。二十岁被荐为东平(今属山东)学正。后游京师,不忽木荐为御史掾,复授堂邑县尹,为官十年,颇有政绩。武宗朝,入拜监察御史,奏时政万言,得罪权贵。延祐初,以礼部侍郎知贡举,升礼部尚书。英宗至治初,参议中枢省事,以直谏触怒英宗,弃官回家。文宗天历二年(1329),因关中大旱,复出治旱救灾,特拜陕西行台中丞,到官四月,劳累而死。追封滨国公。诗文集有《归田类稿》,散曲集有《云庄休居自适小乐府》,多为辞官归隐后所写,既讴歌了隐居之乐,也揭露出仕途险恶、世态炎凉。今存小令一百六十一首,套数两篇。

【中吕·山坡羊】潼关怀古[1]

张养浩

峰峦如聚,波涛如怒,山河表里潼关路[2]。望西都[3],意踌躇[4],伤心秦汉经行处,宫阙万间都做了土[5]。兴[6],百姓苦;亡,百姓苦!

【字词注解】

①潼(tóng)关:古关口名,现属陕西潼关。城关建在华山山腰下,下临黄河,非常险要。

②山河表里：潼关外有黄河，内有华山。形容潼关一带地势险要。

③西都：长安（今陕西西安），这里泛指秦汉以来在长安附近所建的都城。

④踌躇（chóu chú）：犹豫，徘徊不定。

⑤宫阙：宫殿。阙，皇宫门前面两边的观楼。

⑥兴：天下太平。

──●【精彩解说】

群峰众峦在这里汇聚，大浪巨涛像是在这里发怒，外有黄河，内有华山，潼关地势险固。遥望古都长安，思绪起起伏伏，令人伤心的是途中所见的秦汉宫殿遗址，万间宫殿早已化作了尘土。一朝兴盛，百姓受苦；一朝灭亡，百姓还是受苦！

──●【赏析】

【中吕·山坡羊】《潼关怀古》是张养浩晚年的代表作，也是元代散曲中不可多得的思想性和艺术性都很高的作品。

作者一开始就用"如聚""如怒"的生动比喻，描绘出山河的雄伟壮丽，感情悲壮沉郁，风格豪放雄浑。那连绵起伏的山峰，不就是历史的见证吗？那咆哮奔腾的河水，不就是人民痛苦的呼喊和反抗的怒吼吗？巍巍群峰，滚滚波涛，该凝聚着作者多少愤怒的感情，又能引起人们对历史和现实的多少联想！

"山河表里"一句，写出了潼关地势的险要。潼关，据山临河，虎踞龙盘，自古乃兵家必争之地。潼关路，这是一条历史兴亡的路：在这条路上，走过了多少胜利者和失败者，又有多少朝代走向兴盛和衰亡！潼关路，这是一条浸透血泪的路：在这条路上，留下了多少人民苦难的脚印，倒卧过多少士卒的尸骨，又有多少历史的风云人物在这里化为尘土！走在这样的路上，作者的心情应该是怎样的呢？

"望西都"两句，描写了作者西望长安的无限感慨。长安，历史上赫赫有名的汉、唐两大帝国的国都，历代有多少励精图治的皇帝，曾在此施展过宏图，建立过功业；又有过多少无道的昏君，在此滥施淫威，虐杀人民，成为历史的罪人。长安,在这个特定的历史舞台上,演出过多少威武雄壮、悲欢离合的戏剧;又有多少诗人、作家,写过多少有关长安的诗文!特别是人民群众,曾在长安这块土地上流过多少血汗!这就是作者"意踌躇"的原因和内容吧!

"伤心秦汉"两句,描写了秦、汉两代,都已成为历史的陈迹。秦皇汉武曾苦心营造的无数殿堂楼阁、万千水榭庭台,而今都已灰飞烟灭,化为尘土。曾经盛极一时的秦、汉王朝,在人民的怒吼声中,都已灭亡,犹如"宫阙万间都做了土"一样。这字里行间寄托了作者多少感慨!

最后一句作者大发感慨:"兴,百姓苦;亡,百姓苦!"他指出一个朝代的兴也好,亡也好,受苦的都是老百姓。作者从对历史的概括中提炼出的这一主题是极其鲜明而深刻的,提出的问题是十分重要而尖锐的。它表达了作者对人民的深切同情和对封建统治者的无比愤慨。这一结尾,确实是千锤百炼、一字千钧,语气尖刻而警拔,语意丰富而深沉,是对全曲的一个十分精辟的总结。

值得注意的是,这首小令,虽是怀古,其实是为了写今。以古喻今,这是许多有见地而又不能直接抒发的古代作家所惯用的手法。作者站在这漫漫潼关路上所概括的人民受苦的历史事实,其实就是元代社会现实生活的写照;作者面对历史事实所发出的深沉感慨,其实就是对元代社会现实黑暗的愤慨,对元代人民群众遭受苦难的同情。作者以饱含血泪的语言,揭示了在封建社会中,人民群众永远处于受压迫受剥削的悲惨地位。这不但是对历代封建统治者的严厉谴责,更是对元代人民奋起反抗的一种激励鼓舞。曲中没有一句写到元代的社会现实,但又句句针对元代的社会现实。这就是作者用意高妙之处,也是这首曲的现实意义之所在。

【中吕·红绣鞋】警世

张养浩

才上马齐声儿喝道①,只这的便是那送了人的根苗②,直引到深坑里恰心焦③。祸来也何处躲,天怒也怎生饶,把旧来时威风不见了④!

―•【字词注解】

①喝道：古代官员出行，前有衙役高声吆喝，让行人回避。
②送了人：害人。根苗：原因。
③深坑：极大的祸患。恰：才。
④旧来时：从前。

―•【精彩解说】

才当上了官就有差役齐声喝道，耀武扬威的官宦气势便是导致灾祸的根本原因，灾祸来临的时候才知道心急。祸来了躲到哪里去，老天动怒了怎么能得到宽饶，旧日的威风到此时全都不见了！

―•【赏析】

这首曲子是对那些为官者平时作威作福，显赫一时，到头来逃不了天怒人怨、大祸临头的嘲讽，也表露了作者鄙薄功名利禄、厌恶官场生活的思想。

"才上马齐声儿喝道"，一句话便形象地刻画出了为官者声势显赫、不可一世的神态。上马，既指骑马动作，从结句"把旧来时"看，又是指走马上任。喝道，旧时官员出行，仪仗前有士卒引路喝令，使行人避道。有动作有声音，渲染出一种有威有势的气氛。第二句紧接着陡然一跌，似兜头冷水泼下，"只这的便是那送了人的根苗"，这种忘乎所以、得意忘形的神态举止，便是葬送人的祸根啊！作者只指出这是一种祸根，至于为什么是祸根，并没有道出。也许是作者本身在官场中见得多了，认为人们都不难理解，故觉得无须说出来吧。"直引到深坑里恰心焦"，这句照应了第一句，骑在高头大马上，不可一世，忘乎所以，一旦失足跌进深坑里时，"恰心焦"。"深坑"很显然是指在变幻莫测的官场中大祸忽然临头的情况。只有深深体会到官场险恶的人，才会认为这高头大马是不能骑的，也就是官是不能做的，因为在他前头，那"深坑"时刻在"恭候"着。"祸来也何处躲，天怒也怎生饶"，这两句作者用更加直率的笔法，形象地刻画了当初何等作威作福的为官者，在大祸临头时的狼狈相，与首句所写的神态形成了鲜明对比。跌进"深坑"要么是因为在官场的党派斗争中，被排挤，遭放逐；要么是因为贪赃枉法，胡作非为，天网恢恢，终遭报应。两句排比，口吻连贯，而各有所侧重，蕴含了作者鄙夷、嘲笑的态度。

结句"把旧来时威风不见了",这是对四、五两句中所描写的丑态的概括和评价。"旧来时威风"指首句描写的威势。旧来时,即旧时,当初。作者对"黄金带缠着忧患,紫罗襕裹着祸端"的官场现实有相当清醒的认识,自己也坚决"辞却凤凰池,跳出醯鸡瓮",因此,在这首曲子里,张养浩完全是以旁观者的身份,来揭露官场的黑暗和险恶的。故卢前《论曲绝句》论此曲"足为当头棒喝"。的确,这只曲当为封建官场中"为官"者的"警世通言"。

整支曲子全用口语,以助词"恰""也""来"等加强语气,显得语重心长,有不容置疑的效果。

【中吕·红绣鞋】

张养浩

那的是为官荣贵①,止不过多吃些筵席,更不呵安插些旧相知,家庭中添些盖作②,囊箧里攒些东西③。交好人每看做甚的④!

【字词注解】

①的是:的确是。
②盖作:房屋建筑。
③囊箧(qiè):袋子与箱子。
④每:相当于"们"。元曲中习见,也写作"门"。

【精彩解说】

做官哪里会荣华富贵,只不过是官场应酬,多吃几次筵席,还有就是安插一些自己人,给家里添瓦造房,在袋子和箱子里蓄积一些东西。正直的人们看了觉得这又算什么呢!

【赏析】

这支曲子写的是官吏们的腐败、拼命搜刮、营私舞弊,反映了元代官场的黑暗和统治者的腐败，以及作者的蔑视和批判态度。

曲子一开始便说道"那的是为官荣贵"，做官哪里会荣华富贵，表露出一个冷眼旁观者既超脱又鄙夷的口吻。第二句口气一转，以直笔连举四种那些"为官"者的腐败、可耻、可笑的行径，语气连贯而紧凑："止不过多吃些筵席，更不呵安插些旧相知，家庭中添些盖作，囊箧里攒些东西。"这些当官者的目的不过是多吃些白食，"彼君子兮，不素飧兮"，享点口福，占些便宜；凭职权安插亲信，此谓"一人得道，鸡犬升天"，说穿了不过是培植私人势力，搞裙带关系；进一步捞钱，添置房产；再就是积攒些金银财物装进箱子。如果说前两件只是为了个人享受和地位，后两件则是为了子孙后代；如果说前两件是利用职务占便宜、谋自保，后两件则非靠贪污受贿、敲诈盘剥不可。这四句一下子把"为官"者昏庸腐败、只顾中饱私囊的丑恶嘴脸逼真无遗地勾勒了出来。

元曲在写法上与诗词那种温柔敦厚、讲究比兴、婉转曲达、含蓄、耐咀嚼不同，有着很强烈的市井气息，以外露直显、极情尽致、显豁直率为工，抒情写物力求做到穷形尽相。这支曲子深得这种精神，作者从四个角度来写这些官吏，让这种人的丑相多次曝光。同时，作者还用了"止不过""更不呵""安插些""添些""攒些"等通俗的口语，表露了对为官者所作所为的轻蔑。"交好人每看做甚的"，意思是让正直的人看了算什么呢？这里点明好人，就是那些看清"为官荣贵"的实质的人，就是那些认为官吏是祸国殃民的坏人的人。

因为作者非常熟悉封建官场的情况，加之他本人为官清正、不慕荣利，所以对这些丑类的描写得心应手，活灵活现。

【中吕·喜春来】

张养浩

路逢饿殍须亲问①，道遇流民必细询。满城都道好官人。还自哂②，只落的白发满头新。

【字词注解】

①饿殍（piǎo）：饿死的人。
②哂（shěn）：微笑。

【精彩解说】

路上碰到饿死的人要亲自过问，道上遇到流离失所的难民一定要仔细问询。满城百姓说我是个好官。我笑自己只落得满头的白发。

【赏析】

这首小令内容显豁，语言朴实，艺术手法也比较单纯，对它的理解与欣赏应结合作者生平事迹，体会他在曲中流露出来的拳拳爱民之心。

张养浩入仕途后，成为"昨日尚书，今日参议"，地位显要，后因直言敢谏，为当权者所不容而辞官归隐。后朝廷数次征召，他都坚持不就。可天历二年（1329）关中大旱，陕西一带百姓处于倒悬之危，亟待解救，此时朝廷又特征召他任陕西行台中丞，他这次立即登车就道。临行前他"散其家之所有与乡里之贫者"，表现了与人民同命运和义无反顾的决心。途中他"遇饿者即赈之，死者则葬之"，"到官四月，未尝家居，止宿公署，夜则祷于天，昼则出赈饥民，终日无少息。每一念至，即抚膺痛哭，遂得疾不起，卒年六十。关中之人，哀之如失父母"。这些记载俱见于《元史》本传中，可见"路逢饿殍须亲问，道遇流民必细询"并不是自诩而是事实。他的确是个爱民如子、为百姓"鞠躬尽瘁，死而后已"、被百姓视如父母的好官。

面对着百姓的称赞，应该说他是感到欣慰的。但为什么"还自哂"呢？首先，这是一种严于责己的态度，他并未居功而对百姓的颂扬自觉受之无愧；其次，朝廷所拨赈灾的粮、资，虽解一时之急，但也是杯水车薪，并不能解决根本问题。面对着饥民的困厄，他并没有因为博得了一个"好官人"的名声而满足，而是为不能真正救民于水火之中而日夜焦虑着。"眼觑着灾伤教我没是处，只落的雪满头颅"（【一枝花】《咏喜雨》），这正是他"自哂"的原因。下文"白发满头新"的含义即在此。

同时，其"还自哂"中还包含着更深沉的自责。在他当时所作的著名小曲中有："乡村良善全生命，廛市凶顽破胆心，满城都道好官人。还自哂，未戮乱朝臣。"这说明他并不以自己做的在下层保护良善、锄奸惩恶之事为满足,他自恨朝中还有危害更大的乱臣未除。因为他的努力对于处于水深火热之中的灾民而言只是杯水车薪,是治标不治本的做法,故而听到百姓称他"好官人",他是不安的。

【双调·水仙子】咏江南

张养浩

一江烟水照晴岚①,两岸人家接画檐②,芰荷丛一段秋光淡③,看沙鸥舞再三,卷香风十里珠帘④。画船儿天边至,酒旗儿风外飐⑤,爱杀江南⑥。

— 【字词注解】

①烟水:江南水汽蒸腾有如烟雾。晴岚:岚是山林中的雾气,晴天天空中仿佛有烟雾笼罩,故称"晴岚"。

②画檐:绘有花纹、图案的"屋檐"。

③芰(jì)荷:"芰"是菱的古称。芰荷指菱叶和荷花。

④卷香风十里珠帘:同"十里香风卷珠帘"。化用杜牧《赠别》诗句"春风十里扬州路,卷上珠帘总不如"。

⑤飐(zhǎn):风吹物使之颤动、抖动。

⑥杀:用在动词后表示程度深,也写作"煞"。

— 【精彩解说】

满江的烟波和岸边山中的雾气相映,两岸人家彩绘画檐紧相连,江面上菱叶荷花丛生,秋光恬淡,看沙鸥正在江面上飞舞盘旋,家家卷起珠帘飘出香风阵阵。美丽的船儿好像从天边驶来,酒家的旗帜迎风招展,真是让人太喜爱啊,江南。

【赏析】

　　这首小令描写的是江南秋景，读来如同身临其境，真实自然。全曲结构比较简单：共八句，前七句描绘景物，最后以一句"爱杀江南"作结，点出主题。

　　作者首先抓住江南景物的特殊风貌进行描写。多水是江南一大特色。作品开篇就以"一江烟水"切入"江南"之题，接下去的两岸、芰荷、沙鸥、画船，无一不是水乡风光。"一江烟水照晴岚"，写出了强烈阳光照耀下水汽蒸腾、江上烟波与岸上山岚相映生辉的景象，给人以既明朗又迷离的感受。作者在取材时不仅着眼于自然风物，还着眼于表现江南地区的繁华富庶。"画檐"是南方富裕人家砖瓦房屋脊、房檐上的彩绘装饰。屋檐相接说明人烟稠密。"十里珠帘"更是富丽的城市风光，它与著名的"三秋桂子，十里荷花"（柳永《望海潮》）的意境颇为相近。

　　本曲虽然差不多句句写景，但表现手法不单调，显得生动活泼。全篇放眼广阔的空间，不局限于一隅一景，所取景物则有巨有细，时远时近，舒卷自如。作者的眼睛和画笔起始于瞭望大江远山，然后逐渐由远及近，由大而小：两岸人家、芰荷池塘、沙洲水禽……忽而又放纵开去，极目天际之画船，倏地又回收至村落酒帘。于是一片江南秀丽风景，便一览无余了。同时，作者所组织的画面是动静结合的。流水生烟，山岚耸翠，此为一动一静；画檐芰荷，安静恬淡，而沙鸥飞舞，珠帘上卷，画船由天边驶来，酒旗在迎风招展，此又于宁静之中显出一派生机盎然。"卷香风十里珠帘"一句，表面上没有写人，但"香风"从何而来？自然是珠帘里飘出的脂粉味，这就使读者不免生出对帘内佳人的神往。

　　在遣词上，作者妙用了数词。有人曾指出杜甫喜用"百""千""万"，增强了对雄阔气象的表现力，增加了感情的力度。与之相对照，张养浩在本曲中用了"一""两""再三""十"等较小的数词，正与江南风物之秀媚相称，如"沙鸥舞再三"句，描写沙鸥踱步和拍打翅膀的体态，犹如在翩翩起舞，因为生活中的鸟儿舞动是时动时停的，所以"舞再三"的描写就非常准确传神。此外，由于作者选用了几个不同的数量词，全曲在用词上显得多样而富于变化，从而增添了活泼生动的韵味。

　　有了前面大量经过精心安排与勾勒的景物描写，最后一句"爱杀江南"就可以看作瓜熟蒂落，水到渠成了。

【双调·雁儿落过得胜令】

张养浩

【雁儿落】云来山更佳,云去山如画。山因云晦明①,云共山高下。
【得胜令】倚杖立云沙②,回首见山家③。野鹿眠山草,山猿戏野花。云霞,我爱山无价。看时行踏,云山也爱咱④。

―●【字词注解】

①山因云晦明:云来山就昏暗,云去山就明朗。
②云沙:云海。
③山家:山那边。家,同"价",语助词。
④咱:自称之词。

―●【精彩解说】

白云飘来,山势迷蒙,景物更佳;白云飘去,山色明朗,山景美如图画。山因云来云去而忽明忽暗,云因山势高低而忽上忽下。我倚着手杖站立在高山云海之中,回头看见那宝山。野鹿在山草中安眠,山猿在野花中嬉戏玩耍。我爱这变幻迷人的云霞,爱这秀丽的山峰,它的妙处无法估价。我边走边看,那云山对我也充满爱意。

―●【赏析】

这首带过曲写云,写山,画就一幅云山缥缈的优美图画,流露出作者对云山图景的依恋和挚爱。

前面的【雁儿落】,纯然描摹自然风物,从云、山的映衬关系上,写出了云山景致的变化之势。只有山而没有云,未免单调;只有云而没有山,又嫌过于虚幻。云、山之间的虚虚实实,才能呈现变幻之美、迷离之美、若隐若现的飘忽之美。"云来山更佳,云去山如画",写高山之上,云雾缠绕。云隔断了山,山衬出了云的飘逸和轻盈;因了云而山势更巍峨险峻,因了山而云行更婀娜多姿。"来""去"二字，既写出了云的动势，又写出了山色的变化，更写出了云山浑然一体、互相映衬的奇观。其手段之高超，令人叹服。"山因云晦明"二句，更进一步从显隐、高低的角度来表现云山相依赖而呈现其美的妙境。云来山晦，云去山明；云遮山显得愈高远，云开山色则更加明晰。晦明变化，真有瞬间天上人间之妙。短短四句，极尽显隐变幻之至。云雾缭绕山中，如仙山浮于海上；碧空响晴，则青山兀立眼前。其神奇诡谲，未可控抟。

后面的【得胜令】，作者把自己融入这美妙的环境之中。"倚杖"二句，写人的瞻顾不已，"倚杖"就是挂杖，挂杖而行，走走停停。"立"，写尽了作者对云山景色的无限眷恋，注目而观，生怕放过了这变幻莫测的奇妙景致。云沙，犹言"云海"，"沙"字极尽云海之苍茫。"回首"二字，写作者的四顾不暇，此时作者已登至半山腰了，回过头去看山中景致，竟是一片恬静、和平：睡卧草丛中的野鹿，顽皮嬉戏的山猿。这分明是人迹不到的世外桃源。这样的去处，对于在官场上已感到极度疲惫和厌倦的作者来说，实在是太怡人、太舒畅了。"云霞"二句，写作者对山中景色的眷眷深情。在作者看来，山中的云霞开合、晦明变化，以及麋鹿山猿、茅草野花，都是那样的怡然自得，温馨静谧，那样的令人爱怜。如此超然于物外的心情也是过去所不曾有的，他感到一种解脱与松弛，因而觉得这便是人生中无法用金钱衡量的乐趣，俗辈是无法体会此中之乐的。可见，作者一时间似乎忘却了一切的忧愁和烦恼，完全沉醉于云山景色之中了。

结尾两句，作者边走边看，细味山色景观，渐渐地感到物我交融，人山之间似乎产生了浓厚的感情。人看山，山看人，自然的山被拟人化了，深情的人又好像被拟物化了，从而形成了物我浑然一体的交融境界，完成了这幅绝妙的山中行乐图。这正是作者理想的退隐生活的写照。

虞集

〔作者小传〕

虞集,元代著名学者、诗人。元成宗大德元年(1297),因荐为大都路儒学教授,除国子助教博士。大德六年(1302),除翰林待制兼国史院编修官。泰定初迁秘书少监,用蒙、汉两种语言讲解经书,升翰林直学士兼国子监祭酒。文宗时除奎章阁侍书学士,命修《经世大典》,进侍学士。因劳累致眼疾,又为大臣所忌,遂告病回江西,卒后封仁寿郡公,谥"文靖"。虞集为元中叶最负盛名的文学家,与杨载、揭傒斯、范梈并称"元诗四大家",《元史》有传。著有《道园学古录》《道园类稿》。散曲仅存小令一首。

【双调·折桂令】席上偶谈蜀汉事,因赋短柱体

虞集

銮舆三顾茅庐①,汉祚难扶②,日暮桑榆③。深渡南泸④,长驱西蜀,力拒东吴。美乎周瑜妙术,悲夫关羽云殂⑤。天数盈虚⑥,造物乘除⑦,问汝何如?早赋归欤⑧。

【字词注解】

①銮舆:皇帝的车驾,亦代指皇帝。此处代指刘备。

②祚（zuò）：皇位。

③桑榆：日暮时。因日暮时夕阳光照在桑树和榆树上，古人据此又用以比喻人的暮年垂老之时。

④泸：泸水，即金沙江。

⑤云殂（cú）：死亡。云，语气助词。

⑥天数：天命。盈虚：圆缺。

⑦造物：主宰自然万物的神灵。乘除：增减。与"盈虚"意近，都是指此消彼长的变化。

⑧归欤：归家吧。欤，语气助词。

【精彩解说】

刘备三顾茅庐请诸葛亮出山，可是蜀汉王朝还是难以扶持，已成了衰败的残局。诸葛亮五月渡泸，进兵西蜀，力阻东吴。周瑜用兵真是精妙，关羽的早逝令人悲叹。人世间一切变化全由天定，由造物主主宰。问你要怎么办？还是早点写首归家的曲子吧。

【赏析】

这是一首怀古之作，写三国时蜀汉与曹魏、孙吴争雄，无奈人事变迁，兴衰成败，转眼成空，徒增后人唏嘘感慨，表现了作者的一种历史观，即认为兴亡由天数决定，非人谋所能左右。

全曲分为前后两部分，前八句写蜀汉兴衰事迹，后四句是作者的议论与感叹。前部分由三层意思构成：首三句为一层，主要写刘备事业；次三句为一层，主要写诸葛亮功绩；后二句为一层，主要写关羽遭际。首句指刘备三顾茅庐，请隐居的诸葛亮出山辅佐他共兴刘汉大业。"銮舆"，皇帝坐的车子，彼时刘备尚未称帝，这是以后来的地位借称他。二、三两句写刘汉皇权难以扶持，已成了日暮衰老的残局。"日暮桑榆"，比喻汉室日薄西山，气数将尽，衰不可起。由此过渡到第二层，写诸葛亮晚年频繁出征的事迹。三句十二字，言简意赅，概括地写出了诸葛亮五月渡泸水，南抚夷越，西和诸戎，北拒曹魏，力阻东吴侵袭等显赫功业。这三句鼎足而立，对仗工整，显得稳健遒劲、气度恢宏。用南、西、东三个方位词铺陈，是为说明"汉祚难扶，日暮桑榆"，

"益州疲弊，此诚危急存亡之秋也"。这三句进一步突出诸葛亮的"鞠躬尽瘁，死而后已"的忠贞与谋划、指挥的才能，同时也表明，纵然有此贤能辅弼，但在"天数"面前，亦难摆脱四面困境、穷于应付的局面。一句"力拒东吴"，把语意自然引到第三层。这是一组对偶句，写关云长阵亡的结果。全曲前八句，就在"悲夫关羽云殂"的叹息声中结束。一句悲叹，使所写的一切业绩都蒙上了悲剧色彩。这就引出了后面的无限感慨。

曲子后四句是作者在前面怀古的基础上发表自己的感喟。他认为天地间一切事物的盈虚、消长，人间一切事业的得失、成败，都是天数所定，造物所致，谁也无法逃脱这个命运；与其竞争、沉浮于世，还不如早点看破红尘，像陶渊明那样，赋一首《归去来兮辞》，归隐山林。从这番感慨中可以看出，作者对历史、对人生的认识与评价都带有某种悲情色彩。

周德清

〔作者小传〕

周德清,元代文学家、音韵学家与戏曲作家。他是北宋哲学家周敦颐的后代,工乐府,善音律,终身未曾出仕。所著《中原音韵》对语音学和曲律的研究贡献很大。散曲现存三十一首小令,三套套数。《录鬼簿续篇》对他的散曲创作有很高的评价。

【正宫·塞鸿秋】浔阳即景[1]

周德清

长江万里白如练[2],淮山数点青如淀[3]。江帆几片疾如箭,山泉千尺飞如电。晚云都变露,新月初学扇[4],塞鸿一字来如线[5]。

【字词注解】

①浔阳:江西九江(今江西九江)的别称。即景:就眼前的景物(作诗)。

②练:白绢,白色的绸子。

③淮山:泛指淮河流域的远山。淀:通"靛(diàn)",即靛青,一种青蓝色染料。

④新月初学扇:新月的形状像展开的扇子。

⑤塞鸿：边塞飞来的鸿雁。一字：雁群在空中排成的"一"字形。

【精彩解说】

万里长江犹如长长的白色绸缎伸向远方，淮河两岸青翠的远山连绵不断。江上的片片帆船急速地行驶，如同离弦的箭；山上的清泉从高耸陡峭的悬崖上飞奔而下，仿佛迅捷的闪电。晚云凝聚变成雾气，新月宛若刚刚打开的折扇，塞外归来的大雁在天上一字排开，宛如一条细细的银线。

【赏析】

全篇七句四十五字，却尺幅万里。分则一句一景，宛如七幅山水画，七个风景镜头，千姿百态，各放异彩；合则构成浔阳江山的立体画面，好似一部名胜风景影片。其间远近高低，动静明暗，声光色彩，无不咸备，真是气象万千而又和谐统一，壮丽雄奇而又韵味无穷。

开篇伊始，起势不凡：纵目眺望万里长江，横望淮南远山。两句写远景，故能放眼"万里"，远山看似"数点"；而又紧扣秋景，故秋江澄澈，静如白练（白绸带子），秋山苍翠，色如蓝靛（深蓝染料）。"江"与"山"地名对，"万里"与"数点"数量对，"白"与"青"颜色对，"练"与"淀"物名对，这种工对，前代曲论家称为"合璧对"（朱权《太和正音谱》）。

次两句写近景：俯视江上轻帆，仰观庐山飞泉。大江宽阔浩渺，故江帆显得如几片苇叶，唯其轻灵，故疾如飞箭；庐山巍峨高耸，故瀑泉仿佛千尺银河落地，唯因陡峭，故飞如闪电。一、二两句写江、写山，是从大处、远处落笔，着重勾勒大江远山之宏伟辽阔，是静态画面；三、四两句写帆、写泉，分别属江、山中的个体景物，是从近处、细处着眼，侧重描绘江帆、山泉之飞奔迅疾，是动态镜头。

五、六两句写云和月的变化明灭之态，又是整个画面的背景。傍晚，天空云气飘浮，旋即又凝聚渐变成露气，笼罩在江面低空，这是暗；晚霞在天边消逝，初月从地平线冉冉升起，仿佛是一把半圆形的折扇，这是明。一个"学"字，使月亮变得富有人情味，顿觉摇曳生姿。那缥缈的云雾，柔和的月光，不仅给前面壮丽的画面增添了一种朦胧的意态美，令人在心旷神怡中又多了一层凄迷感，而且捕捉了景物瞬间变化的运动美，微妙地增强了时间的流动感。

与前四句相比，这两句笔势则由急渐缓，由刚转柔，呈现出起伏跌宕的变化。

结句写塞北鸿雁南来，成一字形掠过烟波浩渺的江天，不仅点明秋季时令，使人联想到"落霞与孤鹜齐飞，秋水共长天一色"的苍莽雄浑境界，而且在这无声的画面上留下了"雁阵惊寒"的声响，令人遐思逸想无穷。

【中吕·满庭芳】看岳王传[1]

周德清

披文握武[2]，建中兴庙宇，载青史图书。功成却被权臣妒，正落奸谋。闪杀人望旌节中原士夫[3]，误杀人弃丘陵南渡銮舆[4]。钱塘路[5]，愁风怨雨，长是洒西湖。

【字词注解】

①岳王：岳飞。宋宁宗时追封为鄂王，故称"岳王"。
②披文握武：文武双全。
③闪杀：抛杀。旌节：旌旗仪仗。士夫：宋朝的官员。
④丘陵：泛指国土。銮舆：天子车驾，借指皇帝，即宋高宗赵构。
⑤钱塘：今杭州。岳飞在此遇害，后迁葬西湖。

【精彩解说】

能文能武的全才，足使南宋中兴，名字永垂青史。其功绩遭到权臣的忌妒，误中权臣的奸计。中原父老再也盼不来北进的王师，宋朝皇帝丢弃国土向南逃跑。钱塘路上，风雨凄凄，满含怨愁，洒落在西子湖上。

【赏析】

本曲为元人小令中歌咏岳飞的名篇。

首三句系对岳飞做总括性的评价、介绍。"披文握武"，称赞岳飞文武双全；"建中兴庙宇，载青史图书"，指岳飞有再造赵宋王朝宗庙社稷之功，足以名留青史，永垂不朽。《宋史·岳飞传》载："（岳飞）好贤礼士，览经史，雅歌投壶，恂恂如书生。"在宋金战争中岳飞屡败金兀朮，大破金兵于朱仙镇。岳飞的才能及其抗金的功勋广有记载，妇孺皆知，因而作者无须具体地展开描述。

接下来的两句，以"功成"承接前三句内容，以"却"字做反跌，写出岳飞的悲剧性结局："功成却被权臣妒，正落奸谋。"这仍是概括性的写法，至于秦桧如何忌妒，岳飞如何被十二道金牌召回，最后蒙"莫须有"之罪被害于风波亭，并不一一说出，都囊括在"妒""奸谋"等字词之中。"闪杀人望旌节中原士夫，误杀人弃丘陵南渡銮舆"，这两句抒发感愤，指责南宋王朝误杀忠臣，招致严重后果。上句说中原父老盼望的宋师北进化为泡影；下句说赵宋王朝丢弃国土南逃铸成定局。这两句定格是七字句，作者加用了感情色彩极浓烈的"闪杀人""误杀人"等衬字，表达了胸中如波浪翻涌、难以抑制的悲愤。

结尾"钱塘路"三句，以抒情作结，是由强烈悲愤化成的深沉痛惋。"钱塘路"，犹言"钱塘一带"。岳飞含冤屈死，葬于今杭州西（元时为钱塘县）栖霞岭下，西湖旁。"愁风怨雨，长是洒西湖"，是说青天都在为岳飞屈死而伤心哭泣，西湖上风雨不断，仿佛是天降愁怨。说风愁雨怨，人的愁怨也就不言自明。从艺术效果来看，以愁风怨雨吹洒西湖作结，色调朦胧而伤感，使愁怨显得更加深广绵邈。

本曲前半部分以叙事为主，而褒赞洋溢，处处可见作者爱憎分明，后半部分则熔议论与抒情于一炉，两部分既层次分明，又一气呵成。

钟嗣成

〔作者小传〕

钟嗣成,元代文学家。长期居住在杭州,屡试不第。顺帝时编著二卷《录鬼簿》,载元代杂剧、散曲作家小传和作品名目。所创作的杂剧现在知道的有《章台柳》《钱神论》《蟠桃会》等七种,都没流传下来。所作散曲今存五十九首小令和一套套数。

【正宫·醉太平】

钟嗣成

风流贫最好,村沙富难交①。拾灰泥补砌了旧砖窑,开一个教乞儿市学。裹一顶半新不旧乌纱帽,穿一领半长不短黄麻罩②,系一条半联不断皂环绦③,做一个穷风月训导④。

【字词注解】

①村沙:粗俗,愚蠢。这里指村中有钱有势的人。

②黄麻罩:用麻布缝的短褂,是乞丐穿的。

③皂环绦:灰黑色的绦带。

④穷风月:穷风流,穷开心。训导:此指低级学官。

─●【精彩解说】

贫困又风流的生活是最好的，与有钱有势的人很难打交道。拾一些灰色的泥土去修补破旧的砖窑房，开一个专门教穷人读书的私塾。头上戴一个半旧不新的乌纱帽，穿一身用抹布缝制的半长不短的罩衣，系上一条灰黑色的绦带，做一个穷开心的低级训导。

─●【赏析】

钟嗣成是一位具有鲜明个性的作家，他的散曲作品大抵表现出一种谐谑、嘲讽而又令人严肃沉思的特殊风格。他善于把使人心酸的悲剧题材以漫不经心、让人捧腹的喜剧形式表现出来，使读者在表面的豁达中体味深藏于诗人内心的辛酸。因而，世人说他的作品是"含泪的笑"或是"含笑的泪"都极为贴切。这首曲子是以生活中的本来面貌反映诗人实际生活境况的现实主义作品，虽然对自己甘于做一个"穷训导"（学官）的描写也不失戏谑、自嘲的口吻，但那毕竟是诗人自身处境的真实写照。

"风流贫最好"，这真有点自我解嘲：贫而风流岂不最好。这是诗人对历代文人共同命运有了透彻的认识后，所做出的令人心酸的哲理性概括。甘于清贫而又珍视无名缰利锁羁绊的自由，这正是封建社会一个知识分子难得的豁达的处世态度。诗人在仕途中屡屡追求而屡屡失败，他在无数次失望的痛苦中，不仅发现了清贫有自由的一面，也发现清贫有人性的一面：只有贫穷的普通老百姓才保持着纯朴、善良的灵魂，只有和他们才能真诚相处，而和那些粗俗颠顸（mān hān，指糊涂又马虎的人；即"村沙"）的有钱有势者是难打交道的。正因为诗人有了这样的感受，他才能突破封建社会的阶级偏见，获得了某种程度的人民意识，于是他不嫌"拾灰泥补砌了旧砖窑"的简陋与寒碜，而自愿开办一个教贫穷孩子的学校，让那些上不起学的穷苦百姓的后代识字、读书。

下面三句是一组形象鲜明，对仗工整而且充满洒脱、乐观情绪的鼎足对："乌纱帽"与"黄麻罩"（用麻布缝制的短褂）、"皂环绦"（灰黑色的绦带）相并列，极言穿着寒碜。看来"乌纱帽"并非后世（明清以来）官帽的代称，而是当时穷书生的一种普通打扮。说"裹"一顶而不说"戴"一顶，可见只是在头上缠成而已。从一"裹"、一"穿"、一"系"中，我们仿佛可以看到诗人在兴奋中那种麻利、迅速的动作，体会到诗人那种心甘情愿、乐此不疲的积极情绪。而"半新不旧""半长不短""半联不断"不仅表现了用词的准确、流畅，对仗的工巧自然，音韵的铿锵和谐，更渲染出了诗人装束的寒酸与褴褛。最后一句进一步以自嘲的口吻点明诗人当这种穷学官的略带悲凉却又非常乐意的心情。"穷风月"即"穷风流""穷开心"之意，一个"穷"字透露出诗人的一丝凄凉，而"风月训导"则显示着诗人超越世俗的达观与智慧外溢的幽默。

乔吉

〔作者小传〕

乔吉,元代散曲作家、杂剧家。曾经寓居杭州,一生怀才不遇,落拓不羁,游历江湖四十年。其杂剧、散曲在元曲作家中位列前茅。散曲有《惺惺道人乐府》等,风格清新而质朴,通俗而典雅。散曲作品数量很多,据《全元散曲》所辑存小令二百余首,仅次于张可久,两人并称为"元散曲两大家"。著杂剧十一种,今存《两世姻缘》《金钱记》《扬州梦》三种。

【中吕·山坡羊】寓兴

乔吉

> 鹏抟九万①,腰缠十万,扬州鹤背骑来惯②。事间关③,景阑珊④,黄金不富英雄汉。一片世情天地间⑤。白,也是眼;青,也是眼⑥。

—• 【字词注解】

①鹏抟九万:化用《庄子·逍遥游》:"鹏之徙于南冥也,水击三千里,抟扶摇而上者九万里。"抟,盘旋。形容大鹏起飞时卷起一阵旋风。这里是比喻仕途发迹、扶摇直上。

②"腰缠十万"二句:喻幻想中的巨富。《说郛》载《商芸小说》:"有客相从,各言所志:或愿为扬州刺史,或愿多赀财,或愿骑鹤上升,其

一人曰：'腰缠十万贯，骑鹤上扬州。'欲兼三者。"

③事间关：世事艰险、道路崎岖。间关，道路艰险。

④景阑珊：景色凋敝。阑珊，衰落、凋敝。

⑤世情：世态炎凉。这里化用杜甫诗句"世情恶衰歇，万事随转烛"。

⑥白，也是眼；青，也是眼：化用阮籍能做"青白眼"的典故。后人常以青白眼来比喻人的喜爱和厌恶。这里是指人情冷暖，世间人势利眼居多，富贵时青眼相看，贫穷时白眼相加。

【精彩解说】

总是梦想鲲鹏展翅扶摇直上九万里，仕途发迹，腰间缠着十万贯钱财，习惯骑着鹤背在扬州常来常去。世事艰险，道路崎岖，景色凋敝，黄金富不了英雄汉。天地之间一片世态炎凉。世间人势利眼居多，富贵时青眼相看，贫穷时白眼相加，但我要坚持自己的节操绝不改变。

【赏析】

这首小令愤世嫉俗，对社会的世态炎凉进行了猛烈的抨击，对势利小人的种种丑恶嘴脸做了无情鞭挞。

"鹏抟九万，腰缠十万，扬州鹤背骑来惯。"自从庄子在《逍遥游》中驰骋他的奇丽想象，塑造了"鹏之徙于南冥也，水击三千里，抟扶摇而上者九万里"的奇伟形象之后，所谓"鹏抟九万"就成了壮志凌云的象征。而"腰缠十万"却不然，那是舍本求末、钻营蜗角之利的人的理想，是豪富大亨的象征。较之凌云之志，一个人间，一个天上，一个俗，一个雅，是无法相容的。但是在这首小令里，劈头便将两者相提并论，令人感到不解。其实，作者在这里化用了一个典故，南朝梁殷芸《小说》："有客相从，各言所志，或愿为扬州刺史，或愿多赀财，或愿骑鹤上升。其一人曰：'腰缠十万贯，骑鹤上扬州。'欲兼三者。"这里是指富贵功名都称心如意。而作者将"腰缠十万"与"鹏抟九万"并举，又赋予了这一典故新的含义，那就是既不要凌云的壮志，也不求财富，而是骑在鹤背上优哉游哉地俯仰乾坤。当然，他的视线主要还是落在人间，下文便展示了其所见到的人间。

"事间关"，事业无成。"间关"意为艰难崎岖，曲中常用。"景阑珊"，景色败落，指市井一片萧条。"黄金不富英雄汉"，黄金尽有，却与英雄无缘，形容壮士穷困潦倒，难有作为。至此，作者通过事、景、人三个方面对社会现实做了彻底的否定。这种超然物外、冷眼观世的态度，既源于其窘迫的生活环境，也源于其傲岸不俗的处世哲学。乔吉一生坎坷，寄寓杭州，不曾得到一官半职；无钱无势，混迹江湖，连自己的作品也无力刊行。但是他又决不肯卑躬屈膝，仰人鼻息，于是形成了与世无争（争也争不过）而又玩世不恭（恭也恭不起来）的性格，这虽然算不得严肃的态度，只能是消极逃避，但毫无疑问的是，正是基于对现实腐败的清醒认识，作者才能发出"事间关，景阑珊，黄金不富英雄汉"这种针砭社会的可贵看法。

既然如此，还讲什么是非曲直，分什么泾渭黑白呢？在曲子末尾，作者用嘲笑的、调侃的语调写出："一片世情天地间。白，也是眼；青，也是眼。"这种置世态炎凉于不顾、对人间好恶也全不计较的处世态度，貌似浑浑噩噩、是非不分，其实正是经历世态炎凉、人间好恶之后的觉醒，反映的正是对世俗的高度蔑视。对天地世情不屑一顾，管你青眼白眼，依然我行我素，这就是作者勾勒出的自己那愤世嫉俗形象的精髓。

全曲感情深沉，活用典故，揭露了世俗的丑恶，表达了作者的嘲讽和感慨。

【中吕·山坡羊】冬日写怀

乔吉

朝三暮四，昨非今是，痴儿不解荣枯事①。攒家私②，宠花枝③，黄金壮起荒淫志④。千百锭买张招状纸⑤。身，已至此；心，犹未死。

【字词注解】

①痴儿：此处指贪财恋色的富而痴呆之人。荣枯：此处喻指世事的兴盛和衰败。事：道理。

②攒家私：积存家私。

③宠花枝：好女色。

④黄金壮起荒淫志：有了金钱便生出荒淫的心思。

⑤锭：金、银的量词。招状纸：犯人招供认罪的供状文书。

【精彩解说】

朝三暮四，贪得无厌，昨天说不是今天就说是，反复无常，贪财恋色的富而痴呆之人不了解世事的兴盛和衰败。拼命攒着家庭财产，喜好女色，有了金钱便生出荒淫的心思。聚敛钱财到头来不过是用它买了一张供状文书。已经落得身败名裂，贪婪之心却还没有停止。

【赏析】

乔吉题为《冬日写怀》的【山坡羊】曲共有三首，本曲为其中之一。这三首曲子写于乔吉离开家乡一个月后，闲居在客舍中时。那时作者处境非常凄凉，加上平生各种遭遇，各种情怀一时涌上心头，感慨不已。这首曲子表达了作者对世事变迁、祸福无常的感慨，带有一种愤世嫉俗的情绪。

开篇两句便是激愤的骂世之语："朝三暮四，昨非今是。"八个字概括有力，斩钉截铁，犹如当头棒喝，说尽世态人情。然而，尽管世情如此反复无常，颠倒荒唐，真正能勘破却并不容易，年年岁岁，总是不断有人在名利场、安乐窝中追逐沉浮。于是作者写道："痴儿不解荣枯事。""痴儿"，意为"蠢货""糊涂虫"，指的就是那种追名逐利的小人，他们被贪欲蒙蔽了双眼，如何能理解世事的盛衰无定呢？这就写出了这种人的可鄙和可悲。

接下来的四句，作者给这种"痴儿"画了一幅逼真的漫画像："攒家私，宠花枝，黄金壮起荒淫志。千百锭买张招状纸。""攒家私"指贪婪聚敛，以攒家财；"宠花枝"指沉湎女色。总之一句话：荒淫无耻。但这种人的下场注定是不妙的，他们一边搜刮聚敛民脂民膏，一边挥金如土，自然要引起祸端：一方面引起民众义愤，另一方面，剥夺者之间尔虞我诈、互相倾轧，又何尝不随时有可能将他们置于死地呢？这就叫作"千百锭买张招状纸"。招状纸是犯人供认罪状的文书，这句话语含讽刺，一针见血，形象地描绘了这种人的悲惨下场。

然而，这些人是如此愚妄，尽管已经身败名裂，为人不齿，但他们财迷心窍，至死不悟，总在幻想东山再起，重温贪欢逐乐的旧梦。曲子末尾写道："身，已至此；心，犹未死。"短短八个字，就把贪婪者执迷不悟的本性活脱脱地揭示了出来。如此世情如此人！真是荒唐不堪、愚不可及、不可救药。

乔吉一生坎坷飘零，因此作品中常有对身世浮沉的感叹。祸福相依，世事无常，正是这首小令的主题。曲子用语辛辣入骨，揭示了社会中贪婪荒淫者的末路，批判了当时社会的道德堕落，令读者仿佛听到了，在那个冬日的客舍中，作者的无限感慨和声声叹息。

【中吕·山坡羊】冬日写怀

乔吉

冬寒前后，雪晴时候，谁人相伴梅花瘦？钓鳌舟①，缆汀洲②，绿蓑不耐风霜透，投至有鱼来上钩③。风，吹破头；霜，皴破手④。

【字词注解】

①鳌（áo）：传说中海里的大龟。这里指鱼。
②缆：系，拴。
③投至：等到。
④皴（cūn）：皮肤因受冻而开裂。

【精彩解说】

在寒冷的冬天前后，雪融化天气放晴的时候，有谁能和梅花清瘦的身影相伴呢？钓鱼的船在汀洲上系着，穿着绿蓑衣也耐不住风霜穿透，等到有鱼来上钩。风，要吹破头；霜，已冻裂手。

【赏析】

这首曲子为我们展示了一幅寒江独钓的清冷画面。乔吉题为《冬日写怀》的【山坡羊】曲共有三首，本曲为其中之一。这三首曲子写于乔吉离家一月、闲居客舍之时。那时作者身处非常凄凉的处境，加上平生各种遭遇，各种情怀一时涌上心头，感慨不已。本曲写寒江独钓，不由得让人联想起柳宗元的那首著名的五绝《江雪》，但所表达的情感是不太相同的。

"冬寒前后，雪晴时候，谁人相伴梅花瘦？"严冬季节，大雪初霁，万木萧疏，只有梅花傲寒绽放。一句"谁人相伴"，表示了对梅花品格的怜爱与欣赏。梅花本没有需要人陪伴的意识，因而这求伴的意识只能是作者自己孤独无依、孤芳自赏的心态的反映。当然，梅花其实是有人相伴的，这人就是曲中的主角——渔翁。

不过，作为梅花的同伴，就曲中所展示的形象而言，渔翁远没有梅花那样出尘傲世的气概。"钓鳌舟，缆汀洲，绿蓑不耐风霜透，投至有鱼来上钩。"身上的绿蓑衣抵挡不住风刀霜剑的欺凌，他只得龟缩在蓑衣里面，一心一意地在寒江之上垂钓，等着鱼儿上钩。"风，吹破头；霜，皴破手。"然而等到鱼儿上了钩，渔翁的头已被寒风吹破了，手也被霜冻裂了。

曲子中的这位渔翁，虽然不乏咬紧牙关的坚持精神，但整个形象总脱不了一副寒酸相。恰恰在这一点上，乔吉的这首曲子与柳宗元《江雪》诗中那傲世脱俗的渔翁形象并不相同。怎样来解释这种形象的差异呢？乔吉的曲子题作《冬日写怀》，顾名思义，显然意在通过渔翁生活抒写作者自己的情怀，渔翁乃是作者自喻。元代不重科举，又实行民族压迫政策，钳制着汉人、南人，这是乔吉一生穷困、仕途坎坷的时代原因，于是作者才形成了蔑视功名富贵、追求超脱的个人思想。但是透过其超脱、恬静的表面，我们会发现其中还隐藏着怀才不遇、壮志难酬的强烈失落感。这正是作者与曲中"渔翁"的相通之处：渔翁求鱼而不得，等到鱼儿真的上钩了，头已被风吹破，手也早冻得开裂，这种心酸正是作者遭遇的写照，等已等不及，不等又不甘心。乔吉的这种心态，在元代读书人中是很有代表性的。

曲子饱含着作者对自身命运的心酸和感慨，意境清冷，意味深长。

【中吕·满庭芳】渔父词

乔吉

吴头楚尾①，江山入梦，海鸟忘机。闲来得觉胡伦睡②，枕着蓑衣。钓台下风云庆会，纶竿上日月交蚀③。知滋味，桃花浪里，春水鳜鱼肥④。

【字词注解】

①吴头楚尾：今江西北部一带，春秋时为吴、楚两国交界之地，因称"吴头楚尾"。

②胡伦：同"囫囵"。指浑然一体，用以形容整个儿的东西。此处用以形容睡得香甜。

③纶竿：钓竿。纶，钓丝。

④鳜（guì）鱼：著名淡水鱼，味美。也写作桂鱼。

【精彩解说】

吴、楚两国交界之地，江山美景一一入梦，海鸟忘记了机心。闲来枕着蓑衣睡得香甜。在钓台下和钓起的鱼儿相互会面，在钓竿上把岁月消磨。知道那最鲜美的滋味，春天桃花浪里有正肥的鳜鱼。

【赏析】

《乐府群玉》中收录了二十首乔吉的《渔父词》，这些作品并非一时一地之作，大概作者一有感触，即创作为诗歌，逐日累积。所写到的地方上起潇湘（在今湖南），东南一直到海；写到的季节包括春、夏、秋、冬。各篇内容不尽相同，从不同角度、不同方面描写了渔父悠闲自得的美好生活，并时时透露出作者向往徜徉于山水之间的胸怀。文辞清新，境界优美，堪称元代散曲中的精品。"吴头楚尾"这首，重点是写"海鸟忘机"，即远离政治旋涡、得享山水之乐的情怀。

"吴头楚尾，江山入梦，海鸟忘机。"开头三句写渔父生活在吴头楚尾山水间，与鸥鸟为伴。"吴头楚尾"指今江西北部，春秋战国时这里是吴、楚交界之地，是吴之头、楚之尾。"江山入梦"是说醒时、梦里所见的都是江山。"海鸟忘机"用了《列子·黄帝》中的典故：海边有个人每天早晨都去海上同鸥鸟游玩，因为这个人对鸥鸟没有捕捉之意，故鸥鸟愿与其相处。其父知道后，要他把鸥鸟弄来供他玩赏。第二天这人去到海上，鸥鸟见其存心不良，遂在空中盘旋不落下。后来人们便用这个故事比喻纯朴无杂念的人或无所猜忌的真诚相处。多用来描写隐居自乐，不以世事为怀。作者在曲子里引用这个典故，是说渔父没有机心，所以能与鸥鸟同游。

"闲来得觉胡伦睡，枕着蓑衣。"因为渔父心胸坦荡，无忧无虑，所以空闲下来，枕着蓑衣，能睡一个囫囵觉。"胡伦"同"囫囵"，指浑然一体。"胡伦睡"，谓睡觉时心中了无牵挂，又不会被外界打扰，想睡到什么时候就睡到什么时候。"枕着蓑衣"写渔父悠然自得的睡态，富有生活情趣。

"钓台下风云庆会，纶竿上日月交蚀"是说渔父在垂钓中消磨时光。这两句亦叙亦议，在全曲活泼参差的句式中，插入两个对仗工整的句子，使曲子有所变化，更能显出整篇抑扬顿挫之美。在古诗文中，常用"风云际会"来形容君臣遇合，讲的是人生得志。本篇把"际会"改作"庆会"，移来形容钓上了鱼，不仅歌颂了渔父的垂钓生活，还隐含着对仕宦生活的轻蔑否定。

曲子末尾化用了唐代张志和《渔父歌》"西塞山前白鹭飞，桃花流水鳜鱼肥"的语意。鳜鱼，俗称"桂鱼"，味极鲜美。春季桃花流水，正是鳜鱼肥美之时。这三句不仅写出了渔父的美好生活与悠然自乐的情怀，还描绘出了江南的美好景色和风物。

元代政治黑暗，知识分子的地位卑下。本篇写的渔父生活，在一定程度上已经理想化。作者极力渲染渔父生活的高洁美好，略去其悲苦艰辛，并把它同社会的险恶、官场的斗争形成对比，在一定程度上反映了作者对黑暗现实的不满。

【中吕·满庭芳】渔父词

乔吉

湖平棹稳①，桃花泛暖，柳絮吹春。荙蒿香脆芦芽嫩②，烂煮河豚。闲日月熬了些酒樽，恶风波飞不上丝纶。芳村近，田原隐隐，疑是避秦人③。

【字词注解】

①棹：摇船的工具。这里指船。
②荙蒿：草名，即白蒿。芦芽：芦笋，芦苇的幼芽。
③避秦人：躲避（秦）乱世的人。此语出自陶渊明《桃花源记》。

【精彩解说】

湖水平静，船儿稳当，桃花泛着暖意，天空中飘舞的柳絮牵引着东风。蒌蒿又香又脆，芦芽又鲜又嫩，还有煮烂了的美味的河豚。闲暇日子从酒杯旁经过，钓丝上难以引起险恶的风云。芳草鲜美、落英缤纷的小村临近了，在那隐隐约约的田园里，可能是躲避秦乱世的人。

【赏析】

本曲重点描写了渔父的美好生活。开头三句，描绘出一幅湖上荡舟的美丽画面。"湖平棹稳，桃花泛暖，柳絮吹春。"暮春三月，柳碧桃红，和暖的春风把柳絮吹得漫天飞舞，把桃花的花瓣吹得飘洒在碧玉般的湖面上；渔父荡起双桨，风是那样轻，湖水是那样静，船儿是那样平稳，俨然一幅平湖轻棹图。本来是春日的暖气催开了桃花，春风吹绿了柳枝，曲中却用以宾为主的手法，说成是"桃花泛暖""柳絮吹春"，似乎是桃花焕发着暖意，柳絮在逗弄着春风，把桃花、柳絮写得更加生机勃勃，活灵活现。

下面四句写日常生活。"蒌蒿香脆芦芽嫩，烂煮河豚。""芦芽"，芦苇的嫩芽，也称"芦笋"，"蒌蒿"又称"白蒿"，均可食用。河豚是一种肉质鲜美的鱼，但内脏、生殖腺和血液含剧毒，误食可以致命。苏轼《惠崇春江晚景》诗："竹外桃花三两枝，春江水暖鸭先知。蒌蒿满地芦芽短，正是河豚欲上时。"曲中将蒌蒿、芦芽、河豚合写，大概是受到苏诗的影响。蒌蒿香脆，芦芽鲜嫩，河豚味美，全是就地取材，亲手得来，没有达官贵人的珍馐美器，却别具一番风味，表现出渔父水上生活的鲜明特征。

"闲日月熬了些酒樽，恶风波飞不上丝纶。"这两句为题旨所在，关键在一个"闲"字，之所以能"闲"，是因为没有机巧功利之心、远离世俗尘嚣。如果直说饮酒钓鱼没有风险，便显得诗味不浓。作者用一个"熬"字，把抽象的"日月"（时间）变得可见可触，境界顿出。"恶风波"指官场人事的险恶斗争，曲中把它同清闲高雅的垂钓加以对比，更显示出"恶风波"之险恶，垂钓之悠然自乐。

"芳村近，田原隐隐，疑是避秦人。"末尾用了晋代陶潜《桃花源记》的典故，是说渔父往来之处，远离尘世，有如世外仙境。《桃花源记》讲述了一位渔人偶然发现世外桃源的故事。乔吉的这首曲子写渔父生活，引渔人之典,"芳村"即暗合桃花林,更表现出了渔父生活环境的美好。

本曲语言清丽,用典贴切,字里行间表现出远离尘嚣、悠闲自得的境界。

【中吕·满庭芳】渔父词

乔吉

携鱼换酒,鱼鲜可口,酒热扶头①。盘中不是鲸鲵肉②,鲟鲊初熟③。太湖水光摇酒瓯④,洞庭山影落渔舟。归来后,一竿钓钩,不挂古今愁。

【字词注解】

①扶头:有两解,一为酒名,是一种烈性酒;一为振奋清醒头脑之意。此处应为后者。

②鲸鲵(ní):鲸,雄为鲸,雌为鲵。典出《左传·宣公十二年》。传说鲸鲵出入穴即为潮水,后世即以鲸鲵比喻叛逆之人。

③鲟:一种产于近海或江河的大鱼,味极鲜美。鲊(zhǎ):经过腌制加工的鱼类食品。

④瓯:盆、盂一类的瓦器。

【精彩解说】

携带着鱼来换酒喝,下酒的鱼尝起来鲜美可口,几杯温热的酒喝下肚,能振奋精神,清醒头脑。盘中不是象征叛逆的鲸鲵肉,是用鲟鱼做的菜肴刚熟。太湖的水波闪闪发亮,就像摇动着酒瓯,洞庭湖边的山影落在渔舟里。回来之后,只有一竿钓鱼钩,牵扯不上古往今来的烦恼忧愁。

【赏析】

本曲重点写了渔父无忧无虑、悠闲自在的情怀。

前面五句写渔父自食其力,自得其乐。"携鱼换酒,鱼鲜可口,酒热扶头。"渔父用钓起来的鱼换了扶头酒,这种酒极能驱寒解乏,因此常年生活在水上的渔父特别喜爱。烈酒、可口鲜美的鱼，多么令人垂涎！"盘中不是鲸鲵肉，鲟鲊初熟。"鱼是渔人的劳动果实和唯一收入，渔人生活的一切都来自于此，这段用了四句，集中描写。"携鱼换酒，鱼鲜可口"是泛写，"盘中不是鲸鲵肉，鲟鲊初熟"是特写。每天劳动归来，携上几条鱼，换来一壶酒，就着刚煮熟的鲟鲊，慢慢享受自己的劳动果实，既能驱除寒湿，又能赶走疲劳，多么甜美，多么惬意！

生活如此美好，环境更加迷人："太湖水光摇酒瓯，洞庭山影落鱼舟。"酒瓯，即盛酒器，渔父把湖光、山色同酒瓯联系起来，使得景中有人、人在景中，更有情致，更能表现渔父的生活之美。太湖和洞庭相隔千里，这里将二地并列，显示出渔父的四海为家、自由自在。

"归来后，一竿钓钩，不挂古今愁。"本曲结尾和另一首《渔父词》的末尾"恶风波飞不上丝纶"构思相近，把古往今来的一切忧愁烦恼同垂钓之乐形成对比，更显渔父的悠闲舒适。这三句既是议论，同时也是在描写渔父垂钓。

本曲通过对渔父饮食和垂钓活动的描写，展现了渔父的悠闲情怀。

【中吕·满庭芳】渔父词

乔吉

秋江暮景，胭脂林障，翡翠山屏。几年罢却青云兴①，直泛沧溟②。卧御榻弯的腿疼，坐羊皮惯得身轻③。风初定，丝纶慢整④，牵动一潭星。

【字词注解】

①青云兴：对于平步青云的兴趣，即做官的兴头，求取功名走仕途的兴趣。

②沧溟（míng）：江海。

③坐羊皮：此处意为隐居。

④丝纶：垂钓的丝线。

【精彩解说】

秋天的江水旁一幅美好的暮色晚景,红色的枫林就好像一道胭脂色的屏障,绿色的山峦就好像翡翠砌成的屏风。数年间放弃了求取功名走仕途的兴趣,一心只想在江海间泛舟。在皇帝的御榻上躺卧着,睡得腿疼,还是习惯坐在羊皮上身体感到安稳。风已经停下来了,垂钓的丝线慢慢地收起来,却不经意间牵动了潭水中的星星的倒影。

【赏析】

古代诗词、散曲中,有不少以渔家乐事为题材的吟咏,但它们并非实写渔民生活,而是借以抒述文人士大夫隐逸自适的怀抱。本曲即是其中之一,重点描写了渔父垂钓的生活。

起首三句由景物起兴:"秋江暮景,胭脂林障,翡翠山屏。"秋天傍晚,江水之畔一派美好的晚景——四周是红的枫林、绿的山峦,有如一道胭脂和翡翠砌成的屏障,色彩斑斓。

这样美丽的自然风光,却勾起了江边垂钓的渔父对身世的感叹:"几年罢却青云兴,直泛沧溟。"描述了自己的心态,表示对仕途失去了兴趣,只一心想着泛舟江海。他是一位本想求取功名而最终退隐江湖的隐士,从"青云兴"的提法,可以想见他原先的人生抱负,而"罢却"与"直泛"的一退一进,则又显示了他后来生活道路的改变。

"卧御榻弯的腿疼,坐羊皮惯得身轻。""卧御榻"两句话用了东汉高士严子陵的故事。据说严子陵隐居富春江,长年披着羊皮在江边垂钓。汉光武帝即位后,曾召他至京师叙旧,与他同榻睡觉,他把脚伸在光武帝的肚子上,后来辞官归隐。作者借这个典故说明伴随君王的受拘束、不自由和解脱官职的身心安稳,不仅对比鲜明,也显得十分生动而风趣。这种将俗语与雅语糅合起来使用,以增强艺术表现力的做法,是乔吉散曲写作的重要特色之一。

末尾三句,又重新回到景物描写上来,但景中有人。"风初定,丝纶慢整,牵动一潭星。""丝纶慢整"传达出了渔人的那种悠闲自在、不慌不忙的心情。最后一句"牵动一潭星"尤为精彩,使人联想到在晚秋的水面上,鱼竿收收,泛起阵阵涟漪,摇动了水中星星倒影的景象,写得十分形象,合成了一幅宁和优美的画面,给读者以无穷的回味、思考。

这首曲子将"仕"与"隐"两个方面交错着写，含义稍显复杂，不过也正由于其揭示了"仕"和"隐"之间的矛盾，才使我们对作者竭力追求精神上的自由超脱的心意，有了比较真切的理解和领略。本曲语言典雅而又不避俚俗，轻松活泼，意境优美。

【中吕·满庭芳】渔父词

乔吉

活鱼旋打，沽些村酒，问那人家。江山万里天然画，落日烟霞。垂袖舞风生鬓发，扣舷歌声撼渔槎[①]。初更罢，波明浅沙，明月浸芦花。

—•【字词注解】

①舷（xián）：船的左右两侧。槎：木筏。

—•【精彩解说】

现打活鱼，向那户人家沽些酒来。万里江山，长天落日，云霞灿烂，都是天然画成。垂袖而舞，有风生起，使鬓发也飞扬起来。扣舷而歌，歌声让渔舟都为之撼动。过了初更，只剩下浅浅沙滩上一片明朗的水波，明月的倒影浸在芦花丛之中。

—•【赏析】

本曲是乔吉《渔父词》的代表作之一，着重表现了渔家风情，活泼生动，饶有情致。

"活鱼旋打，沽些村酒，问那人家。"曲子一开头，就进入了渔家生活的具体场景：现打了活鱼，在村子里沽些酒，鱼肉鲜美可口，清冽的素酒随意斟来饮用，一醉方休，何等逍遥快活！这三句描写将渔家生活生动地展现在读者眼前，充满生机和意趣。

接下来两句把笔触放开，转入周围景色的描摹，但又不同于一般的写景。"江山万里天然画，落日烟霞"，万里江山，长天落日，云霞绚烂，这样一幅壮观的天然图画,刚好在渔父自斟自乐的生活场景里舒展开来,便很自然地融于整个场景,成为渔家赏心乐事的一个组成部分,从而把那种悠游自在的情味渲染得格外浓烈。在此氛围之下,渔父乘着酒兴翩翩起舞,纵情歌唱,更将全篇活跃、欢快的旋律引向了高潮——"垂袖舞风生鬓发,扣舷歌声撼渔槎",他那垂袖风生的舞姿、扣舷应节的击拍和震撼渔槎的歌声,处处都显示出其无所顾忌的气度风韵,这也正是作者所着意向往的自由境界。

"初更罢,波明浅沙,明月浸芦花。"曲子结尾则又化动为静,融情入景。"初更罢",点明了时间的悄悄转移。在渔父歌舞尽兴之后,渔船周围的世界复归于宁静,只剩下浅浅的沙滩上一片清澈澄亮的水波,明月的倒影浸在芦花丛中。这一幅静谧安宁的景象,与上文渔父纵情欢乐、载歌载舞的场面构成了明显的反差,却又共同衬托出那种自由自适的情怀,取得了相反相成的艺术效果。

这首曲子内容单纯,基调也较为开朗,用词典雅,语言清丽生动。曲中所写的是渔家风情,闲适的意态,狂放的歌舞,又与作者艳羡的隐士情怀相通。作者一心追求精神的自由超脱而未得,透过曲中所展现出的闲适和狂放,不难窥见其隐藏在内心的躁动和苦涩。

【中吕·朝天子】小娃琵琶

乔吉

暖烘,醉容,逼匝的芳心动①。雏莺声在小帘栊②,唤醒花前梦。指甲纤柔,眉儿轻纵,和相思曲未终。玉葱③,翠峰④,娇怯煞琵琶重。

【字词注解】

①逼匝:局促在狭窄之地,即逼迫意。这里引申为引逗,撩拨。又作"逼拶(zā)"。

②小帘栊:挂帘的小窗。

③玉葱:形容手指细白。

④翠峰:形容发髻高耸。

── •【精彩解说】

　　暖烘烘，酒醉人，引逗得芳心萌动。小黄莺儿一声声在挂帘的小窗上啼鸣，唤醒了花朵前的春梦。指甲纤细又轻柔，眉毛轻轻地翻动，和唱的一曲相思曲还没有结束。她手指细白，发髻高耸，娇弱无力，偌大的琵琶很重，让她胆怯心惊。

── •【赏析】

　　这首散曲写的是一位年少的琵琶女，既描写了她的容貌，又表达了作者对琵琶女的同情之心。

　　"暖烘，醉容，逼匝的芳心动。"在描写琵琶女之前，首先写其弹琵琶的温暖气氛。温暖的原因曲中没有说明，也许是季节因素，也许是屋内生了火，或者屋内人多热闹所致，也许纯粹是心理因素。在这种温暖的环境中，人的心态必然也是温馨的。"暖烘"一词，不仅说明了环境的温暖，也说明了气氛的热闹。在这种热闹的气氛中，喝酒听曲，是何等的悠闲舒适！"醉容"有两种解释：一指聚会听曲者喝酒之后的醉态；二指琵琶女面容娇美，红中有白，白里透红，像喝醉了一样，或许因为她还不太习惯这种场合，故而神态娇羞。"逼匝的"有"使人不得不"之意。这样的温暖环境，这样的热闹酒宴，这样的娇羞佳人，难免使人芳心萌动。这里的"芳心"指宴会上听曲者的心态，他们面对这种环境，不由得心绪为之所动。

　　接下来几句写景物："雏莺声在小帘栊，唤醒花前梦。"窗帘外小黄莺的啼鸣如此娇嫩悦耳，竟然连做着花前好梦的人也被唤醒。小黄莺为什么要在窗外啼鸣呢？是为了唤醒人的好梦呢，还是想与琵琶乐声一较高下？小黄莺这一意象的出现，对于琵琶女的命运是正衬还是反衬？二者的命运和遭遇是不是也有类似之处？这些问题不禁让人深思。

　　弹着曲子的琵琶女又是什么样子呢？"指甲纤柔，眉儿轻纵，和相思曲未终。"她纤纤玉指轻轻拨动，弯弯黛眉微微舒展，似乎沉浸在自己的乐曲中。她弹奏的是一首相思曲，"曲未终"可能指曲子正弹奏到中途之时，也可能指曲子最终没有弹完。为什么没有弹完呢？是她年龄太小能力有限，还是想到了自己的伤心之事不忍再弹？曲子继续描写琵琶女的外貌："玉葱，翠峰，娇怯煞琵琶重。"她有着洁白柔嫩如葱根的玉指，青翠高耸如山峦的秀发。

她是如此娇柔，以至于她拿着的琵琶显得那么大，那么重。

乔吉一生落魄，爱诗好酒，他在浪迹江湖的过程中，见到了一个弹琵琶的小姑娘，不免要如贬谪时的白居易那样，产生"同是天涯沦落人"的感慨。他这首散曲用语不多，也没有直接描绘乐曲，而是通过对环境和琵琶女某些面貌的描写，刻画了一个娇羞柔弱的下层歌伎的形象，暗示了琵琶女明珠落尘的悲惨命运，蕴含着作者对她的怜惜和慨叹。

【越调·天净沙】即事

乔吉

莺莺燕燕春春①，花花柳柳真真②，事事风风韵韵③。娇娇嫩嫩，停停当当人人④。

【字词注解】

①莺莺燕燕：比喻天真活泼的少女。

②花花柳柳：旧指妖艳女郎。真真：暗用杜荀鹤《松窗杂记》故事：唐朝进士赵颜得到一幅美人图，画家说画上的美人名字叫真真，为神女，只要呼唤她的名字一百天就会应声，并且可以复活。后以"真真"代指美女。

③风风韵韵：本指一个人的风度和韵致，后多用以形容美女富于风韵。

④停停当当：完美妥帖，恰到好处。

【精彩解说】

天真活泼的少女像黄莺和燕子一样飞翔在一派大好春光之中，又像红花和绿柳一般实在迷人，她们的行为举止都充满风韵。她们娇嫩多情的样子，完美妥帖，恰到好处，真是风姿绰约的佳人。

【赏析】

乔吉以《即事》为题的【天净沙】曲共有四首，在《太平乐府》和《乔梦符小令》中均排在一起，总题为《即事》。本曲为第四首。"即事"是当前事物的意思。人们把对当前事物有感而发为题材的诗称作"即事诗"。本曲摹写了一位美若天仙的女子,表达了男子的倾慕之心,赞美了女子的容貌风韵和行为举止。通篇二十八字全都用叠字,真可谓妙语天成,自然通俗。

"莺莺燕燕春春,花花柳柳真真",啼莺、飞燕、红花、绿柳,寻常的四种风物,展示了春的魅力。妙在莺、燕、花、柳四个单音词的叠用,造成奇异的艺术效果。莺莺燕燕,描写莺歌燕舞的热闹场景,字面上又给人莺燕双飞的印象;"春春"重复,更显出春天的生机勃勃;花花柳柳,描绘花红柳绿的春色,也形容出了女子的美好。"真真"是画中美女的名字,典出《太平广记》,说唐代有一个进士赵颜得到一幅美女图,画工告诉他说,这画上的女子叫真真,若昼夜呼唤她的名字,一百天后她就会从画里走出来。赵颜照做,果然如画工所言,于是他与真真成亲,一年后生下一个儿子。后来友人说真真是妖精所化,赵颜听信想要杀真真,真真泣诉自己本是南岳地仙,语罢抱着儿子回到了画上。这里用真真形容女子如仙女真真一样美艳动人。

后三句进一步赞美这个女子。"风风韵韵""娇娇嫩嫩""停停当当"复音词重叠,赞美女子的风韵优雅、容貌姣美、仪态端庄,意味更浓,情韵更长。"事事风风韵韵",赞美女子言谈举止很有风度,富于韵致;"娇娇嫩嫩",写女子姣美年轻;"停停当当人人",赞美女子一切都恰到好处,端端正正,简直是"增一分则太长,减一分则太短",是无可挑剔的可意美人。"人人"即"人儿",语言颇有亲切之感。

这支曲子通篇叠字,音韵谐美,极力仿效宋代李清照的《声声慢》开篇三句,虽然没有李清照的词那么婉约沉郁,但遣词炼字间情意动人,颇见作者的才情功力。有前人批评这首曲子"穿凿愈工,风雅愈远",是"效颦之作",这评价恐怕有些偏颇。作者全用白描手法,写出了心上人的娇柔可爱,全曲音韵和谐,语意双关,言简意丰,别具一格。

【越调·凭阑人】金陵道中

乔吉

瘦马驮诗天一涯①,倦鸟呼愁村数家②。扑头飞柳花③,与人添鬓华④。

【字词注解】

①天一涯：天一方。
②倦鸟：飞行疲倦的归鸟。
③扑头：迎面扑上来。
④鬓华：两鬓头发斑白。

【精彩解说】

一匹瘦马驮着诗人满腹的诗情游走天涯，飞倦了的鸟儿哀伤地鸣叫着，小山村里只有几户人家。柳絮迎面扑上来，使人两鬓头发斑白。

【赏析】

这是一首描写羁旅苦情的佳作。这首小令应当是乔吉浪迹江南，行进在金陵道中所作。曲中塑造了一个沦落天涯的诗人的形象，表现了作者孤寂思乡的愁苦心情。

曲子开头就描绘了羁旅异乡的诗人的情状，一下子便引起读者的注意："瘦马驮诗天一涯。"这句话暗用了唐代诗人李贺的典故。李商隐在《李长吉小传》中用散文笔调描摹诗鬼李贺的形象是"骑距驴，背一古破锦囊，遇有所得，即书投囊中"，这里用来指诗人自己。李贺怀才不遇，而乔吉一生也是郁郁不得志，他们作品的风格也都奇特清丽，因此，作者用以自况，是非常恰当的。"天一涯"，天的一方，写出作者远离故园、流落他乡的境况。这一句描绘出一位骑着疲惫无力的瘦马、风尘仆仆地行进于荒郊道路上的游子形象。

接着，作者笔锋一转，描写在金陵道上所见到的景象。"倦鸟呼愁村数家"，与首句对仗。在散曲创作中，这种对仗方式称为"合璧对"，指两句意义相对，又彼此相成，共同构成一种意境。荒郊道上，散落着几处村舍，显得是那样冷清凄凉，而眼前又掠过倦飞的鸟儿，声声哀鸣，似乎在诉说不尽的愁思。一个"倦"字，既写出了鸟儿的神态，也道出了作者的心声。作者听到鸟儿的啼声，想到了陶渊明"鸟倦飞而知还"的诗句，而自己却还奔波在路途中，在鸟鸣中走过一村又一村，不能回家，这是多么可悲啊！开头这两句，构思新颖别致。作者不说自己对漂泊生活感到厌倦，而说鸟儿知倦；不说自己哀愁，而说鸟儿"呼愁"。鸟儿并不知道倦、愁，实际上是作者心思的展露。作者用移情的手法，赋予事物人的思想感情，曲折地反映游子的无穷乡思，景物描写和感情抒发和谐地统一在一起，令人回味无穷。

如果说曲子开头两句是用比较显露的手法描写诗人愁苦的话，那么最后两句"扑头飞柳花，与人添鬓华"则是以比较含蓄的笔触进一步展示作者的忧思。"柳花"一词，点明了季节——晚春。柳絮飞舞，扑面而来，一个"扑"字，极为精练传神，既写出了柳花飞舞的姿态，又点出了游子行进的动态，同时巧妙地照应了题目——金陵道中，一石三鸟，可见作者遣词造句的功力与技巧。更妙的是它还紧连着下一句："与人添鬓华。"这是一个奇特的想象。柳花是白色的，诗人的鬓发也斑白了，柳絮沾上鬓发，可谓"雪上加霜"，于是作者突发奇想，把二者联系起来，赋予因果关系，好像是柳花扑到诗人头上，才增添了他的白发似的。这真是神来之笔，出乎人们意料，却又合情合理。作者浪迹天涯，到处奔波，曾经多次遇见扑头的柳花，不正是由于漂泊的生活，才使他两鬓如霜的吗？

纵观全曲，除了构思奇特之外，还特别注意形象的描绘，因而景物栩栩如生。作者多用白描手法，不多加修饰，情真意切。曲子形象具体，色彩鲜明，层层递进，气脉相连，耐人寻味。

【越调·小桃红】效联珠格[1]

乔吉

落花飞絮隔朱帘，帘静重门掩。掩镜羞看脸儿㜑[2]，㜑眉尖。眉尖指屈将归期念。念他抛闪，闪咱少欠[3]。欠你病厌厌[4]。

【字词注解】

①联珠格：连珠，又叫"顶针""顶真""链式结构接龙"等。是将前一句或前一音节的尾字，作为后一句或后一音节的首字，使两个音节或句子首尾相连，句句押韵，前后承接，产生上递下接的效果，形式别致。

②㜑（qiàn）：美貌的意思。

③闪咱少欠：意为恋人离开太久，让女子缺少很多温暖和关怀。

④欠：惦念的意思。元人口语。

【精彩解说】

　　隔着红色的帘子可以看到落花满地，柳絮飘舞，帘子静静垂挂着，重重的宅门紧紧关闭着。女子害羞地把镜子掩上，不去看自己美丽的面容和美丽的眉尖。皱着眉尖屈指计算着心上人回来的日子。埋怨那个人将自己抛下，不闻不问，离开太久，缺少很多温暖和关怀。虽然如此，但她心里却依然惦念着他，相思成疾。

【赏析】

　　这是一支描写闺情的曲子，是用联珠格写的。所谓联珠格，即上句末一字和下句第一字相同，句句都要押韵，形式别致，颇有趣味。本曲内容是写闺中少妇对远在他方的丈夫的思念之情。

　　前两句描写思妇居住的环境。"落花飞絮隔朱帘"，春天就要过完了，花落絮飞，不正是春归的征兆吗？加上"隔朱帘"三字，表明主人公是深居闺中的少妇，她没有卷起朱帘，只是透过稀疏的竹帘间隙，看到随风飞舞的落花和柳絮，暗暗伤春。"帘静重门掩"五字，加重寂寞气氛，表明这儿无人走动，窗帘静静地垂着，重重的宅门也都关着，一切声音通通隔绝在重门之外。

　　"掩镜羞看脸儿㜢"七字，写帘内人的心态和动作。她习惯地坐在梳妆台之前，拿起镜子一看，看见自己多么美丽啊，不觉害羞地掩上了镜子。一会儿又悲从中来，为自己寂寞孤独地虚度年华而感伤。

　　"㜢眉尖。眉尖指屈将归期念。"这位女子把手举向眉尖眼角，屈起手指来计算心上人的"归期"。接着，她不自觉地埋怨起来。"念他抛闪，闪咱少欠"，因为她计算"归期"时，发觉"归期"还很遥远，于是由"念"而"怨"，怨对方撇下了自己，使自己缺少了温暖和快乐。

　　但是，她怨而不怒。"欠你病厌厌"一句，结得极妙。"欠"意为想念、惦念，散曲中常有"还不完的相思债"的比喻，"欠你病厌厌"巧用其意，并且更为形象：既有爱恋之情，又呈现出娇憨之态，把思妇最后一点儿埋怨而又略带调皮的思想感情有力地表现出来，一个情真、善良的人物形象跃然纸上。

这支曲子可算一幅静中有动的"美人念远图"。重门掩着，朱帘垂着，这是"静"；重门之内、朱帘之外，飘动着落花和柳絮，这是"动"；同样，在这寂静环境中的人也同样是恬静的；但相思之苦却使她内心静不下来。整个情态，都是静中有动，其细微的心态描写，很能引人入胜。本曲的语言艺术很有特色，所用的"联珠格"，是民间顶真（针）的修辞手法，读起来如珠走盘，既跳荡又和谐，没有生硬的感觉。情感上，曲子也将思妇的内心活动表现得细腻而饱满。

【正宫·绿幺遍】自述

乔吉

不占龙头选①，不入名贤传②。时时酒圣③，处处诗禅④。烟霞状元，江湖醉仙。笑谈便是编修院⑤。留连⑥，批风抹月四十年⑦。

【字词注解】

①龙头：此处指状元。
②名贤传：传录名人贤者的册簿，为历代官修史书的重要组成部分。
③酒圣：善饮酒的人。
④诗禅：以诗谈禅，以禅喻诗，即以禅语、禅趣入诗。
⑤编修院：翰林院，编修国史的机关，唐宋以来的文人多以参与国史编纂为荣。
⑥留连：留恋，不愿离开或不忍割舍。
⑦批风抹月：犹言"吟风弄月"。

【精彩解说】

不在状元榜上把名占，不入选传录名人贤者的册簿。常常做个善于饮酒的人，处处以诗谈禅，以禅喻诗，做个游山玩水的状元，浪迹江湖的醉仙，谈笑古今就是进了翰林院。流连于此不想返回，吟风弄月已经过了四十年。

【赏析】

这是一篇述志的作品。阅读乔吉这支小令时，自然会联想到这位出生于北国而客居江南、流落江湖四十年的文人的漂泊生涯。宋元以来，和乔吉一样与技艺人有着密切联系的文人学士，生活道路和思想情趣都放射出一种特异的色彩。

"不占龙头选，不入名贤传。""龙头"即状元，"龙头选"即状元榜。"名贤传"即著录名人贤者的册簿。曲子起首两句十分明确地表示了作者对仕途进取的否定，和对争名夺利的鄙夷，展现出一种超脱的态度。乔吉在他的另一首《渔父词》中也曾正面宣称："名休挂齿，身不属官。"和本首中的态度完全相同。

中间五句，作者不无自豪地讲述自己特殊的生活方式。"时时酒圣，处处诗禅"，其中"酒圣"指善于饮酒的人，"诗禅"即以诗谈禅，就是通过写诗来论禅，旧时有诗道与禅道相一致的说法。作者时时处处与"酒圣"为伴，以"诗禅"为乐，表现出以诗酒自娱的放荡不羁的情怀。"烟霞状元，江湖醉仙"，"烟霞"即山水。作者说，隐居在山水之中，同样可以当个状元，酣醉在江湖上，一样可赛过神仙。他如此醉心风月，不去追逐蝇头小利和仕途功名，完全将自己放在了与正统士子生活道路相对立的位置上。这首旷达的《自述》充满着与世俗相抗衡的精神和力量。"笑谈便是编修院"，编修院，即翰林院。作者认为笑谈古今事，就等于进了翰林院编修史籍，更表现了他狂放自傲的态度。

"留连，批风抹月四十年。"结尾两句，作者反话正说，说自己最流连难舍的还是四十年来吟风弄月的闲适生涯。作者以愤世的态度肯定了自己的生活道路，真是终老不悔，怡然自乐。

这支小令初读仿佛游戏文字，但细读便知它最能表现作者的心境。乔吉寄情山水、风月、诗酒，谈笑也颇为放达，但与元初马致远等豪放派散曲作家又有区别。乔吉确实也是一位不遇于时的落魄文人，但他的愤世之情更为隐秘，豪放之气则较为收敛，作品中更多的是安适的情调，而非浅薄轻狂。小令文笔自然流畅，雅俗并用，从不同的角度表明了作者的生活态度，抒发了作者的愤世嫉俗之情。开头连用两个否定句，中间用五句排比陈述，结句追述总结四十年的生活，篇幅短小而多变化，确实是一篇耐人寻味的佳作。

【双调·水仙子】游越福王府[1]

乔吉

笙歌梦断蒺藜沙[2]，罗绮香余野菜花[3]。乱云老树夕阳下，燕休寻王谢家[4]。恨兴亡怒煞些鸣蛙。铺锦池埋荒甃[5]，流杯亭堆破瓦[6]，何处也繁华？

【字词注解】

①福王：赵与芮。赵匡胤十世孙，府第在绍兴府山阴县。
②蒺藜（jí lí）：草名，野生，果皮有刺。
③罗绮：丝织品，此指丝绸衣服。
④王谢家：东晋时王导、谢安等高门望族。后用以指富贵豪门。
⑤铺锦池：铺满锦绣的池苑。甃（zhòu）：用砖砌成的井壁，代指井。
⑥流杯亭：相传为春秋时吴王阖闾所建。

【精彩解说】

那生动的笙歌，在蒺藜的沙砾上已经成为被打断的梦，那罗绮还散发着余香，眼前却只有野菜花了。天上飘飞着杂乱的云朵，苍老的树边，夕阳西下，燕子啊，不要再寻找王、谢的家了。我感叹着这些千古的兴亡，却只听见些鼓着肚子的青蛙在呱呱叫。铺满锦绣的池苑埋着断井颓垣，吴王阖闾所建的流杯亭堆满了破瓦，昔日的繁华现在到哪里去了？

【赏析】

福王赵与芮是宋太祖赵匡胤十世孙、宋理宗赵昀的同母弟，其子赵禥即宋度宗。赵与芮封福王，府第在今绍兴。其地位显贵，不难想见当日府第的豪华。南宋降元后，赵与芮降封平原郡公，成了没落的贵族。他的王府破败过程虽不见记载，但根据绍兴宋六陵在元初的遭遇，特别是理宗颅骨竟被盗墓者用作酒器的事实，便可推想。到乔吉游览之时，已经过去了数十年，王府已成为一片废墟，怎不令人生出无限感慨！这首《游越福王府》正是作者运用借景抒情的表现手法，通过写会稽福王府遗址的衰败，表达了对如今王府衰败的感叹和哀伤，以及对世事变化无常的无奈之情。

"笙歌梦断蒺藜沙，罗绮香余野菜花。"作者面对已经成为一片废墟的王府，耳边似乎响起了当年王府中寻欢作乐、歌舞升平的笙箫声。眼前的现实，使他产生了当年的欢乐不过是一场幻梦的想法。当他看到一丛丛野菜花时，仿佛又嗅到当年满身罗绮的宫人们散发出来的芬芳。作者将追想与现实叠合在一起，以"梦断""香余"作为两者的维系，盛衰对比，使眼前的断壁颓垣更显衰败和凄凉。

接下来的三句铺叙了王府园内现存的景物。面对"乱云老树夕阳下"的画面，作者脑中立即浮现出刘禹锡的名句"旧时王谢堂前燕，飞入寻常百姓家"（《乌衣巷》），于是不禁对燕子劝解道：你们不必再徒劳地寻找当年筑巢的王府雕梁了！悲剧的气氛烘托得更浓了。而池塘中传来的蛙鸣，更激起了他的联想：古越国的君主勾践不就是在这块土地上，曾经向怒鸣着的青蛙致敬，以鼓舞越国士民向吴国复仇吗？"怒煞些鸣蛙"化用《韩非子》所载"怒蛙"的典故：越王勾践出行望见怒蛙当道，不禁从车上起立，扶着车前的横木向它们致敬，因为"蛙有气如此，可无为式（榜样）乎"！在作者看来，这王府旧址里的蛙鸣大约也是对国破家亡发出的怅恨之声吧。

小令的第六、七句着笔于福王府建筑物的遗迹，"铺锦池埋荒甃，流杯亭堆破瓦"，这里一堆残砖，那里一堆破瓦，当年的"铺锦池"的奢靡、"流杯亭"的风雅，都已不再。关于"铺锦池"，在李石《开城录》中记载唐文宗论德宗的奢靡"每引流泉，先于池底铺锦"，王建也有诗曰"如今池底休铺锦，菱角鸡头积渐多"，而眼前的景况，却是连菱角鸡头都没有了。于是，作者不由得发出"何处也繁华"的疑问。这一问饱含着作者的感慨，同时又留给读者以无穷的思考与想象。

这首小令即景抒情的手法颇有特点。从景物摄取看，它并未着眼大片完整的景观，除"乱云"一句构成画面外，只选取了一些零星事物，然而组接起来，就构成了一幅荒芜破败的图景。这些事物既是当时实景，又是作者惆怅凄凉情绪的外化。此外，这些事物不仅有来自视觉的，也有来自听觉的笙歌和蛙鸣，来自嗅觉的罗绮香，联翩的浮想和所见所闻糅合在一起，这就使得作者描写的空间更立体化，使读者有如身临其境，具有很强的艺术魅力。

【双调·水仙子】寻梅

乔吉

冬前冬后几村庄，溪北溪南两履霜，树头树底孤山上①。冷风来何处香？忽相逢缟袂绡裳②。酒醒寒惊梦，笛凄春断肠，淡月昏黄③。

──●【字词注解】

①孤山：位于杭州西湖之中，孤峰独耸，秀丽清幽。宋代著名隐逸诗人林逋曾隐居于此，植梅养鹤。"孤山梅"因此名闻遐迩。

②缟袂（gǎo mèi）：素绢的衣袖。绡裳（xiāo cháng）：薄绸的下衣。

③淡月昏黄：月色朦胧。

──●【精彩解说】

冬天前后转遍了几座村庄，踏遍了溪南和溪北，双脚都沾满了霜，又爬到孤山上，在梅树丛中上上下下地寻觅，都没有见到梅花的踪迹。一阵寒风吹来，不知道从什么地方带来一阵幽香，忽然和穿着素绢的衣袖、薄绸的下衣的她相遇，她悄然而立，淡妆素雅。春天的寒冷使我从醉梦中醒来，听到笛声幽怨凄凉，便想到春天会过去，梅花会落去，此时月色朦胧。

──●【赏析】

这首小令用跌宕的笔法写出寻梅的意趣和梅花的风韵，用词精巧，用典妥帖。小令分为三节，分别描写了寻梅、遇梅、赞梅的过程。

"冬前冬后几村庄，溪北溪南两履霜，树头树底孤山上。"前三句为第一节，主要描写寻梅的经过。这一节突出了一个"寻"字。"冬前冬后"，写寻梅的时间之长；"溪北溪南""树头树底"，写寻梅之勤；"几村庄""两履霜"，说明寻梅之艰。然而遍寻不获，作者内心的焦急失望可想而知，这就为下节找到梅花的惊喜做了铺垫。这三句，用词工整，彼此对仗，从散曲的创作来说，这种对仗方式被称为"鼎足对"；而它每句之中的词语又两两相对，重复中又有变化，非常巧妙。

第二节笔锋一转："冷风来何处香？忽相逢缟袂绡裳。"忽然一阵冷风吹过，送来阵阵幽香，眼前出现了仙子一般的梅花，颇有"众里寻他千百度"的喜悦。"冷风来何处香"写得含蓄有味，和姜夔的"梅花竹里无人见，一夜吹香过石桥"一句有异曲同工之妙，妙在抓住了梅花"香"这个特点，把梅花的魂表现出来了。"缟袂绡裳"写梅花的外形，作者用拟人化的手法，把梅花比喻为一个穿着白绸衣裳的仙女，于是梅花的形神俱现，给人以深刻的印象。

第三节连用了三个典故，进一步描写梅花的神韵。我国古代有这样一个故事。相传隋代赵师雄在一个冬天的傍晚路过罗浮山，于林舍中遇见一位素衣淡妆的女子。二人相约到酒店喝酒，赵师雄醉后睡着了，醒来发现自己躺在一棵白梅树下，枝头翠鸟娇啼，原来他昨夜梦见的是一位梅花仙子（事见《龙城录》）。唐朝殷尧藩咏梅诗"好风吹醒罗浮梦，莫听空林翠羽声"，写的就是这个故事。"酒醒寒惊梦"显然是用了这个典故，它紧承上句"缟袂绡裳"，进一步描写梅花仙子，连接非常自然。"笛凄春断肠"化用了宋代连静女《武陵春》词里"笛里声声不忍听，浑是断肠声"一句，其典出自晋代向秀《思旧赋》。向秀与嵇康、吕安等友善，嵇康善吹笛，后嵇康被司马昭杀害，向秀西去，经过三人曾经聚会的旧庐，怀念旧友，作《思旧赋》，其序文里写道："邻人有吹笛者，发声寥亮。追思曩昔游宴之好，感音而叹。"后常以"闻笛"指怀念旧人。作者暗用此典，意思是说，听到凄咽的笛声，就想到落梅春尽，自己心爱之物失去，故为之断肠。最后一句"淡月昏黄"，不仅点明诗人找到梅花的时间，同时还化用了宋代林逋"暗香浮动月黄昏"（《山园小梅》）的诗意，突出了梅花的神韵，与首节孤山寻梅前后呼应，笔法极其绵密。

这首小令通篇描写梅花，但字面上未出现一个"梅"字。尽管如此，洁白幽香的梅花在曲中展现得形神兼备。至于第三节中的三个典故，更是咏梅所常用。这种写法巧妙别致，足见作者构思时的艺术匠心。

【双调·水仙子】为友人作

乔吉

搅柔肠离恨病相兼,重聚首佳期卦怎占?豫章城开了座相思店①。闷勾肆儿逐日添②,愁行货顿塌在眉尖③。税钱比茶船上欠,斤两去等秤上掂④,吃紧的历册般拘钤⑤。

—•【字词注解】

①豫章城:故址在今江西南昌。

②勾肆儿:亦作"构肆"。宋元时都市的游乐场所。

③愁行(háng)货:使人愁的货物,即销路不好的货物。顿塌:亦作"囤塌",积聚的意思。

④等秤:戥子秤。旧时用以称金银或药材的小秤。

⑤历册:商人的记账本。拘钤(qián):拘束,约束。

—•【精彩解说】

搅得人一寸寸断了柔肠,离恨交加,更何况又生了病,想和你重聚但美好日期如何估算呢?在豫章城开了一家经营相思的店,传递忧闷的勾栏瓦肆每天都在增加,忧愁烦恼像销路不好的货物堆积在眉尖上。茶船上还欠着相思的税钱等人收,愁苦的轻重要在等秤上掂量,最要紧的是行动受到了拘束,像坐牢一样。

—•【赏析】

这首曲子为友人抒发对所爱之人的思念,曲子题目是《为友人作》,友人是谁已不可考,从内容上看,似乎是一个生活于市井、与情人分离的人。曲中多用市井商贾之语,在元代散曲中,这种写法还不多见。

"搅柔肠离恨病相兼,重聚首佳期卦怎占?豫章城开了座相思店。"曲子一开始,就直写友人的思念之情。"搅"字用得极好,形象地写出离恨在心中引起的波涛,具有鲜明的动感;离恨和病"相兼",写出了离别导致的严重后果。主人公渴望与所爱之人重新聚首，但何时才是重逢的佳期却难以预料，只好寄希望于占卦，可是这卦怎么个占法，又茫然不知，那聚首佳期就更谈不上了。"重聚首佳期卦怎占"一句，凝聚了人物复杂的感情：盼望、希冀、焦虑、不安。颇为传神地刻画了他思念恋人时的心理活动。"豫章城开了座相思店"一句，暗用双渐和苏小卿的故事。相传宋代庐州（今安徽合肥）歌伎苏小卿与书生双渐相好，后被茶商冯魁以茶引三千夺去，双渐见苏小卿金山寺题诗，追赶至豫章（今江西南昌），后双渐为临川（今属江西）令，得与苏小卿团聚。这个故事宋元时广为流传。这里借用这个典故，不一定是说所爱之人为他人所夺，只是借以强调相思。值得注意的是，诗人以"开了座相思店"来形容对恋人思念之重，写法新奇别致，同时也为下面以商贾行话比喻愁闷做了准备。

"闷勾肆儿逐日添，愁行货顿塌在眉尖。"这两句结合人物特定的市井生活环境来描写友人的愁闷，饶有趣味。"勾肆"，也作"构肆"，是宋元时都市的游乐场所。作者写友人忧郁成疾，只好到勾肆消遣散心，然而相思难禁，愁闷依旧与日俱增。这一句从时间的角度来写愁思，愈久愈深。下一句把抽象的愁思比作具体的物件，形象地描写了它的沉重。愁思像货物一般积压在他的眉尖，简直使他喘不过气来，这愁思是何等沉重！

曲子最后三句同样以商贾之语描写相思，但角度稍有变化。"税钱比茶船上欠"，这里以"税钱"比喻相思，相爱必然要付出相思的代价，犹如商家必须缴纳税钱一样。这相思的税钱到哪里追比呢？（古代称追征赋税为"比"）——茶船上。作者又一次使用了"豫章城"的典故。苏卿是被茶商所夺，作者再次用这个典故，似乎是暗示友人的爱人被强有力者夺去。"斤两去等秤上掂"，说愁思的轻重要用等秤掂量，同样也是以具体事物来做比喻。这句同样带有浓厚的商贾色彩，与前面的描写相一致。最后一句"吃紧的历册般拘钤"，概括全曲，意思是这一切就像在账本上记载一样无法改变。这一句使用了几个宋元时的方言俗语，连同前面的商家行话，构成了鲜明的俚俗特色。

这首曲子幽默诙谐中包含有善意的同情，最大的特点是语言通俗，多用商贾行业语来描写相思恋情，一定程度上也反映了当时社会商业活动的繁盛。在元代，散曲流行于城市，被称为"街市小令"，被染上商业色彩是不足为怪的，这正是它和诗词创作不同的地方。

【双调·水仙子】怨风情

乔吉

眼中花怎得接连枝①,眉上锁新教配钥匙②,描笔儿勾销了伤春事③。闷葫芦铰断线儿,锦鸳鸯别对了个雄雌。野蜂儿难寻觅,蝎虎儿干害死④,蚕蛹儿毕罢了相思。

── 【字词注解】

①连枝：连理枝。
②眉上锁：比喻双眉紧皱如锁。
③描笔儿：女子描花之笔，也可用来写信。
④蝎虎儿：壁虎，蜥蜴的一种，又名"守宫"。张华《博物志》二："蜥蜴或名蝘蜓，以器养之，食以朱砂，体尽赤。所食满七斤，治捣万杵，点女人肢体，终年不灭，惟房室事则灭，故号守宫。"

── 【精彩解说】

眼前的花怎么能接得上连理枝，双眉像紧皱的鼎上锁，要打开须得重新配钥匙，描几笔字画勾销伤春的事情。心里像闷葫芦一样不知道怎么会断了线，为什么好好的一对佳偶却另外配了雌雄。他像野蜂一样难以寻找，我却像蝎虎一样被活活坑害死，从今以后像蚕蛹一样断了相思。

── 【赏析】

这首小令描写了女主人公失恋后一瞬间的心理活动，其中交织着相思忧愁、困惑猜疑、悲伤怨愤和悔恨失望等复杂感情。

"眼中花怎得接连枝，眉上锁新教配钥匙，描笔儿勾销了伤春事。"起首的三句鼎足成对，写女主人公力图摆脱失恋的痛苦、相思的煎熬和忧愁的折磨。"眼中花"并非真花，这里用来比喻女主人公的意中人。"连枝"即连理枝，意为枝叶相连、同出一木，古人常用来比喻爱情的牢不可分，如《孔雀东南飞》中刘兰芝夫妇双双殉情后，墓旁的树"枝枝相覆盖，叶叶相交通"。

白居易的《长恨歌》中也有"在天愿为比翼鸟,在地愿为连理枝"的名句。"怎得"这一疑问,表明和意中人结为连理的希望十分渺茫,因为男方和自己中断联系很久了(从第四句可知)。她为此忧心如焚,双眉紧蹙,仿佛上了一把锁,除非配把钥匙方能打开这眉间的愁。作者用"眉上锁""配钥匙"来形容愁眉不展,有一种新鲜活脱之感。"描笔儿"是女子描花用的笔,也可以用来写信。女主人公提笔写信,将失恋的相思和怨恨尽情发泄,一吐为快,从而把为爱情而生出的烦恼感伤一笔勾销。

可是,纵然写好信又寄往何处呢?"闷葫芦铰断线儿",她这才想起对方早已和自己中断了联系,而自己也无法找到他的行踪:"野蜂儿难寻觅。""闷葫芦"比喻难以猜透而令人纳闷的事。由于男方无故中断联系,使她很自然地在困惑中顿生猜疑:"锦鸳鸯别对了个雄雌"——他多半是另有新欢了。

结尾三句,写女主人公的怨愤、悔恨和绝望。"野蜂儿难寻觅,蝎虎儿干害死,蚕蛹儿毕罢了相思。"她诅咒这个轻浮滥情、不专一的男子,像野蜂一样到处去杂乱采花,而自己却太痴太傻,还白白地为他坚守贞操呢。"蝎虎儿"即壁虎,又名守宫,古代迷信,用朱砂喂养壁虎,使其全身赤红,捣烂后点在女人肢体上,终年不去,如有房事就会消失。汉、唐皇帝都曾将守宫捣碎点在宫女身上,让她们为皇帝守贞。"干害死",意为白白地为他守贞而害相思,怨愤中带有悔恨。结句的语意似乎化用自李商隐《无题》诗中的"春蚕到死丝方尽",意为她从此将如蚕蛹一般停止吐丝,"丝"和"思"谐音双关,表明她对爱情的绝望。

这首小令每句都加了虚词衬字,又多用口语俗语,几乎没用典故,因此尤其能体现散曲语言朴素通俗的本色,使这位"怨风情"的女子神态活现。本曲语言尖刻俏皮,爽辣洒脱,别具一格。

【双调·水仙子】咏雪

乔吉

冷无香柳絮扑将来①,冻成片梨花拂不开②。大灰泥漫了三千界③,银棱了东大海④。探梅的心噤难捱⑤。面瓮儿里袁安舍⑥,盐堆儿里党尉宅⑦,粉缸儿里舞榭歌台⑧。

【字词注解】

①冷无香柳絮：以柳絮喻雪，指雪花寒冷而无香气。

②梨花：以梨花喻雪。

③大灰泥：代指雪。漫：洒遍。三千界：佛家语，即"小千世界""中千世界""大千世界"的合称。这里泛指全世界。

④银棱了东大海：雪下得很大，大海像是被镶嵌了一层银。东大海，即东洋大海，大洋、大海的泛称。

⑤噤（jìn）：牙齿打战。捱：忍受。

⑥袁安舍：用"袁安卧雪"的典故。袁安，东汉人，家贫身微，寄居洛阳，冬日大雪，别人外出讨饭，他仍僵卧在屋里，别人问他为什么不出门乞讨，他回答说："大雪，人皆饿，不宜干人。"后被举为孝廉。后以"袁安舍"代指雪中贫士的门户。

⑦党尉：党进，北宋时人，官居太尉。一到下雪，他就在家里饮酒作乐。

⑧粉缸儿：形容雪下得很大，将舞榭歌台变成了粉缸。与前文"面瓮儿""盐堆儿"用法相同。榭：建在高土台上的敞屋，即亭子。

【精彩解说】

雪花纷飞，寒冷而无香气，像柳絮一样扑面而来，雪花冻结成片，好像难以拂开的梨花。大雪纷纷扬扬，就好像白灰一样洒满整个世界，雪下得很大，大海像是被镶嵌了一层银。探访梅花的人都被冻得牙齿打战，心里难以忍受。袁安的住处都被大雪掩埋了，就好像埋在面粉缸里一样，一到下雪党进就在家里饮酒作乐，他的深宅大院里的积雪就像盐一样堆着，雪下得很大，将舞榭歌台变成了粉缸。

【赏析】

这首曲子以磅礴的气势渲染了大雪纷飞的景象。

首句点题，"冷无香柳絮扑将来"，写大雪如冰冷无香的柳絮一般扑向大地。这里的比喻用了一个典故，据《世说新语·言语》记载，晋代谢安居家时遇上下大雪，于是问："白雪纷纷何所似？"他的一个侄子说："撒盐空中差可拟。"侄女谢道韫却说:"未若柳絮因风起。"本曲中借前人名句,用柳絮来比雪,似乎并无新意,但加了"冷无香"这么个形容词,写出了触觉、嗅觉,不仅表现出雪的形态,同时又增添了神韵。"冻成片梨花拂不开"一句,用梨花来比喻雪,这也是前人写雪的常用手法。唐代岑参《白雪歌送武判官归京》诗:"忽如一夜春风来,千树万树梨花开。"苏东坡《清明》诗:"惆怅东阑一株雪,人生看得几清明。"而本曲中用"冻成片"形容,将前一句中的"冷"又烘染了一层。"扑将来""拂不开",形容大雪下个不停。

接着,作者便进一步描写雪后的景象:"大灰泥漫了三千界,银棱了东大海。"雪下得厚厚的,像大片白灰泥,漫遍了整个世界;大海就像镶嵌了一层银,成了一片茫茫的白色世界。从扑面飞来的柳絮,到"漫了三千界"的"大灰泥",由远及近,由高到低,尽情描摹。"三千界"本是佛家语,用在这里,颇有雄奇之感。"银棱了东大海",也是气势不凡。这两句写雪景都不落俗套。

接下来的四句都在写大雪纷飞中的人物情态。作者先写人物的野外活动。"探梅的心嚛难捱",写人不胜其寒,本有探梅的雅兴,而面对这场大雪,心都冻得打战。"面瓮儿里袁安舍",用"袁安卧雪"典,据《后汉书·袁安传》记载,袁安在洛阳,遇罕见大雪,"人家皆除雪出,有乞食者",可袁安却僵卧在家。雪一直在下,他的屋舍早已被雪封住,就像个面瓮。县令掘雪救之,问他为何不出,他回答说:"大雪,人皆饿,不宜干人。"后来"袁安舍"常被用以指雪中贫士的门户,并代表文士宁愿守寒门而不愿乞人的气节。本曲用这个典故,主要取前一个意义,以表明雪之大。"盐堆儿里党尉宅"一句,借宋代党进的故事写雪。党进是一个武夫,官居太尉,遇大雪天就在家里饮羊羔儿酒,浅斟低唱。他的宅舍也被大雪封了,像埋在盐堆里那样。作者用袁、党两个典故,一文一武,一贫一富,概括了人在大雪中的不同状况。结尾"粉缸儿里舞榭歌台"一句,写歌舞的亭台也被雪封盖了,像在香粉缸里一样悄寂无声了。作者分别用"面瓮儿里""盐堆儿里""粉缸儿里"来形容雪封的台舍,造语新奇,不落前人窠臼,写得十分形象,同时又显示了散曲的"俚趣"。

咏物诗大致可分为两类,一类是纯粹的咏物诗,另一类则是借物抒怀。传世的咏物诗以后者为多,而乔吉这一首《咏雪》则属于前者。历代纯粹咏物的诗作能流传下来的寥寥可数,而这首《咏雪》写得气势磅礴,恣意横生,是不可多得的佳作。

【双调·水仙子】赋李仁仲懒慢斋

乔吉

闹排场经过乐回闲①,勤政堂辞别撒会懒②,急喉咙倒换学些慢。掇梯儿休上竿③,梦魂中识破邯郸④。昨日强如今日,这番险似那番。君不见鸟倦知还。

●【字词注解】

①闹排场:热闹的戏场。乐回闲:享受一回安闲。

②勤政堂:官员的办公场所。

③掇(duō):拾,拿。元人有"掇了梯儿上竿"的俚语,意谓只知贪进而不考虑退路和危险。

④梦魂中识破邯郸:唐代沈既济《枕中记》述卢生在邯郸(今属河北)旅舍中入梦,享尽荣华,醒后发现店中黄粱饭尚未熟。

●【精彩解说】

既然走过了热闹的舞台,享受一回安闲又何妨。既然辞别了忙碌的公堂,懒散一下也应当。急性子连珠炮式说话倒了嗓子,如今不妨学着慢些儿讲。就是搬来了梯子,也别往高危处上,荣华富贵不过是一枕黄粱。世风日下,一天不如一天;世路险恶,一方赛过一方。您不见鸟儿到了黄昏,还懂得掉转方向,朝着自家的旧巢飞翔。

●【赏析】

这首小令是乔吉受到朋友李仁仲的书斋"懒慢斋"名号触发而写就。抒写了自己的隐逸生活与情怀,与陶渊明的《归去来兮辞》有异曲同工之妙。李仁仲,应是乔吉之友,其生卒年及事迹均不详。

本曲紧紧围绕"懒慢"二字而生发，作者想要在"懒慢斋"中偷闲，表达了要回归隐逸生活的强烈愿望。"懒慢斋"这种理想"栖居"的构筑，与陶渊明虚构的美妙绝伦的神仙国度"桃花源"有着内在的一致性，是为自己找到的一条"复得返自然"的道路。

"闹排场经过乐回闲，勤政堂辞别撒会懒，急喉咙倒换学些慢。"在人生旅途中，经历过热闹的名利场，名利场上你争我夺，钩心斗角，让人身心俱疲，现在刻意把它抛在一边，回归一种闲适飘逸的生活状态。整天起早贪黑，在勤政堂里兢兢业业，现在可以偷得半日闲。说话做事也不应那么着急，要学会慢下来，也不再耳根软，轻易听从别人的怂恿或无端被人利用。

"掇梯儿休上竿，梦魂中识破邯郸。"人生很短暂，所谓的荣华富贵不过是一场梦罢了。曲中用"邯郸梦"的典故非常恰切。邯郸梦的故事出自唐代沈既济传奇《枕中记》，说有一个青年叫卢生，他在邯郸的一家客店中遇见了道士吕翁，就用吕翁所给的瓷枕睡觉。在睡梦中，卢生经历了数十年的富贵荣华、世事沉浮。等到他醒来，店主煮的黄粱米还没有熟。后来人们就常用"邯郸梦"来比喻人生如梦、繁华虚幻。

"昨日强如今日，这番险似那番。君不见鸟倦知还。"那些沉迷于官场的人，为了追求荣华富贵、高官厚禄，宁可在尘世中撞得头破血流。在乔吉看来，世风如江河日下，人心不古，尔虞我诈，官场表面上风光无限，实际上比战场更可怕。他奉劝那些在外面做官的人要像倦鸟归林那样赶快回来，不要继续在宦海中沉浮，那里不是久留之地。回归"懒慢斋"吧，闲适自由才是理想的生活状态。但客观而言，乔吉归隐的想法只是当时知识分子在饱经沉沦之苦和不公正待遇之后的无奈之念，实际上退隐山林又有什么用呢？

这首小令在风格上质朴清新，洒脱干练又自然飘逸，在乔吉的散曲中别具一格。

【双调·水仙子】重观瀑布

乔吉

天机织罢月梭闲，石壁高垂雪练寒①。冰丝带雨悬霄汉②，几千年晒未干。露华凉人怯衣单。似白虹饮涧③，玉龙下山④，晴雪飞滩⑤。

【字词注解】

①雪练：像雪一样洁白的绢。
②霄汉：天空。
③似白虹饮涧：像白虹吞饮涧水一样。
④玉龙下山：喻瀑布从山顶奔流而下，如玉龙下山一般。
⑤晴雪飞滩：瀑布溅起的水花，像雪花一样，落在沙滩上。

【精彩解说】

织女织好了白练，用作织布梭子的月儿已放置在一边，那雪白的透着寒气的长练正高高地垂挂在山峰的石壁上。冰丝带着雨水悬挂在天空，几千年都没能晒干。瀑布飞溅，水雾蒙蒙，寒气逼人，令人不禁怕衣衫单薄，不能御寒。好似白虹在吞饮山涧，又如玉龙下山，溅起的水花宛若雪花，落在沙滩上。

【赏析】

《太和正音谱》评价乔吉的作品有"波涛汹涌，截断众流之势"，这首【水仙子】《重观瀑布》正是较有代表性的一篇。全曲想象丰富，境界开阔，语言夸张，比喻新颖，从不同的角度描述瀑布胜景，表现了作者对神奇壮美的大自然的赞颂与倾倒。

"天机织罢月梭闲，石壁高垂雪练寒。"描写地上瀑布，却从"天机"落笔，诗情破空而来，令人惊艳。"天机"，指织女的织布机。织女的神话故事起源很早，《诗经》中曾经有过对织女的描写，后来《古诗十九首》里也有"纤纤擢素手，札扎弄机杼"的诗句。作者从瀑布联想到织女所织的白绢，可见其想象丰富，并且善于化用。首两句是说：看来织女已织成白练，用作织布机梭的弯月已放置在一边，而天上那雪白的长练正高高地垂挂在山峰的石壁上。这两句连通了天上人间，使作品具有极为开阔的视野和想象空间。

紧接着两句承上启下："冰丝带雨悬霄汉，几千年晒未干。"绢是由丝织成的，"冰丝"承接上句的"雪练"；"悬霄汉"与"天机""高垂"相关联；"带雨"则引出下一句"晒未干"。作者仿佛看到了眼前的瀑布不只是从天上流到地下，而且是从远古流向今天。"几千年"三字，一下子打通了历史与现实，使作品具有极为悠远的时间跨度。以上几句作者着重写瀑布的"形",以形传神。

下几句着重写瀑布的精神动态,以神带形。"露华凉人怯衣单",写瀑布之寒,瀑布飞溅,水雾蒙蒙,寒气逼人,以至于要"怯衣单"了。末尾三句采用鼎足对描画瀑布的动态。"似白虹饮涧,玉龙下山,晴雪飞滩。"前面写瀑布"高垂""悬"是以静写动,尽管气势恢宏,但力度尚嫌不足。这三句则连用三个比喻写出瀑布的动态,用"白虹""玉龙""晴雪"来描绘瀑布的形态,以"饮""下""飞"极写瀑布奔流直下、水花飞溅的气势,神形俱现,极为壮观。

这首小令形象鲜明,气韵生动,主要得力于比喻的成功运用。将瀑布比为"雪练""冰丝""露华",是借喻;鼎足对三句,用比喻词"似"字提起,是明喻。通篇比喻迭出:既描画了瀑布的静态,也写出了它的动态;既描画了瀑布的形色,也写出了它流动的神韵。虽然全篇不见"瀑布"的字样,壮美奇伟的瀑布却生动形象地呈现在读者眼前。

【双调·折桂令】丙子游越怀古[1]

乔吉

蓬莱老树苍云[2],禾黍高低[3],狐兔纷纭。半折残碑,空余故址,总是黄尘。东晋亡也再难寻个右军[4],西施去也绝不见甚佳人。海气长昏,啼鴂声干[5],天地无春。

【字词注解】

①丙子:元顺帝至元二年(1336)。上一个丙子年(1276),元兵攻破南宋都城临安(杭州)。越:今浙江绍兴一带。

②蓬莱:蓬莱阁。老树苍云:老树参天,苍茫萧森。

③禾黍(shǔ):此指野生植物。据《诗经》记载,周亡后,周大夫过宗庙宫室之地,见到处长满禾黍,后来以禾黍来比喻兴亡。

④右军:东晋书法家王羲之,官至右军将军。

⑤啼鴂(jué):杜鹃鸟。

── ●【精彩解说】

蓬莱仙山上一株株干枯老树托着苍茫的乱云，到处是高低不齐的禾黍，山狐野兔到处流窜。处处断碑残垣，空留下古迹，满目只见一片黄尘。东晋灭亡后再也难寻书圣王羲之，西施去世后再不见绝代佳人。看大海总是烟气朦胧，杜鹃啼声嘶哑难听，天地间不见一丝春意留存。

── ●【赏析】

在古代诗歌中，怀古是相当常见的题材，追思古代、咏叹兴衰更替，是古代文人深沉的心绪之一。乔吉的这首《丙子游越怀古》咏叹的是春秋时期著名的吴越之争，曲子中表达了作者对历史、对人生的追问。

曲子开头的三句里展现了一幅苍凉而荒寂的图画："蓬莱老树苍云，禾黍高低，狐兔纷纭。"这幅图景是作者眼前所见的"今"景：那被古人常常赞为仙境的越中之地，如今却只有老树枝丫、黯云沉沉；极目望去，四野禾黍参差，稀稀落落；狐兔相逐，出没其间。"禾黍"一句，作者暗用了"黍离"的典故。《诗经·黍离》篇是周大夫经过荒芜的宗庙宫室感伤于周朝衰落而写下的诗篇，诗中描写了西周亡后宫室中禾黍遍地的景象。作者借这个典故，一方面暗示眼前的荒寂之地曾经也是古代王朝圣地，一方面又含而不露地印证着：盛衰兴亡本是自古以来上演不完的历史剧。曲子开头营造了一种凄怆的意境。

那些演出了一幕幕历史剧的人又在哪里呢？作者在接下来的三句里做了回答："半折残碑，空余故址，总是黄尘。"请看那记载着先人业绩的庄严石碑吧，如今已成断石残块，布满黄尘。这块残碑就像是历史的一个可悲的见证，如今空荡无存的凄凉之地正是古代兴盛繁华的地方，也是先人施展才华抱负的地方，最终都是一场空。

"东晋亡也再难寻个右军，西施去也绝不见甚佳人"两句承接上文的感慨，举出两个历史人物作为例证：东晋书法大家王羲之，潇洒俊逸，名噪一时，如今哪里可找到他？春秋时的绝代佳人西施，使吴王夫差因女色而败了江山，而今西施已去，又到哪里能再睹其倾国倾城的风采？风流盖世，总不免沦为黄土；才子佳人，到底还是一场空。至此，全曲主旨已经揭示了出来。而一"空"字，则是全曲之"眼"，既映照着曲子开头的意境，又牵引出下面的"人"之空、"事"之空。

作者沉湎在这种历史人生的悲剧意识中,眼前的一切都显得黯然失色:"海气长昏,啼鴂声干,天地无春。"海雾漫漫,阴气沉沉;杜鹃声声,干哑凄凉;广阔的天地,没有一丝春意。曲末这三句景色描写与开篇的荒凉境界形成一种呼应和契合。

全曲结构严谨,以写景开篇,以写景作结,既有抒情又有叙事,意境相成,情理相生,表达了作者对历史、对人生的思索和悲剧化的领悟,同时又含蓄地留给人们一个意味深长、有待思索的命题。

【双调·折桂令】登姑苏台

乔吉

百花洲上新台,檐吻云平①,图画天开②。鹏俯沧溟③,蜃横城市④,鳌驾蓬莱⑤。学捧心山颦翠色⑥,怅悬头土湿腥苔⑦。悼古兴怀,休近阑干,万丈尘埃。

【字词注解】

①檐吻云平:飞檐画栋,高与云平。

②图画天开:风景如画,自然地展现在人们眼前。

③鹏俯沧溟:大鹏俯瞰海洋。沧溟,大海。

④蜃(shèn):"蜃景"。"蜃景"是光线经过不同的密度层,把远处的景物折射在空中或地面所成的奇异幻景,人称"海市蜃楼"。

⑤鳌驾蓬莱:巨鳌凌驾仙山的故事。《列子·汤问》记载,渤海中有五山,为岱舆、员峤、方壶、瀛洲、蓬莱,五山经常随波涛颠簸,来回漂流,天帝怕它们流向西极,"命禺疆使巨鳌十五举首而戴之。迭为三番,六万岁一交焉。五山始峙而不动"。

⑥"学捧心"句:《庄子·天运》:"故西施病心而矉(pín,通'颦')其里,其里之丑人见之而美之,归亦捧心而矉其里。其里之富人见之,坚闭门而不出;贫人见之,挈妻子而去走。"成语"东施效颦"即源于此。这里是把山拟人化,言山之苍翠是在学习美人的眉黛。

⑦"怅悬头"句：《史记·伍子胥列传》："（吴王）乃使使赐伍子胥属镂之剑，曰：'子以此死。'……（伍子胥）乃告其舍人曰：'必树吾墓上以梓，令可以为器；而抉吾眼悬吴东门之上，以观越寇之入灭吴也。'"这里是下文所说的"悼古伤怀"的主要内容。

──•【精彩解说】

百花洲上是吴王夫差所筑的新姑苏台，楼阁檐上的兽头瓦当高入云端，眼前的景象广阔无垠。大鹏鼓翼，俯瞰着浩瀚无际的大海，蜃展双翅，横亘于繁华的姑苏城上，鳌伸两臂，凌驾于蓬莱仙山之上。青山效颦显出翠色，往事越千年，至今好像还可以闻到伍子胥的鲜血浸入黄土中所散发出来的腥味。悼念历史抒发感怀时，不要靠近栏杆，怕万丈尘埃迷蒙了双眼。

──•【赏析】

苏州曾是春秋吴国的都城，姑苏台在苏州西南，临近太湖。《越绝书》说，吴王阖闾修建了姑苏台，"三年聚材，五年乃成，高见三百里"。而《述异记》则说吴王夫差修建姑苏之台，三年乃成，耗费了大量人力。由此可推断，姑苏台的建造大约始于阖闾，终于夫差。春秋末年，吴越之争中，吴王夫差由于骄奢淫逸、拒纳忠言而亡国，为后人留下了历史教训，姑苏台就成为后人吊古、怀古的名地，在唐诗宋词里有不少以此为题材的作品。乔吉这首小令，是元散曲里同类作品的名作。

"百花洲上新台，檐吻云平，图画天开。"开头三句总写姑苏台的高峻形势。首句点明姑苏台的所在地，"新台"是就阖闾所筑的旧台而言，新台比旧台更加壮丽。"檐吻"指楼阁檐的兽头瓦当，瓦当与云持平，足见其高。登到这个台上，眼前很自然地展现出一幅广阔无垠的画面。

"鹏俯沧溟，蜃横城市，鳌驾蓬莱。"三句鼎足对，写登台远眺时的感受。"鹏俯沧溟"句是从《庄子·逍遥游》"鹏之徙于南溟也，水击三千里，抟扶摇而上者九万里"化来。大鹏鼓翼，俯瞰着浩瀚无际的大海，构成了第一个形象。"蜃横城市"一句中的"蜃"指海中大蛤蜊。古代相传，海市蜃楼是蜃嘘出的气所化（实际上是海上云中日光的曲折反射所形成）。蜃展双翅，横亘于繁华的姑苏城上空,构成了第二个形象。第三句中的鳌,是传说中的海中大龟。蓬莱,传说中海上三神山之一。鳌伸两臂,凌驾于蓬莱仙山之上,构成了第三个形象。连用三种与海有关的动物,凭借想象,让它们腾飞云霄,展现各种姿态,来比况姑苏台上豪华建筑的雄伟气势以及远眺广阔碧野时的心理感受。这里用的是"博喻"的表现手法。作者对姑苏台上的建筑做如此夸张的描写,并不表明他赞赏这种豪华的宫殿,而是在为下文蓄势铺垫。

"学捧心山颦翠色,怅悬头土湿腥苔。"两句抒发感慨。登上姑苏台必然会想起它的主人吴王夫差及其生平行事。"学捧心",即"东施效颦"的故事,由"学捧心"的东施,写到远山含翠,暗引出绝代佳人西施,就能令人联想起当年西施亡吴的历史故事。这两句,上句写吴王夫差淫奢享乐的一面;下句写他的另一面,即诛杀忠臣的残暴行为。"怅悬头"句说的是伍子胥被逼自杀的故事。伍子胥多次上谏,惹怒了吴王夫差,夫差赐剑令其自杀,临死前伍子胥说:"死后把我的眼睛悬挂在东门之上,我要见证吴国的灭亡。"往事越千年,至今好像还可以闻到伍子胥浸入黄土中的鲜血所散发出来的腥味。一个"怅"字,表现了作者的浓重感情,他不仅为往事怅惘,也为现实感伤。

"悼古兴怀,休近阑干,万丈尘埃。"末尾三句表明曲子的主旨。为什么不要靠近栏杆?因为怕万丈尘埃迷蒙了双眼。这句的真正内涵是什么呢?结合元朝末年的黑暗统治来看,它是说吴王夫差亡国的故事就要重演,大元的天下不长了!这是曲子的弦外之音。

这首小令所描写的新姑苏台的宏伟建筑,以及登台远眺时的感受,全是出于想象,气势宏大,有沉郁顿挫之妙。

【双调·折桂令】赠罗真真

乔吉

罗浮梦里真仙①,双锁螺鬟,九晕珠钿②。晴柳纤柔,春葱细腻,秋藕匀圆。酒盏儿里殃及出些腼腆,画幛儿上唤下来的婵娟③。试问尊前,月落参横④,今夕何年?

【字词注解】

①罗浮梦：典出柳宗元《龙城录》，此文讲述赵师雄迁罗浮，梦中遇见仙女，醒来，在大梅树下，当时月落参横。

②九晕珠钿：形容所戴首饰光芒四射。九，言其多。晕，日月的外层光圈。

③画帧（zhēn）：画卷。婵娟：此处指美女。

④参（shēn）横：参为二十八星宿之一。参星横在一边，是天快要亮的时候。

【精彩解说】

像罗浮梦里的仙女，乌黑秀丽的发髻双锁，头戴光芒四射的珠钿。像晴天的细柳那般纤柔，像春天的青葱那样细腻，像秋天的玉藕那样匀圆。酒后红晕的容颜略略显出一些腼腆，俨然从画里走出来的婵娟。试问尊前仙女，月落西天，今夕是哪年？

【赏析】

这首曲子是赠送给一位名叫罗真真的女子的，主要描写这位女子的美貌。乔吉在长期的客居生涯中，常常游历于舞榭歌楼，认识了不少女子。他一直以隐者自居，对这些处于社会下层的女子怀有深刻的同情，并与她们结下了友谊，写了不少赠给这些女子的散曲作品。这首《赠罗真真》在描写罗真真的美丽外貌时，字里行间充溢着一股赞誉之意。

曲子开篇就把罗真真抬到很高的地位："罗浮梦里真仙。""真仙"指"真真"，这一句巧妙地扣住女子的名字用典。"罗浮梦"典出唐代柳宗元《龙城录》，写有人在罗浮山中的树下做梦，梦到一位美丽的仙女，醒来时佳人已逝，"月落参横"。

作者在赞扬罗真真像罗浮梦里的仙女之后，用一大堆比喻具体描写了她的外貌："双锁螺鬟，九晕珠钿。晴柳纤柔，春葱细腻，秋藕匀圆。"乌黑秀丽的发髻和光芒四射的珠钿，纤细柔软的身材，细腻的手指，浑圆的胳膊。涉及这些意象时，除了描摹外观，使用比喻，还提及了"晴""春""秋"等天气和时节。这些都是容易令人产生感触的词汇，配合比喻与描摹，形成一组可爱的意象,将罗真真美丽可爱的外貌描绘得生动细致。"九晕"是以实代虚,形容光芒之多,从而以首饰的耀眼衬托出女子的艳丽。

接着作者写到女子在酒后的神态显出一些腼腆,就像从画里走出来的美女:"酒盏儿里殃及出些腼腆,画帧儿上唤下来的婵娟。""殃及"本有贬义"连累"之意,这里化贬为褒,褒贬参半,既有对酒的埋怨,埋怨它让人有了醉态,又有对酒的赞许,赞许它让女子显得更加娇羞可爱。"画帧儿上唤下来的婵娟"与首句"真仙"呼应。

最后,作者从自身的角度来刻画女子的美丽:"试问尊前,月落参横,今夕何年?"作者把女子当成仙女,恭恭敬敬地上前请教,问她在这个"月落参横"的时候,究竟是哪一年?"月落参横"是即将天亮的时候,与前面第一句用典呼应;"今夕何年"化用宋代苏轼《水调歌头》"今夕是何年"句,切情切景。通过作者神智的迷惘来间接表现女子之美,暗示女子之美令作者神魂颠倒,不知这是天上还是人间。最后这一问,如神来妙笔,令人会心一笑之余,不禁叫绝。

在艺术表达方式上,这首散曲最大的特点是大量使用了比喻这一修辞手法。首句将女子比作仙人,接着将发髻比作双锁,身材比作晴柳,手指比作春葱,胳膊比作秋藕,把女子比作画中人物。这些比喻或者类比,从不同角度表现了女主人公的美丽动人。

【双调·折桂令】七夕赠歌者

乔吉

崔徽休写丹青①,雨弱云娇,水秀山明。箸点歌唇②,葱枝纤手,好个卿卿③。水洒不着春妆整整④,风吹的倒玉立亭亭。浅醉微醒,谁伴云屏?今夜新凉,卧看双星⑤。

【字词注解】

①崔徽:唐代歌伎,才貌双全,常画自己的肖像送给恋人。休写:不要画。

②箸点：形容女子小嘴小如筷子头。箸，筷子。
③卿卿：对恋人的昵称。
④春妆：此指春日盛妆。
⑤双星：牛郎星、织女星。

──•【精彩解说】

　　无须用崔徽的画去增添美色，你的美貌如同春雨般柔弱，彩云般娇媚，像碧水般秀美，像青山般明丽。筷子头一样小的唇瓣，葱枝一样的纤纤细手，好一个娇艳的美人。春妆整整齐齐水洒不着，身材修长亭亭玉立，风儿一吹就会东歪西倾。从浅醉中刚刚醒来，孤单单没有人相伴，深夜里凉意袭来，眺望天上牛郎织女双星。

──•【赏析】

　　《七夕赠歌者》共有两首，此曲为第一首，主要写一位歌伎的美貌，也反映出她淡淡的孤独忧伤。

　　"崔徽休写丹青"，首句用典，以历史上的美女崔徽与主人公比较。崔徽是唐代歌伎，她无法与心上人相聚，便画了自己的肖像送给他，最后害相思病而卒。主人公与崔徽，既是类比又是对比。类比是指主人公与崔徽一样都是歌伎，都很美丽，作者提及崔徽，无疑是要映衬主人公的美丽。对比是指作者为了突出主人公，对崔徽进行了一定程度的否定：崔徽所画的美人也无法与主人公相比。

　　那么作者眼前的女子是如何美过崔徽的呢？作者用一系列比喻描绘："雨弱云娇，水秀山明。箸点歌唇，葱枝纤手，好个卿卿。"女子细雨般柔嫩，彩云般娇艳，碧水般清秀，青山般明丽；小巧的唇瓣可比筷端，纤细的玉手宛如小葱。然后作者赞叹：好一个娇艳可爱的女子！比喻连带对仗，句子顺畅如行云流水，显示出作者对女子赞不绝口、怜爱有加的感情。

　　然而这种赞美还没有结束，作者思如泉涌，继续描摹着女子的外貌："水洒不着春妆整整，风吹的倒玉立亭亭。"春妆整齐油光滑亮，用水洒也不会附着在上面；身材修长亭亭玉立，微风拂动仿佛就要倾倒。这里用了略带夸张的诙谐手法，动态描写与静态描写相结合，突出主人公姣好的身材和迷人的风韵。接着文字转向神态描写,写主人公从浅醉中刚刚醒来的样子:"浅醉微醒,谁伴云屏?""浅"和"微"表明程度,女子略带醉意或者小睡初醒时的样子是最朦胧最具风韵的,因而也是最迷人的。主人公本来就是"水秀山明"的一个女子,又处于浅醉微醒之时,那模样必定更加令人心动。

但是作者的描摹接着陡转,由神态转向心态。"谁伴云屏"一句,表明了女子身边无人相伴,因此她也许会产生孤单之感。在这带着凉意的夜晚,这种孤单感必定更易滋长。作者在这里设了一个小小的悬念:主人公作为一个貌美的歌伎,身边怎么会无人相伴呢?因而,这里的"无人相伴",也许只是一种心态,也许她总觉得在热闹中还缺乏知音,因而在人群中感到孤独。这说明她并不是一个简单的美女,不是一个简单的歌伎。这样,主人公的形象在貌美的基础上,还增添了一定的内涵。当然,这种孤独感应该并不强烈,而是淡淡的,所以她还有心情闲卧着观看天上的双星。双星指牛郎星和织女星,传说中牛郎和织女深深相爱但每年只能相会一次。主人公此刻在想什么?是带着忧郁的心情羡慕牛郎与织女能够相爱相会,还是以同病相怜的心情感慨他们平时无法相聚?作者没有说,这使得作品给读者留下了很大的想象空间。

【双调·折桂令】七夕赠歌者

乔吉

黄四娘沽酒当垆①,一片青旗②,一曲骊珠③。滴露和云,添花补柳,梳洗工夫④。无半点闲愁去处,问三生醉梦何如⑤。笑倩谁扶⑥,又被春纤⑦,搅住吟须⑧。

【字词注解】

①黄四娘:美女的泛称。当垆:古时酒店垒土为台,安放酒瓮,卖酒人在土台旁卖酒,时称"当垆"。

②青旗:酒招子、酒幌子。

③骊珠:传说中骊龙颔下之珠。此处用以形容歌声婉转动人。

④"滴露"三句:形容女子容颜俏丽,梳妆打扮精细。

⑤三生醉梦：深深地进入沉醉的梦乡。

⑥倩：请。

⑦春纤：女子细长的手指。

⑧搅住吟须：女子向作者索要赠诗。吟须，诗人的胡须，此作者自指。

──●【精彩解说】

黄四娘在垆边卖酒，一片青旗迎风飘展，一曲清歌婉转动听。晶莹剔透的双眸似含着滴滴清露，在乌云般的黑发上添上鲜花补上细柳，细细地梳洗打扮。没有半点儿苦闷愁烦，人的三生不过梦一场，应及时行乐。我请她扶一把，她却用纤纤玉手，向我讨要新诗。

──●【赏析】

这是《七夕赠歌者》的第二首，写一位歌伎的美妙歌声、美丽风姿和快乐生活。

"黄四娘沽酒当垆，一片青旗，一曲骊珠。"黄四娘当是女子的泛称，这既可视为"歌者"所唱曲子中的人物，也可视为对散曲要赠送的"歌者"即主人公的称呼。主人公所弹唱的珍珠般动听的歌曲，或许就像美女当垆所售的那些美酒一样，给作者这样的人带来了无穷的快乐，为他们营造出脱离现实的温柔之乡。

接着作品写到了主人公的美貌："滴露和云，添花补柳，梳洗工夫。"她晶莹剔透的眼眸，柔润得似乎要滴出水来，乌黑发亮的头发，茂密得似乎戴着一片美丽的云。她细致地梳洗打扮，在鬓角插上鲜花，把眉毛描成柳叶的模样。

"无半点闲愁去处，问三生醉梦何如。"她是如此快乐，没有半点儿苦恼忧愁。为什么没有忧愁呢？作者进行了解释：人的三生不过就像醉梦一样，该享乐时就应该享乐。这种理解，是主人公的心声，也是作者的心态，有了这种心态，"歌者"的享乐也有了一些高度。当然这种心态也许仅是作者强加于"歌者"的，这句话与其说表达了"歌者"的心态，还不如说是表达了作者的心态。

"笑倩谁扶，又被春纤，搅住吟须。"也许是有了醉态，作者笑着要请"歌者"扶他，而"歌者"则用纤纤玉手搅弄着作者的胡须。这儿参与打闹的或许并不止"歌者"一位,或者说,这首曲子所赠的对象不一定就只有一位"歌者"。无论"歌者"有几位,最后描写的调笑打闹场面都是欢乐热闹的,这个场面与前面叙述的"一曲骊珠"的愉悦、"滴露和云"的美丽、"无半点闲愁"的快乐、"问三生醉梦何如"的洒脱都是一致的,表现了作者认为人生应该追求享乐的心理。最后的笑闹场面将这种心理推到了高潮。为什么要说"搅住吟须",虽然作者没有明说,但是结合题目,可以推测这是女子在央求作者赠送诗作新曲。乔吉长期流连酒楼歌榭之中,结识了不少风尘女子,这些女子佩服这位"江湖状元"的才华,难免会请求他为自己赋曲,所以乔吉散曲中有一部分就是赠送给这些女子的。

作者与歌伎相处的光阴自青年一直到老年。作为一个浪子,他的命运又何尝不与这些女子一样,将自己的青春,甚至一生的时光,都挥洒在一片酒旗下,或一曲欢歌中。在那样的美酒欢歌中,在热闹快乐之余,年华渐老的他回首往昔,又怎能没有一丝淡淡的惆怅、忧郁和凄凉呢?

【双调·折桂令】秋思

乔吉

红梨叶染胭脂,吹起霞绡①,绊住霜枝。正万里西风,一天暮雨②,两地相思。恨薄命佳人在此,问雕鞍游子何之③。雁未来时,流水无情,莫写新诗。

【字词注解】

①绡(xiāo):生丝的纺织物。

②"正万里"二句:化用自柳永《八声甘州》"对潇潇暮雨洒江天,一番洗清秋"句。

③"恨薄命"二句:化用自柳永《定风波》"恨薄情一去,音书无个。早知恁么,悔当初、不把雕鞍锁"句。雕鞍,雕饰有精美图案的马鞍。之,往,去。

―●【精彩解说】

那红色的梨树叶如同涂上了一层胭脂，绯红如朝霞的叶片随风飞舞，宛如轻绢薄纱，挂在经霜后的枝条上。正刮着万里西风，漫天的秋雨飘洒着，如相思一般绵绵不尽。自恨是薄命女子，远方的游子啊，你现在何处？大雁归期未定，流水无情不能传递红叶诗，还是不要写新诗了。

―●【赏析】

这是一支秋日抒情的曲子。曲中的抒情主人公是一位满怀相思的"薄命佳人"，她所怀念的意中人是一位不知在何处，也不知何时归来的游子。

"红梨叶染胭脂，吹起霞绡，绊住霜枝。"曲子的前三句先写萧疏的秋景，紧扣题目。作者选取了最有典型性的秋季景物——红叶，细写霜叶的飘零，用一叶惊秋的环境气氛来牵动主人公的情思：那红色的梨叶经过秋风秋霜的浸染，如同涂上了一层深红色的胭脂，风起叶飘，那绯红如朝霞的叶片随风飞舞，像轻绢薄纱，有时轻轻落地，有时挂在经霜后的枝条上。起首三句，一幅萧疏秋色图跃然纸上，为全曲的抒情烘托渲染了一种伤感的氛围。

"正万里西风，一天暮雨，两地相思。"前两句将秋景的萧瑟感渲染得更深了一层。此句化用了宋代柳永《八声甘州》"对潇潇暮雨洒江天，一番洗清秋"的句意。"两地相思"是全曲的主旨句。这四字本来极为平常，但由于已有前面浓墨重彩的写景铺垫，因此显得情感深沉。这是古代诗歌中常用的"情景交融"手法。

"恨薄命佳人在此，问雕鞍游子何之"两句，点出曲子的主角，原来是一位孤独的女子。她的恋人离她远去，此刻，她自恨薄命，默默地发问：远方的游子啊，你现在何处？这里暗用柳永《定风波》词"恨薄情一去，音书无个。早知恁么，悔当初、不把雕鞍锁"的意境，说明这位薄命佳人正在后悔当初没有坚决阻止爱人远行。

"雁未来时，流水无情，莫写新诗。""雁未来时"，表示恋人的归期无定。大雁秋去春回，尚有归期，可自己的恋人，不但不知他身在何处，连什么时候回来也不知道。最后两句，暗含"红叶题诗"的典故，与本曲开头写红叶相互照应，使全曲在结构上显得更加紧密。关于"红叶题诗"的故事，唐宋间流传很多，故事梗概大体相同，都是用红叶题写诗句，靠流水来传送所题之诗。此处反其意而用之，说"流水无情"，纵然题诗也无法靠它传递，还是不写诗为妙。这里，既反映了女主人公的怨恨之情与孤独之感，也表现了她因难通音讯所造成的相思之苦。尾句"莫写新诗"，写得极为传神，将女子屡屡以诗寄情而又怨恨游子之极，发誓不再作相思诗的情状与心态，惟妙惟肖地表现出来了。

这支曲子的前六句，在意象上似受到王实甫《西厢记·长亭送别》"碧云天，黄花地，西风紧，北雁南飞。晓来谁染霜林醉？总是离人泪"的影响，创造出一种情景交融的意境。在语言上，它很讲究辞藻的华美和对仗的工整，如"吹起霞绡，绊住霜枝""万里西风，一天暮雨"等，都是对偶极工之句，风格婉约清丽，代表了乔吉散曲的艺术特色。

【双调·折桂令】荆溪即事

乔吉

问荆溪溪上人家①，为甚人家，不种梅花。老树支门②，荒蒲绕岸，苦竹圈笆③。寺无僧狐狸样瓦④，官无事鸟鼠当衙⑤。白水黄沙，倚遍阑干，数尽啼鸦。

【字词注解】

①荆溪：地名。在今江苏宜兴南，因靠近荆南山而得名。

②老树支门：化用自陆游"空房终夜无灯火，断木支门睡到明"诗句，形容荒凉、贫困的景象。

③圈笆：圈起的篱笆。

④样瓦：一作"弄瓦"，戏耍瓦块。一说"样"通"漾"，玩耍，抛掷。

⑤鸟鼠当衙：鸟和老鼠坐了衙门。

【精彩解说】

我要问问这住在荆溪的人家，是什么样的人家，怎么都不种梅花？枯树支撑着门，萧瑟的蒲苇杂乱地生长在岸边，还有苦竹圈围成的篱笆。寺庙里没有僧人，狐狸在房上戏耍屋瓦，衙门里见不到执法者，只有鸟和老鼠在尽情玩耍。河水里翻滚着黄沙，我倚遍栏杆，一点一点地数着那悲啼的乌鸦。

【赏析】

荆溪在江苏宜兴南，以近荆南山而得名，传说是晋代周处斩蛟的地方。荆溪沿岸风景秀丽，唐代杜牧曾筑水榭于其上；宋代苏东坡想在这里买田种橘。在他们眼中，荆溪是个理想的世界，一个使心灵得以休憩的世外桃源。但同样一个荆溪，在乔吉的笔下并不是一个安谧恬静、超脱红尘的地方。这首《荆溪即事》描绘了作者眼中的荆溪，那个人们称颂的"世外桃源"，实际上是一个悲凉惨淡之地。

"问荆溪溪上人家，为甚人家，不种梅花。"曲子开头以设问陡起，问得奇怪，又似乎无理。人家种不种梅花，干卿何事？何况荆溪并不以梅花著称（前人咏荆溪的诗，文中几乎没有涉及梅花），乔吉为何提出这一奇特的问题呢？作者给我们留下一个问号，一个悬念。

接下来作者却并未解答，而是突然笔锋一转，描绘了一幅凄寂荒凉的人间图画："老树支门，荒蒲绕岸，苦竹圈笆。"没有梅花，有什么呢？这里有树，但不是"著花无丑枝"的树，而是枝枝丫丫遮蔽着无人进出的小门的老树；这里有蒲苇，但不是"短短齐似剪"的生机盎然的蒲苇，而是绕岸杂生萧瑟参差的"荒蒲"；这里有篱笆，但不是"桃园琼篱"，而是苦竹圈着的篱笆。没有一点儿活力，没有一点儿生气，作者展现的是一个死寂凄凉的人间。

"寺无僧狐狸样瓦，官无事鸟鼠当衙。"这两句进一步深化了这种人间的"死寂"内涵：狐狸在寺庙的瓦上乱窜，僧人不知何处去，历来慰藉人心的宗教信仰不复存在；衙门里见不到执法者的身影，只有鸟和老鼠在尽情戏耍，人间的正常秩序悄然瓦解。作者就这样展现了一幅死气沉沉的人间场景，显示了他心底深处的那种对现实的绝望情绪以及惆怅痛苦的人生失落感。

全曲最后三句是作者绝望心境的写照："白水黄沙，倚遍阑干，数尽啼鸦。""白水黄沙"，仿佛是作者心目中世界的真相——一片黯淡空荡；他倚遍栏杆，面对这不堪的现实人间，只有一点一点地数着那声声悲啼的乌鸦。有什么比这一动作更能体现作者内心的那种惆怅和空寂呢？曲中展现出作者的人生失落感，深切而悲怆，撼动人心。

　　本曲所描绘的荆溪，是一个凄苦的、丑陋的世界，这正反映了作者不是把现实生活空泛地理想化，不用表面的欢娱和自足作为心灵的短暂慰藉，而是面对真正的现实、真正的命运。曲子开头的梅花，是一种美的象征，由此在全曲的意象上形成一个"美"和"丑"的意味深长的对照，从而表达出作者对美已在人间丧失的无限悲哀和惆怅。本曲所包含的美的悲剧情味正是其艺术魅力和深层内涵之所在。

【双调·折桂令】毗陵晚眺[1]

乔吉

　　江南倦客登临[2]。多少豪雄，几许消沉[3]。今日何堪，买田阳羡[4]，挂剑长林[5]。霞缕烂谁家昼锦[6]，月钩横故国丹心[7]。窗影灯深，燐火青青[8]，山鬼喑喑[9]。

【字词注解】

①毗（pí）陵：古县名。为春秋时吴国王子季札的封地，在今江苏武进。

②倦客：倦于游宦的人。

③几许消沉：多少人消沉下去了。几许，多少。

④买田阳羡：苏轼晚年想定居于阳羡，有买田于此的意向。阳羡，古县名，在今江苏宜兴南。

⑤挂剑长林：化用晋许逊挂剑长松之典。许逊曾官拜旌阳县令，因世道混乱遂投身道家。

⑥昼锦：意为富贵还乡。《史记·项羽本纪》："富贵不归故乡，如衣锦夜行。"宋代韩琦在故乡筑了别墅，因名为"昼锦堂"。

⑦"月钩"句：此句化用宋代周密《一萼红》"故国山川，故园心眼，还似王粲登楼"的句意。

⑧燐火：同"磷火"。人或动物尸体腐烂后分解出的磷化氢，在空气中

自燃,在墓地中多见,俗称"鬼火"。

⑨喑(yīn)喑:缄默不言。

●【精彩解说】

江南的倦客登临高处。想古往今来多少英雄豪杰,最终逃不过消沉的命运。今日又能如何,人生如梦,世事皆虚,学东坡买田阳羡归隐,像许逊修道升仙。霞光灿烂的早晨还在享乐人生,晚上却已改朝换代,成了异代之鬼了。窗影幽暗,灯光昏黄,坟间的磷火闪着青色的光,山鬼也沉默不语。

●【赏析】

这首曲子展现了作者乔吉内心深处无法超脱的痛苦。

"江南倦客登临",首句便透出一股悲凉沉重之感。倦客,本指仕宦不如意而想要退隐的人,乔吉家居杭州,一生仕途不顺,落拓江湖,因此以"江南倦客"自称。这里正透露了作者内心深处的想法:他又何尝不想立身治国、一展其才?只是现实磨"倦"了他的意志而已。

而英雄壮志未酬,千古以来又何止乔吉一人?"多少豪雄,几许消沉。"这两句,一下子将眼光伸向历史,揭示了"倦客"的感慨是历史上仁人志士共同的心绪。接着,连举两个例子加以印证:"今日何堪,买田阳羡,挂剑长林。""今日何堪"是作者对历史、对人生的思索,这是古代许多失意文人内心深处共同的悲剧意识。"买田阳羡"用苏东坡的典故,东坡一生屡遭仕途之险,最终领悟"人生如梦",唯求在田园中度过余生。"挂剑长林",一般指春秋时季札赠剑亡友,将剑挂在亡友坟上的故事。但在本曲中,化用的是晋代许逊挂剑长松的典故。许逊由于眼见朝廷昏乱,悟到世事皆虚,于是投身道门。相传建昌县冷水观一棵长寿松是其遨游挂剑的地方。这里,作者由自身的际遇转向了对失意文人共同命运的揭示。

"霞缕烂谁家昼锦,月钩横故国丹心。""霞缕烂"指霞光灿烂的早晨;"昼锦"即"昼锦堂",宋代魏国公韩琦所建,富丽堂皇,极尽人间享乐富贵。"月钩横"指夜晚。二句对仗,意指光阴飞逝,人生如梦,早晨还在享乐人生,晚上却已改朝换代,富贵已化为乌有。

"窗影灯深,燐火青青,山鬼喑喑。"请看这历史、人生的真实画面吧:

伴随着幽暗窗影、昏黄灯光,历史、人生的永恒结局是——"燐火青青,山鬼暗暗"。人生之灯终将化为坟间磷火,一切的壮志、呼唤,终将是山鬼暗暗,这才是英雄消沉的最大悲剧。以写景作结是传统诗词的含蓄手法,使得全曲具有悠悠不尽之意。

乔吉在本曲中用娴熟的技巧把情感和沉思化为一种艺术的境界,将深沉而悲切的思考和凄怆而痛苦的感情在幽暗的画面中凝结在一起,形成了一个扣人心弦而又耐人思索的意境。

【双调·折桂令】客窗清明

乔吉

风风雨雨梨花,窄索帘栊①,巧小窗纱。甚情绪灯前②,客怀枕畔,心事天涯。三千丈清愁鬓发,五十年春梦繁华。蓦见人家③,杨柳分烟,扶上檐牙④。

【字词注解】

①窄索:狭小,狭窄。栊(lóng):这里指窗户。
②甚:甚是,正是。
③蓦(mò):突然。
④檐牙:檐角上翘出如牙的部分,屋脊翘角处。

【精彩解说】

透过狭窄的窗户、小巧的窗纱,看到经历了风风雨雨的梨花。正是心绪黯然之时,面对着孤灯一盏,枕着旅店的孤枕,天涯漂泊的重重心事涌上心头。悲叹和忧愁染白了少年头,五十年岁月如春梦一场。忽见远处人家杨柳依依,炊烟袅袅,渐渐爬上了檐角。

【赏析】

本曲表现的是一位客居在外的游子的孤独感和失意情怀,也可看成是作者漂泊生活与心境的写照。从"五十年春梦繁华"一句推测，此曲写于作者五十岁左右。

"风风雨雨梨花，窄索帘栊，巧小窗纱。"开头三句写眼前所见的景物。清明时节，时值暮春，经过风吹雨打，窗前的梨花已日渐凋零了。这是透过窗棂所看到的外景，写景的观察点是在窗前，故二、三句描写窗户和窗纱，紧扣题目中的"客窗"两字。而狭窄的窗棂和小巧玲珑的窗纱又给人一种精神上的压抑之感。

"甚情绪灯前，客怀枕畔，心事天涯。"一个"甚"字，领起以下三句，由景及情，渐渐道出了客子的愁苦情怀。一个客居在外的人，面对孤灯一盏，又能有什么好心绪呢？只有客中的孤独、重重心事和天涯漂泊的苦况而已。

这万千的心事，从何说起呢？作者仅用了以下两句概括："三千丈清愁鬓发，五十年春梦繁华。"上句化用李白《秋浦歌》里的诗句"白发三千丈，缘愁似个长"，说明自己的白发是因愁而生，表现了愁思的深长。下句说五十年来的生活，像梦一样过去了。"春梦繁华"，意为只有在春梦中才有繁华的生活景象。作者写这支曲子的当时，民生凋敝，现实生活中哪里有什么繁华可言。这两句写出了作者无限的愁思和感慨。

末尾三句，陡然一转，将视线移向窗外人家。"蓦见人家，杨柳分烟，扶上檐牙。"这家门前的杨柳垂着轻柔的枝条，依依袅袅，远远望去如含烟雾一般，与檐角相齐，充满着春来柳发的盎然生机和生活情趣。此情此景，更反衬出游子天涯漂泊的孤独之感。李清照《永遇乐》词"如今憔悴，风鬟霜鬓，怕见夜间出去。不如向帘儿底下，听人笑语"，即是用人家的欢言笑语来反衬自己的寂寞伤神。本曲在抒情手法上与此一脉相承。

这支曲子题为《客窗清明》，作者的视线始终围绕"客窗"：窗外的风雨梨花，窗上的窗纱，窗内的孤灯寒枕，窗外的杨柳人家。由外到内，又由内到外，意象更迭，思绪翻滚。妙在通过寄情于景和反衬，极致地表达出了游子的孤独失意、漂泊之感和思乡之情。

【双调·折桂令】寄远

乔吉

怎生来宽掩了裙儿①?为玉削肌肤②,香褪腰肢③。饭不沾匙,睡如翻饼,气若游丝④。得受用遮莫害死⑤,果实诚有甚推辞?干闹了多时,本是结发的欢娱,倒做了彻骨儿相思⑥。

【字词注解】

①怎生:为什么。元人口语。
②为玉削肌肤:因为玉体减少了肌肤,即人消瘦了。
③香褪腰肢:腰肢瘦了。
④游丝:空中飘飞的细蛛丝,比喻气息极微弱。
⑤受用:享受,享用。元人口语。遮莫:即使。
⑥彻骨儿:彻头彻尾之意。元人口语。

【精彩解说】

为什么宽掩了绸裙?是因为肌肤损削,玉腰消瘦。吃饭不愿沾匙,睡觉像翻饼一般折腾,呼吸细微像游丝。当时如果好好相处,即使现在死了也享受到了。如果真的诚实,为何要推辞?可惜白白地闹腾这么久,本来是结发夫妻的欢乐生活,到头来却成了彻骨的相思。

【赏析】

这首曲子通过少妇之口,运用白描和夸张的手法,通过生动通俗的语言展现了主人公的心声,如泣如诉。

"怎生来宽掩了裙儿?为玉削肌肤,香褪腰肢。"起首三句是一组设问句,少妇自问,为何裙子变宽松了?是因为人消瘦了。这个设问看起来很有拖沓累赘之嫌,裙儿宽掩,自然是因为身体消瘦了的缘故,而这样一设问,更加强调了这位少妇的消瘦憔悴,也体现出女主人公在自怨自艾。且"玉""香"等字样,暗示出女主人公在此前的年轻美丽。

接下来的三句力写女主人公的虚弱憔悴之态:"饭不沾匙,睡如翻饼,气若游丝。"这三句活画出一位吃不香、睡不着、病恹恹的女子形象。而使得这位女主人公如此备受折磨的原因到底是什么呢?下文给出了答案。

"得受用遮莫害死,果实诚有甚推辞?"女主人公感慨道,当时如果好好在一起,即使现在害病死了也值了;如果真的诚心实意,当初为何要推辞?原来女主人公在后悔当初推辞而没有"得受用"爱情的甜蜜,如今只能苦苦相思,日渐消瘦了。宋代词人柳永曾在《蝶恋花》一词中写道:"衣带渐宽终不悔,为伊消得人憔悴。"而本曲中的女主人公,虽然也是因相思而"宽掩了裙儿",却充满了后悔和惋惜。

末尾的三句,显示了事与愿违的结局:"干闹了多时,本是结发的欢娱,倒做了彻骨儿相思。"语中包含着女主人公的怨恨之意,表现出她心有不甘。本来她可以和心上人成为结发夫妻,共享欢娱,却因为当初的推辞而使两人分别,只能独自承受相思之苦。这就使读者不能不为女主人公生发出深切的同情。

本曲描写少妇的相思之情,刻画得不同寻常,细腻而又触目惊心。女主人公食不下咽,睡不安寝,直熬得"气若游丝";想起只要能在一起,万死也不辞,只可惜现在良人远在天边,徒增思念。作者写她自怨自艾、申诉苦痛与悔意,真实感人,末句"本是结发的欢娱,倒做了彻骨儿相思"还带有似嗔似娇的情味。作者能将闺中思妇的心理表现得如此深切,是令人为之击节叹赏的。

曲子语言浅白,多用口语,生动细致地抒发了闺中少妇的相思之情。

【双调·殿前欢】登江山第一楼[1]

乔吉

拍阑干。雾花吹鬓海风寒,浩歌惊得浮云散。细数青山,指蓬莱一望间。纱巾岸[2],鹤背骑来惯[3]。举头长啸,直上天坛[4]。

【字词注解】

①江山第一楼:江苏镇江北固山甘露寺内的多景楼。

②纱巾岸：把纱巾掀起露出前额，表示态度洒脱。纱巾，头巾。岸，此指露额。

③鹤背骑：骑鹤背。此处指骑鹤升仙。

④天坛：王屋山主峰天坛，相传黄帝在此祈天求雨，唐司马承祯在此修行得道。

【精彩解说】

拍着栏杆。强劲而湿润的海风带着如雾的水汽迎面扑来，吹得鬓发飘飘，放声歌唱，歌声冲天，惊得浮云四散。细细查数重重青山，蓬莱仙境在一指相望间。戴着纱巾像古人王子乔那般遨游云空。抬头仰天长啸，直上那高高天坛。

【赏析】

这首曲子是作者登临"江山第一楼"有感而作。乔吉一生游历了很多地方，有不少登临之作。本篇《登江山第一楼》堪称佳篇。江山第一楼，指镇江北固山甘露寺内的多景楼，临近大江，遥望东海，颇为壮观，宋代著名书法家米芾游多景楼时赞为"天下江山第一楼"。

"拍阑干"，开篇便气势不凡。以一个陡然的动作开篇切入，既点题"登楼"，同时又引导人们进入诗人的深沉心境。这句巧妙化用了辛弃疾的名句"落日楼头，断鸿声里，江南游子。把吴钩看了，阑干拍遍，无人会，登临意"的意境，显示出诗人内心深处是不平静的。

"雾花吹鬓海风寒"，精练而传神地写出高楼下江水浩瀚的景象。"雾花"指水汽，江畔之风，强劲而湿润，扑面而来，吹得鬓发飘拂，一个登楼者的形象写意化地凸显了出来。"寒"字既是海风袭人的感觉，又是作者的心理感受：世界并不是温暖的存在。这就把"拍阑干"的意味推向深层。

"浩歌惊得浮云散"一句，一下子将作者独立江楼、藐视现实的胸臆豪放地表达出来。"浮云"，在古代诗歌中或比喻不足挂心之事（如《论语》中孔子说"不义而富且贵，于我如浮云"）；或比喻卑鄙小人（如李白《登金陵凤凰台》："总为浮云能蔽日，长安不见使人愁。"）；或借以表达存在的变幻不定（如杜甫《哭长孙侍御》："流水生涯尽，浮云世事空。"）。

而乔吉向往和追求的是现实的彼岸世界,"浩歌"正要将这一切世间的"浮云"一惊而散。此句是全曲的一个转折点。

"细数青山",暗用"买山"的典故,本指归隐,这里借以表达超脱的情怀。"指蓬莱一望间",蓬莱,古代传说中海上三仙山之一,是仙人居住的地方。"一望间"指作者的心境与"仙境"一脉相通。求超脱是元代文人的一种普遍心境。

"纱巾岸,鹤背骑来惯"用"王子乔骑鹤"的典故,王子乔是传说中得道成仙的人。"惯"字,写得极洒脱,表现了那种超脱尘俗、遨游天地间的自由境界。

最后,作者以"举头长啸,直上天坛",将这种境界推向了全曲的归结。末句与前文相呼应:摆脱了世俗,作者的身心似乎进了"天坛"——没有烦恼,没有悲伤,只有自由驰骋遨游的新世界。

多景楼颇负盛名,历来登临题咏者极多,其中也不乏佳作。而乔吉的这首曲子别开生面,并不着意于描绘多景楼的景色,而是借景展现了作者自己的内心世界。全曲以"意"为脉,以"情"为络,层层起伏开合,气势豪迈酣畅。

【双调·雁儿落过得胜令】忆别

乔吉

【雁儿落】殷勤红叶诗①,冷淡黄花市②。清江天水笺,白雁云烟字。

【得胜令】游子去何之?无处寄新词。酒醒灯昏夜,窗寒梦觉时。寻思,谈笑十年事;嗟咨③,风流两鬓丝。

—•【字词注解】

①红叶:枫叶。

②黄花:菊花。

③嗟咨(jiē zī):嗟叹。

【精彩解说】

离别时以红叶题诗殷勤相送,那时菊花已经凄冷凋零了。清湛的江水与天空相映,像是一张巨大的诗笺,天空中白雁成行,像是云烟写成的字。 远方的游子啊,你如今去了哪里?我无法寄给你我新写成的相思词。在酒醒灯昏的夜晚,在窗寒梦醒的时候。令人追思那十年谈笑欢乐的事;真可叹,风流逝去给两鬓已添上了如丝的白发。

【赏析】

这支带过曲表现了对远别的人的思念之情。这位远别之人是谁?他们为什么分别?都不甚分明,也不需要分明。心上人远去了,想寄首怀想的诗歌也无从寄,因为不知道他流落何方,而思念之情魂牵梦绕。作者要通过作品给予我们、感染我们的,就是这种绵绵无尽的相思之情。

最先出现在回忆之中的是送别的场景,因为那是最激动人心、最令人难忘的一幕。"殷勤红叶诗,冷淡黄花市",作者没有致力于分手情景的摹状,也没有抒发依恋不舍的感情,只是描绘出红叶、黄花、清江、白雁构成的一片天高气清的秋色图景,意蕴在这里被表现得很空灵。"红叶诗"句来自人们熟知的典故:唐宪宗时有宫人在红叶上题诗一首,有"殷勤谢红叶,好去到人间"的句子,红叶从御沟流出,为人所拾,后来二人巧成夫妻。但这里并不需要将它落在实处,也不必看作是作者真的以红叶题诗来赠别。整个境界不过是作者对主观感受与客观景物的融合,这种融合并不是形象分明、意义确切的,却格外突出了离别的伤感。

"清江天水笺,白雁云烟字。"澄澈的江水映照着天空,好像一张巨大的诗笺,天空中白雁成行,好像云烟写在天上的字句,这种奇特而富于诗意的联想只能出自一个依依惜别的诗人。以下两句由追忆回到了现实中。别后的况味更令人难堪:"游子去何之?无处寄新词。"这两句起着过渡的作用。"新词"一说是他们当年在一起酬唱写下的诗词。只能以鸿雁传递信息已是一重痛苦,而现在有新作非但不能当面交流切磋,连寄也无从投寄,其苦便更深一重。看来去者是一个长期浪迹天涯的漂泊者,很难与其重逢。"游子去何之"的疑问中,除了思念,还包含着深深的怜惜与关切。

既然消息不能传递,只有独自怀想了,于是过渡到以下的内容:描述自己对去者的思念。人们在怎样的时刻思维最活跃、最容易感伤呢？恐怕没有比"酒醒灯昏夜，窗寒梦觉时"更恰当准确了。夜半时分从梦境中醒来，头脑却格外清醒。此时万籁俱寂，窗外透进阵阵寒意，独自对着一盏昏灯，便会觉得分外孤寂。梦中产生的一些幻影触发了对往事的怀想和对现实的感慨。

"寻思，谈笑十年事；嗟咨，风流两鬓丝。"作者所怀想的，是他们长达十年之久的欢乐；感叹的是，欢乐毕竟过去了，那在风流中逝去的时日，已经给两鬓添上了如丝的白发。二人关系的亲密和情谊的深挚已足以通过忆别的描述感染读者了。

这首曲子风格含蓄蕴藉，语言带有独特的散曲风味，耐人寻味。

【双调·雁儿落过得胜令】自适

乔吉

【雁儿落】黄花开数朵，翠竹栽些个。农桑事上熟，名利场中掳①。
【得胜令】禾黍小庄科②，篱落棱鸡鹅③。五亩清闲地，一枚安乐窝。行呵④，官大忧愁大；藏呵，田多差役多。

—●【字词注解】

①掳（luō）：低劣。睢玄明【耍孩儿】《咏鼓》有"这厮则嫌乐器低，却不道本事掳"句。元人口语。

②庄科：庄园，田产。科，同"窠"。

③篱落：篱笆之间。棱：篱上横木，这里用为动词。

④行：此处指入世做官，与下文"藏"（隐居避世）相对。《论语·述而》："用之则行，舍之则藏。"

—●【精彩解说】

数朵菊花开着，几竿翠竹栽着。我对农桑事很熟悉，对名利场上的事却很低能。小村庄周围栽满禾黍，篱笆上伏着鸡鹅。五亩地虽不多，却落得清闲；一座田庄虽小，却是安乐窝。要出仕啊，官职大忧愁也大；要归隐啊，田地多了差役也多。

【赏析】

这支带过曲，写的是一位士人逃脱是非名利场、隐遁田园安乐窝的生活与心境。

起首二句淡淡两笔，描绘出一幅闲适美好的田园小景："黄花开数朵，翠竹栽些个。"黄花开放，但并不多，数朵而已；翠竹也只是数竿，没有长成一片林子。正是这些景物的"少"，更显示出了田园的幽雅和趣味。这两句表面上不存在对比因素，实际上在这幽趣背后，正是作者对熙熙攘攘争名夺利的尘嚣的厌弃和否定。

"农桑事上熟，名利场中捋。"接下来的这两句则明将"农桑事"和"名利场"并列对比，说自己对农桑事很熟悉，而对于名利事很不擅长。说的虽似乎是能力的高下，但其中隐藏的是非之意自不待言。

"禾黍小庄科，篱落棱鸡鹅。""禾黍"句的重点在"小"字上，为什么田庄要小呢？读完最后一句"田多差役多"便自然明白了。"篱落棱鸡鹅"是对农家小院点缀性的描写。棱，本是篱上的横木，有棱有角，用作动词，自然形象。鸡鹅蹲伏在篱笆上，一副不受惊扰、恬静安适的样子，显出农家生活的安宁。

以下两句再用数量写这处田庄家园的少与小："五亩清闲地，一枚安乐窝。"《孟子》中有"五亩之宅，树之以桑，五十者可以衣帛矣"的描述，五亩是求温饱的起码数量。虽然少，难得的是清闲。"安乐窝"用"枚"作量词，新颖俏皮，其实也是在写安乐窝的小，有自嘲的意味，颇有意趣。

以上都是对田园生活的叙说和描写。从情感方面，贯穿其中的当然是自适的心境；从描写方面，贯穿其中的便是"少"和"小"。无论黄花、翠竹，还是禾黍、田庄，都以其规模之小和数量之少形成了秀雅与幽静的境界，从而使读者产生美感。然而作者还有深意，在最后两句以极通俗明白、极富概括力的语言揭示了其中真意："行呵，官大忧愁大；藏呵，田多差役多。"孔子说："用之则行，舍之则藏。"（《论语·述而》）而几千年的事实证明，知识分子无论行或藏，都不太容易。这两句概括的正是这样的历史。前一句是暗写，在肯定田园之趣之余说明了"官大忧愁大"；后一句是明写：即便是田园生活，也难免差役的压迫。总之，无论出仕还是退隐，对于知识分子来说都是困难重重，那作者标题所谓的"自适"，其实是很有限度，并不那么恬然。

这支曲子从头到尾基本上对偶，其中又有灵活之处，工整而富有变化。语言上，文雅与通俗并存，既工致又活泼，浑然天成，体现了元曲雅俗结合的妙趣。

【双调·清江引】有感

乔吉

相思瘦因人间阻①，只隔墙儿住。笔尖和露珠，花瓣题诗句，倩衔泥燕儿将过去②。

——•【字词注解】

①间（jiàn）阻：阻隔。
②倩：请。将：拿，带。

——•【精彩解说】

相思让人瘦，只因被人阻隔，有情人虽仅一墙之隔却咫尺天涯。只好用笔尖蘸露水在花瓣上题诗，请衔泥的燕儿把自己的相思之情衔过墙去。

——•【赏析】

这是一支写相思的小令，描写了爱情被阻隔的恋人之间的相思之情。

"相思瘦因人间阻，只隔墙儿住。"曲子一开始就点明了引起相思的原因是有人从中作梗，使得两人虽只有一墙之隔，却是难以相见，咫尺天涯。

"笔尖和露珠，花瓣题诗句，倩衔泥燕儿将过去。"这对可怜的有情人不仅无法见面，连相互传递书信、互通情愫也是难上加难。主人公只好以露珠和墨，用花瓣题诗，请衔泥的燕儿把自己的相思之情衔过墙去。笔尖和露、花瓣题诗，把读者引入一个多么富有诗情画意的相思境界，尤其是结句"倩衔泥燕儿将过去"，想象别致，情韵天然。他们多想像燕子一样自由自在地飞来飞去呀。在想象中，燕子似乎也通人性，能为恋人传递爱情的炽热。这一美妙的想象，对后代文学作品产生了深远的影响。明传奇有《燕子笺》（阮大铖），其中就有燕子传笺、促成男女情事的情节，被认为是一种优美的艺术想象。实际上，乔吉的这首小令在《燕子笺》之前，由此可以看出作者艺术构思的精巧及其魅力了。

这首小令篇幅短小，却有着深刻的含意。作者展开想象，表现了在封建观念束缚下的青年男女丰富的内心世界。在现实中，有一道墙阻隔了有情的两人，这道墙既是有形的泥土墙，同时也象征着无形的封建礼教的"墙"。唐代王驾的《雨晴》诗中有"蛱蝶飞来过墙去，却疑春色在邻家"的佳句，王实甫在《西厢记》中描写崔莺莺和张生隔墙相思，也有"隔花阴人远天涯近"的句子。在这首曲子中，乔吉化用其意境来写隔墙相思，文笔清丽而又意涵深沉。此外，曲中请衔泥燕子传递相思之情的想象，给人以很美的艺术启迪。

这首作品从侧面反映了封建社会中青年男女恋爱不能自主的痛苦心情，表现了他们虽被阻隔仍相思不忘的坚贞品性。在艺术上，这支小令充分体现了乔吉散曲清新婉丽的创作特点，很有唐宋诗词婉约派的韵致。

【双调·卖花声】悟世

乔吉

肝肠百炼炉间铁①，富贵三更枕上蝶，功名两字酒中蛇②。尖风薄雪，残杯冷炙③，掩清灯竹篱茅舍④。

【字词注解】

①"肝肠"句：喻备受煎熬，意志变得如熔炉百炼的纯铁那样坚强不屈。

②酒中蛇：杯弓蛇影。

③残杯冷炙：剩酒和冷菜。

④竹篱茅舍：乡村中简陋的屋舍。

―•【精彩解说】

　　肝肠像炉中百炼的钢铁，富贵对我来说就像是庄周梦中的蝴蝶，功名两字就如同酒杯中的蛇影。世道似尖利的寒风薄雪，一盏灯照着一杯剩酒半盘冷菜，还是掩好灯守着这竹篱茅舍。

―•【赏析】

　　这支小令塑造了一个饱经世间坎坷而心灰意冷的寒士形象，展现了他的精神世界和生活境遇。

　　前三句直抒胸臆。"肝肠百炼炉间铁，富贵三更枕上蝶，功名两字酒中蛇"，三句虽然是一组工整的鼎足对，但意思并不是并列的。首句总写这位寒士的精神状态，是全曲的基调。"肝肠百炼炉间铁"是个意蕴丰富的比喻：久经锤炼后出炉的钢铁是何等坚硬，一个受尽艰难困苦的人，心肠如同钢铁那样。同时他的心也变得极冷，没有丝毫对生活的希望和热情。从这个比喻中，我们可以联想那刚入炉的矿石在高温下化成铁水，曾经沸腾跳跃，正如一个怀抱希望初入社会的人一样，充满热情和活力。对比之下，那使他变得如此坚硬冰冷的社会是何等残酷无情，便不言而喻了。下面两句是首句的具象化。"枕上蝶"用"庄周梦蝶"的典故，据《庄子·齐物论》说，庄子梦中幻化为栩栩如生的蝴蝶，忘了自己原来是人，醒后才发觉自己仍然是庄子。究竟是庄子梦中变为蝴蝶，还是蝴蝶梦中变为庄子，实在难以分辨。后来用"庄周梦蝶"表现虚幻、迷蒙之态。这里比喻富贵无非是虚幻的梦境而已。"酒中蛇"用"杯弓蛇影"的典故。据《风俗通义·怪神》说，有人做客饮酒时，见杯中的弓影，以为是蛇在酒中，勉强喝下，后因疑虑而得病。此处借以说明功名犹如蛇影，令人自相惊扰。一般士人在世间追求的莫过功名和富贵，而如今这位寒士视富贵如幻梦，视功名如令人惊怖的杯弓蛇影，他已经彻底地漠视并舍弃了它们，这实在是他对人生的一种领悟。

　　后三句写景，刻画出这位寒士如今的凄苦生涯："尖风薄雪，残杯冷炙，掩清灯竹篱茅舍。"屋外是尖利的寒风和在疾风中翻卷着的飞雪。"尖""薄"二字形容风雪：风如锥刺骨，雪如刀割人，风雪交加，其凄凉之状可想而知。再看屋内：这位寒士深居竹篱茅舍之中，对着一盏清灯和冰冷的酒菜，借酒浇愁。这一段写景，不仅写出了风雪之寒，也写出了社会人情的凉薄和这位寒士的心灰意冷，和前一段的抒情自然融为一体。

散曲中许多"警世""悟世"之作，往往在揭露现实的污浊黑暗之后，渲染出一幅安逸恬静的田园生活图景，表现出对退隐生活的满足。其实对大多数人来说，那种田园之乐只是幻想，而在乔吉的这首曲子中并没有美化它。乔吉一生不遇，潦倒穷困，本曲中的寒士，便是作者自身境遇的真实写照。

周文质

〔作者小传〕

周文质,元代散曲作家、杂剧家。与钟嗣成相交多年,两人情意很深,形影不离,所以《录鬼簿》对他有详细的记载:"体貌清癯,学问该博,资性工巧,文笔新奇。家世儒业,俯就路吏。善丹青,能歌舞,明曲调,谐音律。性尚豪侠,好事敬客。"他所作的杂剧现今知道的有四种,现仅《苏武还乡》(或称《苏武还朝》)存有残曲。散曲存有四十三首小令,五套套数,多是描写男女相思的作品。

【正宫·叨叨令】自叹

周文质

筑墙的曾入高宗梦①,钓鱼的也应飞熊梦②,受贫的是个凄凉梦,做官的是个荣华梦。笑煞人也么哥③,笑煞人也么哥,梦中又说人间梦。

【字词注解】

① "筑墙"句:殷高宗做梦梦到圣人,访之于野外,遇到了筑墙的傅说(yuè),任命他为宰相,殷商得以中兴。

② "钓鱼"句:周文王出去打猎之前,占卜曰:"非虎非黑,所获霸王之辅。"后来果然遇到了在渭水垂钓的吕尚,任命他为宰辅大臣。吕尚字飞熊。

③也么哥：语气助词，无义。元人口语。

【精彩解说】

从事版筑的傅说曾经出现在殷高宗的梦中，在渭水钓鱼的姜子牙也曾出现在周文王的卜卦里，贫困的人做的是凄凉的梦，富贵的人做的是荣华的梦。这真是好笑啊，真是好笑啊，梦中的人也是在说人间的梦。

【赏析】

此曲意在描写人生悲欢如梦，倡导人们要把握现实，认真对待生活，不要枉度人生。全文围绕一个"梦"，用典写实，对比鲜明，深刻地揭露了社会现实的混浊黑暗；在揭露之余，作者又显露出看穿世事而引发的无限哀叹和激愤情绪。

开篇二句，作者选用傅说和吕尚的典故，将人们的视线引向遥远的历史。在这里，作者选用这两个历史故事，意在突出殷高宗、周文王不计贵贱搜访贤才的良苦用心，并将傅说、吕尚为相后勤于吏治、治国富强的事件作为潜台词，从而为下文的对比做了有力的铺垫。

三、四两句反转一笔，从历史回到现实："受贫的是个凄凉梦，做官的是个荣华梦。""受贫的"与"做官的"，"凄凉梦"与"荣华梦"，两相比照，首先就反映了贫富不均的社会现实，其中不无作者的愤懑之情；更进一步，"受贫的"之所以是个"凄凉梦"，并非他们都是无才无德之人，而是由于上层统治者没有殷高宗、周文王那样的惜才用人之心，从而致使大批人才志士沦落下层，凄凉终身；而"做官的"之所以是个"荣华梦"，关键在于他们没有傅说、吕尚那种为国为民之念，他们全部的心思都放到了如何获取荣华富贵上。联系元代的实际状况来看，上述问题当越发清楚：人不仅有种族贵贱之分，而且有职业尊卑之分；作为汉人，在元朝统治阶层的眼中本来就低人一等，而作为汉人中的知识分子，就更被歧视了。科举的长期废置，已经断绝了他们的进身之阶；而汉人只能任副职的官场规定，更使他们的身心倍受压抑。面对如此境况，回想历史上的明君贤相，身为汉族知识分子的作者，怎能不产生极度的愤懑。

然而，在那样一个"黄钟毁弃，瓦釜雷鸣"的社会中，愤懑是无济于事的，只有超然于物外，才能求得心理的平衡。于是，作者将其愤懑深隐于对世事的洞彻之中，深隐于玩世不恭的嘲讽之中。在他看来，不管是"凄凉梦"还是"荣华梦"，都是人间一梦，甚至连自己正在说梦的举动，也无异于在"梦中"。既然如此，怎能不令人"笑煞"呢？这是超然的笑，嘲讽的笑，也是哀叹的笑。因为在那"梦中又说人间梦"的结语中，我们分明体味到了作者内心深处因对社会失望而产生的沉痛意绪。

【双调·折桂令】过多景楼[1]

周文质

滔滔春水东流，天阔云闲，树渺禽幽。山远横眉，波平消雪，月缺沉钩。桃蕊红妆渡口，梨花白点江头。何处离愁，人别层楼，我宿孤舟。

【字词注解】

①多景楼：在今江苏镇江北固山甘露寺内。宋郡守陈天麟所建，原为唐临江亭故址。此楼雄踞长江南岸，与江北瓜州渡遥遥相对；登楼远望，金、焦二山尽收眼底。

【精彩解说】

滔滔春水向东流去，衬托出天空分外广阔，飘着的朵朵白云如此悠闲，在树梢上深藏着鸟儿。远山仿佛美人的眉黛起伏有致，水面上一片平静，积雪渐渐融化，正是月缺时分，月似沉钩。这渡口，有桃蕊红妆点缀，有白色梨花渲染。我的离愁在哪里，别人的离别只是短暂的，而我却如此漂泊，独自借宿孤舟中。

【赏析】

这首小令，是作者在多景楼与人分别时的写景抒怀之作。

前八句皆为登楼所见。首句写景并点出时令。一个"春水"便道出此乃鸟语花香、桃红柳绿的春季。春来江水，滔滔东流。"滔滔"二字，音色响亮，气势雄浑，为明丽秀美的江水增添多少壮感！次句由俯瞰而举首仰视，但见朗朗天宇，悠悠白云，时复东西。第三句放目远观。树而曰"渺"，禽而曰"幽"，不仅见出距离之遥，而且也说明了视野的广阔。这三句从近到远，从小到大，层次极分明，境界极阔大。随着作者视线的变换，我们不仅体验到了空间的辽阔，而且真切地领略到了时间的永恒，而所有这些感觉的产生，又都是因了楼高的缘故。

下面五句承上而来，进一步描绘入夜以后的景观。山，指坐落在江中的金、焦二山。白天看去，二山并不甚远，但在夜幕的笼罩下，山的清晰轮廓已不复存在，其形体模糊昏暗，宛如一道横卧的浓眉。同样，由于夜色的朦胧，江水也由动转静，由"滔滔"一变而为"波平"，平得像皑皑白雪在缓缓消融。可是，何以得知四、五两句是夜景？又何以得知夜色是朦胧的呢？第六句的"月缺"做了回答，正是因为月缺，所以才会有夜色朦胧之感，才会造成人的视觉误差。"钩"，用以形容月缺的形状；钩前着一"沉"字，既巧妙地点出这是上弦月，时当阴历初七、初八，又使人发出水中沉月的联想，可谓神来之笔。如果说，曲的开篇三句由近到远、由大到小地延伸开去，是所谓"开"的话，那么，"山远"三句便是由远而近、由小而大地聚拢来，是所谓"合"。一开一合之间，日、月易位，境界迥然不同，如行山阴道中，令人目不暇接。

曲子至此，作者没有转而写情，却避熟就生，出其不意地又宕开一笔，将人们的视线引向更为新奇的世界：向北看，是"桃蕊红妆"的瓜洲渡口；向西看，是"梨花白点"般的扬子江头。在这里，"渡口"近而"江头"远，故写"桃蕊"是实，写"梨花"是虚。进一步，桃蕊而曰"红妆"，梨花而曰"白点"，既有色彩上的对比之妙，又有面与点的映衬之美，二者合在一起，在皎洁而迷离的月光下，构成了疏落有致、淡雅清新的神秘境界。

在这情景交汇、神与物游的惬意之时，末三句却笔锋陡转，声情突变："何处离愁，人别层楼，我宿孤舟。"一个"离愁"，将曲意引向作者的内心活动。试想：作者登多景楼，无非是借观景以慰藉离别前的愁情，事实上他终须要走的；但他登楼以后，眼前的美景又确实深深吸引了他，所以他从白天延宕到夜晚，直到月上楼头，仍然不愿离去。终须要走而又不愿离去，美好与缺憾相互比照形成了巨大的反差，这怎能不使作者"黯然销魂"并发出"人别层楼，我宿孤舟"的沉重感喟！

贯云石

〔作者小传〕

贯云石,元代散曲作家、诗人。维吾尔族人,对汉族文化十分热爱,精通汉文,诗文、散曲创作造诣很深。曾担任翰林院侍读学士等职,后称疾辞官退隐,隐于杭州一带,在钱塘以卖药为生,自号"芦花道人"。在散曲方面,他和徐再思齐名,世称"酸甜乐府"。他是一位散曲从草创时期发展到黄金时代的过渡作家,在散曲发展史上地位重要。现存九套套数,八十六首小令。

【正宫·塞鸿秋】代人作

贯云石

战西风几点宾鸿至①,感起我南朝千古伤心事。展花笺欲写几句知心事②,空教我停霜毫半晌无才思③。往常得兴时,一扫无瑕疵,今日个病厌厌刚写下两个相思字④。

【字词注解】

①战:同"颤",颤抖。宾鸿:鸿雁、大雁。

②花笺:精致华美的纸,多供题咏书札之用。

③霜毫:白兔毛做的、白色如霜的毛笔。

④厌厌:有病而软弱无力、精神不振的样子。

【精彩解说】

迎着西风疏疏落落飞来几只北雁,使我回想起南朝兴亡的千古伤心事。铺开华美的信纸,要写几句知心的话,白白地停住笔半天也没有才思。往日兴致高涨时,一挥而就毫无瑕疵,今天却精神萎靡不振,只写下"相思"两个字。

【赏析】

这是一首伤物怀古的抒情小令。

起句先勾画出一幅萧瑟清凉的秋景图,为下文抒写做了情感铺垫。凄厉的西风里,几只北雁飞回江南越冬。这番衰秋野况,叫人见了多寒战。难怪作者要为之感起"伤心事",欲写"知心事"。领头字"战",同"颤",本义为颤抖;在此句中,含义则更深。它既写出鸿雁在西风里飞翔时颤巍巍、飘忽忽的凄苦形象,又反衬出西风的凛冽、肆虐、无情,同时透过"战"字,我们还似可听到鸿雁吃力搏击西风的哀鸣声。总之,西风也好,鸿雁也好,全由这"战"字的点染,涂上灰冷的色调。

在这萧瑟的秋景中,作者见景生情,不由得"感起我南朝千古伤心事"。这是有感于国家兴亡大业,于是想要挥笔洒墨"写几句知心事"!以下各句,都写针对"千古伤心事""欲写几句知心事"的情景。"欲写"并不等于能写成,铺展精致华美的纸笺,紧握洁白如霜的毛笔,结果却是"半响无才思"。理不出一点儿思绪来。为什么会是这样?难道是文才不足、胸无点墨吗?不是。五、六两句对"往常"的补叙,十分重要。"一扫"生动地描绘了往常行文作曲文思敏捷的程度,与上句"停霜毫半响无才思"形成鲜明、强烈对比,暗示眼下"无才思"的真实原因。想来这原因既是作者有着难言之苦,还出于极度悲伤时无法诉说的人之常情。作品扣住这一点,巧妙地做到以藏写露、以反写正。用欲写时的"无才思",来渲染实际上的思如潮涌;用今与昔写作情形的完全不同,来强调内心悲伤至极的实情。

末句收煞,如"豹尾"甩出一样响亮有力。总算是勉强写了,但只有两个字:"相思"。从欲写到不能写,再从写了到又不能多写,起伏跌宕,盘弯曲折,作品完成了曲尽衷肠的使命,并给读者留下无穷的回味。

【中吕·红绣鞋】

贯云石

挨着靠着云窗同坐①,看着笑着月枕双歌②,听着数着愁着怕着早四更过③。四更过情未足,情未足夜如梭④。天哪!更闰一更妨甚么⑤。

— 【字词注解】

①云窗:镂刻有云形花纹的窗户。
②月枕:形如月牙的枕头。
③四更过:即将天明。
④夜如梭:喻时光犹如梭织,瞬息即逝。
⑤闰一更:延长一更。此处是指恋人相会尤恐夜短才有此想法。

— 【精彩解说】

紧紧挨着靠在云窗下同坐,互相看着笑着抱着月牙形枕头一起唱歌,细心听着——数着愁着怕着,四更已敲过。四更过了,欢情还没有过;欢情还没有过,夜过得却快如穿梭。天啊,再加上一更该多好。

— 【赏析】

这支小令俚俗生动,别有情趣。从全曲的词句看是代一青年妇女立言。

"挨着靠着云窗同坐,看着笑着月枕双歌,听着数着愁着怕着早四更过"三句,一开头连用八个"着"是很大胆而别致的。"挨""靠""看""笑"是四种动作,自然具有动态,其间穿插"同坐""双歌",活画出男女主人公的外部形态。这些动作是并列的,也可以说是在同一时间内连续发生的。"同坐"前另置"云窗"二字,为男女欢会烘托了气氛。"月枕双歌"也是如此,以月下倚枕渲染了欢情的特殊气氛。"听着""数着"大概是在听谯鼓,数更声吧。他们在算着这欢情还能持续多少时间。"愁着""怕着"是同样情绪的叠用强化,更突出男女主人公担心欢会的早早结束。可是时间仍然有自己的规律,不会因为人的意愿而加快与延缓,只可能在人们的心理上引起不同的反响。"早四更过"便是这样在欢娱的情绪中激起的波澜,引出了下文更深沉的感触。

"四更过情未足,情未足夜如梭"句,每一小句的前半句重复前句之后半句,表面来看是简单的重叠与连接,实际上却产生了新的强烈的效果。"四更过情未足"再强化一下自然时间,已接近天明,剩下的欢会时间不多了;而"情未足"三字又紧扣当事者的心情,回顾当晚的情景,真有点儿爱不够的遗憾。"情"字回扣前文,用得很妙。"情未足夜如梭"是曲中首次高扬后的暂抑,用白描的手法说明日月如梭一去不返,隐含无可奈何的心理。

"天哪!更闰一更妨甚么",是曲文中新起的高潮,直呼苍天,抒发自己的胸臆,有一种特殊的力量。实际上曲文中的女性呼喊的要求并不高,只是想适当延长一下欢情的时间。只有闰月而无闰时,"更闰一更"是一种大胆的创造。我们不能不佩服曲作家的想象力和幽默感。

此曲明白如话又工丽清润,明显受了民间曲子词的影响。贯云石代沉醉在爱情欢乐中的青年男女立言,以女性的口吻与处境落墨,赋予必要的性格因素,曲文虽短,曲外之意不少。最后,直呼"天哪!"与反问语调把全曲推向最高潮,结束得很精警。

【南吕·金字经】

贯云石

蛾眉能自惜①,别离泪似倾。休唱《阳关》第四声②。情,夜深愁寐醒。人孤零,萧萧月二更。

【字词注解】

①蛾眉:美人的代称。

②《阳关》第四声:《阳关》指王维《送元二使安西》诗,入乐府为送别之曲,名《渭城曲》,因反复诵唱,故又称《阳关三叠》。第四声指该曲的第四句"西出阳关无故人"。

―●【精彩解说】

女人虽能克制感情珍重自己，但到离别之时也泪水如倾。不要再唱那《阳关》曲的第四声。只因为离情，愁苦萦怀至深夜睡了又醒，萧索冷落。人更孤零，月到中天已二更。

―●【赏析】

这是一支情真意切的离别之歌。短短数句，大致能分成两部分。

"蛾眉能自惜"，是指女子她知道应该克制愁苦，珍惜自己，但由于执手临别，终又难于抑其伤悲，以致泪水如倾。"休唱《阳关》第四声"，这既是对对方，也是对自己的劝慰。"阳关"出于王维《送元二使安西》诗，当时所作本为徒诗（不用于歌唱的诗），后入乐府，作为送别之曲，名之《渭城曲》。送别之时，反复咏唱，称为《阳关三叠》，其三叠之歌法有多种，大致到"西出阳关无故人"之句则反复歌之。白居易在其《对酒》诗中有"听唱《阳关》第四声"，注谓："第四声，'劝君更尽一杯酒，西出阳关无故人'。"作者写道："休唱《阳关》第四声。"表示其不愿意离别，或对方不须送行之意。以上是前半部分，即分手之时。

后半部分所写是别后情景。"情，夜深愁寐醒"，因离情充溢，心中如堵，故夜深之时，尚因愁绪牵萦，睡而又醒。"人孤零，萧萧月二更"，二更时分，倍感孤零，只有明月一弯，伴人无寐。"萧萧"为象声词，自非形容、修饰月亮，它当是写环境的寂寥冷落。在无边的孤寂凄凉中，总算有明月相伴于中天，多少能给人以安慰。

此曲虽短，但并未拘泥一个场面，在构思上颇见功力。"伤离"是全曲主旨，作者分写别时与别后，很容易使人想起柳永的《雨霖铃》。柳词有诸多的描绘、铺陈、渲染，而此曲仅寥寥数语，但"别离泪似倾"与"阳关"之唱，岂非与柳词"都门帐饮"的送别、"执手相看泪眼"的分离相同？柳词的"今宵酒醒何处？杨柳岸、晓风残月"为千古名句，而曲中的"夜深愁寐醒""萧萧月二更"，写其怅惘、孤寂，也毫不逊色，随着时空的转换，而更见人物情感的发展，可谓并非词人独得之秘，而以月衬人以见孤苦，则尤见一点灵犀之通。

【双调·寿阳曲】

贯云石

新秋至，人乍别，顺长江水流残月。悠悠画船东去也①！这思量起头儿一夜②。

【字词注解】

①悠悠：远远地。
②起头儿一夜：第一夜。

【精彩解说】

新秋刚到来的时候，心上人就匆匆离别，在一弯残月映照下，顺着长江流水离去。画船悠然向东远去，渐渐隐没！这离别的愁苦煎熬折磨了我一整夜。

【赏析】

这是一首送别曲，在曲中作者寄寓了因离人远去而产生的怅惘伤感之情。

起首两句交代时间与事由，即在秋初的时节送别离人，饱含着作者送别时所产生的伤感之情。因为在古人眼里，秋天是萧疏凄凉的，最易触动人的离愁别恨。而在这样的时节送别离人，就更添孤独怅惘之情。离别本已令人伤感，又加上是在冷落萧疏的秋天，这种伤感之情便更增百倍。"新"与"乍"都有刚刚、起初的意思，秋天刚刚来到，离人就分手远去，这种惜别伤感之情也就更为浓烈。显然，这开首两句在交代时间与事由的同时也为全曲定下了感伤的基调。

"顺长江水流残月"，浩浩长江水，流洗残月，残月依然，而人却被川流不息的江水带走了。人们常以月圆比作人间的团聚，以月缺比作分离，而作者眼前只见残月，不见人影，离愁别恨便油然而生。"悠悠画船东去也！"载着离人的画船，顺着长江，渐渐远去，终于消失了。而此时只剩下作者自己孤身一人，孑然独立江头，更增添了离情的凄凉与孤独。

前面都是实写,通过所见到的情景来抒发自己因离别而产生的伤感之情,而最后一句,作者将笔锋一转,由实写转向虚写。"这思量起头儿一夜",这离愁别恨还只是开头的第一夜啊!从今以后,两人天各一方,何时才能重相聚呢?由眼前联想到了往后,想到此,心中的怅惘感伤之情就愈觉不堪忍受了。这最后一句,既是对全曲的一笔总结,又把离愁别恨推向绵绵不绝的将来。至此,作者内心感情的抒发达到了高潮,全曲的主题也得到了升华。故在此结束,简洁有力,意味无穷。

作者精心勾画了一幅冷落孤寂的图画:秋夜的江头,水流残月,主人公独立江畔,离人远去。在这幅画中,作者极力渲染凄凉孤独的气氛,故虽整支曲文不见一个"愁",而作者内心的愁情却通过这一幅具体的图画,得到了充分表现,可谓是寓情于景。尤妙的是,"乍别"之人是谁?是朋友,是亲人,抑或恋人?作者并未点明,然而,正因如此,它才能扣动一切"离人"的心弦,从而大大增加了这首小令的艺术魅力。

【双调·清江引】

贯云石

竞功名有如车下坡,惊险谁参破①?昨日玉堂臣②,今日遭残祸,争如我避风波走在安乐窝③。

【字词注解】

①参(cān)破:彻底了解。佛教语。
②玉堂:宫殿、朝廷。
③争:怎。元人口语。

【精彩解说】

竞争功名就好像马车直下陡坡,其中的惊险有谁能看破?昨天还是高官显宦,今天却遭遇横祸,怎如我避开官场是非,纵情山水过这种逍遥自在的隐居生活。

【赏析】

此曲是作者隐居杭州时期所作。它揭露了官场险恶、祸福无常、生命难保的残酷现实，表现了作者避害全身而又愤世嫉俗的思想感情。

首句用一个通俗生动的比喻，起势突兀。把奔竞功名比作马车直下陡坡一样惊险。车下陡坡，疾驰如飞，马易受惊，更疯狂难制。其结果，难免人仰马翻，粉身碎骨；纵偶得幸存，亦将重伤致残。"下坡车"，本是通行已久的俗语。前人多以"下坡车"喻光阴流逝如下坡之车。本曲则在其中注入了"惊险"的内涵。这就不仅有了表层的比喻意，更有了对现实生活的深思。而这种发人深省的对人生的思索又是用通行的俗语来表现的。这不妨说是其通俗本色的真正意义和价值所在。

次句接以设问，引人惊悚。仕途险恶，本是封建社会常有的现象，历代有之；然古往今来，除范蠡、张良等识时务者功成身退之外，更多的人却未参破个中风险。像元曲中常写到的豫让、屈原、伍子胥、韩信等均是如此。"飞鸟尽，良弓藏；狡兔死，走狗烹。"勾践、刘邦、赵匡胤等莫不如此。历史上确有那么一批封建帝王，只可共患难，不能同安乐，一旦黄袍加身，便忘恩负义，猜忌杀戮功臣。作者这一设问，是元代文人在他们那个时代"悟"出的"知机"之言，它启发人们对历史教训的沉痛反思，告诫人们在沉迷中猛醒。

三、四句是对"惊险"内涵的具体阐发。仅以作者所在的武宗、仁宗、英宗三朝为例，因皇位之争而致大臣"遭残祸"的事例就不胜枚举。在这长达十年的政治斗争中，一批一批"玉堂臣"如走马灯般惨遭杀戮，而诗人自己幸而及早"参破"，隐居西湖，在湖光山色、林泉佳趣中优哉游哉，难怪他要庆幸"争如我避风波走在安乐窝"了。

此曲有感而发，字字本色，明白如话，但又豪放而不粗疏，通俗而能深藏哲理，消沉中蕴含愤怒；真可谓"信手拈来世已惊"（王若虚语），"豪华落尽见真淳"（元好问《论诗三十首》）了。

【双调·清江引】惜别

贯云石

若还与他相见时,道个真传示①:不是不修书,不是无才思,绕清江买不得天样纸!

──•【字词注解】

①传示:消息,情况。

──•【精彩解说】

如果还能有和他相见的时候,就说说我的真实情况吧:不是我不愿意写信,也不是我没有写信的才气和情思,是因为我绕着清江买不到天那样大的信纸!

──•【赏析】

这首《惜别》曲,是用来表现朋友分离后的思念之情,构思巧妙,用语独特,只写了自己内心中的想法,加上奇特巧妙的夸张,就把想念之情很好地表达出来了。

"若还与他相见时,道个真传示","若",是如果的意思;"还",是再的意思;"真传示",指真实原因。此处是说如果和他再相见的时候,一定向他说明真实情况。这似自思自想,也似自言自语,是作者心声的一种自然流露,虽显得突兀,但令人耳目一新,疑虑顿生,自然寻根问底:"真传示"究竟是什么? 这从写法上看,本身已为下文铺垫。

"不是不修书,不是无才思,绕清江买不得天样纸",这就是"真传示"的内容。向远方的朋友表述离别、相思之情,述说自己的心曲,在古代唯一的手段就是写信。只有书信才能安慰老人和闺妇;才能使游子的思家之情得到慰藉;使怀念的痛苦得到部分解脱。可此曲中的主人公却没有写信给分别的朋友,是他不怀念朋友吗? 不是! 这里诗人用否定之否定的方式,表达不写信不是自己的主观原因,既没有因忘记而修书,也没有因懒惰而迟于动笔,更不是自己缺少才情和文思。这两个否定句的运用,在此处起一种延宕的作用,使诗情发展有曲折,有波澜,形成一种"盘马弯弓,引而不发"的艺术效果,为后面集中笔力做好了准备。

既然不是上面那些原因,又是因为什么呢?这是读者关心的问题,此曲结尾一语道破天机:是因为整个清江买不到天一样大的纸。要用天大的纸才能写尽自己的相思之情,可见这种感情是多么深沉,多么丰富,无异于说整个世界都买不到能写尽我思念之情的纸。这个大胆的夸张,想象奇绝,构思新颖,出人意表,如画龙点睛之笔,把全曲的意趣都带动起来,产生了奇妙的艺术效果。如果说诗、词有诗眼和词眼,那么此句正是全曲的曲眼。

此曲语言通俗,朴实。和其他曲子相比,此曲如民间歌谣,"俗"而不失"雅",生动活泼,符合散曲的特征,可见作者的散曲创作既能"俗",又能"雅",有丰富的艺术表现手段,是艺术上的多面手,概括生活的能力很强。

【双调·殿前欢】

贯云石

隔帘听,几番风送卖花声。夜来微雨天阶净①。小院闲庭,轻寒翠袖生。穿芳径,十二阑干凭②。杏花疏影,杨柳新晴。

【字词注解】

①天阶:原指宫殿的台阶,此处泛指台阶。
②十二阑干:十二是虚指。古人好用十二地支的数目来组词,如"十二钗""十二楼"等。此处用以形容栏杆曲折。

【精彩解说】

隔着帘栊,一次又一次听到风儿送来卖花女那如歌的卖花声。走出闺房才发现夜来一场小雨把台阶冲洗得干干净净。在安闲幽静的庭院里,翠袖中稍感微寒。穿过花间小径,倚遍曲折的栏杆欣赏春景。只见盛开的杏花舞动着稀疏的枝条,和沐浴在细雨中的青翠柳枝交相辉映。

【赏析】

这支散曲只用短短九句,就成功地描绘了暮春时节清晨的一个小小院落中的景象。

前两句先写卖花声被风送入帘栊,似乎春风有意识地向主人报告:姹紫嫣红的暮春已经到了。"几番"用语极妙,说明在街头巷尾卖花的人来了不止一两次了。这时主人大约刚刚起床,还没有到室外。

接着写主人从起居室出来,方才发现夜间下过小雨,把台阶冲洗得干干净净。"天阶",本是宫殿的台阶,这里用它,意在说明这座小院造得很讲究。作者用"微"字形容雨,也颇显斟酌之意:既点出春天的和风细雨,不同于盛夏的"骤雨""暴雨",也有别于秋天的"冷雨",又给人带来舒适、轻松之感。主人来到安闲幽静的小院中,感觉到翠袖中有些寒冷。这不是"严寒""酷寒",而是"轻寒",这"轻"字又用得非常准确恰当,告诉读者这时的季节正是乍暖还寒时候。这"轻寒"带给人的也是舒适和轻松。

主人沿着两旁遍布香花芳草的小路穿行,走上楼梯,倚靠着楼台上曲折的栏杆,纵目远望。映入眼帘的是杏花和杨柳,盛开的杏花舞着稀疏的枝条,显得那样婀娜多姿;在细雨中沐浴才罢的柳条,被旭日染上翠绿的色彩。雪白的杏花和翠绿的杨柳交相辉映,多么美丽的画面!作者形容杏花和杨柳,只各用了两个字,却包含了不少的内容:"新晴"和"夜来微雨"相呼应,使我们似乎看到了雨后的晨曦;杏花、杨柳又和"卖花声"相呼应,令人好像置身于万紫千红之中。末二句写得尤其传神,为全曲谱出富有诗情画意的结尾。

值得称道的是:作者在写春景,字字句句都扣着"春"字,虽然全曲没用一个"春"字,却给人以春意盎然的感觉。这是多么巧妙的烘云托月的渲染方法。而作者写主人的动作,也只用了"听""穿""凭"三个字,一个悠闲、安逸的人物已经跃然纸上。

这里没有崇山峻岭、茂林修竹,只是一个静悄悄的小小闲庭,而作者的妙笔却使它具有如此魅力!表面看来好像作者并没有下大力气,仔细玩味,却发现作者经过一番煞费苦心的炼字炼句,刻意推敲。因此,全曲没有惊人的警句,却写得自然清新,极有思致。读者可以从中体味到安闲平静的生活情趣和不同凡响的文学意境之美。

【双调·殿前欢】

贯云石

楚怀王①,忠臣跳入汨罗江②。《离骚》读罢空惆怅,日月同光③。伤心来笑一场,笑你个三闾强④。为甚不身心放。沧浪污你,你污沧浪⑤。

【字词注解】

①楚怀王:战国时楚国的国君。

②忠臣跳入汨罗江:屈原因楚怀王听信谗言,被放逐湘江,最后自沉汨罗江而死。汨罗江,湘江支流,在湖南省东北部。

③日月同光:《史记·屈原贾生列传》称赞《离骚》"虽与日月争光可也。"

④三闾:屈原,他曾任楚国三闾大夫。

⑤沧浪污你,你污沧浪:《孟子·离娄上》云:"有孺子歌曰:'沧浪之水清兮,可以濯我缨;沧浪之水浊兮,可以濯我足。'孔子曰:'小子听之!清斯濯缨,浊斯濯足矣,自取之也。'"沧浪,汉水的下游,这里借指汨罗江。

【精彩解说】

楚怀王不辨忠良,把忠心耿耿的屈原逼得投了汨罗江。读罢《离骚》我空自惆怅,屈子的精神品格可与日月争光。伤心只有苦笑一场,笑你这个三闾大夫心性太强。为什么不旷达超脱心胸开放?与其说是江水玷污了你,不如说是你玷污了汨罗江。

【赏析】

贯云石曲或豪放恣肆,如"天马脱羁",亦有清新俊逸之作,表现出俏丽而又柔美的和谐,这支【殿前欢】小令,显然既不属于豪放一格,更不见清润之味,当别属一调,即所谓豪辣、俳谐体势。曲中时出反语,间或流露出辛酸和愤懑。

首二句点出楚怀王昏庸不察，逼得忠心耿耿的屈原自沉汨罗江。出笔便劈题，凭空起势，写出了屈子一跃冲向波涛的悲壮气势。"《离骚》读罢"一句，方揭出作者是在做历史的沉思，那久远的、深邃的思索，尽在"空惆怅"三字之中。作者惆怅之余，幡然醒悟：古往今来，凡有作为的积极进取者，皆屡遭磨难，命运多舛，不如放达超脱，尽享山水之乐。"日月同光"，指屈原的精神和品质光照千古。"伤心来笑一场"，乃充满苦涩之反语，先贤的命运为什么如此凄惨？这里分明蕴含着《天问》式的无尽诘难。"笑"与"伤心"搭配，似有些荒诞，实质上这是一种极为复杂的情绪，是一种愤极的苦笑。贯云石仕途多蹇，后借病弃官归隐，虽为贵族功臣之后，却向往"一笑白云外"的隐逸生活。旷达超然的背后，潜藏着对社会黑暗现实的牢骚和感慨。

"笑你个三闾强"以下，是解释前文"笑一场"的缘由，倔强的屈原，你为什么不放达超脱一点儿呢？曲意与白朴【寄生草】《饮》中的"不达时皆笑屈原非，但知音尽说陶潜是"用意大略是一致的。笑屈原之非，乃"不达时"之辈；骨鲠正直者都是崇敬屈原的。这里分明是以反言正，其实作者对屈原也是钦佩之至的。故可以认为元曲中非屈原之语，皆是愤极之反语。结尾二句以沧浪水清衬托屈原之高洁，同样正语反说，无非是对屈原投江持非议的态度。承上文，仍是说屈原不够旷达。这恰恰透露出所谓旷达和超脱原是出于无可奈何，这其中的痛苦和矛盾、复杂和微妙，是正可玩味处。

小令最突出的特点是苦语乐道，正语反说，糊涂中反而更清楚，诙谐中藏着苦涩，其韵味颇耐反复咀嚼。

[作者小传]

卫立中,元代散曲作家。有才干,善写文章。过着隐居生活,未曾出仕,曾与阿里西瑛、贯云石交游,几人年纪相仿。明代朱权《太和正音谱》列其于"词林之英杰"一百五十人之中。存世仅二首小令。

【双调·殿前欢】

卫立中

碧云深,碧云深处路难寻。数椽茅屋和云赁①,云在松阴。挂云和八尺琴②,卧苔石将云根枕③,折梅蕊把云梢沁④。云心无我,云我无心。

【字词注解】

①和云赁:与天上的云一起租来,形容茅屋清静雅致。赁,租赁。
②云和八尺琴:极其名贵的琴。云和,山名,以出产琴瑟而有名。
③云根:山石。古人认为云从山中产生。
④云梢:山中的浮云雾气。

【精彩解说】

一重重缭绕的碧云深似海,在云海深处山中小路缥缈难寻觅。把几间茅屋和碧云一起租过来，碧云留在松荫上。再挂起名贵的云和八尺琴，卧在苍苔石上把山石当作枕头，又折下梅花拿到云雾中浸润。任凭自在的云心没有常住的我，云儿和我没有半点儿尘念俗心。

【赏析】

这支曲子勾勒出一个深邃缥缈、静谧清新、闲适怡人的境界，表现了眷恋自然、闲淡悠然的高洁品格和优雅情趣。

曲子一开头作者就切入主题，以"云"为中心极写隐居环境的清幽闲适：重重缭绕的碧云深似海，在云海深处山中小路缥缈难寻觅。一下子就把我们带入碧云深处，与尘世喧嚣隔绝的神秘世界。开篇"碧云深"三字被次句重叠，读起来有回环的节奏感。三、四句写数间茅屋被松树的浓荫覆盖，周围白云缭绕，把茅屋和白云一起租赁过来，让松树的浓荫覆盖住白云。茅屋可租，但白云无主如何能租？"赁"字用得奇妙，新鲜有趣，虚实相间。接下来五、六两句，作者为我们展示了隐士自由自在的世外桃源般的生活图画：茅屋内陈设简陋，挂着一张名贵的云和八尺琴，睡卧在长满苔藓的条石板上，把山石当作枕头，又折下未开放的梅花骨朵拿到云雾中浸透，使白云染满浓烈的梅香。这二句展开奇思妙想，把隐士追求清静无为、返璞归真、无拘无束、自在逍遥的生活方式及其精神境界形象地表现出来，令人赞叹。最后二句很有佛偈的味道，以佛家的无我、无心观念，又暗用了陶渊明《归去来兮辞》"云无心以出岫"语意，交代山居妙趣不尽的根源是无意为之，抒发了云我融为一体的超凡脱俗情怀。任自在的云心中没有我，我和白云一样无我、无尘俗之心，胸襟开阔，一任自然。至此，蔑视人世间功名和一切纷争，崇尚心灵世界一尘不染的清高形象跃然纸上。

全曲九句，句句有"云"，既写出了云隔绝尘世、飘逸难寻的无形，又写出它的可赁、可枕、可沁的有形。诗意从"云"出，想象奇特，却不显雕琢，风格素朴淡远，境界清幽静美，显示出作者摒弃富贵利禄、淡漠尘世凡俗的旷达与超脱。

鲜于必仁

〔作者小传〕

鲜于必仁，元代散曲作家。虽出身官宦之家，但一生布衣，才气浑然天成，懂音律，工诗好客，以乐府见长。性情达观，常寄情山水，浪迹四方。与海盐戏曲名家杨梓之二子国材、少中交情深厚，且对海盐腔的形成有重大促进作用。现存二十九首小令，多为写景咏物和怀古之作，风格华美，意境开阔，格调健朗。明朱权《太和正音谱》评其词"如奎璧腾辉"。

【越调·寨儿令】

鲜于必仁

汉子陵①，晋渊明，二人到今香汗青②。钓叟谁称，农父谁名，去就一般轻③。五柳庄月朗风清，七里滩浪稳潮平。折腰时心已愧④，伸脚处梦先惊⑤。听，千万古圣贤评。

【字词注解】

①汉子陵：东汉隐士严子陵，即严光。

②香汗青：流芳于史册。汗青，指史册。古人在竹简上写字，为使竹简不受虫蛀，先用火烤竹简，让水分蒸发，如出汗一样，干后再写，故称竹简为"汗青"。

③去就：进退，去留。
④折腰：语出陶渊明"不为五斗米折腰"典故。
⑤伸脚：语出《后汉书·严光传》典故。

【精彩解说】

汉代的严子陵，晋朝的陶渊明，自古到今，这两人的高风亮节青史留芳。钓鱼翁谁去称赞，老农父谁去扬名，离官和做官一般轻。五柳庄上明月朗照清风阵阵，七里滩头风息浪稳潮头平定。折腰的时候心已经惭愧，伸脚的地方梦魂频惊。听，千秋万古圣贤的评说。

【赏析】

鲜于必仁隐居题材的作品共三首，这是其中之一。这首曲子表达了对两位隐者的赞叹，字里行间寄寓了作者的理想追求，是一篇怀古的佳作。

"汉子陵，晋渊明，二人到今香汗青。"在作者的心目中，历代人物值得颂扬的不过严子陵、诸葛亮、杜甫、李白、韩愈、陶渊明、苏轼七人而已，而这七人之中，作者对严光和陶潜二人又倍加喜爱，既羡慕他们的隐居生活，也赞叹他们的清风傲骨。严子陵不愿意借汉光武帝刘秀的光，辞去谏议大夫一职；陶渊明虽为彭泽令，却不愿意为五斗米折腰，也辞官不做。这二人虽不属于官运亨通之辈，但他们有一个共同点，就是不与世俗同流合污，过着安逸闲适的隐居生活，并为世人所称羡，青史留名。

应该说，严子陵和陶渊明辞官时是非常坦然、毫无留恋的，而作者的描述更显得无比洒脱："钓叟谁称，农父谁名，去就一般轻。"钓叟与农父，其实都是世人对隐逸者的美称。一旦真的成为隐者，远离了官场的污浊，真是浑身轻松啊！这种轻松充分体现在"五柳庄月朗风清，七里滩浪稳潮平"二句上，"月朗"与"风清"都是自然的景色，而心绪安宁、自在稳妥才是严光、陶潜辞官的目的所在。

"折腰时心已愧，伸脚处梦先惊。"官场和隐逸是两个完全对立的概念，在这里，官场多么低俗、污浊，隐逸多么高尚、清朗，这似乎都已经成了定论。在这种情况下，为五斗米折腰显然是少了气节，想从官场捞得好处显然是少了风骨，美梦惊破后怎能不愧疚呢？

"听,千万古圣贤评。"人的言行流播后世,自然少不了一代又一代的评价。俗语道:人过留名,雁过留声。究竟要留下哪种名声?结尾这一句振聋发聩的警策,也许会让我们更加认真审慎地从严光和陶潜的行为中得到有益的启示。

这首曲子就艺术特色而言,最主要的还是对仗的运用,所有句式相同的句子都能结成工整的对子,可见作者高超的语言技巧。

【双调·折桂令】卢沟晓月[1]

鲜于必仁

出都门鞭影摇红[2],山色空蒙,林景玲珑。桥俯危波,车通远塞,栏倚长空。起宿霭千寻卧龙,掣流云万丈垂虹[3]。路杳疏钟,似蚁行人,如步蟾宫[4]。

【字词注解】

①卢沟晓月:元代燕山(今北京地区)八景之一,地点在今北京西南卢沟桥,桥为金大定(1161—1189)时所建,跨永定河上。
②鞭影摇红:在拂晓的霞光中摇动马鞭。
③"起宿霭(ǎi)"二句:形容卢沟桥姿态的雄伟美丽。霭,云气。寻,古代的长度单位,八尺为一寻。
④蟾宫:月宫,俗传月中有蟾蜍,故称月为"蟾宫"。

【精彩解说】

在拂晓的霞光中摇动马鞭,驱马驶出京都城门,只见山色迷茫,山林景色空明。水流湍急,卢沟桥横卧其上;桥面宽阔,车马从此可远达边塞;大桥两侧长长的栏杆与长空相接。卢沟桥犹如一条千寻的巨龙从夜雾中腾空而起,又像万丈彩虹从云端直扑水面。远处燕山上传来稀稀落落的钟声,路上行人如蚁,密密麻麻,好像行走在仙境月宫之中。

【赏析】

鲜于必仁曾写【双调·折桂令】八首，总题为《燕山八景》。这些写景曲大都写得大气磅礴，为曲中所鲜见。作为蓟州人，鲜于必仁长期居住在大都，他对燕山八景的认识显然更加充分，因此写"卢沟晓月"之景得心应手，毫无挂碍。在老北京西南的永定河上，有桥名"卢沟"，建于金朝，桥两侧的石栏杆柱头上雕有小石狮，神态各异。卢沟桥是金元时进京的必经之路。

"出都门鞭影摇红"，鞭影中红缨摇动，显然，作者是坐着马车专门去观景的。京城距离卢沟桥还有很长一段路程，那么一路上的景致如何呢？"山色空蒙，林景玲珑"，山色是模模糊糊、迷迷茫茫的，似隐约可见，而一片片的树林则显得空明而寂静。

在一派迷茫空明的景致的陪伴下，作者终于来到了卢沟桥。"桥俯危波，车通远塞，栏倚长空。"俯瞰桥下，波涛汹涌，水深浪急；顺桥而望，车马迤逦，远涌边关；桥的两侧，长栏与长空相接。这三句运用排比句式："俯危波"言其险，"通远塞"喻其阔，"倚长空"显其高，寥寥数语，勾勒出卢沟桥的高大、雄伟、壮观，层次分明，且极为准确、生动。

"起宿霭千寻卧龙，掣流云万丈垂虹。"此时晨雾渐起，朦胧中长桥似卧波蛟龙，又似流云突然被当空一扯，洒下万丈长虹。这两句运用比拟和夸张的写法，形象地描绘了卢沟桥的恢宏和寥廓，极为传神。

"路杳疏钟，似蚁行人，如步蟾宫。"由于起了薄雾，前方的道路显得非常杳渺，偶尔传来的钟声，提示着破晓时刻即将来临。凌晨的桥上已经密密麻麻地布满了行人，从远处看就像蚂蚁一样，而月光洒落在桥上，一片皎洁，行人恍如行走在月宫之中。

本曲多角度多侧面地描绘了卢沟晓月的美景。作者运用比喻的写法，展开丰富的想象，把卢沟桥与晓月、天上与人间融为一体，创造出一个恬淡愉悦、深邃高远的境界。曲中的"疏钟""行人"把画面点染得鲜活生动。最后一句"如步蟾宫"切合题中的"晓月"，将读者带进了一个神话般的世界。于清雅中见豪迈，正是鲜于必仁散曲的重要特征。

【双调·折桂令】诸葛武侯

鲜于必仁

草庐当日楼桑①,任虎战中原,龙卧南阳。八阵图成,三分国峙,万古鹰扬②。出师表谋谟庙堂③,梁甫吟感叹岩廊④。成败难量,五丈秋风⑤,落日苍茫。

【字词注解】

①楼桑:刘备的家乡,在今河北涿州。

②鹰扬:如鹰之飞扬。

③谋谟:谋划,谋策。庙堂:朝廷。

④岩廊:朝廷。

⑤五丈:五丈原,地名(在今陕西境内)。234年,诸葛亮与司马懿对阵于渭水,后病死于五丈原。

【精彩解说】

草庐当年连楼桑,任凭狼虎争斗逐鹿中原,卧龙潜藏南阳。八阵图布成,三国鼎立,威名万古传扬。《出师表》为辅国策划运筹,《梁甫吟》慨叹国运不昌。英雄成败得失难以衡量,看五丈原秋风萧瑟,落日苍苍茫茫。

【赏析】

鲜于必仁的散曲作品不多,所涉及的曲牌也很少,题材也较窄,多为写景或写人。在鲜于必仁眼里,值得夸赞的人不过严子陵、诸葛亮、杜甫、李白、韩愈、陶渊明、苏轼七人而已,这七人均以才华著称,但大多命途多舛。诸葛亮是七人中在仕途方面最值得称道的一位,从南阳的躬耕陇亩,到三顾茅庐、三分天下、六出祁山,都属于志得意满的一类,然而作为蜀汉丞相,未能平定天下就病死疆场,也成了他最大的遗憾。

"草庐当日楼桑,任虎战中原,龙卧南阳。"草庐是指诸葛亮在南阳的居所,楼桑是刘备故里，用"当日"二字勾连这两个词，明看遥遥相对，暗中殷殷相期，将后来蜀汉的臣与主巧妙地联系在了一起。然而时候未到，那时刘备既不知有诸葛亮，孔明又未得见刘皇叔。于是刘备只好如虎狼般在中原鏖战，而诸葛亮虽一介布衣，却高枕南阳，如卧龙般等待时机。

"八阵图成，三分国峙，万古鹰扬"，直接道出了诸葛亮卓越的军事才能和对后世的影响。《三国志·蜀书·诸葛亮传》有这样的记载："亮性长于巧思，损益连弩，木牛流马，皆出其意。推演兵法，作八阵图，咸得其要云。"正因为有这样的巧思，诸葛亮的智慧才得以完全地展现。杜甫的诗句"功盖三分国，名成八阵图"也恰好是对诸葛亮"万古鹰扬"的超凡智慧的中肯评价。

"出师表谋谟庙堂，梁甫吟感叹岩廊。"作为人臣，还须赤胆忠心，鞠躬尽瘁，死而后已，诸葛亮正是这样的典范。蜀汉建兴五年（227），诸葛亮出师北伐，临行前他给后主刘禅上呈一份奏章，即后世所谓《出师表》，对国家大小事宜进行了细致的交代，体现出矢志报效先主、兴复汉室的情怀，"出师表谋谟庙堂，梁甫吟感叹岩廊"，其意也正在于此。

然而，"成败难量"，虽有精忠报国之心与呕心沥血之志，诸葛亮的政治抱负最终也没能实现，"出师未捷身先死，长使英雄泪满襟"（杜甫《蜀相》），病死五丈原，所终结的不仅是他的性命，还有他的良苦用心。

"五丈秋风，落日苍茫。"瑟瑟秋风，苍茫落日，无限悲凉，这其中包含着多少对诸葛亮壮志未酬的遗憾啊！

阿里西瑛

〔作者小传〕

阿里西瑛,元代散曲作家。其居号为"懒云窝",曾写小令自赞其居室。躯干魁伟,善吹筚篥,工散曲,与贯云石、乔吉等都有相互唱和之曲。今存四首小令。明代朱权在《太和正音谱》中列其为"词林之英杰"。

【双调·殿前欢】懒云窝自叙

阿里西瑛

懒云窝,醒时诗酒醉时歌。瑶琴不理抛书卧①,无梦南柯②。得清闲尽快活,日月似穿梭过③,富贵比花开落。青春去也,不乐如何!

【字词注解】

①瑶琴:镶嵌有美玉的琴,后泛指精美的乐器。理:弹弄。
②南柯:南柯梦,出自唐李公佐《南柯太守传》。
③穿梭:形容往来频繁。

【精彩解说】

懒云窝,清醒的时候吟诗赋词,酒醉时慷慨高歌。不理瑶琴抛下书本高卧,悠闲酣睡连梦都不做。得清闲时就快快活活,日月好像穿梭般过去,富贵像花开花落。青春一去不再回,为何不及时享乐!

【赏析】

阿里西瑛所居懒云窝，在吴城（今江苏苏州）东北角。这首【殿前欢】《懒云窝自叙》散曲，如题下所记，是作者描述自己在懒云窝中的生活的作品。阿里西瑛共作了三首同调同题的《懒云窝自叙》，本曲为第一首。当时的名曲家贯云石、乔吉、卫立中、吴西逸，皆有和作，可见这组曲子在元代颇有影响。

"懒云窝"，起首三字便非常值得玩味。古人给自己的居所命名，往往取文雅字面，一般称"堂""斋""室""庵"等。作者自称所居之处为"窝"，可窥到其玩世不恭的心性，再加上用"懒云"名"窝"，更见其放纵不羁的个性。"懒云"二字，看似无理，却非常巧妙。天上的云朵舒卷自如，逍遥自在，用"懒"来形容云，不仅为云传神，也暗暗为主人公传神。

"醒时诗酒醉时歌"，醒时吟诗饮酒，醉时唱歌，醒与醉的循环，诗与酒的流连，构成了主人公的整个生活。这是写作者自己的生活放纵无拘，有如云之舒卷自如、逍遥自在。

"瑶琴不理抛书卧"，连瑶琴也不弹，连书也不看，全抛在一边，只管靠卧在枕席上。这是写其自恣性情，已到了懒的境地。"无梦南柯"一句，是说用不着做什么富贵之梦，这是写其精神的自由，决不为世俗所累。这里典出唐代李公佐的传奇《南柯太守传》，说淳于棼梦到自己到了槐安国，娶了公主为妻，出任南柯太守，荣华富贵，显赫一时，后来公主去世，淳于棼被遣回。醒来时见槐树南枝下有个蚁穴，正是梦中所到的地方。作者用这个故事，表达富贵如梦的观点。

作者的生活态度是"得清闲尽快活"，不求富贵则清，不争富贵则闲。唯有清闲，才能快活；得了清闲，便尽管快活，这是作者的生活态度的正面叙述。

"日月似穿梭过，富贵比花开落。"光阴似箭，人生如梦，富贵荣华不过如花开一时，转瞬便已凋落。

"青春去也，不乐如何！"结尾两句，歌唱快活的人生，才是珍惜美好的时光。

这首曲子用白描的手法写出了生活中的种种细节，由此看出曲中流露出的是作曲者自暴自弃的消极思想。同时，这首曲子也表达出了当时文人的落寞，折射出的是社会对人性的扭曲和压抑。全曲通俗易懂，使得文人读后容易产生共鸣之感，无怪乎当时有那么多元曲名家作曲相和了。

【双调·殿前欢】懒云窝自叙

阿里西瑛

懒云窝,客至待如何?懒云窝里和衣卧,尽自婆娑①。想人生待则么②?贵比我高些个③,富比我憋些个。呵呵笑我,我笑呵呵。

【字词注解】

①婆娑:逍遥,闲散自得。
②则么:怎么。元人口语。
③些个:一点儿。元人口语。

【精彩解说】

懒云窝,客人到了又如何?我依然在懒云窝里和衣卧,只求自在舒适快活。想人一生能怎么样?再贵能比我高多少,再富又能比我阔几多?呵呵笑我,我笑呵呵。

【赏析】

阿里西瑛曾为自己的居所"懒云窝"写下一组散曲,描述自己在懒云窝中的生活,表达自己的生活态度。本曲为组曲的第三首。《太平乐府》注此曲为乔吉所作,这里从《阳春白雪》本。若将组曲三首比较分析,第三首与第二首有重言叠句,第一首与第二首之间亦是如此,三首实应为一组,应是出自阿里西瑛一人之手。

"懒云窝,客至待如何?"这首的开头不同于组曲中其他两首,换了个角度,从客人下笔。客人来到懒云窝,主人公又如何呢?"懒云窝里和衣卧,尽自婆娑。"主人正懒散地和衣躺卧在床上呢!婆娑,意为徘徊、盘桓。客人到了,主人却和衣而卧,在被窝里自得其乐。这两句,真个把懒云窝写活了,把主人公之真率写到极致了。《宋书·隐逸传》记载陶渊明"不解音声,而畜素琴一张,无弦。每有酒适,辄抚弄以寄其意。贵贱造之者,有酒辄设,潜若先醉，便语客：'我醉欲眠，卿可去。'其真率如此。"此外，李白的《山中与幽人对酌》诗："我醉欲眠卿且去，明朝有意抱琴来。"此处化用了陶渊明和李白的诗意，同时也自有个性：懒云之懒。

"想人生待则么？贵比我高些个，富比我憁些个。"这三句，叙述了作者的人生态度。些个，即一点儿，元人口语。高指高贵，亦指高明。憁指宽松，亦指轻松。想人生能怎样？难道权贵就果真比我高一点儿吗？富人就果真比我轻松一点儿吗？言外之意不难理解。权贵似乎地位高贵，然而宦海风波，一旦遭祸，又有何高贵可言？富人似乎富裕宽松，然而钱财只是身外之物，朝不保夕，一旦败家，又有何轻松可言？庄子曾说："千金，重利；卿相，尊位也。子独不见郊祭之牺牛乎？养食之数岁，衣以文绣，以入太庙。当是之时，虽欲为孤豚，岂可得乎？"（《史记·老子韩非列传》）如此看来，富贵又有何意义？

"呵呵笑我，我笑呵呵。"有了上面二句意味深长的诘问，结二句的呵呵一笑，便格外耐人寻味。

这首曲子展现了作者放纵不羁的个性和视富贵如浮云的精神。在元代，老庄思想成为文人的共同心理，轻入世而重遁世，成为元代散曲的普遍情调。这和当时的社会背景有关，元代政治极为黑暗，士人没有出路。本曲所表达的思想感情具有普遍意义，因此引起了当时很多名曲家的共鸣与和作。

本曲形式自由横放，淋漓尽致，作者用活泼俏皮的口语，将情感如行云流水般抒发出来。全曲有一气呵成、浑然一体之妙，同时很好地体现了散曲的特征。

曾瑞

〔作者小传〕

　　曾瑞，元代散曲作家。《录鬼簿》说他"神采卓异，衣冠整肃，优游于市井，洒然如神仙中人"。由于志不屈物，不解趋炎附势、奉承巴结，所以终生不仕，但在江淮之间闻名显达，在世时馈赠不绝，以熟人馈赠为生，临终吊唁者众多。擅长绘画，能创作隐语小曲。创作有杂剧《才子佳人误元宵》一种，曾有散曲集《诗酒馀音》行于当世，今已不存。现存有九十余首散曲小令，十七套套数。明代朱权在《太和正音谱》中评其所撰为"杰作"，且云："其词势非笔舌可能拟，真词林之英杰也。"

【正宫·醉太平】

曾瑞

相邀士夫①，笑引奚奴②。涌金门外过西湖③，写新诗吊古④。苏堤堤上寻芳树⑤，断桥桥畔沽醽醁⑥，孤山山下醉林逋⑦。洒梨花暮雨。

【字词注解】

①士夫：金元时对男子的通称。

②奚奴：古代本指女奴，宋时起为男女奴仆之通称。

③涌金门：旧称"丰豫门"，为杭州西城门名。

④吊古：凭吊往事。吊，凭吊。

⑤苏堤：又称"苏公堤"，在西湖中。北宋元祐年间（1086—1094），苏轼任杭州知府时，疏浚西湖，堆泥筑堤。后世为纪念苏轼功绩，将此堤命名为"苏堤"。

⑥断桥：又名"段家桥"，在杭州白堤上。醽醁（líng lù）：美酒名。

⑦孤山：在杭州西湖上，宋代林逋曾隐居其中。林逋：北宋初年著名隐逸诗人。

——●【精彩解说】

邀约了诗朋酒友，高高兴兴地领了家奴。欢欢喜喜从涌金门外渡过西湖，写一篇新诗吊古。在苏堤上赏看芳花林树，在断桥桥边买来美酒，在孤山山下与林逋同醉。暮雨如甘露一样洒在梨花上。

——●【赏析】

宋人苏轼曾说："杭州之有西湖，如人之有眉目。"唐代时西湖便成为人们游乐玩赏的胜地，至南宋臻于极盛。宋亡后西湖曾一度遭受破坏，入元后又渐渐恢复了。故关汉卿称它是"普天下锦绣乡，寰海内风流地"。曾瑞这首小令是书写游赏西湖的雅兴，表现了元代一位社会下层失意文人特有的审美趣味。

此曲是由诗人叙述其游赏活动而展开的。"相邀士夫，笑引奚奴。涌金门外过西湖，写新诗吊古。""士夫"是金元以后对一般男子之通称，不是专指士大大。"奚奴"古代本指女奴，宋以后为男女奴仆之通称。邀约了诗朋酒友，高高兴兴地带领了家奴，携带着食物和用具。这是叙述其游湖的准备工作。据全曲所叙的游湖情况，其路线当是从杭州城内出发，出城西涌金门，绕湖畔南行，经苏堤、孤山、白堤回到涌金门，周围三十里的湖光山色遂可尽览了。曾瑞当是在寒食前的二月春分时节游湖的，他的兴趣并不在表现闹热，而是偏向于怀古的幽情："写新诗吊古。"这正是清贫孤高的文人所常有的闲情逸致。

"苏堤堤上寻芳树，断桥桥畔沽醽醁，孤山山下醉林逋。"三个鼎足对句概括地表现了作者怀古的幽情。苏堤在湖中贯通南北，这堤上原有先贤堂，也令人想起东坡先生的许多逸事和政绩，可能还有宋时的花柳，故值得去追寻。断桥，为白堤的入口处。在此买了有名的美酒，带着去孤山一饮，必定会更有诗意的。林逋字君复，钱塘人，隐居于孤山。曾瑞志不屈物，故不愿仕，与林逋当有身世共鸣之感，所以特地沽酒，想要在孤山与林逋同醉。

这首书写游赏西湖的小令虽然短小，却将游赏经过叙述得兴趣浓郁、层次清楚。结尾突兀地来了一笔景语，春雨如甘露一样洒在盛开的梨花上，使得花朵更加鲜艳欲滴，以景结情，含蕴无穷。"洒梨花暮雨"，当是眼前实景，一方面表明游湖直到日暮才归，另一方面也抓住了西湖美的特征。

从这首小令可见到作者对西湖景物深切的热爱。南宋词人有许多吟咏西湖的作品，以客观描绘景物见长，风格细腻婉约。这首小令则长于主观的叙述，风格疏淡潇洒，别有一种趣味。

【南吕·四块玉】叹世

曾瑞

罗网施，权豪使①，石火光阴不多时②。劼活若比吴蚕似③。皮作锦，茧做丝，蛹烫死。

【字词注解】

①罗网施，权豪使：意为现实社会如同魑魅魍魉的罗网世界，乃是权贵们所布置的。

②石火光阴：表示光阴迅速，一眨眼就过去了。在这里意为，权贵们为非作歹，终究横行不过几日。

③劼（jié）活：费尽心机地过活。劼，慎重，勤勉。吴蚕：吴地之蚕。

【精彩解说】

这是个罗网遍布的魍魉世界，其布置者正是那些权豪势要，但他们的权势不过如敲石击火一样，终究横行不过几日。最后结局就如蚕一样，皮做了锦，剥茧抽丝，蛹被活活烫死。

【赏析】

这支小令名为《叹世》，实乃讽刺世态之作，其中有感叹，有愤慨，更多的则是嘲讽、揭露和鄙视。

"罗网施，权豪使"，小令开笔，便以"罗网施"为喻，将当时的封建社会比拟成一个罗网遍布的魍魉世界，形象贴切。次句揭露了设置这天罗地网的正是那些不可一世的权豪势要，可谓一针见血。

紧接着，作者笔锋一转，以嘲讽的口吻诅咒这些朋比为奸之辈："石火光阴不多时。劫活若比吴蚕似。皮作锦，茧做丝，蛹烫死。"他们纵然机关算尽，但其煊赫之势不过如敲石击火一样，不能长久。最后结局犹如蚕儿（吴蚕）一般，一世费尽心思，最后还是落得个剥茧为丝、织皮为锦的下场，而化为蛹的蚕儿，亦被活活地烫死。

这支小令对封建社会的批判深刻鲜明，作者对权豪势要满怀鄙视、愤恨，指责他们倚仗权势，处心积虑，施布罗网，巧取豪夺，坑害他人。元代社会实施残酷的民族压迫，把人分成四等。汉人、南人备受歧视，而蒙古人、色目人则享有各种特权，其中的权豪势要更是无法无天，肆意横行，他们打死人不偿命，任意夺人妻女，而官府也不敢过问。不少元杂剧对此都有很深刻的揭露。就连官修的《元典章》，也记载了权豪势要罗织罪名、害人性命的大量事实，这是历代罕见的。所以，元代人民对权豪势要深恶痛绝，作者正是站在普通百姓的立场上正告他们：如此为非作歹，终究横行不了几时，最终落得可悲的下场。这在一定程度上反映了元代广大人民愤怒的心声。

这支小令艺术上也有可取之处。首先是语言简约而含义丰富。短短的二十九字蕴含了丰富的思想内容，带有强烈的批判性。其次，比喻手法简洁而形象。"石火光阴"，前人多用来比喻人生有限，诸多伤感，如白居易《对酒五首·二》中"石火光中寄此身"便是感叹世事如昨，人生如寄，为人世的短暂而悲哀。而作者却用来比喻权豪势要们好景不长，新颖别致，且嘲讽、愤慨、鄙视之情洋溢其间，使"叹世"的意义更加明显，可谓匠心独运。"吴蚕"的比喻也十分贴切而生动。吴蚕历经春秋，辛苦作茧，最后是被活活烫死。权豪势要者"劫活"一世，也不过如此下场。同时，还暗寓他们"作茧自缚"，紧扣并深化了"叹世"这一主题。

【南吕·骂玉郎过感皇恩采茶歌】闺中闻杜鹃[1]

曾瑞

【骂玉郎】无情杜宇闲淘气[2],头直上耳根底,声声聒得人心碎[3]。你怎知,我就里[4],愁无际。　【感皇恩】帘幕低垂,重门深闭。曲阑边[5],雕檐外,画楼西。把春醒唤起[6],将晓梦惊回。无明夜,闲聒噪,厮禁持[7]。　【采茶歌】我几曾离,这绣罗帏,没来由劝我道不如归[8]。狂客江南正着迷,这声儿好去对俺那人啼。

【字词注解】

①这支曲子是带过曲,由【骂玉郎】【感皇恩】【采茶歌】三支小令组成,这三支小令都不能单独作为小令。

②杜宇:杜鹃鸟。传说杜宇是古代蜀国的开国君主,死后魂魄化作杜鹃,因以杜宇代指杜鹃。

③聒(guō):声音吵闹,使人心烦。

④就里:心里。

⑤曲阑:曲曲折折的栏杆。

⑥春醒:春天里醉酒的状态。

⑦厮禁持:相折磨。

⑧不如归:杜鹃鸟叫声似"不如归去"之音。

【精彩解说】

那不懂事的杜鹃鸟一味任性,在我头顶上耳根边声声啼鸣,吵碎了我的心。你怎么不知道,我心里本来就愁情无尽。　帘幕低垂,一道道门儿关紧,闺房中原是那样的幽静。你却在栏杆边,屋檐外,小楼西,到处叫个不停,唤醒了我的醉意,惊破了我的梦境,不分日夜地聒噪,使我倍受折磨。　我几时离开闺帏出门,你老是没头没脑,发出"不如归去"的提醒。我那外出不归狂荡的人儿正沉迷在江南,流连忘返,你的啼叫声儿还是叫给他听听。

●【赏析】

这支小令写思妇情思，新颖别致。曲子采用了代言体的表达方式，以思妇的口吻，直抒其胸臆。

小令以女主人嗔怪杜鹃啼叫开始，点明正是"杨花落尽子规啼"的暮春季节，这就暗中表明春情难遣、春愁无限的情思。她咒骂杜鹃鸟无情、淘气，原因就是它的叫声传入闺中，从人头上直进入耳根底，叫得人心都碎了。原来，女主人有无边愁闷。她在"帘幕低垂，重门深闭"的画楼里，昼长无事，正春睡消闲，不料杜鹃的啼声却在"曲阑边""雕檐外"，一直到"画楼西"，不停地聒噪，将她吵醒。不仅使她睡意消了，还惊醒了她的好梦。这鸟的啼声不分白天黑夜，已令人烦扰不安、难以忍受，何况它叫的正是"不如归去，不如归去"。可自己正孤零零地待在雕檐曲栏之下，帘幕绣帷之中，欲归何处呢？而那位该归不归的"狂客"（指外出的丈夫），还远在江南，乐不知返呢！杜鹃鸟的"不如归去"，正好该对着那厮的耳边叫，让他知道还有人在"无明夜"地盼他早日回归。

小令以女主人对杜鹃啼声的心理感受贯穿始终，把杜鹃"聒得人心碎"的情景淋漓尽致地进行铺张描写，新颖别致，将思妇那种又爱又恨的复杂心情表达得十分真切、细腻感人。小令直抒胸臆，平白如话，摹景状物，惟妙惟肖，如"我几曾离，这绣罗帏，没来由劝我道不如归"，便活脱脱地勾画出了女主人又恨又嗔的神态，使读者感觉十分亲切自然。这首作品是带过曲，由【骂玉郎】【感皇恩】【采茶歌】三支小令组成。作者充分运用了带过曲的特点，叙事不温不火，起承转合天衣无缝，音节上衔接自然，圆润爽口，语言本色当行，质朴中兼有俳谐之趣，时有一二方言俗语点缀其中。

赵禹圭

〔作者小传〕

赵禹圭,字天赐,汴梁(今河南开封)人。元代散曲作家、杂剧家,曾任镇江府判官。创作有杂剧二种,今已不存,今存七首散曲小令。

【双调·折桂令】题金山寺[1]

赵禹圭

> 长江浩浩西来,水面云山[2],山上楼台。山水相辉,楼台相映,天与安排[3]。诗句就云山动色,酒杯倾天地忘怀[4]。醉眼睁开,遥望蓬莱[5]。一半烟遮,一半云埋。

【字词注解】

①金山寺:在江苏镇江西北的金山上,为东晋时所建。
②云山:形容山势高峻,云烟缭绕。
③天与安排:上天给(我们)安排好的。与,给,替。
④天地忘怀:忘记天地间一切事物和所有忧愁。
⑤蓬莱:这里当指金山寺中的蓬莱宫,不是蓬莱仙岛。

【精彩解说】

长江浩浩荡荡从西面涌来,水面上矗起云山,云山上簇拥楼台。云和水相映照，楼与台相掩映，天造地设巧安排。对着大好云山秀美景色吟出新诗句，对着浩瀚天地倾杯酣饮忘却愁怀。睁开醉眼，远望蓬莱宫。一半被烟霭遮断，一半被云彩掩埋。

【赏析】

这首散曲写的是作者登上金山寺所看到的壮观景象并由此产生的内心感受。

"长江浩浩西来，水面云山，山上楼台。"作者笔下并没有直接写金山寺，而是先描写金山寺气势不凡的环境背景。长江自夔门向东，穿过三峡天险，经湖北，过江西，流安徽，入江苏，两岸虽然不乏高山丘陵，但地势基本上是比较平坦的，没有什么障碍，江水如脱缰的野马，浩浩荡荡，一泻千里。但是到了镇江附近，却突然出现"水面云山"的景象，巍峨的金山在江中突兀而起。山立江中，这本身就是自然界的一种奇迹，即使做静态描写，也可谓大观。作者在这里用"浩浩西来"的长江背景，以动写静，使金山的景象显得更加宏伟壮观，给人一种天外飞来之感。

"山水相辉，楼台相映，天与安排。"在把金山寺安置在浩渺辽阔的背景之上后，接着具体描绘金山寺的景况。但作者仍然没有孤立地就山写山，就寺写寺，而是依旧紧紧抓住山立江中的特征来写。金山寺倒映江中，山与水连在一起，楼台上下相互映照。山在水中，水在山上，宛若一派仙境。这壮丽奇妙的景象，真是鬼斧神工，人间罕见，所以作者说是"天与安排"。面对如此奇观，作者豪兴大发，饮酒作诗，即景抒情。"诗句就云山动色，酒杯倾天地忘怀。"这两句，作者用狂态来表现自己沉醉在如此胜境中的豪情。他举杯痛饮，乘兴赋诗，一篇吟就，连风云烟霞好像也为之动容。他仿佛离开了人间，置身于人迹罕至的仙境，睁开蒙眬的醉眼，只见眼前的蓬莱宫若隐若现，一半被云雾笼罩，一半陷于烟雾之中。这最后几笔，给整个画面染上了一层朦胧的色彩，把读者引入无限的遐想之中。

全篇写景，从山与水、山水与楼台的种种关系上写出了金山景色的诗情画意，在给人以美的享受的同时，又能给人以情的感染。

阿鲁威

〔作者小传〕

阿鲁威，元代散曲作家。蒙古族人，至治年间（1321—1323）任南剑太守，泰定年间（1323—1328）任经筵官、参知政事，曾译《世祖圣训》《资治通鉴》等为泰定帝讲说。能诗善曲，朱权《太和正音谱》评论其词"如鹤唳青霄"。今存小令十九首，情感深沉质朴，格调旷达豪迈。

【双调·蟾宫曲】

阿鲁威

问人间谁是英雄？有酾酒临江，横槊曹公①。紫盖黄旗②，多应借得，赤壁东风③。更惊起南阳卧龙④，便成名《八阵图》中⑤。鼎足三分，一分西蜀，一分江东。

【字词注解】

①"有酾（shī）酒"二句：苏轼《前赤壁赋》中说曹操破荆州、下江陵时，"酾酒临江，横槊赋诗"。酾酒，斟酒。

②紫盖黄旗：古人认为天空出现黄旗紫盖的云气，是出现帝王的兆头。这是指孙权。

③赤壁东风：东吴周瑜在赤壁大败曹操。赤壁大战时，周瑜用部将黄盖计，用火攻，恰巧东南风大起，向西北延烧，曹兵大败。

④南阳卧龙：诸葛亮。徐庶向刘备推荐诸葛亮时，称其为"卧龙"。诸葛亮出山前，曾隐居南阳，他在名作《出师表》中自述"臣本布衣，躬耕南阳"。

⑤《八阵图》：据说诸葛亮能摆八卦阵。杜甫《八阵图》诗概括诸葛亮一生功业为"功盖三分国，名成《八阵图》"。

―●【精彩解说】

问这茫茫人间到底谁是英雄？遥想风起云涌的三国时期，有临江斟酒、横着长矛赋诗的曹操，有赤壁之战中巧借东风获胜的周瑜和孙权，更有隐居南阳而使世人惊奇、名成《八阵图》的卧龙诸葛亮。于是天下如鼎足三分，一分归西蜀，一分归江东孙吴。

―●【赏析】

这是一首咏史怀古之作。写这首曲子时，作者或许是在灯下展读史卷，或许是面对着滚滚东去的长江，回顾历史，联想现实，心潮澎湃。突然，一个问题涌上他的心头："问人间谁是英雄？"这个问题提得十分突兀，大有昂首天外，放眼千秋的气概；又提得十分概括，茫茫古今叫人从何答起？

作者毕竟有非凡的笔力，笔锋轻轻一转，就把读者的目光引入了一幅波澜壮阔的具体历史画面中——三国，那风云变幻的时代，正是英雄辈出、各显身手的大好时机。

第一位英雄：曹操。"有酾酒临江，横槊曹公。"苏轼在《前赤壁赋》里写曹操"方其破荆州，下江陵，顺流而东也，舳舻（战船）千里，旌旗蔽空，酾酒临江（洒酒于江，以示凭吊古人），横槊赋诗，固一世之雄也"，在阿鲁威的这首小令中，诗人仅以寥寥二句，便将曹操这位不可一世的英雄形象勾勒出来了。曹操不仅身经百战，力扫群雄，统一了中国北方，而且文采斐然，是一位名副其实的风流人物。

第二位英雄：孙权。"紫盖黄旗，多应借得，赤壁东风。""紫盖黄旗"，指云气，古人认为这是王者之气的象征。作者认为，虚幻的王气不足凭信，东吴之所以能建立王业，是因为孙权、周瑜赤壁一战，借助东风，火烧了曹军的战船，粉碎了曹操的攻势。

第三位英雄：诸葛亮。"更惊起南阳卧龙，便成名《八阵图》中。"他胸怀奇才，隐居南阳，徐庶称之为"卧龙"。按照他的本愿，只想"苟全性命于乱世，不求闻达于诸侯"，后来之所以出山辅佐刘备，直接原因是为了报答刘备三顾茅庐的知遇之恩，但归根到底还是时代的、历史的因素促使他做出了这一选择。作者用"惊起"二字，生动而又形象地描绘出诸葛亮由隐居到出山的转变过程。唐代韩偓诗云："必若有苏天下意，何如惊起武侯龙？"朱熹诗云："君看蛰龙卧三冬，头角不与蛇争雄。"又云："伏龙一奋跃，凤雏亦飞翔。"都指出了诸葛亮出山的历史必然性。至于诸葛亮出山以后的历史功绩，以杜甫《八阵图》中"功盖三分国，名成《八阵图》"的概括最为确切完备。这里作者就是化用了这句诗。

"鼎足三分，一分西蜀，一分江东。"末尾三句既是紧承对诸葛亮的描写，又对魏、吴、蜀三方做了一个总结，而全篇也就戛然而止了。

纵观全篇，诗人以大开大合之笔，再现了三国人物的历史风采，歌颂了他们的英雄业绩，含蓄地表达了自己追慕先贤、大展经纶的志愿。感情基调雄健高昂，大有苏轼《念奴娇·大江东去》、辛弃疾《南乡子·何处望神州》之遗风。然而此曲究竟何时、何地、因何而作，已难知晓。作者是否借追慕古代英雄来暗寓壮志难酬的情怀呢？曲中并未露端倪，故只有留待欣赏者见仁见智地去领略了。

【双调·蟾宫曲】

阿鲁威

动高吟楚客秋风，故国山河，水落江空。断送离愁，江南烟雨，杳杳孤鸿。依旧向邯郸道中[1]，问居胥今有谁封[2]？何日论文，渭北春天，日暮江东[3]。

【字词注解】

[1]邯郸道：典出唐代沈既济传奇《枕中记》，指求取功名富贵之路。

[2]居胥：狼居胥山的省称。西汉霍去病出代郡击溃匈奴，封狼居胥山而归。

③ "何日"三句：化用自杜甫《春日忆李白》"渭北春天树，江东日暮云。何时一樽酒，重与细论文？"诗句。

——●【精彩解说】

游子离乡远行，秋风萧瑟，他不禁高吟起咏秋的诗篇，故乡此时的山河，该是水落江空了吧。江南的烟雨，空中的孤雁，眼前的景物深深触动着游子的离愁。他依旧奔走在追名逐利的道路上，吃尽了风尘劳碌之苦，虽想要像霍去病那样建功立业，却无法一展宏图，不禁想问如今有谁封狼居胥？怀想故乡的友人，何时才能再和他们一起论文，渭北的故人春天也在想远方的游子吧，游子的眼前却只有落日余晖，江水悠悠。

——●【赏析】

这首小令当是阿鲁威赴南剑（今福建南平）太守任时，在旅途中所作。

"动高吟楚客秋风，故国山河，水落江空。"作者告别了故乡，登山临水，迤逦南行。萧瑟的秋风扑面吹来，他不由想起宋玉《九辩》中那动人心魄的长吟："悲哉秋之为气也！"秋天是一个草木凋零、气氛肃杀的季节，容易引起游子的迟暮、孤独、离愁等情感。而文人的心尤其多愁善感，故乡和游子之间有一种割不断的感情纽带，越是远离故乡，就越是觉得一刻也不可分别。此时的故乡景色如何呢？该是"故国山河，水落江空"吧！这八个字写出了秋景的寂寥高旷，正是典型的北国之秋的风貌。杜甫《秦州杂诗》有"水落鱼龙夜，山空鸟鼠秋"之句，写的正是这种景色。

而眼前的南国之秋则不同："断送离愁，江南烟雨，杳杳孤鸿。"秋雨绵绵，烟水无际。仰望天空，只见一只失群的大雁，形单影只，孤苦伶仃，真可谓"写不成书，只寄得相思一点"（宋代张炎【解连环】《孤雁》）。这些景物都深深触动着作者的离愁和孤独。

"依旧向邯郸道中，问居胥今有谁封？"既然故乡如此难以割舍，那为什么还要风尘仆仆，四处奔波呢？还不是因为名缰利锁的拘牵，身不由己！"邯郸道"，出于唐人传奇中黄粱梦的故事（见唐代沈既济《枕中记》），指的是追求功名富贵的道路。冠以"依旧"二字，说明作者已经吃足了风尘劳碌之苦，产生了厌倦仕途之情。"问居胥"句，更进一层，说明追求富贵荣华并非自己的本意，自己的夙愿是像卫青、霍去病那样，率十万铁骑，将匈奴驱逐于瀚海之北，封狼居胥山而还。可惜自己生不逢时，无法建功立业、一展宏图。"今有谁封"四字，寄寓了作者对现实政治的几多感慨与不平。

  由此作者又想到那些与自己志同道合、意趣相投的朋友。他们大多和自己一样，谋国有术而报国无门，于是常在一起饮酒论文，抒怀泄愤。如今作者远来南国，与故人天各一方，怎能不常生怀想？杜甫《春日忆李白》诗说："渭北春天树，江东日暮云。何时一樽酒，重与细论文？"阿鲁威此时心情也同杜甫一样，不过杜甫当时是在渭北怀念游历江东的李白，阿鲁威则是在江南怀念北方的故人，稍有不同罢了。这里"日暮江东"写自己怀念故人，"渭北春天"悬想故人也思念自己，但眼前所见，唯有暮云笼罩，江水悠悠。全曲就在这无限怅然的离情别思中结束，韵味无穷，令人回味不尽。

薛昂夫

〔作者小传〕

薛昂夫,元代散曲作家。先世内迁,居于怀孟路(在今河南沁阳)。父及祖俱封覃国公。早年问学于宋末诗人刘辰翁。初为江西行中书省令史,后入京,泰定、天历年间(1323—1330)为太平路总管,元统年间(1333—1335)移衢州路总管。晚年隐居杭州皋亭山一带。善书法,尤工篆书。其散曲风格以疏宕豪放为主,思想内容以傲物叹世、归隐怀古为主。现存小令六十五首,套数三篇。

【中吕·朝天子】

薛昂夫

沛公①,大风②,也得文章用。却教猛士叹良弓,多了游云梦。驾驭英雄,能擒能纵,无人出彀中③。后宫④,外宗⑤,险把炎刘并。

【字词注解】

①沛公:刘邦。他在秦二世元年(前209)秋号召沛县父老杀沛令反秦,被推为沛公。

②大风:刘邦所作《大风歌》。

③彀(gòu)中:本指箭射出去所能达到的有效范围。用以比喻牢笼、圈套。

④后宫：借指吕后。
⑤外宗：外戚。这里指吕氏家族。

【精彩解说】

刘邦以武力统一天下，他写了《大风歌》，也懂得用文治的办法治理国家。可是他却让韩信那样的猛士有"高鸟尽，良弓藏"的感叹，又何必伪游云梦。他控制了英雄，既能收服又能使用，没有人能逃出他的掌握之中。可惜是吕后和外戚险些把大汉王朝断送。

【赏析】

元代散曲作家对待皇帝的态度不同于前代的诗人词家，有时候敢于对历史上的皇帝挖苦讽刺。薛昂夫的这支小令就是如此。作者写有咏史【朝天子】二十首，这一首写汉高祖刘邦。

刘邦，沛县人，他在秦二世元年（前209）号召沛县父老反秦，被推为沛公。据《史记·高祖本纪》记载，刘邦在称帝后的第七年（前200），平定了淮南王英布的反叛，返回时途经故乡沛县，在沛宫设酒宴，款待父老子弟，席间作《大风歌》："大风起兮云飞扬，威加海内兮归故乡，安得猛士兮守四方。""也得文章用"，是"也得用文章"的倒装，意思是也懂得用"文治"的办法治理国家。这一句是挖苦刘邦，为下文诛戮开国功臣做铺垫。

"却教猛士叹良弓，多了游云梦。"汉高祖六年（前201），有人告密韩信谋反，刘邦采纳陈平之计，伪游云梦（在今湖北中东部）想突袭韩信。韩信自思无罪，坦然去见刘邦，被武士所缚，韩信说："果若人言：'狡兔死，良狗烹；高鸟尽，良弓藏；敌国破，谋臣亡。'天下已定，我固当烹。"这两句是谴责刘邦杀戮功臣。特别点出韩信，因他功最高，足智多谋，连这样的人也轻易被捉拿，其他的人就更不用说了。

"驾驭英雄，能擒能纵，无人出彀中。"这三句是说刘邦控制了英雄，既能收服又能使用，没有人能逃出他的掌握之中。"英雄"指英布、韩信、彭越，他们并称"汉初三大名将"。《史记·黥布列传》这样记载，高祖十一年（前196），皇后吕雉诛杀了淮阴侯韩信，英布内心恐惧。这年夏天，吕后和刘邦合谋诛杀了梁王彭越，并把他剁成了肉酱，又把肉酱装好分别赐给诸侯。肉酱送到淮南，英布看了更加害怕，暗中使人部署，集结军队，以备非常。也就是说，英布造反，是刘邦和吕后把他逼反的。

"后宫，外宗，险把炎刘并。"刘邦死后，皇后吕雉擅权称制，大肆分封吕氏子弟，压制、杀戮刘氏诸王，实际上，已经篡夺了刘家的天下。吕后死后，陈平、周勃诛杀诸吕，迎立汉文帝，才恢复了汉朝。后宫，指吕雉。外宗，吕后亲族，指吕禄、吕产等人。炎刘，刘邦自称以火德兴邦，故称"炎刘"。

薛昂夫这支小令中的讽刺、挖苦之意是非常明显的：武将功臣被你杀光了，你还讲什么文治？你刘邦纵然能"驾驭英雄，能擒能纵"，但是真正的危险在你身边，吕后差一点儿断送了你刘氏的江山。小令在结构上运用欲抑先扬的手法，观点新颖独到，发人深省。

【中吕·朝天子】

薛昂夫

卞和，抱璞，只合荆山坐。三朝不遇待如何？两足先遭祸①。传国争符，伤身行货，谁教献与他②！切磋，琢磨，何似偷敲破③？

【字词注解】

①"卞和"五句：春秋时楚人卞和在楚山（即荆山，在今湖北），发现了一块玉石（即璞），拿去献给楚厉王，厉王以为是石头，砍掉了他的左足。武王即位，他又去献璞，结果又被砍掉右足；到文王时，他抱着这块玉石在荆山下痛哭，文王知道了，叫人剖开石头果然得到宝玉，就命名为和氏之璧。

②"传国争符"三句：和氏璧后为秦王所得，刻为玉印，号传国玉玺，为国家权力的象征，以后许多野心家为此争战不休。行货，意为贿赂，巴结国王想得点儿好处。这句话是倒装，意思是说，你毁坏自己的身体去行贿，结果造成后世争战不休。

③"切磋"三句：与其让文王去切呀，去磨呀，还不如偷偷将它敲破。

【精彩解说】

卞和本该只抱着他的璞玉坐在荆山上。幸亏有两只脚,前两次抵了罪,若第三次还被认为是说谎该怎么办呢?卞和毁坏自己的身体去行贿,结果造成后世争战不休,谁让他屡次三番去献宝呢!与其让文王去切,去磨,还不如偷偷将它敲破毁掉。

【赏析】

这首小令评论的是"和氏献璧"的故事。故事见于《韩非子·和氏》。楚国人卞和,在楚山中获得一块含玉的石头。他把它奉献给了厉王。厉王让玉工鉴别,玉工说:"这是石头。"厉王认为卞和撒谎,就砍去了他的左脚。等到厉王驾崩,武王即位,卞和又把含玉的石头献给武王。武王又让玉工鉴别,玉工又说:"这是石头。"武王也认为卞和撒谎,就砍去了他的右脚。武王驾崩,文王即位,卞和抱住他的含玉的石头在楚山下哭了三天三夜,眼泪流尽,继之以血。文王听到后,派人问他,说:"天下被砍掉脚的人多啦,为什么偏偏你哭得这么伤心?"卞和说:"我不是因为被砍掉脚而悲伤,悲伤的是宝玉被人当作石头、贞士被当作骗子。"文王接受了这块含玉的石头,命玉工剖开,果然得到宝玉,于是命名为"和氏璧"。卞和献璞的故事一向被看作才士不遇的悲剧,卞和一向受到人们深切的同情。本首小令却反映作者全然不同的看法。

"卞和,抱璞,只合荆山坐。""荆山",在今湖北南漳西部。山有抱玉岩,传为楚人卞和得璞处。卞和获宝,只该坐在荆山上,他受罪是自找的,谁叫他一而再地献璞。

"三朝不遇待如何?两足先遭祸。"幸亏有两只脚,两次不遇抵了罪,这第三次要是再不被理解怎么办呢?言外之意,恐怕有杀身之祸了。

"传国争符,伤身行货。谁教献与他!"《史记·廉颇蔺相如列传》中记载秦王欲以十五城骗取赵王的和氏璧,后被秦王刻为玉印,号传国玉玺,为权力的象征,许多野心家为此争战不休。"行货",意为贿赂,巴结国王想得点好处。这两句是倒装,意思是说:你毁坏自己的身体去行贿,结果造成后世争战不休。对他的献璞,作者进行了责难否定。

"切磋,琢磨,何似偷敲破?"切磋、琢磨都是治玉的工艺过程。这几句说，与其让文王去切呀，去磨呀，还不如偷偷将它敲破。这里的意思可能有两层：其一，为什么献给楚王去鉴别是不是玉，自己敲破看看嘛；其二，与其献给国王让他们争来抢去，不如砸碎它，天下或许要少一些麻烦。

在这支曲子里，卞和成了揶揄、指责的对象。古人都把献璞当作献才，仿佛觉得这个才理应献给主上，所谓"学成文武艺，货与帝王家"。而作者却从根本上否定这个做法。小令用气话和反话来评价卞和献玉的故事，实际上是对元代知识分子积极入世思想的否定，同时对君王的是非不分、荒置人才做了辛辣的讽刺。这样的思想产生于元代，产生于薛昂夫，不是没有原因的。元代的知识分子社会地位很低，统治阶层在很长时间内废止了科举，于是许多知识分子被逼至山林、市井之中。即使少数人将"文武艺""货与帝王"，但在党争倾轧、夺取皇权的旋涡中，也往往惨遭杀身之祸，所以元曲中出现了不少这类批评忠臣、否定忠君观念的作品，是不足为怪的。

【中吕·朝天子】

薛昂夫

董卓①，巨饕②，为恶天须报。一脐然出万民膏③，谁把逃亡照？谋位藏金④，贪心无道，谁知没下梢⑤！好教，火烧，难买棺材料。

•【字词注解】

①董卓：甘肃临洮人。东汉末年曾任西凉刺史，汉灵帝时为前将军。灵帝死后，他进京杀宦官，废少帝与何太后，立刘协为献帝，官至相国。后又挟持天子迁都长安，自封为太师。

②饕（tāo）：饕餮（tiè），古代传说中的一种很贪食的兽类。

③"一脐"句：董卓死后尸身肥胖，看守军士以火置其脐以为灯，膏流满地。脐，肚脐。然，同"燃"。

④藏金：董卓死后，人们发现其筑的郿坞中竟藏金银十余万斤，绮罗珠宝和粮食不计其数。

⑤下梢：下场，结果，结局。元人口语。

【精彩解说】

董卓，这个贪得无厌的大饕，恶贯满盈终究遭到上天的报应。肚脐燃出的是千万百姓的脂膏，若不点燃他，他怎会去映照逃亡的老百姓？他阴谋篡位，聚敛财物，贪婪成性，不行人道，都知道这种人没有好下场！死后尸体被火烧，难得用上棺材料。

【赏析】

这首曲子揭露和斥责董卓的贪婪残暴、作恶多端，语言通俗，快语直言，嬉笑怒骂，痛快淋漓。

东汉末年的董卓是汉献帝时著名的权奸，先是杀少帝、何太后，后又挟献帝迁都，自封为太师。他十分残暴，杀害了许多大臣和平民百姓；又筑郿坞，收藏了无数金银财宝，号为"万岁坞"。他恶贯满盈，后被王允、吕布杀死，陈尸街头。由于其体肥多脂，夜晚守尸的士卒于其脐中点灯，据说光明达旦，以至数日。这首曲子就是根据这一史实所写。作者快意于董卓的下场，认为这是他作恶多端的下场和报应。

"董卓，巨饕，为恶天须报。"曲子开头就锋芒直指，将其称之为"巨饕"。这里对董卓的恶迹主要是抓住一个"贪"字，列出了董卓恶迹斑斑的主要特点，直言其作恶多端，不得好报。

紧接着"一脐然出万民膏，谁把逃亡照？"两句，前一句写董卓生前榨取民脂民膏，把自己养得肥大无比，后一句写其死后在肚脐上点灯，夜晚照亮了流离失所、四处逃亡的百姓。"万民膏"，可见他的肥是鲸吞了多少平民的膏脂，以多少平民家破人亡为代价的。"逃亡照"，这里化用了唐人聂夷中《咏田家》诗"我愿君王心，化作光明烛。不照绮罗筵，只照逃亡屋"，用在这里的意思是说：像董卓这样的巨饕，如果不烧他，他是一滴膏油也不愿流出的，哪会化作"光明烛"去映照逃亡的老百姓？贪婪的人都是吝啬的，这里痛斥了许多居高位者不顾人民死活、贪得无厌的丑恶本质。

"谋位藏金，贪心无道，谁知没下梢！"接下来三句进一步揭露董卓生前贪心藏金，绝没有好下场。末尾三句"好教，火烧，难买棺材料"，咒骂董卓死后，被火焚烧，连棺材料也不好买。据史载，董卓的尸体被焚成灰烬，士卒将骨灰扬在道路上。这样还须买什么棺材料呢！贪婪的人最后竟然被烧得个一干二净，真是死无葬身之地。作者以"幸灾乐祸"的口气，对董卓的死进一步加以挖苦、讽刺。

这首曲子充分发挥了散曲快语直言的特点，十分直白通俗，嬉笑怒骂，痛快淋漓，抒发了作者对董卓的痛恨之情，实际也影射了一切贪财残暴的权臣绝没有好下场。

【中吕·朝天子】

薛昂夫

老莱①，戏采，七十年将迈。堂前取水作婴孩，犹欲双亲爱。东倒西歪，佯啼颠拜，虽然称孝哉②！上阶，下阶③，跌杀休相赖④！

——•【字词注解】

①老莱：老莱子。《二十四孝》中《戏彩娱亲》记其孝顺父母的故事。
②虽然：即使如此。
③上阶，下阶：老莱子颤颤巍巍、跑上跑下地学婴儿动作。
④杀：通"煞"，极、很的意思。

——•【精彩解说】

老莱子已年近七十了，还穿着五彩斑斓的花衣在双亲面前戏舞。挑着水到堂前来，故意滑倒在地，像小孩子一样哇哇大哭起来，想博取双亲的疼爱。走路都走不稳了，还假装啼哭磕头，即使这样还被说成是孝呢！跑上跑下，摔死了可别赖别人！

——•【赏析】

这支曲子中的"老莱"，即老莱子。《戏彩娱亲》是古代《二十四孝》中的一篇。这个故事早在唐《艺文类聚》中就有记载。后来元代郭居敬将它编入《二十四孝》中。这个故事受到许多人的称赞，而与郭居敬同时代的薛昂夫并未加入恭维者的行列，而是将它大大嘲弄了一番。

曲子开篇就说一个年已七十的人还穿着花衣在二亲面前戏舞。"戏采"与"七十"的对照显示出喜剧性的滑稽。下面又写他挑了水到堂上来，"作婴孩"的情节这里省略了，即他故意摔倒在地，像孩童一样啼哭，还想博取双亲的疼爱，这真叫人哭笑不得。"东倒西歪，佯啼颠拜，虽然称孝哉！"走路都走不稳了，还假装啼哭磕头。即使是这样的恶作剧，还被说成是孝呢！这里尖锐地指出了这"孝"的虚伪、不近人情。末句"跌杀休相赖"的意思，就是"摔死莫怨别人"。这一句卒章显志，道出作者的爱憎。老莱子的行径不但特别矫情，而且滑稽可笑，所以作者以辛辣的笔调予以讽刺。曲子将叙事、描写、评论结合起来，特别突出对丑态的描写，使这个所谓的"佳话"一下子黯然失色了，成为人们的笑料。

鲁迅先生在《朝花夕拾·二十四孝图》中说，"其中最使我不解，甚至于发生反感的，是'老莱娱亲'和'郭巨埋儿'两件事。""一个躺在父母跟前的老头子……他应该扶一枝拐杖。现在这模样，简直是装佯，侮辱了孩子。""招我反感的便是'诈跌'。无论忤逆，无论孝顺，小孩子多不愿意'诈'作，听故事也不喜欢是谣言，这是凡有稍稍留心儿童心理的都知道的"，讲得非常明白，可作为这支曲子的注脚。

"孝"是人伦之一，不可全然否定，但要近乎人情。七百年前的薛昂夫用形象的笔法对"老莱娱亲"进行了讽刺，不能不说他的观念、见识在当时是很开通高明的了。

【中吕·朝天子】

薛昂夫

杜甫，自苦，踏雪寻梅去。吟肩高耸冻来驴，迷却前村路。暖阁红炉，党家门户①，玉纤捧绿醑②。假如，便俗，也胜穷酸处③。

【字词注解】

①党家门户：北宋忠武节度使党进之家。这里泛指达官贵人之家。

②绿醑（xǔ）：绿色美酒。

③穷酸：穷困而迂腐，旧时用以称穷书生。

——●【精彩解说】

杜甫踏雪寻梅，是自讨苦吃。大冷天高耸着肩膀骑在毛驴上，又在前面的村子迷了路。你看看那些达官贵人家里，在暖阁里围着火红的炉子，还有美女捧着美酒在一旁围绕着，是何等惬意。就算你说他俗不可耐，总比你这个穷书生强多了。

——●【赏析】

这首曲子从字面上看似乎在贬低、嘲讽杜甫，实际上是作者的反语。曲子运用对比手法表达了"纨绔不饿死，儒冠多误身"的思想。

"杜甫，自苦，踏雪寻梅去。吟肩高耸冻来驴，迷却前村路。"曲子开篇几句描述了杜甫作为贫寒书生的生活苦况。"踏雪寻梅"，形容文人雅士赏爱风景、苦心作诗的情致。宋代孙光宪《北梦琐言》中有这样一段："或曰：'相国（指郑綮）近有新诗否？'对曰：'诗思在灞桥风雪中驴子上，此处何以得之？'盖言平生苦心也。"这是所知最早的风雪骑驴寻诗的典故。梅花是作为一种特定的意象出现在古代诗词中的，它玉骨冰心，圣洁高雅，不畏严寒，是坚忍顽强的象征。踏雪寻梅，是知识分子对高洁的精神世界的寻求。薛昂夫此处说杜甫踏雪寻梅，是将杜甫作为知识分子的代表描写。"自苦"，即自讨苦吃，这是作者的反语。杜甫怀着文人雅士的情致骑着毛驴踏雪寻梅，冬季的严寒冻得他肩膀高耸，雪上加霜的是他在冰天雪地里还迷了路。寥寥数语将杜甫贫寒困苦的境况写得生动形象。

"暖阁红炉，党家门户，玉纤捧绿醑。""党家门户"指北宋忠武节度使党进之家，这里泛指达官贵人的家。"玉纤"，纤细如玉的手指，多指美人的手。这三句描绘了官宦之家的富足安逸的生活，与前面杜甫的苦况形成强烈对比。"暖阁红炉"营造出一种温暖安适的氛围，与前文的冷寂、凄苦形成巨大反差；销金帐下美人和美酒围绕，又更加衬托出杜甫迷失在冰天雪地里的孤苦境况。

"假如，便俗，也胜穷酸处。"末尾三句对贫寒的杜甫和富贵的官僚进行了比较。"穷酸"是指以杜甫为代表的贫穷书生，也是作者的自嘲。就算那些官僚们享受荣华、俗不可耐,也比你这穷酸书生强!这是作者愤慨的反话。元朝很长一段时间内废止了科举考试,贫寒的知识分子们仕途坎坷,往往一生潦倒,这正是杜甫《奉赠韦左丞丈二十二韵》诗中所说的"纨绔不饿死,儒冠多误身"。

这支曲子,把高雅的知识分子和卑俗的官僚做了对比。仔细品味后不难发现,在"穷酸"的自嘲中,作者是在赞颂杜甫有梅花般的傲骨,始终保持高尚的人格追求,而官僚才是作者讽刺的对象。曲子中描绘"党家门户"的奢靡生活,暗含对官僚们只知沉迷酒色的鄙弃。所以说,末句"也胜穷酸处",只能是一句愤慨的反话!

【中吕·朝天子】

薛昂夫

伯牙①,韵雅,自与松风话②。高山流水淡生涯③,心与琴俱化。欲铸钟期④,黄金无价。知音人既寡,尽他,爨下⑤,煮了仙鹤罢。

【字词注解】

①伯牙:春秋时楚国人。《吕氏春秋》卷十四《孝行览·本味》中说,伯牙善弹琴,最能从他弹奏的音乐中听出他的心声的是钟子期。钟子期死后,伯牙认为他再也没有知音了,便摔碎琴,拉断弦,终生不再弹琴。

②自与松风话:与松树清风对话,形容知音稀少。

③高山流水:伯牙的琴曲中有表现高山流水意象的,钟子期听后马上产生共鸣。

④钟期:也叫钟子期,春秋时楚国人。一说姓钟,名期,"子"是对男子的美称。

⑤爨(cuàn):炉灶。

【精彩解说】

伯牙的琴声优美和谐,情志高尚典雅,他用琴声与松林风涛对话。伯牙弹奏出了高山流水的意象,他的生活也是清淡的,他的心思与琴曲完全融合在一起了。钟子期死后,伯牙想用黄金铸个钟子期像,怎奈黄金无价。既然知音人没有了,那就随它去吧,把琴扔到炉灶中,做柴烧煮仙鹤吧。

【赏析】

这首散曲是写古人、古事的名作。伯牙是春秋时著名的音乐大师,志向高洁,他弹的曲子总是志在高山,意在流水,只有钟子期能理解这些曲子的情怀。钟子期一死,伯牙没了知音,就再也不弹琴了。

起首先写伯牙高雅的情趣、淡泊的生涯:"伯牙,韵雅,自与松风话。"伯牙这个人,琴声优美、和谐、情志高尚、典雅;他用高雅的琴声与松林风涛对话。松树高洁,松间清静,松风韵雅,有超尘拔俗的意蕴,"与松风话",即以松风为知音,把松风拟人化了。着一"自"字,表现了他自得其乐、悠然自得的情态。可见伯牙志向高洁、超凡脱俗的精神境界。

"高山流水淡生涯,心与琴俱化。"高山流水的意象多是展现淡泊、恬静的心态。伯牙的生活是清淡的,弹出的曲情也是清淡的,所以他的心思与琴曲完全融合在一起了。写到这里,都还没有提到钟子期,其实句句都使人联想到钟子期,"曲高和寡",越高雅,知音越难得,也就越可贵,这就为下面写子期死,伯牙悲,做了充分的铺垫。

"欲铸钟期,黄金无价。"这里用了个典故:春秋时,越国功臣范蠡辅佐越王勾践打败吴国,功成身退,泛舟太湖。勾践思念他,就用黄金铸了一尊范蠡像,放在座旁。这句是说子期死后,伯牙思念他,想铸一尊子期的像,可是哪里来的黄金呢!当然,这里并不真的说伯牙想铸金像,只是说子期死不复生,伯牙思念而不得。

"知音人既寡,尽他,爨下,煮了仙鹤罢。"诗人以代言(代替伯牙)的形式,决绝地说:知音人没有了(这里的"寡"作"没有"讲),随它去吧,把它扔到炉灶下去煮仙鹤吧。烧琴煮鹤是古代高人雅士认为大煞风景的事,用在这里表明,伯牙不仅终生不再弹琴,就连生活的兴趣也没有了,心灰意冷,万念俱灭。

这首小令歌颂了伯牙高雅的情趣及他与子期真挚的友谊。作者作了二十首【朝天子】咏史组曲,其题旨绝大多数是讽刺或批评,只这一首鲜明地给以赞颂，这表明他的情趣及处境有与伯牙相似的地方。这篇作品是有寄托的，表现了作者对恬淡生活的向往，其中也不乏世无知音的慨叹。

【中吕·山坡羊】

薛昂夫

大江东去，长安西去①，为功名走遍天涯路。厌舟车②，喜琴书③。早星星鬓影瓜田暮④，心待足时名便足。高，高处苦；低，低处苦。

【字词注解】

①长安：大都（今北京）。这里泛指都城。

②厌舟车：厌倦奔波求官的羁旅生活。

③喜琴书：喜欢抚琴读书的生活。晋代陶渊明《归去来兮辞》中有"乐琴书以消忧"的诗句。

④早：早已经。星星鬓影：形容鬓发花白。瓜田暮：归隐已迟。汉初邵平（本为秦东陵侯）自秦亡后在长安城东门种瓜，味甜美，世称"青门瓜"或"东陵瓜"。这里借"瓜田"指隐居生活。

【精彩解说】

江水滔滔东入海，车轮滚滚西过长安，为了求取功名走遍了天南海北。厌倦了奔波劳碌的羁旅生活，喜欢悠闲自在地抚琴读书。早已是两鬓斑白，想如种瓜的邵平一样归隐也晚了，心里知足了，功名也就满足了。身居高位，有高的苦处；身居低位，有低的苦处。

【赏析】

薛昂夫一生辗转于各地，东西南北，为官二十多年。这首【山坡羊】当是他晚年退休之前所作。

"大江东去，长安西去，为功名走遍天涯路。"曲子开篇写出作者一生在宦海官场中的奔波劳累。长安，代指当时的首都大都（今北京），"西去"

是沿用的汉唐习惯说法。一个"东去",一个"西去",表明作者的足迹从中原燕京遍及大江南北。"为功名走遍天涯路",既写出了宦游生活的劳苦,又隐含着功名难就之怨。

"厌舟车,喜琴书。早星星鬓影瓜田暮。""舟车"指南来北往的水陆旅途,"琴书"指书斋生活。陶潜《归去来兮辞》中有"乐琴书以消忧"句。作者虽是回鹘人,但自小受到由宋入元的大学问家刘辰翁的教导,家里文风甚浓。早年他的诗文就受到赵孟頫的高度赞扬。作者本来无意功名,可是步入宦途就身不由己了。虽然是"厌舟车""喜琴书",但无奈厌倦的不能避退,喜爱的难以求得,直到年华老去两鬓斑白也不能引退。"瓜田"用汉初邵平种瓜的典故,邵平本为秦东陵侯,秦灭亡后在长安东门种瓜。作者在这里用这个典故喻弃官归隐,而自己两鬓斑白却仍然无法功成身退,因而引发下面的感慨。

"心待足时名便足。"这是作者的自责:为了追求"名",搞得一生扰扰攘攘,说到底还是贪心。若能有陶渊明那样"审容膝之易安"的知足,也就能"乐夫天命"了。曲子末尾,作者发出感慨:"高,高处苦;低,低处苦。"这里的高低是指官位的高低。古往今来有多少仁人志士终生怀才不遇,难以施展抱负,这是"低处苦";也有不少人身居高位而深受名缰利锁,困于官场斗争中难以解脱,这是"高处苦"。这里,作者概括了处于不同境地的士人颇为近似的内心:高低虽不同,但同样是受制于名利,各自有各自的苦忧。

这首曲子道出了一个久在官场的知识分子的苦闷,虽然身居高位,但他的精神是不自由的,曲中表现了对这样一个充满矛盾的灵魂的深刻解剖。前半部是回顾自己不由自主在宦海中劳碌奔波的大半生,作者对自己不能摆脱名缰利锁的羁绊深自悔恨;后半部则阐发了自己的切身体验,从而向世人发出警戒:名缰利锁令人寝食难安,不要为名利所困。全曲语言平实,直抒胸臆,毫不矫揉造作,浸润了作者很深的生活体验。

【中吕·山坡羊】西湖杂咏·春

薛昂夫

山光如淀①,湖光如练②,一步一个生绡面③。叩逋仙④,访坡仙⑤,拣西施好处都游遍,管甚月明归路远。船,休放转;杯,休放浅。

【字词注解】

①淀:同"靛",青黑色染料。
②练:白色的丝织品。
③生绡:没经过漂煮的丝织品。古人用来作画,所以也代指画卷。
④逋仙:北宋诗人林逋,性孤高自好,终生不仕,后隐居杭州西湖,结庐孤山。赏梅养鹤,也不婚娶,人称他"梅妻鹤子"。常驾小舟遍游西湖诸山,每逢客至,叫门童纵鹤放飞,林逋见鹤必归。
⑤坡仙:苏轼,号东坡居士,北宋著名文学家、词人、诗人。他任杭州刺史时在西湖筑堤,夹堤广植柳桃,人称"苏堤"。

【精彩解说】

远山一片青翠,湖面就如白绢般光洁,每走一步都如同一幅山水画。去寻访林逋的梅花仙鹤,再去苏堤游玩,把西湖美景都游个遍,明月高高升起,天色已晚,回路远也不去管它。向前行船儿啊,不要转头;对着如此美景,酒杯可不要停。

【赏析】

薛昂夫用【山坡羊】的曲调写了西湖春、夏、秋、冬四季的景色。本曲是第一首,描写了一幅西湖春游的动态画面,展现了西湖如诗如画的春景。

"山光如淀,湖光如练,一步一个生绡面。"作者漫游西湖,放眼望去,远处的春山浓郁如蓝靛,湖光纯净如白练。走在西湖边上,遇到的都是好像从画轴中走出来的清雅美女。这样的美景,这样的邂逅,本就令人迷醉,更何况西湖的美,不仅在现实的人与景,更在其丰富多彩的历史文化积淀。

"叩逋仙,访坡仙,拣西施好处都游遍,管甚月明归路远。""逋仙"指北宋诗人林逋,他曾隐居孤山,其"梅妻鹤子"的故事散发着永恒的清雅;"坡仙"指苏轼,他曾在西湖上筑堤赋诗,"欲把西湖比西子,淡妆浓抹总相宜"的名句赋予西湖无穷的魅力。所谓"拣西施好处都游遍",便是将西湖所有美好之处全部看完之意。然而西湖很大,如果游玩远了,返回的时候怕已是夜深了,那也不管它,"管甚月明归路远",作者沉迷于西湖美景的惬意情怀跃然纸上。这句话借用了苏轼"露湿醉巾香掩冉,月明归路影婆娑"的诗意,而在苏诗意境之上更多一层豪爽的气概:游兴正浓,已顾不得月明天晚了。

"船,休放转;杯,休放浅。"末尾句既是作者沉溺美景,举杯不停的写照,又是当时西湖游乐盛况的全面展示。美景、美文、美人、美酒,此情此夜,只愿笙歌无休。

这是一首颇能体现散曲灵动性的作品。赵孟頫评价薛昂夫的散曲"激越慷慨,流丽闲婉",这首曲子很好地体现了这两个特点。从中我们能看出作者豪爽激越的性情,也能读到其娴雅无羁的情致,更能从诗人强烈的赞美中受到西湖美景的感染。

【中吕·山坡羊】西湖杂咏·夏

薛昂夫

晴云轻漾①,薰风无浪②,开樽避暑争相向。映湖光,逞新妆,笙歌鼎沸南湖荡③,今夜且休回画舫。风,满座凉;莲,入梦香④。

【字词注解】

①晴云轻漾:晴空白云轻轻飘荡。

②薰风无浪:暖风掀不起波浪。

③笙歌鼎沸南湖荡:各种乐器声和歌声把湖水震得就像锅里沸腾的开水一样,比喻西湖夏夜十分热闹。

④入梦香:闻着莲花的香气入睡。

【精彩解说】

西湖的夏日晴空里，白云轻轻飘荡，暖风轻轻地吹拂，是人们饮酒避暑争着去的好地方。倒映在水里的都是漂亮的新妆，在欢乐的歌声乐声下西湖的水都在沸腾，今晚这么高兴就留在这里，不要把船摇回去了。在这里到处吹的都是带着莲花香味的凉风。不如就在这儿枕着莲花的香味入梦。

【赏析】

这首曲子描写西湖夏景。江南夏季的炎热犹如蒸笼，然而杭州因为有西湖，却能独得一分水的清凉和灵性。"晴云轻漾，薰风无浪"，"薰风"指和暖的南风，暖风轻轻地吹着，湖面没有一丝波浪；晴空万里，白云静静地漂浮着——周围的景色是"静"的。而景中的游人呢？"开樽避暑争相向"，盛夏的西湖，不仅有晴云飘荡，而且还有微风拂面，自然成了人们争相前去避暑的胜地。"映湖光，逞新妆"，江南女子们纷纷换上清新淡雅的衣裙，淡妆浓抹，更加惹人注目。这几句形象地写出了西湖夏季游人众多的热闹场面，一"争"一"逞"，又将这里的热闹写得颇具趣味。同时，游人的"动"和景色的"静"又形成鲜明对比，更加突出西湖夏季的特色。

"笙歌鼎沸南湖荡，今夜且休回画舫。"游人们此时由沉醉于西湖美景到笙歌鼎沸，整个场面更加沸腾，欢乐的歌声让湖水都为之动荡。直到深夜，那华美的游船都招引不回游人的心思，"今夜且休回画舫"形象地表现出他们陶醉其中、乐而忘返的情状。

"风，满座凉；莲，入梦香。"他们游荡在西湖上，直到莲香入梦，晚风清凉。至此，景色描写又回归开头的"静"，不过没有了酷暑之感，更多了一丝夏夜的清凉雅韵。此曲结尾颇有意境，如此收尾，才能写出夏夜西湖的独特，才能表明作者的闲情所寄。

本曲运用渲染、衬托的手法，通过对西湖的游人乐而忘返的情景的描绘，突出地表现了西湖迷人的夏景，使人如临其境，让人陶醉其中，乐而忘返。作者善于把握节奏，由动至静，由酷暑到清凉，写出了西湖夏景的神韵。

【正宫·塞鸿秋】凌歊台怀古

薛昂夫

凌歊台畔黄山铺①,是三千歌舞亡家处②。望夫山下乌江渡③,是八千子弟思乡去④。江东日暮云,渭北春天树⑤。青山太白坟如故⑥。

【字词注解】

①凌歊(xiāo)台:地名。在今安徽当涂县北黄山上。南朝宋高祖刘裕曾建离宫于此。凌歊,消暑。黄山铺:黄山的驿站。铺,驿站。

②"是三千"句:南朝刘宋王朝三千粉黛,舞榭歌台,一朝倾覆,化为乌有。

③望夫山:在今安徽当涂县西北四十里。传说古代一女子登山望外出的丈夫归来,久立化为石头,山以石命名。乌江渡:在今安徽和县东北,与望夫山隔江相对,是项羽兵败自刎之地。

④八千子弟:项羽率领八千江东子弟起兵反秦,所向披靡,威震天下。项羽兵败自刎后,八千子弟四散而去。思乡去:思乡的去处,思乡的地方。

⑤"江东"二句:出自杜甫《春日忆李白》诗:"白也诗无敌,飘然思不群。清新庾开府,俊逸鲍参军。渭北春天树,江东日暮云……"

⑥青山太白坟:青山在安徽当涂县东南,李白坟即在青山西麓。

【精彩解说】

凌歊台畔的黄山驿站,那是许多人失去家乡的地方啊。望夫山下项羽兵败的乌江渡口,是八千江东士兵思念家乡的地方。尽管时光流逝,但我登上凌歊台,遥望青山,李白的坟墓依然如故。

【赏析】

"凌歊台",又作陵歊台,位于安徽当涂县城北五里处的黄山(不是著名风景区歙县黄山)山巅,南朝宋高祖刘裕曾于此筑离宫。当涂东南有青山,李白坟就在青山西麓；西北四十里有望夫山，和它隔江相对的，就是当年项羽兵败自刎的乌江。元文宗天历、至顺年间（1328—1333），作者担任太平路总管，治所即在当涂。这首曲子写作者登上凌歊台，追怀与此地相关的历史故事，表达了富贵如浮云转瞬即逝、人生无常的感慨。

起首二句感慨富贵荣华不可常在。"凌歊台畔黄山铺，是三千歌舞亡家处。"凌歊台作为曾经的帝王刘裕的离宫，也曾有那三千粉黛在宫中轻歌曼舞，然而这里的繁盛并没有维持多久，经历了朝代更替、江山易主后，这里就成了一代王朝灭亡的见证。

次二句，作者的视线转移到西面，从望夫山想到乌江渡："望夫山下乌江渡，是八千子弟思乡去。"当年的西楚霸王项羽带领八千江东士兵南征北战，所向无敌，威震天下，而最终被刘邦打败，来到乌江江畔。乌江亭长劝他赶快渡江，以图东山再起。项羽笑了一下说："我在会稽起兵，带领八千子弟渡江，到今天他们全部战死，只有我一个人回到江东，即使江东父老同情我，立我为王，我还有什么脸面再见他们呢？"最后在乌江边拔剑自刎。

曲子末尾，作者的视野移向了东南的青山，名扬千古的大诗人李白就埋葬在这里。"江东日暮云，渭北春天树"二句用唐代杜甫《春日忆李白》"渭北春天树，江东日暮云"句，表示对李白的怀念。

作者写这首曲子之时正值战乱不休，元王朝已不可挽回地走向衰落。曲中表现出的末世之感，可以说是时代的折射。这首曲子在内容上的一个重要特点，就是不局限于一地一人一事，而是借当涂境内的三大古迹追怀了三位历史人物（刘裕、项羽、李白），紧扣盛衰无常的主题，形散而神聚。写作手法上，作者以对比贯穿全篇，历史上的繁盛和眼前的衰败景象形成鲜明对照，从而使全篇染上一层悲剧色彩，耐人咀嚼，发人深思。

【正宫·塞鸿秋】

薛昂夫

功名万里忙如燕[①]，斯文一脉微如线[②]。光阴寸隙流如电[③]，风霜两鬓白如练。尽道便休官，林下何曾见[④]？至今寂寞彭泽县[⑤]。

【字词注解】

①功名万里：东汉班超投笔从戎立功边疆封侯之事。《后汉书·班超传》："大丈夫无它志略，犹当效傅介子、张骞立功异域，以取封侯，安能久事笔砚间乎？"

②斯文：儒者追求的文化品格、道德修养等。《论语·子罕》："天之将丧斯文也，后死者不得与于斯文也。"

③光阴寸隙：形容时光过得飞快。《庄子·知北游》："人生天地之间，若白驹之过隙，忽然而已。"

④"尽道"二句：灵彻《东林寺酬韦丹刺史》："相逢尽道休官好，林下何曾见一人？"此用其意。尽道，都说。休官，辞官。林下，指山林隐逸的地方。

⑤寂寞彭泽县：言隐居的人很少。晋陶渊明曾为彭泽县令，后归隐。

【精彩解说】

为了追逐功名，万里奔波，忙碌如燕子，而对于一脉相承的斯文却视若微线。时间像白驹过隙，又如电光石火，转眼间两鬓已斑白如练。这些人嘴上说不想当官，而林泉之下谁见他们真的辞官归隐？至今唯有陶渊明寂寞隐居东篱边。

【赏析】

薛昂夫现存小令【正宫·塞鸿秋】共三首，这是第一首，无题。小令讽刺了那些贪图功名利禄之辈。

"功名万里忙如燕，斯文一脉微如线。""功名万里"，用东汉班超封侯万里的典故。此处借指仕途奔波、争名夺利。曲子开头两句，从正面描写为官者追名逐利，如燕子啄食营巢，忙碌不堪；而对继承传统的品格道德修养却看得很轻。作者以"忙如燕"和"微如线"构成对比，既鲜明地刻画出了追名逐利者的碌碌丑态，又寄寓了对斯文扫地、人心不古的无穷感慨。

下两句进一步说明官场竞逐之人乐此不疲，至老不衰。"光阴寸隙流如电，风霜两鬓白如练。"时间像白驹过隙，又如电光石火，转瞬即逝；一生忙到两鬓如霜，还是没有混出个名堂来。作者以时光如电和"风霜两鬓"对比，凸显了官场中人碌碌终生的可悲情状。这些人嘴上说：再也不想当官了。于是作者发问：你们也只是嘴上说说而已，林泉之下，谁见过你们真的辞官归隐？"尽道便休官，林下何曾见？"作者化用灵彻《东林寺酬韦丹刺史》诗"相逢尽道休官好，林下何曾见一人"句，通过追名逐利者自身言行不一的矛盾构成对比——表面上标榜高洁，无意仕途；实际上百般钻营，乐此不疲——从而入木三分地揭露了他们虚伪可耻的本质。

最后一句"至今寂寞彭泽县"是全曲的点睛之笔，一语揭示出曲子的命意。"彭泽县"，即彭泽县令，指陶渊明。作者推出陶渊明辞官归隐的史实，把终生汲汲于功名利禄却又装模作样要退隐的假隐士与真正的清高之士陶渊明对比，使清者更清、浊者更浊。"寂寞"二字，用得极妙，与开篇"忙如燕"遥相呼应，两者对比，活画出官场竞逐的真面目，巧妙地传达出作者的褒贬态度。

这支小令可谓讥刺有力，揭露痛彻。"忙如燕""微如线""流如电""白如练"等一连串比喻的妙用，为假隐士画像，极为生动传神。一连四个长句构成"连璧对"，一气直下，形成酣畅淋漓的气势，与巧妙的比喻相得益彰，使讽刺更为有力。这首曲子最大的艺术特色就是对比手法的成功运用，通过层层的对比，鲜明地勾勒出争名逐利者可怜、可恶、可悲的面目。

【双调·楚天遥过清江引】

薛昂夫

【楚天遥】花开人正欢，花落春如醉。春醉有时醒，人老欢难会①。一江春水流，万点杨花坠。谁道是杨花，点点离人泪②。　　【清江引】回首有情风万里，渺渺天无际③。愁共海潮来，潮去愁难退。更那堪晚来风又急④。

【字词注解】

①欢难会：欢乐难以再逢。

②"谁道"二句：化用自苏轼《水龙吟》"细看来不是杨花，点点是离人泪"句。

③"回首"二句：苏轼《八声甘州·寄参寥子》："有情风、万里卷潮来，无情送潮归。"

④更那堪：又怎受得。晚来风又急：化用自李清照《声声慢》："三杯两盏淡酒，怎敌他、晚来风急。"

──•【精彩解说】

花开放之时，如人正处于欢乐中，花凋落之时，仿佛春天也醉了。春醉了会随时节醒来，而人一旦老去便再难与欢乐重逢。一江春水缓缓流淌，无数杨花点点坠落。谁说那是杨花，分明是离人的点点伤心泪。　有情风将渺渺潮水卷来。心中的愁绪和潮水一同涨起，潮水退去后愁绪却难消散。又怎经得住夜晚的急风来袭！

──•【赏析】

薛昂夫是维吾尔族诗人，汉姓马，故亦称"马昂夫"。他深受汉文化影响，其诗词被称赞为"如龙驹奋迅，有并驱八骏、一日千里之想"。在元代少数民族散曲作家中，薛昂夫流传下来的作品数量仅次于贯云石。本曲是薛昂夫带过曲【双调·楚天遥过清江引】三首中的第一首。此曲前半部分咏杨花，后半部分咏海潮，前后结合，咏叹人生的无尽愁怀。

【楚天遥】在咏杨花中写伤春之情。"花开人正欢，花落春如醉。春醉有时醒，人老欢难会。"春天带给人们由衷的愉悦，而落花又会惹起无尽的伤感，因为它们都使人联想到人生。开头四句描写大自然的春景，又包含着人生的哲理，在大自然的花开花落中融入了人生易老的感慨，一起笔就为全曲定下伤感的基调。四句之中，"有时醒"和"花开"相呼应，"人老"和"花落"相对照，层次分明，错落有致。接着，作者化用李煜的《虞美人》词"恰似一江春水向东流"之句，写出了如滔滔春水般的愁思，进而又将愁思形象具体化，说暮春的万点杨花飘落，都是离人的点点眼泪。"谁道是杨花，点点离人泪"二句化用苏轼的《水龙吟》词"细看来不是杨花，点点是离人泪"。

【清江引】又换了一个角度咏海潮，基本上都是从苏轼词中化来，但在意境上有所开拓。"回首有情风万里，渺渺天无际"化用自苏轼《八声甘州·寄参寥子》"有情风、万里卷潮来,无情送潮归"句。"愁共海潮来,潮去愁难退。"海潮卷来了离人之愁,可是海潮退了,愁却没有和海潮一起退去。结尾句"更那堪晚来风又急",写在愁绪难以排遣之时又碰上"晚来风又急"的恶劣天气,旧愁未消又添新愁,这使主人公怎么能忍受得了呢?末句化用李清照《声声慢》词"怎敌他、晚来风急",却是意象发展至此水到渠成之句,境界也较李词更为开阔。

曲子化用了苏轼两首词的词意。作者于前代诗人中最尊崇苏轼,常以苏轼自拟,这支曲中化用苏轼的词句,自然妥帖,有如己出。曲子前半曲咏杨花,后半曲咏海潮,看似不相连,但都是在"愁"字上下功夫。整首曲子浑然一体,意象一脉贯通,修辞手法的运用上自然无痕,既抒发了离愁别恨之情,又表达了韶光易逝、好景不长的人生感受。

【双调·楚天遥过清江引】

薛昂夫

【楚天遥】屈指数春来,弹指惊春去①。蛛丝网落花,也要留春住。几日喜春晴,几夜愁春雨。六曲小山屏②,题满伤春句。　【清江引】春若有情应解语,问着无凭据③。江东日暮云,渭北春天树④,不知那答儿是春住处⑤?

【字词注解】

①弹指:形容时间极短。

②六曲小山屏:六扇可折叠的画有小幅山水画的屏风。

③问着无凭据:意为问春春也不回答。

④"江东"二句:出自杜甫《春日忆李白》诗:"渭北春天树,江东日暮云。何日一樽酒,重与细论文?"

⑤那答儿:哪里。元人口语。

【精彩解说】

屈指细数着时日盼着春天到来,弹指之间春天就已过去。蛛丝网留住了落花，也是为了要把春留住。有多少天为春天的晴朗而欢喜，又有多少夜因春雨而愁闷。那折叠的山水屏风上已经题满了伤春的诗句。　春天如果真有情应该懂得人的语言和心思，可她对我的发问却是默不作答。那江水东边映照着傍晚的云霞，渭北春天一片花树海，只是不知道哪里才是春天的住处？

【赏析】

薛昂夫这组带过曲共三首，都表达了惜春伤春之感。作者在曲中化用了一些前人诗词，婉约幽丽，富有诗词韵味。此曲为第二首。

第一支小令【楚天遥】几乎全部袭用宋代高观国《卜算子·泛西湖坐间寅斋同赋》词，原词为："屈指数春来，弹指惊春去。檐外蛛丝网落花，也要留春住。几日喜春晴，几夜愁春雨。十二雕窗六曲屏，题遍伤心句。"开篇二句揽括全篇，"屈指数春来，弹指惊春去"，屈指细数着时日，盼望春天的到来；可是弹指之间，春天又匆匆归去了。"屈指""弹指"两个动词的应用，使时间的流逝变得具象化，并立即将读者带入恍然间春去也的惊叹之中，引发出春日苦短、时间倏忽而逝的遗憾。

紧接着，笔锋一转，作者以一个既形象而又奇崛的意象"蛛丝网落花"来表现抒情主人公试图留住春天的迫切心情。落花，象征着即将消逝的春天。蛛网上粘着两三瓣残花，仿佛它也要把美好的春光留住。

"几日喜春晴，几夜愁春雨。"天晴时觉得春日尚可留，因而喜悦；夜雨时便觉春天很快将归去，因而悲伤。雨晴不定，愁喜无端，正见作者胸中有不可名状的伤春情绪。唯有在六曲小屏风上，题遍伤春的诗句："六曲小山屏，题满伤春句。"作者用带有夸张色彩的描写，既给出了作为情感程度的具象表达，也描画了主人公在伤春情绪支配下的行为状态，至此点出"伤春"的主题。

接着，"春若有情应解语，问着无凭据"紧承"题满伤春句"。前句化用自李贺"天若有情天亦老"一句，以反诘的手法，点出了春光无情、难解愁肠的痛苦，使得伤春之情得以深化，由对时光易逝的感叹转入了新的境界，抒发知音难觅的孤独际遇的感怀，并以此为起点，引出了下面两句。

"江东日暮云，渭北春天树"，直用杜甫《春日忆李白》里的诗句。杜甫寄居长安，李白漫游江浙。原诗两句是写杜甫和李白各自所在地的景物，意思是说杜甫在渭北思念着江东的李白,遥看南天,唯见日暮的云彩;李白也在江东思念着渭北的杜甫,怅望北方,只看到春天的树色。本曲直用杜诗,点出了伤春的根由,深化了主题,并逼出末句——"不知那答儿是春住处?"此句化用黄庭坚《清平乐》"春归何处,寂寞无行路"的词意:不知春住何处,也不知人在何方;在本曲中既是抒写惜春的情怀,也是表达对友人的思念。

本曲情感变化曲折丰富,但又转承自然,大大拓展了抒情空间,且用意婉转、含蓄,情景交融,颇具隐喻色彩。

【双调·楚天遥过清江引】

薛昂夫

【楚天遥】有意送春归,无计留春住。明年又着来①,何似休归去。桃花也解愁,点点飘红玉。目断楚天遥②,不见春归路。 【清江引】春若有情春更苦,暗里韶光度。夕阳山外山,春水渡旁渡③,不知那答儿是春住处?

【字词注解】

①着:让,教。元人口语。

②楚天:南天。古代楚国在今长江中下游一带,位居南方,所以泛指南方天空为楚天。

③"夕阳"二句:袭用宋代戴复古《世事》诗:"春水渡旁渡,夕阳山外山。"

【精彩解说】

情意绵绵送春归去,因为没有办法把春留住。既然明年春天还要来,今年又何必回去呢。桃花也懂得我的哀愁,花瓣纷纷扬扬地飘落如红玉。遥望远方天际,仍然看不见春天的归途。 春如果有情必然会更加痛苦,所以偷偷地随韶光溜走了。夕阳将落在山后,春水荡漾的渡口,不知道哪里是春天的住处?

【赏析】

这是薛昂夫带过曲【双调·楚天遥过清江引】三首中的最后一首，是一首别具一格的伤春感怀之作。

开篇四句，化用宋代僧人如晦《卜算子》词"有意送春归，无计留春住。毕竟年年用着来，何似休归去"，是点题之语。这倒装的四句，貌似表达顺其自然、无意抗争的情绪，实则抒发无法留住春日的无奈之情。

接下来的四句仍然化用《卜算子》"目断楚天遥，不见春归路。风急桃花也似愁，点点飞红雨"。虽是化用，但其中"桃花"的意象和"红玉"的比喻极富情韵，"桃花也解愁，点点飘红玉。"桃花飘零，是春天即将离去的自然景观，在伤春人眼中，点点飘落的桃花仿佛也懂得人的哀愁，化作漫天红色的玉屑。这里对客观自然景观的描写带上了强烈的主观感情色彩，表达了作者对春天离去的绵绵哀怨，这哀怨恰似漫天飞舞的桃花红玉，无边无际，又晶莹纯洁。"目断楚天遥，不见春归路。"桃花漫无边际地飞舞着，作者的视线投向了遥远的楚天，虽然如此，却仍找不到春归的路径。这一层意境深远而绵长，充满了抒情主人公的迷惘和失落。

下篇"春若有情春更苦"句化用自李贺《金铜仙人辞汉歌序》之"天若有情天亦老"句。因"有情"而"更苦"，在比照与假想中，强化着作者的情感力度，同时又引发了在不知不觉中韶光逝去的哀叹。"暗里韶光度"一句呼应第二首曲中"弹指惊春去"的意境。

"夕阳山外山，春水渡旁渡"，由宋代戴复古《世事》诗中的"春水渡旁渡，夕阳山外山"句颠倒而来。作者借用"夕阳"的意象表现春日无可挽留的惆怅。结尾"不知那答儿是春住处"，在化用宋代黄庭坚《清平乐》词"春归何处，寂寞无行路。若有人知春去处，唤取归来同住"的基础上运用衬字，使句子更加口语化，承接了前面遥望、追思的心境。

此曲虽是前人词句的化用或直引，但经作者别具匠心的重新组合，大大超越了文字游戏的范畴。作者成功运用了心理描写的手法，通过心理变化真实、准确、细腻地表达了作者叹春、惜春、伤春、唤春的心意。全曲感情描写细腻，笔法自然多变，丰富的意象应用更增添了曲子意境的悠远，耐人回味。

【双调·庆东原】西皋亭适兴[1]

薛昂夫

兴为催租败[2],欢因送酒来[3]。酒酣时诗兴依然在。黄花又开,朱颜未衰,正好忘怀。管甚有监州,不可无螃蟹[4]。

【字词注解】

①西皋(gāo)亭:建于皋亭山西麓。皋亭山在浙江杭州东北,作者曾居于此。

②"兴为"句:北宋诗人潘大临曾构思得一佳句"满城风雨近重阳",忽闻催租人至,因而败兴不能卒篇。

③送酒:用江川刺史王弘派仆人在重阳节给陶渊明送酒的典故。

④"管甚"二句:宋代各州置通判,称为"监州",每与知州争权。杭州人钱昆原任少卿,喜食蟹,在补官外郡时表示:"但得有螃蟹无通判处则可矣。"事见欧阳修《归田录》。

【精彩解说】

诗兴被催租之事破坏,快活也常被送酒人带来。醉醺醺时,诗兴依然存在。看菊花又当秋盛开,我自觉还未衰老,正好把世事忘怀。管他有什么监州来,只要有螃蟹下酒,便是我平生一快。

【赏析】

这首散曲寄托了作者归隐遁世,追求恬淡、闲适生活的志趣。薛昂夫晚年曾在杭州皋亭山一带隐居,西皋亭位于皋亭山附近。《西皋亭适兴》共六首,此曲为第二首。这首曲子紧扣题目,写作者在游兴中诗兴和酒兴大发,表现出作者忘情诗酒、豪放乐观的情怀。

曲子开篇围绕"兴"起笔。"兴为催租败,欢因送酒来",用对仗的句式,写作者为欠租而愁,为酒至而欢。这里包含了两个典故:"兴为催租败"出自宋释惠洪《冷斋夜话》,说宋代的谢无逸写信问潘大临可曾有新诗,潘回信答曰:"昨日清卧,闻搅林风雨声,欣然起,题其壁曰:'满城风雨近重阳。'忽催租人至，遂败意，止此一句奉寄。"这是写"败兴"。"欢因送酒来"用王弘给陶渊明送酒之典故，据《昭明文选·陶渊明传》："（潜）尝九月九日出宅边菊丛中坐，久之，满手把菊，忽值弘（江州刺史王弘）送酒至，即便就酌，醉而归。"这是写"起兴"。两个典故的化用，紧扣题旨，道出了作者败兴和起兴的原因，传达出作者厌倦官场生活、向往陶渊明式田园生活的情怀。

"酒酣时诗兴依然在"，写浓郁的酒兴勾起了作者的诗兴。"黄花又开，朱颜未衰，正好忘怀。"这里化用了李清照和李煜的词，作者情绪消沉却作达观语，凸显出明快、疏朗、豪放的感情色彩，进一步借"兴"抒怀。眼前菊花开放，而人又朱颜未改，逸兴尚在，在醉酒中可以把一切烦恼忘怀。

正因为如此，作者才会在最后两句毫无顾忌地说出："管甚有监州，不可无螃蟹。"管他什么监州不监州的，我只要有美味的螃蟹来下酒就行！末句源于北宋苏轼《金门寺中见李西台与二钱唱和四绝句，戏用其韵跋之》诗："欲向君王乞符竹，但忧无蟹有监州。"宋代各州设置的通判，称"监州"，总是与知州争权。杭州人钱昆喜食蟹，求补外郡官。有人问他想要什么，他说："但得有螃蟹无通判处则可矣。"作者在结尾用这个典故作结，表现出忘怀世事、摆脱忧烦的超逸、酣畅与狂放，表达了不受拘管、不求功名，追求自由生活的愿望，真是快人快语。

从情感上说，本曲极富层次地写出了人物感情随周围环境变化而发生的变化，如果说前面借用陶渊明的典故是在抒写旷达之意，那么后面以苏轼作比，表达的则是豪放之情。这前后的变化，表现了作者对隐逸生活的理解，既有安贫乐道的恬淡，又不失酣畅淋漓的不羁。从形式上说，这首曲子语言坦直，风格豪放，直抒胸臆，展现了作者心胸通达、健康快乐的情怀，典故运用了无痕迹，如同己出，丰富了作品的意蕴。

【双调·蟾宫曲】雪

薛昂夫

天仙碧玉琼瑶①，点点杨花，片片鹅毛②。访戴归来③，寻梅懒去④，独钓无聊⑤。一个饮羊羔红炉暖阁⑥，一个冻骑驴野店溪桥。你自评跋⑦，那个清高，那个粗豪？

【字词注解】

①碧玉琼瑶：形容雪晶莹洁白。琼瑶，美玉，这里喻雪。

②"点点"二句：雪似杨花点点，又似鹅毛片片。

③访戴归来：用王徽之访戴安道的典故。王徽之尝居山阴（今浙江绍兴），忽然想起住在剡中（今浙江嵊州）的戴安道，于是趁夜乘舟去看望他，过门不入而返。人问其故。曰："乘兴而行，兴尽而返，何必见戴？"见《晋书·王徽之传》及《世说新语·任诞》。

④寻梅懒去：用孟浩然踏雪寻梅的典故。张岱《夜航船》记载，孟浩然情怀旷达，常冒雪骑驴寻梅，曰："吾诗思在灞桥风雪中驴背上。"

⑤独钓无聊：此句化用柳宗元《江雪》"孤舟蓑笠翁，独钓寒江雪"的句意。

⑥羊羔：美酒名。

⑦跋：一般指写在书籍、文章、金石拓片等后面的短文，内容大多为评价、鉴定、考释之类。此处指评价、评论。

【精彩解说】

雪是如此晶莹洁白，如美玉，如杨花，如鹅毛。怀想那雪中的古人，有"乘兴而行，兴尽而返"的王徽之，有骑驴寻梅的孟浩然，有独钓江雪的柳宗元。一个是饮着美酒、围炉取暖的官宦富贵人家，一个是在雪中骑驴走过野店溪桥的贫寒士人。你自己评价，哪个清高，哪个粗豪？

【赏析】

薛昂夫的散曲风格以疏宕豪放为主，思想内容以傲物叹世、归隐怀古为主。本曲为归隐怀古一类，以《雪》为题，抒写了雪中的情趣、雪中的古人，赞美了如雪一样高洁、超脱的人格操守。

曲子从雪的外形写起："天仙碧玉琼瑶，点点杨花，片片鹅毛。""杨花"句化用自苏轼《少年游》"余杭门外，飞雪似杨花"；"鹅毛"句化用白居易《雪夜喜李郎中见访兼酬所赠》"可怜今夜鹅毛雪，引得高情鹤氅人"。

紧接着连用三个与雪有关的典故："访戴归来，寻梅懒去，独钓无聊。"由雪的"形"写到"神"，形象、自然地表现了雪的品格。三个典故，分别是王徽之、孟浩然、柳宗元三人与雪有关的雅事。王徽之雪夜访戴安道，到其家门口就回去了，"乘兴而行，兴尽而返"，代表着魏晋玄学思潮中重意、重情，不落形迹的美学风尚；孟浩然冒雪骑驴寻梅，曰"吾诗思在灞桥风雪中驴背上"，诗人只有放下人间功利，走进自然，才能写出佳作；柳宗元"孤舟蓑笠翁，独钓寒江雪"，追求的是个人精神的自由、独立。

接下来几句是作者的发问："一个饮羊羔红炉暖阁，一个冻骑驴野店溪桥。你自评跋，那个清高，那个粗豪？"能够欣赏雪之美的人，看似狂傲，实则真挚可爱。比起饮着美酒、围炉取暖的富贵人家，这些穷困但有情趣的人更有境界，因为内心的情愫才是生命得以丰富、强大的最重要的力量。雪是高洁的，是洒脱的，是自由的，这些有着同样品格的古人，与雪有着同样的魅力。小令虽以问句结尾，答案其实已在曲中。作者所崇尚的都是能够欣赏雪景的性情中人，对于那些官宦富贵之人，则持蔑视态度。

此曲语言简练、形象，虽然短小，但有思接千载的意境。写雪，写雪中人，写雪中雅趣，可谓传神。元曲中有很多写隐逸之趣的作品，此曲以雪为题，借雪见意，颇具匠心。

吴弘道

〔作者小传〕

吴弘道,元代散曲作家、杂剧家。曾任江西省检校掾史。曾汇编中州诸老书牍为一编,名《中州启扎》。又著《金缕新声》,今佚。所作杂剧《楚大夫屈原投江》五种,今亦不存。现存散曲小令三十四首,套数四套。

【双调·拨不断】闲居

吴弘道

泛浮槎①,寄生涯,长江万里秋风驾。稚子和烟煮嫩茶②,老妻带月炰新鲊③。醉时闲话。

【字词注解】

①泛浮槎:泛舟漫游。槎,木筏,这里指小船。典出《论语》。
②和烟:置身炊烟之中。
③炰:一读 páo,古同"炮",意为把带毛的肉涂上泥烧烤,又泛指烧烤;一读 fǒu,古同"缹",意为蒸煮。此处应为后者。鲊:腌渍的鱼。

【精彩解说】

坐一叶小舟江上泛游,寄托短暂生涯,万里长江秋风萧瑟。幼小的孩子和着烟煮嫩茶,老妻带着月光蒸煮鲜鲊。喝醉时快快乐乐说说闲话。

【赏析】

吴弘道共写过四首【拨不断】《闲居》，这是其中的第一首。一个秋天的晚上，作者携妻挈子，驾一叶扁舟，泛游于浩荡万顷的大江之上，超凡脱俗，雅趣无穷。

"泛浮槎，寄生涯"，槎，本是用竹木编成的筏子，这里指小船。"寄生涯"三字不可轻轻放过，泛舟江上，游乐遣兴，而把生涯寄于此，已流露出"利名无，宦情疏"（吴弘道【拨不断】《闲居》其二），不喜世俗官场，宁爱江湖山林之意，与唐代刘长卿诗"杜门成白首，湖上寄生涯"（《过湖南羊处士别业》），庶几相近。"泛浮槎"还暗用了《博物志》中的典故："旧说云：天河与海通，近世有人居海渚者，年年八月有浮槎，去来不失期。"深化了作者不愿混迹世俗，甘心退隐江湖的思想。

"长江万里秋风驾"，在浩瀚无垠的长江之上，袅袅秋风中，小舟随波漂荡，正如苏东坡所谓"纵一苇之所如，凌万顷之茫然"（《前赤壁赋》），颇有"冯虚御风""遗世独立"的气势。但是，作者在这首曲子里，不是抒发东坡式的超然物外的思想，而是倾心于一种远离名利场的闲乐。所以后面三句就描述了充满着天伦之乐的情景："稚子和烟煮嫩茶，老妻带月炰新鲊。醉时闲话。"小儿子在烟气迷漫的火炉前烧着茶水，老伴儿在月光笼罩下蒸煮新鲜的鲊鱼。酒已经喝得有几分醉意，与家人说着闲话。这是一幅多么和谐、温煦、淳朴的"闲居"图啊！观之简直令人似乎进入没有丑恶，只有和平宁静的"桃花源"式的境界。这正是作者所追求的理想生活，也是他这类文人逃避现实的一种方式。

不过，一般写闲居的作品，多是以固定的山村或溪畔为背景的，而此曲却是在万里长江的小船上。老妻、稚子、煮茶、烹鲊，都是在行进中的船上。"和烟""新鲊"也都与船上这一特定情境有关。故能给人以别开生面之感。"稚子""老妻"两句对仗极工，"和烟"与"带月"的特定景象所酿成的气氛，使得本来平常的"煮嫩茶""炰新鲊"浸润在浓厚的诗情画意之中。"醉时闲话"的"醉""闲"二字简约而传神地勾勒出了作者此时悠然自在的神情。

赵善庆

[作者小传]

赵善庆，元代散曲作家、杂剧家。善卜术，曾任阴阳教授。他游历甚广，先后到过西安、奉节、长沙、湘阴、镇江、杭州等地。著杂剧《教女兵》《村学堂》等八种，均佚。词散曲俱工，散曲存小令二十九首。《太和正音谱》称其曲"如蓝田美玉"。

【中吕·普乐天】江头秋行

赵善庆

稻粱肥[1]，蒹葭秀[2]。黄添篱落[3]，绿淡汀洲[4]。木叶空，山容瘦。沙鸟翻风知潮候[5]，望烟江万顷沉秋。半竿落日，一声过雁，几处危楼[6]。

【字词注解】

①稻粱：稻谷和高粱，此处泛指庄稼。

②蒹葭：芦苇。秀：开花吐穗。

③篱落：住家的篱笆。落，人聚居之处。

④汀洲：水中或水边的平地。

⑤沙鸟：海鸥、沙鸥等水鸟。

⑥几处危楼：几处高耸的楼阁。危，高耸的样子。

【精彩解说】

稻子和高粱硕果累累正丰收，芦苇开花，身姿秀颀。黄澄澄的果实挂满农家的篱笆，芳草枯萎遍布汀洲。树林中叶子凋残显得空疏，青山也显出消瘦。沙鸥在秋风中上下翻飞，它知道潮水到来的时候。远望一片烟雾笼罩着万顷江面，迷蒙浩渺，那气象正是深秋。离地半竿的落日，秋雁一声长鸣，掠过了几处高楼。

【赏析】

这是描写诗人秋天漫游江边所见景物的一首小令。全篇句句写景，没有一句抒情。但从诗人对景物赋予的不同形态、色彩和情调中，我们仍能感受到作者丰富的情感。景物随着作者的漫行移步而转换，诗人的情感也在起伏荡漾。

"稻粱肥，兼葭秀"，诗人起笔展现了一片丰收景象。田地里稻子和高粱结着累累果实，肥大沉甸。苍苍兼葭，伸展着秀颀的身姿，楚楚动人。在这片田野里，秋色不是萧瑟惨淡的。一个"肥"字，一个"秀"字，写出了诗人内心的欣喜。"黄添篱落，绿淡汀洲"。农家院落里、篱笆上，黄澄澄的收获堆积起来，而河上汀洲，芳草已渐枯萎，大地显出了"黄添绿淡"的变化。作者巧妙地利用黄、绿两种色调的对比，加上一个"添"字、一个"淡"字，把季节更替形象生动地描绘出来了。在这一段旅程中，作者心情虽喜忧参半，但基本上还是兴奋、喜悦的。

随着行进的脚步，作者纵目远眺，眼中又出现了一番景致："木叶空，山容瘦。"昔日青翠郁茂的林木，而今树叶正在秋风中凋残，山就像一位美女的身段，由丰满变得瘦削了。"空""瘦"两个字，使我们明显地觉出惋惜悲凉的气氛。随后展现的是一片浩荡雄阔的画面："沙鸟翻风知潮候，望烟江万顷沉秋。"秋风乍起，沙上鸥鹭翔集江面，上下翻飞。它们熟知季候的每一个细小变化，因而知道潮汛将临而变得不安宁起来。再向远处瞭望，一片烟雾笼罩江面，浩渺迷蒙，已是一派深秋气象。此时我们觉得诗人的心潮似乎时而随着沙鸥上下在翻腾，时而又与浩渺烟波一起凝聚而沉着。作者的笔在这里也似乎在对着画纸尽情挥洒。一"翻"一"沉"，两字和诗人最后的感情相应和；一个"知"字，诗人的心，似乎和鸟儿的心灵沟通了。

最后三句鼎足对，给人以平静沉稳之感。作者的运笔，似乎也收住了泼墨之势，而改成细笔勾勒点染。"半竿落日，一声过雁，几处危楼"，看似没有抒情的成分，但是"落日""雁声""危楼"都是频频出现在古代诗歌中带着感伤色彩的意象。在这里作者实在是给读者创造了一个颇有感伤气息的境界，读者可以从中联想到怀乡的游子、失意的文人、报国无望的志士和萦念远人的思妇。"半竿""一声""几处"这点点滴滴的小景，也与诗人情感趋向细腻深邃相吻合。

【双调·沉醉东风】秋日湘阴道中

赵善庆

> 山对面蓝堆翠岫①，草齐腰绿染沙洲。傲霜橘柚青，濯雨蒹葭秀②，隔沧波隐隐江楼③。点破潇湘万顷秋④，是几叶儿传黄败柳⑤。

【字词注解】

①蓝堆翠岫（xiù）：青翠山峰上弥漫着一层蓝色烟霭。岫，山。
②濯雨：雨水冲洗。蒹葭：芦苇。
③沧波：苍青色的水。此指秋水。
④潇湘：潇水和湘水。湖南的两条大江。注入洞庭湖。
⑤传黄败柳：枯黄凋残的柳叶飘飞。传，指到处飘飞。

【精彩解说】

对面山上堆蓝聚紫，翠色浓稠，湘江的沙洲上，草深齐腰，绿色葱茏。傲霜的橘柚一片青翠，雨水冲刷后的芦苇分外挺秀，隔着苍茫江水，隐隐可见楼台重重。点破潇湘万顷秋意的，是落下三两片黄叶的矗立山村中的几棵苍老古柳。

【赏析】

湘阴（今属湖南）在湘江下游，濒临洞庭湖，擅山水之胜。秋天，作者行经湘阴道上:翠岫笼烟,沙洲草绿,橘柚青黄,蒹葭苍苍。美丽宜人的景色,使行路的作者由衷地生发出喜悦舒畅之情,写下了这首小令。秋天,万物开始凋零,一般给人以萧瑟冷落之感。但是,赵善庆笔下的秋景,却仍然是生气勃勃,色彩绚丽,很少有金秋的肃杀之气。

开头两句"山对面蓝堆翠岫,草齐腰绿染沙洲","山对面"是指作者"面对山",只见苍翠的峰峦起起伏伏,被蓝色烟霭笼罩着。一个"堆"字,把那郁郁葱葱的浓重色彩渲染出来了;一个"染"字,亦形象地描写出大片沙洲尽为茂密的绿草所覆盖。"齐腰",不仅透露出草之高,而且与上句"对面"相应,把作者的主观感受放了进去,自然也就把他的情绪悄悄地透露了出来。

这开头两句写景色极佳,但还没有点出秋天的特征,三、四两句则秋意俱出:"傲霜橘柚青,濯雨蒹葭秀。"金秋成熟的橘柚,果实累累,青黄驳杂,圆润鲜艳,傲然于秋风之中,成了秋色的象征。用一个"青"来形容"橘柚"则表明了这首小令描写的是初秋或仲秋。湘江岸边,新雨之后的芦苇,丛丛花开,更是充满清新爽朗的秋意。细玩"傲霜""濯雨",能感觉出这两句不仅贴切地写出了南方秋日的特定景色;而且还流露出作者流连于此境中的喜悦心情。

如果说前两句写的是较高而广的远景,那么这后两句就是逼近的近景,而"隔沧波隐隐江楼"则是由近及远、远近皆收。作者伫立江边,纵目远眺,越过浩渺的江面,观赏隐隐约约矗立在对岸的高楼,既点出了江,又使原来的境界更加开阔;同时,作者凝神遐想的神态似乎出现在我们面前。忽然,"几叶儿传黄败柳"落入作者的眼帘,毕竟是秋天了,万物开始凋零了,虽然是"几叶儿",然而"一叶落而知天下秋"啊!浩渺万顷的潇湘,在这"几叶儿传黄败柳"的点染下,秋意秋色分外浓郁了。"点破"一词尤妙,使人产生一种既突然而又顺乎自然之感,仿佛诗人看到了前面许多旺盛景物,还没有意识到草木摇落的秋天已经到来,只是看到几叶败柳之后才恍然大悟一样,这瞬间的发现为这首小令增添了悠远的抒情味。

这首小令把在一般诗人笔下的悲凉秋景,写得高远开阔,生气勃勃,色彩斑斓,调子明朗,令人赏心悦目,只是在最后才透露出一点儿悲秋的感受,使全曲波澜顿生,这也正是它的特色吧。

【双调·庆东原】泊罗阳驿[1]

赵善庆

> 砧声住[2],蛩韵切[3],静寥寥门掩清秋夜。秋心凤阙[4],秋愁雁堞[5],秋梦胡蝶[6]。十载故乡心,一夜邮亭月[7]。

【字词注解】

①泊罗阳驿:泊,暂住,寄宿。罗阳,地名,故址不详。驿,驿站,古时供应递送公文的人或来往官员暂住、换马的处所。

②砧:捣洗衣服的垫石。

③蛩韵切:蟋蟀的叫声急促。蛩,蟋蟀,蛐蛐。

④凤阙:原为汉代的宫阙名,后用为皇宫的通称。这里指京城,朝廷。

⑤雁堞(dié):城墙上雁阵状的墙垛。这里代指城池。堞,城墙上的矮墙。

⑥秋梦胡蝶:用庄周梦蝶的典故,说明作者人生如梦的感觉。

⑦邮亭:驿站。

【精彩解说】

捣衣的砧声已停止了,蟋蟀的叫声急促起来,静悄悄紧闭房门掩住了凄清的秋夜。心忧国事,对城池的秋愁怎样排解,时光飞逝,常有人生如梦的感觉。仰望今夜驿站上空的明月,牵起我十年来对故乡的思念之情。

【赏析】

这首小令写秋夜旅邸情思。罗阳当是远离作者故乡的一个小驿站。作者或为生计,或为功名,奔走天涯,不能返回故里,此刻仍在羁旅之中;秋气清冷,长夜难寐,不觉思绪纷然。

"砧声住,蛩韵切"是写秋夜景况。北方寒冬将至,家家户户的妇女都要捣衣以备制冬衣。南朝梁诗人何逊《赠族人秣陵兄弟》诗:"萧索高秋暮,砧杵鸣四邻。"唐代钱起《乐游原晴望上中书李侍郎》诗:"千家砧杵共秋声。"故写砧声即写秋。蛩，即蟋蟀，是人们所熟悉的秋声。同时两句写声音又都是为了写静。"长安一片月，万户捣衣声"（李白《子夜吴歌》），这秋夜何等热闹！而此时此地，砧声已住，已是万籁俱寂了。说寂也未真寂，因为蛩鸣之声尚不绝于耳。但正因为寂静，小虫的唧唧声才如此响亮真切。所以写蛩声、写砧声，都是为了写寂静。

下一句便直接点出"静寥寥"和"清秋夜"的客观环境。秋夜有许多景物可写。如写皓月，写寒塘，写疏枝，写落木，为什么只写砧声、蛩韵？这句子中的"门掩"二字将底蕴和盘托出：原来作者并未至屋外领略秋色，而是人在屋内，把秋的凄清掩在门外了。但秋未被掩住，它通过声音，阵阵传来。只此已令人难以为情，如见秋色，更何以堪？所以"门掩"可谓有意，并非无心。

接下来三句粘住"秋"字，写出心绪的复杂。"凤阙"是京城、朝廷的代称。这句说明作者此时仍然心系国事，不能舍弃。"雁堞"，谓城墙雉堞如雁阵状，当指作者为官或常年居住的城池。"秋梦胡蝶"，用庄周梦蝶典。作者多年在外或为国事，或为功名，劳碌奔走，岁月流逝，事业未成，有家难归，故而产生人生如梦的感觉。似梦非梦，迷离惝恍，这纷繁无尽的思绪可能作者自己也理不清楚，但其中最为沉重的乃是乡思。十年来，不知有过多少对故乡山水的怀想，对亲人的无穷思念，孩提时的憧憬，成长后的奋发……经过多年的世事磨炼，它们本已化为珍贵的记忆，深藏于胸际，而此时却在这小小的驿站里，在一轮秋月的映照下，一起涌上心头。"十载故乡心，一夜邮亭月"一联集中而简练地概况了此刻的情景，从而有力地收束了全曲。

马谦斋

〔作者小传〕

马谦斋,元代散曲作家。生平事迹不详。张可久有【天净沙】《马谦斋园亭》一首,可知其生活时代约与张可久同时。从现存散曲作品的生活背景看,他曾在大都(今北京)、上都(故址在今内蒙古正蓝旗闪电河北岸)等地为官。在京华帝都、风雪边塞有过一段高堂玉马、红巾翠袖的富贵生涯。后来退隐,寓居杭州。今存小令十七首。

【越调·柳营曲】叹世

马谦斋

手自搓,剑频磨①,古来丈夫天下多。青镜摩挲②,白首蹉跎,失志困衡窝③。有声名谁识廉颇④,广才学不用萧何⑤。忙忙的逃海滨,急急的隐山阿⑥。今日个,平地起风波⑦。

【字词注解】

①剑频磨:喻胸怀壮志,准备大显身手。贾岛《剑客》诗:"十年磨一剑,霜刃未曾试。今日把示君,谁有不平事?"

②青镜:青铜镜。摩挲:用手抚摩。

③衡窝:简陋的房舍。

④廉颇：战国时赵国的大将。
⑤萧何：汉高祖的谋臣，西汉的开国元勋。
⑥山阿（ē）：大的山谷。
⑦风波：比喻仕途的险恶情状。

【精彩解说】

摩拳擦掌，反复将宝剑抚摩，自古以来想建功立业的大丈夫实在太多。而如今揽镜自照，发现自己已是两鬓斑白，满头银发，怀才不遇，困居茅屋，真是虚度光阴。声名如廉颇却无人赏识，才学如萧何而不为所用。不如快快地逃往滨海，急急地隐居深山，因为今日的社会，仕途险恶无事生非平地起风波。

【赏析】

这是一首感叹入仕之难及仕途险恶的小令。作者马谦斋生平已不可考，但根据他的作品，可以想见他开始是胸怀抱负积极进取的，并且也做了官，随着对官场认识的加深，才逐渐淡薄功名，最后归隐。这首曲子是他一生的写照，也是整个元代社会无数有志之士一生遭遇的艺术概括。

作者是按照时间的前后顺序来写的。先写青年时期："手自搓，剑频磨，古来丈夫天下多。""手自搓"的"自"字用得好，《玉篇》云："自者，率也。"即很轻率很随便，但却饱含着青年人的激情。"手自搓"写出了一个乐观向上、不畏艰难的青年在摩拳擦掌，跃跃欲试。作者并不是真的写主人公在不断地磨剑，而是表现他不断地勤学苦练，期待有朝一日能谋得功名利禄。

作者紧接着感叹：古往今来像这样的"丈夫"天下何其多！然而多又如何？都有志难酬！——这句感叹里包含的这层含义，引起下文。

下面五句，写求仕未遂，但作者并没有写主人公如何去求仕，又如何被阻，而是紧紧抓住一个典型细节——"青镜摩挲"，青镜即青铜镜，摩挲是缓慢地抚摩，似乎怕弄出响声，怕摸坏镜子似的。从中可见，主人公在屡经挫折、壮志消磨后的那种萎靡而又怨愤的神情。镜中人已经两鬓斑白，"白首蹉跎，失志困衡窝"，衡窝，即隐者所住的简陋的小屋。

"有声名谁识廉颇，广才学不用萧何。"作者既感叹自己虚度光阴，一事无成；又对自己的怀才不遇充满怨愤。作者举廉颇、萧何为例，具有很强的概括性，这其中显然含有"凭谁问：廉颇老矣，尚能饭否"（辛弃疾《永遇乐》）的含义。廉颇之时，尚有人问；今日有如廉颇者却无人问津。萧何被高祖称为"开国第一功臣"；今日贤如萧何者也不为所用。作者在这种今昔对比中，抒发了怀才不遇的愤懑之情。

九、十句"忙忙的逃海滨，急急的隐山阿"，乍看似与上文联系不上，仔细玩味文意却是似断实连。曰"逃"曰"隐"，必先有"不逃""不隐"，那么，在这"逃""隐"之前，主人公无疑已求得功名，作者对这些都略去不写。这一方面使全曲更加精练，另一方面从效果上看，显得更加跌宕生姿。试想，主人公开始是那样的急于求仕，好不容易功成名就，却要离开官场，这不是让数十年之功废于一旦吗？非但如此，还要"忙忙"地"逃"，"急急"地"隐"，而且"逃"得越远越好（海滨），"隐"得越秘密越好（山阿）。这是为什么呢？最后两句做了回答："今日个，平地起风波。"风波指官场钩心斗角的风波。最后四句先果后因的结构安排，一方面起到跌宕不平的效果，使曲作更加精警，另一方面也给读者留下了更多回味的余地。

这首曲子艺术地概括了元代社会有抱负的文人一生的遭遇，将社会扼杀人才的现象和宦海风波的感受写得深刻而又生动。全曲夹叙夹议，结构跌宕多姿，语言冷峭精警，具有较高思想性和艺术性。

【双调·沉醉东风】自悟

马谦斋

取富贵青蝇竞血①，进功名白蚁争穴②。虎狼丛甚日休③，是非海何时彻④？人我场慢争优劣⑤，免使傍人做话说，咫尺韶华去也⑥。

【字词注解】

①青蝇竞血：苍蝇争夺污血。

②白蚁争穴：与上文"青蝇竞血"都比拟人世间的名利之争。李公佐

《南柯太守传》言槐安国与檀萝国为了争夺蚁穴，大动干戈，伏尸无数。后来汤显祖把它改写成《南柯记》，描写道"纷纷蚁队重围解，冉冉尘飞杀气开""穿东洞，抢南柯"，好一场恶战。

③虎狼丛：和下文"是非海""人我场"相同，均描绘黑暗的官场。甚日：何日。

④彻：完结，结束。

⑤慢：不要，轻忽。

⑥咫尺韶华去也：年华短暂，转眼即逝。咫尺，原为距离很近，这里指时间短暂。去，消逝。

──●【精彩解说】

那些官场上的人如同苍蝇争吸污血一样追逐富贵荣华，又像白蚁争夺小小巢穴一般追逐功名利禄。残暴贪婪的官场何日才能休止？人世间无穷无尽的是非之争何时才能消停？在这相互倾轧的尘世还争什么你长我短，远离这些纷争吧，免得让旁人当作笑话说，可叹青春韶华已经消逝了。

──●【赏析】

本曲是元代常见的"叹世"类散曲作品，这类作品一般描绘官场险恶、人心险诈、祸福无常，表达知识分子对现实政治的不满和愤懑。这首小令着力鞭挞官场的丑态，表达了作者对官场争名夺利、尔虞我诈的憎恶，对自己以前官宦生涯的深刻反思，以及抛弃功名富贵、远离是非纠纷的决心。

"取富贵青蝇竞血，进功名白蚁争穴。"起首两句用青蝇、白蚁来形容贪婪卑劣的官僚，揭示了官场上的种种丑态：官僚士子们如同苍蝇争吸污血一样，追逐功名利禄；又仿佛是蚂蚁为了一个小小的巢穴而大动干戈。作者用生动形象的比喻描摹官场的丑恶不堪，充分流露出对官场的极端鄙视和激愤。

"虎狼丛甚日休，是非海何时彻？"接下来的两句以设问的句式对官场做进一步的描绘。"虎狼丛""是非海"指官场黑暗、相互倾轧，官僚们一个个如狼似虎、争权夺利。作者不禁感叹，与虎狼为伴的生活何时结束？是非颠倒的日子何时完结？如此混乱的官场何时才能结束？

从"人我场"句开始，作者正面表明自己的人生态度。"慢争优劣"，即不再在名利场上争长短优劣。作者感叹，在这样的社会中还争什么长短优劣？还是摆脱名缰利锁，做一个洁身自好的人罢，"免使傍人做话说"，免得让旁观者当作笑话去说。这是作者洞彻世情的经验之谈。

末句"咫尺韶华去也"，感叹时光匆匆流逝，不要白白浪费了短暂而珍贵的青春年华。结尾一句将作者对自己韶华虚度的叹惋之情，表现得深沉有致，又充满了苍凉之感。

小令前四句写官场的丑恶黑暗，后三句表明作者的处世态度，前者是"自悟"的基础，后者是"自悟"的结果。全曲表达了一种洁身自好、珍惜年华的生命意识，既是自省，也是劝人，告诫世人不要贪恋名缰利锁。艺术手法上，这首小令善于设喻，巧用排比，以简练浅近的笔墨抒发了元代文人普遍的文化心态，具有较高的历史认识价值。

邓玉宾

〔作者小传〕

邓玉宾，元代散曲作家。元代钟嗣成《录鬼簿》称其为"前辈名公乐章传于世者"，曾官至同知，后"急流中弃官修道"，远俗离尘，独善苟全，于林泉丘壑间，修身养性，学道求仙。其曲格调清丽雅致，耐人咀嚼。《太平乐府》《北词广正谱》都有邓玉宾的散曲入选。

【正宫·叨叨令】道情

邓玉宾

一个空皮囊包裹着千重气①，一个干骷髅顶戴着十分罪②。为儿女使尽些拖刀计③，为家私费尽些担山力④。您省的也么哥⑤，您省的也么哥？这一个长生道理何人会？

—— 【字词注解】

①空皮囊：比喻人的肉体、躯壳。人的躯壳仿佛是一个皮做的无底袋子。

②干骷髅：形容人的干瘪的骨架。

③拖刀计：比喻挖空心思，使尽计谋。

④担山力：搬掉大山的力气。

⑤省（xǐng）：省悟，觉醒。也么哥：也写作"也波哥""也末哥"，放在句尾表示感叹的语气词，元人口语。在这两个重叠句的句尾上加"也么哥"三字，是【叨叨令】的固定格式。

【精彩解说】

人的躯壳是一个皮做的无底袋子，里面包裹着千层气体，干瘪的骨架犯下了许多罪恶。为了儿女费尽了心思，为了积累财富费尽了力气。您该醒悟了吧，您该醒悟了吧？这个道理又有谁会去理会呢？

【赏析】

这是首劝诫性的小令，但不同于元曲中其他劝人看破红尘、求仙学道的作品。本篇在劝诫的同时包含着对不合理的社会现实的深刻揭露批判，在艺术表达上也有特色，有较高的价值。

作者先是从人生的苦难说起。"皮囊"犹言"皮袋"，是指人的肉体、躯壳。这本来是佛教语，但道教有时也借用。"皮囊"言其"空"，是因为里面不装东西，只包裹着一重又一重的气。道教认为，人禀天地之气而生，"元气"是人的根本，人要保持元气，就要去私寡欲，清静无为，否则昏气、矜气、燥气等种种耗气（消损之气）便会乘虚而入；而耗气充斥，便会斫丧元气，于人的精神和肉体都是不利的。"干骷髅"化用《庄子·至乐》的典故：庄子看见路旁有一个空骷髅，便问它是因亡国之事、斧钺之诛而死，还是因为行为不善，怕给父母妻子丢脸而死？是死于冻馁之患，还是死于寿数已尽？当夜，骷髅托梦给庄子，说庄子所举诸条，皆是"生人之累""人间之劳"，这些人生的忧患只有一死才能解脱。认为人生充满苦难，并以"干骷髅"喻之，在元曲中时有所见。这种生不如死的看法当然有其消极的一面，但也未尝不是对那个令人绝望的不合理社会的一种曲折的抗议。

既然人生以恬静自然为贵，那些蝇营狗苟，汲汲于一己、一家私利的俗人就显得十分可笑可耻了。下面一句中，"拖刀计"本是古代战斗中的一种计谋，这里"为儿女使尽些拖刀计"，是指做父母的为了儿女的利益，煞费苦心，使尽计谋，这在作者看来，是根本不值得的。元人俗语有云："儿孙自有儿孙福，莫与儿孙作马牛。"但实际上真正看穿的又有几人？"为家私费尽些担山力"，则既为儿孙，又为自己，为了积攒家私，不惜费尽担山之力，明知这样做有被大山压成齑粉的危险，但还是不到黄河心不死。作者认为，为了满足私欲，费尽心机，使尽手段，其结果必然是既害人，又害己。可叹世人都想长生不老，但只有摒弃贪欲，清除耗气，保持内心的恬静淡泊，才是真正的长生之道，这一道理，又有谁人能参破呢？为此作者叠用两句"您省的也么哥"，反复加以强调，这对于那些财迷心窍、敛财成性的人来说，不啻是当头棒喝，而作者的愤世嫉俗之情，也就溢于言表了。

这支小令语言本色，浅白通俗。头四句每句一个比喻，仿佛信手拈来，却又十分贴切形象。虽然题为"道情"，但展现在每个读者面前的，却是一幅生动的世俗图画。

【正宫·叨叨令】道情

邓玉宾

白云深处青山下，茅庵草舍无冬夏①。闲来几句渔樵话，困来一枕葫芦架。您省的也么哥②，您省的也么哥，煞强如风波千丈担惊怕③。

──•【字词注解】

①无冬夏：这里指在山中的草屋中居住，气候没有显著的变化，四季一样。

②也么哥：也写作"也波哥""也末哥"，感叹语气词，放在句尾。元人口语。

③煞强如：比……强。煞，极、甚的意思。"煞"也写作"杀"。

──•【精彩解说】

在白云深处的青山下，用茅草搭盖的茅屋中，四季的气候一样。闲下来的时候和渔民樵夫聊聊天，困的时候枕着葫芦架睡觉。您醒悟了吗，您醒悟了吗，那种担惊受怕的宦海生涯比千丈风波的风险还大。

【赏析】

"道情"是散曲的一种体式。明代朱权《太和正音谱》说:"神游广漠,寄情太虚,有餐霞服日之思,名曰道情。"又说,"志在冲漠之上,寄傲宇宙之间,慨古感今,有乐道徜徉之情,故曰道情。"所以写作这类曲文,都着重表达鄙薄名利、追求归真返璞或是修身养性的情志。元曲家们常用这种体式来抒发自己的心绪。邓玉宾的这篇作品就是这样。

"白云深处青山下,茅庵草舍无冬夏",起首二句写生活环境。在那白云缭绕、峰峦叠翠的深山里,潺潺的溪水顺着山脚流去,选择这个依山傍水、远离朝市的地方,建几间茅草屋。住在如此优美宁静的山里,只见花开花落、草枯草荣,在不知不觉中冬去夏来,寒暑互易,完全忘却了人间的烦恼与纷扰。"闲来几句渔樵话,困来一枕葫芦架",闲暇无事的时候,就同樵夫和渔民等山野之人说说家常谈谈心;疲倦了,就和衣卧倒在葫芦架下,甜美地睡一觉。这两句描写十分传神,把无忧无虑、怡然自得的乡野生活情趣表现得很生动,表明主人公毫无争名于朝、争利于市之心。

接下来,作者连发两句"您省的也么哥",语气急切、强烈,体现了作者希望世人如他那般淡泊名利、远离尘世是非。"煞强如风波千丈担惊怕",这是全篇的结语,道出来主人公之所以深居青山的真情实意。"风波"主要指政治风浪、宦海波涛;"千丈"形容狂涛巨浪,万分险恶。邓玉宾的生平目前尚不可考,仅知他曾官"同知"。或许有过这样一段仕宦经历,使他看清了官场中互相倾轧、钩心斗角、虚伪奸诈、诬噬构陷的丑态。因此,他认为宁可蛰居山野,远祸避世,过着清闲自得的日子,也胜似那种朝不保夕、担惊受怕的官宦生涯。

这支小令,清新秀丽,流露出超然自在的情味,警悟浊世,涤荡俗情,"如幽谷芳兰"(《太和正音谱》)那样淡雅自然。在音韵上此曲也颇具特色。"也么哥"二句为此调定格,其他五句须协去声韵,韵脚前的二字又必须用"平平",不可改变。此曲完全和律,而词意又十分自然畅达,似信手拈来,又朗朗上口,堪称声文并茂。

孙周卿

〔作者小传〕

孙周卿,元代散曲作家。曾流寓江西、湖南。傅若金《绿窗遗稿·序》:"故妻孙氏蕙兰,早失母,父周卿先生以《孝经》《论语》及凡《女诫》之教之。"这一孙周卿是否作散曲的孙周卿待考。其小曲多写山居生活之闲适自得,当是其自己生活的写照。今存散曲小令二十三首,套数二套。

【双调·沉醉东风】宫词

孙周卿

双拂黛停分翠羽①,一窝云半吐犀梳②。宝靥香③,罗襦素,海棠娇睡起谁扶④。肠断春风倦绣图,生怕见纱窗唾缕。

• 【字词注解】

①双拂:两叶眉。黛:古人用以画眉的黑色颜料。停分:平分。翠羽:翠鸟的羽毛,此处喻黛眉。

②犀梳:犀牛角制成的梳子。犀,指犀牛角。梳,梳子。

③宝靥:古代女子的一种面部化妆用品,俗称"靥子"。

④谁扶:无人扶起,指处境孤独。

【精彩解说】

　　眉毛画得不深也不浅,眉笔一描,两边平分,乌黑的头上插着犀梳。脸上也化了妆,穿着不是很华美的服装起床,睡醒像海棠花般娇弱没人相扶。忧愁万分,厌倦了刺绣,但是又怕透过纱窗看到柳条吐新芽。

【赏析】

　　这首小令刻画了一位处境幽独的年轻美丽的宫女形象,并揭示其孤独失望、感伤春光流逝的心情。

　　首四句,分别由两组合璧对组成,刻画女主人公外貌。其中两句写眉黛、鬓发,两句写妆饰与衣着。双拂黛,即两叶黛眉;黛,青黑色,古人用以画眉;停分,平分;翠羽,原指翠绿色鸟羽,这里借以比喻眉黛。一个"拂"字,见眉之飞动貌。从"双拂黛停分翠羽",让读者自然想见其黛眉修美俊秀与美目之顾盼清扬。一窝云,指鬓发,浓云一般的黑发;半吐犀梳,珍贵的犀角做的梳子,在云雾般的青丝中隐约闪光。靥,指脸上的笑靥,俗称"酒窝"。宝靥香,言脸上的涂饰散发着香味,"罗襦"一句写其衣着,锦罗做的衣服颜色素净。

　　以上四句,把女主人公的外形刻画得美丽鲜明,娇艳中显出几分清丽素雅来,这种色调,符合女主人公的身份,又与她当时的心情吻合,为下文暗暗做了铺垫。

　　第五句,海棠,代指美人;娇睡,写其意态。谁扶,实是无人扶,言其处境孤独,一个反问,提起以下二句,进一步揭示内心世界。"肠断春风倦绣图"一句,道出女主人公内心的痛苦,"倦绣图"是失望灰心时的心态。这一句,"断""倦""绣"三个去声字,声律昂扬,适应于不可遏止的激情倾吐。图,入声字,收得急促,有顿挫感。

　　最后一句在此基础上生发而来,进一步刻画内心活动。翠条唾缕,即杨柳抽条发出新芽。这本是非常美好的青春景象,而言"生怕见",心态已是反常。足见女主人公感伤春光的深情。"生怕见纱窗唾缕",这句声调变化委曲,承接"肠断春风倦绣图",曲调由激昂而袅娜,曲尽感伤春光流逝的内心活动。最后二字为上、去,收住全篇,读起来婉转动人,令人感到语音袅袅。这首小令可说是词情、声律并美的佳作。

【双调·沉醉东风】宫词

孙周卿

花月下温柔醉人，锦堂中笑语生春。眼底情，心间恨，到多如楚雨巫云①。门掩黄昏月半痕②，手抵着牙儿自哂③。

【字词注解】

①到多如楚雨巫云：意谓怨恨多于思念。
②月半痕：新月。
③自哂（shěn）：自己笑自己。哂，微笑。

【精彩解说】

想起以前两人花前月下的使人陶醉的情景，锦堂中的欢歌笑语泛出春意。纵然有再多的情意，你不来，使我心中生了怨恨，这情和恨多如云雨。大门虚掩着，新月高高地挂在天空中，手托着腮帮自怜自嘲。

【赏析】

这首小令表现出了女主人公的孤独处境和自怜自嘲的情状。

首句写良辰美景。花前，月下，景物温柔，令人陶醉，是女主人公所见所感。第二句，从所闻入笔。"锦堂"句，言宫中华丽的厅堂里传来了热闹的欢笑声，使人感到春光融融，顿生倾慕之情。这两句，从室外到室内，从景到人，勾勒出良辰美景，花月迷人，锦堂欢乐，春意盎然，好一幅春宫花月夜的欢乐图景。所用为七言对仗，十分工整，笔饱墨浓。这种热烈欢乐的景象，是下面所表现的女主人公孤独处境和心情的有力反衬。

"眼底情，心间恨，到多如楚雨巫云"为第二层。眼底情，是渴求幸福的希望之情，也是痛苦和迷惘的失望之情；青春锁在深宫，年华白白流逝，心头暗恨滋生。这种情和恨充满心头，不可遏止，故曰"多如楚雨巫云"。楚雨巫云，言云雨之多。一个"到"字加强了良辰美景对愁和恨的反衬。

女主人公就带着这种难堪的心思进入室内,"门掩黄昏月半痕,手抵着牙儿自哂。"这最后两句为第三层。一弯新月照着虚掩着的宫门,这朦胧而凄清的月色从门缝与纱窗照进室内,照着这内心如焚的宫女。女主人公正独自一个人用手支撑着下巴,在凝神,在等待,明知不会有什么幸福到来,却又不肯舍弃这种希望,连自己也觉得可笑、可怜。"自哂"二字,恰当地传达出女主人公这种无可奈何的自怜自嘲情状。

吴西逸

〔作者小传〕

吴西逸,元代散曲作家。生平、里籍不详,约元仁宗延祐(1314—1320)前后在世。阿里西瑛作《殿前欢·懒云窝》数曲,吴西逸曾有和作。散曲内容多写自然景物、离愁别恨或个人的闲适生活,风格清丽疏淡。明代朱权《太和正音谱》评其词"如空谷流泉"。今存小令四十七首。

【越调·天净沙】闲题

吴西逸

长江万里归帆,西风几度阳关①,依旧红尘满眼②。夕阳新雁,此情时拍阑干③。

● 【字词注解】

①阳关:地名,在今甘肃敦煌西南。这里泛指边远地区。
②红尘:闹市的飞尘,借指繁华社会。
③阑干:栏杆。

● 【精彩解说】

万里长江上是载着游子归来的船只,西风下征人仍不停向边关进发,我眼前看到的依然是繁华的尘世。夕阳西下,北雁南飞,此时我怀着无尽的感慨拍着栏杆。

【赏析】

这支曲子题为《闲题》，不妨把它当作一首题画之作来欣赏，当然曲子也可能是一首写景之作，描写了日暮江关的萧瑟景象，抒发离愁别恨。

"长江万里归帆，西风几度阳关，依旧红尘满眼。"曲子开头几句意象开阔，先是雄浑地展现了流经万里的长江，江中归帆点点触发了作者的情思，又联想到征人西去遥远的边关，再言茫茫红尘，渲染出了一种苍茫广阔的氛围。"长江万里归帆"一句，关键词是"归帆"：远行人回到家乡，值得羡慕；"西风几度阳关"一句，关键词是"几度"：征人仍然行军不息，令人感喟。两种情景，概括了两种人生状态。而作者自己属于哪一种呢？"依旧红尘满眼"，"红尘"与世外相对，指凡俗尘世；关键词是"依旧"，吐露出作者对"红尘"的厌弃但又不能超脱离去的无奈，可见作者对处境的不满。

"夕阳新雁，此情时拍阑干。"虽然不满现状，作者却又无法乘着归帆归去；不是主观上不想归去，而是客观上有不能立即归去的理由。难怪他伫立楼头，面对夕阳西下、北雁南飞的景象，无法平静。末句化用辛弃疾《水龙吟·登建康赏心亭》："落日楼头，断鸿声里，江南游子。把吴钩看了，阑干拍遍，无人会，登临意。"这浓浓的苦楚、绵绵的离恨、深深的感喟，即使把栏杆拍遍，又有谁能会意理解呢？看他手拍栏杆的样子，可知他的归去，只是一个时间问题。

散曲本以直露尽致为本色，而元曲后期作家的小令例如本曲，则相对含蓄。满腹牢骚，虽未明言，早已蕴含其中。本曲以开阔的意象与沉重的感叹构成了慷慨苍凉的意境，令人回味无穷，充满诗词的韵味；然而，曲子用韵较密且平仄互押，因此和诗词还是有区别的。

【越调·天净沙】闲题

吴西逸

楚云飞满长空[①]，湘江不断流东[②]，何事离多恨冗[③]？夕阳低送，小楼数点残鸿[④]。

【字词注解】

①楚云：楚地的云。泛指南方的云。
②湘江：江名。源出广西，流入湖南洞庭湖。
③冗（rǒng）：繁多。
④残鸿：在夕阳中渐渐远去残剩的雁影。

【精彩解说】

辽阔的楚地长空中浮云不住地飘荡聚散，来去匆匆；湘水浩浩荡荡，日夜不停地向东流去。面对这样的景色，为何心中充满离愁别恨？苍茫暮色中，低垂的夕阳从小楼边送来了数点鸿雁远影。

【赏析】

吴西逸的【天净沙】《闲题》共有四首，都写夕阳西下时的江乡景色，抒发离情。本曲描绘了一幅潇湘夕照图，表现了羁旅行客的离愁别绪。

"楚云飞满长空，湘江不断流东"，开篇就描绘出一幅楚天云飞、湘江奔流的图景，意境辽阔高远；"楚云"同时交代出游子漂泊的地域，是那辽阔的荆楚大地。在浩瀚长空中，浮云飘荡聚散，来去匆匆，这不正是游子居无定所、流寓江湖的写照吗？一个"飞"字，既描摹了云的状态，也暗示了主人公的行踪不定，四处漂泊。"湘江不断流东"，湘水浩浩荡荡，日夜不停地向东流去，和百川一样，它最终也要汇入大海。此句暗寓"归"字，无情的流水尚且有其归宿，何况有情的人呢？这两句描写游子活动的环境，从天上的飞云，到地上的江水，给全曲涂上了一层迷离怅惘的色调，为下文进一步抒情做了铺垫。

在渲染了环境之后，作者就直抒胸臆，明白酣畅："何事离多恨冗？"面对长空楚云，滔滔江水，这位天涯游子非但无心欣赏这潇湘胜景，反而离情满怀，这是为何呢？下面，作者紧承上文，引出了最后两句："夕阳低送，小楼数点残鸿。"游子正在江边漫步之时，红日西倾，更重要的是小楼边飞来数点雁影。鸿雁尚有夕阳相送，人却只能独立楼头，望尽天涯。鸿雁啊，你是否捎来了亲人的音信？这两句，作者笔触稍微一转，把前面描写的事物都收于夕阳西下这一大背景之中，苍茫的暮色，更烘托出游子离愁别恨之深、之重、之广。一直到最后，作者才说破了愁绪的个中缘由，并寄托了自己渴盼亲人音信，渴盼早日团聚的美好愿望。

这支小令，前两句写远景，写出了暮霭沉沉楚天阔的景象，不断渲染，不断深入。一直到最后，作者才描摹了近景，就像一个特写镜头，点明了愁与恨的具体所指及其原因。元曲多直白晓畅，但这支小令却与诗词相似，含蓄蕴藉，千回百转，虽只有短短五句，但句句清新典雅，生动传神，描写细致，韵味悠长。

【越调·天净沙】闲题

吴西逸

江亭远树残霞，淡烟芳草平沙①，绿柳阴中系马。夕阳西下，水村山郭人家②。

【字词注解】

①平沙：广阔的沙原平地。
②水村：江边的村落。山郭：山外的城郭。

【精彩解说】

江边的亭子，背衬着天际的残霞和树木，平坦的沙岸上芳草萋萋，弥漫着淡淡的烟雾，旅人在杨柳荫中驻足系马。夕阳西下，水边近山处有村落人家。

【赏析】

吴西逸这首【天净沙】模仿马致远《秋思》小令的痕迹相当明显。虽为模仿，但如果所取范本极高，自身技法较佳，也未尝不能写出好作品。这首小令写的是夏末秋初的江村晚景，抒发了天涯旅人淡淡的思归情怀。

"江亭远树残霞，淡烟芳草平沙。"起句作者便为我们展示出一幅清新淡雅的水墨画：江边的古朴小亭，岸边平沙上长满了萋萋芳草，稍远处一片树林，江上笼着一层若隐若现的轻烟，天尽头还抹着点点残霞。开篇这两句，作者连续使用六个并列的名词，把六种不同的景物巧妙地组织在一个画面里，于开阔的意象中融入了苍茫的情思，渲染出了一派冲淡闲适的气氛，为全曲抹上了一层清新明丽的色调，与题目《闲题》暗暗相合。

下面，作者紧承上句，引出了画面中的人物——这位旅人的行踪。"绿柳阴中系马"，旅人四处飘零，虽然饱览了山川美景，但终究是他乡作客，旅愁难消。他拖着疲惫的步子，牵着伶仃的瘦马，在绿柳荫中系马，驻足小憩。"柳"，谐音"留"，难道这位旅人真的为良辰美景陶醉，要留在此处？一个"系"字，把这三句贯穿了起来，既点明了主人公的游踪，又使静止的画面动了起来，充满了生机，意趣盎然。

"夕阳西下，水村山郭人家"末两句又返回绘景。旅人正要伫立赏景，却不经意间瞥到了西沉的夕阳，更触动人心的是，他还看到了水村山郭、篱落人家。一下子，赏景之心被丝丝缕缕的乡愁牵系。江山秀丽，风物美好，可终究是异地他乡，而"水村山郭人家"更是勾出了这位天涯游子的绵绵归意。"夕阳"的加入增添了画面的苍凉，"水村山郭人家"的画面又使游子的漂泊与人家的安居形成了对比。作者选取黄昏、水村、山郭三种景象，恰当地表现了旅人浓烈的思乡之情。小令便在这温馨的画面中结束了，但袅袅乡思之情却驱之不去。

这支小令运用移步换景的手法，从江亭远树，到芳草平沙，再到绿柳荫中，最后写到村落人家，有条不紊，层次清晰。作者还很注重所选景物的色调，如残霞之红、芳草之绿、平沙之白、绿柳之青，色调鲜明，这就构成了一种优美闲适的意境。另外，这支小令语言清丽，音节和谐，充满了"闲题"的妙味。

【双调·清江引】秋居

吴西逸

白雁乱飞秋似雪①，清露生凉夜。扫却石边云，醉踏松根月，星斗满天人睡也。

【字词注解】

①白雁：白色的大雁。雁多为黑色，白色的雁较为稀少。元代谢宗可有《咏白雁》诗。

【精彩解说】

成群的白色大雁在空中飞舞，好似秋天里飞起雪片，清冷的露珠使秋夜更凉。扫去石边的云雾，踏碎松下的月影，醉意正浓，在满天星斗之下进入梦乡。

【赏析】

秋天年复一年来到人间，面目都是一样的，而到了诗人笔下，它却千变万化。吴西逸这首《秋居》描写了清冷雅洁、宁静淡泊的环境，像没有人间烟火味的仙界，这是一位隐士的精神追求。

整个色调是洁白的、晶莹的：白雁、雪、露、云、月、星斗。"白雁乱飞秋似雪"，曲子开篇就有奇趣，雁原以黑色居多，但这里写的是白雁；写白雁倒也罢了，雁阵是最整齐的，如何能说"乱"，除非雁群惊起于芦苇荡，一时与芦花俱飞，才能有飞雪的味道。当然，作者也可能单纯从"白"字着想，而用一"雪"字形容，这比喻显然是夸张了，但作为联想，它是奇特而美丽的。

这雁儿一飞，天气也就转凉了——准确地讲，是已凉未寒的时候。"清露生凉夜"，夜露清凉宜人，山人一番小酌，睡意上来，却不回屋睡觉，"扫却石边云，醉踏松根月，星斗满天人睡也"。"石边云""松根月"，进一步刻画了这是云雾缭绕、人迹罕至的深山更深处。主人公醉醺醺地踏着松根月色，来到大青石前：天地就是我屋，星月就是我灯，大石就是我床。不必进屋上床睡觉，只需拂去石上的落叶，便可面向天空高卧，数着灿烂的群星入梦。没有任何需求，没有什么烦扰，真是物我一体，返璞归真了。这里的措辞仍有奇趣："踏月"倒也罢了，作者说的是月光；至于"云"，是远看则有，近看却无的，石边哪有云可扫？这恰恰表现出主人公的醉态可掬。看来他的醉不是借酒消愁的结果，而是十足的闲适和旷达。

现实没有，想象有；清醒时没有，醉梦中有——此之谓浪漫。"星斗满天人睡也"，境界太奇妙了，使人联想到元代诗人唐温如的"醉后不知天在水，满船清梦压星河"，就像是在说一个秋夜的童话。这支曲子的结尾，和唐温如的这句诗颇有异曲同工之妙。

在这首曲子中，作者追求的是远离污浊的尘世，回到大自然的怀抱，保持高雅的情操，读来令人俗念顿消。

【双调·寿阳曲】四时

吴西逸

萦心事①，惹恨词，更那堪动人秋思。画楼边几声新雁儿，不传书摆成个"愁"字②。

——•【字词注解】

①萦心事：心事重重，萦绕胸怀。
②不传书：鸿雁本该传书信，却没有捎来只字片语。

——•【精彩解说】

萦绕胸怀的重重心事，招引来句句愁怨断肠的词，又如何经受得住被秋日撩动起来的寂寥情思。画楼边传来几声南飞雁儿的鸣叫，眼见它们没有捎来只字片语，还在空中摆成了一个"愁"字。

——•【赏析】

吴西逸的【寿阳曲】一共四首，分别写春、夏、秋、冬。这是其中第三首，写秋；实际是写一个闺中少妇悲秋伤离的心绪。

"萦心事，惹恨词，更那堪动人秋思。"开篇三句，直接抒写内心世界。"萦心事"，意思是说心事重重，萦绕胸怀，驱之不去。"惹恨词"，意思是说想用作词来排遣内心的苦闷，而作词却反而招引了"恨"，只能写下一句句伤心断肠的词。"心事"是什么？"恨"的内容是什么？都没有说明。结合下文的埋怨雁不传书来看，其"心事"是相思，其"恨"则是离别。接下来的"更那堪动人秋思"，将其苦闷之情推进了一层，使伤离又加上了悲秋。秋季，古人认为在一年之中，是"盛极而衰，肃杀寒凉，阴气用事，草木零落，百物凋悴之时"（朱熹《楚辞集注》卷六），因此宋玉在《九辩》中说："悲哉，秋之为气也！萧瑟兮，草木摇落而变衰。憭慄兮，若在远行；登山临水兮，送将归。"这里的"秋思"就是悲秋之意。"动人秋思"，意思是说秋日的环境氛围撩动了人心中寂寞凄凉的情绪。"更那堪"三字，大大加重了主观色彩，意思是说经受不住被撩动起来的"秋思"。柳永《雨霖铃》的"多情自古伤离别，更那堪冷落清秋节"，和这前三句意极相近；吴西逸的这前三句，很可能是脱胎于柳词的。

"画楼边几声新雁儿，不传书摆成个'愁'字。"这两句的描写对象是雁群，通过写外部世界而间接地表现内心世界，和前三句有所不同。首先用"画楼边"点明雁儿飞翔的位置，然后"几声"写听到雁儿鸣叫的声音，再写雁群飞翔的阵式，最后写抒情主人公对这雁群的反应。写雁群的鸣叫也罢，飞翔也罢，都是次要的，主体是抒情主人公的反应。雁，传说能传书带信，然而它却没有为主人公捎来只字片语，这就使主人公埋怨它"不传书"。"不传书"倒也罢了，又"摆成个'愁'字"来嘲弄愁人，增人烦恼。雁群飞时，往往排成个"一"字或"人"字，绝无排成"愁"字的。之所以这样写，是从主人公因"一"字或"人"字引起孤独和怀念之情而联想出来的，是迫切希望获得远人消息的表现。小令主人公的性别，在前三句是模糊不清的，在这后两句才以"画楼"透露，是个闺中少妇。

这首小令由静到动，由纵到横，由沉郁到豪爽，由含蓄到显露。这是这首小令的特色，也是其不如其他本色当行的散曲作品的原因所在。

【双调·雁儿落过得胜令[1]】

吴西逸

【雁儿落】春花闻杜鹃，秋月看归燕。人情薄似云，风景疾如箭。
【得胜令】留下买花钱[2]，趱入种桑园[3]。茅苫三间厦[4]，秧肥数顷田[5]。床边，放一册冷淡渊明传[6]，窗前，抄几联清新杜甫篇。

【字词注解】

①雁儿落过得胜令：由【雁儿落】与【得胜令】两个曲牌组成的带过曲。

②买花：古时富家有买花习俗，常不惜挥霍千金。

③趱（zǎn）：赶，快走。

④茅苫（shàn）：用茅草覆盖。亦指茅舍，草屋。

⑤秧：栽植，蓄养。

⑥渊明：陶渊明。

【精彩解说】

春天里百花齐放，杜鹃啼鸣，秋天里月亮高挂，燕子南迁。人情薄得好像天上的云彩，美丽的风景就像飞出的箭一样容易失去。不要像富贵人家那样花钱买花，而要赶紧回归田园。盖几间茅草屋，田地里的庄稼茂盛地生长着。在床边放一本陶渊明的传记，在窗前抄写几首杜甫的清新诗篇。

【赏析】

这是一篇写隐逸生活乐趣的带过曲，是作者归隐前后所作。由【雁儿落】与【得胜令】两曲组成，写归隐田园的情趣。

前四句是【雁儿落】，先从对市井生活的厌倦说起："春花闻杜鹃，秋月看归燕。人情薄似云，风景疾如箭。"春残花谢，触景伤情，听杜鹃声声，叫道"不如归去"；秋寒月冷，霜降叶落，看燕子南归，亦令人叹息。光阴似箭，耽误了多少春花秋月啊。同样是说世态炎凉，"人情薄似云"较"人情薄似纸"一字之差，用"云"不但形容了人情之"薄"，而且意味着"多变"。以上总总，可见作者对城市无可留恋。

后八句是【得胜令】，写村居生活的乐趣。"留下买花钱，趱入种桑园。茅苫三间厦，秧肥数顷田。"城里人喜欢赏花，富家都有买花习俗，而且不惜挥霍千金。"留下买花钱"指离开繁华闹市，离开城市，就等于省下买花钱，到乡下可以置田产和桑园，盖几间茅屋。"床边，放一册冷淡渊明传，窗前，抄几联清新杜甫篇。"农闲时读一读陶渊明传，抄一抄杜甫的诗，精神生活也有了。陶渊明是田园隐逸诗人，杜甫是忧国忧民的诗人。陶渊明的"不为五斗米折腰",正是作者意欲效仿的;杜甫虽然没有隐居,但其毕生坎坷潦倒,与作者处境类似,易生共鸣。这四句句法两长两短,工整自然。

  这首曲子运用白描手法,平易浅近,流畅自然。没用一个典故,也没有一句华艳的文辞,纯用白话口语,自有一种天然纯真之美。句法上整而有变,比兴巧妙自然,铺排饱满淋漓。

〔作者小传〕

任昱（yù），元代散曲作家。生活年代大致与散曲作家张可久、曹德同时。年轻时好狎游，所作小曲流传于歌伎之口。中年功名不获，晚年锐志读书，工七言诗，与杨维桢等名士相唱和。晚期的散曲作品和前期相比，俚谣色调减弱，由华丽转为沉郁，多感叹人情淡薄，仕途险恶。今存散曲小令五十九首，套数一套。

【双调·清江引】钱塘怀古

任昱

吴山越山山下水①，总是凄凉意。江流今古愁，山雨兴亡泪②。沙鸥笑人闲未得③。

—— 【字词注解】

①吴山越山：吴山，在浙江杭州城南钱塘江北岸。越山，指浙江绍兴以北钱塘江南岸的山。此泛指江浙一带的山。

②山雨兴亡泪：山中的雨犹如为国家的衰亡流的泪。兴亡，偏义复词，偏指"亡"。

③闲未得：不得闲。

【精彩解说】

　　吴山和越山下面流淌的河水总是透露出凄凉的寒意。缅怀千古兴亡事，山雨犹如眼泪。翱翔的沙鸥也在嘲笑人们为世事繁忙而不得闲。

【赏析】

　　这首小令题为《钱塘怀古》，实际是借凭吊江山抒发千古兴亡的感慨。曲文哀婉凄切，颇为感人。

　　"吴山越山山下水，总是凄凉意。"这开头二句，是写作者的所见所感，暗点出"钱塘"二字。"吴山"，在钱塘江北岸，春秋时吴国南界。"越山"，指钱塘江南岸的山，春秋时越国在杭州以南绍兴为中心的一带地方。"山下水"，即吴山、越山之间的钱塘江。这首句，显然是写作者的登临所见。依描写顺序看，作者当是站在江北杭州一侧的山巅。放眼望山，俯首看水，所见极为辽阔。这山水如何呢？本当是青山如簇，绿水泛波，美不胜收。而作者却说"总是凄凉意"——总是让人感到那么凄凉。这第二句，是总写钱塘山水在作者心中引起的感觉。

　　"江流今古愁，山雨兴亡泪。"那悠悠不尽的江水，好像载着古往今来绵绵不绝的忧愁怨恨；那连续不停的山雨，仿佛是飘洒着时世更迭、江山易主的兴亡泪。这三、四句，更进一层，以富于形象的联想，用两个对仗工整的比喻句，将此地山水之"凄凉意"形象化、具体化，暗示出"怀古"——为江山易主悲伤。这两句，属对工整，联想深远，可谓"思接千载""神与物游"，写尽纵横几千里外之所见、上下几千年之所思。

　　至此，读者不禁要问：怎么作者笔下的钱塘山水是那么凄凉，那么忧愁痛苦呢？其实，山也好，水也罢，它们并不会有什么"愁"和"泪"的。作者笔下的钱塘山水之所以载愁含泪，不过是作者触景生情，将自己的感情加诸山水罢了。作者生当元朝，对南宋的覆灭当是记忆犹新。他看着这异族铁蹄蹂躏下的河山，想到受苦受难的百姓，怎能不潸然泪下呢？自然在他笔下这钱塘山水就满载愁和泪，"总是凄凉意"了。

　　"沙鸥笑人闲未得"，"闲未得"，即不得闲。这句是说江上的沙鸥，仿佛在嘲笑世人没完没了地竞争奔走。这末一句，显出一种跳出世外的姿态，仿佛把世事都看透了。这也是在嘲笑世人，特别是嘲笑那些甘为元朝统治者效力的文人。那么作者自己呢？尽管他愤世嫉俗，对元朝统治者深为不满，但实在也无救世良方，只能发发牢骚，把隐居作为洁身自好的唯一出路。那"沙鸥"正是作为隐者伴侣的形象出现的，"沙鸥笑人闲未得"，其实也就是隐者笑人闲未得。如此看来，作者甘愿隐居，不与元朝统治者合作的态度也就明白了。

这首小令怀古叹今，表达出一个知识分子的千古兴亡之慨与愤世嫉俗之情。从思想内容来看，在元曲中可谓上乘之作。就其艺术表现而言，那种"吴山越山山下水"式的民歌句式，那种"江流今古愁，山雨兴亡泪"形象而言简意赅的句式，也是不可多得的佳作。

钱霖

[作者小传]

钱霖，元代散曲作家。博学，工文章，不为世用，弃俗为道。初营庵于松江东郭，建二斋曰"封云""可月"。后迁居湖州（今属浙江）。晚居嘉兴（今属浙江），筑室于鸳湖（即南湖）之上，名曰"藏六窝"，自号泰窝道人。著有词集《渔樵谱》。现存散曲小令四首，套数一套。

【双调·清江引】

钱霖

> 梦回昼长帘半卷，门掩荼蘼院。蛛丝挂柳绵①，燕嘴粘花片，啼莺一声春去远。

【字词注解】

①柳绵：亦作"柳棉"，柳絮。

【精彩解说】

漫长的白天，午睡醒来窗帘半卷，院门深掩，荼蘼花开得好鲜艳。蛛丝挂满柳絮，燕嘴里衔着落花，黄莺儿声声啼叫，向人报告春天已经离去很久了。

【赏析】

这是一首借景抒情的佳作。

开篇从"梦回"写起,往下是写梦回之后的瞬间见闻。"昼长"是梦回之后所感,"帘半卷"则是梦回之后所见;"门掩"表明"荼蘼院"以下的室外景物皆是诗人从"帘半卷"的窗口看见的。首句不仅点明夏季日长而人困,而且已隐约透露出隐士那种悠闲自在、无忧无虑的生活方式。白天闭门酣睡,一觉醒来,尚嫌"昼长",这种生活岂是急于奔竞功名之徒或身处蚁穴蜂衙之中的官僚们所能享受的?作者是对世事漠不关心吗?非也。他是用这种散淡逍遥来表示自己愤世嫉俗、傲视王侯的精神。"荼蘼"是初夏才开的一种白花,与"昼长"的夏季时令回应。诗人单举院里的荼蘼,正寄寓了他那心高志洁的个性:荼蘼洁白素雅,不尚群英万紫千红般的华贵;荼蘼晚开,不屑与诸芳去争奇斗艳;荼蘼叶柄有刺,不愿取宠媚众。这两句从室内写到室外,皆静物描写。

三、四句"蛛丝挂柳绵,燕嘴粘花片",继续写室外院中景物,笔法转为具体的动态描写:群芳已谢,只有屋檐下的"殷勤蛛网"挂住几片柳絮,在那里随风摇曳,它似乎在为主人千方百计地挽留住最后一点儿春意;落红满地,乳燕低飞,它们正忙碌着用小嘴衔起那粘泥带尘的花片,去梁上垒筑它们的香巢。诗人通过梦回后的静观,以荼蘼院中的蛛丝、柳絮、燕嘴、花片等细微意象,展现出虽是令人困倦的残春初夏,虽是幽静冷落的山居,而小小的院落中依然有一种鲜活可喜的生机,有一种自然纯真的理趣。而诗人那无限爱春惜春之情,亦从这字里行间隐约可见。

结句写梦回后所闻。林荫中黄莺的一声悦耳的鸣叫,使凝神静观的诗人恍然醒悟:啊!可爱的春光到底已经远去了!黄莺的啼声,不正是在向诗人报告春远去的消息吗?"啼莺"又与起句"梦回"首尾呼应,正是黄莺的鸣叫惊破了诗人的酣梦而"梦回",又是黄莺的啼声使诗人知道春远去的消息。诗人不晓春秋时序,全凭"柳绵""燕嘴""啼莺"向他提醒。这结句表明诗人不仅是草木虫鸟的知音,还能见微知著,由细微的征兆推知时令的变迁,其中蕴含的哲理委实耐人寻味。

此曲抓住梦回后刹那间的见闻和感受,描绘出一幅山中幽居初夏花鸟人物的风俗画,表现出隐者闲适恬淡的生活和惜春爱春之情。通篇全是写景，不仅饶有诗情画意，而且隐含哲理机趣，可谓融情于景，寓理于景，内涵丰富。

【双调·清江引】

钱霖

恩情已随纨扇歇，攒到愁时节①。梧桐一叶秋，砧杵千家月②，多的是几声儿檐外铁③。

【字词注解】

①"攒（zǎn）到"句：幽怨逐日积聚，到了使人触绪成愁的秋天。
②砧杵：捣衣时所用的垫石和棒槌。
③檐外铁：屋檐下所悬挂的铁制风铃，风吹动的时候会发出有节奏的响声，亦称"铁马"。

【精彩解说】

夏天离去，恩情已经随着扇子的停歇而消失。秋天来了，梧桐叶子纷纷掉落，在千家万户共捣衣的敲击声中，多了几声屋檐下悬挂的风铃被风吹动时的响声。

【赏析】

这是一首表现闺情的小令。作者所描写的是一个被遗弃的女子秋日相思的痛苦。

"恩情已随纨扇歇，攒到愁时节。""纨扇"，是细绢制成的团扇。这里用纨扇的停歇，来比喻恩情的断绝。这个比喻恰到好处，而且饱含着感情。从中我们可以想见女主人公的心上人当初对她是何等的灼热，真有如纨扇一般不肯须臾离手；我们也可以看到，而今时过境迁，随着感情的冷却，她有如秋日纨扇一般被抛置一边。这比喻，把那男子对她先是捧若掌上明珠，后是视若敝屣的变化表现出来,也反映出女主人公对他的怨恨。一个"攒"字也用得极妙。我们可以设想,那女子被冷落时,她仍痴情怀恋;继而长久不见,则为怀疑;最终杳无音讯,方才怨恨,悲愁不已。作者选用这个"攒"字,不仅通俗易懂,而且将这女子感情的变化过程形象地表现了出来。这两句,全以女主人公的口吻,道出她复杂的内心世界。有对往日深情的怀恋,有对被遗弃的哀怨,有恩情断绝的痛心,真可谓幽怨百集。

"梧桐一叶秋,砧杵千家月,多的是几声儿檐外铁。"这三句,作者运用烘云托月的手法,巧妙地运用景物描写,来渲染秋声、秋色,造成一种悲凉的氛围,从而突出女主人公悲凉、凄苦的内心世界。而这些秋声、秋色,又是从女主人所见所闻的角度来写的,因此,仿佛使我们看到一个独立寒月下对秋悲哀的女人,仿佛能感受到她那被砧杵声及檐外悬挂的风铃声震颤、烦扰的心灵。整个画面是朦胧惨淡的,画外的主人公形象却正是借此得以深刻、清晰地表现。这样,自然增强了作品的形象性、可感性,使那无形的感情,化作可见可感的事物,从而使读者触摸到作品主人公的心灵。

纵观全曲,作者采用第一人称的写法,完全以女主人公的口吻道出。这样才使那种被遗弃带来的痛苦和愁闷显得那样的真切、感人,从而使读者如闻其声、如见其人,禁不住对她表现出极大的同情。

〔作者小传〕

顾德润,元代散曲作家。约元仁宗延祐(1314—1320)末在世。以杭州路吏,迁平江。德润之曲,《太和正音谱》评为"如雪中乔木"。尝自刊《九山乐府》《诗隐》二集。

【中吕·醉高歌过摊破喜春来】旅中

顾德润

【醉高歌】长江远映青山,回首难穷望眼,扁舟来往蒹葭岸①,人憔悴云林又晚。　【摊破喜春来】篱边黄菊经霜暗,囊底青蚨逐日悭②。破清思晚砧鸣③,断愁肠檐马韵④,惊客梦晓钟寒,归去难⑤。修一缄⑥,回两字寄平安。

【字词注解】

①蒹葭:芦苇。

②青蚨:钱币的别称。悭(qiān):稀少。

③砧:捣衣的垫板。

④檐马:悬于檐下的铁瓦或风铃。韵:声音。

⑤归去难:难归去,难以回家。

⑥修一缄(jiān):写一封信。

——●【精彩解说】

我回首眺望，只见长江外青山数点，江水浩浩荡荡，无边无际，岸边长满芦苇，小船来来往往，穿梭不断。又到了黄昏时分，我身心憔悴，暮烟笼罩在林子上。 篱边的黄菊经秋霜而凋谢，而我日益拮据，天天消耗这行囊中不多的金钱。那暮色中的捣衣声扰乱我的心绪，那风铃声使我肝肠寸断，而清冷的晓钟声将我从梦中惊醒，使我再也无法入眠。要回家是那样的艰难。我只好写一封家信，报上"平安"两字，以宽慰对我的惦念。

——●【赏析】

这支带过曲的主旨是表现落魄士子漂泊旅途的穷愁和乡思，由【醉高歌】和【摊破喜春来】两个曲牌组成。

首四句，四句四韵。起首描绘长江远景，水天开阔，青山倒映，无限风光。回首，当是舟中回望；难穷望眼，指望不到边际，有无限眷恋之情。第三句，扁舟一叶在江中漂泊，正是游子所在。蒹葭，芦苇。这正是深秋景象，衬托憔悴的旅人。人，作者自指。云林又晚，交代时序，暮色苍茫，加深旅人悲戚。寥寥几笔，勾勒出长江旅途中的秋日风光和黄昏景象。景物与人情相映衬，突显迟暮潦倒、漂泊无依的情状，凄清苍凉的气氛笼罩篇首。

"篱边"以下，进一步刻画旅途秋色、旅人穷愁，抒发沉郁的乡愁。篱边黄菊被寒霜摧残，颜色变得暗淡，喻指被生活煎熬而变得憔悴的士子，即作者自己。青蚨逐日悭，口袋里的钱越来越少，日子也更艰难，思量前景，倍觉心寒。在这种心境中投旅夜宿，又无钱买酒，其难堪情状可以想见，故这"囊底"一句已为下文蓄势。

以下六个短句均由【喜春来】"摊破"而来，两相组合，句式颠倒。"破清思晚砧鸣"，晚风中传来捣衣声，意味着天气日趋寒冷，人们日夜赶制寒衣。这就加剧了旅人的漂泊之感。"断愁肠檐马韵"，檐间铁马，古时用来驱赶鸟雀，使房屋不致被损，悬在檐间被晚风摇动，互相撞击，发出有节奏而单调的响声，使穷愁的旅人不能入睡，思绪翻腾，愁肠寸断。"惊客梦晓钟寒"，寒风送来一声声报晓的钟声，惊起刚要入梦的游子。游子就这样度过了一个个不眠之夜。这六句组成一组隔句鼎足对。捣衣声、檐铁声、晓钟声，有远有近，由晚到晓，打破旅途中夜的静谧，叩击着夜不能寐的游子的心扉。"归去难"三字道破作者思乡不能归去的隐衷,逼出全篇最后两句:"修一缄,回两字寄平安。""平安"二字,体现了旅人对家人的宽慰,也表明了旅人唯有"平安"二字尚可告慰挂念自己的亲人。

这首小令最大特点是情景交融。长江的开阔清远至景物的凋败摧残,衬托"行行日已远"的羁旅漂泊,一步步加深游子的悲怆。"篱边黄菊经霜暗"与"云林又晚"衬托为生活奔波、囊底青蚨逐日悭的憔悴旅人。晚砧声、檐铁声、晓钟声与夜不能寐的情状相互衬托,将迟暮、潦倒、漂泊无依的凄伤于寄物描绘中展现得淋漓尽致。

【南吕·骂玉郎过感皇恩采茶歌】述怀

顾德润

【骂玉郎】蛛丝满甑尘生釜①,浩然气尚吞吴。并州每恨无亲故。三匝乌②,千里驹,中原鹿。　【感皇恩】走遍长途,反下乔木③。若立朝班,乘骢马,驾高车。常怀卞玉④,敢引辛裾⑤。羞归去,休进取,任揶揄。　【采茶歌】暗投珠,叹无鱼⑥。十年窗下万言书。欲赋生来惊人语,必须苦下死工夫。

【字词注解】

①甑:古代蒸食炊器。釜(fǔ):古代的一种锅。

②三匝乌:化用曹操《短歌行》中诗句"月明星稀,乌鹊南飞。绕树三匝,何枝可依"。

③反下乔木:《诗·小雅·伐木》中有"出自幽谷,迁于乔木"。意谓境况反倒不如以前了。

④卞玉:和氏玉。楚人卞和曾两次献宝玉,均未被赏识,反而遭受刖刑。

⑤辛裾:辛毗曾拉曹丕的衣边,这是犯颜直谏的行为。辛,三国时魏国人辛毗。裾,衣服边,这里指魏文帝曹丕的衣边。

⑥叹无鱼:化用《战国策·齐策》,孟尝君的门客冯谖弹剑而歌曰:"长铗归来乎!食无鱼。"

──●【精彩解说】

甑结蛛丝釜生尘,不改大丈夫的浩然之气。常恨离家在外举目无亲。绕树三匝的乌鸦找不到栖身之处,千里马难遇赏识它的伯乐,像范冉一样推着鹿车奔走四方。　　长途漫漫,境况愈艰。想去入朝做官,驾高车驷马。结果像卞和那样怀宝玉无人赏识,纵然有辛毗那样犯颜直谏的勇气也无济于事。羞于弃官归田,不肯乞求功名,任凭他人讽刺嘲笑。　　有如明珠暗投,不能像冯谖那样一鸣惊人。苦读十年上书万言也无人用。要想出语惊人,还是得苦下功夫。

──●【赏析】

顾德润一生仕途不得志,仅做过杭州路吏等低级官吏。宋代朱晞颜《顾君泽真赞》称他是一位"漫仕犹隐"的"隐吏","谑浪笑傲睨世而不废啸歌者"。他的这种性格在这首带过曲里得到了生动的体现。

首句用《后汉书·范冉传》的典故。范冉,字史云,曾授莱芜长,不就。"推鹿车,载妻子""所止单陋,有时粮粒尽,穷居自若,言貌无改,闾里歌之曰:'甑中生尘范史云,釜中生鱼范莱芜。'"这里引范冉自比,不仅活画出自己经济上的拮据景况,而且表现出自己不以贫贱改其志的傲岸性格,所以下面再补足一句:"浩然气尚吞吴。"这里的浩然之气,就是孟子称颂的那种至大至刚、塞于天地之间的正气;"吞吴"借用杜甫《八阵图》诗中"江流石不转,遗恨失吞吴"的诗意,极言其气之盛。像许多古人一样,作者为人正直而终不免于贫贱,迫于家庭生计,不得不流落外乡为吏。"并州每恨无亲故",化用唐代刘皂"客舍并州已十霜,归心日夜忆咸阳。无端更渡桑干水,却望并州是故乡"的诗意,抒发自己的游宦思乡之情。作者自负有千里马之才,却没有伯乐赏识他,于是只有像范冉一样,推鹿车,载妻子,奔走道途,但结果仍如"绕树三匝"的乌鹊一样"无枝可依"。这里化用曹操《短歌行》中的诗句,用来表现贤才漂泊不得其所的处境和心情,十分契合。

风尘仆仆、四处奔波的结果,岂止是不得其所,简直是每况愈下。人们通常的愿望是"出自幽谷,迁于乔木",现在的结果是"反下乔木",怎能不令诗人愤慨不已!在这种处境下,作者的心情是十分复杂的:一方面"羞归去",为生计所迫,不能像陶渊明那样辞官归田,不得不继续混迹于"吏";

另一方面"休进取"，严酷的现实使得自己的理想归于幻灭，自己不可能在政治上有所进取，只得将精神寄托于"隐"。这两方面结合起来，就构成自己做一名"隐吏"的人生态度。这种进退维谷、左右为难的处境，势必引起许多人的误解，那也只有听凭他人去耍笑嘲弄了。

外人的揶揄可漠然置之，自己内心的煎熬和痛苦却是难以忍受的。作者也曾吃尽十年寒窗之苦，并耗费大量心血起草那呈给皇帝的万言长策，但"万言不值一杯水"，到如今只能感叹明珠暗投，像孟尝君的门客冯谖一样弹铗而歌："长铗归来乎，食无鱼！"自己为什么不能一鸣惊人，为当政者所赏识呢？作者说：不怨天，不尤人，只怪自己还没有下苦功夫。在中国古代知识分子中，兀兀穷年，皓首穷经者大有人在，但结果大多是一生蹉跎，抱恨终天，"十年窗下无人问，一举成名天下知"的能有几人？看来，作者对这条进取道路是不抱什么幻想了，所以才写作这首曲子吐出了这番自嘲之语、激愤之辞。这不仅是一位失意士子牢骚愤懑的流露，也是对那贤愚颠倒、美丑不分的官场的有力控诉和批判。

徐再思

〔作者小传〕

徐再思,元代散曲作家。与张可久、贯云石为同时代人。他在仕途上虽仅止于地位不高的吏职,却是一位很有才名的文人。一生活动足迹似乎没有离开过江浙一带。现存小令一百零三首,主要内容集中在写景、相思、归隐、咏史等方面。自号甜斋,故后人将其散曲与贯云石(号酸斋)作品合辑为《酸甜乐府》。

【中吕·阳春曲】皇亭晚泊[1]

徐再思

水深水浅东西涧,云去云来远近山。秋风征棹钓鱼滩,烟树晚,茅舍两三间。

---【字词注解】

①皇亭:有人考证"皇"乃"皋"之误,"皇亭"当作"皋亭"。皋亭在杭州东北。

---【精彩解说】

涧水或东流或西流,时深时浅,山峦亦近亦远,云雾盘桓。秋风鼓起征帆驶向钓鱼滩,暮霭渐深,透过朦胧的树影依稀可见两三户人家。

【赏析】

这是一支小巧而有韵味的写景小令。它好似一幅"逸笔草草"的水墨小品。

首二句,是工整的一联,写的是曲曲折折、百转千回的涧水和云遮雾障、重重叠叠的山峦。水有深浅,山有远近,节奏轻盈跳荡,层次也是很清楚的。山溪时而湍急,时而潺湲,因流过的地形不同,深浅也各异;峰峦千姿百态,近处葱茏,远处暗青,时而被彩云遮断,时而又露出峥嵘面容。"秋风"句写船泊在江边所见。船夫逆风划桨,船在水中艰难行进,一个"征"字,写尽船夫躬身用力,桨在水中翻覆的动态,画面感很强。更有远处滩头,垂钓者静静地坐在夕阳下,一竿一篓,十分悠闲。一句写出两个不同的画面,动静相间,对比感强。结尾二句,是写暮色渐浓,树影朦胧,远处两三间茅屋中透出点点灯光,夜幕降临了。

作者写的是秋江夜泊,所描景致亦很萧疏冷清,但并不显得伤感,即使有伤感,也是淡淡的。它的意境是孤峭而高远的,情调颇似元代文人山水画。

【中吕·普天乐】垂虹夜月[1]

徐再思

玉华寒[2],冰壶冻。云间玉兔,水面苍龙[3]。酒一樽,琴三弄[4]。唤起凌波仙人梦[5],倚阑干满面天风。楼台远近,乾坤表里,江汉西东[6]。

【字词注解】

①垂虹:垂虹桥。在今江苏苏州吴江区,号称"江南第一桥"。桥上曾有亭,称"垂虹亭",今不存。

②玉华:月亮的光华。

③水面苍龙:比喻垂虹桥。

④琴三弄:三支用琴演奏的乐曲。

⑤凌波仙人:曹植《洛神赋》中的洛水女神。

⑥江汉:长江与汉水。

【精彩解说】

月光清寒，好像盛冰的玉壶那样皎洁明净。天上的明月出没在云间，地上的长桥如苍龙横卧水面。美酒一樽，瑶琴三曲。召唤仙女凌波而来，凭倚着栏杆任天风拂面。放眼望去远近的楼台殿阁，天地辽阔，江水浩瀚无边。

【赏析】

本曲系徐再思的"吴江八景"组曲（共八首）之第一曲。甜斋此曲，写的是垂虹桥夜景。作品情调悠深，气势雄伟，想象瑰奇，意兴强烈。虽是写景之作，却很耐玩味，颇能代表甜斋作品的另一种风格。

"玉华寒，冰壶冻。"起笔写月。玉华，指月亮的光华；传说月宫寒冷，故曰广寒。冰壶，以盛冰之玉壶喻月光之皎洁明净。此二句写月光皎洁，清辉遍洒，是一个美好的月夜。"云间玉兔"仍是写月，传说月中有白兔，因称月亮为"玉兔"。"水面苍龙"喻吴江上的垂虹桥，与"云间玉兔"对举。此句化用唐人杜牧《阿房宫赋》"长桥卧波，未云何龙"句意。云笼明月，桥似苍龙，云驰月走，苍龙飞舞，从天空写到水面，描绘出一幅迷人的图画。

接下来写人。"酒一樽，琴三弄"，是说游客在垂虹亭上酌酒抚琴。三弄，即演奏三支曲。"唤起凌波仙人梦，倚阑干满面天风"，谓值此月夜良宵，倚靠桥亭栏杆，面对寥廓江天，把酒赏月，静听琴声，顿觉神清意爽，仿佛有阵阵天风拂过，召唤仙女凌波而来。借洛神的飘然出现，映衬月色之美、琴音之妙。称"天风"，原是与整个缥缈境界相协调的，此风宜人，只应天上才有。一个"天"字，包含无尽幻想，为全曲增添了神秘色彩。

结尾三句写极目远眺。但见远近楼台错落，灯光摇曳；天高地阔，水天一色；江水浩渺，星汉灿烂。这个"鼎足对"将江面写得十分开阔。"乾坤表里"，是说天地相映衬；"江汉西东"，是说水面浩渺，横无际涯。江，指长江；汉，指汉水。"江汉"与"乾坤"、"表里"和"西东"都是互文对举。曲尾写出了天地江月之无际，余音不尽之意蕴自然流出。

此曲意境开阔，想象奇特，写得迷离惝恍，悠远缥缈，富于艺术表现力。表面上看一味写景，人的思索似未着一字，实际上思索尽在不言中。它的格调近于张若虚的《春江花月夜》，通体亦近于诗词风味。《中原音韵·小令定格》称，此曲未加一个衬字，简洁纯净，工稳平整。

【中吕·普天乐】西山夕照

徐再思

晚云收,夕阳挂,一川枫叶,两岸芦花。鸥鹭栖,牛羊下。万顷波光天图画①,水晶宫冷浸红霞。凝烟暮景,转晖老树,背影昏鸦。

【字词注解】

①天图画:天然的图画。

【精彩解说】

晚云渐收,夕阳斜挂,秋霜染红了漫山枫叶,两岸满是雪白的芦花。鸥鹭在芦花中栖息,牛羊从枫林中走来。万顷波光有如一幅天然的画图,红霞映入水中为水晶宫增添绚丽的色彩。淡淡的暮霭笼罩着大地,夕阳的余晖移动着老树的身影,鸦背驮着夕阳向远方飞去。

【赏析】

这支曲是"吴江八景"组曲之第八首,即最末一首。它犹如一幅恬淡的风俗画。

曲的前四句一联三字句,一联四字句,每句一景,从天上写到地下。暮云渐收,残阳斜挂。余晖与枫叶相映,火红中透出碧紫;水边的芦花在晚风中轻摇,似仙鹤起舞。晚霞如火,残阳似血;枫叶与芦花相映,红白分明。这色彩该是何等浓烈。接下来的"鸥鹭栖,牛羊下"又写了白色的鸥鸟、鹭鸶,还有黄色的牛、白色的羊,用一"栖"字,描写出了鸟雀归巢;着一"下"字画出了牛羊的归牧。夜色将临,万籁渐寂,山村在晚霞中显得格外富于色彩。至此,一幅山村风俗画已粗略画出。第七、八句:"万顷波光天图画,水晶宫冷浸红霞。"作者对画面再做总体色调处理,以增强其扑朔迷离之意境。前面的"两岸芦花",已经写了水边,现在放眼湖面,粼粼波光,宛若一幅天然的画图。"水晶宫"句是写诗人看到晚霞倒映水中引起的联想。五光十色,变幻飘摇的奇妙霞光,是不是会透过水面,照进龙宫中去呢?若是那样,水晶宫也会因为霞光而变得更辉煌、更温暖。想象自然贴切，生动形象。"冷"字尤巧，因传说中的水晶宫是寒冷的；"浸"字更妙，写出了霞光射进水中的姿势。

结尾三句"鼎足对"，完成画作的细部描写。"凝烟暮景"，画出了淡淡的、飘忽的暮霭；"转晖老树"，画出了夕阳的光影在树间的移动，使老树逆光处色彩也随着变幻；"背影昏鸦"，点缀出乌鸦背着夕阳，强烈的晚霞为它勾勒出明晰的轮廓，甚至在两翅间镀上明亮的金色。总之，结尾三句是用大笔触画过之后的细心点缀，由此可见作者的匠心。

这首令曲写得空灵奇妙、笔苍墨润，与甜斋其他的写景作品有所不同。首先，色彩格外强烈，一反其以淡泊为主的基本风格；其次，苦心孤诣于细部点缀，使描摹的形象生动传神；最后，也是最重要的一点，是全曲未用一字写人的活动，简直是"不识人间烟火气"。总之，作者用浓墨重彩画了一幅迷人的太湖流域的风情画。作者的思想和情绪是自然流出的，没有着笔，也不必着笔，我们仍然能从作品的基调中揣摩到他的内心世界。

【中吕·朝天子】西湖

徐再思

里湖，外湖[1]，无处是无春处。真山真水真画图，一片玲珑玉。宜酒宜诗，宜晴宜雨，销金锅锦绣窟[2]。老苏[3]，老逋[4]，杨柳堤梅花墓[5]。

— • 【字词注解】

[1]里湖，外湖：西湖以苏堤为界分里湖、外湖。

[2]销金锅：喻挥金如土，用钱如沙，像销金的锅子一样。锦绣窟：言西湖是衣锦披绣的窟穴。

[3]老苏：宋代文学家苏轼。

[4]老逋：北宋诗人林逋。隐居西湖，植梅养鹤，人称"梅妻鹤子"。

[5]杨柳堤：苏堤。梅花墓：林逋墓。

【精彩解说】

不论是里湖，还是外湖，没有一处不是春色葱郁。真的山真的水真实的画图，好像一片精雕细琢的无瑕美玉。适宜饮酒，适宜吟诗，适宜晴天，适宜雨天。西湖是个挥金如土、用钱如沙的地方，就像衣锦披绣的窟穴。苏轼、林逋留下杨柳堤、梅花墓，让人永远思慕。

【赏析】

这首描摹西湖春色的【朝天子】，舒爽俊逸，简淡清奇，艺术概括力很强，是甜斋散曲中比较突出的篇章。

首二句，总览西湖之春，写出了武林胜境韶光好趁、春色满眼的诱人景象。西湖以苏堤为界，分为里湖和外湖。"无处是无春处"句，并不避讳两个"无"字，自然巧妙，虽不去写具体景观，却给人一个春到西湖，生机盎然的总印象。以下两句，进一步渲染春满西湖的景象，先以画图作比，又以美玉相喻，意象更为具体了。仍然是总览全景，不求细致刻画。"真山真水真画图"句甚妙，明明是真山真水，而不是画图，偏说是"真画图"。三个"真"字与上句的两个"无"字相互呼应，呈现出故意重复用字的规律美。"一片玲珑玉"，总括西湖之澄澈明净，犹如玲珑剔透的美玉，而且是一片，不是一块。这就使人们联想到以孤山、白堤、苏堤等分割开来的里湖、外湖、后湖和南湖，又兼亭台水榭，湖光山色，一处一景，景景毗连，如串珠垒玉，令人目不暇接。作者以"一片"句大笔晕染，泼墨泼彩，不视每一珠，却见一片玉，概括得十分精到准确。这种写法虽然局部上有所模糊，总体感却是非常明显的。

"宜酒宜诗，宜晴宜雨"两句，是写西湖的迷人风景无时无处不撩人心动。诗唱和于西湖之上，面对绮丽景致，更发人豪兴，牵惹诗魂；春日妍丽，夏日瑰奇，桂子三秋，雪掩断桥，西湖四时，姿态各异。便是晴、雨、霁不同之时游湖，美感亦有别。"销金锅锦绣窟"句极写繁盛，含无限感慨，有赞叹，也有思索。结尾三句，以林逋和苏轼二人的高洁，映衬西湖的格调清雅，并以苏堤和孤山作为西湖有代表性的景观，以收束全曲。如果说全曲前半部分是写一片玉，那么结尾二句则是具体写两颗珠——孤山和苏堤，有全景也有局部，既写轮廓也写细部，整个西湖春色便尽收眼底了。

从写法上看，此曲最突出的特点是用笔简淡而又粗豪，多以全景和远景出之,不刻意小巧,使画面富有酣畅淋漓之美;即使描写具体景观,也以写意笔法为之,点到为止,全是远眺式的。

【中吕·朝天子】常山江行[1]

徐再思

远山,近山,一片青无间。逆流泝上乱石滩[2],险似连云栈[3]。落日昏鸦,西风归雁。叹崎岖途路难。得闲,且闲,何处无鱼羹饭[4]。

【字词注解】

①常山:在浙江常山境内,山顶有湖,又称"长山""湖山"。
②泝(sù):同"溯",逆着水流的方向。
③连云栈:栈道高险,仿佛架在云中。
④鱼羹饭:隐者常用的饭食。

【精彩解说】

远山,近山,都是一片葱葱郁郁的青色。逆流而上船划过乱石险滩,好像人走在又高又险的栈道上。夕阳下鸦雀回巢,秋风里北雁南归。感叹道路崎岖难行。莫如得闲暇处且闲暇,不愁吃不到鱼羹饭。

【赏析】

题目作《常山江行》,写的是"逆流泝上"途中的所见所想。由"途路难"扩及而为人生道路之艰辛,继而发出归隐避险的感叹,这就是甜斋这支【朝天子】曲所表达的主题。

"远山,近山,一片青无间"一句,采取大笔挥洒、恣意泼彩的手法,晕染出山峦重叠、青葱葱郁郁的大背景,色调是单纯的"青",令人想起小山曲中"山似佛头青"(【一枝花】)的意境。"逆流泝上乱石滩,险似连云栈"二句,写溯流而上,乱石满目,路途艰险,有如栈道。"落日昏鸦,西风归雁"两句,航行途中举首所见:落日余晖中,寒鸦数点;秋风凛冽里,北雁南飞。

"落日"乃一天之将尽,"西风"乃一岁之将尽,二句不仅点明了秋季黄昏,流露出几分悲凉,而且妙在只写眼前景物,却能景中寓含一种发人深思的哲理意味:昏鸦、大雁碌碌奔忙中都在寻找自己合适的归宿,它们终日在奋翅拼搏,能无"畏途巉岩不可攀"之感吗?禽鸟如此,人何以堪!故自然引出下句的感叹:"叹崎岖途路难。"一个"叹"字,耐人寻味:表面上看是对眼前山路崎岖、路途艰难的感叹,实际上是对整个人生道路曲折艰险的叹喟。如果不是这样,结句的向往归隐之情就不好解释了。

结尾二句也有两层意蕴。表层意蕴是:因畏惧眼前山高水长路途艰难,想到了不如去归隐,以一闲对百忙,索性以渔樵山野生活为乐。深层意蕴是:厌倦了官场的险恶,尝尽了人生的凄苦。所谓千古江山,忽忙忽闲;名缰利锁,总归虚幻。于是产生了不如归去,远避祸患的思想。如此看来,令曲结句"何处无鱼羹饭"更有深层意蕴在,即蔑视官场,厌倦名利,以退隐作为归宿的情绪。

令曲艺术上最突出的特点是写江行观感,很自然地融情于景,寓理于景,含蓄蕴藉,且从容写来,全无躁气。明明山路险峻,却偏偏写它的"青无间";明明向往归隐闲逸,又大写山路奔波之忙。以溯流山行之苦喻人生道路之艰难也是很巧妙的,曲中句句扣住"江行",又处处隐喻世事人生,逼到结尾,才使人豁然开朗,顿悟作者旨趣,这正是作者技巧娴熟的表现。

【商调·梧叶儿】春思

徐再思

芳草思南浦①,行云梦楚阳,流水恨潇湘。花底春莺燕,钗头金凤凰,被面绣鸳鸯。是几等儿眠思梦想。

【字词注解】

①思南浦:化用江淹《别赋》"送君南浦,伤如之何"句意。

【精彩解说】

片片芳草让我想起分别时的南浦,白云飘飘让我梦回楚阳,滔滔流水牵动我的离愁别恨满潇湘。莺歌燕舞花开时,钗头正伴金凤凰,被面上成双成对绣鸳鸯。谁知有何等深的愁思梦想。

【赏析】

这首小令写一位女子在春天怀念远别的情人。

曲的主体部分是两组比兴。第一组比兴是以古比今,或以仙比俗。"芳草思南浦",是追忆与情人的分别。这里女主人公想起与情人南浦分别时芳草碧连天的情景,碧波荡漾的景色使内心也泛起阵阵涟漪。而首句便用"南浦"之典暗示这是一首忆别之作。"行云梦楚阳"是进一步追忆昔日与情人在一起的欢爱。这里女主人公追忆那已逝去的欢情,当然更加如梦如烟、虚无缥缈了。"流水恨潇湘"折回眼前,写自己的离别之情。传说尧曾将自己的两个女儿(娥皇、女英)嫁给舜。舜南巡,死于苍梧之野。二妃溺于湘江,神游洞庭之渊,出入潇湘之浦。此处用这个典故,说自己的别离之恨也像日夜流淌的潇湘之水一样无穷无尽,这又使曲子染上了一层凄迷的色彩。

第二组是以物比人。女主人公心绪烦闷,于是踱入庭院,想借观赏春景排遣愁怀。眼前桃红柳绿,莺歌燕舞,一派大好春光。但这歌声应答、比翼而飞的莺燕却撩起了女主人公孤独的情思,使她不禁顾影自怜。然而首先映入眼帘的,却是头上斜簪的凤钗,这成双成对、形影相随的凤凰使得女主人公愈加难以忘怀。于是她走进卧室,想在恹恹春睡中暂时忘却内心的痛苦与愁烦。不巧被面上所绣的鸳鸯,红衣绿水,交颈依依,又使她触目生愁。女主人公无可奈何地长叹一声:看来睡梦中也不得安宁,这无休无歇的相思是何等令人难堪!

曲子六个比兴意象连用,反复加以渲染,并在语言组织上又采用两组鼎足对的形式,体现了曲的特色。另外这两组比兴之间也有差别:第一组取自爱情故事,第二组取自眼前景物;第一组主要是以人之离比己之离,是正比,第二组以物之合比己之分,是反比;第一组的语言通俗中略显雅致,第二组的语言更为通俗。从这些地方可以看出作者的艺术匠心。

【越调·凭阑人】春情

徐再思

> 髻拥春云松玉钗,眉淡秋山羞镜台①。海棠开未开,粉郎来未来②?

【字词注解】

①秋山:愁山。比喻伤春的皱眉。羞镜台:害羞对着梳妆镜。

②粉郎:原为晋代何晏的美称。何晏面色白净如玉,魏明帝疑他搽了粉,一次夏天吃热汤饼,何晏吃得冒汗,用衣袖擦脸,越擦面色越白净,后常以何郎代指美男子。此处指情郎。

【精彩解说】

发髻高耸,头上像拥堆春云,又插一枚玉钗,淡眉像遥远的秋山,懒得去打扮,害羞照镜子。不知海棠花开没开,情郎哥哥能来不能来?

【赏析】

此曲写闺中女子相思情态,细致逼真,生动传神。

晨起妆残,羞对镜台,闺中人娇弱旖旎。首二句写尽了这女子微妙的心理和深情。"髻拥春"句,是写睡了一夜之后,一头秀发散乱了,髻偏钗松,急待梳理。髻,即云髻,高绾的发髻。描写女子美丽的面容,总是由头发或眉毛写起,这几乎成了惯例。"眉淡秋山"句写女子的娇憨矜持,尤为真切。你看她顾影自怜,态羞颜赧,那深情如在眼前。"秋山",亦作"春山""眉山",指眉。唐代《十眉图》中有一种"小山眉","眉山"之称当源于此。这句是说,早晨起来,眉黛淡去,须重新描画了。因发松眉淡,故有羞对镜台之态。这两句语简意丰,含蓄而味厚。

后两句平白如话,声情并茂,同时,也是描摹人物深情心态的"颊上添毫"之笔。闺中人似在问别人,又像是暗自思忖:海棠花开了没有?有情人也该来了吧?粉郎,指美男子,这里代指闺中人的情人。结尾二句似受李清照词句"试问卷帘人,却道'海棠依旧'"(《如梦令》)的启发,然却扣在"粉郎来未来"句作结,意味更切合全曲的基调。结句既写出女子的兴奋和急切,同时也为前面的"羞"字做了注脚。不梳妆打扮,怎好见意中人呢!

小令虽只四句,却活脱脱写出了闺中女子隐秘复杂的心态和举止。作者撷取闺中人晨起理妆前的瞬间动作和闪念,寥寥几笔,纯是白描,却能勾魂摄魄,艺术技巧是娴熟而高超的。甜斋曲中的"开未开""来未来",完全是口语化的,为曲子平添了生活情趣。甜斋还巧妙利用曲子的格式,前两句求雅趣,后两句取通俗,四句一气呵成,全曲雅俗共赏,异趣不尽。

【黄钟·人月圆】甘露怀古[1]

徐再思

江皋楼观前朝寺[2],秋色入秦淮[3]。败垣芳草,空廊落叶[4],深砌苍苔。远人南去,夕阳西下,江水东来。木兰花在,山僧试问,知为谁开?

—— 【字词注解】

①甘露:甘露寺,位于今江苏镇江北固山上。
②江皋楼:甘露寺一带的楼阁,如清晖亭、江声阁、多景楼、祭江亭等。
③秦淮:秦淮河,位于今江苏南京。
④空廊:甘露寺内响糜廊。

—— 【精彩解说】

登上江边的高楼眺望前朝的甘露寺,秦淮河上已是一片秋色。残垣断壁荒草萋萋,廊殿空寂落叶飘零,厚厚的青苔爬上了台阶。游人都已南去,暮色已深,只有大江日夜奔流不息。木兰花开,显露一点儿生机,试问僧人,花为谁开?

—— 【赏析】

此曲写作者在秋色苍茫中登临北固山甘露寺所见荒凉残破之景,不禁怀古伤今,抒发了人世沧桑之感和羁旅寥落之情。

首二句紧扣题目地名,大笔勾勒,总写登楼临远、山高水阔之壮景,提挈全篇,并点明秋季时令,为下文分写山寺江水和抒发寥落悲秋之情奠定基础。江皋楼,即江边的高楼,泛指甘露寺范围内的清晖亭、江声阁、多景楼、祭江亭等楼阁。此处可北览长江,西南望秦淮河。前句写山,次句写水,以秋色贯穿笼罩全景。一个"入"字,豁然展现出水天空阔、烟波浩渺、无边秋色的动态感。

四、五句为鼎足对,承首句"前朝寺"写近景,突出甘露寺的荒凉残破,紧扣题面中"怀古"二字。断垣残壁,野草丛生;回廊空寂,落叶满地;台阶年久,青苔厚积;这一切萧条冷落的景象,似乎在向游人诉说历代盛衰、人世沧桑的辛酸。三句工笔描绘,一句一景,只写"今衰",令人于黯然神伤中遥想"昔盛";未写怀古,而怀古之情已隐然其中,正所谓实处见虚,虚处传神是也。

"远人南去"三句有一鼎足对,承"秋色入秦淮"句写江天远景。"远人"此谓远方来此游览之人。盖暮色将临,故游人纷去;而北固山在京口城北,游人将往城内投宿,故曰"南去"。"南人远去",使这古寺更显清冷寂寞;唯诗人独在,则又反衬出作者之深情。"夕阳西下",给大江流水和山林幽寺抹上一层黯淡的余晖,使天涯游子顿生一种莫名的惆怅。"江水东来",历史上那些叱咤风云的人物已经"逝者如斯",一去不复返了,然而江水依然向东长流不尽。此情此景,使人心生感慨。三句写眼前之景,并未发一句感叹,而其蕴含的怀古之情已隐然跳动于字里行间,着实耐人寻味。

结尾三句,描写了一个生动细节,仿佛特写镜头:游人远去,只有诗人独自一个,他凝神注视着身旁一棵木兰树试问山僧:古寺如此荒凉冷落,游人如此寂寥,鲜有问津者,而这木兰树年年花开,依然为山寺散发出它的幽香,知它究竟为谁而开放啊?木兰乃高洁坚忍之象征,它不管人间的盛衰荣辱,也不计较世态的炎凉冷暖,立于高山之巅,依然故我,年年花发,永葆那孤直高洁之性,芬芳长在之身,这不能不使落拓江湖、备尝坎坷的诗人受到极大的安慰和启迪。同时,写木兰花开而无人问津,又从另一侧面反映了古寺的萧条冷落,有见微知著、举一反三的效果。

此曲名为《甘露怀古》,实无一语追述前朝遗事,通篇只是写景,而情韵深微,所谓"不著一字,尽得风流",乃此曲最显著之特征。

【双调·蟾宫曲】春情

徐再思

平生不会相思,才会相思,便害相思。身似浮云,心如飞絮,气若游丝。空一缕余香在此①,盼千金游子何之②。证候来时③,正是何时?灯半昏时,月半明时。

【字词注解】

①余香:情人留下的定情之物。

②何之:到哪里去了。

③证候:症候,疾病。此处指相思的痛苦。

【精彩解说】

生下来还不会相思,才会相思,便害了相思。身像飘浮的云,心像纷飞的柳絮,气像一缕缕游丝。空剩下一丝余香在此,心上人却已不知道往哪里去了。相思病的到来,最猛烈的是什么时候?是灯光半昏半暗的时候,是月亮半明半亮的时候。

【赏析】

这首小令题为《春情》,显然是写男女的爱慕之情。全曲描写了一位年轻女子的相思之情,读来恻恻动人。

"平生不会相思"三句,说明这位少女是情窦初开,才解相思,正切合《春情》这一题目。因是初次尝到爱情的琼浆,所以一旦不见情人,那相思之情便无比深刻和真切。有人说爱情是苦味的,"才会相思,便害相思",已道出此中滋味。这句一气贯注,其中的情感波澜昭然可见。

下面三句便具体地去形容这位患了相思病的少女的种种神情与心态。作者连用了三个比喻："身似浮云",状其坐卧不安、游移不定的样子;"心如飞絮",言其心烦意乱,神志恍惚;"气若游丝",则刻画她相思成疾,气微力弱。少女的痴情与相思的诚笃就通过这三个句子形象地表现出来。"空一缕余香在此",乃是作者的比喻之词,形容少女孤凄的处境。着一"空"字,便写尽她空房独守、寂寞冷落的情怀。"一缕余香"四字,若即若离,似实似虚,暗喻少女的情思飘忽不定而绵绵不绝。至"盼千金游子何之"一句才点破了她愁思的真正原因,原来她心之所系、魂牵梦萦的是一位出游在外的高贵男子,少女日夜思念盼望着他。这句与上句对仗成文,不仅词句相偶,而且意思也相对,一说少女而一说游子,一在此而一在彼,然而由于对偶的工巧与意思的连贯,丝毫不觉得有人工的雕琢之痕,足可见作者驾驭语言的娴熟。

最后四句是一问一答,作为全篇的一个补笔。"证候"是医家用语,犹言"病状",因为上文言少女得了相思病,故此处以"证候"指她的多愁善感,入骨相思,也与上文"害"字和"气若游丝"诸句吻合。作者设问:什么时候是少女相思最苦的时刻?那便是夜阑灯昏、月色朦胧之时。这本是情侣们成双成对、欢爱情浓的时刻,然而对于茕茕孑立的她来说,此时正是忧愁与烦恼爬上眉间心头,承受不可排遣的相思折磨的时候。

这首曲子在描摹相思之情上可谓入木三分、极富个性,故前人称其"得相思三昧"。曲子在语言上的一个特色便是首三句都押了同一个"思"字,末句则同押了一个"时"字,不忌重复,信手写法,却有一种出自天籁的真味,这正是曲不同于诗词的地方。曲不忌俗,也不忌犯,而贵在明白率真,得天然之趣,也就是曲家所谓的"本色"。

【双调·殿前欢】观音山眠松[1]

徐再思

老苍龙,避乖高卧此山中[2]。岁寒心不肯为梁栋[3],翠蚴蜒俯仰相从。秦皇旧日封,靖节何年种,丁固当时梦[4]。半溪明月,一枕清风。

──•【字词注解】

①眠松：睡卧状的松树。

②避乖：远离红尘，乖，离。

③岁寒心：松、竹、梅被称为"岁寒三友"，此指松树具有抵御严寒的意志。故常喻在困顿中保持高尚的节操。

④丁固：字子贱，三国吴人。

──•【精彩解说】

老松树为了避乱世而隐居在这深山老林中。它不愿做世间的栋梁，而让翠藤缠绕相依为伴。松树，曾经被秦始皇封过，被陶渊明栽种过，也进入过丁固的梦境。但是它只愿与明月为伴，与清风为邻。

──•【赏析】

眠松，即倒卧状态之松树。借隐卧山中一棵饱经沧桑，以风月为伴的老松为喻，赞颂隐士超尘拔俗、不与世俗同流合污的高洁情操和淡泊情怀。

前四句写老松卧山的原因。把松比作苍龙，突出其非凡之质。"老"，写其年岁久远；"苍"，状其苍劲长青；"乖"，乖迕、抵触之意。这棵苍劲不凡的老松生性与世乖迕，为避开祸乱，故远离红尘而高卧在此山之中。"高卧"，既紧扣"眠松"之卧态，又切合蛰龙冬卧之特征，且令人联想到东山高卧的谢安、隆中高卧的孔明等隐士风度。以龙喻松，复以松拟人，修辞堪称警策。"避乖"写其个性，"高卧"状其风度，写龙、写松、写人，妙在精练而一语三关。"岁寒心"写松之凌霜耐寒，以喻隐士高洁的操守，典出《论语·子罕》："岁寒，然后知松柏之后凋也。""不肯为梁栋"，以其宁卧深山，不愿去做宫殿大厦之梁柱，喻隐士不肯摧眉折腰。"翠蜿蜒"，指曲折缠绕松树上的青翠藤蔓。"俯仰"，形容翠藤绕松或上或下之状。古诗中常以藤萝绕树喻夫妻和好。此处隐喻隐士与妻子在山中淡泊相守。这比起"右抱琴书，左携妻子，无半纸功名，躲万丈风波"（曾瑞【正宫·端正好】套曲），"守着俺山妻稚子，喂养些牛畜驴骡"（薛昂夫【正宫·端正好】套曲）等的直说明言，更含蓄有味。

"秦皇旧日封"三句,用三个有关的典故,揣想这棵苍松年代久远,经历不凡,用以象征诗人是纵观历史兴亡,饱经人世沧桑之后,才悟出人生真谛,选择了归隐之途的。

结尾两句,写苍松与清风明月为伴的优雅环境,象征隐士在大自然怀抱中超尘拔俗和婆娑潇洒的乐趣。听溪水潺潺,万壑生风;看山中明月,林间泻影。诗人置身此境,想必会心凝神释,与万化冥合,物我融一了吧!且清风明月,诚如东坡所云"取之无禁,用之不竭,是造物者之无尽藏也,而吾与子之所共食"。

前人咏物诗中写松者,或喻蛰居待时,将为栋梁;或比怀才不遇以发感愤;或赞其孤高耿介,超尘拔俗,均未达到本篇公然宣称的"岁寒心不肯为栋梁"这等傲然决绝的态度。这正是元代士人特有的心声。

【双调·水仙子】夜雨

徐再思

一声梧叶一声秋,一点芭蕉一点愁①,三更归梦三更后②。落灯花棋未收③,叹新丰孤馆人留④。枕上十年事⑤,江南二老忧,都到心头。

【字词注解】

①一点芭蕉:雨点打在芭蕉叶上。
②归梦:梦归故乡。
③灯花:油灯里结成花形的余烬。
④叹新丰孤馆人留:用唐初马周的故事。新丰,在今陕西西安临潼区新丰镇一带。马周年轻时,生活潦倒,外出时曾宿新丰旅舍,店主人见他贫穷,供应其他客商饭食,独不招待他,马周要了一斗八升酒,借酒消愁。
⑤枕上十年事:借唐人沈既济所作传奇《枕中记》故事,点明作者的辛酸遭遇。

【精彩解说】

夜雨一点点打在梧桐叶上,秋声难禁;又一点点打在芭蕉叶上,惹人愁思不断，半夜时分做梦回到了故乡。醒来只见灯花在落，一盘残棋还未收拾，可叹啊，我孤单地滞留在新丰的旅馆里。靠在枕边，十年的经历，远在江南的父母双亲，都浮上心头。

【赏析】

客中夜雨，倍添离人惆怅；夜半梦回，更令百感交集。这首曲子就描写了诗人这样的境遇与心情。

起首"一声梧叶一声秋"，让人不由得想起李清照"梧桐更兼细雨，到黄昏点点滴滴。这次第，怎一个愁字了得"（《声声慢》）的词句；再想开去，便是温庭筠的"梧桐树，三更雨，不道离情正苦，一叶叶，一声声，空阶滴到明"（《更漏子》）。那么这句中的"秋"字就应作"愁"字解了。同样，"一点芭蕉一点愁"就令人想起了李商隐的名句"芭蕉不展丁香结，同向春风各自愁"（《代赠》）、杜牧的"一夜不眠孤客耳，主人窗外有芭蕉"（《咏雨》），由此，芭蕉也同愁和雨连在一起了。借助联想，开头两句便渲染出一种孤寂惆怅的气氛。"三更归梦三更后"一句点明了诗人愁肠百结、夜不能寐的心理状态。三更正是午夜，午夜梦醒，辗转枕上，是因为绵绵的相思、悠悠的乡情，还是不可名状的悲哀？

梦回初醒，见到的只是一盏残灯与凌乱的棋盘，于是想到自己身处异乡，为天涯飘零之客，所以紧接着一句"叹新丰孤馆人留"。这两句为一整体，写从梦中回到现实。梦醒后首先见到的自然是灯光，由灯光而看到棋局，由棋局而想到自身的处境，完全是真实的感受。然而从那纷纷落下的灯芯余烬及散乱的棋局中，暗暗透出了作者百无聊赖的情怀。

雨夜梦醒，勾起作者无限愁思，酸甜苦辣一时俱上心头，思量平生悲欢成败的经历，作者心潮起伏，再也不能入睡。"十年"只是举成数而已，泛指自己一生的萍飘蓬转与离愁别绪。"江南二老"是指自己远在家乡的双亲，因久客不归，使父母担忧。这里用了传统诗词中从对面落笔的手法，不写自己如何思念双亲，而写二老为游子忧愁，遂令文意更加婉曲，读来令人荡气回肠。至"都到心头"四字戛然而止，含无限悲慨。"枕上"三句具体写作者的心理活动，着墨不多，却已道尽客中孤怀与平生浪迹四方郁郁不得志的愁苦。

全曲语言朴实，感情深挚，警策动人。

【双调·清江引】相思

徐再思

相思有如少债的①，每日相催逼。常挑着一担愁，准不了三分利②，这本钱见他时才算得。

【字词注解】

①少债的：欠债的。
②准不了：折不了，抵不得。

【精彩解说】

相思就像欠人债一样，每日里债主紧紧来催逼。天天挑着一担的愁，却抵不了三分之一的利息，这本账只有见到他时才算得清。

【赏析】

这首小令写相思之苦。此小令短小，仅五句，五句如何能将相思写透？作者别出心裁地以放债喻相思，集中笔力写负债人之苦，如此，相思之苦也就具体可感了。

"相思有如少债的，每日相催逼"，说相思之苦如欠债，日日催人逼人折磨人，令人无法躲闪。只两句，便将那时时萦系于心、无法逃避的思念之苦，极为真切形象地道了出来。下面两句写相思者的精神状态："常挑着一担愁。""一担"即满担；如果说前面写"逼得紧"，这句则说"压得重"。愁思沉重，如重担在肩，而这又是卸不下的。这是比中之比，将无形之愁具体化，同样是生动贴切的。"准不了三分利"，"准"即抵、偿还。"三分利"，可以两解：一是三分的利息；二是利息的三分之一。两解中似应取后者，此句的意思便是说连利钱的三分之一也无法偿还，既如此，则自然会利上加利，债务日见沉重了。这又暗中道出了相思之苦随离别时日增加而不断加剧的感受。

既然利息的三分之一尚且无法偿还，那么，"本钱"何时才能偿清呢？

于是曲子最后说:"这本钱见他时才算得。""见他时",即见到所思念的人儿时,这就又回到相思来,说只有情人聚首,上面所说的苦楚才能彻底消除。此句写得饶有趣味,前面极写相思债本利都无法偿清,结句突然又说只要见到"他","本钱"便可"算得"。曲中女子一往情深,不可解脱而想见到心上人的急切之态描绘得惟妙惟肖。

元代的高利贷剥削特别凶狠,作者以当时司空见惯的债务喻相思,不仅生动真切,也使曲子更为通俗,充满世俗生活的气息。这对散曲这种通俗的文学形式,是很相宜的。以放债喻相思并不始于徐甜斋,关汉卿一首【双调】《沉醉东风》即有"本利对相思若不还,则告与那能索债愁眉泪眼"句。而甜斋此处将本、利分说,显得一波三折,更见风趣。

这首小令还有一个特点:语言质朴本色,不假辞藻,不用典故,但浅中见含蓄,俗中见机巧。这是其高明之处。

【双调·沉醉东风】春情

徐再思

一自多才间阔①,几时盼得成合②。今日个猛见他,门前过,待唤着怕人瞧科③。我这里高唱当时水调歌④,要识得声音是我。

【字词注解】

①多才:对心上人的爱称。间阔:久别。元人口语。
②成合:结合,相合。元人口语。这里指见面、聚首。
③瞧科:看见,发现。元人口语。
④当时水调歌:初次幽会时所唱的那首歌。水调,曲调名。

【精彩解说】

自从与他多日分别,日夜盼望相会的日期。今日猛然见他从门前走过,想召唤他又怕被别人看见。我故意高声唱以前给他唱过的水调歌,他会听得出来唱歌的是我。

【赏析】

这是一曲风趣的情歌。由女子口吻道出,把怀春少女与心上人离隔多日而骤然相见的情景生动传神地勾勒出来,塑造了一个活泼纯真、热情聪慧的民间少女形象。

全曲分为四层。一、二句是一层,描写阔别的相思。"多才",是对恋人的称呼。"间阔",长时间的离隔。"成合",即结合。这两句以"一自"与"几时"紧密呼应,表现女主人公盼望与恋人聚首那种急切难耐、度日如年的心情。三、四句是第二层。"猛见他"的"猛"字,反映出从离别相思到突然相见的意外惊喜。但可惜,情郎虽从门前经过,却并未瞧见——也许竟没有留心到自己,所以惊喜之余又感到不足,甚至焦灼不安。由此直逼出第五句:"待唤着怕人瞧科。"她首先一个冲动是想立刻把他喊住;然而,由传统观念、家庭阻力、世俗偏见与害羞心理杂糅而成的念头迅即冒出,阻止了已到嘴边的话语,结果她竟喊不出。这里包含着两重转折:"待唤着",是一重;由于怕人瞧见而不敢作声,又是一重。这短短七个字描写了少女细腻的心理活动,理智与感情的矛盾,同时也曲折地反映出封建礼教压抑人性的严重程度。

最后两句是作品的高潮。我们的女主人公情急生智,紧紧抓住稍纵即逝的机会,在一闪念间确定了传情达意的最好方法:高唱一曲!唱当日两情缱绻时自己最喜欢唱,而情郎又最爱听的水调歌,他肯定能分辨出自己的声音,了解自己的心意。多么聪明的办法!姑娘的机智、热情、大胆、纯真,都在这放声歌唱的瞬间得到酣畅的表现。活脱脱地描画出未谙世事、情窦初开的民间少女那率真的恋爱神态,绝不似"上流社会"的绅士淑女们那种"欲说又休""未歌先咽"的忸怩作态。

这首曲子简练明快,不加藻饰,在重重转折中把女主人公的心理活动刻画得活灵活现,饶有风趣。

曹德

〔作者小传〕

曹德,元代散曲作家。曾任衢州路吏、山东宪吏。后至元五年(1339)作【清江引】二曲讥讽权贵伯颜擅自专权、滥杀无辜,为伯颜缉捕,乃逃吴中僧舍避祸。数年后伯颜事败,方又入京。钟嗣成《录鬼簿》称其"华丽自然,不在小山之下"。现存小令十八首。

【失宫调·三棒鼓声频】题渊明醉归图[1]

曹德

先生醉也[2],童子扶著[3]。有诗便写,无酒重赊,山声野调欲唱些,俗事休说。问青天借得松间月,陪伴今夜。长安此时春梦热,多少豪杰,明朝镜中头似雪,乌帽难遮。星般大县儿难弃舍[4],晚入庐山社[5]。比及眉未攒[6],腰曾折,迟了也,去官陶靖节[7]!

【字词注解】

①三棒鼓声频:元代乞丐行乞时所唱的时令小调,宫调已失。
②先生:陶渊明。
③扶著:扶着。
④星般大县儿:小小的县令。陶渊明曾任彭泽县令。
⑤庐山社:晋庐山东林寺高僧慧远创建的白莲社,有不少名士参加,但

陶渊明迟迟不入。

⑥眉未攒：谓入了白莲社，遁入了空门。

⑦陶靖节：陶渊明，私谥"靖节先生"。

【精彩解说】

先生已醉醺醺，需要家中童子搀扶。一旦有诗句成诵就记录下来，没有美酒喝就重新赊账买酒，想唱就唱山野曲调，追求功名富贵这等庸俗之事不要再提。向青色的苍穹借来月亮留驻松林，相伴度过这佳景良辰。此时京城的朝官们正做着飞黄腾达的美梦，有多少英雄豪杰，明天就会在铜镜之中发现自己发丝如雪，即使戴上乌纱帽也难以遮掩。小小县令也难舍弃，到头来一场空只能含恨遁入空门。但此时腰已折过了，想要清高也晚了，还不如赶快效法陶渊明辞官归隐，得一个美名"靖节"！

【赏析】

这首曲是作者在观赏《渊明醉归图》时，有感于当时的社会现实，在画轴上留下了这首曲子。该曲调在内容上分为三个层次，构成急促的"三棒鼓声"。

一棒鼓歌唱陶渊明的隐居生活："先生醉也，童子扶著。有诗便写，无酒重赊，山声野调欲唱些，俗事休说。"先紧扣画面中"童子扶著"的醉态，勾勒出陶渊明隐居生活中一个最有代表性的形象画面，然后从这一画面生发开去，写他以诗、酒、山歌为乐，点出其闲适安乐的生活情趣。最后概括为不问世事，显示了他对现实的不满和不肯同流合污的心志。在这里，作者由表及里、层层深入地刻画出一个形神兼备的隐者形象，不禁令人想起李白的《将进酒》中"古来圣贤皆寂寞，惟有饮者留其名"的诗句，一杯美酒，一位隐士，兴之所至，信笔写来——这是多么惬意的场景啊！也寄托了作者对隐居生活的向往。

二棒鼓嘲讽得势朝官。"问青天借得松间月，陪伴今夜。长安此时春梦热，多少豪杰，明朝镜中头似雪，乌帽难遮。"先承接上文写隐者夜眠松间月下，象征着他坚贞清明的高风亮节，然后以"月夜"为引线，借助对比联想，嘲笑京都百官此时此刻正做着飞黄腾达的黄粱美梦。"长安此时春梦热"与上文的"俗事"相照应，讽刺了人们一心求取功名的社会现实。"多少豪杰"句至曲末是规劝朝中为官者早日归隐山林，免得落下凄惨的下场。

三棒鼓劝说未得势的小官早日归隐。"星般大县儿难弃舍，晚入庐山社。比及眉未攒，腰曾折，迟了也，去官陶靖节！"一辈子做个小小的县官儿，到晚年希望破灭，只好忍恨遁入空门。到那时，已尝尽低眉折腰、屈身事人的羞辱，未免太晚了，倒不如趁现在赶快效法陶渊明辞官归隐，尚能留下一个"靖节"的美名。这里连用了几个有关陶渊明的典故。曾与陶渊明有交往的慧远法师在庐山东林寺创建了佛门白莲社，这里所说的"庐山社"即指此。与陶渊明同为"浔阳三隐"的周续之在《庐山记》中说："远师勉令陶潜入莲社，渊明攒眉而去。""攒眉而去"是拒绝遁入空门，那么这里的"眉未攒"则是说已经入了空门。另据梁萧统《陶渊明传》记载，陶渊明曾叹曰："我岂能为五斗米折腰向乡里小儿！"出身低微的小官，为了能保住自己的地位，或者为了能爬上高位，不得不忍辱含羞不断地"攒眉折腰事权贵"。作者劝人辞官归隐，正是出于对这种官场黑暗现象的深恶痛绝。

这首曲通俗易懂，歌颂陶渊明、劝人辞官归隐是全篇主题。中间通过联想，引出得势朝官和县官两种人，于是构成了三个层次间三种人物形象的相互对照。后两种人物作为陪衬，既暴露了官场的污浊，又反衬出隐者的清高，从而强化了劝人归隐的主题。曲子不事雕琢，生动传神，体现了曲作应有的自然本色。

【中吕·喜春来】和则明韵[1]

曹德

春云巧似山翁帽[2]，古柳横为独木桥。风微尘软落红飘[3]，沙岸好，草色上罗袍[4]。

— • 【字词注解】

①则明：任昱，字则明。其原作已佚。

②山翁：晋代襄阳太守山简，喜饮酒，醉后骑马，倒戴着白帽归来。这

里借喻春日云彩变化多端，形状奇巧。

③落红：坠落的花瓣。

④草色上罗袍：游人的罗袍与青草颜色相近，难分辨。取自庾信《哀江南赋》："青袍如草，白马如练。"

【精彩解说】

飘浮的春云恰似山简的白帽，古柳横卧溪上成了一座独木桥。轻风吹拂着细软的尘土，落花静静飘落，沙岸上生机盎然，青草的颜色仿佛染上衣袍。

【赏析】

至元五年（1339），作者因作【清江引】讥讽权贵，虽然名声大噪，但也惹来祸端，被权臣伯颜追捕，避于吴中一间僧舍。至元六年（1340），伯颜事败，曹德才再次入京。他与任昱（字则明）、薛昂夫等相交。本曲即是和任昱的【清江引】，抒写的是闲情逸趣，含蓄隽永，与诗中的绝句、词中的小令略同。任昱原作已佚。

"春云巧似山翁帽，古柳横为独木桥。""山翁"指晋代襄樊太守山简，也就是著名文学家"竹林七贤"之一山涛之子，山简因镇守襄阳时饮酒优游而闻名于古今，因其常戴着白色头巾，故此处以山简之帽来比喻春云之状变化多端，形状奇巧。春云飘浮，古柳为桥，首两句勾勒出充满趣味、美好闲适的自然环境。

首句隐含着超然物外的人生态度，次句则流露出地老天荒的落寞。接下来第三句，紧承前文，以暮春落红渲染之："风微尘软落红飘。""落红"即坠落的花瓣。一"软"一"飘"，令整个画面都显得轻柔细腻了。虽有前句显露出一丝伤春之情，但在结尾又来了一个转折："沙岸好，草色上罗袍。"庾信的《哀江南赋》中有"青袍如草，白马如练"句，和本篇"草色上罗袍"都是从衣袍的颜色联想到青草，作者在清新而明净的大自然中得到了无限的慰藉。

此曲写乡村春景，颇具生机。作者并未多加修饰，全用白描手法，语言平实，古朴清新，宛如天成。

【双调·庆东原】江头即事

曹德

> 低茅舍，卖酒家，客来旋把朱帘挂①。长天落霞，方池睡鸭，老树昏鸦。几句杜陵诗②，一幅王维画。

【字词注解】

①旋：顷刻，随即，马上。
②杜陵：杜甫，曾自称"少陵野老"。

【精彩解说】

低矮的茅舍是酒家，一位客人走入小酒店，店主人随即挂起朱帘。从窗户望去，天边一抹红霞正慢慢退去，家鸭蜷伏在水池旁昏昏欲睡，归巢的暮鸦伫立枝头。酒家的墙壁上挂着杜甫的诗和一幅王维的画。

【赏析】

曹德的【庆东原】《江头即事》一共三首，均是佳妙的写景小令。本曲为其中第一首。题目表明作者是因在"江头"有所见、有所感而作。

"低茅舍，卖酒家，客来旋把朱帘挂。"一间低矮的茅舍，挑着酒幌，一位孤零零的客人走入小酒店中，店主人挂起朱帘。"低茅舍，卖酒家"六个字表明他闲步江头，看到一个酒家。"低茅舍"三字又对酒店外部形象做了描绘，点明这间酒家并非大街上的大酒馆，不过是江边小村中一家普通的小酒店而已。接着"客来旋把朱帘挂"写店主人殷勤接待客人的动作，因为茅舍很低，光线不好，于是店主把窗帘挂起，让客人可以一边喝酒，一边欣赏窗外的风光；这动作又暗示天色已晚，茅舍中光线更暗了。开头几句，简笔勾勒，营造出清静闲适的氛围，表现了作者淡雅的情怀。

接下来几句将视线从室内引向室外："长天落霞，方池睡鸭，老树昏鸦。"从茅屋窗口望出去，但见落霞、睡鸭、老树、昏鸦。"长天落霞"是从窗子内望出去所见到的远景；"方池睡鸭"是从窗内低看所见到的近景；而"老树昏鸦"则是从窗内平视所见到的景致。在这幅画面中，虽有"老树昏鸦"的萧瑟，但重心却在"落霞"的绚烂与"睡鸭"的闲适上，恰是江南的暮秋景色，充满诗情画意，由此表现出作者内心的恬淡闲适，但也不无孤寂与落寞的情感流露。

最后两句，又收结到室内的陈设："几句杜陵诗，一幅王维画。"墙壁上挂着的是杜甫诗的条幅，还有王维的画作，装点得这酒家甚是雅致，带给作者艺术的享受。

这支曲子景物描写颇具特色，往往在静态描写中夹杂着动态描写，令人有生动活泼之感。例如第一部分"低茅舍，卖酒家，客来旋把朱帘挂"，前两句写的是静景，展现的是江头酒店的外貌；后一句写的是动景，其中"来"字和"挂"字格外传神，似乎使人看见客人步入酒店，主人殷勤地替他挂起窗帘，让他一面浅斟慢饮，一面观看窗外景物。曲子语言明丽，有如一幅白描画，通过几组镜头组接，生动、鲜明地描绘出了江头黄昏秋景，并借此折射出作者高雅恬淡、孤独寂寞的情怀。

【双调·折桂令】江头即事

曹德

问城南春事何如？细草如烟，小雨如酥。不驾巾车①，不拖竹杖②，不上篮舆③。著二日将息蹇驴④，索三杯分付奚奴⑤。竹里行厨，花下提壶。共友联诗，临水观鱼。

【字词注解】

①巾车：有帷幕的车子。

②竹杖：竹制的手杖。

③篮舆：古代供人乘坐的交通工具，一般以人力抬着行走，类似后世的轿子。

④蹇驴：跛蹇驽弱的驴子。蹇，驽马，亦指驴。

⑤奚奴：仆人。

【精彩解说】

城南的春景现在如何？初生的青草密如绿烟，春季的小雨绵软如酥。不驾车，不拄杖，也不乘轿。只骑一匹蹇驴，向仆人索要几杯酒。竹林间野炊，花枝下饮酒。约两三好友，往水边观鱼，饮酒，赋诗。

【赏析】

在曹德今存的约十八首小令中，这首【折桂令】是颇有代表性的一首。此曲写城南游冶之乐事，颇有自然之趣。

"问城南春事何如？"起首以问句开篇，问的不是柴米油盐之类的俗事，而是"城南春事何如？"问得天真，问得自然，可见作者的高雅脱俗。接下来两句回答了首句的问题："细草如烟，小雨如酥。"这两句当脱胎于唐代诗人韩愈的《早春呈水部张十八员外》一诗："天街小雨润如酥，草色遥看近却无。"

"不驾巾车，不拖竹杖，不上篮舆。""巾车"即带帐幕的小车，语出晋代陶渊明《归去来兮辞》"或命巾车，或棹孤舟"句。"篮舆"是古时候一种竹制的座椅，人抬着行走。"奚奴"，古指女奴，后泛指奴仆。作者听说城南春日正好，花事正盛，于是吩咐侍从，准备来日春游："著二日将息蹇驴，索三杯分付奚奴。"携了奚奴，提了酒食，既不驾车，又不拄杖，也不乘轿，只骑一匹蹇驴。"竹里行厨，花下提壶。共友联诗，临水观鱼。"约两三好友，往水边观鱼、饮酒、赋诗。如此春光，如此赏心乐事，人生还需何求！

虽然作者说自己准备来日乘兴春游，不仅目的明确，即"观鱼""饮酒""赋诗"之类，而且也把一切出游计划做得十分周详，同时还预设了这一春游活动中的种种细节，比如不要忘记也吩咐奚奴"三杯酒"等，但我们还是能够透过"巾车""竹杖"以及"篮舆"等一些意象看到诗人内心的异样情怀。

曲子语言自然流畅，暗用陶渊明的典故，表达了作者对田园生活的向往。

高克礼

〔作者小传〕

高克礼，元代散曲作家。至正八年（1348），任庆元推官。与乔吉、萨都剌等交好。现存小令四首。

【越调·黄蔷薇过庆元贞】

高克礼

【黄蔷薇】又不曾看生见长，便这般割肚牵肠。唤奶奶酪子里赐赏①，撮醋醋孩儿弄璋②。　【庆元贞】断送得他萧萧鞍马出咸阳，只因他重重恩爱在昭阳，引惹得纷纷戈戟闹渔阳③。哎，三郎④，睡海棠⑤，都则为一曲舞霓裳⑥。

【字词注解】

①奶奶：宫中的嬷嬷。酪子里：暗地里。元人口语。

②撮醋醋：收拾得整整齐齐、漂漂亮亮的样子。元人口语。撮，收拾。醋醋，即楚楚，鲜明整洁的样子。弄璋：中国古代生男孩子称"弄璋"。这里指杨贵妃为安禄山行"洗儿"礼。

③渔阳：地名，今天津蓟州一带。

④三郎：唐玄宗李隆基是睿宗李旦的第三子，故称"三郎"。

⑤睡海棠：喻指杨玉环。
⑥霓裳：《霓裳羽衣曲》。杨贵妃善舞此曲。

●【精彩解说】

又没有看见他出生长大，怎么就这样牵肠挂肚。喊了一声嬷嬷就暗地里赏赐，整整齐齐为孩儿过生日施洗礼。到头来断送他萧瑟凄凉鞍马逃出咸阳，只因为他对昭阳殿百般施恩爱，才引来纷纷干戈闹渔阳。哎，三郎，杨玉环，一场战祸都因为舞曲《霓裳羽衣曲》。

●【赏析】

这是一首具有告诫意味的带过曲，告诫人们要吸取唐玄宗宠爱杨贵妃，荒废朝政，引起"安史之乱"的历史教训。

"又不曾"四句写杨贵妃认安禄山为养子，并为他举行洗礼之事。这几句实寓讽刺意味，并将"安史之乱"爆发的原因指向杨贵妃。"断送得他萧萧鞍马出咸阳"以下三句，概括交代"安史之乱"的起因及后果。"只因他""引惹得"把"纷纷戈戟闹渔阳"的"安史之乱"与"重重恩爱在昭阳"的唐玄宗宠爱杨贵妃而误国的因果关系交代清楚。"戈戟"，古代兵器，这里代指安禄山所发动的叛乱战争。"渔阳"，为安禄山起兵叛乱之处。"昭阳"，皇后所居宫殿名，此处以居所代人，指杨贵妃。曲中用了"断送"一词，并将"萧萧鞍马出咸阳"放在三句之首，以强调这场叛乱的后果是十分严重的。"哎，三郎，睡海棠，都则为一曲舞霓裳"四句，重复玄宗因宠杨贵妃而误国的历史教训。这四句中，"哎，三郎"是呼告，"睡海棠""舞霓裳"是玄宗与杨贵妃朝欢暮乐、沉湎歌舞的典型事例，再一次指出这就是"安史之乱"的起因，这就是历史教训。这四句较之前文蕴意更加深刻，充满了痛责、惋惜、埋怨、讽刺、感慨……感情极为复杂、深沉，震撼读者的心灵，加强了曲子的感染力、说服力，是极为精彩的一笔。

曲子由【黄蔷薇】与【庆元贞】两个曲调组成，语言通俗而极尽揶揄，剖析历史深刻而全面，不愧为警世之杰作。

李伯瞻

〔作者小传〕

李伯瞻,元代散曲作家。据孙楷第《元曲家考略》,他就是李屺(qǐ)。其祖父李恒,元初为蒙古汉军都元帅,曾打败文天祥,攻破张世杰、陈秀夫,累立战功。其曾祖父曾为西夏国主。李伯瞻曾官至翰林直学士、阶中议大夫,善书画,能词曲。《太和正音谱》把他列为"词林之英杰",《太平乐府》录存其小令七首。

【双调·殿前欢】省悟

李伯瞻

去来兮,黄鸡啄黍正秋肥。寻常老瓦盆边醉①,不记东西。教山童替说知②。权休罪③,老弟兄行都申意:"今朝溷扰④,来日回席。"

【字词注解】

①寻常:常常。
②教:叫。
③权:姑且。休罪:不要怪罪。
④溷(hùn)扰:打扰,烦扰,元人口语。

【精彩解说】

回到乡里去吧,金秋时节,林里的黄鸡饱啄禾黍正肥美。常常在旧瓦盆边喝得大醉，走路迷迷糊糊辨不清东和西。只好叫书童向弟兄们告知。请你们别怪罪，了解我的心意："今日打扰了你们，明日一定设酒席回请各位。"

【赏析】

在元朝杨朝英所辑散曲集《太平乐府》中，存有李伯瞻【殿前欢】《省悟》小令七首和残曲一套。这七首小令集中描写作者归隐时的生活状况和思想情感。本曲是其中第二首，写作者与乡邻聚会，醉酒迷途的情景，全曲纯用口语，质朴自然，感情真挚。

元代归隐题材的散曲作品数量众多，这一类作品一般包括慨叹世事和赞美归隐生活两个内容，此曲主要是赞美归隐生活。

首句"去来兮"源自晋陶渊明的《归去来兮辞》，这篇辞赋体的抒情诗，是中国文学史上表现归隐思想的代表性作品。"去来兮"说明了作者的隐居状态。关于李伯瞻的生平已无考，至于作者为什么隐居，已经无从知晓。但是从下文我们可以看出作者与乡村野夫相处欢愉，已经融入乡间生活。第二句点明此时正是秋收时节，并且又是一个丰收之年，因为"黄鸡啄黍正秋肥"，或许是大家欢庆丰收而相聚畅饮吧。抒情主人公归隐后，已经不再专注于考究的美食、美器，寻常瓦盆盛酒来，亦能让他醉饮不归、不辨东西，此段刻画了抒情主人公狂放旷达的形象。

虽然已经酩酊大醉，抒情主人公还没有忘记告诉跟随他的山童，让山童替他告知，多多美言，请乡亲们莫要怪罪他的放浪行径，"老弟兄行都申意"。交往已久的乡里乡亲，老朋旧友，大家都是了解我的，酒醉人，心不醉，我没有忘了老规矩。"今朝溷扰，来日回席"，今日多多打扰，来日我亲自做东，邀请大家开怀畅饮。

此曲没有田园美景的描绘，也没有具体描述秋日丰收的场面，作者只是用简单明了的口语叙述了自己宴饮醉酒的情形。真正能说明此曲主旨的只有三个字"去来兮"，结合题目《省悟》，不难理解此曲的真正含义。抒情主人公希望通过归隐乡野来达到心灵的宁静。但这只是一种理想罢了，事实上他并没有能真正享受到乡野风情的欢乐，哪怕是在农家最快乐的丰收时节，他也是沉醉不辨东西。归去来兮后，他仍然不能彻底省悟，不能真正安心于淡泊、平静的生活。

吕止庵

〔作者小传〕

吕止庵,元代散曲作家。元人曲书中另有吕止轩,疑或即一人。散曲作品内容感时悲秋,自伤落拓不遇,间有兴亡之感,可能是宋亡不仕的遗民。明代朱权《太和正音谱》评其作品"如晴霞结绮"。今存散曲小令三十三首,套数四套。

【仙吕·醉扶归】

吕止庵

频去教人讲,不去自家忙。若得相思海上方①,不到得害这些闲魔障②。你笑我眠思梦想,则不打到你头直上③。

【字词注解】

①海上方:有奇效的仙方。秦始皇曾派方士到海上去寻求长生不老的药方,故名。

②不到得:意为不见得,不至于,不一定。元人口语。魔障:此喻指相思病。

③打到:碰到,元人口语。头直上:头上,上面。

【精彩解说】

频繁地去看，怕人们说闲话，要是一天不去，自己就坐立不安，心里发慌。如果能得到治相思病的好药方，就用不着这样被魔障害。你嘲笑我故作多情、胡思乱想，要是轮到你头上，你也会这样。

【赏析】

这首曲子通过主人公的自白，抒发了难以排遣的相思之苦。也许是主人公思念心上人日久，相思太甚，其举动越出常轨，因而经常被人议论，以致成为人们茶余饭后的话题。主人公察觉之后，反而变得镇静了许多。"频去教人讲，不去自家忙"，让人们随便去议论吧！也省得我亲自向别人诉说相思之苦了。这看似平静的叙述，实际上是主人公面对世人非议表现出来的无可奈何的自嘲和自我排遣。

自我安慰毕竟只能暂时缓解内心的痛苦，相思的纠缠并不能因此而显得轻松。当对心上人的思念再次涌上心头的时候，对于别人的议论就感到有些委屈。"若得相思海上方，不到得害这些闲魔障"，这实际上是在为自己相思的举动做辩解：如果我能得到治疗相思病的灵丹妙药，我也不至于被相思的魔障纠缠，得这种难以摆脱的病。事实上，任何奇妙的药方都无法治愈相思病，这一点，主人公心里是十分清楚的。主人公这样说，无非是在为自己辩解的同时向人们宣告：你们不要再议论了，这种相思我无论如何也摆脱不了。

如果说前边几句重在主人公因害相思为人非议从而极力辩解的话，那么以下两句则是主人公对别人不理解自己而表现出来的一种嗔怪：你们笑话我一天到晚沉湎于相思之中，以致神魂颠倒，这种事要是放在你们身上，你们也会和我一样，陷入其中而难以自拔。这是不满别人议论自己，从而表现出来的一种反击，从中可以洞察主人公内心那种相思之苦。

这首曲子在情感表达上有独到之处。全曲纯以主人公的口吻写出，因而显得通俗近于口语，情感的表达也因此显得真挚亲切，同时又透出一种泼辣，表现了元代散曲通俗而又直率的风格特色。

查德卿

〔作者小传〕

查德卿,元代散曲作家。现存小令二十二首。元代钟嗣成《录鬼簿》中失载。明代朱权《太和正音谱》将其列于"词林之英杰"一百五十人中。其散曲作品内容有吊古、抒怀、咏美人、伤离情之类,风格典雅。

【仙吕·寄生草】感叹

查德卿

姜太公贱卖了磻溪岸①,韩元帅命博得拜将坛②。羡傅说守定岩前版③,叹灵辄吃了桑间饭④,劝豫让吐出喉中炭⑤。如今凌烟阁一层一个鬼门关⑥,长安道一步一个连云栈⑦。

【字词注解】

①姜太公:吕尚。磻(pán)溪:在陕西宝鸡东南,相传是姜太公垂钓遇文王的地方。

②韩元帅:韩信,汉高祖拜为大将,后被吕后杀害。

③"羡傅说(yuè)"句:意谓傅说一直筑墙不出仕,值得后人羡慕。傅说,殷高宗武丁的贤相,原为泥土工,在傅岩(今山西平陆)筑墙。

④"叹灵辄"句:意谓灵辄为了报赵盾桑中馈饭的恩情,舍了性命,不值得。灵辄,春秋时晋人。

⑤豫让：战国晋人，豫让为晋国大夫智伯家臣，备受尊宠。后智伯为赵襄子所灭，他便"漆身为癞，吞炭为哑"，企图行刺赵襄子，为智伯报仇。后事败为赵襄子所杀。

⑥凌烟阁：唐太宗挂功臣图画的殿阁。此借指高官显位。

⑦长安道：喻指仕途。连云栈：陕西褒谷与斜谷间的栈道。在今陕西褒城一带，是由陕入蜀的要道。此喻危险的仕途。

【精彩解说】

姜太公不该轻易罢隐做官，汉高祖筑坛斋戒，拜韩信为大将。傅说是殷高宗的贤相，相传他曾隐居于傅岩，做泥土工。灵辄为了报赵盾桑中馈饭的恩情，舍了性命，也不值得，豫让不值得为智伯卖命。如今的凌烟阁一层就像是一个鬼门关，长安道每一步都像是入蜀的险道。

【赏析】

这首曲子最大的特点在于用典，最大的成功之处也在于用典。作者一开篇就连续使用五个典故，如五个感叹号，在读者心中激起强烈的共鸣。

"姜太公"句隐含有作者对姜太公轻易罢隐做官的否定。相传姜太公八十岁还在磻溪（在今陕西宝鸡东南）垂钓，后来在这里遇到周文王，才施展他的才华，扶周灭商，被尊之为"师尚父"。"韩元帅"句写韩信用性命博得了拜将坛，很不值。汉高祖筑坛斋戒，拜韩信为大将，韩信在"灭项兴刘"的斗争中，建立了十大功劳，结果被吕后杀害。"羡傅说"句意思是傅说要是不出仕那才是值得羡慕的。傅说，殷高宗的贤相，相传他曾隐居于傅岩，做泥土工。"叹灵辄"句大意是说灵辄用性命来报答赵宣子的一饭之恩，不值得。灵辄，春秋时晋人。《左传·宣公二年》载，晋灵公设了埋伏，打算攻杀大夫赵宣子。有一个人倒戟以御公，冒死相救，使赵宣子得免于难。宣子问其故，那人说："我就是你在首阳山救的那个人。"问其姓名住址，不告而退。原来赵宣子在首阳山打猎，看到灵辄饿了，给了他饭吃，还让他带一份给他的老母亲。"劝豫让"句意为劝豫让吐出喉中火炭，不要为智伯卖命。豫让，原是智伯的家臣，后来智氏被韩、赵、魏三家所灭，他从"士为知己者死"的思想出发，"漆身为癞，吞炭为哑"，毁声变容，为智伯报仇，事败被杀。

　　以上五个典故构成了一个整体，极大地讽刺了以"忠义"为核心价值观的封建伦理道德。姜太公、韩信、傅说三人身居高位，为帝王事业尽忠尽职，建立了不世功勋，他们是封建伦理道德系统中"忠"的代表；灵辄、豫让二人属于战国时期的士阶层，他们是封建伦理道德系统中"义"的代表。作者在曲中一一列举他们的事例，以"贱""命""羡"三个字透露了对前三人人生道路的否定，以"叹""劝"二字表达了对后二人人生命运的同情。这不仅是对封建伦理道德的批判，也是对封建官僚体系核心价值观念的否定。

　　"凌烟阁"是唐太宗为表彰功臣而建的殿阁，阁里挂了二十四位功臣的画像。"长安"是唐代都城。"凌烟阁"和"长安道"都是指仕途、官场。如果唐代的仕途还有利可图的话，而"如今"却不一样了，可谓是"一层一个鬼门关""一步一个连云栈"。联系到元朝政治的实际，揭露仕途的艰难和官场的险恶，劝诫人不必为虚名卖命。

　　全曲风格辛辣，感情愤激，表达了作者对进入仕途的彻底绝望和与封建统治者的彻底决裂；把官场比作"鬼门关""连云栈"，批判尤为有力。

【仙吕·寄生草】间别[1]

查德卿

> 姻缘簿剪做鞋样[2]，比翼鸟搏了翅翰[3]。火烧残连理枝成炭[4]，针签瞎比目鱼儿眼[5]，手揉碎并头莲花瓣。掷金钗撅断凤凰头[6]，绕池塘按碎鸳鸯弹[7]。

【字词注解】

①间别：隔离，分离。
②姻缘簿：旧时谓月下老人注定男女姻缘的簿册。
③搏：通"膊"，肢体分裂。翅翰：翅膀上的羽毛。
④连理枝：喻恩爱夫妻，生死与共。
⑤签：刺。比目鱼：鱼名，双眼均生于身体一侧。

⑥撅（diān）断：摔断。

⑦挼（ruó）：揉，搓。鸳鸯弹：鸳鸯蛋，此指禽鸟的蛋。

【精彩解说】

把书写婚姻缘分的簿子剪成鞋样，把双飞的比翼鸟的翅膀折断。把连理枝烧成灰炭，用绣针竹签扎瞎比目鱼的眼，又亲手揉碎那并蒂莲的花瓣。再抛掷金钗摔断凤凰头，绕池塘去打碎那见到的鸳鸯蛋。

【赏析】

这首曲子创作手法独特新颖，连用七个相同的句式，形成排比句，感情激烈如暴风骤雨，突出表现了女主人公因失望愤怒将美好的事物毁灭，从而为全曲营造了一种浓烈的悲剧氛围。

此外，这七个相同的句式里又各自出现了一个象征爱情的不同物体。"姻缘簿"是指传说中注定男女姻缘的簿册。"比翼鸟"的典故出自《尔雅·释地》："南方有比翼鸟焉，不比不飞，其名谓之鹣鹣。"常用来比喻爱侣。"连理枝"的说法从韩凭夫妇的故事而来，传说韩凭妻为宋王所夺，夫妇以死反抗，宋王不让他们合葬，可两个坟上的树枝连在了一起。比喻夫妻恩爱，生死与共。白居易的《长恨歌》"在天愿作比翼鸟，在地愿为连理枝"中就运用了这个典故。"比目鱼"，出自《韩诗外传》卷五："东海之鱼名曰鲽，比目而行，不相得不能达。"后来用来比喻夫妻或情人。"并头莲"，即并蒂莲，因一茎上开有两朵莲花，后用以比喻情侣。"凤凰"在《左传·庄公二十二年》杜预注："雄曰凤，雌曰皇。雄雌俱飞，相和而鸣，锵锵然，犹敬仲夫妻相随适齐，有声誉也。"因以比喻夫妻。"鸳鸯"，雄雌多成对生活在水边，常用来比喻夫妻。这七种事物都象征着美好的爱情，而作者笔下的女主人公却使用一系列暴力的动作："剪""搏""烧""签""揉""掷""挼"，将它们一一毁灭，全曲虽然没有对女主人公的外貌做一丝一毫的描写，却通过这些动作，将一个双目圆瞪、双唇紧闭、愤恨至极的失恋女人形象呈现在读者面前。

这种失恋女人的形象，在中国古典文学中具有普遍的意义。汉乐府民歌《有所思》中有："闻君有他心，拉杂摧烧之。摧烧之，当风扬其灰。从今以往，勿复相思。相思与君绝！"其中女主人公形象鲜明，情感炽烈，也是将代表爱情的事物毁灭。又有《杜十娘怒沉百宝箱》中杜十娘站在船头当着负心人的面毁掉宝物，《红楼梦》第二十八回黛玉一气之下剪掉自己亲手给宝玉编的穗子，等，在对女子情感的表现方面都与此有异曲同工之妙。她们有一个共同的特征，即个性鲜明，有一定的反抗意识，追求真爱，对待爱情的态度真挚热烈。

男女之间生气争吵可以说是爱情中的一个重要元素，大概爱之愈深恨之愈切，男女之间的爱情往往带有一种强烈的占有欲，一旦发现对方背叛自己，往往就会极度悲伤和失望，做出毁坏爱情信物的行为。这首曲子是描写了这样一种普遍的爱情心理。

【中吕·普天乐】别情

查德卿

鹧鸪词①，鸳鸯帕②。青楼梦断，锦字书乏③。后会绝，前盟罢。淡月香风秋千下，倚阑干人比梨花。如今那里？依栖何处，流落谁家？

【字词注解】

①鹧鸪词：按照【鹧鸪天】【瑞鹧鸪】曲牌填写的词。
②鸳鸯帕：绣有鸳鸯的罗帕。
③锦字书：代指书写相思之情的书信。锦字，前秦才女苏蕙作织锦回文诗寄给远方的丈夫。

【精彩解说】

我曾为她填写鹧鸪词，她曾赠给我鸳鸯帕。再不能到青楼与她相会，连她的音讯都已杳然。重逢的机会已经没有了，以前的海誓山盟都成了空话。像从前相会在秋千架下，伴着淡淡的月色、温馨的春风，你凭倚栏杆，美如梨花。如今你在哪里？依附于谁，游荡在何处？

【赏析】

这是一首抒写离别相思之情的小令。所怀念的对象，据"青楼""依栖""流落"等语，可能是一位寄人篱下的歌伎。

开头两句，由"鸳鸯帕"勾起回忆。鹧鸪词，当指用【鹧鸪天】或【瑞鹧鸪】曲牌填写的词。这里与"鸳鸯帕"对举，似兼有象征爱情的意味。唐、宋歌伎每于罗衫上绣双鹧鸪。作为爱情的象征，晏几道的《鹧鸪天·彩袖殷勤捧玉钟》词抒写离合之情，流传众口。这些都赋予"鹧鸪词"以丰富的联想。这"鸳鸯帕"上题写的"鹧鸪词"，记录了双方往日爱情生活中的温馨旖旎，而现在却只成了重温旧梦的凭借了。

以下"青楼梦断，锦字书乏"两句由面对旧物引起的追忆回到现实。"青楼"，点出对方身份；"锦字"，用前秦苏蕙织锦回文诗寄丈夫窦滔的故事，指代书信。离别之后，对方信息杳然，不仅无缘重逢，连形影也不曾入梦。两句相互对称，加强了相思离别之苦。"梦断""书乏"，照应结尾。

"后会绝，前盟罢。"这两句重笔作一收束。梦断书乏，不只意味着后会无期，连先前订立的盟誓也都成为空言了。这里有沉痛，却无怨恨。"断""乏""绝""罢"，这四个缀于句末带有强烈沉重感的字眼连贯使用，突出了感情的强度。

写到这里，似乎已经无话可说，但刻骨铭心的爱情却使作者欲罢不能，从沉重地叹息转化为深情地追忆。"淡月香风秋千下，倚阑干人比梨花。"仿佛是一幅清淡素雅的水墨画：朦胧的月光下，空气中散发着淡淡的梨花幽香；秋千架下，栏杆旁边，那人一身素雅的衣裳，正如洁白的梨花。尽管那人只有一个朦胧的剪影，但由于环境气氛的烘托，她的精神风采却鲜明可触，而且由于虚处传神，更能引人遐想。这幅在记忆中深藏的永不褪色的画面，把诗人对所爱女子的无限深情集中地表达出来了。

结尾三句，又从追忆回到现实："如今那里？依栖何处，流落谁家？"由于音讯杳然，如今对方究竟身在何方亦不得而知。"依栖""流落"暗示了对方不由自主的命运和依附于人的困难处境。这一个鼎足对，句面对偶，句意递进，调虽轻缓，情则深长。深情的追忆转为无尽的追踪，深刻的怀念变为真挚的同情。"那里""何处""谁家"，连续用三个发问词，表现了作者那种思而不见、渺茫无着的情思，有语尽而情不尽的绵绵情致。

[作者小传]

赵显宏，元代散曲作家。与孙周卿同时。生平、里籍均无考。长于散曲，散曲风格清新朴实，语言通俗流畅。明代朱权《太和正音谱》将其列于"词林之英杰"一百五十人之中。现存小令二十一首。

【黄钟·昼夜乐】冬

赵显宏

风送梅花过小桥，飘飘。飘飘地乱舞琼瑶①，水面上流将去了。觑绝时落英无消耗②，似才郎水远山遥，怎不焦？今日明朝，今日明朝，又不见他来到！【幺】佳人，佳人多命薄！今遭，难逃，难逃他粉悴烟憔③，直恁般鱼沉雁杳④！谁承望拆散了鸾凤交⑤，空教人梦断魂劳。心痒难揉，心痒难揉，盼不得鸡儿叫。

【字词注解】

①琼瑶：形容雪花白如美玉，这里指梅花。

②觑绝：望断，极目望去。落英：落花。消耗：消息，讯息。

③粉悴烟憔：懒施脂粉，形容憔悴。

④直恁般：就这样，元人口语。

⑤鸾凤交：比喻夫妇、情侣的情谊。

──●【精彩解说】

　　清风把梅花吹过小桥，飘啊飘。飘啊飘，好像在空中乱舞着的美玉琼瑶，飘落的梅花随着流水漂走。渐渐消失在视野中，一去再也没有音讯，就好像远去的心上人，隔着山水，路途遥遥，怎能不让人心中焦急？今日明日，明日今日，却总不见他来到！【幺】美人啊美人，真是薄命！这一回，真难摆脱，难摆脱花容月貌憔悴消瘦。这样音讯全无！活生生拆散了鸾凤的情谊，白白地让人魂牵梦绕。心痒痒备受煎熬，心痒痒备受煎熬，只盼着雄鸡早早啼叫报晓。

──●【赏析】

　　【黄钟·昼夜乐】共有《春》《夏》《秋》《冬》四首小令，本篇为其中第四首，是一首思妇的相思曲。

　　曲的上半部分描绘的是一幅送别图。"风送梅花过小桥"，作者以梅花喻女主人公的心上人，意新语工，又用"送"字点出离别的场景，语句十分精练传神。"飘飘。飘飘地乱舞琼瑶"句，连用四个"飘"字，既写出了梅花轻盈灵动的体态，又神似情郎随风远走的背影及缥缈不定的归期，而"乱"字则是当时女主人公心境最真实的写照。送别自古断人肠，更何况送走的乃是挚爱的人呢？望着离桥越来越远的心上人，这位女子心中肯定有千言万语，却无从诉说，必有千般不舍，又不能挽留。情感上的冲动与理智的压抑相互纠结斗争，怎能不让人心乱如麻呢？一番挣扎之后，理智终究战胜了情感，也许是为了恋人的锦绣前程、功名事业，女主人公最终还是选择忍痛放手，眼睁睁地看着他"水面上流将去了。觑绝时落英无消耗"，就像随着流水漂走的梅花一样，一去不回，杳无音讯。"觑绝"生动地刻画了思妇凝神远眺、望断秋水的神态，塑造了一个苦苦等候、痴情执着的女性形象，足见作者炼字之工。"怎不焦？今日明朝，今日明朝，又不见他来到"，在长久无果的等待之后，女子的心态又有了微妙的变化，分别时的期望渐渐被一次又一次的失望代替，随着时间的推移，对方的音讯全无更让思妇焦忧不已：他现在过得可好？许久不见，到底是突遇变故，还是早已将我忘记，另觅新欢了呢？在这种猜测之后，思妇更有另一层隐忧："今日明朝，今日明朝。"盼过昨宵，又盼今朝，"我"的青春能禁得住几年的等候呢？这样细腻逼真的心理描写竟出自一位男作家之手，不得不让人叹服。

曲的下半部分是一幅"人比黄花瘦"的思妇图。"佳人，佳人多命薄！今遭，难逃，难逃他粉悴烟憔"，看着镜中懒施脂粉、形容憔悴的自己，思妇忍不住哀叹薄命。都说"女为悦己者容"，悦己的那个人已不在身边了，打扮、美丽还有何意义呢？在思妇的自叹自怨里，可以感受到她受相思苦煎熬之深以及爱人在她心中分量之重。在描写过思妇清瘦的容貌后，作者又将视角切入到思妇的心理层面："直恁般鱼沉雁杳！谁承望拆散了鸾凤交，空教人梦断魂劳。心痒难揉，心痒难揉，盼不得鸡儿叫。"传递书信的鱼雁迟迟不见踪影，对他魂牵梦绕的思妇心中不由得备受煎熬，终夜不能成眠，只盼雄鸡早早报晓。这种直抒胸臆的手法比"悠哉悠哉，辗转反侧""明月不谙离恨苦，斜光到晓穿朱户"来得坦白大胆，表达的情感也更直接热烈。

这首小令比喻新颖独特，语言清新流畅，心理描写细腻生动，感情真挚动人，使人读之不忍释卷。

李德载

〔作者小传〕

李德载,元代散曲作家,生平不详。今存小令十首。

【中吕·阳春曲】赠茶肆

李德载

茶烟一缕轻轻飏①,搅动兰膏四座香②,烹煎妙手赛维扬③。非是谎,下马试来尝。

—•【字词注解】

①茶烟:这里指泡茶时因蒸汽上升而产生的水汽像烟一样,故称"茶烟"。飏(yáng):飞扬、飘扬的意思。

②兰膏:本指凝结在兰蕊间的露珠。这里形容茶水芳香四溢如兰膏。

③维扬:扬州的别称。

—•【精彩解说】

茶肆中烹茶水时飘扬着缕缕的轻烟,顿时茶香四溢,满座飘香,这里烹茶、煎茶的师傅赛过扬州的烹茶高手。这绝不是谎言,不信的话,请你下马品尝。

●【赏析】

古人称市集贸易之处为"肆","茶肆",就是茶馆。这组曲子共有十支,均用同一曲调谱写成,在《赠茶肆》的总题目下,每支曲子都以盛赞好茶为内容,且带有明显的招徕顾客的味道。作者很有可能是一位嗜茶如命的茶客,他发自内心地为茶写下了一支支赞歌,送给了他常常出入叨扰的茶馆主人。

此曲为十支曲子中的第一支,旨在夸赞茶的味道及制作功夫。"茶烟一缕轻轻飏,搅动兰膏四座香"两句,只用了十四个字就为我们描绘了这样生动的情景:把开水冲入杯中,杯里的茶叶被水珠搅动得上下翻飞,水色也随着变得像兰花膏汁一样绿中透着黄,茶面上蒸汽袅袅地散开,带着诱人的股股清香。在作者笔下,茶烟在飘,茶叶在动;茶的味道芳香,茶的色泽鲜明。人们不禁要问:这样的好茶是谁制作的呢?"烹煎妙手赛维扬"之句就做了回答:这个茶馆里有与名扬四海的江苏扬州的师傅媲美的烹茶能手!写至此,赞美的任务已经完成。下面是"非是谎,下马试来尝"似乎纯属叫卖吆喝之语,但是仔细琢磨,却也是换了个角度重复已经说过的内容,加强其信赖的程度,因为"非是谎"之句,是就它前面的三句而说的,意思是说前面对茶的叙述评价不是过誉之词、夸口骗人的,不信的话,不妨下马进肆品尝。

这支曲子语言通俗,风格明快,似乎是信口道来,毫不费解,却能收自然天成之效。

杨朝英

〔作者小传〕

杨朝英,元代散曲作家。曾任郡守、郎中,后归隐。与贯云石、阿里西瑛等交往甚密,相互酬唱。时人赞为高士。他选辑元人小令、套数,编成《阳春白雪》《太平乐府》,人称《杨氏二选》,元人散曲多赖此二书保存和流传。本人亦工散曲,《太和正音谱》评其曲"如碧海珊瑚",杨维桢将他与关汉卿、卢疏斋等并提,称其散曲具有"奇巧"之特点。现存小令二十七首。

【双调·水仙子】自足

杨朝英

杏花村里旧生涯,瘦竹疏梅处士家①。深耕浅种收成罢,酒新篘鱼旋打②,有鸡豚竹笋藤花③。客到家常饭,僧来谷雨茶④,闲时节自炼丹砂⑤。

【字词注解】

①处士:没有做官的读书人,此指隐士。

②酒新篘(chōu):酒刚刚滤出。篘,过滤。鱼旋打:鱼刚刚打起。旋,旋即,刚刚。

③豚（tún）：小猪。藤花：藤架上爬蔓植物的果实，如瓜类。

④谷雨茶：谷雨节前采摘的春茶。

⑤炼丹砂：古代道教提倡炼丹服食，以延年益寿。丹砂，朱砂，矿物名，水银和硫黄的化合物，道家炼丹多用。

【精彩解说】

杏花村里过着平平淡淡的日子，瘦竹为朋、疏梅为友就是我的家。春天深耕浅种，秋日收获庄稼，喝新酿的水酒，尝新打来的鲜鱼，还有自己养的鸡、猪，新挖的竹笋和刚摘的瓜果。客人到来用家常饭招待，僧侣造访烹煮谷雨香茶，空闲时节自己还炼丹砂。

【赏析】

这首小令写田园隐居的恬然自得之情。

开头三句点出村居的环境风物之幽美和春种秋收的躬耕乐趣。"杏花村"，写村庄周围遍植杏花，村以花名，很有诗意，使人自然想起杜牧"牧童遥指杏花村"（《清明》）的诗句，以暗示"杏花村里旧生涯"，便是"诗酒生涯"。"旧"字，表明这种生活已有多年，成了习惯，充满一种安然恬适之感，同时也透露出自足的自乐之情。次句具体描写隐居的环境。"瘦竹疏梅处士家"，处士，不做官的人，指隐士。房前屋后，几丛瘦竹，数枝疏梅，环境是何等清幽。传说晋高士王徽之酷爱青竹，苏东坡亦云："宁可食无肉，不可居无竹。无肉令人瘦，无竹令人俗。"宋代高士林逋则有爱梅之癖，"梅妻鹤子"传为美谈。从这位处士家竹梅掩映的清雅环境来看，主人的清高也可想见。加上竹是"瘦"竹，梅是"疏"梅，更显得清秀飘逸。这两句，写处士所居之处，镜头由村庄到住舍，由外而内，以一些富于特征性的景物，烘托出一种独特的田园韵味和清新恬淡的隐逸情趣。曲中抒情主人公虽隐而不见，然而面影心态已不难感知。"深耕浅种收成罢"，点出自食其力的躬耕生活。"收成罢"指农事的闲暇季节，更可让身心充分地放松一下，舒坦地享受一番。

"酒新篘鱼旋打，有鸡豚竹笋藤花"，正是写了这种自享劳动成果的满足和喜悦。家酿的酒刚刚滤出，鱼也是刚捕来的，有鸡肉，有猪肉，有竹笋，还有藤架子上结的瓜果，一切都无须外求，洋溢着自给自足的自得之乐。以此自娱，于愿已足；以此待客，也不简慢。"客到家常饭"，说是"家常"，却丰盛富足，有浓郁的田家风味。再者，以家常饭待客，可见主客均不拘礼俗，相交以诚，都是脱略行迹的"素心人"。果然，除世间的雅客外，还有方外之交，"僧来谷雨茶"，以谷雨新茶款待僧人，品茗谈禅，可谓主客双清（指主客的思想和行事没有半点儿尘俗气）了。

结句"闲时节自炼丹砂"则由僧而道，写其远俗虑而求清静的生活情趣。其实，杨朝英何尝躬耕田园、谈禅炼砂，他只不过借此来表达胸中所憧憬的理想生活：诗酒自娱，所见皆高洁之物，来往无利禄之徒，不为世事所牵累，心如白云一片，悠然自适，胸中有此境界，是为最高雅而彻底的"自足"。

汪元亨

〔作者小传〕

汪元亨，元代散曲作家、杂剧家。官至尚书。生于元末乱世，厌世情绪极浓。创作有三种杂剧，今皆不传。《录鬼簿续篇》说他有《归田录》一百篇行世，见重于人。现存恰一百首小令，其中题名《警世》者二十首，题作《归田》者八十首。

【正宫·醉太平】警世

汪元亨

憎苍蝇竞血①，恶黑蚁争穴。急流中勇退是豪杰，不因循苟且。叹乌衣一旦非王谢②，怕青山两岸分吴越③，厌红尘万丈混龙蛇④。老先生去也⑤。

【字词注解】

①苍蝇竞血：像苍蝇争舔血腥的东西一样。喻争权夺利为极可鄙的事。

②乌衣：乌衣巷，东晋时王、谢豪族所居。

③"怕青山"句：春秋时期，吴、越是两个互为仇敌的国家。因以喻相互敌对的势力。

④混龙蛇：喻好坏不分，贤愚莫辨。

⑤老先生：作者自指。

━●【精彩解说】

憎恨那些苍蝇竞相吸食饮血,厌恶黑蚂蚁争相占领巢穴。在激流中勇退才是真正的英雄豪杰,不要因循守旧,也不要苟且地生活。东晋的王、谢两家都是名门望族,但是现在也只落得个子孙零落。吴、越两国紧紧地相连,因统治者争夺地盘,而战乱不息,让人忧虑担心,红尘漫漫,龙蛇不分。我决定辞官归隐,远离这种生活。

━●【赏析】

归隐田园是元人散曲的一个相当普遍的主题,但表现出来的思想境界却完全不同。有的抱着无可奈何而苟全性命于乱世的态度,有的流露为无是无非的混世哲学,有的则把归隐生活渲染成超世出尘的极乐世界。当然这些作品对社会现状的不满是共同的,在批判现实方面都有一定积极意义,但这种积极意义因主观处世态度的局限而受到削弱,而另外有些写归隐的作品却立足于用皮里阳秋的幽默讽世,有些则表现出相当鲜明的愤激感情和批判精神,它们在同类题材的作品中是相当可贵的。此首小令便是这类。

小令的一、二句是元曲中描绘名利场丑恶常用的比喻:"苍蝇竞血""黑蚁争穴"。但作者在这比喻前分别加了"憎""恶"二字,就表现出其强烈的爱憎情感,非冷眼旁观的嘲讽可比了。下面两句直言道明"急流中勇退"的原因是"不因循苟且",作者这种隐退背后的高洁情操、正义凛然的气概和斩钉截铁的决心就充分地表达出来。作者把这种退隐称作"是豪杰"也便恰如其分,言辞中流露出的自豪也自能感染读者,这与前述的一些归隐作品则有所不同。

以下是作者细致的抒情,同时从三个方面将前面表现的思想感情做了深入的开掘。"叹乌衣一旦非王谢"化用了人们熟知的刘禹锡的《乌衣巷》:"朱雀桥边野草花,乌衣巷口夕阳斜。旧时王谢堂前燕,飞入寻常百姓家。"意在说人世沧桑,盛衰无常。而作者在此用一"叹"字,尤含伤感之情。这一句是从时序前后变迁的角度观照,下一句"怕青山两岸分吴越"则是从地理空间的变化来观照。青山绿水、美丽而相邻的吴越之地,自春秋以来多次争夺,这是追逐私利者们纷争的结果。其间的屠掠杀戮、生灵涂炭罄竹难书。今天现实中的人们仍在那里嗜血争穴,其后果岂不可怕?这里的"怕"字流露出作者对人民命运的关切之情。第三句"红尘万丈混龙蛇"是说眼前社会将会被争名逐利者们搅得一片昏暗，成为龙蛇（贤愚）不分、鬼蜮丛生的世界。对这样的世界，作者是"厌"憎的。以上三句以"叹""怕""厌"丰富了前一段抒情的内容，使读者对"不因循苟且"有了形象而深刻的理解，从而对作者的归隐自会深表认同。"老先生去也"语带调侃自嘲，有傲世的意味，也给全曲增加了散曲特有的寓庄于谐的意趣。

【中吕·朝天子】归隐

汪元亨

长歌咏楚词，细赓和杜诗①，闲临写羲之字。乱云堆里结茅茨②，无意居朝市③。珠履三千④，金钗十二，朝承恩暮赐死。采商山紫芝，理桐江钓丝，毕罢了功名事。

【字词注解】

①赓（gēng）和：唱和。
②茅茨：原意是用茅草、芦苇盖的屋顶，这里指简陋的茅草屋。
③朝（cháo）市：这里泛指你争我夺的名利场。朝，朝廷。市，市肆，市场。
④珠履：有珠子装饰的鞋子。

【精彩解说】

长歌咏诵楚辞，缜密地唱和杜诗，闲暇时练习一下王羲之的字帖。在高山深处建一座小茅草屋居住，不愿意生活在充满纷争的名利场中。那些在朝廷中身居高位享受荣华富贵的人，不小心就会触犯龙颜而被赐死。还是在商山采摘灵芝，在江边整理钓鱼的丝线，将功名利禄这些事情都丢到一边去吧。

【赏析】

汪元亨的【朝天子】《归隐》共二十首，这里选录的是第二首。

前三句写其归隐的生活：不为衣食操心，不为名利劳神，有时"歌咏楚词"，有时"赓和杜诗"，有时"临写羲之字"。悠闲，风雅，用作者在这一组诗的第四首中的话来说，是"无半点尘俗闷"。"楚词"，指以屈原《离骚》为代表的"书楚语，作楚声，纪楚地，名楚物"的诗歌，为了欣赏楚辞的韵味，吟时必须节奏舒缓，因此特于"歌咏"之前恰切地置一"长"字，强调其声调的悠长，表现其陶醉的神情。"杜诗"，即诗圣杜甫的诗歌。"赓和"，是接在后面模仿别人诗歌的题材或体裁而写作。为了要踵武诗圣，握笔时必须十分认真，因此特于"赓和"之前恰切地置一"细"字，强调其字斟句酌的细心，表现其推敲的神态。"羲之"，即被人尊为书圣的东晋大书法家王羲之。"临写"之前的"闲"字，是安静的意思，是用以表现临摹王羲之书法时，聚精会神，没有丝毫杂念的心境。

接下来的第四、五两句，写其归隐的处所，兼表相关的主观意向。就处所来说，包括两层意思：一是其地理位置在远离"朝市"的"乱云堆里"的高山深处；二是其房舍的质量为简陋的"茅茨"。作者在这里不用现成的"白云深处"，而特意造出"乱云堆里"，是有意识地避熟就生，增加了语言形象的视觉感。"茨"，用芦苇、茅草盖的屋顶。"朝市"，犹言"都会"，指繁华的闹市。相关的主观意向，是对"朝市"的厌恶，"无意居"，对"乱云堆里"的"茅茨"的喜爱，有意"结"。为什么厌"朝市"而喜"乱云堆里结茅茨"呢？作者在这一组诗的第一首中说的"远红尘俗事冗"，正好可以移来当作注脚。

第六、七、八句，写其归隐的原因。这原因来自作者对历史人物命运的总结，是他在这一组诗中经常使用的音符。"珠履三千"，用战国春申君事。《史记》中有"春申君客三千余人，其上客皆蹑珠履"。这里是借以泛指承君主恩宠的官宦豪门的奢华。"金钗十二行"，用唐代牛僧孺事，这里是借以泛指承君主恩宠的官宦豪门的姬妾众多。这两句，对偶成文，辞藻华丽，触笔无多，但其富贵、煊赫的气象已跃然纸上了。紧跟着的"朝承恩暮赐死"一句，陡然一转，说明"福兮，祸之所伏"，富贵荣华难以久长，早晨刚得宠，晚上便被杀。这真是当头棒喝，足以令人惊心动魄，冷汗淋漓，不胜恐惧之至。

最后的三句，写归隐的志向：作者要像"商山四皓"采紫芝于商山和严子陵理钓丝于桐江，彻底与功名事决裂，以渔樵终老。"毕罢了功名事"，这最末一句，恳切坚决，字声合谱，表达了自己的终生之志。

【中吕·朝天子】归隐

汪元亨

> 荣华梦一场,功名纸半张,是非海波千丈。马蹄踏碎禁街霜①,听几度头鸡唱。尘土衣冠,江湖心量,出皇家麟凤网②,慕夷齐首阳,叹韩彭未央③,早纳纸风魔状④。

【字词注解】

①禁街:宫廷中的道路,皇城中的街道。

②麟凤:唐代曾改秘书省为麟台,改中书省为凤阁。此处泛指朝廷权力机构。

③韩彭:韩信、彭越,二人均为辅佐刘邦夺天下的大功臣。汉初封为诸侯王,后来被吕后赐死。未央:未央宫,韩、彭即被杀于此宫。

④风魔:风,通"疯";疯魔,本指精神失常,此处指装疯佯狂。汉代蒯通善谋,善辩,曾劝韩信叛汉,韩信事发,他佯狂遁去。状:文书。

【精彩解说】

荣华富贵有如一场春梦,即使名垂青史,也不过是废纸半张,人间是非风恶浪险。天未亮便上早朝,马蹄在结霜的长街上留下印迹,天天听到头遍鸡的啼唱。视功名如尘土,早有隐退江湖的心志,冲破皇家麟台凤阁之网,值得羡慕的是隐居于首阳山的伯夷、叔齐,令人哀叹的是韩信和彭越死于未央宫,不如装疯卖傻早早地呈上一纸辞官状。

【赏析】

汪元亨大约是仕途无望,故而志在归田。本篇以《归隐》为题,而以梦幻开篇,荣华富贵不过是一场梦,到头来空无一物。当然,一生功名,也可能著之竹帛,载入青史,但不过是半张字纸而已,有什么实际意义?而所经历的人间是非却如风暴中的江海一样,骇浪惊涛,风波千丈。

主人公是一位朝官。他兢兢业业,每天鸡叫头遍便走在京城的街道之上,在满地青霜上第一个留下了马蹄印痕。然而他把自己的职位看作尘土一般，他心量宽广，志在泛海归湖，远避害机。"江湖心量"化用范蠡的典故，春秋时，范蠡辅佐勾践灭吴，功成身退，游于五湖。"麟凤"，是朝廷行政机构的代称，麟指麟台，凤指凤阁，皆为唐代官职名。"麟凤"之尊诱人，然而一旦身入彀中（圈套），才体会到身家性命全不由己。主人公既已悟出此理，自然要想办法脱出此网，做个自在快活之人。

下二句即引正反两例为训。"夷齐首阳"，指周灭商，伯夷、叔齐耻食周粟，隐居首阳山中，最后饿死。元散曲中，多取其隐居不仕之意，此处亦然。"韩彭未央"，指汉代韩信、彭越助刘邦夺得天下后，功高震主，被杀于未央宫。有此前鉴，悟此机关，主人公心知，必须出此"麟凤网"，"早纳纸风魔状"就是他想出的好办法：披发佯狂，行走于市；然后请人呈上辞职表，休了官，从此逍遥自在，远避害机，实现了脱网之志。

本篇以"归隐"为题，以"厌世"命意，不描写隐居生涯，而着重揭示厌世的心理，实为归隐张本。在封建社会，能大胆唱出"出皇家麟凤网"，实在是难能可贵的。这种由愤世之情而引出的归隐之心就不能以"消极"一语简单地评价了。

全篇十一句，分三个层次表现愤世之心与出世之志。第一层三句，写身处风波迭起的宦海之中，发现功名荣华是一场虚幻的梦；第二层四句，写主人公虽然勤于王事，是一个忠于职守的忠臣，然而其中已透出不堪其苦、不堪其拘的信息，从而为厌世脱网之志的申发埋下伏笔；第三层四句，写主人公怀夷齐之志向，看破韩、彭之死因，两两相对，厌世之心便化为出世脱网之行动，终于佯狂隐去——既一线相贯，又起伏跌宕。在语言上，本曲质朴爽畅，不事雕饰，然又不坠鄙俗，颇显元散曲后期本色派的风格特征。

【中吕·朝天子】归隐

汪元亨

风俗变甚讹①，人情较太薄，世事处真微末②。收拾琴剑入山阿，眼不见高轩过③。性本疏慵，才非王佐，守一丘并一壑。算人生几何，惊头颅半皤④，怕干惹萧墙祸⑤。

【字词注解】

①讹:谬误,错误。
②微末:细小,细碎,这里是微妙、很难把握的意思。
③高轩:古代有地位、有身份的人出门乘坐的车子。
④半皤(pó):头发白了一半。皤,白。
⑤萧墙祸:家里内部灾祸,这里指官场因争权夺利而引起的灾祸。萧墙,古代房屋内的照壁。

【精彩解说】

世风日下,人们之间的感情淡薄,处世令人难以捉摸。收拾琴剑去山中隐居,再也看不到权贵们乘坐的高轩。自己生性疏淡懒惰,也没有辅佐帝王的才气,守着山中的沟壑过日子再适合不过了。仔细算算人一生能有多少年啊,现在头发都白了一半,生怕招惹官场灾祸上身。

【赏析】

这是汪元亨所作【朝天子】《归隐》的第十首。这一首与其他十余首有所不同,没有表现飘逸、旷达的情怀,而是写他适应不了当时社会生活中的尔虞我诈、互相倾轧,恐怕遭祸而不得已逃避山林的心境。这一首较之某些强颜欢笑、自我麻醉者,更有真意,更无做作,更符合生活本来的面目,应该受到更多读者的青睐。

全篇分为四层来描述的。第一层,真实地展现他对社会的认识,充满了厌恶的情绪。那时,社会风气变得特别坏,人情显得分外淡薄,一些社会上的事情的处置,其间存在着极复杂微妙的关系,不是他这个正直的、头脑简单的书生能应付得了的,所以留给他的只能是束手无策、无比反感、喟然慨叹。第二层,真实地展现他对社会看不惯而寻找出路。这条出路不是抗争,而是收拾起他书生的琴剑,躲到山坳里去,避免看到达官贵人们的高车驷马从眼前经过。俗话说"眼不见为净",他所走的路虽然不是积极的,但如此洁身自好,比起那些趋炎附势、同流合污之流,却要可爱许多。第三层,真实地展现他自我解嘲、自我宽慰的思想活动。他以为自己本性粗疏慵懒,才能又不足以充当帝王的辅佐之臣,只好安心地守着一座小山、一条小水沟过日子。这种通过自我贬抑以恢复内心平衡的方式,其间的精神震颤,其间的感情痛苦,该是多么巨大啊!

最后一层，真实地展现他猛惊衰老而恐惧遭祸的心理，与第一层相呼应，明确他归隐的原因，肯定他归隐的抉择。生命对于每个人只有一次，而且时间极其有限，不注意也罢，一注意，叫人吃惊，头上原来的青丝已经有一半变成了白发！为了珍惜残年，所以担心牵涉到达官贵人们的内部斗争中去，做无谓的牺牲，而必须"入山阿""守一丘并一壑"。

本曲思想脉络十分清晰，章法结构非常完整。一个正直、自爱而又软弱、希望远祸保身的元代知识分子的灵魂，赤裸裸地暴露给了读者。作者在这首小令里不锻炼清词丽句以逞才，也不引用典故以炫学，只是用极平常的文人口头语，不加粉饰地道出心里的话。

【双调·沉醉东风】归田

汪元亨

> 远城市人稠物穰①，近村居水色山光。薰陶成野叟情②，铲削去时官样③，演习会牧歌樵唱。老瓦盆边醉几场，不撞入天罗地网。

——●【字词注解】

①人稠物穰（ráng）：人口稠密，物产丰富。

②"薰陶"句：感染和陶冶成为农民似的情性。薰，旧通"熏"。野叟，野老，老农。

③时官样：时髦官员的模样，流行的官僚架子、官僚作风。

——●【精彩解说】

远离城市人口稠密、繁花似锦的生活，居住在乡村，靠近湖光水色的大自然环境。陶冶成为老农的性情，丢掉功名心，一改往日的官僚作风，终日生活在樵夫、牧童之中。宁愿在陈旧的瓦盆旁边多醉倒几回，也不愿堕入繁华俗世的天罗地网中。

——●【赏析】

【沉醉东风】《归田》共二十首，是汪元亨"算百岁人过半""刚跳出愁山闷海""乞骸骨潜归故山"后的创作。这时,他像久在笼中的小鸟回到了森林,久困池里的长鲸回到了大海一样,充满了自由解脱感,充满了欢快舒畅情,见到"故山"的一切都使他心旷神怡,这构成了这一组小令的感情基调。

开始的两句:"城市人稠物穰,近村居水色山光。"对偶整齐,完全算得上是"字字的确,斤两相称"。两句前后形成对比,使城乡色调的差异分外鲜明。对城市的人口稠密、物资丰富,他并不讨厌,但也不留恋。而村居的山明水秀、景色宜人则对他有着更大的诱惑力,所以他特意在"城市人稠物穰"之前加一衬字"远",在"村居水色山光"之前加一衬字"近",这两个衬字,表现了他对去留的明确倾向。简单的两句,使人易联想起城市摩肩接踵、车水马龙、"市列珠玑,户盈罗绮"的景象和山村青山苍翠、绿水潺湲、竹林茅舍、鸟语花香的风光。

接着三句:"薰陶成野叟情,铲削去时官样,演习会牧歌樵唱。"写他归田村居的追求和收获。追求的是改变归田前混迹官场时的思想感情和生活作风,学习"野叟"的思想感情和生活作风。他的收获,从消极方面来说,是"铲削去时官样",即清除掉身上沾染的时髦官员的官僚架子、官僚作风;从积极方面来说,是"薰陶成野叟情",即感染与陶冶成了野叟的性情和"演习会牧歌樵唱",学会了演唱民歌。这里的"野叟"与"时官"一样,是对立存在的,但他对"城市"与"村居"无所褒贬,而在"野叟"与"时官"之间却有明显的好恶之分。他为什么要这样有所区别地写呢?意在告诉读者,他之所以归田,并非由于"村居"的"水色山光",而主要由于憎恨"时官样",喜爱"野叟情"。"野叟情"与"时官样"相对,而且在各自前面分别加添的衬字"薰陶成"与"铲削去",对得也甚工稳,这是他不肯草率的态度,值得一提。

最后的两句:"老瓦盆边醉几场,不撞入天罗地网。"写他对归田村居生活的满足感。他对归田村居生活的具体内容描写得不多,只不过是前面提到的"演习""牧歌樵唱"一点和这"老瓦盆边醉几场"一句而已,因为他本意不在叙事,而在抒情。"老瓦盆",一种陈旧的陶制酒器。以"老瓦盆"饮酒,照应前面的"薰陶成野叟情",证实他的思想感情和生活作风确实野叟化了。"醉几场"是心情畅快的行为,暗示与他同饮者是野叟们。"不撞入天罗地网",是他心满意足于归田村居生活的缘由,也是他满足心情的表露。

〔作者小传〕

张鸣善,元代散曲作家。所创作的散曲辞藻丰赡,常用诙谐的语言进行讽喻。他身处元末乱世,对现实的动乱和污浊深有感触,所以常有刺时之作。他的散曲现存两套套数,十三首小令。

【中吕·普天乐】

张鸣善

雨儿飘,风儿飏①。风吹回好梦,雨滴损柔肠。风萧萧梧叶中,雨点点芭蕉上。风雨相留添悲怆,雨和风卷起凄凉。风雨儿怎当?风雨儿定当,风雨儿难当。

—• 【字词注解】

①飏:"扬",飞扬。

—• 【精彩解说】

雨在飘洒,风在飞扬。一场好梦被风惊醒,细雨落下,让人柔肠寸断。风过梧叶,雨滴落在芭蕉上。风雨交加令人增添悲怆,雨和风卷起阵阵凄凉。风雨让人如何承受,但是它却一定让人承受,人实在难于承受啊。

【赏析】

　　这是一首抒情曲。但作者没有直抒胸臆，说自己如何愁，而是通过写一个风雨交加之夜，以自己对风雨的独特感受，来曲折地表达自己悲怆凄凉的愁怀。

　　头两句描写风雨交加的情景：潇潇夜雨，漫天飘洒；阵阵疾风，卷地而至。这两句虽为客观描写，但为后面的抒情创造了特定的环境和氛围。以下便引入了人的心境与感受；"风吹回好梦"紧承第二句，意思本说风声惊醒了人，惊断了人的好梦，吹回即吹醒，但字面用"吹回"，梦仿佛如蓬草枯叶，可以被风吹来吹去，这就远比"吹醒"别致、新颖。主人公梦见了什么，曲子并未交代，但梦是"好梦"，却明白地反衬出现实处境的不好，这就暗示了"愁怀"。为现实所苦的主人公，好不容忘却了现实，进入了"好梦"，却偏又被这风惊醒，因此，这"吹回好梦"实在带有着几多的叹惜甚至恼怒。

　　"雨滴损柔肠"承第一句，本说梦醒之后又听见点点雨滴，更感愁苦难胜，诗人巧妙地说雨水并不是滴在檐前屋上，而是滴在人的柔肠上。"柔肠"多指软而易感的心肠。心肠本已"柔"，再加这雨水的滴蚀，故曰"损"——仿佛柔肠都被这风风雨雨吹打欲断了。五、六句仿佛又离开了人去描述风雨，是"损柔肠"的进一步描绘。风转梧叶之间，飒飒之声难禁；雨滴芭蕉叶上，淅沥之音不绝。夜深人静，孑身孤影的女主人公便油然而生一种心凉、凄楚、孤独之感。所以下两句说"风雨相留添悲怆，雨和风卷起凄凉。"风留雨，雨留风，风助雨，雨助风，风雨交加，缠绵不绝，恰似那纷乱凄凉的心绪，这风风雨雨如何不增添人悲怆之情，卷起人凄凉之感？

　　本已悲愁满怀，再加浓黑夜色中风雨一阵紧似一阵，曲中主人公不由得发出了深沉的喟叹："风雨儿怎当？风雨儿定当，风雨儿难当。"三句一气贯注，同时又曲折回转：第一句承上文，说这风雨叫人如何承受得了；第二句则是对前句的否定，是低沉中的振起，说这风雨定须承受，也定能承受；然而紧接着却是更大的跌落，更甚的愁苦，更深的叹惜——这风雨儿到底是难于承受啊。这两个转折，比起一步步的递进，更显得波澜起伏。正因为有第二句的振起，第三句的跌落才有了更大的势头和力量。而这样写，由于暗含着时间上的延续，所以又真切细腻地道出了抒情者复杂的心理过程。

　　本曲在艺术手法上很有特色，作者没有直接写自己的愁，而且似乎说自己正在做着"好梦",愁都是风雨"卷起"的。这种含蓄的写法,令人感到愁怀的深切难言。和这一点相联系,曲子的另一特点是通过环境气氛的渲染烘托来表现自己的心绪。曲子通篇写风雨,通过风雨这一媒介,把外在的环境与内在的情感完全融成一片。这种情景的交融,比直抒胸怀更具表现力和感染力。

【中吕·普天乐】咏世

张鸣善

洛阳花①,梁园月②。好花须买,皓月须赊。花倚阑干看烂漫开,月曾把酒问团圆夜③。月有盈亏,花有开谢,想人生最苦离别。花谢了三春近也④,月缺了中秋到也,人去了何日来也?

【字词注解】

①洛阳花:洛阳的牡丹花。欧阳修《洛阳牡丹记》称"洛阳牡丹天下第一"。

②梁园月:梁园的月色。梁园,西汉梁孝王所建。孝王曾邀请司马相如、枚乘等辞赋家在园中看花、赏月、吟诗。

③月曾把酒问团圆夜:化用苏轼《水调歌头》词"明月几时有,把酒问青天"。

④三春:孟春、仲春、季春。这里指春天。

【精彩解说】

在洛阳赏花,到梁园赏月。好花应不惜钱去买,明月也应不惜钱去买。倚着栏杆观赏花开放得一片烂漫,举酒问明月为何如此团圆。月有圆有缺,花有开有谢,想到人生最苦的是离别。花谢了到三春再开,月缺了到中秋又圆,人去了什么时候能再来?

【赏析】

这首小令题为《咏世》,看似言"离愁",实则表达了作者的人生态度,抒发了他的人生感慨。

起头四句便用议论口吻,道出了诗人对人生的看法和带有某种理性色彩的思考。"洛阳花",即洛阳之牡丹花。欧阳修《洛阳牡丹记》曾称"洛阳牡丹为天下第一";"梁园月",即于梁园所赏之月。"好花须买,皓月须赊"中的"赊",本指买物而延期付款,这里也是买的意思。开篇四句便阐明了一种及时行乐的人生态度。花、月在这里是天地间美好事物的代称,有追求美好生活的意味,同时也暗寓"好景不长""时不我待"之意。

五、六句承上,具体描绘"买花""赊月"的愉快生活。前句说倚栏杆看花烂漫开,颇有欧阳修"曾是洛阳花下客"之意;后句说把酒问月团圆夜,其意暗含苏轼"把酒问青天"词句之想。这两句写团圆之乐,以下两句写离别之苦。此处团圆、离别,并非实指,当是诗人所取两种普遍现象,用以证明"好花须买,皓月须赊"。"月有盈亏,花有开谢",指人世无常、聚散不定。而最苦者便是离别。此处作者叹"想人生最苦离别",即含美景难再、欢乐不永之意,更有人生无常的喟叹。最后三句再进一层,发出了人不如花之慨。"花谢了三春近也"承上句"花有开谢",说花谢以后,"三春"尚可再来,并不遥远;"月缺了中秋到也"承"月有盈亏",说月缺犹可圆,因为中秋又到了。自然之物生生不息,然而人呢?"人去了何日来也?"人一离别,能否聚首,何日聚首,便渺茫无期了。若"仙去",则再也不可复归了。如此说来,自然是"好花须买,皓月须赊"了。

本曲结构颇巧,前六句皆一句花一句月,第七、八句言花、月而议论及人,最后三句分写花、月、人。这在散曲中是一种重字体式,使曲子既有前呼后应、环环相扣的音节美,又富于变化。

句法上,本曲五、六句及末句用了较多衬字,而末三句皆用同一叹词"也"为韵脚,这使曲子显得酣畅自由,又富于感情色彩。前六句皆两两对仗,后三句排比兼鼎足对。这看似平常的曲作,实则独具匠心。

本曲多议论句,但议论中既有深沉的情感,又有花月的形象,所以读来并无枯燥之感。

【双调·水仙子】讥时

张鸣善

铺眉苫眼早三公[1],裸袖揎拳享万钟[2],胡言乱语成时用。大纲来都是烘[3]。说英雄谁是英雄?五眼鸡岐山鸣凤[4],两头蛇南阳卧龙[5],三脚猫渭水非熊[6]。

——•【字词注解】

①铺眉苫眼：舒眉展眼，此处是装模作样的意思。元人口语。三公：原指大司马、大司徒与大司空，这里泛指朝廷高官。

②裸袖揎（xuān）拳：捋起袖子露出胳膊，这里指动辄便吵闹打架的人，元人口语。万钟：很高的俸禄。

③大纲来：总而言之。元人口语。烘：这里指胡闹。

④五眼鸡：好斗的公鸡。岐（qí）山：在今陕西岐山县。鸣凤：凤凰。

⑤南阳卧龙：诸葛亮，这里泛指杰出的人才。

⑥三脚猫：没有本事的人。渭水非熊：周代的太公吕尚（姜太公），这里泛指德高望重的高官。

——•【精彩解说】

装模作样的人居然早早当上了朝廷公卿，恶狠好斗、蛮横无理的人竟享受着万钟的俸禄，胡说八道、欺世盗名的人竟能在社会上层畅行无阻。总而言之都是胡闹。说英雄，可到底谁是英雄？五眼鸡居然成了岐山的凤凰，两头蛇竟被当成了南阳的诸葛亮，三脚猫也会被奉为姜子牙。

——•【赏析】

在散曲作家中，张鸣善是颇善讽刺艺术的一位。此曲题为《讥时》，通过辛辣的笔调，对腐朽、寄生而虚伪的元代上层社会做了无情的揭露。

"铺眉苫眼"即挤眉弄眼，装模作样，目空一切。这里指不学无术而惯于装腔作势的人，他们居然位至"三公"。"裸袖揎拳"乃俗语，指捋起袖子、摩拳擦掌、蛮横无理的人，他们竟享受着"万钟"的俸禄。而"胡言乱语"、欺世盗名者，竟能在社会上层畅行无阻，大售其奸。开篇三句就用大笔勾勒的手法，画出了元代上层统治者的鬼脸。所谓"堂堂大元，奸佞专权"是也，而善良、老实、正直的人是没有立身之地的。作者紧接着又总结一句"大纲来都是烘"——总而言之都是胡闹。这种泼辣的语言正是散曲本色，不同于诗词的注重含蓄。以下，作者便对这种奸贤不辨、是非颠倒的黑暗现实做进一步的嘲讽。

"说英雄谁是英雄？"以反诘语气提问，意为："听话听反话，不会当傻瓜。"以下三句便以答语做阐发，指斥当世所谓"英雄"的可笑可鄙。岐山周公、太公吕尚、南阳卧龙当然都是盖世英雄。然而元时俗话所谓"五眼鸡""两头蛇""三脚猫"等，都是些什么呢？它们分别指好勇斗狠者、心肠毒辣者、成事不足败事有余者。鸡称"五眼"，蛇具"两头"，猫仅"三脚"，可谓怪物！可见这组鼎足对的意味实则是很幽默、很丰富的。元代之"三公"沐猴而冠，可知矣。这样欺世盗名、有害无益之辈，竟被捧为当世之周公、吕尚、诸葛亮，委以高官，享以厚禄，实在可悲可叹！

漫画化的笔触，形成此曲的第一个特点。一开始，作者用"铺眉苦眼""裸袖揎拳""胡言乱语"等形容将对象做了丑化，进而又将他们变形，使之幻化成似凤非凤的"五眼鸡"、似龙非龙的"两头蛇"、似熊非熊的"三脚猫"。使读者对其丑恶本质一望而知，真是鱼目混珠，莫此为甚！

全曲八句恰分两段，前段是先出三句排比，继以"大纲来"总收一句；后段则先以"说英雄谁是英雄"一句提问，继以三句排比。在结构上是由放而收，由收而放，是对称形式，读起来节奏感极强，兼有错综与整饬之致，饶有抑扬抗坠之音。

【双调·落梅风】咏雪

张鸣善

漫天坠，扑地飞，白占许多田地①。冻杀吴民都是你②！难道是国家祥瑞③？

【字词注解】

①白占：强取豪夺。
②吴民：吴地（今江苏南部）的百姓。明代蒋一葵《尧山堂外纪》中原作"无民"。
③祥瑞：瑞雪兆丰年。

【精彩解说】

雪花漫天飘坠，扑地飞舞，白白地占了许多的田地。把黎民百姓都冻死了！还说什么是国家的祥瑞？

【赏析】

这是一首咏雪的小令，正文只有二十六字，却提出了一个严重问题：农民的耕地，被贵族、官僚、地主掠夺了去，只有冻饿而死。作者巧妙地用《咏雪》这个题目，来批判这种不合理的社会现象。

首句"漫天坠，扑地飞"，写大雪铺天盖地而来，形势险恶。紧接着写"白占许多田地"，农民的许多田地，一下子被白茫茫大雪占去了！"白占"是双关语。白，是雪的颜色，用以代指雪；白，又是口语所说白白地、无代价、无报偿的意思，如白给、白吃。白字后一种用法，由来已久。唐代有所谓"宫市"，宫中遣人采办物品。在市场左右望，白取民物，人称"白望"。白望、白占，都是统治者对人民财富的掠夺。掠夺民田，供自己享受淫乐，充分说明这种政权已经失去了进步意义。作者为失地农民喊出了抗议的声音。霜前冷，雪后寒，风雪交加，饥寒交迫，在旧社会，不知有多少人冻死于大雪之夜。曲中严正地指出："冻杀吴民都是你！"冻杀是田地被占的直接后果，白占者是抵赖不了的。

自然界的雪，不仅可供人观赏，还对农作物大有益处。瑞雪兆丰年，人们认为雪是吉祥物。而在旧社会，广大人民挣扎在饥饿死亡线上。雪被赋予两重性：一方面它是瑞雪，另一方面它又会冻死人。唐末诗人罗隐有一首《雪》诗："尽道丰年瑞，丰年事若何？长安有贫者，为瑞不宜多！"既承认它是瑞物，又担心贫者受其寒冻，于是产生了矛盾心理："为瑞"却"不宜多"。张鸣善这首小令，比起罗隐的诗，态度明朗得多，语气也坚决得多。雪既然是冻杀人的凶残敌人，"难道是国家祥瑞？"这就彻底否定了雪为瑞物的看法。罗诗对"雪"在乞求怜悯，劝阻和告诫其不为已甚，委婉隐忍，完全合于温柔敦厚的传统诗教；张曲对雪是大声斥责，指出其冻杀人的罪恶行径，沉痛严峻，显示了元人北曲犷悍朴质的风格。两者的思想境界大不相同，诗和曲的艺术风格也显然各异。

〔作者小传〕

倪瓒，元末明初画家、诗人。一生未曾出仕，自幼读书过目不忘，家中有清闷（bì）阁，多藏书法、名画、秘籍。家富，博学好古，四方名士常至其门。擅画山水和墨竹，师法董源，受赵孟𫖯影响；擅写诗，自然天成；擅操琴，精通音律；书法从隶书入，有晋人风度。元末散尽家财帮助亲友，弃家隐居在五湖三泖之间，与杨维桢、顾仲瑛、张雨等互相唱和，与黄公望、王蒙、吴镇合称"元四家"。存世作品有《渔庄秋霁图》《六君子图》《容膝斋图》《清闷阁集》，今存小令十二首。

【越调·凭阑人】赠吴国良[1]

倪瓒

客有吴郎吹洞箫，明月沉江春雾晓。湘灵不可招[2]，水云中，环佩摇[3]。

【字词注解】

①吴国良：倪瓒的朋友，宜兴荆溪人。

②湘灵：传说中舜的妃子，死后成为湘水女神，号称"湘君""湘夫人"。湘水为湖南省境内的一条河流。

③环佩：古代女子身上佩带的玉饰。

──●【精彩解说】

客人中有一个名叫吴国良的，他擅长吹箫，他的箫声如明月碧波般清澈凄冷，又如春日晓雾般迷蒙袅绕。这美妙的箫声虽然不能请来湘水的女神，但在水云交织的迷蒙之中仿佛听到玉饰摇动、碰击的声音，十分悦耳。

──●【赏析】

这是一首赠友之作。吴国良是倪瓒的好朋友。在倪瓒的作品集中，留有两首赠吴国良的曲，其中一首赞其佳墨，这首赞其箫声。倪瓒的画早为稀世珍宝，诗与曲又都传颂后世，这一画、一诗、一曲，可称艺坛一段佳话。

这首曲子是赞美友人吹箫技巧的。首句要说明事的起因，所以开始是七言叙述，以吴国良为客，称其为"吴郎"。句中提及他吹箫献技一事，可谓要言不烦。第二句是描写句，从文字上看，它表面是写吹箫夜月周围的景物，这里有当空的明月、横卧的荆江、迷蒙的水雾，但实际上是以自然景物来形容箫声所表达的意境：它犹如碧波和明月的清澈凄冷，又如春日晓雾的朦胧袅绕。以景来形象地表现音乐的情绪和箫声的气韵，使无形的声音变为有形的、视觉可感的。

第三、四句带有浪漫色彩，意思是说：美妙的箫声虽然未能招来湘水的女神，但听者在水云交织的迷蒙中仿佛听到悦耳的玉饰摇动、碰击的声音。"湘灵"之"灵"释为"神"，一般认为指舜妃娥皇和女英两位女神。我国神话传说中，有"秦箫湘瑟"之说，秦箫指秦时的萧史，以善吹箫著名。湘瑟源于楚辞，《远游》篇有"使湘灵鼓瑟兮"的句子。所以习惯上，人们常将箫与秦地相联，将瑟与湘神相涉。吴国良是吹箫的，他的箫吹得再好，也不能把湘神"招"来，这是就典论典，顺理成章；但作者作曲的本意，又在赞美他的箫声，所以在说了上句以后，紧接着说，湘女虽不至，但却有别的女神，美丽而盛饰，闻声姗姗而至，不过她隐身于虚无缥缈间，我们只能听到她的环佩摇曳撞击之声。此曲用通感的修辞手法，把听觉感受诉诸视觉形象，意境深幽。这样的描写，就把吴郎吹箫的技巧和神韵推崇到精湛的地步了。

【黄钟·人月圆】

倪瓒

伤心莫问前朝事①,重上越王台②。鹧鸪啼处,东风草绿,残照花开。怅然孤啸③,青山故国,乔木苍苔。当时明月,依依素影④,何处飞来?

【字词注解】

①前朝:此指宋朝。
②越王台:春秋时期越王勾践所建的楼台。
③啸:长鸣,长叫。
④依依:轻柔依恋貌。素影:皎洁银白的月光。

【精彩解说】

不要再问前朝伤心的事了,我重新登上了越王台。鹧鸪哀婉啼叫的地方,东风吹着初绿的小草,残阳照耀着开放的山花。我独自惆怅地仰天长啸,崇山峻岭依旧存在,只是故国不在了,满目尽是乔木苍苔,一片悲凉。当时的明月散发着皎洁银白的月光,仍旧是照耀过前朝的明月,可它又是从什么地方飞来的呢?

【赏析】

这是一首吊古抒情之作,内容写作者重登绍兴的越王台所引起的怀念故国、追忆往事的惆怅心情。

开篇一、二句记登临吊古之事和因之而引起的"伤心"感情,是述事中带抒情。这里的问题是:"前朝"指哪朝?登越王台又为什么特别伤心呢?这与作者所处的时代背景和政治态度有密切的关系。作者主要活动在元代中后期。宋朝的灭亡虽然已经相去已远,但他作为一个汉族的知识分子,仍然不能忘记元兵南下、宋朝灭亡的那一段悲惨的历史。因此,他一生都没有在元政权下做官,而是隐逸山林。还有一层,包括江浙广大地区的"越地",既有越王勾践报仇雪耻的历史传统,又是南宋政治经济的中心,人到这里尤其容易激发起亡国的惨痛和恢复河山的愿望。如今，作者重游前朝重地，登上当年勾践点兵复仇的越王台，不能抑制感情，所以对前朝——宋朝的往事既不堪问，也不忍闻。这两句文字简洁，但忧愤之情却表现得很真挚。

"鹧鸪"以下三句是描写句，作者在写自然之景，意却在抒惆怅之情。"鹧鸪"是一种鸟，啼声凄切，古代诗词中常用鹧鸪的啼声来寄寓悲切的情绪。作者走上越王台，只听见鹧鸪"行不得也"的悲鸣声；放眼望去，只见残阳中初绿的小草、暮色中的山花，全是揪心的苍凉之色。这里虽没有对主体的人物做直接描写，但这种情感外化的环境已把人物怀念故国的惆怅心情做了形象化的衬托。

下片以"怅然孤啸"起领。啸，长鸣、长叫的意思。一人孤啸，是感情激烈的表现，曲作情绪在悲怅中显出激昂。他看到故国青山，乔木苍苔，山河依旧，而满目苍凉，所以情绪就更激动了。过了一会儿，明月升起。想到世事沧桑，无可奈何。唯一能使人感到宽慰的，是头上明月，依然是前朝故物，它那皎洁柔和的月光，好像对故人表现出依恋不舍的情感。句中"素影"指白色的月光，"依依"为轻柔依恋的样子，情景已经合二为一了。这时作者不由得惊问：江山已经易主，明月又从何处飞来？这一问，把作者怀念故国山川人物的情感激发出来了。这让结尾收束显得奇突、有力。

作者几乎是以淡墨山水画的高超技巧，把深情寄托在绿草苍苔、夕阳素影间，曲中有画，画中有曲。不尽之意，真不可以墨为限。

【双调·折桂令】拟张鸣善[1]

倪瓒

草茫茫秦汉陵阙[2]，世代兴亡，却便似月影圆缺。山人家堆案图书[3]，当窗松桂，满地薇蕨[4]。侯门深何须刺谒[5]，白云自可怡悦。到如今世事难说，天地间不见一个英雄，不见一个豪杰。

【字词注解】

①拟：比照，模拟。张鸣善：元末曲家和诗人。

②陵：坟墓。阙：坟墓前所立的双柱。

③山人家：山居的人，作者自称。堆案图书：形容藏书丰富。案，桌子。

④薇蕨：皆野生草本植物，可食。伯夷、叔齐不食周粟，隐居首阳山采薇而食。后世以"薇蕨"为隐者之粮。

⑤侯门：泛指官宦显贵人家。刺谒：求见，拜访。刺，类似后世的名片。

【精彩解说】

秦汉帝王的坟墓已经埋在一片茫茫草野之中，世世代代的兴亡，江山的易主，就好像天边月亮的影子时圆时缺，变幻迅速。我家藏书丰富，窗前栽着松桂，满地长着薇蕨菜。何必去求见官宦显贵人家，白云有属于自己的快乐。到现在世事难以诉说，茫茫天地之间竟见不到一个英雄，见不到一个豪杰。

【赏析】

倪瓒的这首小令是一首述志寄怀之作。作者生活在元末，这时社会动乱，危机四起。农民起义到处涌起，元王朝日趋崩溃。倪瓒是一位高士，一生抱定清贞绝俗的态度，攻书好学，笃于自信，以书画名噪一时。但他也不能与世隔绝，更不能对社会的动荡无动于衷，他在一首《述怀》诗中写道："放笔作词赋，览时多论评。白眼视俗物，清言屈时英。"可见他好评古论今，关心世事。不过由于他力在书画，不屑俗务，诗文中没有留下更多的伤时感事之作。这首小令，抒发了他对历史和现状的感慨，直接表现了他的生活态度，生动地反映了这位杰出的山水画家的思想品格。

开始三句从吊古入题。陵是古代帝王的坟墓，阙是墓门前所立的双柱。起句的浅层意思是说，时间无情，秦汉帝王的陵墓都已埋在茫茫野草之下；实际含义是，有雄才大略的秦汉帝王的丰功伟业也都成了历史陈迹，早已埋在荒草中被人遗忘。作者紧接着说，秦汉尚且如此，那以后历代江山易主，就像天边的月亮时圆时缺那样迅速变幻。这样，腐败的元王朝的命运，也就不足以使这位隐逸之士特别关注了。这几句时间跨度大，寄托的感慨深，虽然情绪有些低沉，但这种人世沧桑的历史感也反映了他在黑暗现实中的高瞻远瞩。

"山人"以后三句，写自己的意向。"山人"是自称，显示出自己的野趣。薇、蕨是两种野生植物，可食用。商周时伯夷、叔齐，耻食周粟，采薇而食，最后饿死首阳山，是一个崇尚气节的历史故事。作者说他家里案上堆的是书画，窗前栽的是松桂，满地长的是薇、蕨，表面在描写生活环境，却处处在抒写自己简淡高洁之情。这种水墨画的背景，正好对人物性格做了折射，做了衬托。"诗中有画"，恰是倪瓒身兼画家的本色。下片"侯门"两句直接述志。"侯门"指达官贵人之家。"刺谒"是说带着名刺（名片）去拜访大人物为自己谋利。周南老为倪瓒所作墓志铭说倪瓒为人"清而不污""不为诣曲以事上官，足迹不涉贵人之门"，这正是这两句曲词最好的注脚。

最后三句，再回到历史与现实上来：如今世事依然不堪，古往今来的英雄豪杰却一个个退出历史舞台，埋骨荒草了。其潜台词是说，即便有英雄豪杰，也无补于世事。言语间有几分消极、几分颓丧，但其中也包含对历史的哀痛和对现实的失望，反映了作者孤高绝世、神思散朗的品格。这就是这位艺术家和诗人受人仰慕的地方。

刘庭信

〔作者小传〕

刘庭信，元末散曲作家。因排行第五，身高而黑，人称"黑刘五"。他天资聪颖。虽出身公卿世家，但一生落拓不羁，无心仕途，在市井歌舞酒肆之间混迹，擅长填词作曲。所作散曲今存三十九首小令，七套套数。作品多写闺情、闺怨，多以旷男怨女、秦楼楚馆、调笑风情等内容为主，具有婉约柔媚的风格。《录鬼簿续编》说他"风流蕴藉，超出伦辈，风晨月夕，唯以填词为事"。

【中吕·朝天子】赴约

刘庭信

夜深深静悄，明朗朗月高①，小书院无人到。书生今夜且休睡着，有句话低低道：半扇儿窗棂②，不须轻敲，我来时将花树儿摇。你可便记着，便休要忘了，影儿动咱来到。

【字词注解】

①朗朗：形容明亮的样子。
②窗棂（líng）：旧式房屋窗户上的小木格。

---●【精彩解说】

夜很深,静悄悄的,月亮高高挂在天上,一片明亮,小小的书院静静的,正是四下没有人的时候。书生今夜暂且不要睡着,有些话要悄悄地告诉你:"你打开这半扇窗棂,不用轻轻敲打窗子,我来时会将花木轻轻地摇动。你可要谨记,不要忘了,花影儿动了的时候便是我来到了。"

---●【赏析】

《赴约》是一首写少男少女约会偷情的小令,生动形象地写出了一位胆大心细、机灵多情的少女与其心爱的书生暗约的经过。

开篇写这一对恋人幽会的时间和地点。"夜深静悄悄,明朗朗月高"交代了约会的时间是深夜月高之时。静谧的夜晚,高照的明月为恋人们幽会提供了温馨而朦胧的环境。而"悄悄""朗朗"两个叠音词的使用,也使全曲充满了欢快之感。紧接着交代了两人约会的地点是"小书院"。正因为夜深所以才会"小书院无人到",而正因为"无人到","小书院"才被选为约会的最佳地点。因为只有无人,才能让这热恋的双方敞开心扉,两情欢悦。

约会的时间、地点已经确定,接下来的便是女子对书生的嘱咐"书生今夜且休睡着",可以看出这位女子对这次约会非常执着与企盼。在这次约会中,她无疑是主动的一方。告诫完书生,女子要道出约会的暗号——"有句话低低道"。"低低"一词表明了女子的细心,或许是怕"隔墙有耳",或许是因前面"书生今夜且休睡着"的语气过重,抑或是心中羞涩而作轻声细语。"半扇儿窗棂,不须轻敲",敲窗棂是封建社会里常见的青年男女约会的暗号。但这女子却"不须轻敲",而将约会的暗号改为"将花树儿摇"。这是一个多么浪漫的女子啊!"隔墙花影动,疑是玉人来"给人留下无限的遐想。"窗棂轻敲"因其有声,而会破坏约会的静谧。"轻摇花树"只有形动,而且要求书生紧盯着花树的动静,等待她的到来,这似乎又是女子对书生的耐心的考验。

因为无声息地前来约会,所以她要一再叮嘱她的情郎"且休睡着"了。或许是这位女子了解她的情郎是个粗心的人,所以又再三叮嘱"你可便记着""便休要忘了,影儿动咱来到"。女子对这次约会竟如此执着,其实就是对爱情的执着,我们不禁被她那炽烈的感情所打动,被她兴奋紧张的心态所感染。末句"影儿动咱来到",我们看到的仿佛不仅仅是花影在动,而是一位热烈执着的少女在明朗的月光下,倩影摇曳缓步而来。

这首小令通俗,平易。重叠词、儿化词的运用使此曲充满生动活泼的气息。曲中没有对景物做精雕细刻式的描写,白描式的话语却让全篇显示出静态美与和谐之趣。曲中也没有只言片语来描绘人物形象,作者运用"闻其声而知其人"的手法,展现给我们一个谨慎、勇敢、对爱情执着追求的女性形象。不事描绘,不施藻饰,运用白描而形神兼备的艺术手法,体现出作者深厚的艺术修养。

【双调·折桂令】忆别

刘庭信

想人生最苦离别,唱到阳关①,休唱三叠。急煎煎抹泪柔眵②,意迟迟揉腮撅耳③,呆答孩闭口藏舌④。情儿分儿你心里记者⑤,病儿痛儿我身上添些。家儿活儿既是抛撇,书儿信儿是必休绝。花儿草儿打听的风声,车儿马儿我亲自来也!

【字词注解】

①阳关:地名,在今甘肃敦煌西南。这里指《阳关三叠》,根据唐代诗人王维的《送元二使安西》谱写的一首曲子,因为其最后一句要重唱三次,所以称之为"三叠"。

②柔眵(chī):擦掉眼角分泌物(俗称"眼屎")。

③揉腮撅(juē)耳:形容内心不安,慌乱的样子。元人口语。

④呆答孩:呆呆地。元人口语。

⑤情儿分儿:情分,感情。记者:记着。

【精彩解说】

想来人生最苦的是离别,唱到阳关时,千万不要唱三叠。急忙抹干泪水揉揉眼睛,迟缓地揉着腮帮子,搓搓耳朵,内心不安、慌乱,像孩子一样藏着舌头,吞吞吐吐地回答问题。你走之后,你我之间的情分你要心里记着,什么病痛我都可以承受,你抛家撇口,什么重活累活我都可以承担,但是千万不要忘了给我写信。如果你在外面拈花惹草,我就会亲自赶着马车来找你算账。

【赏析】

此曲是刘庭信《忆别》组曲十一首中的第三首。此曲从女子角度抒写离别之情,情感细腻,语言泼辣爽直,生动展现了女性面临离别时痛苦、矛盾、焦虑和担忧等心理特点。

首句依然是苦离别,此处借用唐王维《送元二使安西》诗篇的意境抒发女子的离情。王维此诗篇在唐代就流传甚广,反复吟唱的"阳关"成为大家公认的离别的代名词。唐代就已有由此诗篇而创作的《阳关三叠》乐曲,人们常常演唱此曲表达对即将远行的友人无限留恋的诚挚情感。此处作者说"唱到阳关,休唱三叠",据相关资料记载,《阳关三叠》的唱法是第一句不叠,自第二句起始叠,第三叠当是最末一句"西出阳关无故人",离别的现实已使她苦不堪言,如果再听此句第三叠,就更让人悲痛欲绝。接着三句详细描写女子面临离别的具体情态:泪眼模糊,失魂落魄,意乱神伤,如痴如呆,一个因离情别绪而举措无度的女子活脱脱宛然眼前。最后六句排比直下,淋漓尽致地抒发了女子的肺腑之言,作者连用了重叠排比的"儿"化语句,手法新颖,流畅自然,明快泼辣,韵味隽永。此时抒情主人公的内心是复杂的,她先是嘱托远行人要记住自己的深情厚谊,又告知他自己面临孤独寂寞的相思岁月,怕是会茶饭不思、相思成疾吧,所以请远行人要常常寄书信回家,以慰相思之苦。至此整首曲子的基调还是伤感的、缠绵的。最后两句诗是这首曲子的亮点,这两句写得活泼生动,曲子的格调因此也变得爽利俏皮了。最后两句抒情主人公警告远行人:不可在外寻花问柳,如果她听到一点儿风声,就会快马加鞭亲自寻来,找他算账。

此曲语言通俗质朴,写尽了抒情主人公与丈夫离别时悲痛欲绝的情态、心态,抒发了女子深沉的情感和缠绵的离情。曲子整体风格是悲伤的,但是作者惯用口语,写作手法独具匠心,塑造了一个质朴率真的女性形象,使整首曲子显得生动,泼辣,富有生命力。

【双调·折桂令】忆别

刘庭信

想人生最苦离别，雁杳鱼沉①，信断音绝。娇模样甚实曾丢抹②，好时光谁曾受用③，穷家活逐日绷拽④。才过了一百五日上坟的日月⑤，早来到二十四夜祭灶的时节⑥。笃笃寞寞终岁巴结⑦，孤孤另另彻夜咨嗟⑧。欢欢喜喜盼的他回来，凄凄凉凉老了人也。

【字词注解】

①雁杳鱼沉：古代有雁足系书和鱼腹藏书的传说，形容书信全无，音讯渺茫。

②丢抹：丢丢抹抹，梳妆打扮，元人口语。

③谁曾：何曾。

④绷拽：勉强支持。元人口语。

⑤一百五日：寒食日。清明节前一天或两天距上一年的冬至日，刚好一百零五天。

⑥二十四夜祭灶：民俗，每年农历腊月二十四日或二十三日夜间祭"灶王爷"，送灶王爷上天。

⑦笃笃寞寞：周旋，徘徊。元人口语。

⑧咨嗟：叹息。

【精彩解说】

想来人生最苦的是离别，书信全无，音讯渺茫。娇美的模样不再梳妆打扮，美好的时光何曾受用过，穷困的日子每天勉强支持。才过了寒食上坟扫墓的日子，又来到腊月二十四日送灶王爷上天的时节。周旋徘徊终年勤苦，孤孤单单整夜在叹息。欢欢喜喜地把他盼回来了，凄凄凉凉人却已老。

【赏析】

此为刘庭信《忆别》组曲十一首中的第四首，曲调悲苦凄凉，从生活状况和心理感受等方面具体描绘了离别后女子的寂寥、愁苦和无奈。

  此曲从别后说起，口气平易，意蕴却是沉重的。自别后"雁杳鱼沉，信断音绝"，"杳"指远得看不见踪影，此处比喻音信断绝，此处两个典故都是表示书信传递的意思。汉代乐府民歌《饮马长城窟行》："客从远方来，遗我双鲤鱼。呼儿烹鲤鱼，中有尺素书。"因这首烹鱼得书的民歌，衍生出了鲤鱼传书的故事。鸿雁传书的故事，典出《汉书·苏武传》：苏武出使匈奴，十九年不得归，后靠大雁传书给天子，得归故里。后来就用鱼雁传书表示书信往来的意思，此处说"雁杳鱼沉"，强调的是"信断音绝"，女子久已没有远行人的任何消息。紧接着描写女子别后的愁苦。"丢抹"指梳妆打扮，"女为悦己者容"，自从丈夫远行后，抒情主人公时刻都盼望着相聚，日日装扮整齐等待夫君归来。"好时光谁曾受用"，一语双关，一方面感叹两人分别已久，韶华逝去，美好的容颜不曾展现给相爱的人；另一方面又表明心迹：自别后，抒情主人公洁身自好，坚守爱情。"绷拽"意为支撑。丈夫远行后，生活的重担全落在了妇人的肩上。"一百五日"，即寒食节，清明节前一（或二）日距上一年冬至日，刚好一百零五天。"二十四夜祭灶"，民俗，每年农历腊月二十四（或二十三）日夜间祭灶王爷。一年到头女人支撑着这个家，日子过得紧紧巴巴，但是人情往来、节日祭祀，女人都未曾耽误过。这是一位具有传统美德的女性：安分守己、吃苦耐劳、善良淳朴。此处用语平淡，但是却写出了女人生活的艰辛。后四句集中抒写出女子的心理感受，此处没有静美的语句，只有真情实感的传达流露。这样一个忠于爱情、坚守家室的女子，她的内心却是孤独的、寥落的。"巴结"意为努力、勤奋。"笃笃寞寞"意为周旋，徘徊。女人终年勤勤恳恳，勤苦劳作；夜晚彻夜叹息，孤单寂寞，就算是盼回了远行人，红颜已逝，人老珠黄，结局也是凄凉的。

  此曲用语质朴，描述了丈夫离别后女子辛劳的生活状况和孤独寂寞的心理感受，于平淡中见真情，朴素中显风骚。

【双调·雁儿落过得胜令】

刘庭信

【雁儿落】懒栽潘岳花[1]，学种樊迟稼[2]。心闲梦寝安，志满忧愁大。

【得胜令】无福享荣华，有分受贫乏。燕度春秋社[3]，蜂喧早晚衙[4]。茶瓜，林下渔樵话；桑麻，山中宰相家[5]。

【字词注解】

①潘岳花：晋代潘岳为河阳令，命令全县遍种桃李花，人号曰"河阳一县花"，此处指做官。

②学种樊迟稼：孔子的学生樊迟向孔子请教种庄稼的事，被孔子骂为"小人"（见《论语·子路篇》）。此处作者要"学稼"，指他志在退隐田园。

③春秋社：立春后第一个戊日为春社，祈祷丰年；立秋后第五个戊日为秋社，设祭酬神。

④蜂喧早晚衙：古代把排列有序之物称为"衙"，蜂房排列整齐，故称为"蜂衙"。

⑤山中宰相家：南朝梁陶弘景隐居句曲山（茅山），梁武帝请他出山做官，他不肯，朝廷遇有大事，便派人到山中向他求教，故有"山中宰相"之称。

【精彩解说】

心慵意懒，没有心思像潘岳那样栽种桃花，甘心像樊迟那样学着种庄稼。心中闲静睡觉也安详，踌躇满志就会给心招来大的忧愁。 没有福气享受荣华富贵，过清贫的日子才是本分。燕子春天飞来秋天飞走，蜜蜂早晨和傍晚都在蜂房边喧闹。饮一杯茶水，品尝着瓜果，在树林下和渔人樵夫说话；采桑种麻，像陶弘景一样隐居，做一个"山中宰相"。

【赏析】

这是一首带过曲。前四句是【雁儿落】,其后八句是【得胜令】。关于刘庭信的人生,因史料不备,我们不能详知。此首曲子不一定是作者本人生活的真实写照,可能是咏怀述志之作,表现了作者所向往的生活方式。

开篇两句提到两个历史人物潘岳和樊迟的事迹。面对这两个历史人物,作者的好恶体现在"懒"和"学"两字之中,表达了作者懒于做官而志在退隐躬耕的意愿。而下面的"心闲梦寝安,志满忧愁大"则道出了作者持这种心态的原因,这同时也道出了一种人生哲理。"心闲"则"梦寝安","志满"就会"忧愁大"。古代的知识分子在不能进仕之时,大部分会选择"穷则独善其身",退隐江湖,寄身田园。"志满"是对从政者的描绘,隐者是戒"满"的,"满招损""满则覆","满"则"忧愁大"。作者要做隐居田园的一员,要"学种樊迟稼",所以自会"心闲梦寝安"。

其后【得胜令】小令继续抒写退隐的乐趣。"无福"是因为"懒戴"一句,"荣华"指政治生活。"有分"是因为"学种"一句,"贫乏"指退隐后的清贫生活。"无福""有分"两句暗含讽刺意味,隐约表现出作者的不平,是否作者对自己现在的处境心怀不满呢?我们不能妄自揣测。

接着极写退隐之乐,将心中不平之气一冲而散。"燕度""蜂喧""茶瓜""林下渔樵""桑麻"都是隐居生活中常见的内容。"燕度春秋社"描写的是燕子随季节迁徙的习性。燕子在春秋变化中飞来飞去,年复一年,无所变化,给人平静安宁的温暖。"蜂喧早晚衙"与"燕度春秋社"对仗,是田园生活中的另一景致。一个"喧"字,将群蜂聚集于蜂房的景象一语道出。这些小生灵逍遥自在,不禁让人艳羡。

与"燕度"和"蜂喧"的"动"形成对比,"茶瓜""林下渔樵"和"桑麻"是写"静",进一步展现隐居生活的内容。寥寥数笔,描摹出了田园生活的淳朴、平静和恬淡,充满了山林泥土气息。"山中宰相家"一句表达了作者对理想生活状态的向往,也表明了作者想学陶弘景,既要隐居田园,不被官场腐败沾染,又不想把国家人民置诸脑后。

此曲注重对仗,表现出一种整饬的对仗美。每一言、每一句虽都似细声碎语,却蕴含着丰富的内容。另外,作者对意象的选择非常贴切,燕、蜂、茶瓜、桑麻等具体而细微的事物,正是清幽隐居生活的体现,有力地突显了作者的隐居心态。

汤式

〔作者小传〕

汤式，元末明初散曲作家。元末曾担任县吏，后来落魄江湖。明朝建立后没有进入仕途，但据说明成祖对他"宠遇甚厚"。为人滑稽幽默，创作散曲很多，著有《笔花集》。另有杂剧《瑞仙亭》《娇红记》，皆不传。《全元散曲》录存其小令一百六十九首，套数六十七套。作品多是描写自然景色、咏史怀古之作，颇工巧，可读性高。

【越调·柳营曲】听筝

汤式

酒乍醒，月初明，谁家小楼调玉筝？指拨轻清①，音律和平，一字字诉衷情。恰流莺花底叮咛②，又孤鸿云外悲鸣。滴碎金砌雨，敲碎玉壶冰③。听，尽是断肠声。

【字词注解】

①指拨：弹筝时套在手指上的指套。

②"恰流莺"句：恰如黄莺在花丛中细语叮咛。莺，黄莺、黄鹂。其飞翔往来如穿梭一般，速度甚快，因谓之"流莺"。

③"滴碎"二句：像雨水滴落在台阶上，又像敲碎玉壶中清澈莹洁的冰块。金砌，台阶的美称。砌，台阶。玉壶，玉制的壶，一般用以比喻人品的高洁。

―●【精彩解说】

醉酒后刚刚醒来，月色开始明朗，突然听到不知是哪家小楼传来的悠扬的筝声。弹筝人拨弄筝弦轻柔清扬，音律和平，弹的每一个音符仿佛都在诉说弹筝人的衷情。筝声一时像黄莺在花丛中细语叮咛，一时像孤独的鸿雁在云外悲情地鸣叫，荡气回肠；既像雨水滴落在台阶上，又像敲碎玉壶中清澈莹洁的冰块。你听，都是让人断肠的筝声。

―●【赏析】

汤式工于曲，其曲语多工巧，《太和正音谱》谓之"如锦屏春风"，故为当时所重。这首小令在《雍熙乐府》中题作《隔壁闻筝》，内容是写月夜听筝的感受。

首两句点明时间是月色初明的夜晚，人物的情态是忽然从蒙眬醉态中醒来，就听到"音律和平"的筝声。作者由于自己的特殊经历，对筝声特别敏感，心中暗自发问："谁家小楼调玉筝？"一个"楼"字，字外有音，把一个情思绵邈的女子倩影活脱脱地推到了读者面前。她纤指轻拨，一声声，如怨如慕，如泣如诉，似倾吐衷肠。这里运用了通感手法，由唯耳可闻的"音律和平"，联系到唯目睹方可见到的"指拨轻清"，将视觉与听觉相互沟通，使无形的声音变成有形的指法动作，进而又以确定的动作来表现调筝人的特定思想情绪，使曲意的层次更为明显，蕴含更为丰富，可谓匠心独运。

以下作者又连用四个准确生动的比喻，表现筝曲的感人。"恰流莺花底叮咛"，意为恰似黄莺在花丛叶底中用流啭的歌喉尽情地倾诉、叮嘱。下句与此句对偶，"又孤鸿云外悲鸣"，前者是低回哀切的深情叮嘱，后者是旷远凄厉的哀伤悲鸣，极具感情色彩，传达出了筝曲的音色声情和韵味，表现出了音乐美。以下两句用正对："滴碎金砌雨，敲碎玉壶冰。"前者喻筝声为纷乱细碎的雨声，后者比况筝声为玉碎珠裂的清脆之音，准确地抓住了筝声的特征，以变幻的形象启发读者驰骋想象，帮助读者从不同侧面、不同角度，去理解和把握作者提供的审美对象。

最后，作者以"听，尽是断肠声"结束全曲，一则与上文"玉壶冰"照应，再则用"断肠"二字概括全曲，使无情无绪的筝声充满了生命、情思，创造了撼人心魄的艺术境界，此谓之"巧"。再说"工"，如"指拨轻清，音律和平"句,粗看"拨"是动词,与下句中名词"律"失对。但细究,就会发现弹筝指法中,无论是左手,还是右手,都没有"拨"这个动作。原来"拨"是弹筝时套在手上的指套,亦即另一曲《薛琼琼弹筝图》中"金袖翩翩,银甲珊珊"中的"银甲",可能与当时弹琵琶的"拨"同名,这样理解,两句就对得极工了。再则,上下文中调筝人的"诉衷情"与闻筝者的"断肠"相呼,"一字字"与"尽"相应,使曲文首尾语意贯通,结构也更为紧凑。

【中吕·山坡羊】书怀示友人

汤式

羁怀萦挂①,人情浇诈②,相逢休说伤时话③。路波蹅④,事交杂。秋光何处堪消暇?昨夜梦魂归到家。田,不种瓜;园,不灌花。

【字词注解】

①羁怀:游子的情怀。
②浇诈:犹言"狡诈",形容人狡猾、奸诈。
③伤时话:不合时宜、让人扫兴的话语。
④波蹅:道路曲折难走,元人口语。

【精彩解说】

满怀着游子的愁绪,遍历了人情的狡猾、奸诈,见面时不要说不合时宜、让人扫兴的话。道路曲折难走,事情交缠复杂。在这秋高气爽中,不知道哪里的景色可以让我们尽情地享受?昨天夜里梦见自己回到了家。田里没有种瓜,园子里花朵没有人来浇灌。

【赏析】

《书怀示友人》,从曲名可知这是诗人书写情怀给他的朋友看的。全曲的意思可以分为三层。

第一层"羁怀萦挂,人情浇诈,相逢休说伤时话"。首句是说他的羁旅情怀常挂心头。汤式不做象山县吏以后，常常浪迹江湖，寄情山水，然而游子思乡，心里总是摆脱不掉种种牵挂。次句进一步写当时的社会环境，人和人之间是那么刻薄、虚伪，见面时不能说那些不合时宜的话，互相之间只能敷衍敷衍。正像张鸣善【双调·水仙子】《讥时》所说："胡言乱语成时用。大纲来都是烘。"由于社会环境恶浊，反过来又增添了游子的乡思。

  第二层"路波蹉，事交杂。秋光何处堪消暇？"三句，是对"人情浇诈"的具体描写，是说人生的道路充满着苦难和折磨，人事关系又交织复杂。尽管秋光如练，大自然的景色是十分美好的，然而诗人的内心颇不平静，到哪儿去消磨闲暇时光呢？

  第三层"昨夜梦魂归到家"一句，紧承上两层意思落笔，抒情主人公摆脱不掉羁旅情怀，又十分厌恶那虚伪、复杂的社会环境，大好秋光也无法消除闲暇，当然就只有想到自己的家园了。一个"梦"字，点明游子思乡的心情是多么急促、迫切、痛苦，做梦都想到家。家乡怎么样呢？既没有种瓜果粮食，又无人浇灌花卉，物质的、精神的享用一概没有；有的只是残垣断壁，一片荒芜！一般写思乡，均以家乡之美而衬托思念之切，此处则反其道而行之，然思乡之情，更见凄切，可谓别具一格。

  全曲把游子思乡的感情和对元朝统治下社会黑暗的憎恶感情，即思乡和"讥时"的感情结合起来抒发。并且一步紧逼一步，最后走向高潮。结尾两个对称的句子，有如雷鸣、闪电，把诗人的愤怒都倾泻出来了。田不种瓜果，没有生活保障；园不种花卉，精神无以寄托，这社会是多么黑暗啊！

刘燕哥

〔作者小传〕

刘燕哥,元代大都(今北京)歌伎。现存小令一首。

【仙吕·太常引】饯齐参议归山东[1]

刘燕哥

故人送我出阳关,无计锁雕鞍[2]。今古别离难,兀谁画、蛾眉远山[3]。一樽别酒,一声杜宇,寂寞又春残。明月小楼闲,第一夜、相思泪弹。

【字词注解】

①参议:元代中书省重要属官,正四品。

②锁雕鞍:锁住鞍马,意为留住离人。雕鞍,借指坐骑。

③兀:语气助词,起加强语气的作用。蛾眉远山:美女的秀眉。远山,指画出的眉色如远山青黛。

【精彩解说】

故人和我道别去了遥远的他乡,没有办法留住离去的人。从古至今人生的别离是一大难事,从今以后谁来给我画眉?喝这一杯饯行的别离酒,听杜鹃鸟一声声啼叫,落花流水,春天将要过去,空留下一片寂寞。在这月夜的小楼中独自居住，离别的第一天夜晚便流下了相思的眼泪。

【赏析】

此曲是作者在大都（今北京）为齐参议饯行之作，表现了作者对情侣缠绵悱恻的眷恋之情，怆然凄绝的离愁别怨。

首句"故人"即点明送者与行者关系非同寻常，情意由来已久，"阳关"非玉门关之阳关，亦非山东宁阳之阳关，只是泛指离别距离之遥远，又隐含王维"西出阳关无故人"之意。七个字既扣足题面饯别之旨，又为下文抒写离索愁绪张本。"无计"说明离别势已必然，无法挽留，也许齐是罢职还乡，也许是回家省亲抑或有其他要紧之事。"无计"是客观情势，"锁雕鞍"是主观愿望，只亮出主客矛盾，则凄绝之情已力透纸背。第三句又旋即宕开，泛说古今离别是一大难关。第四句复转笔写自己，但不实写眼前，而只虚写未来：今后谁再为我画如望远山的青黛蛾眉呢？"兀"是加强语气的助词。画眉本生活琐事，但后人常用张敞画眉典故以喻恩爱夫妻，故此一细节不可小觑；刘燕哥对行将断绝的恩爱之忧心如焚，齐某素日对她体贴入微之柔情蜜意，均从此一细节可以窥见一斑。或许她早拟从良嫁他，然则良家女子于此时尚多担心男子变心遗弃，何况风尘女子之于达官贵人乎？个中意蕴，实难尽测。两句一开一合，由人及我，虚实交用，极尽变化之妙。

五、六、七三句，又从未来遐想回到眼前饯宴："一樽别酒"苦味难咽，已然"未饮心先醉"，它表达了多少无声的万语千言；偏此时"一声杜宇"凄厉叫道"不如归去"，似在催行人启程。"寂寞"承上"别酒"。"春残"承上"杜宇"。场面如此凄凉，季节使人伤感，杜宇的凄怨，落花的凋残，都是"春归"的象征，自然很容易触动此时此刻女主人公的孤寂冷落之感：伊人离去，爱情之春将"残"，今后怏然独处；红颜易衰，青春韶华将"残"。这三句由物而我，由眼前而设想未来，蕴含丰富，同时融情于景，情景交融，耐人寻味。

结尾两句，进一步从眼前实写推开，转到设想未来的虚写：眼前还在一起饯别，到了今夜，我将独守空楼，翘望明月，形影相吊，潸然泪雨，品尝着"破题儿又早别离"的相思滋味。

此曲言简意赅，用典而不隐晦，深入而能浅出，无限凄怆之情，只以缠绵含蓄之语出之，故能优游不竭；其间开合跌宕，虚实交错，情景相生，故能曲尽婉约绵丽之致。

宋方壶

〔作者小传〕

宋方壶,元末明初散曲作家。曾客居钱塘,往来于湖山之间。后来因兵变移居华亭(今上海松江区),过着隐居生活,曾筑室于华亭莺湖,名之曰"方壶",遂以为名。工散曲,有的写于入明之后。现存套数五套,小令十二首。其曲作反映了对元代社会的不满,对官场的鄙弃,对奸党的恨恶,对下层妓女的同情,以及对大明王朝的拥护。《太和正音谱》将其列于"词林英杰"一百五十人之中。

【中吕·山坡羊】道情

宋方壶

青山相待,白云相爱,梦不到紫罗袍共黄金带①。一茅斋,野花开,管甚谁家兴废谁成败?陋巷箪瓢亦乐哉②!贫,气不改;达,志不改③。

—•【字词注解】

①紫罗袍共黄金带:此指做大官。语本《汉书·杨恽传》:"(恽)自尚公主后,衣紫罗袍,金缕大带。"

②陋巷箪瓢:以颜回自况,借以表现安贫乐道的志趣。语本《论语·雍也》:"一箪食,一瓢饮,在陋巷,人不堪其忧,回也不改其乐。"

③ "贫，气不改"四句：用《论语·子罕》："三军可夺帅也，匹夫不可夺志也。"和《孟子·滕文公下》："富贵不能淫，贫贱不能移，威武不能屈，此之谓大丈夫。"两句话的含意。

【精彩解说】

陶醉在自然风光之中，与青山白云为伴，梦不到做官的事情。远离世俗生活只需要一间茅草屋，四周野花遍地盛开，还管什么谁家兴盛谁家败亡？即使居住在简陋的房子里，吃着简单的饭食，也是很快乐的！即使贫穷了，气节不会更改；即使飞黄腾达了，志向也不会改变。

【赏析】

此曲是一首言志曲。全曲写景空旷高远，抒情真挚自然，表达出了作者一片浩然之气；同时用质朴直率的语言揭示了元代知识分子矛盾痛苦的内心世界，从一个侧面反映了他们的生活和思想状况。

"青山相待，白云相爱，梦不到紫罗袍共黄金带。"以工整的四言对偶句开端，节奏平稳轻快。"青山""白云"，色彩柔和，形象鲜明，一下便能激起人的联想，使人在脑际浮现出优美的山林风光来。在"青山""白云"之后，分别连缀"相待"和"相爱"，不仅把"青山""白云"人化了，更展现了这山林风光的魅力和他对着山林风光的陶醉情态，神似于李白的"相看两不厌，只有敬亭山"。后一句补足乐于隐居山林之意，酣畅饱满。"紫罗袍共黄金带"，在这里指做大官。只这七个字，语意不明，故特于其前添了"梦不到"三个衬字，形成了十言的长句，节奏为之一变。对于做官的事，夜间入睡，神志不清的"梦"中尚且梦"不到"，白天神志清醒，更是梦"不到"了，这是透过一层来表现的手法。有了这三个衬字，作者厌恶官场，"不义而富且贵，于我如浮云"的情愫便顿时活现了。

"一茅斋，野花开，管甚谁家兴废谁成败？陋巷箪瓢亦乐哉！"结构与前三句一样，同是先写景而后抒情。不过前三句所写的是远景，大环境，而这四句所写的是近景，小环境；前三句所抒的是因为当前现实所产生的厌恶官场之情，而这四句所抒的是对朝代更替和历史人物所产生的安贫乐道之情。

"一茅斋"，是作者所居的陋室。这一陋室的位置，从前三句可知，定是在白云缭绕的青山之间，其清幽可以想见。"野花开"，是作者所居陋室附近的景象，充满了生机，充满了野趣。这两句看似纯客观的描述，其实却包含着作者自我满足的情绪。虽然所居只是简陋的"一茅斋"，但眼前有"野花"可赏，远望有"青山相待，白云相爱"，而绝无名利、是非之嫌，岂不值得怡然自得吗？既然怡然自得，"谁家兴废谁成败"，便可以不予理睬，所以特于其前添了"管甚"两个衬字。"陋巷箪瓢亦乐哉"，语出《论语·雍也》："一箪食，一瓢饮，在陋巷。人不堪其忧，回也不改其乐。"作者以颜渊自况，进一步表现了安贫乐道的志趣，说明他的"管甚谁家兴废谁成败"，并非真正忘世，只不过要守道而已。这种安居山林茅斋过清贫生活的行为，即是对孟轲所说的"不得志，独行其道"的实践。

最后的排比句"贫，气不改；达，志不改"，斩钉截铁，戛然而止，收束全篇，掷地有声，把思想的高度和情感的强度有力地推进了一层。"贫，气不改"，便是孟轲所说的"贫贱不能移"；"达，志不改"，便是孟轲所说的"富贵不能淫"。作者没有具体说出他的"气"与"志"的内涵，但已表明其"气"与"志"是与苟活取容，背道义而求富贵水火不相容的，因此我们推想其"气"与"志"的内涵应该近于孟轲所说的"居天下之广居，立天下之正位，行天下之大道"吧。

兰楚芳

〔作者小传〕

兰楚芳，元末明初散曲作家。西域人，曾出任江西元帅，有大功绩。擅长创作散曲，《录鬼簿续编》说他"丰神秀英，才思敏捷"，《太和正音谱》称其作品"如秋风桂子"。他与刘庭信交情深厚，曾在武昌与之和唱乐章，时人多把他们比喻为元稹和白居易。入明后皈依佛门，现存三套套数，九首小令。

【南吕·四块玉】风情

兰楚芳

> 我事事村①，他般般丑。丑则丑村则村意相投，则为他丑心儿真博得我村情儿厚。似这般丑眷属，村配偶，只除天上有②。

【字词注解】

①村：粗俗，蠢笨。
②只除：除非是。

【精彩解说】

我事事处处都蠢笨，他般般样样都丑陋。丑虽然丑，笨虽然笨，但我俩情投意合。虽然他相貌丑,但心里对我真诚,所以以心换心,我对他情意也同样深厚。像我们这样的丑眷属村配偶,人间找不到,除非在天上才能找到。

【赏析】

本篇的主人公是一个自称"事事村"的姑娘。"村"就是蠢,贬义词。但是,主人公敢于说自己"村",而且说自己"事事村",是何等大胆坦率!就是这样一个"蠢笨"的姑娘,爱上了一个"般般丑"的男子。我们姑且认为曲中写的"村""丑"是客观实情,那么这个"村"女配"丑"男,是否就是无可奈何、命中注定的"门当户对"呢?不!这不是女子对命运的屈从,而是她对爱情的选择。决定人的本质的东西是什么?是心灵的美丑善恶,而不在于人的蠢笨与丑陋。"情人眼里出西施",不是美丑易位的幻觉,而是对对方心灵美善的倾心爱慕。主人公做出的正是这样一种选择。在她看来,"丑"也罢,"村"也罢,都无关紧要,最宝贵的是双方的"意相投"。

第三句"丑则丑村则村意相投"用了两个"则"字,生动传神地表现了她这种高尚纯洁的追求。这两个"则"字作"就"解。我们吟诵着这句曲词,仿佛听见女子那铮铮作响的声音:"蠢就蠢吧,丑就丑吧,我才不在乎呢!我爱的是他那颗心!"这是一种倔强不屈的口气,表明她同心爱的男子是以心换心,以"心儿真"换得"情儿厚",获得真正和谐、诚挚、甜蜜的爱情。结句"似这般丑眷属,村配偶,只除天上有",表现出主人公的无限欣喜与自豪,机趣盎然,得此一句,全曲生辉。在他们生活的那个时代,婚姻不是追求门当户对,便是追求郎才女貌,本曲却一反传统,把心灵的交流作为爱情的首要条件,这无疑是对封建婚姻观大胆而彻底的否定。

这支曲子在用字上颇见特色。衬字的运用,使曲作音律流转动听。全曲酷似口语,尤其值得注意的是,"村""丑"二字,多次交替出现,竟占了十个字,造成了回环复沓、尽情渲染的咏叹调效果,使小曲具有鲜明的民歌风味。

邵亨贞

〔作者小传〕

邵亨贞,元代文学家。天资聪颖,学问渊博,对阴阳、医卜、佛老研究精深。元末时,曾任松江府学训导,受子所累发戍颍上,后遇赦返还。他生于元明之际,入明后生活近三十年,在明朝终于儒官,足迹未超出乡里。著有《野处集》《蚁术诗选》《蚁术词选》等,《全元散曲》录存其三首小令。

【仙吕·后庭花】拟古

邵亨贞

铜壶更漏残,红妆春梦阑①。江上花无语,天涯人未还。倚楼闲,月明千里,隔江何处山?

【字词注解】

① "铜壶"二句:更深夜将尽,美人的春梦也醒了。铜壶,古人用铜壶滴漏来计时。阑,残、尽之意。

【精彩解说】

铜壶更漏快要滴完了,红妆佳人从春梦里醒了过来。江上的花朵默默无言,心上人远在天涯还没有回来。闲来倚靠着江楼,在明月的千里之外,隔着江水是哪里的远山?

【赏析】

以思妇形象为题材的作品,自汉乐府以来,诗词中为数不少。这首以《拟古》为题的散曲小令当是模仿这类作品的。它刻画了一个居住在江边楼头的女子思念远人的情景。所思念的远人当是她的丈夫,如系恋人,感情大约不是这样明朗和单纯。

第一句点明时间:铜壶漏残,是黑夜快过去的时候了。第二句点出主人公是一位红粉佳人,也进一步点出季节——春天。春天更残漏尽之时,正是浓睡的好时光,可是佳人已从将尽未尽的梦中醒来。她梦见什么?为什么醒来?没有说。只知她醒后从眼前江上的花,想到了远在天边的人,可见她的内心是极不平静的。以否定命题为前提,说"无语",正是希望花解语、能语。然而花毕竟无语,而惊梦之人竟希望与花儿倾谈,可见她是怎样的孤独与寂寞了。同时,也巧妙地写出她的心事是隐秘的、不便与外人谈起的。她在思念丈夫。他离得很远,在她看来,就像在天边。说他未还,不正流露了希望他快还的心情吗?这样,她做了什么梦以致如此心绪不宁,就不难想见了。以上是写她梦初醒时的心理活动。然而意犹未尽。她走到楼头,倚栏远眺。这似乎是一种下意识的行动,她知道此刻他绝不会回来,但还是不由自主又"倚楼"了。她希望那茫茫大江渡口或者绵绵古道尽头突然出现他的身影。当然,她没有看到她希望看到的。眼前只是一片明亮的月光,一泻千里。广阔的空间,正衬托了她那空寂寥落的心。望着江那边的一带远山,她想:那是哪里的山呢?这山是那么远,那么渺茫;而山那边,就更远了。可是自己思念的人却还在山那边更远的地方,那是一个自己所不知的更渺茫的世界。

这首小令写的就是这样一种思念之情。思妇的感情是浓烈的,但作者却化浓为淡。花、楼、明月、远山,形象色彩都是不鲜明的,思念也似有若无。但读过之后,谁都会被这少妇的情思牵绕,久久难以释怀。

周浩

〔作者小传〕

周浩,元末散曲作家。大约与钟嗣成同一时代,所作散曲仅存一首,为赞钟氏《录鬼簿》所作。

【双调·蟾宫曲】题《录鬼簿》

周浩

想贞元朝士无多①,满目江山,日月如梭。上苑繁华②,西湖富贵③,总付高歌。麒麟冢衣冠坎坷④,凤凰城人物蹉跎⑤。生待如何?死待如何?纸上清名,万古难磨。

【字词注解】

①贞元朝士:贞元(785—805),唐德宗年号。朝士,指官员。此处借指前辈剧作家。

②上苑:皇家的花园,这里代指元代的京城大都。

③西湖:代指杭州。大都、杭州是元戏曲家云集的地方。

④麒麟冢:王侯贵族的坟墓。衣冠:代指墓中之人。坎坷:代指命运不济。

⑤凤凰城:凤城,代指京城。人物:代指达官贵人。蹉跎:代指虚度年月。

── •【精彩解说】

想想早年活跃在戏曲界的前辈剧作家大都已经离世了，只觉得江山满目，岁月如梭地过去。元朝大都上苑一片繁华昌盛，杭州西湖的富贵多有剩余，这些都是他们常年活跃的地方。王侯贵族的坟墓中埋着的人生前命运不济，京城的达官贵人仍然在虚度岁月。怎样对待生呢？怎样对待死呢？只有在史册上留下清名，即使经过千秋万世也难以磨灭。

── •【赏析】

《录鬼簿》是元代文学家钟嗣成于元顺帝至顺元年（1330）编成的记载元杂剧、散曲作家作品的专著，全书共记录杂剧及散曲作家一百五十二位，收录剧目四百余种，是现存研究元杂剧最早且最有价值的文献之一。这首散曲是为题咏钟嗣成的《录鬼簿》而作，作品从钟嗣成编纂《录鬼簿》的用意和所录作家的坎坷命运着眼，表达了对元曲作家的热情赞颂。

开篇"想贞元朝士无多，满目江山，日月如梭"，充满了对如今物是人非的感慨伤叹：时光荏苒，江山依旧，而从前的名士人才如今已存世不多了。"贞元"为唐德宗年号，这里借指前朝。"贞元朝士"在此指那些已经去世的从事元曲创作的名公才人，既暗含对他们的赞美，也是对眼下风流云散的叹惜。"上苑繁华，西湖富贵，总付高歌"三句承接首句而来，回顾了元曲兴盛时期的情形。回想当年，繁荣华贵的大都和那"普天下锦绣乡，寰海内风流地"的杭州，都曾经留下了他们的足迹和充满才情的创作。散曲开篇几句通过今昔对比和对过去繁华兴盛的追忆，寄寓了作者对那些已故名公才人的怀念和向往。

紧接着，作者感叹"麒麟冢衣冠坎坷，凤凰城人物蹉跎"：生前郁郁不得志、命运坎坷的文士死后被埋进麒麟冢里，而京城中的王侯显贵还在庸庸碌碌地虚度光阴。作者把已经故去的终生命运坎坷的戏曲家和现实中终日醉生梦死的王侯贵人做对比，在赞扬文士们虽然生前终生坎坷但死后得以留名的同时，也流露出对王侯显贵的蔑视。麒麟冢是埋葬麒麟之地，用麒麟冢代已故杂剧家的坟墓，可见作者对他们的赞誉。

钟嗣成在其《录鬼簿》序言中说那些"酒罂饭囊、或醉或梦、块然泥土者，则其人与已死之鬼何异？"，而那些"门第卑微，职位不振，高才博识"

的下层文士却是真正的"不死之鬼"。可见作者是深刻地体会了钟氏的用意的。最后四句作者谓：该如何对待生死？是做"未死之鬼"还是做"不死之鬼"？恐怕只有后者才会留下万古难磨的清名吧！再一次歌颂杂剧、散曲作家的创作成就将万古流传。

　　这首散曲旨在赞颂元曲家，充分表达《录鬼簿》一书的精神内涵，同时也指出那些王侯贵人生前显贵、死后湮没无闻的事实。曲作本色行当，对比鲜明，感情深沉，具有很强的感染力。

无名氏

【正宫·醉太平】

无名氏

堂堂大元①，奸佞专权②。开河变钞祸根源③，惹红巾万千④。官法滥、刑法重、黎民怨⑤，人吃人、钞买钞、何曾见⑥？贼做官、官做贼、混愚贤。哀哉可怜！

—•【字词注解】

①堂堂：气象宏大庄严。

②奸佞（nìng）：巧言谄媚的坏人。

③开河：开掘黄河故道。

④惹红巾万千：引起成千上万起义的红巾军。红巾军，元末农民起义军，因用红巾裹头故名"红巾军"。

⑤官法滥：官吏贪污成风和拿钱买官。

⑥钞买钞：更定钞法后，旧钞与新钞的倒换买卖。

—•【精彩解说】

气象宏大庄严的元朝，巧言谄媚的坏人专权。开掘黄河故道，大量印造新钞，货币很快贬值，已经变成祸患的根源，激起成千上万的红巾军。官吏贪污成风，拿钱买官，刑法繁重，人民怨声载道，人吃人，钱换钱，这种情况何曾见到？贼当官，官做贼，愚蠢的人和贤能之士都混淆在一起不能分清。这种情况让人感到悲哀又可怜。

【赏析】

这首小令，据陶宗仪《辍耕录》卷二十三："自京师以至江南，人人能道之。古人多取里巷之歌谣者，以其有关于世教也。今此数语，切中时病，故录之，以俟采民风者焉。"可见这篇作品是在元末传唱极广的歌谣，是元末社会的真实写照。

"堂堂大元"，大元疆域辽阔，国力强盛，是当时世界的超级大国，当得起"堂堂"二字，但如今却是"奸佞专权"。紧接着作者用事实讲述了人世灾难。"开河"原本指疏通河道，这里特指至正十一年（1351）的史实：朝廷命工部尚书贾鲁，征召民夫二十余万，疏通黄河故道，修筑堤坝。但后来官吏趁机搜刮民脂民膏，大发国难财，使得人民在深受天灾之苦的同时，又饱受了不堪重负的"人祸"。"变钞"指元末的金融危机，元世祖至元二十四年（1287）政府发行纸币——"至元钞"，强迫人民使用。到至正十年（1350）朝廷更定钞法，发行了"至正钞"。原本这些货币政策旨在弥补国库的亏空，到后来则演变成当权者疯狂搜刮民财的手段。他们用劣质粗滥的纸币和不公平的兑现手段，将已经混乱不堪的货币流通与经济市场，败坏到不可救药的地步，致使"物价腾踊，价逾十倍"（《元史·食货志》），民不聊生。"红巾"指爆发于元末的农民起义——"红巾起义"，这场农民起义沉重地打击了元朝的统治，同时也是开启明王朝的重要一环。这一句集合了元末种种危机——洪水灾害、徭役沉重、剥削升级、物价飞涨等，作者用一个动词"惹"，形象地说明官逼民反的实质：正是这一系列因素，导致了人民的反抗斗争。

接下来的三句，作者采用了三字词组连缀的形式，一步步展开了元末社会动荡、民生疾苦的画面。元代社会民族矛盾十分尖锐，蒙古族统治者将人民分为蒙古、色目、汉人、南人四个等级，采取高压统治。对于特权阶层，法律形同虚设，正所谓"官法滥""刑法重"，底层百姓面对如此黑暗腐败的现实，怎样生活下去？元代天灾不断，致使饥民遍野，甚至出现了"人相食"的惨剧，为人间罕有。

最后一句仅四个字——"哀哉可怜！"这是面对上述种种社会灾难，面对水深火热中的人民的一声叹息，饱含着痛恨与无奈。这声叹息具有极其普遍的意义，老百姓是最直接的受害者——正所谓"兴，百姓苦；亡，百姓苦！"（张养浩【山坡羊】《潼关怀古》）

这首小令采取纪实的手法，痛斥当局，批判现实，不由得让人感受到世道之乱、百姓之苦。

【正宫·醉太平】讥贪小利者

无名氏

> 夺泥燕口①，削铁针头②，刮金佛面细搜求③，无中觅有。鹌鹑嗉里寻豌豆④，鹭鸶腿上劈精肉⑤，蚊子腹内刳脂油⑥，亏老先生⑦下手！

【字词注解】

①夺泥燕口：从燕子口里夺泥。
②削铁针头：从针头上削铁。
③刮金佛面：从佛像上刮金。
④鹌鹑：鸟名，头尾短，状如小鸡。也叫"鹑"。嗉（sù）：鸟类食囊。
⑤鹭鸶：水鸟名，腿长而细瘦，栖沼泽中，捕食鱼类。又称"白鹭"。劈：用刀刮。精肉：瘦肉。
⑥刳（kū）：剖开，挖空。
⑦老先生：这里用来讽刺官僚、地主。

【精彩解说】

从燕子口里夺泥，从针头上削铁，从佛像上刮金仔细地搜求，在没有中寻找有。从鹌鹑的食囊里寻找豌豆，从鹭鸶的腿上劈下精肉，从蚊子的肚子里挖下脂肪和油，真亏老先生你能下得了手！

【赏析】

　　这是元人小令中的精品之一。以极度夸张的漫画式手法,对孜孜以求、寸利必得的贪鄙小人以尖刻的嘲讽,并揭露、谴责了鱼肉百姓,无孔不入地搜刮民脂民膏的贪官污吏。本篇标题是《讥贪小利者》,其实所指甚大,笔锋所向,毋宁说包括了当时整个渎货无厌的统治集团。作品显示出深刻的社会意义。

　　如果粗看一过,会觉得此曲连用了六个含义相仿的比喻,只是单纯运用"叠加"的方式反复渲染,以加重语气,增强谴责效果;但细细品味便知不然。这首曲子从结构上看可分为前后两段:前四句为一段,专刺"贪";后四句为另一段,兼刺其"残"。再从每一段中的几个设喻来看,也不是平面铺开,而是逐步深入。作者挥动锋利无情的手术刀,如庖丁解牛似的,步步刺进,层层剥落,最后达到淋漓尽致地直刺灵魂、鞭笞丑恶的目的。

　　"夺泥燕口,削铁针头。"两句以对偶领起,简洁有力,设想新颖,下笔即见不凡。燕口之泥,针头之铁,其屑细可知,却偏偏有人还要去"夺",去"削";不仅如此,甚至发展到连佛面上薄薄的一层镏金也不放过,"刮"完一遍,再细细"搜求"一番,生怕有所遗漏。其人之贪鄙可憎,已通过这三句刻画表露无遗。其中"夺""削""刮"三字下得甚妙,确切有力,令人如见其状,如闻其声。在生动形象的描绘之后,作者再用"无中觅有"四字加以概括,点出其极度贪婪的恶劣本质,以加深读者的印象。至此,一个到处伸手、无孔不钻、嗜臭苍蝇式的逐利者的形象,已呼之欲出了。

　　凡极端利己者必损人。那些能够发狠向"无中觅有"的家伙,为了达到目的,一定会不择手段。所以,从幼弱的鹌鹑的嗉囊里,他们把早已吞咽下去的豌豆硬给挖出来;又忍心从瘦骨伶仃的鹭鸶长腿上劈下精肉;甚至连干瘪微细的蚊子也不放过,要从它的肚子里刳出脂油来。真是无所不用其极!其贪酷的程度,令人发指。于是,作者在篇末直接给以严厉的谴责:"亏老先生下手!"所谓"老先生",是元代对朝官的称呼。这里再清楚不过地表明:本曲所"讥"的对象,不仅限于一般"贪小利"的剥削者,还有手握生杀大权,对小民百姓予取予夺的压迫者、统治者——元朝政府的各级官吏。作品的主题思想,在此得到升华。在艺术手法上,本曲可说极尽夸张之能事,达到了嬉笑怒骂皆成文章之境。

【正宫·塞鸿秋】

无名氏

爱他时似爱初生月，喜他时似喜看梅梢月，想他时道几首西江月，盼他时似盼辰钩月①。当初意儿别②，今日相抛撇③，要相逢似水底捞明月。

──●【字词注解】

①辰钩：辰星，也叫作"水星"。这种星很难见到。元曲中常用以形容盼望的佳期。

②别：特别好。

③抛撇：抛弃，摔掉。

──●【精彩解说】

和他相爱的时候，觉得他就像天边刚刚升起的月亮清新明媚，喜欢他时他就好像梅花树上的月亮一样妩媚姣好，想念他的时候填写几首《西江月》词来寄托相思，盼望他来的时候就好像盼望辰星一样，根本就盼望不到。回想当初和他初次见面，彼此之间的情意特别好，现在却将我抛弃，想和他再见一面恐怕是像水底捞月一样。

──●【赏析】

这是一首写别后相思的小令。曲作未写出相思的情景，亦未写出相思的气氛，通篇只是叙说，只是议论，但是读来却不感抽象，也不感到枯燥。在抽象的叙说中自有其形象在，虽然这形象纯属喻体，然而这喻体却能激发出足以引发相思之情的景象，所以作品使人感到相思情深，意趣盎然。

全曲基本上都是以"月"为韵脚。这"月"字的重复出现，做到了所在无非月、所见无非月、月是悬在天上的一首诗。古往今来，不知有多少诗人以月为题，表现了人世间的种种情思，尤其是相思之情。谢庄《月赋》有云："美人迈兮音尘阙，隔千里兮共明月。临风叹兮将焉歇，川路长兮不可越。"

望月发歌，以表现两地相思的情感。因为月既照离人，也照闺中，是维系两心的纽带，也是两心相思的见证。所以人们多托明月来表现相思之情。这首曲子以月为喻，自然使人联想到写的当是月夜的相思，也使人联想到"隔千里兮共明月"的境界。描写月的文学传统，很巧妙地把读者从议论中作为喻体的月，引进月夜相思的生活境界，因而不会使人觉得议论浅白枯燥，而是感到抒情的深沉。

曲子处处写月，事事用月，但并不单调、板滞，因为在叙写的过程中，不断改变月的形态，不仅以实月为譬，还用了词牌中的月和以月为譬的成语为喻体。"爱他时似爱初生月"，张若虚《春江花月夜》开篇有云："春江潮水连海平，海上明月共潮生。"初生月由海潮托出，爱恋之情亦如月出海潮，澄明透彻。这"初生月"是以实景为喻体。"喜他时似喜看梅梢月"，更有深意。梅梢月固然有可喜的姿色，但这里显然语带双关，"梅"乃"眉"之谐音，暗指"眉梢月"，意即"喜上眉梢"。这是以实景做双重比喻。想他时写【西江月】，即填词抒情。词牌【西江月】，这里泛指诗词。诗词于表现相思之情，是极好的形式，可以写得很细腻。所以古人往往情动于中而形于诗词。写【西江月】即此意。这是以词牌中的月表达其相思之情。"盼他时似盼辰钩月"，极易使人联想到柳永【雨霖铃】"今宵酒醒何处，杨柳岸晓风残月"。清晨残月如钩，看着这钩弯月，说明彻夜无眠，注目于如钩的斜月，盼望情切，可想而知。这种设喻近于写实。"相逢似水底捞明月"，直接用成语"水底捞月"，说明要想相逢是不可能的。这又是用以月为譬的成语形象地说明相逢无望。一个"月"字押韵到底，但不单调，犹如弹单弦，虽只一弦，却奏出了奇妙的乐曲。

【正宫·塞鸿秋】山行警

无名氏

东边路西边路南边路，五里铺七里铺十里铺[1]，行一步盼一步懒一步[2]，霎时间天也暮日也暮云也暮。斜阳满地铺，回首生烟雾，兀的不山无数水无数情无数[3]。

——●【字词注解】

①铺：宋代称邮递驿站为铺，元代沿用，其制更加严密，州县凡十里一铺。

②盼：张望。

③兀的：如何。元人口语。

——●【精彩解说】

东边的路、西边的路、南边的路，相互沟通，五里一驿站、七里一驿站、十里一驿站，迎送往来的客人。离家外出的人，走了一程又一程，走一步回顾一次，一时间天也黑了、太阳也暗了、云也暗淡了。斜阳的光照铺在远处和近处，铺满一个个山头。回头向家乡的方向望去，只有暮色苍茫，炊烟渐渐散去，夜雾开始弥漫，极目远眺，只见隐隐约约有无数的山、无数的水和那对亲友无限的深情。

——●【赏析】

此曲写与人相别、依依不舍的感情。所别之人可能是亲人、友人，也可能是情人，总之，是感情极深的人。

同感情极深的人相别，分手之时，心里非常难受，分手之后，总要情不自禁地不断回头顾望，即使已经离得很远很远，还会回头向分别的方向张望，总希望再看到他（她）一眼，尽管事实上并不可能。此曲写的就是这种情景。

开头两句写行程。东边路、西边路、南边路，路路相通，刚刚到了五里铺，又走到七里铺、十里铺。宋代称邮递驿站为"铺"，元代沿用，其制度更加严密，州县凡十里一铺。曲中不过是讲走了一铺又一铺，每到一铺都歇一会儿，"五里""七里"不是确指，只不过表示愈走愈远。接下去两句写行路时的心情。因为离别，行者心里非常痛苦，所以不愿向前走，走起路来无精打采，有气无力；走一步又回头看，不想再走下一步，因为每向前走一步，就意味着离居者远了一步。因此充满别离之苦，又边走边望，已走了将近一天，自己却觉得未过多久，直到此时已近黄昏，太阳就要落山，云也渐渐黯淡下来，这才觉察天就要黑了。"霎时间"犹言"一会儿"，写行者一直在顾盼思念居者，连时间的逝去也不觉得，此刻才陡然惊悟。

末尾三句景情合写，总结上文。此时斜阳满天，回首行经之处，已经暮霭沉沉，烟雾迷茫，夜幕即将降临，不但再也不可能看见居者的身影，连来时的路径也看不见了；极目望去，隐隐然唯见无数的山，无数的水，山山水水，都凝聚着行者的无限怅恨，凝聚着对亲友的无限深情。"兀的"，犹言怎的。用"兀的不"做反诘语，是为了加强悲叹的语气。"回首"是明知徒然而又必然会有的举动，犹如人离故乡，虽行经数日甚至数月，邈隔千里，犹回首向故乡的方向凝望一样。残阳清冷，暮霭浩茫，山山水水，绵延不绝，用寓情于景的手法，把行者的凄凉心情和对居者的无限眷恋，烘染得深长无尽。

本篇用"路""铺""步""暮""无数"等叠字，造成层层推进的效果，而以两个不用叠字的句子穿插其间，使之无呆滞之感，读来并不觉得矫揉造作，增加了作品的表现力。

【正宫·叨叨令】

无名氏

黄尘万古长安路，折碑三尺邙山墓①。西风一叶乌江渡②，夕阳十里邯郸树③。老了人也么哥④！老了人也么哥！英雄尽是伤心处。

【字词注解】

①邙（máng）山墓：洛阳北邙山上帝王将相、王公贵族的陵墓。
②乌江渡：项羽兵败自刎于乌江渡口。
③邯郸树：代指热衷于功名利禄的卢生在邯郸旅舍的黄粱一梦。见唐代沈既济《枕中记》。
④也么哥：句末感叹词。元人口语。

【精彩解说】

自古以来去长安的路上，黄尘滚滚，车马不断，都是一些求取功名的人，北邙山上那些帝王将相的坟墓只剩下残碑断碣，长满萋萋的荒草。楚汉相争时项羽是多么不可一世，到头来落得个兵败垓下，在乌江自刎。邯郸客店里姓卢的书生,在睡梦中享尽了荣华富贵,醒来的时候却发现主人的黄粱米饭还没蒸熟,只见一片落日余晖映照着窗外森森古木。人老了!人老了!人们为英雄的失落而伤心呢。

【赏析】

常言道"伤春悲秋",季节流转轮回,人生却不能从头再来。人伤悲的不仅是世事无常,更是时光飞逝。

小令前四句,表面写景,实为感怀。"黄尘""折碑""西风""夕阳"四个意象组合,较之马致远《秋思》中的"古道""西风""夕阳"所构造出的意境,更显出历史的厚重积淀。莘莘学子,在黄尘万古长安路上为功名奔波;王公贵族,当时声名显赫,现仅留下三尺荒冢残碑;西楚霸王,盖世英雄,不过是世间缥缈的一叶而已。一切恍然如梦,似黄粱南柯。这里作者既是怀古,也是对一般士子人生的慨叹。王侯将相、贤才英豪都化作了历史尘埃;人生百年,行至暮秋,又怎能不感叹、伤心呢?老了啊!真的是老了啊!这两句"叨叨",恰似岁月的飞刀,夺走了作者的风华。

人老了易怀旧,怀旧更催促人老。其实,人"老"的不只是年岁,心理上更容易老。作者只有经历了世事沧桑,才会承受内心的疲惫,怅然回首往事,不由得心伤。感慨之余,放眼望去,历史长河中,那些无数的过往英雄豪杰,辉煌一生,虽留不住时间的脚步,却彪炳千秋,不枉在这世上走了一遭,正所谓"古人日以远,青史字不泯"(杜甫《赠郑十八贲》)。"英雄尽是伤心处",作者以英雄自比,慨叹年华易老而功名难就。但作者伤怀之余,并不消极,而是透露了对人生价值的思考,表现出一种旷达,这赋予了小令独特的韵味。

作者将曲子写得大气,用词上也颇为讲究。古人作文,喜用数词,用以表现程度,多用作夸张手法,如"白发三千丈,缘愁似个长"(李白《秋浦歌》)。此曲前四句,用了"万""三""一""十"四个数词,增加了作者感怀的张力,也开阔了曲子的意境范围。"也么哥"相当于叹词"啊",强烈感叹,更显情感浓烈。此外,作者采用了画面重叠的展现手法,将一幅幅图景,一个个地播放出来,再令其一片片地幻化而去。叠影在读者脑中渐渐生成,又缓缓拂去,最终以末句点题,来揭示画中之谜。这样也使得曲子的写法、意境、意象的表达和主题的揭示,达到了统一。

【正宫·叨叨令】

无名氏

绿杨堤畔长亭路①,一樽酒罢青山暮。马儿离了车儿去,低头哭罢抬头觑。一步步远了也么哥!一步步远了也么哥!梦回酒醒人何处?

【字词注解】

①长亭:驿道上定点设立的供行人休息的地方,古人多在此送行。

【精彩解说】

分别的长亭就坐落在长有绿杨的堤畔,喝完一杯饯行的酒后,青山就落入了暮色之中。他骑着马儿上路了,我也坐着车回来,低头哭了一会儿又连忙抬头遥望。他一步步走远,一步步走远。今夜从醉梦中醒过来,不知他去了哪里?

【赏析】

这支曲子是饯别之作,是散曲版的《长亭送别》。曲子中描绘了一幅长亭惜别的感伤图景,表达了女子送离心上人时的留恋难舍之情。

开篇时,作者运用了冷色调的词汇来渲染这对恋人离别时清冷的氛围。虽然有"绿"有"青",色彩多样,但在作者眼中却是凄凄切切,明媚的景色与离别的悲凉恰恰形成了非常强烈的反差。即便有绿杨、河堤、长亭、青山等无数美景,此时都难以引起主人公的注意,她只顾望着这眼前人,心里盼望着时间能够永远停留在此时。出来时时间尚早,可一杯酒饮过,青山已经被暮色所笼罩了。人生路漫漫,终有尽头,长亭送别路,也同样无法留住心爱的人。"送君千里,终须一别",分别的时刻总是要到来的。泪眼婆娑中,女子望着逐渐远去的爱人,一步步远去了啊,远去了啊!离去的影子在天际中逐渐模糊了,而心中的惆怅却悄然涌起了,感伤被无限地拉长,凄切的情感在此时迸发出了撕心裂肺的呐喊,梦回酒醒后,却不知心上人身处何处;满心的眷恋难以释怀,愁苦无从排解。主人公情绪的波动最终推动了曲子高潮的到来，个中滋味留给读者自己细细品味。整首曲子的情绪波澜起伏，具有强烈的节奏感。

"亭"是古时官道上供赶路人休息的地方。通常五里设一短亭，十里设一长亭，而离城邑最近的长亭通常就成了送别之处。因此，文学作品中常见此类描写，且都被冠以"长亭送别"之名。而其中最为出名的，应该就属元代王实甫的《西厢记·长亭送别》了。此折是全剧中最为精彩的一场戏，也是情感最为充沛的一折，描写了崔莺莺在长亭送别张生时的凄凉场景。这首曲子与此十分相似，尤其是在意象的运用上。"长亭"暂且不论，"酒""马儿""车儿"都代表了主人公的情感，渲染出离别的凄凉氛围。酒作为一个文化符号，无论是忧愁烦闷的心绪还是欢闹庆贺的场合都少不了它，它是各种心绪的催化剂。离别的场面令人感伤，自然也少不了"一樽酒"。以酒饯行，既浇灌愁苦，也倾注祝福。而车、马则是出行赶路的必要代步工具，在饯别类的文艺作品中，也成了作者最为复杂的情感的寄托：一面是平安顺遂的祝福，一面是难以舍去的挽留。莺莺"见安排着车儿、马儿，不由人熬熬煎煎的气"，只希望"马儿迍迍的行"。可马车即使行驶得再缓慢，也是不断朝前走的，终将分别，这让人又怎能不惆怅，不纠结呢？"兀的不闷杀人也么哥？兀的不闷杀人也么哥？"莺莺愁闷的感叹，正和这首小令中女子的感伤十分相像。

【叨叨令】属于快板，即垛子板，其布局紧凑，节奏感强。因此，这支曲子读来朗朗上口。

【小石调·归来乐】

无名氏

动不动说甚么玉堂金马[1]，虚费了文园笔札[2]。只恐怕渴死了汉相如[3]，空落下文君再寡[4]。哈哈，到头来都是假。总饶你事业伊周[5]，文章董贾[6]，少不得北邙山下。哈哈，俺归去也呀。

【字词注解】

①玉堂金马：玉堂殿、金马门，皆为宫廷内的建筑物，是入朝当官的

意思。

②文园笔札：汉代司马相如曾出任孝文园令，文园笔札，意思是拥有司马相如那样的文笔和才华。

③渴死了汉相如：司马相如有消渴症，即糖尿病，最后因不能治愈此病而亡。

④文君再寡：卓文君新寡，嫁给了司马相如，司马相如病逝之后，卓文君又成了寡妇。

⑤伊周：伊，即伊尹，曾协助成汤推翻夏桀，建立商朝，后又辅佐了商朝的两位国君。周，就是周公旦，曾协助武王伐纣，建立周朝。后因成王年幼一度摄政。

⑥董贾：董，即董仲舒，汉代的大儒。贾，即贾谊，博古通今，才华卓绝。

【精彩解说】

动不动就说入朝做官，其实即使拥有司马相如那样的文笔和才华也没有用啊。只恐怕会像司马相如那样病渴而死，白白抛下卓文君又一次守寡。哈哈，归根结底都是一派谎言。就算你的事业像伊尹、周公辅佐君王那样宏伟，并且又拥有董仲舒、贾谊那样的才华，能写出他们那样的文章，到头来也不过是一抔黄土，葬在北邙山下。哈哈，我还是归隐山林去吧！

【赏析】

元代无名氏作五首【归来乐】舒泄自己的愤世之情，这便是其中的一首。

小令开篇陡然而起，显示出对"玉堂金马"这类谎言的怨恨和鄙薄，显然蓄积已久。玉堂殿、金马门，原本都是汉代的宫廷建筑。杨雄《解嘲》云："历金门、上玉堂有日矣。"后人就将进入金马门、玉堂殿看作入仕任高官的象征。到元代时已演变成习语，在不忽木【点绛唇】("玉堂金马间琼楼")、《东坡梦》杂剧("喜君家平步上青云……不枉了玉堂金马多风韵")、《萧何月夜追韩信》杂剧("盼杀我也玉堂金马，困杀我也陋巷箪瓢")等作品中均有出现。功名利禄成了文人士子苦苦追寻的目标，的确是"动不动说甚么玉堂金马"！可是与其他时代相比，元代读书人的机遇实在太少：科举长期暂停，政治上遭受歧视和不公的待遇……作者以"文园"自比，认为自己很有才能，也因此激愤益深。司马相如有消渴症（糖尿病），据《西京杂记》记载他也是因此而不治身亡。那么司马相如若生活在此时也会病死，卓文君也只能白白地再成为寡妇！辛辣嘲讽之余，也体现出作者已是欲哭无泪、无可奈何的状态。继而思绪万千，恣意纵笔，连续引出了数名古人，伊尹协助商君成汤推翻残暴的夏桀，成汤死后又接连辅佐两朝国君；周公旦辅佐武王灭纣建周，之后还因成王年幼一度摄政；董仲舒，究天人之学，举贤良之策，成当世之大儒；贾谊，博贯古今，擅著论作赋，才华卓著。然而一世之雄，而今何在？不过是"一旦百岁后，相与还北邙"（陶渊明《拟古》诗）而已。小令展现出了两层含义：第一层言求取功名之不易，第二层言建功立业之无益，于是，"俺归去也呀"便成为无奈之下的唯一出路了。

这首小令体现了散曲露而不藏、因题发挥的特色，畅快淋漓，感情非常强烈。这是作者的自度曲，多以仄韵押尾，有词调的韵味，且音节顿挫，渲染出作者愤切的心情。"不平则鸣"，在这支曲子里，元代黑暗的政治状态、文人失意的社会心理等都得到了一定的反映。

【失宫调牌名】大雨

无名氏

城中黑潦①，村中黄潦，人都道天瓢翻了。出门溅我一身泥，这污秽如何可扫？东家壁倒，西家壁倒，窥见室家之好。问天工还有几时晴？天也道阴晴难保。

—•【字词注解】

①潦：积水。

—•【精彩解说】

城中积水乌黑一片，村中积水浑黄无边，人们都说是天上的水瓢打翻了，水都泼向人间。才出门就溅了我一身的泥浆，这污浊的世界啊，应该怎么彻底清扫呢？东家的墙壁倒塌了，西家的墙壁倒塌了，家里的隐私都在人前暴露了。问问老天爷要等多久才是晴天？老天爷说它也难以确定。

【赏析】

　　这是一首遗失了宫调牌名的散曲，被隋树森收入《全元散曲》之中。虽不知此曲的宫调牌名，但形式上很有特点。词多为双阕，南宋词极尽长调之变，而金元散曲又返于短制，成为小令。散曲的小令为单阕，较为短小，适于写简单的题材，如果作者余兴未尽，形成上下四、四、六、七、七的对应句式，与词的双阕类似，故颇见特殊性。但是，它本质上还是曲，除了衬字及内容、风格与词大不相同，重韵也显示了它曲的特征。

　　此曲名为《大雨》，应为咏物之作。诗词咏物，大多尚雅。而曲则不然，它以俗为本色，如任讷《散曲概论》中所说："放得极宽，取得极俗，写得极粗。"

　　此曲描写大雨，不写其遮天蔽日，兴江涨河，却聚焦于大雨的积水，又以"黑潦"描述城中的积水，以"黄潦"描述村中的积水，一见其人众，二见其泥多，牢牢地抓住了特点。"人都道天瓢翻了"，是纯粹的口语，又见诙谐，"出门"二句，生动地写出对积水和污泥的憎怨。"东家壁倒，西家壁倒"，街坊邻里都因大雨而墙倒屋坍，"窥见室家之好"，平时不能让外人得见的内室，也都露于人前，任人窥探。看似调侃，实则透出无限辛酸。转而问天，何时能够转晴？老天爷也哭丧着脸，说"阴晴难保"，总之还是毫无希望，心情实在是非常沉重。

　　全曲没有从正面写大雨，却写出了大雨带来的后果，入手擒题，开口见物，写来非常通俗。诗词中常见的即物兴怀、婉转托意，在此完全未见，而直言浅说、明确以道，却更能使人在咏物中体会到民生多艰，元曲"寓哭于笑"的特点由此可见一斑。

【双调·清江引】咏所见

无名氏

　　后园中姐儿十六七，见一双胡蝶戏。香肩靠粉墙，玉指弹珠泪。唤丫鬟赶开他别处飞。

●【精彩解说】

后花园中十六七岁的小姐见到一对蝴蝶在结伴嬉戏,互相追赶着飞舞。她的肩膀靠着粉墙,用手不住地抹眼泪。吩咐丫鬟把它们赶到别处去飞。

●【赏析】

这首【清江引】描绘的是一位女子游园时的所见所为,就如同戏剧舞台上的一个小片段,读来让人觉得余香满口,有身处其境之感。

当时将青年女子称为"姐儿",《红楼梦》中就有凤姐儿。芳龄"十六七"的少女,正值碧玉年华,处在这个年纪的男女最容易萌动春心。或许那是一个花团锦簇的春天,身边有一位知情识趣的丫鬟,少女偷偷溜出深闺来到"园中"游春,原本只是想来消遣一下,举目却看到一双蝴蝶在花丛中自由自在地流连嬉戏。

古代文学作品中蝴蝶向来都是成双成对的,双双化作蝴蝶的梁祝故事流传千古。现在已知最早展现爱情的蝴蝶诗,是南朝梁萧纲的《咏蛱蝶》:"复此从凤蝶,双双花上飞。寄语相知者,同心终莫违。"比翼齐飞的蝴蝶,象征着幸福美满的爱情,正好撩动了女子情窦初开的芳心。唐代李白《长干行》有云:"八月蝴蝶黄,双飞西园草。感此伤妾心,坐愁红颜老。"而这支曲子中所刻画的,却是另一种少女的娇憨羞涩之态:"香肩靠粉墙,玉指弹珠泪。"只见女子羸弱的肩膀,慵懒地倚靠在粉墙上。是因为春日昼长、相思难解吗?她用纤纤玉手拭去泪水,再轻轻地弹走泪珠,仿佛如花般的容颜也在这弹指间逝去了。明代汤显祖在《牡丹亭·惊梦》里写道:"古之女子,因春感情,遇秋成恨。"曹雪芹笔下的黛玉葬花泣残红,这支曲子则描写了少女感蝶伤春之情。在戏曲中,丫鬟永远是小姐最知心之人,也是小姐内心世界的外化。看见一双蝴蝶缠缠绵绵自由飞翔,反观自己孤身一人,少女真是又羡慕又忌妒,又哀伤又忧愁,才会"唤丫鬟赶开他别处飞"。

在最后的三句中,"靠""弹""赶"三字用得非常巧妙,有静态、有动态、有举止、有神情,少女丰富烦乱的内心活动就在这一"靠"、一"弹"、一"赶"之间,微妙地传达了出来。这一幕,又不禁让人产生遐想:她为什么无法自持,因何而伤心落泪?是因怜惜自身?是因倾慕才子佳人?是因追忆似水年华?还是因那绵绵无尽的难以讲明的情思?这种若即若离、患得患失的感觉,恐怕也是十六七岁少女必经的一段心路历程吧。

这支曲子虽写闺情却含新意，全篇未写一"情"字，却一字化一情，一句成一叹。《金瓶梅》第六十回郑春所唱的【清江引】，就是此曲的改写版："一个姐儿十六七，见一对蝴蝶戏。香肩靠粉墙，春笋弹珠泪。唤梅香赶他去别处飞。"与原版相比，改写的这首作品更加口语化，也更具有市井文学的特点。

【双调·水仙子】喻纸鸢[1]

无名氏

丝纶长线寄天涯，纵放由咱手内把。纸糊披就里没牵挂[2]，被狂风一任刮，线断在海角天涯。收又收不下，见又不见他，知他流落在谁家？

【字词注解】

①纸鸢（yuān）：用纸制作的鸢形风筝。鸢，鸟名，俗名"老鹰"。
②纸糊披：用纸糊的风筝架子。

【精彩解说】

一根长长的丝线寄下了它全部的活动，是纵是放，全凭我一手把控。纸糊的风筝架子，无牵无挂，里面空空的，被一阵狂风任意刮着，刮得线断了，飘向天涯海角的远远的天空。我收又收不回来，见又见不到它的影踪，不知它流落到了哪户人家？

【赏析】

这支曲子是一首咏物之作，它继承了咏物文学作品中以物喻人事的传统创作方式，表层言纸鸢，深层讲相思，是双层结构。

相传在春秋时期我国就有了放纸鸢的游艺。当时的纸鸢是用木片制作的，故称"木鸢"，后来改用纸糊在细竹或木条制作的骨架上，改称"纸鸢"。后又在鸢首处系竹笛，风入发出类似筝鸣之声，又称"风筝"。纸鸢的形象多为鸢、蝴蝶、蜈蚣、燕及戏曲人物等。放纸鸢是一种兼具体育锻炼与比赛技艺（制作技艺与放飞技巧）双重意义的竞技活动。它的关键之处，正如本曲所写，靠的是"手内把"的水平。

曲子的前三句完全是一个放纸鸢非常在行的人的自我夸耀，道他的"丝纶长线"堪达天涯，是纵是放全由自己一手掌控。可话音未落，情势便急转直下：一阵狂风突然刮来，丝纶长线被刮断了，而由于纸鸢放得过高，故而"收又收不下""见又不见他"，最终只能长叹一声"知他流落在谁家？"

这支曲子的巧妙之处就在于以放纸鸢比喻姻缘，比喻相思，且比得非常贴切。"纸鸢"之所以可用来比喻姻缘与相思，其关键就在"线"上。而本曲的主要笔墨正落在这一"线"字上。线的一头系在纸鸢的骨架上，另一头握在放鸢者手中，放鸢者迎风释放手中的线，使之能够高高飞起。线是放飞纸鸢的重要凭借。有人为了牢靠起见，甚至在纸鸢身上系了两三股线绳。"纸糊披就里没牵挂"，放鸢者疏忽大意了，最终失败，痛悔万分。

我国古代有月下老人在男女脚上系红线以促其姻缘的说法，还有"千里姻缘一线牵"的谚语。这与西方神话中丘比特射箭有异曲同工之妙。古时民间还有这样的罢亲习俗：如果女方想要罢亲，就会给男方做一双"罢亲鞋"，等到男方穿得磨断了鞋底的线，便意味着姻缘了断。本曲首句的"寄"，第二句的"放""把"，第三句的"牵挂"，都是与"线"相对应的一系列动词。前半曲的自夸自信是由于线连；而后半曲收不得、见不得、望空兴叹的缘由则全在于"线断"。线连姻缘存，线断姻缘散，这正是一种带有民俗意味的比喻，一种民间流行的婚姻观念。这支曲子表面上记录了一种民俗游艺，内里又蕴含了一种民俗观念，洋溢着丰富的民俗趣味。

中华传统文化国粹经典文库书目

第一辑			
序号	书名	作者/编者	导读者
1	三国演义	[明]罗贯中/著	郑铁生
2	水浒传	[明]施耐庵/著	宁稼雨 石麟
3	西游记	[明]吴承恩/著	孟昭连
4	红楼梦	[清]曹雪芹 高鹗/著	郑铁生
5	镜花缘	[清]李汝珍/著	欧阳健
6	白话聊斋	[清]蒲松龄/著	王晓华
7	阅微草堂笔记	[清]纪昀/著	吴波
8	西厢记	[元]王实甫/著	周传家
9	世说新语	[南朝宋]刘义庆/著	侯忠义
10	山海经	[汉]刘歆/编	马文大
11	道德经	[春秋]老子/著	王蒙
12	四库全书	[清]纪昀等/编	林骅
13	唐诗三百首	立人/编	徐刚
14	元曲三百首	立人/编	查洪德
15	宋词三百首	立人/编	韩小蕙
16	中华成语典故	立人/编	陈世旭
17	中华寓言故事	立人/编	陈世旭
18	颜氏家训	[南北朝]颜之推/著	孙钦善
19	治家格言	[清]朱伯庐/著	李硕儒
20	了凡四训	[明]袁了凡/著	俞前
21	增广贤文	立人/编	孙立仁
22	牡丹亭	[明]汤显祖/著	周传家
23	随园诗话	[清]袁枚/著	潘务正
24	人间词话	王国维/著	陈世旭
25	楚辞	[战国]屈原等/著	石厉
26	吴越春秋	[东汉]赵晔/著	田秉锷
27	菜根谭	[明]洪应明/著	俞前
28	小窗幽记	[明]陈继儒等/著	陈喜儒
29	围炉夜话	[清]王永彬/著	陈喜儒
30	浮生六记	[清]沈复/著	王晓华
31	传习录	[明]王阳明/著	王建新
32	说文解字	[东汉]许慎/著	冯蒸

第二辑			
序号	书名	作者/编者	导读者
1	史记	[西汉]司马迁/著	关四平
2	资治通鉴	[北宋]司马光/编	张秋升
3	春秋左传	[春秋]左丘明/著	石定果
4	战国策	[西汉]刘向/编	李瑞兰
5	汉书	[东汉]班固/著	关四平
6	三国志	[晋]陈寿/著	郑铁生
7	古文观止	[清]吴楚材 吴调侯/编	牛倩
8	论语	[春秋]孔子等/著	石厉
9	孟子	[战国]孟子/著	邵永海

中华传统文化国粹经典文库书目

序号	书名	作者/编者	导读者
10	庄子	[战国]庄子/著	尚学峰
11	荀子	[战国]荀子/著	尚学峰
12	管子	[春秋]管子等/著	官铎
13	墨子	[战国]墨子等/著	陈鹏程
14	韩非子	[战国]韩非/著	邵永海
15	列子	[战国]列子/著	陈鹏程
16	鬼谷子	[战国]鬼谷子/著	张世林
17	淮南子	[西汉]刘安等/著	张秋升
18	诸子百家	立人/编	张弦生
19	孔子家语	孔子门人/编	薄克礼
20	吕氏春秋	[战国]吕不韦等/编	田秉锷
21	礼记·尚书	[西汉]戴圣/著	冯蒸
22	三言二拍	[明]冯梦龙 凌濛初/著	宁宗一
23	隋唐演义	[清]褚人获/著	欧阳健
24	聊斋志异	[清]蒲松龄/著	林骅
25	儒林外史	[清]吴敬梓/著	吴波
26	东周列国志	[明]冯梦龙/著	侯忠义
27	弟子规·千家诗	[清]李毓秀/著 [南宋]谢枋得 王相/编	郑铁生
28	孙子兵法·三十六计	[春秋]孙武/著	李海涛
29	容斋随笔	[南宋]洪迈/著	李硕儒
30	纳兰词	[清]纳兰性德/著	李硕儒
31	豪放词·婉约词	立人/编	韩小蕙
32	唐宋散文八大家	立人/编	卓然

第三辑

序号	书名	作者/编者	导读者
1	中华上下五千年	立人/编	林海清
2	二十五史	立人/编	林海清
3	四书五经	立人/编	张弦生
4	智囊全集	[明]冯梦龙/编	周传家
5	贞观政要	[唐]吴兢/著	张弦生
6	诗经	[春秋]孔子/编	石厉
7	孝经	[春秋]孔子/著	田秉锷
8	挺经	[清]曾国藩/著	王建新
9	易经	立人/编	李树果
10	冰鉴	[清]曾国藩/著	陈喜儒
11	糊涂经	立人/编	周传家
12	周易全书	立人/编	郑铁生
13	黄帝内经	立人/编	廉玉麟
14	本草纲目	[明]李时珍/著	廉玉麟
15	三字经·百家姓·千字文	[南宋]王应麟 [南北朝]周兴嗣/著	乔卉林
16	大学·中庸	[春秋]曾子 [战国]子思/著	牛倩
17	曾国藩家书	[清]曾国藩/著	武道房
18	唐诗·宋词·元曲	立人/编	卓然
	未完待续……